普鲁斯特私人词典

[法]让-保罗·昂托旺　[法]拉斐尔·昂托旺　著
张　苗　杨淑岚　刘　欢　译

华东师范大学出版社

华东师范大学出版社六点分社 策划

六点私人词典系列

缘 起

倪为国

1

一个人就是一部词典。

至少,至少会有两个人阅读,父亲和母亲。

每个人都拥有一部属于自己的词典。

至少,至少会写两个字,生与死。

在每个人的词典里,有些词是必需的,永恒的,比如童年,比如爱情,再比如生老病死。每个人的成长和经历不同,词典里的词汇不同,词性不一。有些人喜欢"动"词,比如领袖;有些人喜好"名"词,比如精英;有些人则喜欢"形容"词,比如艺人。

在每个人的词典里,都有属于自己的"关键词",甚至用一生书写:比如伟人马克思的词典里的"资本"一词;专家袁隆平的词典里的"水稻"一词;牛人乔布斯的词典里除了"创新",还是"创新"一词。正是这些"关键词"构成了一个人的记忆、经历、经验和梦想,也构成了一个人的身份和履历。

每个人的一生都在书写和积累自己的词汇,直至他/她的墓志铭。

2

所谓私人词典,是主人把一生的时间和空间打破,以 ABCD 字母顺序排列,沉浸在惬意组合之中,把自己一生最重要的、最切深、最独到的心得或洞察,行动或梦想,以最自由、最简约、最细致的文本,公开呈现给读者,使读者从中收获自己的理解、想象、知识和不经意间的一丝感动。

可以说,私人词典就是回忆录的另类表达,是对自己一生的行动和梦想作一次在"字母顺序"排列的舞台上的重新排练、表演和谢幕。

如果说回忆录是主人坐在历史长椅上,向我们讲述一个故事、披露一个内幕、揭示一种真相;私人词典则像主人拉着我们的手,游逛"迪斯尼"式主题乐园,且读,且小憩。

在这个世界上,有的人的词典,就是让人阅读的,哪怕他/她早已死去,仍然有人去翻阅。有的人的词典,是自己珍藏的。绝大多数人的私人词典的词汇是临摹、复制,甚至是抄袭的,错字别字一堆,我也不例外。

伟人和名人书写的词典的区别在于:前者是用来被人引用的,后者是用来被人摹仿的。君子的词典是自己珍藏的,小人的词典是自娱自乐的。

3

我们移译这套"私人词典"的旨趣有二:

一是倡导私人词典写作,因为这种文体不仅仅是让人了解知识,更重要的是知识裹藏着的情感,是一种与情感相关联的知识,是在阅读一个人,阅读一段历史,阅读我们曾丢失的时间和遗忘的空间,阅读这个世界。

二则鼓励中国的学人尝试书写自己的词典,尝试把自己的经历和情感、知识和趣味、理想与价值、博学与美文融为一体,书写出中国式的私人词典样式。这样的词典是一种镜中之镜,既梳妆自己,又养眼他人。

每个人都有权利从自己的词典挑选词汇,让读者分享你的私家心得,但这毕竟是一件"思想的事情",可以公开让人阅读或值得阅读的私人词典永远是少数。我们期待与这样的"少数"相遇。

我们期待这套私人词典丛书,读者从中不仅仅收获知识,同时也可以爱上一个人,爱上一部电影,爱上一座城市,爱上一座博物馆,甚至爱上一片树叶;还可以爱上一种趣味,一种颜色,一种旋律,一种美食,甚至是一种生活方式。

4

末了,我想顺便一说,当一个人把自己的记忆、经历转化为文字时往往会失重(张志扬语),私人词典作为一种书写样式则可以为这种"失重"提供正当的庇护。因为私人词典不是百科全书,而是在自己的田地上打一口深井。

自网络的黑洞被发现,终于让每个人可以穿上"自媒体"的新衣,于是乎,许许多多人可以肆意公开自己词典的私人词汇,满足大众的好奇和彼此窥探的心理,有不计后果,一发不可收之势。殊不知,这个世界上绝大多数私人词典的词汇只能用来私人珍藏,只有上帝知道。我常想象这样的画面:一个人,在蒙昧时,会闭上眼睛,幻想自己的世界和未来;但一个人,被启蒙后,睁开了眼睛,同时那双启蒙的手,会给自己戴上一副有色眼镜,最终遮蔽了自己睁开的双眼。这个画面可称之:"自媒体"如是说。

写下这些关于私人词典的絮絮语语,聊补自己私人词汇的干瘪,且提醒自己:有些人的词典很薄,但分量很重,让人终身受用。有些人的词典很厚,但却很轻。

是为序。

为纪念吉尔贝特·昂托旺(Gilberte Enthoven)，无论其品德、名字还是对花的喜爱，无一不展示着她普鲁斯特式的特质。

让-保罗·昂托旺

拉斐尔·昂托旺

目 录

前言 / 1

A

临终（Agonie）/ 1
阿尔弗雷德·阿格斯蒂内利（Agostinelli[Alfred]）/ 4
阿格里真托亲王（Agrigente[Prince d']）/ 7
阿尔贝蒂娜（Albertine）/ 8
"精神蛋白尿病"（«Albumine mentale»）/ 9
土耳其大使夫人（Ambassadrice de Turquie）/ 11
爱（Amour）/ 13
改变字母原有位置所构成的词（Anagrammes）/ 15
安德蕾（Andrée）/ 17
天使与飞机（Anges et aéroplanes）/ 19
英国（Angleterre）/ 21
夏吕斯的反犹太主义（Antisémitisme[de Charlus]）/ 23
支持重审德雷福斯案的反犹太主义（Antisémitisme[dreyfusard]）/ 24
玻璃鱼缸（Aquarium）/ 26
阿尔卡德路（11号）（Arcade[11, rue de l']）/ 28

真正的艺术(Art véritable) / 30

芦笋(Asperge) / 31

芦笋(2)(Asperge[bis]) / 32

哮喘(Asthme) / 33

星相学(Astrologie) / 36

山楂树(花)(Aubépine) / 37

"交错而通"(«Au passage») / 39

自我描述(Autoportrait) / 41

未来的影子(Avenir[Double de l']) / 42

B

睡前之吻(Baiser[du soir]) / 43

黎巴嫩巴尔贝克(Balbec au Liban) / 45

罗兰·巴特(Barthes[Roland]) / 46

绝对地,彻头彻尾(Bel et bien) / 48

亨利·柏格森(Bergson[Henri]) / 50

埃马纽埃尔·贝勒(Berl[Emmanuel]) / 51

动物图集(Bestiaire) / 53

动物图集(2)(Bestiaire[bis]) / 54

雅克·埃米尔·布朗什(Blanche[Jacques-Émile]) / 55

洗衣女工(Blanchisseuse) / 57

蓝与黑(Bleu et noir) / 58

阿尔贝·布洛克(Bloch[Albert]) / 60

假慈悲(Bon sentiments) / 63

善良(Bonté) / 65

安德烈·布勒东(Breton[André]) / 65

C

粪便(Caca) / 68

礼物(Cadeau) / 71

康布尔梅(侯爵夫人)(Cambremer[Marquise de]) / 73

暗房(Camera oscura) / 74

加缪(与失乐园)(Camus[et les paradis perdus]) / 76

笔记本(Carnets) / 80

卡特来兰(Catleya) / 81

塞莱斯特·阿尔巴雷(Céleste[Albaret]) / 84

艺术的独行者们(Célibataires de l'art) / 87

路易-费迪南·塞利纳(Céline[Louis-Ferdinand]) / 88

法国总工会(CGT) / 90

414 房间(Chambre 414) / 91

念珠(Chapelet) / 93

(刻意指定的)仁慈(Charité[bien ordonnée]) / 94

(苏格拉底派的)夏吕斯(Charlus[socratique]) / 96

克洛伊(Chloé) / 96

引用(Citations) / 97

陈词滥调(Cliché) / 98

不可测的突然转向(Clinamen) / 99

可卡因(Cocaïne) / 100

轻佻的女人(Cocotte) / 101

让·科克托(Cocteau[Jean]) / 102

"君士坦丁堡的"(«Constantinopolitain») / 107

(已逝时光中的)同代人(Contemporains[du temps perdu]) / 109

截然相反(Contraire) / 111

交谈(Conversation) / 112

布律诺·科卡特里克斯(Coquatrix[Bruno]) / 113
(与菲利普·索莱尔斯之间的)神奇的思想相通(Correspondence énigmatique[avec Philippe Sollers]) / 114
(历史和文学)课(Cours[d'histoire et de littérature]) / 115
表示厌恶的反对派(CQFD[Ceux qui franchement détestent]) / 116
对死亡的恐惧(Crainte de la mort) / 119
羊角面包(Croissants) / 120
新式料理(Cuisine nouvelle) / 121

D

曼陀罗(Datura) / 122
失望(Déception) / 123
(对抗)失势(Déchéance[Contre la]) / 125
去结晶(Décristallisation) / 126
题辞(Dédicaces) / 127
似曾相识(Déjà-vu) / 128
吉尔·德勒兹(Deleuze[Gilles]) / 129
否认(Dénis) / 133
最后的相片(Dernière photo) / 136
勒内·笛卡尔(Descartes[René]) / 136
欲望(和占有)(Désir[et possession]) / 140
(小说家的)义务(Devoir[du romancier]) / 141
小鬼(空竹)(Diabolo) / 141
附身恶灵(Dibbouk) / 143
上帝(Dieu) / 144
(没有女宾的)晚餐(Dîner[sans dames]) / 144
(斯万和叙述者的)十个共同点(Dix points communs[entre Swann et le Narrateur]) / 145

费奥多尔·陀思妥耶夫斯基(Dostoïevski[Fiodor]) / 149

(阿尔贝蒂娜反犹主义思想的)典型运用(Du bon usage [de l'antisémitisme d'Albertine]) / 151

决斗(Duel) / 152

从一案到另一案……(D'une affaire l'autre...) / 154

E

高跷(和友谊)(Échasses[et amitié]) / 155

出版商(关于雅克·里维埃)(Éditeur[à propos de Jacques Rivière]) / 157

(普鲁斯特作品的)擦除者(Effaceur[de Proust]) / 160

利己主义(Égoïsmes) / 161

电(Électricité) / 163

"她(它)恰似我的生活"(«Elle ressemblait à ma vie») / 164

埃尔斯蒂尔(或上帝的七天)(Elstir[ou les sept jours de Dieu]) / 166

孩子(Enfants) / 170

葬礼(Enterrement) / 172

以斯帖(Esther) / 174

词源(Étymologie) / 176

圣餐(Eucharistie) / 177

奥伊伦堡诉讼案(Eulenbourg[L'affaire]) / 179

F

(叙述者的)妄自尊大(Fatuité[du Narrateur]) / 181

妄自尊大(2)(Fatuité[bis]) / 182

普鲁斯特式拜物教(Fétichisme proustien) / 182

警察登记卡(Fiche de police) / 184

终(Fin) / 185

居斯塔夫·福楼拜（Flaubert[Gustave]）/ 186

花（Fleur）/ 188

花儿们（Fleurs）/ 191

福什维尔（伯爵）（Forcheville[Comte de]）/ 192

福尔蒂尼（马瑞阿诺）（Fortuny[Mariano]）/ 193

弟弟（Frère）/ 194

西格蒙德·弗洛伊德（Freud[Sigmund]）/ 197

G

快乐的知识（Gai Savoir）/ 200

法国国家图书馆数字资料网址（Gallica.bnf.fr）/ 202

所有格（Génitif）/ 202

社会性别（Genre）/ 203

纪德（之梦）（Gide[Le Rêve de]）/ 205

吉尔贝特（Gilberte）/ 207

（里茨酒店的）冰淇淋（Glaces[du Ritz]）/ 208

荣耀（Gloire）/ 209

（娜塔莉·克利福德·巴尼眼中的）蛾摩拉（Gomorrhe[sous le regard de Natalie Clifford Barney]）/ 210

龚古尔（Goncourt）/ 212

品位和颜色（Goûts et couleurs）/ 214

沙粒（Grainsdesable）/ 216

大饭店（Grand Hôtel）/ 217

格里马尔迪（尼古拉的注释）（Grimaldi[Notes de Nicolas]）/ 218

粗话（Gros mots）/ 220

引号（Guillemets）/ 221

H

雷纳尔多·哈恩(Hahn[Reynaldo]) / 222

犹太人的自我仇视(Haine juive de soi) / 224

独例词(Hapax) / 226

(先定的)和谐(Harmonie[préétablie]) / 226

赫拉克利特(Héraclite) / 228

(本书一位作者对他的朋友安东尼·洛蕾的)致敬(Hommage[de l'un des deux auteurs de ce livre à son ami Anthony Rowley]) / 229

同性恋(Homosexualité) / 230

I

语言习惯(Idiolecte) / 233

妄想(Illusion) / 234

卑鄙(Immonde) / 236

永垂不朽(Immortel) / 236

隐匿身份(Incognito) / 238

(叙述者的)无辜(Innocence[du Narrateur]) / 240

昆虫(Insecte) / 241

(柏格森的)失眠(Insomnie[avec Bergson]) / 242

前一刻(Instant d'avant) / 244

间歇(Intermittent) / 246

性倒错(Inversion) / 247

隐形者和匿名女(Invisible et Innommée) / 248

J

嫉妒(九条定理)(Jalousie[neuf théorèmes]) / 251

"我"与"他"(«Je» et «Il») / 255

西瓦罗派(Jivaro[L'École]) / 255

脸颊(Joues) / 257

笛子演奏者(Joueursdeflûte) / 258

记者(Journalistes) / 259

詹姆斯·乔伊斯(Joyce[James]) / 260

犹太身份(Judaïsme) / 266

最终的审判(Jugement dernier) / 270

K

卡巴拉(Kabbale) / 272

和服(Kimono) / 274

一类(和我)(Kind[One of my]) / 275

菲利普·科尔布(Kolb[Philip]) / 276

功夫(Kung-Fu) / 277

L

拉福斯(从德拉福斯而来)(La Fosse[de Delafosse]) / 279

魔灯(Lanterne magique) / 280

(雅克·达里尤拉的)眼泪(Larmes[de Jacques Darriulat]) / 282

洛朗(饭店)(Laurent[le restaurant]) / 283

《追忆似水年华》的)朗读者(Lecteurs[de la *Recherche*]) / 284

阿尔贝·勒屈齐亚(Le Cuziat[Albert]) / 286

野兔(Lièvre) / 288

循环之书(Livre circulaire) / 291

留言簿(Livre d'or) / 292

长(Long) / 292

形象(Look) / 293

狼(Loup) / 294

阶级斗争(Lutte des classes) / 295

利奥泰(于贝尔,未来的大元帅)(Lyautey[Hubert, futur maréchal]) / 297

M

雅克·玛德莱娜(Madeleine[Jacques]) / 298

玛丽·玛德莱娜(Madeleine[Marie]) / 300

笨拙(Maladresses) / 301

库尔齐奥·马拉帕尔泰(Malaparte[Curzio]) / 302

误会(Malentendu) / 304

(普鲁斯特的)狂热(Manies[marcelliennes]) / 305

大理石(Marbre) / 306

马塞尔(Marcel) / 308

婚姻(Mariage) / 308

侯爵夫人(们)(Marquise[s]) / 309

子宫(之吻)(Matrice[Baiser de la]) / 310

弑母(Matricide) / 311

克洛德·莫里亚克(Mauriac[Claude]) / 315

弗朗索瓦·莫里亚克(Mauriac[François]) / 316

淡紫色(和粉色)(Mauve[et rose]) / 317

恶意(Méchanceté) / 319

谎言(借助省略)(Mensonge[par omission]) / 320

菜单(Menu) / 321

隐喻(Métaphore) / 321

灵魂转世(Métempsycose) / 323

天气(Météo) / 325

原型(Modèle) / 325

莫迪亚诺(帕特里克或马塞尔?)(Modiano[Patrick ou Marcel?]) / 327

全球化(Mondialisation) / 329

单片眼镜(Monocles) / 330

蒙舒凡(初见)(Montjuvain[Première vision de]) / 331

保罗·莫朗(Morand[Paul]) / 333

永远死去?(Mort à jamais?) / 336

别字(王子与公主)(Motordu[Prince et princesse de]) / 338

填字游戏(Mots croisés) / 340

海鸥(Mouettes) / 341

N

生而为王(王子或公爵)(Naître[prince ou duc]) / 344

"普鲁斯特式叙述"(«Narraproust») / 346

神经(与模仿)(Nerfs[et pastiches]) / 347

鼻子(Nez) / 348

地区名字(Noms de pays) / 350

德·诺尔普瓦(侯爵)(Norpois[Marquis de]) / 351

O

奥克塔夫(Octave) / 353

眼睛(的故事)(Œil[Histoire de l']) / 354

鸟(Oiseaux) / 355

嗅觉(和情感)(Olfaction[et émotion]) / 357

专名学(人名研究)(Onomastique) / 358

"总会再相遇……"(«On se retrouve toujours...») / 359

十一(十二)个眼神(Onze(douze)regards) / 361

呜——呜(Ouin-ouin) / 363

P

隐迹文本（Palimpseste）/ 365

蝴蝶（Papillon）/ 366

题外话（Parenthèses）/ 367

巴黎-巴尔贝克（Paris-Balbec）/ 368

巴黎人普鲁斯特游记（Parisian Proust Tour）/ 370

贵族姓氏前置词（Particule élémentaire）/ 373

帕斯卡（布莱兹）（Pascal[Blaise]）/ 375

爱国主义（Patriotisme）/ 377

姓氏（和地名）（Patronymes[et toponymes]）/ 378

路面（Pavés）/ 381

失落的（Perdu）/ 382

波斯（Perse）/ 383

小感知（Petites perceptions）/ 385

摄影（Photographie）/ 386

（小）乐句（Phrase[la petite]）/ 388

（长）乐句（Phrase[la longue]）/ 392

普朗特维涅（或另一个马塞尔）（Plantevignes[ou l'autre Marcel]）/ 394

普罗提诺（Plotin）/ 396

握手（Poignée de main）/ 398

傻瓜和虚无（Poires et néant）/ 399

礼貌（与字面相反）（Politesse[au contre-pied de la lettre]）/ 400

政治（Politique）/ 401

运动衣（Polo）/ 402

庞贝（Pompéi）/ 403

后世（Postérité）/ 403

壶（Pot）/ 405

普莱(四重奏)(Poulet[le Quatuor]) / 406

小费(Pourboire) / 407

"无用的防范"(«Précaution inutile») / 408

漂亮女子(Pretty woman) / 410

马塞尔·普雷沃(Prévost[Marcel]) / 412

拖延(Procrastination) / 414

亵渎(Profanation) / 415

普鲁斯特化(Proustifier) / 417

纯物质(Pure matière) / 419

(紫红色的)睡袍(Pyjama[fuchsia]) / 420

Q

问卷(Questionnaire) / 422

R

拉斐尔(Raphaël) / 431

鼠(人)(Rats[L'homme aux]) / 432

转世(Réincarnation) / 435

(那不勒斯的)女王(Reine[de Naples]) / 436

相对性(Relativité) / 436

否认(Reniement) / 437

信息(Renseignements) / 438

滴鼻剂(Rhino-goménol) / 440

(韦尔迪兰夫人的)笑(Rire[de Mme Verdurin]) / 441

里茨酒店(Ritz) / 442

连衣裙(Robe) / 444

学徒小说(Roman d'apprentissage) / 445

克莱芒·罗塞(Rosset[Clément]) / 448

卢梭主义(Rousseauismes) / 451

流言(Rumeur) / 453

S

萨冈(亲王)(Sagan[Prince de]) / 455

圣伯夫(Sainte-Beuve) / 456

萨拉主义者(Salaïste) / 458

乔治·桑(Sand[George]) / 460

萨尼埃特(Saniette) / 461

无名(Sans nom) / 462

让-保罗·萨特(Sartre[Jean-Paul]) / 463

亚瑟·叔本华(Schopenhauer[Arthur]) / 465

餐巾和高帮皮鞋(Serviette et bottines) / 467

芝麻(Sésame) / 469

谢里阿尔(Shéhérazade) / 470

示播列(Shibboleth) / 471

阿尔贝蒂娜·西莫内(Simonet[Albertine]) / 472

网络视频电话(Skype Skype) / 473

("妈妈"的)势利(Snobisme[de «maman»]) / 475

"要么……"(«Soit que...») / 476

皮鞋(黑色或者红色)(Souliers[noirs ou rouges]) / 476

投机(Spéculation) / 478

巴鲁赫·斯宾诺莎(Spinoza[Baruch]) / 479

司汤达(Stendhal) / 481

风格(与美食)(Style[et gastronomie]) / 481

糖(Sucre) / 482

夏尔·斯万(Swann[Charles]) / 482

消失的斯万(向乔治·佩雷克致敬)(Swann disparu[en hommage à

Georges Perec]) / 483

T

让-伊夫·塔迪耶(Tadié[Jean-Yves]) / 485

莱奥尼姑妈(Tante Léonie) / 486

电话(Téléphone) / 487

网球(比诺大街)(Tennis[du boulevard Bineau]) / 488

三部曲(Ternaire) / 489

泰奥多尔(Théodore) / 490

詹姆斯·蒂索(Tissot[James]) / 492

书名(Titres) / 493

西红柿(Tomate) / 494

三个细节(让与圣伯夫的支持者)(Trois détails[concédés aux partisans de Sainte-Beuve]) / 495

"输送带"(«Trottoir roulant») / 498

"水果冰激凌"(关于安娜·德·诺瓦耶)(«*Tutti frutti*»[à propos d'Anna de Noailles]) / 498

V

(夏吕斯的)真正出身(Véritable origine[de Charlus]) / 501

(前额的)椎骨(Vertèbres[du front]) / 502

邪恶(Vice) / 504

维也纳人(据夏尔·丹齐格所言)(Viennois[selon Charles Dantzig]) / 505

脸(Visages) / 506

卢基诺·维斯孔蒂(Visconti[Luchino]) / 507

生活(还是写作?)(Vivre[ou écrire?]) / 510

声音(Voix) / 511

W

奥斯卡·王尔德(Wilde[Oscar]) / 512

Z

齐内丁(德·盖尔芒特)(Zinedine[de Guermantes]) / 516

书目 / 518
参考书籍 / 520

前　言

如果说在著名的《驳圣伯夫》(*Contre Sainte-Beuve*)的论战中，普鲁斯特认为我们应该评判作者的作品本身，而不要去关注作者的生活，那么，我们可以出于善意地抱怨一下：他反而成为了他曾竭力指责的这种批评方式的典型牺牲品。可以说，作为秘密挖掘者的共犯，圣伯夫也以此——在其离世后——成功地报复了普鲁斯特，而这一报复的实现也正得益于普鲁斯特学。普鲁斯特学自成一派，众多博学者或富于侦探精神的学者都像追捕的猎犬一般，每天都致力于侦察普鲁斯特的生活秘密，因为在他们看来，《追忆似水年华》(*À la Recherche du temps perdu*)①的七部就是普鲁斯特自己的华丽屏罩。

自此以后，从高校到沙龙，只要提到普鲁斯特学，就意味着要从所有的角度去探查可怜的马塞尔(Marcel)的"欢乐与时日"②。无论在哪里，大家总要论及他的毛皮大衣、他的熏蒸疗法、他的书信、朋友、哮喘和野心。无论在哪里，大家总是力图精确地解析他在绘画、性向、音乐、饮食、花卉以及文学等方面的喜好。众多评论

---

① 又译为《追寻逝去的时光》。(译按：本书中的注释均为译者注)
② 普鲁斯特曾于1896年发表了散文诗和短篇小说集《欢乐与时日》(*Les plaisirs et les jours*)。

家、社交界人士、中世纪研究者、建筑专家、犹太教法典研究者、神话学家、语言符号学家、风俗史学家、纹章学家和波西米亚水晶玻璃器皿史学家纷纷驻扎在这部如此宏大的著作——能够迎接容纳各种不同的营帐——周围。但面对各领域学者们的众说纷纭,我们仍要记得,其实这部作品自始至终只渴望做它自己而已,它只希望能够在不断流逝的似水年华中做以回击。最终,让娜·普鲁斯特(Jeanne Proust)[①]口中的"小狼崽"(普鲁斯特)任凭大家以可疑的奉承姿态将其撕成碎块。从东京到普林斯顿,他的忠实崇拜者遍及世界各地,并纷纷疯狂盲目地追逐着他,这向我们证明了:对于一个天才作家而言,无论他如何谨慎,死亡也不能还他平静。因此,尽管作品本身是低调谦逊的,但它终将会成为备受赞美的、被竞相追捧和追逐的猎物,这种状况不无尴尬,但同时也满足了一种原始的欲望。

若以这种好奇心去考虑的话,那普鲁斯特本人就此会有怎样的想法呢?很确定的一点是,他的虚荣心(他必然或多或少都会有)肯定能够得到完全的满足。但是,我们也会想象:他或许会扑哧一笑,用戴着手套的手遮住他的"深层自我",像挥动扇子一样挥动着他的"社会自我",或者面对这些貌似虔诚的崇拜者们——想如实地直接地去了解他——所上演的疯狂戏码,他会眯起"如清漆般色泽"的眼睛。

然而,毕竟没有人知道要如何恰当地提及普鲁斯特,如何爱戴他,如何倾听他。透过他不可思议的博见卓识,某些与他同时代的人所看到的只有那些整编出的关于他的个人自传或者"在看门人房间编写的"(巴雷斯,Barrès)关于他的"一千零一夜";另外一些更加明智的人则立刻推测这部作品对小说写作具有革新意义。那马塞尔本人会更偏好于哪种理解呢?我们就不得而知了。这也算

[①] 普鲁斯特的母亲。

是预设好的一个借口吧,因为本书的两位作者所言或与权威观点有相左之处,或其立场有过于简单和轻率之嫌。面对成百上千种出于习惯和热情而进行的关于普鲁斯特的研究,他们会有心虚和不安,其中杰出的研究又时常会激发出如雨后春笋般的新评论,他们也倍感压力。在他们看来,对普鲁斯特仪式的研究最常见的缺点之一在于:弱化了普鲁斯特本来清晰详尽、机智幽默的表现方式,而是变成了晦涩而空洞的形式。这就意味着,在该书中不会有(如果有的话纯属玩笑)奇特的荒诞之言,而在某些进行相关研究的团体,这种情况极为盛行。普鲁斯特是明朗清晰的,将其变得晦涩实属不当的致敬方式。以过分晦涩的解析将其变得悲伤,也与他试图营造的狂喜欢腾感背道而驰。

况且,对于一位真正的普鲁斯特迷而言,他一生至少应该读四遍《追忆似水年华》。首先,在青年时期,他只是凭直觉去感受作品所揭示的真实,此时,可进行片段式阅读。之后,如果文学成为了他的专业,那他就要去进行扎实严格的学习研究。此后,等他经历了第一次爱情之苦,他就会发现小说中各片段的深度和安慰之力,如斯万先生(Swann)的嫉妒、夏吕斯男爵(Charlus)的衰败,以及阿尔贝蒂娜的周期(le cycle d'Albertine)。此外,他也会发现最初的那两次阅读根本就没有这种深刻体会。而最后的第四次阅读,也是有生之年的最后一次阅读,对于有这种想法的人来说,这也将是最具决定性的一次阅读,因为人至暮年,已经褪去了面对虚荣和诱惑的得失心。

该书的两位作者虽然年龄不同,但他们都处于倒数第二个阅读阶段。一想到会与他们爱戴的马塞尔·普鲁斯特(Marcel Proust)再次相遇,他们会觉得欣喜不已——或许就在明天,或许是一会儿之后,又或许会更晚一些。无论如何,他们已深知《追忆似水年华》一书在每次相聚时都会自我转换、焕然一新。而且,当他们在读着熟悉的字句时,也是在不断地阅读一本随时翻新的书,它会根据阅读者流动的思维而不断被改造。这种特性可谓是卓越的独一无二的，并赋予了作品持久的纯真性，这反过来也让我们在每次的阅读之战中，总感觉自己是第一个获胜者。

而关于究竟是"驳圣伯夫"还是赞同圣伯夫，亦或是像此后被说成的"彻底反驳圣伯夫"，两位作者对此有不同的感想。其中一位（对此持一般的普遍观点）认为，无论如何普鲁斯特的生平还是切实有力地阐释了他的这部作品；而另一位（更加公正，或者说更加现代派）则坚持认为：相反地，普鲁斯特的生平不能缩减为见证其生平的那些曲折情节或片段，普鲁斯特身上最有价值的还是他的作品《追忆似水年华》。很明显，当《追忆似水年华》与普鲁斯特的生平不相符时，后者不可能是错的。他们每个人都自动承担着从另外一个人的观点中找差错的任务，尽管——所幸的是——再小的成熟观点也从不排斥与之相反的观点。事实上，他们两位都没有忽略的一点是：对普鲁斯特生平的想象与对其作品的文本想象一样，都是徒劳的。这位伟大的作家很喜欢用这样的创作方式来消遣：同时在管风琴的两个键上来回切换。因此，想要更好地了解他，就不能强制性地只择其一，那样必然会有失偏颇。

此外，该书的两位作者还是父子关系。他们共同或独自地徜徉在这部令他们敬仰不已的著作中，其间，他们时而相互支持，时而相互辩驳，这个过程自是相当有趣的。总之，该词典或有偏颇、不完整、洋洋洒洒，或严肃或讽刺，亦饱含着对普鲁斯特的仰慕之情，因此，它自然会在两位作者畅快异议的屏障之下得到庇护。

临终(Agonie)

从普鲁斯特最后的日子、最后的话语和最后的夜晚说起吗？这有违常理，但这是出于字母顺序的要求，这也与普鲁斯特式的死而复生策略相吻合：不正是在《追忆似水年华》——"已逝的时光"(*Le Temps perdu*)——的结束语中，《重现的时光》(*Le Temps retrouvé*)又接任复行吗①？在作品的最后几页中，一个终于看清一切的、妥协了的叙述者(Narrateur)不是也发觉了：自己将会因不断地写作而削减死亡吗？

然而，他临终的时光是在阿姆林街(rue Hamelin)那栋没有暖气的公寓里度过的，那是一种对他肉体的折磨。就是在这里，在这个11月——他父亲也是在某年的11月②去世的，塞莱斯特(Céleste)③、他的弟弟和比斯医生(Bize)(他的姓让人全身血脉冰冷④，他本该叫比斯(Bise)的，以便与那天晚上的亲吻礼遥相呼

---

① 指一切又在重现的时光中复生。
② 1903年11月。
③ 全名为塞莱斯特·阿尔巴雷(Céleste Albaret)，普鲁斯特的贴身女管家。
④ 因为Bize与Bise同音，而后者的意思是"凛冽的北风"、"严冬"或"亲吻"之意。

应,那个吻也开启了《追忆似水年华》)进入他的房间,马塞尔勉强支撑着孱弱不堪的躯体。他曾无数次以"我刚才正在死去"这句话作为开头句(有时候,他也这样自我辩解,比如当他没能尽快回复一封信件的时候),而现在他是真的人如其语了。他的支气管已经成了"煮熟的橡胶",而且反复发烧。家人为他带来了浓咖啡和几盒果泥,他也无力地推开了。有时,奥迪隆·阿尔巴雷①会赶往里茨酒店(Ritz)去找普鲁斯特最爱的冰啤酒,那是他最大的快乐和任性。

一天早上,病怏怏的普鲁斯特想要找一条鳎鱼(他自己不吃)来犒劳他的弟弟,因为他的弟弟总是尽心尽力地照看他。尽管他晕针,但之后还是要给他打樟脑针,这就需要先把他的床单卷起来。塞莱斯特犹豫了一下才敢动他,她第一次看到了普鲁斯特先生光着腿,也因此一直觉得很羞愧,觉得自己就不该做这种有亵渎之嫌的事。在短暂的清醒时刻,马塞尔吩咐身边的人,接下来首先要做的事就是送出两束花:一束送给莱昂·都德②,另一束送给此刻未在旁边的比斯医生。我们可能会联想到苏格拉底,他在临终前叮嘱要给阿斯克勒庇俄斯一只公鸡③,尽管苏格拉底的这一举动是为了还债(难道他不是从"病"中解脱了吗?对他而言,此"病"几乎等同于生命本身),而普鲁斯特的举动则只是为了表达歉意的一种殷勤行为:他曾对比斯医生态度恶劣,所以,他坚持要在死前向其致歉。

后来,他又试图继续写作,但没办法,他只写了最后一个词,最

---

① 塞莱斯特·阿尔巴雷的丈夫,是一位巴黎的司机。
② 莱昂·都德(Léon Daudet,1867—1942),法国作家、记者、政客。由共和主义者转变为君主主义者,反德雷福斯者,教权民族主义者。
③ 苏格拉底在临死之前叮嘱要在他死后送给阿斯克勒庇俄斯一只公鸡,说那是自己欠下的债。而阿斯克勒庇俄斯其实是希腊神话中的医药之神,苏格拉底的这一番话从此流传开来,他的这一言行被解读为一种对死亡的乐观接受态度,感谢神灵赐予毒酒(死亡),献公鸡以示还债。

后一个名字("福尔什维勒",«Forcheville»),然后就永远地放下了笔。早上三点三十分,他的肺部脓肿爆裂,引发了败血症。据塞莱斯特所言,普鲁斯特从那一刻就有陷入谵妄的症状:他看到一个"着黑纱的胖女人"在他的房间里——或许,那就是死亡。或许,那是他的母亲,她从丈夫去世就一直穿着丧服,在那张她坐在两个儿子之间的著名照片中,她的下颌突出,目光无神,看起来很像这个"着黑纱的胖女人"。又或许——与此如出一辙——马塞尔曾非常欣赏卡巴乔①的画作《圣乌苏拉》(Sainte Ursule)中的那个"眼神忧伤,头着黑纱"的女人,他后来也公开承认:无法对画中的女人无动于衷,因为她就像是他身着丧服的母亲。然而,很让人好奇的是,普鲁斯特在那一刻想象到的并非一个不胖的人,而是一个"着黑纱的胖女人",他坚持要让人把这个擅闯者赶出去。塞莱斯特向他保证一定会严加把守,而普鲁斯特像往常一样对她很信任。然而,他还是坚持说:"不,不,塞莱斯特,别碰这个胖女人……她很胖很黑……她让我害怕……没有任何人能碰她……",剩下的话已经听不清了。但能够确定的是,他在用言语辱骂她,他用尽最后的力气去抓床上的被子,似乎想要躲进被子里面。塞莱斯特明白了:在她的家乡,一个古老的智者说过,将死之人在咽下最后一口气之前会不停地"收拢"……而普鲁斯特此后一会儿就与世长辞了。当时在场的人都很确定:他最后从未说出"妈妈"这个词。

相反,他最后跟他的弟弟罗贝尔(Robert)说话了,而罗贝尔一直在为自己刚才在床上挪动他的事感到内疚,当时搬动他的时候肯定让他疼痛不堪:"我把你晃得太厉害了,亲爱的哥哥,让你难受了吧?"普鲁斯特回答说:"啊,是的,我亲爱的罗贝尔……",之后,他就永远地闭口不言了。面对这种场景,若是传奇故事的话,肯定

---

① 维托雷·卡巴乔(Vittore Carpaccio),文艺复兴时期意大利画家,创作风格属于威尼斯画派,善于运用红白两色。

倾向于将临终感言表说得极具戏剧性,然而,事实中的临终之言却如此平淡:死亡没有文学中的戏剧性,几个能触及得到它的简单字词便足矣。

在米歇尔·施耐德(Michel Schneider)的经典之作《妈妈》(*Maman*)①中,作者自己长期在思考最后的一个音节 er:它——如果我们想要真正去理解的话——指向这位哮喘病患者终生都缺乏的东西,它就是在1922年11月的那个夜晚停滞了的东西:空气。

而这个音节——或许是偶然,我们在普鲁斯特的大多数人物的名字中都能见到,而且,其中有两次是出现在作品题目的开头和结尾(Recherche…perdu)②:罗贝尔(Robert),阿尔贝蒂娜(Albertine),盖尔芒特(Guermantes),贝戈特(Bergotte),维尔迪兰(Verdurin),沃古贝尔(Vaugoubert),贝尔玛(Berma),康布尔梅(Cambremer),吉尔贝特(Gilberte)……严格来看,没有人能断定其含义,这种音节上的特性如此突出,也极为多见,以至于我们无法把它仅视为巧合而已。难道普鲁斯特写《追忆似水年华》是为了更好地呼吸吗? 写作是一件美好的事情③……

→ «*Albumine mentale*» "精神蛋白尿病", *Forcheville* (*Comte de*) 福尔什维勒(伯爵), *Frère* 弟弟, *Mort à jamais* 永远死去

阿尔弗雷德·阿格斯蒂内利(Agostinelli[Alfred])

这是一个聪明英俊的梦想家,留着当时流行的胡子,总是戴着一个像当时飞行员戴的那种皮质头盔。从照片上可以看出,他穿着"机械师"——当时我们如此称呼司机——的制服,挺起胸膛,这

---

① 作者的自传体散文。
② 在《追忆似水年华》(*À la Recherche du temps perdu*)的法文中,开始的"Recherche"与结尾的"perdu"中都有 er 音节。
③ 此处"事情"的法文原文为"affaire",也有与 er 同样的发音。

让人不禁联想到昆虫的外壳。他站得笔直,举止独特。他钟爱发动机机油、润滑油、柏油,这些都会弄得指甲乌黑,也会使浑身上下都充斥着机器的味道。

由于我们无法忽略,所以,我们也不可能不去观察:他是如何辗转地从具有雄浑男性气质的阿尔弗雷德化身成了阿尔贝蒂娜的,转换成了粉嫩的脸颊、洁白的牙齿和柔软的嘴唇——一个在《追忆似水年华》中被提到过2360次的年轻女孩。

如果真的存在这种转换,那么,有两个特点——仅有两个——可能在巧妙的性别转换中仍被保留下来了:其一就是名字的第一个字母,即阿格斯蒂内利(Agostinelli)与阿尔贝·纳米亚(Albert Nahmias)名字的第一个字母都是 A——后者是普鲁斯特的一个秘书;其二是"被囚禁"的身份,即被软禁在奥斯曼大街的公寓里……这并不是为了要提高可信度,也不是为了将似是而非的事情理直气壮地强行合理化。阿尔弗雷德·阿格斯蒂内利在马塞尔·普鲁斯特的生命中具有举足轻重的地位,是阿格斯蒂内利的奇思妙想赋予了普鲁斯特"无与伦比的创作禀赋,点燃了他的精神火花",我们应满足于这一确切事实。如果我们真的要将阿尔贝蒂娜的周期归结于阿尔弗雷德·阿格斯蒂内利的话,那他其实就是被称颂和赞美的对象。此外无他……

起初,毫无神秘之处:阿尔弗雷德是雅克·比泽(Jacques Bizet)所在的出租车公司的一名雇佣司机。根据季节的不同,他往返于蒙特卡罗(Monte-Carlo)和诺曼底海岸(Côte normande):寒冷的冬季,他会去蒙特卡罗;夏天,他就到诺曼底海岸。就是在这久负盛名的"堤岸"不远处,奥迪隆·阿尔巴雷——同一家出租车公司的雇员——遇到了他,后来又把他介绍到了"普鲁斯特先生"家工作,而普鲁斯特的出行频率极高,这就意味着他要不断使用车夫和信使,而且尤其偏好在夜间出行。由于阿尔弗雷德是方向盘的操控"大师",他善于保持谨慎,也能很好地完成普鲁斯特交代的各项任务(如运送花、冰啤、紧急书信等……),因此,他和妻子安娜(Anna)——大家都乐此不疲地称她是"极丑之人"——得以进驻普鲁斯特家中。不久后,阿格斯蒂内利渴望接受专业的培训——这促使他最终迷恋上飞机,并开始学习驾驶飞机。"普鲁斯特先生"给他提供了一部打字机,希望能将他培养成自己的秘书。此后,更为他支付在比克(Buc)机场——位于凡尔赛宫附近——的飞行课程的所有费用。

故事的后续就闻名遐迩了:阿尔弗雷德逃跑了,以"马塞尔·斯万"(«Marcel Swann»)之名(圣伯夫的追随者们总是就此幸灾乐祸,他们总喜欢将作品和作者本人的生活纠缠在一起……)注册加入了昂蒂布(Antibes)飞行俱乐部。他冲进飞机,自己驾驶着飞往朱安雷宾海岸(Juan-les-Pins)的上空,但由于他的操作失误,最终坠海身亡。可奇怪的是,他的尸首并未——像通常的溺水者那样——立刻浮于海面。而普鲁斯特不得不请求土伦基地的潜水员下水搜寻,最终在事发一周之后(1914年5月30日)才找到了阿尔弗雷德。而他的双眼早已被海里的鱼吞噬殆尽。据某些造谣者称,在像小偷一样逃跑之前,阿尔弗雷德就从他的雇主(普鲁斯特)家里偷了银器,全都装进一个包里,斜挂在肩上。正是这些赃物让他沉入海底,迟迟未浮上水面。后来,普鲁斯特收到了一封阿尔弗雷德的信,这是他在事故发生之前寄出的。同样地,阿尔贝蒂娜也是如此:眼泪,坠马,"阿尔贝蒂娜小姐走了",维沃纳河(Vivonne)——而非地中海,作家们对此一致认同,这样就可以顺理成章地将这一切混为一谈了。这是他们的特权。

阿尔弗雷德的坟墓仍然在库卡德(Caucade)公募,位于尼斯以西,离机场也很近。为了让当地政府保留住这处普鲁斯特的重要纪念地,众多普鲁斯特的虔诚追随者必然是付出了不懈的努力。

在熟知情况的塞莱斯特看来,阿尔弗雷德并非阿尔贝蒂娜。当然,阿尔弗雷德对普鲁斯特"先生"的态度温和,也极为忠诚,可以算是"被囚禁者",然而,他却并非那个被囚禁在奥斯曼大街公寓中的阿尔贝蒂娜。而她的丈夫奥迪隆也是这样,与阿尔弗雷德的情形很相似,但却从来没有人将他视为阿尔贝蒂娜的原型。这就是塞莱斯特:众人向她投以恶之花,而她却只视其为山楂花。

→*Albertine* 阿尔贝蒂娜,*Anges et aéroplanes* 天使与飞机,*«Précaution inutile»* 多余的谨慎,*Trois détails (concédés aux partisans de Sainte-Beuve)*(对圣伯夫追随者有所让步的)三个细节

阿格里真托亲王(Agrigente[Prince d'])

在《追忆似水年华》中,并非所有的失望都指向一次次的灾难或重新开始。叙述者"我"也会有温馨的失望,或许还是在欢笑中失望。

比如他第一次遇见阿格里真托亲王的时候,那可谓全书最诙谐幽默的段落之一:在他看来,王子的姓氏音节欢快,那本人似乎应该犹如"透明的玻璃一般,透过它似乎能看到:紫色的海水岸边,金黄色的阳光照射在古老城市的粉色立柱上",而事实上,这个王子只是个"粗俗的鳃角金龟子",这就算是他身上唯一仅剩的一丝魅力了;他与"他收藏的画作之名"也截然不同,画作与他本人毫无影射关系,他甚至从未认真看过这些画。那么,阿格里真托亲王究竟是谁的名字,或者是指向什么呢? 其实,他是狭隘渺小之人的代名词。他是一个虚伪的人,一个狭隘卑微的人,一个毫无想象力的吝啬鬼,一个沉迷于玩弄优雅的圆滑者。阿格里真托亲王到底是什么呢? 可以说,他是一种在双重意义上金玉其外的"灰-灰"(*«Gri-gri»*),一个徒有其表的名号,也是附庸高雅之人趋之若鹜的蜜糖:比如戈达尔(Cottard)家族和邦当(Bontemps)家族的人都争先恐后地争夺在他右侧的座位。

汉娜·阿伦特①是《追忆似水年华》的忠实研读者,她就是从该书中的这一人物——既是世上仅有的阿格里真托亲王,或许也是世上最不像阿格里真托亲王的人——身上汲取到了"平庸之恶"的直觉:正如最光鲜的名字有时只是在装饰癞蛤蟆,怪物和丑陋者往往并不与他们角色相对应的"丑恶"之外形。

→*Déception* 失望,*Naître(prince ou duc)* 生而为王(王子或公爵),*Onomastique* 专名学(人名研究)

阿尔贝蒂娜(Albertine)

一个年轻的花季少女,却过早地香消玉殒。她是孤儿,是《追忆似水年华》中极具撼动性的人物。她会为整部小说注入或高尚或危险的各种转折,但在小说的开头并未提及,我们对此也毫无预感。事实上,阿尔贝蒂娜·西莫内(Albertine Simonet)在小说下文中将会无处不在,以至于我们不能立刻就将该形象固化。那就让我们——像在小说叙事中一样——让她突然出现在大家面前吧。请允许我们让这位"被刺杀的白鸽"般的女孩(普鲁斯特也曾一度想以此作为该书的书名)以适合她的节奏来展现她自己吧。

我们也可以毫不犹豫地说:她是除了斯万和"妈妈"之外最常被提到的人物,也是最具流动性、最不可捉摸的人,更是一个"时刻逃逸"的人。能统领整部作品的唯一特权应该是归于她的,而她尤其是与其中两卷紧密相关:《女囚》(*La Prisonnière*)和《女逃亡者》(*La Fugitive*)——这两卷都是在普鲁斯特离世后才出版的。对普

---

① 汉娜·阿伦特(Hannah Arendt,1906—1975),德国裔思想家,她曾于1933年(纳粹上台后)流亡巴黎,被誉为二十世纪最伟大、具原创性的思想家和政治理论家之一。

鲁斯特而言，如果阿尔贝蒂娜并非如此重要且必要的话，那么他当时肯定会有充足的时间去亲自修改不太完善的稿子、组织篇章结构和最终的衔接措辞，而不至于最后把一堆杂乱的纸和笔记簿——边角上写满了让人苦恼的各种标注："措辞有待改善"、"有待确认"、"可能要移到别处"——都留给了他的出版商雅克·里维埃（Jacques Rivière）去整理（在他的弟弟罗贝尔·普鲁斯特协助下完成）。

因此，是她，唯一的她——如同死亡一样（她成为死亡所钟爱的工具）——才使得普鲁斯特的这部伟大的作品未能圆满完结。在普鲁斯特认为已经完成了这部巨著的那一刻，他就决定赋予她无可比拟的重要地位。这是绝对的轻率——当然，除了作者本人之外，谁也没有权利去如此抱怨、如此评断。普鲁斯特大概是预感到了这种极度的不协调，他将女主人公描写成"一个内心永无止境却具有一个封闭的外壳"的人，这难道不正是对《追忆似水年华》作品本身最好的定义吗？

我们所能确定的一点是：阿尔贝蒂娜这一人物诞生于1914年（十八岁）。如此算来，时至今日，这位年轻的女孩可谓是上百岁了。

→*Agostinelli*（*Alfred*）阿格斯蒂内利（阿尔弗雷德），*Anges et aéroplanes* 天使与飞机，*Du bon usage*（*de l'antisémitisme d'Albertine*）（阿尔贝蒂娜反犹主义思想的）典型运用，*Fin* 完结，«*Précaution inutile*» "多余的谨慎"，*Simonet*（*Albertine*）阿尔贝蒂娜（西莫内）

"精神蛋白尿病"（«Albumine mentale»）

《追忆似水年华》中的大多数医生都是愚蠢者的形象，这些学了医学的人都粗鲁苛刻、态度轻蔑、言行恶毒。

我们至少也可以举出以下三个例子：第一个是烦人的"E 教

授",在一次盖尔芒特家里的聚会上,这位 E 医生死缠着我①,喋喋不休地跟我谈论我外祖母去世的事情;第二个是粗俗的佩尔斯皮埃医生(Percepied),虽然他的样貌并不像一个阴险狡诈之人,但只要他想扮演一下这种坏人的角色,那他厚重的声音和粗重的眉毛还是很适合的,同时,丝毫不会有损他不可撼动——但其实他也不配拥有——的名誉,因为他就是一个治病救人的粗鲁之人;最后一个就是可恨的戈达尔医生,他可能是他们当中最狡诈、可恶的一个。

然而,毕竟还有一个医生是真正的骨子里的好医生——与熏蒸疗法和某些才华出众者的暴虐倾向无关,那就是出色的迪·布尔邦医生(docteur du Boulbon)。

他是位神经性疾病的专家,夏尔科②本人在临终前就曾预言:迪·布尔邦医生将会成为神经病学和精神病学领域的绝对权威。这位巴尔贝克的医生才智过人,拥有卓绝的创造性的智慧。他塌陷的鼻子,充血的眼睑,以及"长满柔软浓密胡须的厚实脸腮",这些都会让人感觉他长得很像丁托列托③——而这一切都丝毫不会损害整体的美观。正如叙述者一般,他也是贝戈特的崇拜者,他很欣赏这位作家"富有旋律感的文字"和古朴典雅的表述。如果非要说一下他唯一的自私之处的话,那就是为了要读完一本贝戈特的书,他偶尔会不惜让病人在一旁等待。但他是一位擅长于"减轻创伤"的伟大医生,也是唯一一个有能力做到以下这一点的医生:根据病人的不同性格和理解力差异来选择恰当有效的治疗方式。"哪怕病人只是皮肤发痒的小问题,他也会立即开出一副详尽的药方,并悉心叮嘱病人如何对应地使用药膏、洗剂或者是涂剂。"对于

---

① 指小说的叙述者。
② 夏尔科(Charcot,1825—1893),法国著名医学家、神经病理学专家、催眠师。他是精神病学的奠基人,也是弗洛伊德的老师。
③ 丁托列托(Tintoret,1518—1594),文艺复兴时期意大利著名画家,师承提香,画作风格属威尼斯画派。

他而言，疾病是一个存在性问题，而非仅仅是一个知识性问题。他认为，任何治疗都是患者的感受和医生的直觉之间的协调，这两者息息相关，不可分割。他说："医生用药物治愈了一种疾病，反而是在健康人身上引发了数十种疾病，因为他们总是向人们灌输一个'您病了'的思想，而这种致病因子远比任何细菌的毒害性都大——何止千倍。"与之相反地是，实证主义的格言却认为："疾病中最不重要的就是人。"医学并非一种精密科学。对于迪·布尔邦医生而言，医学是一门艺术。

治疗中毒的医术远远高丁戈达尔医生，这也正是后者所无法原谅和接受的。戈达尔曾说："他不是医生，他将医学变成了文学，那就是些荒唐疗法、江湖骗术而已。"面对这个卑鄙无耻的同行的贬低之言，如何能有力地证明他其实是一位天才医生呢？叙述者就公开认证道："在我的内心深处，我对迪·布尔邦大夫产生了无限的信任感，他总能以更加敏锐的视角洞察真理。"因此，当我们全家因外祖母巴蒂尔德（Bathilde）的病而陷入绝望之时，我们就请他来到外祖母的床边进行诊治，而当时，她因听信了戈达尔的消极建议，就一蹶不振，再也不出门，不下床了。外祖母对他说："我还有蛋白尿病。"而这位无微不至的哲学家一般的医生却机智地回答她："您怎么会知道呢？其实，您患的是一种我之前描述过的精神蛋白尿病。我们每个人都会遇到这种情况，当我们感到身体不适的时候，体内的蛋白会有骤然增多的迹象，但如果医生把这件事告诉我们，那么，我们体内的蛋白就会因此而持续上升。"

→*Asthme* 哮喘, *Nerfs*(*et pastiches*)神经（与模仿）, *Nez* 鼻子

土耳其大使夫人（Ambassadrice de Turquie）

社会阶层顶端的人们，如果只是看他们的表面，那会是很有趣的事情，但要忍受他们却很痛苦的事情。这些上流社会的人一直

自欺欺人地认为自己实实在在地生活在当中。正是这种愚蠢引领着所有的权贵名流，在这群人当中，最典型的就要数烦人的"土耳其大使夫人"了……

她是个极其愚蠢的女人，一个不见其人先闻其声的聒噪女人——就像是一股难闻的味道一样，她总是在你毫无准备的情况下就窜出来了，在你还没来得及反应过来的时候又消失不见了，仅剩"记忆的一丝嘲笑"算是从"彻底忘记"的漩涡中保留了一丝相关的痕迹。然而，她又广闻博见，具备极强的学习和模仿才能，无论是"万人大撤退的历史①还是鸟类的性倒错问题"，她学起来都易如反掌。而同样是这个愚蠢之极的女人，却通晓精神疾病、手淫问题、伊壁鸠鲁的哲学，甚至连政治经济等方面的问题都难不倒她："但她又总是错误百出，她会把品性善良贞洁的女人煞有介事地说成是放荡不羁的轻浮女人，会怂恿你提防一位其实毫无恶意的谦谦君子。她会把这些说得像是书中的故事，但并不是因为她的描绘有多严谨可信，而是因为荒诞不经。"

这位大使夫人不仅愚蠢，而且还恶毒。比如，她曾向叙述者信誓旦旦地说盖尔芒特公爵更喜欢男孩，果真如此的话，那这会让他的兄弟德·夏吕斯男爵很失望的——她坚持要称他为"梅梅"（«Mémé»）②，而这个昵称是仅用于男爵家族内部的。为了能参加各种盛大交际晚会，她总会炫耀摆弄自己的关系网，并以此为"要挟"换取她进入社交场合的入场券或者通行证。在她所说的这些关系中，甚至都不涉及盖尔芒特公爵夫人的表亲（而公爵夫人估计

---

① 公元前401年—公元前399年，西方历史上最著名的一次撤退行动。波斯内战期间，波斯国王小居鲁士征用一万多名希腊雇佣军，进行争夺王位之战。此后，这批希腊雇佣军在色诺芬和彻里索弗斯的率领之下，克服重重困难，向黑海撤退，返回希腊。此次撤退行动，历时14个月，行程6000公里，最终有6000人成功返回希腊，是为后世不断效仿的一次成功的撤退行动。

② 夏吕斯男爵的昵称。

已经有几百位表亲了)之类,她会刻意展露出对盖尔芒特亲王夫人的好感和盛赞——因为亲王夫人曾邀请她参加过一次晚会,这种做法也一跃成为她的辅助手段。具体来看,也正是从这一点来说,土耳其大使夫人是有用处的。叙述者认为土耳其夫人的个例具有普遍意义,因为她,叙述者明白了"要解释对某个人的主要(四分之三的)看法,根本不需要论及感情受伤之类的缘由(……)。她对别人的评判始终是待定的:拒绝或接受邀请那一刻才会确定下来"。也就是因为这样,出尔反尔的大使夫人在赞美盖尔芒特亲王夫人时,可以说是真心诚意的:她对别人的评判视情况而定,也会根据形式的变化而变化,因此,这种评判可谓是逐渐地真诚起来,或者说真实起来。

总之,在这些被明星们所抛弃的沙龙中,土耳其大使夫人填补了"明星"这一空缺:她出色地扮演了沙龙中的闪光人物。她作为异国的大使夫人跻身于上流社会的交际圈,而"这个圈子中的女人都热衷于出风头,因此,她们绝对不会错过任何一个宴会"。某些不张扬的端庄之人就远没有她们重要了。已然如此了。

→*Maladresses* 笨拙

爱(Amour)

如果我们暂且不论及普鲁斯特的家族特性(尤其是他的母亲和外祖母那边的关系),爱——尽管是最多被谈论到的主题——在普鲁斯特身上反而是最不显著的情感。在他身上,爱是一种焦虑的后遗症,焦虑"转移之后与他本人融合在一起了"。这也是一种不具备固有价值的情感,它只是在缺失的时候才会被察觉到。我们的痛苦只是源于它的缺失,似乎它只是自己庞大"影子"的产物,即嫉妒。普鲁斯特式的爱的已弱化为间接式或填补式的存在("我们之所以会爱上某些人,是因为我们别无他法,而只能如此……")。那它仅有的好处有哪些呢？它能让我们暂时不去看眼前的现实，而且，它与生活如影随形，并让生活变得更加深刻、立体而生动、复杂而崇高。

如果没有斯万的爱情，那彼鲁兹大街（奥黛特·德·克雷西［Odette de Crécy］居住的地方）可能就只是一条跟其他街道没有任何区别的普通街道，巴尔贝克的小英国榆树也可能就只是一颗小榆树而已，而不会成为一场迷人旅行的借口。普鲁斯特想要成为一个"爱的佛教徒"（埃马纽埃尔·贝勒①用语），但他总是无法做到，因为尽管他怀疑爱情，但他禁不住想要被爱。关于普鲁斯特的各种既成观点，如果要就此出版一部词典的话，那"爱"（病理学情感）的定义应该是简单概括如下："爱：由幻想之门而入，由倦怠之门而出……"

由此，让我们来回忆一下发生在普鲁斯特和年轻的贝勒之间的一次残酷而滑稽的争吵：当贝勒问普鲁斯特"他想象中的爱情与手淫之间有何不同"时，普鲁斯特生气地将拖鞋扔到他身上，并将他赶了出去。但普鲁斯特从未回答过这个问题。

在整部《追忆似水年华》中，回顾其中所有人和事，除了几次短暂的轰轰烈烈的感情之外，只有一次爱情，它既平淡又真实：将德·维尔巴里西斯侯爵夫人（marquise de Villeparisis）和德·诺布瓦先生（M. de Norpois）紧密相连的那种持久的爱情。他们两人对感情的要求极少，也因此都得到了满足。

而所有的其他人都会因爱而痛苦，会背叛、嫉妒、逃避……在《追忆似水年华》中，普鲁斯特式的爱情总是与暴力、罪恶或威胁性的词汇有关。最相近的修饰词汇有："捕获"、"监视"、"占有"、"骗

---

① 埃马纽埃尔·贝勒（Emmanuel Berl，1892—1976），历史学家、评论家、记者，出身于一个犹太贵族家庭，与柏格森和普鲁斯特均有亲属关系，于1917年认识普鲁斯特。曾于1967年荣获法兰西文学院大奖。

取"、"折磨"、"杀死"、"监禁"等等。对于普鲁斯特式的爱情而言，人如昆虫。而人的爱情心理更接近于昆虫学中的契约，而非悲伤的诗歌。

→Berl(Emmanuel)埃马纽埃尔·贝勒, Insect 昆虫, Jalousie (neuf théorèmes) 嫉妒（九条定理）

改变字母原有位置所构成的词(Anagrammes)

关于马塞尔（普鲁斯特）式的癖好，有很多可以探讨和总结的东西。这种癖好主要体现在——当一个姓氏出现时——对同音异义和对调音素（或音节）等微妙复杂的文字游戏的大胆探索上。从《追忆似水年华》的作者与未来的法国元帅①遥相对峙的那一段开始，这种对于音素倒置的偏好就正式展露出来，这部分可谓该偏好的起始点。

让我们来回顾一下这段生动而别致的描述：1888 年至 1892 年期间，普鲁斯特经常参加贝涅尔家(les Baignères)在巴黎和卡布尔(Cabourg)组织的沙龙活动，而当时于贝尔·利奥泰(Hubert Lyautey)也是通过参加这些沙龙开始在社交界崭露头角。贝涅尔一家人想为马塞尔安排婚事，就在拉芒什海峡组织了一次出海游艇旅行，目的就是让马塞尔能有机会向他们为他挑选好的对象——伊娜斯·德·布尔戈昂(Inès de Bourgoing)，福图尔侯爵(Fortoul)的遗孀—献殷勤。但因为天气恶劣，此次游艇旅行就如同灾难一般，普鲁斯特自始至终都没有离开他的房间，结婚的事早就被忘到九霄云外了。然而，几年后，于贝尔·利奥泰——众所周知的同性恋，也热衷于追求陪嫁财产——也受贝涅尔家的邀约参加了另外一次在地中海举办的游艇旅行，而这一次，利奥泰最终成

---

① 指的是下文提到的于贝尔·利奥泰(Hubert Lyautey)。

功娶到了闻名遐迩的福图尔侯爵的遗孀,当然,这位寡妇的"包"(惯用这一词来指待嫁女人的嫁妆)也极大地满足了他的野心。

说到这里之后,我们再去思考他们之间神奇的命运交叉:本来能嫁给一个天才作家的女人,最终却嫁给了一个军事界的名人。然而,这一切才刚刚开始……

事实上,这一部分完全是没有事实依据的趣闻轶事,但却一直让普鲁斯特印象深刻,以至于他此后总是不断暗中影射这一事件。而此处确实借用了著名军人的姓氏:利奥泰(Lyautey)＝被偷的床(litôté)①,当然,作为一个丈夫——鉴于他的品行,他根本没有消费自己伴侣的意图,这一点是最起码的也是最明显的。但普鲁斯特并没有就此罢手:福图尔侯爵的遗孀(Fortoul 与 Forte Houle 谐音,而后者的意思为"激烈的海浪")很快就将她大部分的特性转化到了(marquise de Cambremer,而 Cambremer 经过音素倒置后就变成 Mer Cambrée,意即"拱起的海")的身上,比如汉尼拔·德·布雷奥代(Hannibal de Bréauté)曾气愤地指责"被偷的长裤"(braies ôtées);这种"长裤"(«braies»)若按照身形收紧修剪至脚踝处,就做成了利奥泰在北非时征集骑兵②的制服。在此基础上,我们还可以再来说一下福图尔侯爵夫人的兄弟勒格朗丹(Legrandin),该名字的发音听起来就是 le Grand Un,这可以看作是利奥泰名字(Lyautey)中 Haut Té 的同意调换词③。同样地,沃古贝尔侯爵(Vaugoubert)——一位外交家,偏好狄奥多西国王(Théodose)宫廷中的美男子——这是对利奥泰的癖好(goûts d'Hubert)的一种非常直白的影射④:喜欢年轻美男的癖好,而利

---

① 从语音方面的文字游戏,即 Lyautey(利奥泰)与 lit ôté(被偷的床)的发音相似。

② 法国在北非殖民地征集当地人组成北非骑兵。

③ 因为 Grand Un 与 Haut Té 的含义都可以对应地解释为:很高大的一个人。

④ Vaugoubert 和 goûts d'Hubert 的发音相似,此处亦为文字游戏。

奥泰在拉巴特(Rabat)①时,身边也环绕着众多年轻英俊的军官。由此我们可以看出,这种同音异义的文字游戏在小说中屡见不鲜,普鲁斯特在不断地运用这一报复性的诙谐手法。通常来看,利奥泰的大部分态度和想法都体现在了德·夏吕斯男爵的身上——如果只是通过罗贝尔·德·孟德斯鸠(Robert de Montesquiou)这个角度去看待他的话②,那我们就错了——而且,在《追忆似水年华》中,圣日耳曼区——被比作"菲吉格③(Figuig)的绿洲"——总是展现出摩洛哥式的异域风情(否则的话,在盖尔芒特家的草垫上怎么会有一个清真寺的塔尖和两棵棕榈树呢?),具体来说,正是从菲吉格的绿洲开始,随着利奥泰的消停,一切才尽可能地平静下来。

这样,从喝茶的利奥泰到莱奥妮姑妈(Tante Léonie)的床,从斯万(用英语游泳一词指向贝涅尔家)到盖尔芒特一家,无论何时提及这次游艇之旅时,我们都能读到从澎湃的大海中激荡出的种种动荡词汇,这些词汇都是普鲁斯特从这次失败的婚姻配对中被激发出来的,他乐此不疲地打乱音素音节,游戏文字。

→*Inversion* 倒置,*Lièvre* 野兔,*Onomastique* 专名学(人名研究),*Swann*(*Charles*)斯万(夏尔)

安德蕾(Andrée)

对于喜欢从传记角度来解读的人来说,他们很容易就能发现:阿尔贝蒂娜的女友安德蕾——叙述者在经过几年的悲伤④之后终于向她示好——是一个"男人"的名字(源于希腊语 *andros*)。

---

① 摩洛哥的城市。1912 年,摩洛哥沦为法国的保护国,而利奥泰则被任命为驻摩洛哥殖民军司令和总督,成为其保护国的首领。
② 很多学者认为,孟德斯鸠就是德·夏吕斯男爵的原型。
③ 摩洛哥东北部的市镇,地处绿洲,位于高原区与撒哈拉沙漠的交界处。
④ 因阿尔贝蒂娜的去世而悲伤。

但这一点确实是既真实又可靠,无可辩驳。然而,这种信息并不会牵扯出任何其他有价值的问题,因此,一旦被掌握了也就慢慢失去了价值。而从另一方面来看,这一点也能激发出另外的主题:当我们只去读《追忆似水年华》原文的话,便会发现安德蕾——"高大的安德蕾"、"女性中的纨绔子弟"——其实是"另一个我"(alter ego)(叙述者):

"这时,我从镜子中看到自己,我惊讶地发现我和安德蕾之间有某种相似之处。若不是我很久以来都不刮胡子了,若是我刮得干净只留一点胡茬的话,那这种相似就不止是一点了,而可谓是完全的一模一样了……"

理性聪慧,但又爱凭直觉做事,这就是安德蕾,她也是诸多年轻女孩中唯一喜欢让叙述者陪她打高夫、跳华尔兹的人;也是她洞察到了马塞尔的极端脆弱,并任凭他去跟谢了花的一丛山楂树——这勾起了他对童年和吉尔贝特(Gilberte)的回忆——聊天倾诉。如果他并未爱上安德蕾,那是因为:起初他以为她富有激情、健康向上、为人质朴,而事实上恰恰相反,她之后逐渐展现出了她的脆弱本质,也是一个苦苦寻求健康的人。在他看来,她"太聪慧,太紧绷,太病态",一言以盖之,她跟他太像了。

"怎么,您对此一无所知?"阿尔贝蒂娜对他说,"我们可是经常拿这件事开玩笑呢。况且,您难道没有注意到她其实都在学您说话的样子以及您思考推理的方式吗?尤其是每次她刚去过您那儿之后,就更加明显了。根本不需要她告诉我们她是否刚跟您见过面。只要她刚见过您,那她一回来就立刻一目了然了。然后,我们就相互对视而笑,不亦乐乎。她当时就像一个烧炭工一样,明明浑身都是黑煤灰,还在那儿故作姿态,想让大家以为她不是个烧炭工。"

此外,安德蕾跟阿尔贝蒂娜一样,虽然很富有但都是可怜的孤儿,安德蕾表现得如同阿尔贝蒂娜的第二保护者。谁知道,是否也正是因此—某天晚上,闭上眼睛,在似睡非睡的迷糊状态,阿尔贝蒂娜温柔地对着叙述者叫安德蕾?"'你在做梦呢?我不是安德蕾。'我笑着对她说。她也笑了笑说:'哦,不是的,我刚刚是想问安德蕾之前对你说什么来着。'——'我还以为你也曾像这样睡在她身边呢。'——'噢不,从来没有过。'她对我说。只是在这样回答我之前,她还一度用手捂住自己的脸。"这种模拟性的身份也使得本来怀着嫉妒心理的叙述者(他从未真正透彻地了解阿尔贝蒂娜),最终还是决定不再去纠结这两个女人之间是否真的发生过什么苟且之事——尽管安德蕾的态度从一开始的否认变成了后来的承认:事实上,他所谈的是他自己吗,是他在她身上的体现吗,还是她在他身上的体现?

→*Gomorrhe*(*sous le regard de Natalie Clifford Barney*)(纳塔莉·克利福·巴内眼中的)蛾摩拉

天使与飞机(Anges et aéroplanes)

《追忆似水年华》中所叙述的最基本的主要经历构成了小说的主干,而与此同时还伴随着(圣勒里)钟楼的线条、小玛德莱娜的味道以及"遥远的轰鸣着的飞机的壮观"等琐碎的小事。那用意是什么呢?为什么会赋予飞机这么重要的地位呢?这些"人造的流星"具有怎样的隐喻之意?难道是对天使们生活的想象……?

其实,在《追忆似水年华》中,在天空中飞翔的飞机就宛如人类自己在天空的对应物:脱离了地球引力,顺着一种与之相反的吸引力,飞机在"空间的所有路线"的中心自由翱翔直至消失。从这个角度来说,飞机犹如乔托①壁画中的天使,起初头朝下冲向地面,两侧的翅膀为它们保驾护航,能让它们在与地心引力背道而驰的

---

① 乔托(Giotto,约1266—1337),意大利文艺复兴初期的画家,被誉为欧洲近代绘画之父,是公认的写实画风的鼻祖,曾于1303年至1305年期间为帕多瓦的阿林娜圣母寺作画,该壁画也成为他的杰出代表作之一。

艰难条件下维持平衡、继续飞行,也能让它们在蓝天中随意翻筋斗——就像是加洛斯①亲自教导的年轻学生一样厉害。当叙述者提到"没有翅膀的天空飞人"时,他指的是天使还是飞行员呢?这自然是无法确定的。

在天使与飞机之间,阿尔贝蒂娜往返其中,成为两者的沟通纽带。她很迷恋"那种不断起飞和降落的飞行生活,乘坐飞机兜风都让她心旷神怡,这为她在航空兵营附近的闲逛增添了无限魅力"。在她看来,没有什么能比一架飞机的起飞更激动人心了,尤其是当飞机以"水平速度"起飞后又以令人眩晕的方式"勇猛地垂直地向上攀升"。另外,当她尝试绘画的时候,她也特别喜欢描绘那些装饰着凯特奥尔姆教堂(Quetteholme)正面的天使们(埃尔斯蒂尔[Elstir]曾对她说过,"力图以一种崇高的神韵创造出与众不同的天使,与他所见到的任何天使都迥然不同")。同样还是阿尔贝蒂娜,仅凭胡蜂般的嗡嗡声就能确认出根本看不见的飞机的位置,由此也能逐渐看到它细小闪光的棕色翅膀,在冲向蓝天时,在天空的蔚蓝中划出了道道弧线。最后,还是阿尔贝蒂娜——根据艾梅(Aimé)的汇报(在她去世后,艾梅便去往巴尔贝克去调查她的品行和习惯)——总爱出于寻乐地啃咬一个年轻的洗衣女工,并在几近昏厥的状态时对她说"你让我快活得像天使一般"。

我们可以把冲向天空的飞机看作是返回故国,或者是被上帝贬至所多玛(Sodome)或蛾摩拉的天使——为了证明那些罪恶(它们的喧嚣已经升入天际)都是"复活的象征",然而,更重要的是:关键不是要为灵魂不死的假设进行辩护,而是为了要进行艺术创作。在这一点上,用普鲁斯特式的语言来表达的话,那就是:将神圣而高尚的情操转化为创作的能量。

---

① 罗兰·加洛斯(Roland Garros, 1888—1918),法国著名飞行员,第一次世界大战之前就是公认的优秀飞行员,并于一战期间驾驶战斗机参加空战。

→*Agostinelli*(*Alfred*) 阿格斯蒂内利（阿尔弗雷德），*Enterrement* 埋葬

英国（Angleterre）

对于马塞尔而言，英国总是那么优雅美丽。那是一个迷人的岛国，到处都是优雅的举止、翩翩的风度、苍白的肤色、优雅的礼节、考究的穿着、言语的讽喻。这想象中的诸多魅力让他非常着迷，然而，他对英语的掌握却远不及此，只能勉强地说一下，尽管他对英国十分钟爱，尤其赞赏英国的一些画家和艺术家。比如，他非常了解哈代①、吉卜林②和乔治·艾略特③（"两页《弗洛斯河上的磨坊》已让我泪流满面……"），详细的也可参阅他对拉斯金④作品的"翻译"，而这项翻译工作是在他在母亲和玛丽·诺德琳格⑤——雷纳尔多·哈恩⑥的表妹——的协助下才得以完成的。

---

① 托马斯·哈代（Thomas Hardy，1840年6月2日—1928年1月11日），英国作家，代表作《德伯家的苔丝》《无名的裘德》，深刻地揭露和批判了工业文明和道德。
② 约瑟夫·鲁德亚德·吉卜林（Joseph Rudyard Kipling，1865—1936），19世纪英国小说家、诗人。笔触凝练，极具异国情调，曾于1907年获诺贝尔文学奖，是英国第一位获得此项殊荣的作家。
③ 乔治·艾略特（George Eliot，1819—1880），19世纪英语文学中最具影响力的小说家之一。擅长细致入微的人物外貌及内心的描写。
④ 约翰·拉斯金（John Ruskin，1819—1900），英国作家、艺术家、哲学家。他因1843年发表的《现代画家》（*Modern Painters*）一书而成名。被誉为维多利亚时代伟大的艺术家、"美的使者"。
⑤ 玛丽·诺德琳格（Marie Nordlinger，1876—1961），一位英国画家、雕塑家，偏好歌特式教堂，是普鲁斯特的朋友。她凭借英语母语的优势协助普鲁斯特翻译拉斯金的作品《芝麻与百合》（*Sesame and Lillies*）。
⑥ 雷纳尔多·哈恩（Reynaldo Hahn，1874—1947），委内瑞拉裔法国作曲家，天才钢琴家。一战后曾在戛纳和巴黎的歌剧院担任指挥，是普鲁斯特的同性恋密友，分手后也保持了终身的友谊。普鲁斯特也曾直言："我的一切成就，都要感谢哈恩。"

普鲁斯特对拉斯金作品的翻译所体现出的就是他对神秘英国的象征意义所作出的最精辟的解读：该部分对那些存留下来的东西进行去粗取精的鉴赏。

同样地，奥黛特也展现出了她始终不变的英式风格。当她还是孩子的时候，就疯狂迷恋一个富有的英国人。她还总是蹩脚地运用着"英式"的言行举止。无论什么事，她都以此为榜样："我们的泰晤士河边的好邻居"、"我们忠诚的盟友"之类的，还穿插着"five o'clock"、"royalties"、"nurses"和"catleyas"（具体来说，是指威廉姆·卡特来[William Cattley]命名过的一种洋兰）等各种英文词汇。有着甜美词汇的英格兰已经成为一种悦耳的灵药，殊不知它里面包裹着败絮的过往，只是金玉其外而已，而社会性的遗忘仍使它被搁置于优越区域。斯万也是如此，他是德·加勒王子（Galles）的朋友，骑师俱乐部（Jockey-Club）的犹太人，他之所以能加入这个圈子，大概就要归功于他这个英国的姓氏。况且，英国已彻底清理了血统出身问题，犹太民族已被取消，就连一丁点儿出身问题上的缺陷都看不出来了。从这一方面来看，阿尔贝·布洛克（Albert Bloch）是错误的——他认为能够清除隐藏在他可笑的法语姓氏（du Rozier）背后的血统问题。但事实上，只有在英国——他的英文发音也极为不准——这唯一的国家才会允许类似的规避现象。

关于最后这一点，我们需要提到布洛克的原型之一，那就是弗朗西斯·德·克鲁瓦塞（Francis de Croisset）——又名弗朗斯·维纳（Franz Wiener）——这位通俗剧作家，他比小说中的人物①更加狡黠，得益于他母亲是英国人，他毫不费力地就成为了法兰西学院的院士，也成为了像德·舍维涅伯爵夫人（comtesse de Chevigné）②，因盖尔芒特公爵夫人这一形象而闻名）的

---

① 指的是小说中的剧作家布洛克。
② 被认为是盖尔芒特公爵夫人的主要原型之一。

女婿。

最后需要指出的是,普鲁斯特在向他的朋友威利·西思(Willie Heath)——英国雅士贵族的原型,我们对他了解甚少,马塞尔曾于1913年与他有过短暂的交往——赠送他的第一本书《欢乐与时日》(Les Plaisirs et les Jours)时,他题写的献词也让很多亲近的人都感到惊讶,他们发现他对接受献词者极力奉承,似乎证明了两人之间的模糊关系。但很显然,当时的确应该在写《追忆似水年华》之前先来一点英国风格的东西,这有点像是在房子的门前挂几头大蒜用来驱赶吸血鬼一样。

→Joyce(James)乔伊斯(詹姆斯),Lièvre 野兔,Modèle 原型,Particule élémentaire 贵族姓氏前置词,Swann(Charles)斯万(夏尔),Tissot(James)蒂索(詹姆斯)

夏吕斯的反犹太主义(Antisémitisme [de Charlus])

在德·夏吕斯男爵的一大段荒谬的言论中——其目的仅仅是想要知道布洛克的地址而已,他一边重申着"自己不是要谴责所有的犹太人,因为在布洛克身后的整个犹太民族中,也有如同斯宾诺莎(Spinoza)一样杰出的后代",而另一边,他又深感愤慨:为什么那些富有的犹太人要糟蹋亵渎这些古老的区域?为什么——如果不是因为他们天生就有渎圣的癖好的话——他们不一直住在犹太人区(在那里,很多店铺都标有"希伯来文字",有做"圣体饼的作坊",也有"犹太肉店"),而是像鸽子一样①,总会选择住在"隐修院"、"修道院"、"寺院"、"教堂"或者"主教桥"之类地方?大概也是由此,他又接着说:"这个怪异的犹太人曾蒸熟了圣体饼,这之后,

---

① 原文用的是西翁(Sion)的孩子,此处的保罗·西翁(Paul Sion)是法国著名赛鸽家、育种家。

也会有人将他本人蒸熟,而其中更加怪异的地方就在于:似乎这样一来,一个犹太人的身体岂不就跟上帝的身体①具有同等的意义和价值了吗?"

从传统贵族那里承袭下来的反犹太主义思想已经达到了疯狂的顶峰,比如夏吕斯一边紧握着叙述者的胳膊——都到了快要握断的程度了,一边请求叙述者告诉布洛克能让自己也出席一下犹太人的礼拜堂聚会、割礼或者唱诗活动,希望能让他看一出取材于《圣经》的消遣剧,比如儿子可以刺伤他的父亲,就像少年大卫杀死巨人歌利亚(David Goliath)②一样。这件事让叙述者陷入了深思,他并没有忽略德·夏吕斯男爵的仁慈之心,而是开始思考着:在同一个人身上会有善与恶同时并存。

→ *Judaïsme* 犹太民族,*Montjouvain*(*Première vision de*) 蒙舒凡(初见),*Profanation* 对圣物的亵渎

支持重审德雷福斯案的反犹太主义(Antisémitisme [dreyfusard])

在《追忆似水年华》中,没有反对重审德雷福斯(Dreyfus)案的,而也有十足的反犹太主义者却支持案件重审。这难道说明了一个问题,即犹太主义者比犹太人更容易从与自己主旨相违背的角度去思考问题?还是说在《追忆似水年华》的那个年代,大家对德雷福斯无知这一事实已经严重到了每个人。无论他是不是反犹太主义者——都会加入到支持重审的阵营当中?

同样地,盖尔芒特公爵的"间歇性"反犹太主义观念会让

---

① 因为圣体饼指代的是上帝的身体。
② 源于《圣经旧约》中的故事。大卫是以色列著名的国王(公元前11世纪—公元前12世纪),当他还是个年少的牧羊人,他英勇无畏地杀死了腓力斯巨人歌利亚,之后成为以色列著名的国王。

他——根据具体情况来决定——截然不同的态度和转变:比如,他在骑师俱乐部的主席竞选中落选的主要原因是:她妻子与犹太人斯万是朋友关系,仅此一点就足以让他成为狂热的反德雷福斯派("这种可怕的罪刑并不仅仅是一桩关于犹太人的诉讼案件,更是一件关系全国的大事,因为这很可能会给整个法国带来可怕的后果,法国应该要驱逐所有的犹太人……");又比如,他后来结交了支持重审的三位优雅的夫人,这又足以让他改变观点("好吧,德雷福斯案件将会被重审的,而他也会被宣告无罪的;我们不能在毫无罪证的情况下去判一个人的罪吧")。

但最惊人的三位支持重审德雷福斯案的反犹太主义者,当属德·夏吕斯男爵、维尔迪兰夫人(Mme Verdurin)和萨兹拉夫人(Mme Sazerat)。

自相矛盾的是,正是出于反犹太主义,夏吕斯才惊讶于大家对德雷福斯叛国罪的指控,因为在他看来,犹太人都是外来人,他说:"(德雷福斯如果是)犯下了背叛自己祖国的罪,那可以说他叛国——假如他背叛了犹德(Judée)①,但这跟法国有什么关系呢?……作为外来犹太人的德雷福斯或许可以被定罪为:违背了其接待国的好客之道。"德·夏吕斯男爵非常厌恶这一事件,因为他认为因该事件而出现的法兰西祖国联盟②成员的集会严重"扰乱了社会",而他的表亲们都还在家里举办类似的聚会,"就好像是一种政治见解赋予了(他们)一种社会资格"。

而关于维尔迪兰夫人,她强烈的激进主义思想(以及因为爱国者圈子比她的激进主义组织更有威信,这让她心情很糟糕)致使她在任何情况下都极力维护德雷福斯的清白——而她的普通反犹主

---

① 该地区位于巴勒斯坦的南部,是古代犹太人国家的中心地区。此处指的是当时的犹太人王国(公元前935—公元前586)。
② 这是一个反对重审德雷福斯案件的组织,主要由部分教权主义者、反犹太主义者和民族主义者组成。

义思想其实并没有被该事件所动摇,还认为反重审此案的那些人都很愚蠢,德雷福斯沙龙就如同当年的巴黎公社沙龙一样处于困惑的境地。

最后,毫无缘由地,出乎所有人意料的是萨兹拉夫人(在贡布雷的熟人)狂热地沉迷于德雷福斯的案件,甚至都到了失礼的程度了……这是一种冷漠的礼仪,是"迫于对某个犯下罪过的人的礼貌",此后的某一天,叙述者的父亲也以同样冷漠的礼仪对待她,而她最终被说服了,认为德雷福斯是有罪的。但叙述者的父亲在他妻子的要求之下,出于仁慈之礼,还是去拜访了她。而对于叙述者的父亲的妻子,萨兹拉夫人也拒绝跟她握手,这之前对她的笑意也是"带着一种伤心而模糊的神情,就像是面对着一个长大后因对方生活放荡而彻底不联系的一个童年的玩伴"……更让人惊讶的是:自此以后,在贡布雷,她对叙述者的父母在家中接待青年犹太人布洛克的事深感气愤,而她还和布洛克的父亲成为朋友(他在这位夫人的反犹太主义思想中看到了"她对自我信仰的虔诚以及德雷福斯支持者们的真正想法"),这也给了她一个可以友好地对待某个特殊犹太人的机会,而与此同时,也让她能够自然而然地讲着普通犹太人的坏话,看似无伤大雅地伤害着别人。

→*Bloch*（*Albert*）阿尔贝·布洛克,*Haine juive de soi* 犹太人的自我仇恨

玻璃鱼缸(Aquarium)

出于同一阶层,就意味着处于这一阶层之外。年轻的贵族们总是聚在一起吃饭(因为他们最无法接受的就是跟圈子之外的人分享他们的生活),而且他们会以某些细微的特征(一个感叹或者一件为了打牌而穿的亮眼的长裙)来确认谁属于自己的"族群"。他们被困在生活的惯性之中,而此类生活习惯也使他们根本看不

透这种"受周围环境影响的生活之谜"了:"无数漫长的下午,在他们面前的大海只不过就像那幅挂在某个单身贵妇小客厅的色彩柔和的油画而已。在打牌的某个人,在出牌的间隙无所事事了,才偶尔抬起头看一眼这大海,想从中看出点关于好天气或者时间的迹象,然后可以提醒一下大家一会儿还有下午茶呢。"究竟需要多久,这些奢侈动物们能从这种失重的状态中清醒过来,避免被众多贪婪的捕鱼者所捕获,避免遭受工人和小资产阶级的窥探——黑夜降临时,他们会蜂拥而入,挤在巴尔贝克大饭店餐厅的玻璃门口,"为了要窥视这些人在金光摇曳中的奢侈生活,对于贫穷的人而言,这种生活就如同奇异的鱼类和软体动物的生活一样不可思议"? 之后,叙述者又接着讨论道:"这其实是一个很重要的社会问题,那就是要了解:玻璃壁是否能永远地保护这些奇妙动物们的盛宴? 在黑夜中,躲在暗处的人贪婪地凝望着这一切,他们会不会来逮住他们放进玻璃鱼缸中,再吃掉他们呢?"

左派的普鲁斯特研究者们极力地将这种两个阶层间的直接冲突削弱简化为阶级斗争的原动力,而与此相比,原文实则更具革命性,更引人关注。因为相比较而言,巴尔贝克大饭店的奢侈的鱼们并没有如此惧怕那些用眼神吞没他们的确定性的混杂人群,而是更害怕或许就待在那里的作家——"人文鱼类学的研究者,他注视着年老的女怪物的下颌正在咬合吞食着食物",他将这些怪物"按照种类、先天特性和后天特性"进行分类,"比如根据这些后天习得的特性就能确认:这是一位年老的塞尔维亚女人——从她的口腔的附属部位就能看出她是一条大海鱼,因为从童年开始,她就生活在圣日耳曼区的淡水中,就像拉罗什富科家族的人(La Rochefoucauld)①一样,吃着沙拉长大"。

真正的颠覆并不是用穷人的胃代替富人的胃,那样的话,就要

---

① 法国的古老贵族之一。

轮到穷人的胃——既然已经抢占到了羡慕已久的位子——成为被牺牲的对象了。真正的颠覆是将每一个都看作是不同的动物——吃饱满足的或者饥饿危险的,是将任何东西都看作是一个美学现象,而不是去评判它的悲惨程度、富有程度或者所具备的道德高度等方面的价值。"真正的禀赋在于反射力,而不在于被反射物所固有的品质。"

→*Lutte des classes* 阶级斗争,*Malaparte*(*Curzio*)马拉帕尔泰(库尔乔)

阿尔卡德路(11号)(Arcade[11, rue de l'])

这是巴黎玛德莱娜区的马里尼酒店(Marigny)的地址,是阿尔贝·勒屈齐亚(Albert Le Cuziat,又名朱皮安)妓院,今天那里仍然耸立着一座酒店,但应该已经不再是之前的那种"放荡与丑恶的天堂"——让普鲁斯特、瓦尔特·本雅明①、儒昂多②、莫里斯·萨克斯③等文人们纵情狂欢(或许也会深感恐惧)的地方。因为这众多的交际关系,勒屈齐亚——这位"活跃的名流"(引自马塞尔),"地狱尊贵的王子"(莫里斯·萨克斯用语)——在那里建立了一所妓院,跟同行的其他几所远近闻名的妓院齐名:著名的勃朗峰酒店和马德里酒店。那些疲于经营权势声望的人成为这所妓院的常客,他们乐此不疲地在那儿上演着某些社会群体的不可告人的癖好。

在这里,年轻的男孩、"流氓"、获准外出的军人或身无分文的穷光蛋们都主动献身于资产阶级、工商企业家和贵族们。妓院,也

---

① 瓦尔特·本雅明(Walter Benjamin,1892—1940),德国犹太人学者,现代著名思想家、哲学家和文学批评家。
② 马塞尔·儒昂多(Marcel Jouhandeau,1888—1979),法国天主教作家。
③ 莫里斯·萨克斯(Maurice Sachs,1909—1945),法国犹太作家。

会向这些常客们进行匿名推荐,这更让他们感到兴奋刺激。马塞尔·儒昂多曾在《性爱研究,道德价值的抽象结构研究》(*Érotologie, un algèbre des valeurs morales*)中这样写道:"我也从这扇狭窄的小门,因为我已经闭上眼睛,我不知道谁看到了我……大家都能看到我跨越了自我羞耻的极限……在一张挂着暗淡帷帐的粉色羊毛的大床上,我史无前例地与匿名的美人——或者更应该说是在美貌遮盖之下的匿名人——融为一体。我不知道……"一位保守派的国民议会议员也来这儿,而且是在一场议会会议和他女儿婚礼之间的空当过来。一位王子在这儿被鞭打,另一位还跟肉店的小伙们打牌。为了让勒屈齐亚名正言顺地立足,马塞尔·普鲁斯特做出了很大努力,因此,勒屈齐亚也相应地为他提供了多个可选的节目。

关于这种类型的匿名所激发出的独特快感,我们将——跨越一个世纪——参考米歇尔·福柯(Michel Foucault)就此指出的("快乐的知识"(«Le gai savoir»),与让·勒比图(Jean Le Bitoux)的谈话,《H 杂志》(*La Revue H*),n°2):"快感的强烈源于我们的去主体化——这两者紧密相关,源于我们不再是一个主体、一种身份。就像是一种无身份性的确认……很重要的一点是,要知道无论在哪儿,无论在哪个城市,总有一种庞大的地下阶层——向所有想要去的人敞开大门,随时欢迎——只需要一个楼梯即可进入,总而言之,那是一个美妙绝伦的地方,在那里,我们可以在任何时候创造我们想要的快乐……"

普鲁斯特经常出入马里尼酒店,他想在那里见识"他意想不到的事"。应该可以说,文学从中汲取了很多——尽管马塞尔自己并不见得从中获取了多大的乐趣。

→*Fiche de police* 警署登记卡,*Le Cuziat (Albert)*(阿尔贝·)勒屈齐亚妓院,*Rats (L'homme aux)* 鼠(人)

真正的艺术(Art véritable)

对身后荣耀的渴望究竟是什么？或许是梦想着——以隐秘的词句的形式——能够让我们与本来已无关的事物仍然产生关联？"一个已经去世的女人却不知道我们早已了解了她六年前的所作所为，我们对此感到遗憾；总有一死的我们，还渴望着在一个世纪之后人们仍然友好地谈论着我们。总而言之，第一种是不是比第二种情况更可笑呢？如果第二种情况比第一种情况具有更多的现实基础的话，那么，与其他希望得到身后荣耀的人一样，我也会因为同样的看法错误而产生反观式嫉妒所带来的遗憾感。"

当对死亡的恐惧还没有到达自杀倾向的时候，这种恐惧会使人的力量变得无效，会让人无法正常地生活，要继续活下去的渴望——哪怕是以尊崇的形式表现出来——会消除人的自我缺席能力，而人通常是借助这种能力去让自己变得更加快乐。有很多人，放弃了不被理解和赏识的权利，而只渴望引人注目：平庸的作者一边精雕细琢自己的书一边还考虑着未来的名望，喜欢效仿他人的作家在有生之年就考虑着死后要发表他的通信集，总之，他们都拼命地挥动着翅膀，因为他们害怕被人遗忘。这样的做法就如同某些青蛙一样：总以为跳着跳着就能飞起来。然而，"真正的艺术无需大肆宣扬鼓吹，它是在沉默中完成的"。叙述者在对自己的才华有了自信之后如是说。伟大的作品就是什么都阻挡不了的乌龟，而其余的都是受时间所限偶尔闪烁的碎玻璃。"在《凡伊德奏鸣曲》中，最先被发现的美也往往是最快让人厌倦的，而无论是发现还是厌倦，究其原因大概都是同一个……然而，当这种美逐渐远离之后，在我们脑海中就只留下对某个乐章的喜爱，但该乐章的结构才刚进入脑海，以至于都来不及反应，就只给我们留下了混乱感，这让人难以分辨、无法触及；然而，我们日复一日地听着看着这一乐章，对它所坚持保留的东西一无所知,而它为了让自己唯一的美之力量能够变得犹如无形、不为人知,所以它才(留出足够的距离)最后一个闪现,最后一个走向我们。但我们也会将它保留到最后,我们对它的爱比对其他一切的爱都要更长久,因为我们花了更多的时间才爱上它。"

芦笋(Asperge)

芦笋(asparagus officinalis)是普鲁斯特菜单中最常见的蔬菜。一见到这种引人联想的蔬菜,叙述者就喜出望外,他很懂得品味它"淡紫色或天蓝色的一丝一丝纤细的穗头"。在贡布雷厨房的餐桌上,我们又再次见到了它,当时弗朗索瓦丝(Françoise)命令一个对芦笋过敏的女仆强忍着痛苦去削芦笋皮,只是为了能够尽快地解雇她。另外,作为美食之王,芦笋还开创性地成为拉斯普利埃餐厅(Raspelière)和韦伯咖啡厅(Weber)的特色菜。当埃尔斯蒂尔专门向斯万、奥黛特、布里肖(Brichot)和诺布瓦描述芦笋之画的创作过程时,他们所有的人都酷爱不已,赞不绝口。况且,芦笋既与美食相关也与男性的性器官相关,是它让普鲁斯特的夜晚多了几分温情,因为他发现芦笋将他的"夜壶变成了香水瓶"——后来,这一点也为阿拉贡(Aragon)开辟了道路,他也奔向这条芳香之路,当《奥雷里安》(Aurélien)中的贝雷妮丝(Bérénice)从一家餐厅的厕所走出来时,他根据味道就猜到她刚才美餐了一顿。这种从蔬菜到香味的变化——在一个比较关注物质变化的人看来,这是非常神奇的事——让某些人认为:普鲁斯特信奉排尿功能与性欲相关,而这一点我们也无从确认。

我们再具体来说一下埃尔斯蒂尔的芦笋吧。当然,这其实是马奈①的画作芦笋。当斯万建议盖尔芒特公爵以三百法郎的价格

---

① 马奈(Manet,1832—1883),法国19世纪印象派的著名奠基人之一,其绘画对莫奈、塞尚和梵高等都有深远影响。他曾画过关于芦笋的画作。

买下这幅画的时候,公爵惊讶地大叫起来:"三百法郎就买这么一捆芦笋么!一个金路易①吧,也就只值这么多了,甚至买的还是新鲜芦笋呢!"与此截然相反,普鲁斯特指出了夏尔·埃弗吕西②的做法:他购买了这幅马奈的画作——画家本来只想要八百法郎即可。而夏尔·埃弗吕西最终却付给马奈一千法郎。几个月之后,收藏家埃弗吕西收到了一小幅画,上面只画着一根芦笋,旁边附上了画家很可爱的一句话:"还缺这一根。"这单独的一根芦笋今天被摆放在奥赛博物馆,离《草地上的午餐》(Déjeuner sur l'herbe)③不远,它看起来就像是从这幅画中溜出来的一样。

芦笋(2)(Asperge[bis])

为什么又是芦笋呢?芦笋的特殊性源自哪里呢?这里有好几种推测都值得去考察和思考。

猜测1:芦笋所散发出的气味有点像尿和粪便的气味,因此,很显然,它们成为普鲁斯特式——在颜色和气味之间——联觉的天然激发者和创造者,而颜色通常是这种联觉式隐喻的第一阶段。

猜测2:芦笋也与男性性器官有关联,换句话说就是与手淫有关。为什么不呢?

猜测3:画芦笋,这有点像画光束,而画一束光则是一种将客体从它的实用性(功利性)中解脱出来,也就是说,这是在实现——梅洛-庞蒂(Merleau-Ponty)所主张的——体验。根据梅

---

① 法国第一次世界大战前曾使用的旧金币,相当于20法郎。
② 夏尔·埃弗吕西(Charles Ephrussi,1849—1905),俄罗斯裔法国艺术评论家、艺术品收藏家。
③ 马奈在1862—1863年创作的一幅著名油画。打破了当时通常只有神才是以裸体示人的传统,引起了强烈的反响,而且环境从室内变成室外,这都具有反传统的特性。

洛-庞蒂的观点来看，"触摸的主体已经成为被触动者，深入到事物当中，因此，触摸这一行为发生在人的内部，就如同发生在事物自身一样"。

猜测4：芦笋在两个厨房中延展开来：从弗朗索瓦丝的厨房（正如奥克塔夫夫人［Octave］所言：弗朗索瓦丝"在所有菜的汤汁里面都加芦笋"）到埃尔斯蒂尔的厨房（正如盖尔芒特公爵所言：埃尔斯蒂尔会用芦笋来做"皮层色"）；同时，也是在两个世界之间延展开来：埃尔斯蒂尔的世界与马奈的世界。最后这种猜测，尽管有点过度平行论，但却是得益于文学和艺术史的趣味性交融，而关于这一点，左拉对马奈的研究在小说中就成为公爵夫人口中"左拉对埃尔斯蒂尔的研究"。

猜测5：就像芦笋在两幅画中所展现的那样，它就如同愚蠢之人的一根撑杆，他们评判艺术品的好坏时，只是在看它们的样式是否表现出了高贵或者典雅。这样看来，盖尔芒特公爵也是如此，从他试图表现得有思想、有见识，进而把埃尔斯蒂尔的芦笋与叙述者"正在吃"的芦笋进行细致比较的时候，他也成为了愚蠢之人。然而，叙述者此后还接着指出：其实自己之前就知道"不能吃掉埃尔斯蒂尔先生的芦笋"。盖尔芒特公爵忽略了一件事情（总是把文化当作一种装饰，把艺术品当作一种谈资，将真正的审美鉴赏者当成买面包干的小商贩），那就是艺术——就像哲学一样——涉及的不仅是风格手法，还有题材内容，而且，最普通的主题也跟最稀有的主题一样，都不乏杰作。

→*Cuisine nouvelle* 新式料理，*Menu* 菜单

哮喘（Asthme）

这是一种与呼吸有关的疾病，一种"可恶的顽疾"，之前的医生称之为"死亡的预兆"。尽管哮喘本身让普鲁斯特痛苦不堪，成为

他生活中的一个大问题，但《追忆似水年华》中的叙述者（受昂蒂布事件的严重影响，或者是出于迷信）所遭受的因哮喘而带来的痛苦却相对缓和。除了在《冷漠者》和《嫉妒的末日》中的人物——这种边缘的例子——之外，在普鲁斯特的整部作品中，我们能见到的唯一一位患哮喘病的人物就是贡布雷的怀孕女厨工，斯万将她与乔托的《慈善》（*La Charité*）相对照，因为她的"脸刚毅而有力，平凡而粗俗"，这与画像中人极为相似。这个不幸的女厨工与赋予她生命的作家本人一样，都有呼吸困难的问题，难道她的创造者为她加上这种病就是为了指出：写作和分娩之间具有相同点？有人是这么认为的……

更严谨地来看：马塞尔的哮喘在他与别人的通信中出现频率很高，他称这种病为"精神蛋白尿病"（*albumine mentale*），他外祖母的医生也是这么说的。对于他而言，哮喘首先是一种命运的象征：遭受失眠和精神压抑折磨的马塞尔，比其他人更了解这种窒息感，他知道："向自己的身体乞求怜悯，就像是对着章鱼夸夸其谈一样，无济于事。"

当然，普鲁斯特并不是文学史上唯一患哮喘的人，但他却出于本能，将呼吸困难和情感缺失（或情感遗弃）灵活交融，可谓将两者结合得最好的人。他远远地走在弗洛伊德派之前，而后来的弗洛伊德派这样猜测：这种呼吸不畅——初期出现该症状的时候，正好是他弟弟开始懂事的年纪——可能是他乞求母亲怜爱的另一种方式，用来证明她最宠爱的孩子还是他，用来恳求她睡前再吻他一次："因为我宁愿身体不好却能让你喜欢我，也不想身体健康，但你却不喜欢我……"无论如何，哮喘这一疾病从根本上主宰着马塞尔的生活，也决定了他的态度举止，我们可以这么说——正如他自己在谈到名叫罗贝尔·德·弗莱尔（Robert de Flers）的一位亲人时所说的："之前在治疗的时候，她感到痛苦不堪，或许，只要她当时硬撑着让自己看起来身体无恙，这样反而会更好一些。"而在今天，我们已经可以用皮质酮更好地治疗哮喘,比之前的精神分析疗法更加有效,但这对下面这件事似乎并未产生太大的冲击:针对普鲁斯特所患的这种病症所进行的冗长(尽管非常有趣)的俄狄浦斯式的分析解读。

关于马塞尔的哮喘和他的写作风格之间的关系问题,始终存在着无休止的争论,而这一点也因此显得更加神秘,更加引人注目。我们在此暂不追溯艾田蒲(Étiemble)和乔治·里瓦纳(Geroges Rivanne)之间的论战——在整个二十世纪后半叶其轰动性从未消退——我们在此要强调的是:普鲁斯特呼吸短促,但写得很冗长。那边欠缺的气息,在这边又被补足了①。只需要数一下众多的"但是"(«mais»)、"或者"(«soit que»)这些用来断句的词,这些都向我们展示着:他的气息想要持续更久、走得更远,就如同快要溺水之人精疲力竭的胳膊,拼命地挣扎着想要到达那个不可能到达的岸边……

或许我们可以做出如下的总结:作者呼吸不畅这一点,要求他的写作风格为他提供一种呼吸的额外辅助,即他的肺部所缺乏的呼吸的气量和广度? 这不无道理。另外,相反地,还应该指出的是:肺如钢铁般强悍的作家们(如海明威[Hemingway]、莫泊桑[Maupassant]等)却酷爱写很短的句子——而这一点从这两位作家身上来看,也的确有理可循。后面待续……

另外,没有什么比马塞尔哮喘发作时更能触动人心了,比他看似自如地应付各种药物(亚硝酸异戊酯胶囊、特鲁索症药丸、碘化物、颠茄片、桉树叶、用梨形橡胶管吸入的肾上腺素)更可怕。或者通过他的交通,我们可以跟随着他窥见这种呼吸疾病的地域性特点:"蒙索公园(parc Monceau)周围比圣-拉扎尔火车站(gare

---

① 此处主要指的是普鲁斯特的呼吸之短,通过其写作之长(句子长、页数多)加以弥补。

Saint-Lazare)周围有更多哮喘病患者吗?"……"在里沃利大街(rue de Rivoli),人们的呼吸如何呢?"……"春天是否适合坐火车呢?"也正是这种呼吸问题的地域特性建构着他对整个空间的感知,而远不止在贡布雷的两岸。

事实上,哮喘——及其承载的免疫性记忆——扩展了普鲁斯特对外部世界的关注力和感知力。哮喘迫使他要刻意地嗅探菜肴的气味,以便于辨别粉尘和声音的性质,而一听到声音就预示着马上能闻到气味了。从这方面来看,对马塞尔而言,哮喘——就像他所怀有的嫉妒一样——是一种有益的灵感之源,是一种奇特的感觉培养和理性管理的磨练。普鲁斯特的父亲和弟弟都是医生,他也阅读了大量关于支气管和花粉方面的论文,因此,对这方面的了解比较透彻,他有时候也会想:是不是哮喘让他得以躲避了更危险且也没那么有趣的疾病呢?

→*Agonie* 临终,*«Constantinopolitain»* "君士坦丁堡的",*Datura* 曼陀罗,*Fleur* 花,*Frère* 兄弟,*Nez* 鼻子,*Olfaction* (*et émotion*)嗅觉(和情绪)

星相学(Astrologie)

马塞尔于1871年7月10日的23时30分出生于巴黎,属于巨蟹座,而按照星相学的时度图表来看,这是黄道十二宫中最女性化的星座,具有极易受触动的特质、幼儿式的固恋特性以及强烈的敏感性。据说,巨蟹座的人通常都是爱天马行空的幻想家,而且他们的情绪有时候容易变得激烈,甚至会有些古怪。

庆幸的是,马塞尔星相的主宰行星之一是海王星,这一行星可以减弱和缓和巨蟹座在他身上所产生的激化作用:比如他在直觉、热衷于沉思、唯心主义等方面的天赋,都是很好的例证。属于"海王星落在巨蟹座"的他——至少这也是公认的形象——在人类的复杂性中游荡就如同鱼在水中漂游一般,而且,他时不时地就会冲入幻想的境域,就像是与实在世界关系疏远的堂吉诃德一样。

最后,还应该指出的一点是,普鲁斯特的上升星座是白羊座。据说,这一星座会让他施展出自己的勇气,释放出自己的能量。还要注意的是,根据星相的传统的来看,上升星座对他本人的影响是随着年龄的增长而不断增强的。所以,多亏了他的白羊座这一上升星座,他才能够一直坚持完成他伟大的著作,也最终才得以超脱自己年轻时的放荡不羁。

我们是否能明确地将前面所言评判为毫无意义呢?这些奇妙动人的奇特分析是否只是一种追溯性的说辞?而且,是否还要追问:为什么那么多生于1871年7月10日的23时30分的人都没能写出《追忆似水年华》呢?然而,毫无疑问的是,此类不太高明的反问绝对不会影响那些对宇宙星相、感应和神秘微波笃信不疑的人,而上面的那几段文字是专为他们而写。

山楂树(花)(Aubépine)

从无意识角度探究的专家们必然会注意到一点:被失眠所困的作家最爱的花,其音节(Aubépine)中包含着清晨苏醒后的痛苦(«Aube-épine»,即"黎明-刺"),但是,更值得关注的是:普鲁斯特的山楂花首先是一种天籁之花,从中散发出的杏仁味与"朴实土气"的犬蔷薇花截然不同,它粉色的花瓣和闪着纯洁光泽的花蕾渲染着它神秘性感的特质。山楂树的篱笆沿着斯万的花园一直延伸着,吉尔贝特的面庞在其间若隐若现——如同神迹般闪现的她,成为了《追忆似水年华》中最先出场的少女。

当叙述者痛苦不已地与那丛山楂树告别时,他的头发是被卷过的,还戴着帽子,搭配着精心梳理过的发型,身着丝绒外衣,告别那一刻,他把这些浮夸造作的修饰之物也全都扔掉("'啊,我可怜的小山楂树'我边说边哭,'并不是你们让我如此痛苦,也不是你们迫使我离开。你们从来都不会让我难过!我会永远爱你们的。'"),如果读者并不了解内情的话,那自然也不会明白这其实是在向吉尔贝特告别,如果提前不理解这一点的话,那这种痛彻心扉的告别似乎就显得矫揉造作。但是,就像玛德莱娜小点心、于迪梅斯尼(Hudimesnil)的树、马丁维尔(Martinville)的钟楼以及吉尔贝特对叙述者的粗鲁动作(他看不懂那如影随形的目光,也不明白这粗鲁动作的缘由)一样,山楂花也是难解的符号,让人(尚且)无法深入理解它们每次涌现时的神秘魅力,仅仅是隐约地意识到了而已,它们"就像是人们频频弹奏了数百次的旋律一样,却始终未能更深入地发掘这旋律的秘密"。

无论叙述者怎样去闻它们的香气,或者偶尔转身背对着它们,或者竭力地去捕捉着它们的神秘——或许只有直觉才能解释清楚——但他始终无法领悟它们每每性感至极的显现之意:"我又重新站在了山楂花的面前,就像是站在这些艺术品面前一样——我们以为暂时先不看,之后就能更好地审视它们——但是,我徒劳地用双手摆出屏幕状,只容它们进入视野,而它们在我身上所激发出的感受依旧模糊不清,难以捉摸。我试图要理清头绪,想要融入进它们盛开的花朵中,然而,这一切都是徒劳的。"

这是一个巨大的迷宫:感性的童年,表达最简单情感的语言之梦——清醒的刹那就已成为回忆,进而被淹没于日常……当叙述者再见到山楂花的时候,它们早已枯萎凋零、青春不再,而他当时没能够抓住它们的青春:"突然走在这条起伏不平的小路上,我的心一下子被童年的温柔回忆所触动,就立刻停了下来:我那时刚意识到这一丛山楂花——曾经枝繁叶茂,充满光泽的叶片被修剪得很精致——从春天结束时就早已经凋零。我的周围弥漫着曾经的空气:过去的那一个个五月,那个周日的下午,那时的信念和曾经被遗忘的过失。"可能只有弗朗索瓦丝能了解这种伤感:"'我何时才能一整天都待在你的山楂花和我们可怜的丁香花下,一边倾听燕雀的歌唱,倾听着维沃纳镇——就像是一个低声细语的人在倾诉,而不是听着我们这位年轻主人的可恶铃声,他总是不停地召唤我,让我在这讨厌的走廊里来回跑,连半个小时都不得清闲……'她如此抱怨着。'啊!可怜的贡布雷!可能我要到死才能再见你,当人们把我像石头一样扔进墓穴的时候吧。那时候,我就再也闻不到你美丽洁白的山楂花的香气了。但在死亡打盹儿之时,我相信我还能听到那让我苦不堪言的三声铃响,在我活着的时候就已将我打入地狱的铃声。'"

→*Catleya* 卡特来兰,*Fleurs* 花

"交错而通"(«Au passage»)

小说着力于重建其流动性而非固化不动,它注重让未来处于现在,让现在存于过去,在回忆中重寻它们的温度,在感知中重寻惊喜。这样的话,就很容易理解,为什么这种小说会极为重视"交错而通"这一概念。

因为一切都包含在这两组词中:交错与前进,句子与标点。

"交错而通"意味着未定的摇摆、持续的运动,时而下行时而上升,指的是夏吕斯说话时的音阶变化,其抑扬顿挫让人惊叹;它也指的是:于贝尔·罗贝尔喷泉(Hubert Robert)所喷溅出的小水滴在落入池中之前,会与"向上喷涌的姐妹们"交错而过。

但是"交错而通"也描述着幸福的时刻,偶然的眨眼,始料未及(或预先约定)的会面所带来的奇特感,那位进入慢车车厢——有着玉兰般肌肤——的少女的清新之气,还有高声读着《乡村弃儿弗朗索瓦》(*François le Champi*)的妈妈,她用诚挚的声音朗读着,而她的踌躇不安在"交错而通"过程中缓解了"动词的时态的生硬感,为未完成过去时和简单过去时注入了(仁慈所

蕴含的)甜美,也注入了(忧伤中才会有的)温柔"。此外,"交错而通"也描述着他外祖母的果敢,她被派到花园栅栏那边去探一下情况,看是不是斯万在按门铃,而她会"趁机偷偷地拔掉交错而通处的几株玫瑰的支撑杆,只是为了让玫瑰花们能更加自然地生长"……如此多的回忆,"有限"中却展示着如此多"无限"的痕迹,而如果作家本身很有才华的话,他会把生命力留存于那本被视为敞开的坟墓的书中。

自此,作为小说灵魂的"交错而通"这一语段,就如同一种生命被保存于结晶的福尔马林之中,尽管这是一种固化的文字表达,但我们仍然能从中辨别出其构成的音节:"不明智"(*pas sage*)。"处于不明智的状态"(*Au pas sage*)是片段之间的交汇点,在此,现实公开放弃明智,也是在此处,世界放任而行,因为主体已转向宽容(或者是为了能不动声色地去发现世界而达成了自我和解)。总之,"交错而通"是生活的微妙瞬间。

从好的方面来说,这可以看作是:抓住一只蝴蝶而同时又不折断它的翅膀;从不好的方面来说,就像是当你正送出一个吻的时候而对方却已经转身了。"交错而通",是一切不可逆转的短暂呈现,是我们拥抱的一阵风,是我们抚摸的一丝恐惧,是一种哀伤的无尽可能,是实际分离的真实展现(如打电话的经验),是一种模糊视角的轻掠,是一场音乐会结束后的瞬间寂静,是那些优美旋律——源于"'交错而通'之时我们所轻触的和谐却瞬间流逝的身体"……

最终,这是一种欧律狄刻综合症(syndrome d'Eurydice):"经常地,我会像这样听着,看不到那个遥远的跟我说话的声音,我仿佛感觉这个声音在叫喊着无人能逃得出的层层深渊,这让我也感受到了那种焦虑——总有一天它会让我深感压抑苦痛,尤其是当有一个声音(那是唯一的,与那个我永远见不到的人再也没有关系了)也是如此在我耳边低声细语时:在'交错而通'时,我曾想要拥住这永不消逝的嘴唇所发出的转瞬即逝的喃喃细语。"

自我描述(Autoportrait)

在孔多塞高中的时候,马塞尔曾给他的朋友罗贝尔·德雷福斯(Robert Dreyfus)写了一封特别的信,在雅克·埃米尔·布朗什①为他作肖像画之前,他就在这封信里对自己进行了自我描述,那是他眼中的自己,也是他原本的样子吧?

> 您认识 M. P.(马塞尔·普鲁斯特)吗?我要向您承认的一点是:我有点不太喜欢他,尤其是他无时无刻的锐气,忙忙碌碌的样子,展现出的巨大热情和所用的各种形容词。主要是因为那样显得极其疯狂、不和谐。任由评说吧。这就是我所说的"一个有待品评的人"。在一周之后,他就会让你知道他对你的感情是多么炽热,还会借口说这是一种父亲式的朋友之爱,其实,他就像爱女人一样爱他。他会去见他,到处宣扬自己炽热的爱,一秒钟都不愿他离开自己的视线。他们之间的交谈甚少。他们需要在经常约会之余保有神秘性。他会给你写炽热如火的信。表面上看似自我嘲讽,遣词造句,引经据典,而事实上,他会让你感受到你的眼睛如此神圣非凡,你的双唇如此地吸引着他。令人不悦的是(……),刚离开他爱的 B,他就会去奉承 D,很快又拜倒在 E 的脚下,没过多久,他又会俯首于 F 的膝下。难道他是 P……是一个疯子、一个玩世不恭的人、一个愚蠢之人吗?我觉得我们永远都找不到答案。

---

① 雅克·埃米尔·布朗什(Jacques-Émile Blanche,1861—1942),法国著名画家、作家,也曾就读于孔多塞高中。

未来的影子(Avenir[Double de l'])

从那以后,我总是在不停地思考展现在我们面前的模糊不定的未来,我曾试图要读懂这未来。而如今,在我面前出现的像是未来的影子——它就如同未来本身一样令人担忧,因为它也是一样模糊不定,一样难以解读,一样如此神秘;但它却更加残酷,因为我无法像对待真正的未来那样有对它做出反击的可能性或幻想,况且,作为未来的影子,它会与我的生命一样长久,相伴始终,而我的伴侣也无法始终在那儿抚慰它带给我的痛苦——这已经不再是阿尔贝蒂娜的未来,而是她的过去。

睡前之吻(Baiser[du soir])

这是绝对的开篇之初……

每到晚上的时候,马塞尔的名字就成了"小狼"(«*petit loup*»),他乞求得到"妈妈"(«*maman*»)的吻。她在客厅跟宾客们待在一起,不能贸然先行离开,但她之后还是会暂时告退,去安慰爱抚一下她亲爱的儿子,而跟他有些疏远、声音如雷的父亲就摸着自己的胡子,站在一旁看着他们,对神经如此"敏感脆弱"的儿子和妻子极尽嘲讽之意。

因此,这就是夜晚之吻。此前曾由弗朗索瓦丝转达的一封信,一直都没有回复……但至少"妈妈"还在,她就坐在他的床边。她安抚这个脆弱的孩子,哄着他睡去。读一本书吧?应该要读《乡村弃儿弗朗索瓦》,这很适合,因为书中讲的正是一个发生在乡村的乱伦故事,而且,在乔治·桑的这本小说中,那位妈妈名叫玛德莱娜①,她最后跟她的儿子(养子)结婚了……"小狼"很开心。"妈

---

① 玛德莱娜·布朗谢(Madeleine Blanchet),她实际上是主人公弗朗索瓦的养母,并非其亲生母亲。

妈"也是。每位悲剧的主人公都有他自己的路线,其间,也有他自己的反抗和命运。

"小狼":他并不懂得其含义,但其实他还未出生。当然,他的出生只是从生理上来说的,从传统意义上来讲,他只是从母亲的肚子里被排出来了而已——但这就足够了吗?要成为一个真正意义上的独立人,必须要具备出生以外的附加物。也就是说:一种象征意义上的出生。而要获得这种象征性出生,就只能以抛弃、缺失和痛苦为代价。比如,需要"妈妈"对"小狼"说:"我爱你,亲爱的孩子,但我也爱那位有胡子的先生,你叫他爸爸,而他保护着我,也时常会让我快乐"……如果说"妈妈"那时这样说了之后,脆弱敏感的小狼哭了,那他也体会到了被抛弃的感觉,"妈妈"最终还是让他失望了,她也就算是完成了作为妈妈的任务。有时候,我们拒绝给予他们所要求的东西,但这反而是:我们给了他们很珍贵的礼物。

"妈妈":为什么她做不到心安理得让他儿子失望?不能给他上一课,让他体会一下被抛弃和失望的感觉?这不正是她应该扮演的角色吗?然而,她做不到。是出于爱吗?这未免回答得太武断。我们更倾向于认为:她之所以没有说出拒绝的话,是因为命运赋予她的两个角色——妻子和母亲,而她此后更倾向于第二个角色。她的丈夫可能早已经背叛她了(事实上,确实如此,因为他有一个情妇);她的婚姻,看似正常,但事实上,婚姻中的承诺早已被践踏;她想:选择母性赋予的具有牺牲精神的角色,远比做一个妻子的角色要好,因为毫无疑问,大家最终都会抛弃妻子的。这是一种出于本能的、自古有之的想法。传统思路。

你叫他爸爸的那个人:他一直处于退隐状态——这也正是他的角色所需。生活场景展现在他的眼前,但他却毫不参与。但不管怎样,他还有其他的烦恼,可能他会想着他的情妇,他的病人,他公共卫生方面的论文,老鼠在流行疾病蔓延过程中的重要性,最近去波斯的那次旅行,以及医学院最近的选举等等。

由此,悲剧就像小说情节般慢慢编织而成:如果说"小狼"被扔到一个同性恋的世界中,那就完全没问题。他会跟"妈妈"的裙子玩得不亦乐乎,然后会自然而然地成为同性恋者——从某种程度来说,这种经历反而显得更容易承受。

但是,如果命运的偶然将他扔进一个全都是男性的世界,如果他通过模仿而成为对女性感兴趣的人,这是出于循规蹈矩地随大流,或者是出于欲望,但他总会有某种缺失感,比如对抛弃和失望这种感受的特别渴望。我们也确信,他会在很长一段时间里倾向于追求这种类型的女人:她会给予他"妈妈"曾拒绝给他的东西。在追求爱情的过程中,他会渴望对方给他上特殊的一课:抛弃。这种类型的女人有一个共同点:她们都是任性的、无法抗拒的、残忍的,而且最终总会离他而去⋯⋯

这种不幸的爱情必然都指向这些特殊的对象——要从她们这里体验被抛弃感。之后,人们往往会就此指责她们,但这其实很不公平,因为这恰恰就是大家期望从她身上获取的东西。

马塞尔·普鲁斯特就是这种情况最完美的原型。尤其是他从文学上选择给予他的爱情所没有的

阿尔贝蒂娜终将是稍纵即逝的逃跑者。

如果他的"妈妈"那时有勇气不过去见他的话,那么,可能他也就根本不需要阿尔贝蒂娜离他而去。也不需要笨拙地请求告退,仅仅是为了去他房间给他一个睡前之吻。

→*Déception* 失望,*Mariage* 婚姻,*Sand(George)* 乔治·桑

黎巴嫩巴尔贝克(Balbec au Liban)

巴尔贝克不仅仅可以想象成是鲜花四溢的海岸边的卡布尔

(Cabourg)①,也是罗马人的赫利奥波利斯(Héliopolis),今天的巴尔贝克是黎巴嫩巴勒贝克县的首府,其83000名住户大部分是什叶派。

本书的两位作者之一永远不会忘记有一天,一位涂满香水、和谢尔巴托夫公主一般发着大舌音r的女士向他吐露道,在《追忆似水年华》的所有卷本中,她最喜爱的是《在少女花影下》那一卷。作者信以为真,认为可以问她是喜欢"卡布尔还是巴尔贝克"(后者是作为青少年的叙述者想象中和他祖母在鲜花海岸度假地的首府)。

但是作者随即失望(也成长了),因为她回答说她不喜欢卡布尔,可是喜欢黎巴嫩,并且经常去巴勒贝克度假……

→*Perse* 波斯

罗兰·巴特(Barthes[Roland])

在所有的著名作家中,罗兰·巴特是最具普鲁斯特气质的人——无论从性格和品行习惯方面来看,还是从情绪多变的方面来看(时而被突如其来的欲望煽动,时而又被难以言表的忧郁摧毁),都是如此。他的黑眼圈展示着疲惫和温柔,他的眼睛透露出一种缺失,而这种缺失也极具高雅之感——即使是他走上讲坛,或者以殷勤的姿态打听你的消息时,也总是如此。从他的这种殷勤中能看出,他丝毫不在乎所得到的是怎样的答复。他曾写了很多极尽恭维的信,就像是普鲁斯特的信一样,似乎只有他的谦虚才不会让他觉得:普鲁斯特是自己以前的化身。如果在我们自己的圈子里,大家叫他"老奶奶"(Mamie),那可能是由于联想到了夏吕斯男爵:他有着最好的容貌和装扮,在圣日耳曼区,还有人给他起了

---

① 卡布尔位于法国诺曼底地区的卡瓦尔多斯省(Calvados),而"鲜花海岸"(Côte fleurie)则位于拉芒什海峡(又名英吉利海峡)边的诺曼底大区。

个绰号叫"女裁缝"。

曾经有好多次,罗兰·巴特自己想着:"普鲁斯特在我身上重生了……他就是我……"——难道他不是还考虑将1978年的讲座命名为:"普鲁斯特与我"(*Proust et moi*)吗?——在这样考虑之前,他与普鲁斯特的相似点还缺少了三千页的小说,但如果不是被一家洗衣店的小卡车撞到①,他本能、也本应可以写出来这么多页的。

罗兰·巴特也曾有过偏向马克思主义的阶段,正如马塞尔也有过经常出入社交界的阶段,此后,一切都进入了有秩序的阶段,这个阶段的水银也从"零度"(*Degré zéro*)升到了没那么寒冷的温度。舒曼,文学,妈妈,摄影,解密各种未知的广博兴趣,写作的欲望以及通过写作弥补缺失,这一切都赋予了他们共同的特异体质,而这一点也让与巴特同时代的人产生一种非现时的感觉:似乎罗兰·巴特曾经与马塞尔·普鲁斯特是同时代的人。

尽管(或者说,由于)他们有如此多的相似之处,罗兰·巴特从未特意写过一部专门关于普鲁斯特的作品,而他曾经专门针对米什莱(Michelet)和巴尔扎克(Balzac)发表过作品。然而,马塞尔·普鲁斯特却渗透在他所有的作品当中,而且,在一些相关的特定文章中——《普鲁斯特与姓名》(*Proust et les noms*, 1972),《夏吕斯的话语》(*Le Discours de Charlus*, 1977),《长久以来,我睡得很早》(*Longtemps, je me suis couché de bonne heure*)——这一特点体现得反而不如在以下类型的作品中更明显:《罗兰·巴特自述》(*Roland Barthes par lui-même*)和《明室》(*La Chambre claire*),在此类作品中,普鲁斯特式的反思精髓被一种旧日重生的需求所召唤,尤其是在罗兰·巴特的母亲去世后,这种重拾过往的普鲁斯特式的反思引发了他对逝去时光——没有更好的替代品——的强烈

---

① 1980年2月25日,罗兰·巴特在巴黎街道上被卡车撞到后,一直未能痊愈,并于一个月后身亡。

关注。

→*Photographie* 摄影

绝对地，彻头彻尾 (Bel et bien)

盖尔芒特公爵在其他任何场合从来不用"彻头彻尾"这一强调词，但为什么每次提及德雷福斯事件的时候，"彻头彻尾"这一词会出于这位"发怒的朱庇特"(«*Jupiter tonnant*»)之口呢？叙述者并未明确回答，但却对此表现出极度的惊讶："在五年之内，如果不提及德雷福斯事件的话，那我们也不会听到'彻头彻尾'这个词，但是，如果在过去的五年中，一旦提到德雷福斯的名字，那么，'彻头彻尾'这个词就会立刻自动冒出来。"

我们可以回顾一下，德雷福斯案件事件的影响并不仅是引发了二十世纪初法国国内的全民论战，更是使得盖尔芒特公爵在骑师俱乐主席的竞选中不幸败北，因为他的竞争对手肖斯比埃尔(Chaussepierre)是个足智多谋的人，他挑衅地宣扬：反对(所谓的)盖尔芒特公爵的亲犹太派思想，只因公爵的夫人曾经与犹太人斯万先生是众所周知的朋友关系："诚然，对于盖尔芒特家族来说，他们是高高在上的王族显贵，当不当一个俱乐部的主席根本就无关紧要。但是，明明该轮到他的一个唾手可得的职位，却突然落到了肖斯比埃尔的手中，况且，肖斯比埃尔的夫人奥丽阿娜(Oriane)，是他两年前连招呼都不想跟她打的一个女人，即使跟她打招呼了，她还会表现出一副似乎被不认识的厌恶的人所侵犯的样子。这一切都让他无法接受。他装作不把这次落选当回事，另外，他将这一结果必然地归咎于与斯万的老交情上。而事实上，他的怒气始终难以平复。"

在这次落选之后，公爵的愤怒症状更让他深感受辱，尤其是他忽略了自己的挑衅做法就是：不合时宜地使用"彻头彻尾"一词：

"这种可怕的罪行不仅仅是一桩犹太案件,"他解释道,"而它'彻头彻尾'就是一件轰动全国的民族事件"。这有些让人难以理解,就这一点来看,我们只能做出如下猜测——而这里,叙述者自己是省略了这些猜测:

猜测之一:"彻头彻尾"很明显地掩饰了一个——如果没有这个词的话——实则无足轻重的观点。用了"彻头彻尾",就给人一种自欺欺人之感:当他一边说着那些只有他自己才相信的话,就如同在冲破一扇敞开着的门。从这个角度来讲,"彻头彻尾"只不过是彻头彻尾的一种故作高雅粗暴的说话方式,旨在避免他人与之争论,直接越过讨论,将他自己的世界观强加给别人。公爵本人惯用这种粗暴突然的伎俩,他经常会盯着对话者的眼睛,并不是为了了解对方的想法,而是为了影响对方:"'我相信这可肯定是委拉斯凯兹①的作品,还是他最好时代的作品',公爵紧盯着我的眼睛说,或许是为了看出我对他的言论的印象,也或许是为了强化我的这一印象。"

猜测之二(因为这种是我们之后会作为依据的):"彻头彻尾"是一种对"俊美而高尚"(bel et bon, *kalos kagathos*)的重新表述。自希罗多德(Hérodote)至雅典衰落,"俊美而高尚"始终是整个古希腊的审美标准——体现了美丽外表的威力。美即善。美,就像善良一样,代表着和谐,很自然地,美就成为一种符号标志。在这里,我们就不再进一步就此展开争论了,不然的话,也是为了发掘出:"俊美而高尚"有助于贵族阶层抵抗民主世界,而在民主世界中,美被视为不公正,而且,权利的对等已经达到了与道德对等相一致的高度。从这个角度来说,"俊美而高尚"可能是——说话者本人也并未意识到——这位公爵痛苦的防抗,而他自己迷失于一个平均主义不断强盛——以至于威胁到了他们生而有之的权

---

① 委拉斯凯兹(Vélasquez,1599—1660),十七世纪巴洛克时期西班牙著名肖像画家。

利——的世界。

亨利·柏格森(Bergson[Henri])

普鲁斯特曾否认读过柏格森的作品,然而,他其实与柏格森是远房表兄弟。而叙述者自己只提到过一次柏格森的作品(在一次关于安眠药问题的讨论中)。可能马塞尔是怕大家对自己做出片面的判断,认为他的作品——被不恰当地看作理论性作品——看起来"像是一个留有特定价值印记的作品"?

然而,除了这种拒绝被归为某一特定理论学说之外,普鲁斯特还有什么更具柏格森风格的特点吗?

就此,柏格森自己不也抱怨称:大家不看事物本身,而"只是"看到贴在它们身上的"标签"而已?

柏格森和普鲁斯特对于以下说法难道不是都一致同意吗:"我们拥有我们所有的回忆,至少也拥有让自己想起这些回忆的能力"?

当叙述者赞美那种天然真实、未经阐释的美的时候,不是暗示着他批判"对生命的无法理解是与生俱来的"这一观点吗?这也是柏格森对理智所进行的批判,他认为"理智生来就无法理解生命"。

再者,持续的时间和再现的时间之间有何不同呢?绵延和"另一种生命"之间又有何不同呢?不可分割的绵延(柏格森用语)是一切事物的唯一本质;而"另一种生命"则是一种困顿不清的临界生命,"在这种困顿不清的界限处,理智和意愿均处于暂时瘫痪的状态",它们已无法再促使叙述者去体会真实感受的惨痛。

当叙述者在盖尔芒特府邸的院子里的粗糙路面上摔倒时,他对自己天分的怀疑慢慢减弱了,就如同一块放入水中的糖逐渐融化了。柏格森认为:"复杂的障碍减少之后,各部分便可相互渗透。最终,一切都聚集成一个点,尽管完全达到这个点几近无望,但我们仍能感觉到:我们可以越来越接近它。"当然,对于作家普鲁斯特而言,在路上摔倒这一动作就足够了;而对于哲学家柏格森来说,世界要重现自己的本色,需要长年累月的直觉、拖延和逐渐的渗透。但这两位都具有的共同之处在于:他们都将真实的时间(或重现的时间)与(行为或习惯上)逝去的时间对立起来。最重要的是:停止臆想,避免复杂化,将持续的运动重现于电影放映机式的跳动之下,尽量运用专有名词而不是普通名词,总之,关键就是要彻底简化,正如柏格森所写的:"我并不认为我们起初所进行的比较是浪费的掉已逝时间……"

某些研究者认为普鲁斯特与柏格森所谈论的并不是同一种时间,认为柏格森想要重现的是流动(*passage*),而普鲁斯特所追寻的是过去(*passé*);为了重现记忆,柏格森只满足于系统有序的、有意识的努力,而普鲁斯特则需要以不自觉的回忆为中介去抓住"一点纯粹的时间"。或许吧。

但是,普鲁斯特(柏格森并非如此)倾向于"真正返回感受的根源本身",他只是将柏格森的"与事物以及我们自身进行最直接的交流"的意图转化成了文学。而柏格森也曾说过:环境及其中的人和物本来都是他非常熟悉的,但当它们再次重组在一起时,居然会令他惊奇不已。他所描述这种体会正是普鲁斯特笔下的叙述者的感觉:回忆让他"突然呼吸到一股新鲜空气,恰恰就是因为这是我曾经所呼吸过的空气"。换言之,他们两位都会因自己所期待的东西出现而感到震撼,会因看到曾经熟识的东西而感到惊慌,并对此感受清晰,也心怀感激。

→*Héraclite* 赫拉克利特,*Insomnie(avec Bergson)* 失眠(柏格森)

埃马纽埃尔·贝勒(Berl[Emmanuel])

这是一位绝佳的"影射者"(源自皮埃尔·诺拉[Pierre Nora]的表述),一个有些冒失的人,一个和善的、对什么都感兴趣的人

(从贝当[Pétain]到让·多麦颂[Jean d'Ormesson],从柏格森到弗朗索瓦丝·阿尔迪[Françoise Hardy],从皇宫到歌曲《我们在干草上熟睡》[Couchés sur le foin]等等,他都很感兴趣)。偶然间,当他正在读到《芝麻与百合》(Sésame et les lys)的序言时,他被一枚子母弹的碎片击中①。当玛丽·迪克洛(Marie Duclaux)提起此事时,普鲁斯特想象着以下场景,深感震撼:一位年轻的士兵,就跟他自己一样,都是普莱纳蒙索区(Plaine Monceau)的"上流社会犹太人阶层"(ghetto mondain)的一员,这位士兵在读着他的《芝麻与百合》时与死亡擦肩而过。普鲁斯特很想见见这位在战壕的泥浆中专注阅读的有识之士。正是这样,埃马纽埃尔·贝勒——这位未来的二流作家、慕尼黑的犹太人②,更辉煌的时候也被称为蒙庞西埃街上的蒙田——一度因其"夜访者"(Visiteur du soir)的头衔而在与普鲁斯特相关的众多人物中跃然凸显,成为众人调侃转述的有趣轶事。

这位访客淘气随性,爱搞事情,头脑灵活,但普鲁斯特式的世界观又一下子让他有些迷失。人们如此评价他:著有《拉谢尔及宽恕的其他解读》(Rachel et autres grâces)③,他相信爱与情感——但对居于奥斯曼大街上的普鲁斯特而言,他的文字是不被认可的。两人之间的误解不可避免,其中还伴随着怒气甚至暴力,这可以从事后关于他们之间所发生的事情的详细描述中窥见一斑。

事实上,贝勒还算应对自如,当他最后一次去拜访普鲁斯特的时候,他询问普鲁斯特:既然爱情只是一种幻觉,那手淫与交配究竟有何区别?而让事态变得更严重的是:他还引用了马塞兰·贝

---

① 参加过第一次世界大战,并获得过英勇十字勋章(Croix de guerre)。
② 他曾公开表示赞同"慕尼黑协议"。
③ 贝勒于1965年发表的一部中短篇小说集。具有一定的自传性,其中涉及到他与几位对他影响较大的女性的故事,并另外单独讨论了他对"宽恕"的解读。

特洛①的例子,作为八十多岁的老人,他拒绝在妻子去世后还独活于世。普鲁斯特没有回答,而是一边骂着("你比莱昂·布卢姆②更愚蠢")一边把这个放肆无礼之徒赶了出去,之后还朝他扔拖鞋。

此后,在漫长的生活中,贝勒最终愉快地释然了。对于他这种伏尔泰式的享乐主义者,那个不愉快的夜晚也算是个美好的回忆,加上他个人的特殊才华,那个夜晚俨然成为他成名的跳板。

→*Amour* 爱,*Contemporains*(*du temps perdu*)(逝去时间的)同代人

动物图集(Bestiaire)

尽管在《追忆似水年华》中并没有正式出现家养动物,但却能发现很多用于刻画人物的动物隐喻:水母、蝌蚪、水蛭、蟒蛇、胡峰、熊蜂、蝾螈,还有几十种哺乳动物,从老鼠到鲸鱼,都冷漠淡然地出现在作品中,没有让人厌烦的温情主义,那通常是一些自诩为动物朋友的作家们所标榜的。排除普鲁斯特在《追忆似水年华》之外对雷纳尔多·哈恩的狗扎迪格(Zadig)所表现出的温柔,在作品中,马塞尔其实并不喜欢"什么都不会想"的动物。作者总是出于善意描写弗朗索瓦丝:她切断这些"蠢笨动物"的头,再端上贡布雷的餐桌……然而,普鲁斯特笔下的人却被隐晦地动物化了:根据他们各自不同的罪恶和癫狂,他们成为了剧场包厢中的鱼、鸟或昆虫。普鲁斯是达尔文(Darwin)和法布尔(Fabre)的忠实读者,作为动物学家的他会将巴尔贝克的餐厅描写成"水族馆",在《重现的时光》中

---

① 马塞兰·贝特洛(Marcellin Berthelot, 1827—1907),法国著名化学家,其研究推动了物理化学的发展,此外,他还担任过法国教育与艺术部长和外交部长。1907年,他的妻子去世,而此后不久,他也突然离世,夫妻二人合葬入先贤祠。

② 莱昂·布卢姆(Léon Blum),法国社会党领袖,1936—1937年曾担任法国总理。

把"头部化装舞会"描写成的动物园的动物聚会。至于叙述者,他很自然地为自己保留了密涅瓦之鸟(oiseau de Minerve)①的角色,根据神话传统,密涅瓦之鸟只在夜晚飞行:"等待着死亡将它拯救,它住在封闭的百叶窗内,对窗外的世界一无所知,就像一只猫头鹰一样一动也不动,而且,也跟猫头鹰一样,它只有在黑暗中才能看得清楚一些。"

→*Aquarium* 玻璃鱼缸,*Hahn*(*Reynaldo*)雷纳尔多·哈恩,*Loup* 狼,*Modèle* 原型,*Tante Léonie* 莱奥妮姑妈

动物图集(2)(Bestiaire[*bis*])

本词典的另外一位作者并不满足于上述不确切的模糊观点,在兼顾其合作伙伴观点的基础上,他坚持要具体研究叙述者是否是出于善意地描写"淡定却残忍的"弗朗索瓦丝:正在切鸡头的她。因为叙述者其实是感到愤慨的:"我浑身颤抖着上楼了;我本想让人把弗朗索瓦丝立刻拉到门外去。但是,她为我做出了热乎乎的圆形甜点、香喷喷的咖啡,甚至还有……这些美味的鸡?……"事实上,这才是问题所在。叙述者在此证实了:一个普通的自私自利的人,只要一考虑到自己能从他人的痛苦中能得某种快乐,他就能轻而易举地将他人的痛苦视而不见。不仅仅是因为这一点,更是因为——就像所有的人一样——弗朗索瓦丝("我们厨房中的米开朗琪罗"②)的工作就在于抓住这痛苦和血,并将其转化为凝固的杰作。作为擅长察觉寂静中每一丝细小声音的艺术家,弗朗索瓦丝也像作家一样敏锐,她固执地向叙述者(他让她保证不要让兔子

---

① 即智慧女神密涅瓦的猫头鹰,是理性与思想的象征。
② 米开朗琪罗以其人物的"健美"著称。此处将弗朗索瓦丝戏称为厨房中的艺术家。

太痛苦,尽管要把它煮了吃)确保:兔子"跟鸡一样能叫,它们甚至叫得比鸡更大声"。

→ «*Style (et gastronomie)*»"风格(与美食)"

雅克·埃米尔·布朗什(Blanche[Jacques-Émile])

非常高雅的画家雅克·埃米尔·布朗什(1861—1942)在为马塞尔·普鲁斯特画肖像时,就曾料到:从他众多重要的画作中,后世或许只会记住这一幅?布朗什是一位富有而具学识的画家(曾写过三十多本很不错的书),不幸的是,他恰巧与普鲁斯特共处同一时代背景,而普鲁斯特出于暂时的敌意(因为布朗什在德雷福斯案件中跟他不是同一战线),在他的自传体小说《让·桑德伊》(*Jean Santeuil*)中把布朗什的作品安在了画家安东尼奥·德·拉岗达拉(Antonio de La Grandara)的身上,而这位画家并非虚构人物,而是一位真实存在的画家(1861—1917)。因此,由于普鲁斯特天才的回顾式写作,最终布朗什的每一幅画都被看作是由——比色彩更具说服力的——字词所重现出的世界的一种图证。比如他的那副玛格丽特·德·圣马索(Marguerite de Saint-Marceaux)人物肖像画,之所以能引起人们的关注,是因为它能让人联想到维尔迪兰夫人的面庞;还有罗贝尔·德·孟德斯鸠的肖像画,它将永远被看作是夏吕斯男爵的肖像画。一部作品被另一部作品完全吸收吞没,这种现象非常有趣,也极为残忍……然而,最糟糕的还是死后的永远遗忘。是布朗什,还是被遗忘?

例如那幅著名的普鲁斯特画像:这位穿着讲究的年轻公子哥,有着"新鲜杏仁一般的眼眸"。这位未来的作家展现出自己象牙色的脸庞,在扣眼处插着一朵栀子花(而并不是人们通常所认为的兰花,也不是茶花):如果说他的原型在漂泊的巴黎生活中一直搭配着这种形象,如果说《追忆似水年华》完全是在他的这种注视下写成的——这就足以让那些拜物主义者把这幅肖像画上升到圣物之列了——那主要是因为马塞尔从画中感受到了自己的灵魂和逝去的青春,因为他颠倒了奥斯卡·王尔德(Oscar Wilde)的寓言故事,王尔德的作品《道林·格雷的画像》昭示着衰老的形象,而他的形象却没有一丝皱纹……因为这也恰好是布朗什的表现方式:线条的绝对精准和对深层自我的捕捉;精细的相像度和纯朴的灵魂。作为德加①和热尔韦②的学生,布朗什的绘画技巧卓绝;他的父亲是著名的精神病医生,莫泊桑③和内瓦尔④都曾因精神疾病来他父亲的诊所就诊,布朗什认为自己继承了父亲的这一天赋,擅长探寻难以察觉的人类的精神世界。因此,他为纪德(Gide)、科克托(Cocteau)、皮埃尔·路易(Pierre Louÿs)、巴雷斯(Barrès)、克洛代尔(Claudel)、斯特拉文斯基(Stravinsky)和莫里亚克(Mauriac)所画的肖像都展现了他们的本质特点,严格来看,每一幅都非常出彩。如今,他们已然成了我们会与之交谈的学识渊博的先人,就好像过去我们跟他们在韦伯咖啡馆或者诺曼底海岸的某处度假区聊天一样。

当然,摄影令这种类型的绘画黯淡无光。第一次世界大战无情地摧毁了那些崇尚舞会和精英式沟通的岁月,而布朗什的作品就是那些岁月的见证。我们站在他的画作面前,就是在面对着已逝时光中的物品本身,那优雅的举止、姿态和服饰都已消逝不再。布朗士起初为反德雷福斯派,到1918年后成为亲莫拉斯派⑤,再

---

① 埃德加·德加(Edgar Degas,1834—1917),著名法国印象派画家。绘画题材以芭蕾舞女演员、赛马等闻名。
② 亨利·热尔韦(Henri Gervex,1852—1929),法国画家,主要以人体画为主。
③ 莫泊桑(Guy de Maupassant,1850—1893),法国著名的批判现实主义作家,被誉为"短篇小说之王"。
④ 内瓦尔(Gérard de Nerval,1808—1855),法国著名浪漫主义诗人,象征主义和超现实主义的先驱,在文学史上具有重要的地位。
⑤ 莫拉斯(Charles Maurras,1868—1952),法国作家、记者,拥护王朝复辟。

加上他的脾气暴躁,因此,他甚至都没有什么能让其立足的政治观点,而他的作品和人物讲述的是一个消逝不再的美好时代。然而,我们需要凝视着他的作品去欣赏,就如同在搜寻过往的记忆。就像是《追忆似水年华》的油画版一样,这些画作构建成一部宏大的画卷——"一座广博的墓碑,而大部分墓碑上的名字早已被岁月抹去,无法辨识。"

→*Wilde*(*Oscar*)奥斯卡·王尔德

洗衣女工(Blanchisseuse)

白色,代表着退化的性感? 被这种他之前并不喜欢的颜色所吸引? 对母亲之胸及其甜美乳汁的怀念? 在每一个性格或言语能显露出白色特征的女性人物面前,马塞尔总是毫无例外地表现得尤为激动。因此,内衣店女工、乳品店女店主、洗衣女工都以不同的频率——这种频率也富有特定含义——出现在他的作品中,然而,作品本身却是受到根深蒂固的黑色的激发而写。我们有意将马塞尔的生平与叙述者的经历混同在一起,在此基础上,我们要强调以下几点:

1. "都兰的小洗衣女工"让阿尔贝蒂娜感到"快活得像天使一般"。依照马塞尔的意思,酒店服务经理(艾梅)查探了阿尔贝蒂娜的堕落生活。

2. 在阿尔贝蒂娜逃跑后,在妓院的"两个小洗衣女工"对叙述者施展出各种极富技巧性的搂抱。

3. 乳品店女店主长得"像萨朗波(Salammbô)[①]一样美丽",在从孔多塞高中毕业后,马塞尔曾给她送花,并提出让她付出某种具

[①] 福楼拜于1867年发表的历史小说《萨朗波》(*Salammbô*)中的女主人公,一位迦太基女孩。

体的回报。

4. 当他坐在巴贝尔克的火车上时，就在一个乡村火车站的站台上，他注意到一位"年轻的卖牛奶的女工"，她的面庞像是"通过闪光的窗玻璃"涌现出来，这让他想起了弗美尔①的画作《倒牛奶的女仆》（就这一点，怎能不让人有"趋近母亲"[Vers mère]这种理解？尤其是普鲁斯特还把画家的名字写成了分开的两个单词：Ver Meer②）。

5. 不要忘记玛德莱娜·布朗谢（Madeleine Blanchet），这位《乡村弃儿弗朗索瓦》中的伊俄卡斯忒（Jocaste）③。

普鲁斯特知道自己更应该是"黑色"（或许是"亚美尼亚人"、"奥斯曼帝国的臣子"、"波斯人"、犹太人、同性恋……），他从不随意选择自己的颜色。他的原罪迫使他必须利用所有的机会进行自我洗白。最后，还要提醒一下：他的御用肖像画家的名字就叫……布朗什（Blanche）。

→*Aubépine* 山楂树（花），*Baiser*（*du soir*）夜晚之吻，*Blanche*（*Jacques-Émile*）雅克·埃米尔·布朗什，*Eucharistie* 圣体，*Sand*（*George*）乔治·桑

蓝与黑(Bleu et noir)

为什么吉尔贝特和阿尔贝蒂娜会有点像呢？是不是因为叙述者的品味不像他的欲望变化得那么快呢？或者是因为他不太在乎

---

① 约翰尼斯·弗美尔（Johannes Vermeer，1632—1675），也被称为约翰尼斯·范·德梅尔（Johannes Van der Meer），17世纪著名荷兰画家。他的作品以透明的颜色、对光影的巧妙运用和人物的真实与质感而闻名，被誉为荷兰黄金时代最伟大的画家。

② 其发音与 *Vers mère*（趋近母亲）的发音相同。

③ 俄狄浦斯的亲生母亲，与《乡村弃儿弗朗索瓦》中的弗朗索瓦的母亲玛德莱娜·布朗谢相对应，指向他们乱伦的婚姻。

她们的不同,在他看来那只是在不同身份下的同一个人?她们俩非常相像这一点,大概是因为他自己性格的固定性和爱情的盲目性?

关于吉尔贝特和阿尔贝蒂娜的相似性,无论这是客观存在的,亦或只是某种观点,但这首先涉及到眼神:"阿尔贝蒂娜最初看我的眼神让我产生幻想,而这种眼神与吉尔贝特最初看我的眼神极为相似。我当时甚至以为吉尔贝特阴暗的个性、性感、倔强而狡猾的本性再次出现来诱惑我了,只是这次是借由阿尔贝蒂娜的身体体现的,是另外一个人,但又不是完全不同。"

每当叙述者想起他遇到吉尔贝特的那天,记忆中的这个年轻女孩儿黑色的眼睛却反而总是以"鲜亮的蔚蓝色"呈现在他的脑海。然而,阿尔贝蒂娜的眼睛也变过好几次颜色。当他第一次与她的眼神交错时,她的样子在他看来像是"一个糕点,在它上面还预留了一点天空的位置"。然后她的眼睛会突然变了颜色,因帽檐阴影而不断扩大的黑色随之映入其中,这种黑色让夏天多了一点阴凉。但是,在一百页之后,她的眼睛又变成蓝色了,蓝到令她的眼睑看起来像是帘子,"遮掩着让人看不清那蓝色的大海"。然而,叙述者要么是失忆了,要么是疯了,他居然还觉得有必要具体指明:眼睛的颜色并没有改变,只是形状改变了,变形的同时也伴有细微的色差:"它们还是原来的颜色,但似乎色泽变得更加通透。"是错误?谎言?谁知道呢⋯⋯

吉尔贝特的眼睛一直是黑色的,但给他的感觉却是变色了,而阿尔贝蒂娜的眼睛事实上是从黑色变成了蓝色,但他看起来却只是变换了角度而已,怎么会这样呢?难道是因为吉尔贝特是金黄色的头发,而阿尔贝蒂娜的头发是棕色的——就像是她头上的花环的颜色一样?怎么可能这两位千差万别的(吉尔贝特很高,红润的皮肤,犹太人,富有的金黄色头发的女孩;而阿尔贝蒂娜则是棕色的头发,胖胖的,排斥犹太人,贫穷且矮小)女孩却有着同样"让人难以猜透其中含义的眼神"呢？为什么叙述者在谈到这点的时候（在他描述了情人的眼睛之后——无论他想否认什么）表示：在一个年轻女孩的微笑目光之上，没有什么比她那"黑紫罗兰的花环"更美的了？

有人会说，当爱情局限于幻想的时候，眼睛会让人觉得好像改变了色彩，然而，当亲身经历了爱情，心不在焉的爱人会犯错，面对这种情形，就不存在曾经的那种幻想者角度才会有的心理上的色彩变化。也可能另有原因，答案或许比这个更简单：这两位"假双胞胎"只是在名字的词源上有共同点：Berte。而且 Berthe 也是包法利夫人（Madame Bovary）的女儿的名字，在小说的最后，这个女孩儿被一位姨妈送到了一个棉纺厂工作。然而，在包法利夫人的丈夫眼中，包法利夫人的眼睛有奇特的特性："在黑暗中是黑色的"，而"在白天就是深蓝色的"。如果说吉尔贝特和阿尔贝蒂娜很像是出于一家的亲姐妹，那仅仅是因为她们——在文学层面上而言——都是一个具有双色眼神的女人①的女儿。

阿尔贝·布洛克(Bloch[Albert])

布洛克没有教养，神经兮兮的，还冒充高雅，出身于一个阶层不高的家庭，他就像处于海底一样承受着巨大的压力，这种压力不仅来自于表层的基督教徒，也源自比他社会等级更高的各个犹太阶层，每一阶层都蔑视和欺凌比其低一级的阶层。要从一个犹太家庭提升至另一个犹太家庭，要冲破这一层层直至呼吸到自由的空气，布洛克大概要花几千年的时间才能完成。因此，他最好是另辟蹊径。

---

① 指包法利夫人。主要是因为在文学层面上，她们的这一特性都与包法利夫人存在继承的关系。

布洛克这一人物是平庸之辈的代表。他虽然出入上流社会，但实际上是以傲慢无礼的言行在冒充高雅，他依靠跟公爵们打招呼来博得体面，而他打招呼的语气都似乎是在自我嘲讽。愚蠢之人以为卖弄谴责自身缺陷的理论，就可以掩盖自身缺陷，而布洛克就是这种人，他会卖弄自己的学识，以"你"来称呼神，以荷马用于修饰英雄人物的词汇来修饰对话者①。他所宣称的"坦率"令这位讲究穿着的贝居榭（Pécuchet）②式的人物揭露出社交界矫揉造作的言行，而他自己正是这种人的代表。

这样一来，因为布洛克认为那样会显得很优雅，所以他会假装不知道天气状况（"我完全生活在物质的偶然性之外，以至于我的身体对此都没什么感觉了"）；因为布洛克觉得这样看似很高尚，所以当叙述者的外祖母（他勉强算认识而已）跟他说起自己有点难受的时候，他居然假惺惺地哭了起来。同样地，他还主动喝了别人点的香槟，他很擅长辨识自己周围的丑恶，而这些丑恶也是他自己本身就有的：他所宣称的种种批判和指责反而正是勾画出了他的自画像。如果说叙述者在他看来是一个"附庸风雅之人"，那是因为布洛克自己有过之而无不及；如果说他坚持认为圣卢（Saint-Loup）是一个懦夫（因为他在谈及德国皇帝［Kaiser］时称之为"威廉二世大帝"［Empreur Gauillaume］)，那是因为他自己就是懦夫，只会自吹自擂。他自诩敏锐聪慧、高人一等，而事实上，那是他的精神受其一时情绪所骗，是自欺欺人。当布洛克以为近视能让他免于参战时，他当时很显然是个好战之徒，而当他被认定为符合服兵役的条件的那一刻，他却大跌眼镜地转为了和平主义者。但最重要的是：布洛克以为自己身上完美无缺，甚至

---

① 布洛克在邀请叙述者和圣卢时曾模仿荷马的语调，并使用英雄人物及其修饰语。

② 福楼拜的小说《布瓦尔与贝居榭》（*Bouvard et Pécuchet*）中的人物，指的是自欺欺人，附庸风雅之人。

连虚荣心都没有,他把这种自我宽容推向了如此境地:他甚至认为自己要进入贵族阶层的欲望并非是冒充高雅,而是他"崇高好奇心的证明"。最终,当他恼怒的时候,要么就是有人指责他的英文发音很蹩脚(尤其是他把 lift 说成是 laïft),要么就是他打翻了一个花瓶,立刻就害怕别人嘲笑他的这种愚蠢言行。布洛克把这种笨拙和不真诚推至极点,他甚至宣称:"这些小事都无关紧要。"在这一点上,他就像一个傲慢的孩子,当大人打了他一耳光,他却回答:"一点儿都不疼"。对于一个内心受伤的孩子,一个微笑就可以安慰他,然而,他虽然眼含着泪水,却还假装对别人吐向他吐痰的事无动于衷。

布洛克认为,不能极力夸赞自己所喜爱的人是一种"极端羞耻心"的标志,另外,从诸多方面来看,他不配拥有叙述者的友情,正如莫雷尔(Morel)也不值得拥有夏吕斯男爵的爱。布洛克这一人物引发我们思考这样一个问题:要学会在一个与自己不同类型的人身边如何自处,这个人痛哭流涕地发誓只爱你,但其实我们凭经验就知道他一有机会就会背叛你。事实上,面对这样一位虚情假意地与之称兄道弟的人,叙述者对他也是持有一种无关痛痒的忠诚,这种所谓的忠诚也正说明了此类感情不太可能发展为友谊。首先,因为布洛克始终显示出自己的无能,在这一点上,他从不让人失望。而且,叙述者在生动地描绘与布洛克相应的畸形丑恶形象的同时,还因为他而有了三个重要的发现:贝戈特的书(布洛克引用了他的恩师勒孔特老爹[Père Lecomte]的话向他介绍贝戈特,认为他是"描写极为精细的大师"),妓院(它们的存在让叙述者的生活变得刺激,备受诋毁,同时,也向他揭示出:他想让那些农妇来亲吻他,而她们在拿了一点钱之后都会同意这样做),以及用故作博学之态来掩盖的空洞之实。因为布洛克一直把某些现象的意义搞错(比如他会这样解释:叙述者足不出户,那是因为阿尔贝蒂娜的出现才导致的),他也让我们看到:滥用因果关系(这也会导致阴谋论)是无药可救的愚蠢的显著标志——因为患上了这种愚蠢之症的人,还以为自己已经痊愈了——而且,叙述者用一句格言对此进行了总结:"那些从别人生活中学到某种精确细节的人,也会立刻从中得到相应的结果,而这种结果根本就不正确,而且也不能在新发现的事情中找到相应的解释,因为这些事跟他没有任何关系。"

相反地来看,这也没什么错:这位青少年到了成年人的年龄了还是不断地借用叙述者的观点,一边还表明是自己先有的这些想法。在依然还以为"我们说出来的就是我们创造的"年龄,他被自己的同龄人称为"导师"。叙述者就是忠实于此吗?可能也是因此,作者给了布洛克一份礼物:总是把他写成一个受害者?事实上,很奇怪的是:如果他让人觉得好笑,但那并不是因为他可笑,而是因为他是犹太人。布洛克是卑劣之人,但那些贬低他的人比他还要卑劣,当时上层社会的反犹太主义挽救了他——但当他自己也沉迷于反犹太主义的时候,一切就变了。

→*Du bon usage* (*de l'antisémitisme d'Albertine*)(阿尔贝蒂娜反犹主义思想的)典型运用, *Haine juive de soi* 犹太人的自我仇视, *Judaïsme* 犹太民族, *Lièvre* 野兔, *Maladresses* 笨拙, *Météo* 天气情况

假慈悲(Bon sentiments)

假慈悲可以让愚蠢之人能够参与到他们本无法参与的谈话当中,同时,给善的道德领域增添了诙谐之感,因为对于他们而言,这是唯一行之有效的方式:既能打断谈话又不会被别人反驳,即使跑题也无可厚非。

有一次,斯万就搞错了听众,他向叙述者的家人讲述一件跟圣

西蒙①有关的轶事。在这个故事中,圣西蒙公爵成功阻止了粗俗的莫尔弗里耶(Maulevrier)——出于"无知或诱骗"——跟他的孩子握手,塞利娜(Céline)姑妈("对她来说,圣西蒙的名字让她的听力没有处于完全麻醉的状态,而是被激活了")借此反驳斯万,认为他居然欣赏这样一个人——不允许自己的孩子跟低层级的人握手:"什么?您欣赏这个吗?好吧,这下可好了!但是,这能说明什么呢?难道说明一个人不如另一个人吗?但如果这个人,他既具有聪明才智又富有爱心胆识,那无论他是公爵还是车夫,又有什么差别呢?而您的那位圣西蒙公爵可倒好,他不教育自己的孩子要跟所有正直诚实的人握手,那他可真是教子有方呀。但事实上,这极其卑劣可恶,就这么简单。"

如何回答这个问题?该怎样指出被激怒的塞利娜是没有道理的,而不被立刻看成是承认了她说的问题确实让人无法接受?面对这种情况,叙述者的外祖父感到无力,有点不悦了,他转头对他的女儿说:"对了,帮我回想一下上次你告诉我的那句诗吧,每当遇到此类情况,它总会舒缓我的心情。啊!是的:'主啊,您让我憎恨了多少美德啊!'啊!说得多好呀!"然而,这里提到的这句诗……也是圣西蒙曾说过的,是他改用了高乃依在《庞贝之死》(Pompée)里面的诗句("哦天呢,您让我憎恨了多少美德啊!"),通过尼农·德朗克洛丝②之口说出来的,特别针对舒瓦瑟尔(Choiseul)公爵(就像塞利娜姑妈一样,"就是美德本身,但自身的智慧有限")所说的。

由于无法反驳被激怒者,我们总有办法从小说中找到对应的人物,也能从《回忆录》(Mémoires)中搜寻,人们很擅长把他们置于

---

① 圣西蒙公爵(Saint-Simon, 1675—1755),法国政治家、作家。
② 尼农·德朗克洛丝(Ninon de l'Enclos, 1620—1705),法国著名交际花、女作家。

其中某些人的位置。

善良(Bonté)

在局部的论证过程中,普鲁斯特显得玩世不恭或者看透一切,但他最终总是将善意置于智慧之上(同样,他也把敏锐性置于想象力之上)。他一直确信:无论在艺术还是道德领域,某些作品或某些行为是"高于"其他作品或行为的。如果头脑中没有这种观念的话,那么,就根本无法理解作品或行为,也谈不上欣赏:真正的才能或天赋,是在善良中成长起来的,并最终达到顶峰。

→*Amour* 爱,*Antisémitisme*(*de Charlus*)(夏吕斯的)反犹太主义

安德烈·布勒东(Breton[André])

这一幕需要鲜活的想象力……

安德烈·布勒东,未来著名的超现实主义"教皇"当时尚年轻、幼稚,是小说势不两立的敌人,坚定的"达达主义者",激进的审判者,与时刻面临死亡的敏感的普鲁斯特形成鲜明对比——普鲁斯特总是很殷勤,会献上奶油夹心甜点和香槟,向他的宾客表示敬意……

这边,安德烈贫穷、谦恭,急于把出版商雅克·里维埃给他的一点工资收进口袋——里维埃曾请他做《盖尔芒特家那边》的"校对编辑";而另外一边,马塞尔在他阿姆林街的公寓中快冻僵了,一心只忙于修改小说的错误之处,细致辨别他所用的形容词或者再加上新的词,再润饰里面的隐喻修辞等。

两人奇特的面谈:刚刚放弃了医学学业的布勒东别无选择。他很饿,所以就要接受资产阶级的奶油夹心甜点和香槟,不管什么

工作也要接受,只要收入高就行(价格:每审阅一次50法郎)。至于普鲁斯特,他严格要求布勒东用清晰响亮的声音读这第三部小说给他听,而这一部最终未能迅速传播。

他们交谈甚少——但仍然还是有一点的……布勒东当时已经颇有名气。普鲁斯特接见了他,从晚上十一点一直聊到拂晓。他们两人并不亲密。根据布勒东传记撰写者亨利·贝阿尔①的观点,"这些会面给布勒东留下了很好的回忆",布勒东本来就对他所读的"诗歌经典"极为关注。后来,布勒东成为超现实主义的"教皇",他做出了略有区别的回应(在与玛德莱娜·沙普萨尔[Madeleine Chapsal]的访谈中):"由于《追忆似水年华》所描绘的社会阶层的关系,这部作品并不吸引我……"这相当于礼貌地表示:他并不把普鲁斯特放在眼里。这也体现出一个非常明显的信号,即"精明的愚蠢":这会让我们的评判仅仅依赖于一部描写某种素材的作品,而殊不知,其实作品本身正是在嘲笑和批判这一素材。

然而,也不能排除他此前是假装关注普鲁斯特和他的作品,因为有人出于嘲讽认为,"达达主义者"是在借助于奉承来达到震撼舆论的效果。相反地,其他人认为布勒东从未去过阿默兰大街,里维埃只是在《新法兰西杂志》(NRF)的一间办公室把校样交给了他。关于这一点,朱利安·格拉克(Julien Gracq)在《首字花饰》(*Lettrines*)中的说明也算是证实了两人多次的夜晚会谈……

最后,也不是很重要了:里维埃、布勒东和伽利玛出版社的校对员们——尽管他们一遍遍的校对、再校对——最终还是漏掉了一个主要的错误:"贝戈特"(Bergotte)两次都写成了"柏格森"(Bergson),更别提第一版中"所多玛"一词中的这个不恰当的长音

---

① 亨利·贝阿尔(Henri Béhar, 1940—),巴黎三大文学系教授,主要研究先锋派运动、达达运动和超现实主义运动。

符了。

而最后这一点还有待商榷,因为在被普鲁斯特多次引用过的诗人维尼①的诗(即《参孙的愤怒》,*La Colère de Samson*)中,Sodome(所多玛)都被写成 Sodôme。照这种情况来看,布勒东或许只是尊重经典,因为他或许对普鲁斯特有一点恶意——也可能只是一时疏忽而已——但还是学识渊博的……

而后来,普鲁斯特写信给加斯东·伽利玛(Gaston Gallimard)说:"我又标出了两百多处错误……如果我不建立一个勘误表的话,我会深感蒙羞……"关于这些错误,他一直都不能原谅加斯东、布勒东、里维埃、波朗(Paulhan)以及他们的漫不经心。他的愤怒(当然,普鲁斯特一直忍着,因为他机智而有谋略,总是后发制人……)——怀着他对《文学》杂志一贯的礼貌谦逊——是他与超现实主义领域的唯一接触。

→*Éditeur*(*à propos de Jacques Rivière*)出版商(关于雅克·里维埃),*Papillon* 蝴蝶

---

① 阿尔弗雷·德·维尼(Alfred de Vigny, 1797—1863),法国 19 世纪著名浪漫派诗人、小说家、戏剧家。

粪便(Caca)

对于普鲁斯特来说,谈论器官方面的东西没什么禁忌,他可以不带感情也毫不客气地谈论粪便,但却带着一种对特殊现象的极大兴趣,侃侃而谈——有时像是一种隐喻,有时又像是有意搞笑或制造美感。

因为粪便首先是一种气道添加剂:会(叙述者在听到夏吕斯和朱皮安(Jupien)的嬉闹之后,他也确认了这一点)"立刻让人想到清洁问题",这种快感会"带来多大的享受,也就要产生多大的噪音"。《追忆似水年华》中的那位与粪便相关的老妇,也就是"绿色金属网纱小屋"的老板娘,弗朗索瓦丝当时进去上厕所,让叙述者在那里等她。这位"老妇脸上涂着白色粉脂,头戴红棕色假发",弗朗索瓦丝坚持认为她是一位"侯爵夫人"。从这座小屋潮湿的墙上,散发出"清凉的霉味儿",叙述者闻到这股味道时,感受到一种"浓厚的快感,美妙而平静,富含持久的真实感,难以描述,却真实可感"。最终,这座小屋成为一座坟墓,它的女看管人向年轻男士们敞开"地下石墓的大门",他们来这里上厕所,就像"狮身人面像一样"蹲在那里。

普鲁斯特笔下的粪便是神话的最高级别,也是那些自称热情友好之人的显著特征:某些原教旨主义的精神病专家会取笑穷人们的"隐忍",因为他们很反感在吃饭时讨论粪便的话题。在此之前,维尔迪兰家的小圈子聚会时却将粪便作为谈论的话题之一。在蒙塔利维大街(rue Montalivet)的一个晚宴上,斯万询问小圈子中的一位画家:一位最近刚去世的艺术家最后的那些作品,是否并未注重画作的深意,而更加注重绘画的精湛技巧呢?然而,这位画家为了当众博人眼球,傲慢地回答他:"我曾经靠近画作去观察那是用什么画成的,我当时把鼻子都凑上去了。啊!天呢,难以置信!简直分辨不出那材料到底是胶、宝石、肥皂、铜、阳光还是粪便!"这种材质的罗列很奇怪,其中包含黏性物质、矿物质、太阳光和排泄物,在此基础上还加上了数学,因为戈达尔医生似乎在关注"铜"覆上了阳光和粪便,所以,他最后还慢半拍地插了一句:"再加一,得十二!"①

音乐本身有时候也跟"粪便"相关,也就是说,它也是受粪便滋养。音乐家维克多·马塞(Victor Massé)的作品就是个很好的例子。维尔迪兰家族的人酷爱这位音乐家的作品,奥黛特被家人带去观看他的歌剧《克莱奥帕特拉之夜》(*Une nuit de Cléopâtre*),而在斯万(他自己都感觉到一种"预言者的便秘"感②)看来,这是一部让人沮丧的烂歌剧。

然而,很显然,在粪便这个话题上,没有人能与夏吕斯并驾齐驱:"至于那些叫康布尔梅德侯爵(Cambremerde)③或者瓦特费尔

---

① 从词汇层面看,"铜"(bronze)中的 onze 意为"十一",所以,再加一就是十二(douze)。从意义层面,原文中也表示:谁也不明白他差这么一句话到底什么意思。

② 斯万非常厌恶这部歌剧,认为这是像大便一样的作品,说出这部作品的名字本身就让他觉得肮脏而难以启齿。

③ 此处为戏谑的文字游戏,Cambremerde 是原名 Cambremer(康布尔梅)后面加了 merde(大便)。

菲施侯爵(Vatefairefiche)的小贵族们,他们跟那些军队里的小兵们没什么区别",他这样教导莫雷尔,在此之前,他还列举了十一个在法国地位显赫的大家族。"您要是去便便伯爵夫人家去尿尿,或者去尿尿男爵夫人家去便便,这都是一回事,您到时候就明白您的名声会变成什么样了,您是把屎尿布当成了卫生纸,那可是很脏的。"关于夏吕斯,除了这种令人惊骇的字词之外,还有他同样惊人的出场("在我家,当您演奏完一首小提琴独奏曲的时候,您是否看到有人朝着您放个屁,以此作为回报……?"),相反地,他这样是为了借此来指称他同时代的那些演员:"看一看在《雏鹰》(l'Aiglon)里的萨拉·伯恩哈特①,什么东西呀?大便而已。再看看《俄狄浦斯》(Œudipe)中的穆奈-叙利②呢?也是大便。如果这种事发生在尼姆的角斗场(Arènes de Nîmes)上,那最多会脸色变得有点苍白而已。"最终,当他还不愿停止这种肆无忌惮的言论时,此时的傲慢无礼便更进一步发展为污浊的嘲讽:"您相信吗?"他指着我对德·叙尔吉夫人(Mme de Surgis)说,"这位鲁莽的年轻人,丝毫也没顾忌到上厕所这种事情还是要掩饰一下的,他刚刚居然还问我是否去过德·圣德菲尔特夫人(Mme de Saint-Euverte)家,也就是在问我是不是拉肚子了。不管怎样,我会尽力找一个更舒适的地方去解手,而不会去一个——如果我没记错的话——我一出生她就上百岁的老女人家里,也就是说,我绝不会去她家里上厕所的。"

通过诸如此类地频繁提及某些相关的词,这种风格显著的循环往复最终去除了"大便"一词的所有道德上的隐含义,通过一种绝妙的听力错觉,"大便"又重拾其贬义,就像是影子有时会让人有体积增大之感一样,这些相关词的发音也会让人觉得是听到了"大

---

① 萨拉·伯恩哈特(Sarah Bernhardt,1844—1923),法国19世纪和20世纪初著名的女演员,曾主演过《雏鹰》和《茶花女》。

② 让·穆奈-叙利(Jean Mounet-Sully,1841—1916),法国男演员,主演过《俄狄浦斯》。

便"一词,尽管并未真正提及该词:在布里肖和夏吕斯就巴尔扎克所展开的一场讨论中,身为巴黎大学教师的布里肖告诉男爵先生,《人间喜剧》及其作者令他不屑,其作者是"难懂晦涩文风的虔诚捍卫者",而且还"不断地对一个波兰女人进行'大便式的描写'"。如果我们没搞错的话:"大便式的描写"并不意味着用大便词汇进行描写,而只是指拙劣的描写(源于希腊语 κακός,意为"丑";γράφειν,意为"写")。也或许,我们搞错了。因为关于"大便",耳朵跟词源学一样,是很好的判断者。

礼物(Cadeau)

每个人都会有在某一天对身边的人慷慨大方的经历,就像马塞尔一样,而他的慷慨大方那么奇特,咄咄逼人,因而,大家经常会由此联想到极具原始性的印第安人交换礼物的宗教节日,他慷慨送礼物的行为就像是该节日在社交界的一种变型。所以,普鲁斯特忍不住要送各种礼物。在他身上,送礼物的行为体现出了他在表露感情上有巨大障碍(根据莱昂·皮埃尔-坎[Léon Pierre-Quint]的推测,这"源于神经问题")。他会以字为礼,大肆地送人"普鲁斯特式"的信件和题词,这可谓一举两得,既恭维了收信人,也同时弱化了寄送人自己;他也会以钱为礼,但并不只是以通常的给小费的形式:有一次,路易·塞尔佩耶(Louis Serpeille)为他带来了戈比诺(Gobineau)的文章,主题是关于1870年的普法战争,那正是他当时急需要看的,所以,他想要给塞尔佩耶500法郎,这方式几近荒唐,当然理所当然被拒绝了,但这之后,普鲁斯特立刻将钱换成了一颗镶嵌在领带别针上的钻石;保罗·莫朗(Paul Morand)曾在一天晚上诚挚地建议他去看一下医生,结果,莫朗第二天就收到了1000法郎,这可是他自己去看医生所支付费用的10倍!而科克托也很难拒绝他送的祖母绿宝石,尽管根本没有必要赠送这种礼物，但马塞尔却认为需要以此来支付那件外套，本来他以为它已经不在科克托那塞满衣物的衣橱里了。

更何况，如果拒绝了普鲁斯特的礼物，他还会生气，他会想象出别人拒绝接受的理由，还会试图找到原因，并自认为是误解或逸言造成的，最终，这都会让他更加自责。通常，普鲁斯特装作自己是一个微不足道的小人物，以至于对于为他提供过哪怕一点服务的人，他都坚持要支付十倍的报酬。青年侍从、酒店服务生、出租车司机、服务员和信使一直是此类报酬的受益者。

还有一个很著名的场景：在一个由比贝斯科家（les Bibesco）一起参加的"屋顶之牛"（Bœuf sur le toit）的晚宴上，负责他们这桌的服务员收到了不计其数的小费，普鲁斯特却注意到另一个负责隔壁桌的服务员，他居然给了这个服务员非常多的小费，因为他觉得在这个服务员的眼神中看到了一丝忧伤："你们不信吗？"他对比贝斯科一家人说，"看到我们给了其他服务员很多小费，他的眼神多么伤感啊。"

一直以来，普鲁斯特的亲友们都在讨论他的这种慷慨究竟意味着什么？这是一种获取谅解的方式吗？还是在树立威望？或者是一种博人眼球、引诱别人的小技巧？又或者是一种隐藏在谦逊这一华丽外衣之下的傲慢？

最后，具体来说，这种想要"给予"的迫切需要——是他的另一种敏感——与他自身的"无法获得"相对应。从朋友的立场出发，他的很多朋友都试图给他送个礼物，但每次都是徒劳，礼物会让他陷入无尽的痛苦折磨。在1908年，他参观了画家埃勒①的画室，当时他看到了《凡尔赛之秋》（L'Automne versaillais）这幅画，让他颇受触动，热泪盈眶。第二天，埃勒主动让人把这幅画送到了普鲁

---

① 保罗·塞萨尔·埃勒（Paul César Helleu, 1859—1927），法国著名画家、雕刻家，擅长女性肖像，是普鲁斯特的好朋友。

斯特家里,但普鲁斯特却不断地拒绝接受,这本应是一个喜剧故事,但最终却转为悲剧:《凡尔赛之秋》这幅画在埃勒(坚持送出)和普鲁斯特(坚决拒收)之间往返了好多次。最后,卡蒂斯夫人(Mme Catusse)(在现实生活中,她一直充当着普鲁斯特的外交使者的角色)介入其中,帮忙平息这争论不休的情况。她劝普鲁斯特收下这幅画,同时回送给埃勒一个价值不菲的银制的荷兰帆船模型。彼得罗·西塔提(Pietro Citati)就曾引证了这件轶事,他从中发现很明显的证据说明:对于普鲁斯特而言,"他人是一个没有任何桥梁能够通往的深渊"。如果接收或同意接受,这就意味着他是可爱的人,大家也会因此喜欢他——但令人惊讶的是,他却拒绝接受。然而,过度给予则源于强烈的负罪感,而他从未摆脱过这种负罪感。我们还会在以下普鲁斯特式的癖好中发现同样的思维模式:极其强烈地同情他人的痛苦(他发的吊唁函就是这种怜悯之情的证物……),同时苛求自己维持孤独、郁郁寡欢的状态——尤其是当生活、爱情或丧事令他难过悲伤的时候。

→*Cocteau*(*Jean*)让·科克托,*Pourboire* 小费,*Proustifier* 普鲁斯特化

康布尔梅(侯爵夫人)(Cambremer[Marquise de])

她把悲伤(或下雨)看成是一种诚挚的真实性。在威尼斯,她很讨厌大运河,反而喜欢小街小巷……这说明康布尔梅侯爵夫人在艺术方面"从不极左"。她日常生活中的附庸风雅完全不同于她审美上的附庸风雅。她会以所谓的现代标准来评价作品,因此,她认为《佩利亚斯》(*Pelléas*)①比《帕西法尔》(*Parsifal*)②更优美,"因为在

---

① 指德彪西的歌剧《佩利亚斯与梅丽桑德》(*Pelléas et Mélisande*)。
② 瓦格纳的歌剧。

《帕西法尔》中,在极致之美的基础上,还附带某种富有旋律性的乐章的影子,既然富有旋律,所以效果差。"这就像是那些商向顾客做出如下承诺的商店一样:如果在其他地方发现价格更低的同款商品,我们承诺退换差价。侯爵夫人也是如此,她只会在比她更"前卫"的人面前才会改变自己的观点。因此,当叙述者告诉她:画家德加本人很喜欢普桑①,这足以让她开始反思自己对这位文艺复兴时期的画家的评价是否恰当,此前,她一直认为"他是最令人讨厌的画家"。她就像是无知之人一样,急切地想让人知道她所懂的东西,她表达自己想法会使用的不同句型,对她而言,这些句型的作用和重要性不亚于"莫奈绘画所使用的不同表现方式"。总而言之,她的言论中总有一些荒谬的观点,她不求别人同意,但却强迫别人听她侃侃而谈。这也是她跟戈达尔医生的共同点。但是,戈达尔医生所持的是不同的现代观,他的评判偏好跟伯爵夫人截然相反。伯爵夫人喜欢先锋派,而戈达尔医生认为先锋派意味着彻底迷失;伯爵夫人特别喜欢印象派,而戈达尔医生却对逝去的时代感到遗憾,他觉得以前的绘画才是一面更加精准的镜子。

但这两位——进步人士和保守者——展现了对以下问题的两种不同认知方式:对于一部作品而言,内容比表现方式更重要,意图比结果更重要。这两位艺术爱好者分别是现代艺术的狂热党和敌视党,在他们看来,艺术作品从来就不只是某一种理论所能表述殆尽的。

→*Goûts et couleurs* 品味与颜色

暗房(Camera oscura)

马塞尔·普鲁斯特的房间成为一种特别的崇拜对象,主要因

---

① 尼古拉·普桑(Nicolas Poussin, 1594—1665),17世纪法国巴洛克时期的著名画家,被视为17世纪法国古典主义绘画的奠基人。其作品多取材于神话、历史和宗教故事。

为普鲁斯特就是在各种房间里进行创作的。墙上覆着软木的棺材或妓院，流传着隐居者传说的墓地，曾用于熏蒸疗法的充满药味的大火炉，用来治病调理的各种模具（或许里面充斥着可怕的噩梦），这些都是神圣者存在过的能触摸得到的证据，为一代又一代的普鲁斯特崇拜者们所推崇，以后还将继续被奉为圣物。

就此，我们主要清点总结了以下三个房间：首先是最容易找到的卡布尔大饭店①的房间，费用高出了房间的实际状况，里面的沙发材质是劣质的印花家具布，还有两扇朝向大海的破旧的窗户——马塞尔曾表示自己很讨厌这种被风吹得呼呼响的像乐器一样的窗户，也会让他感觉自己就像是"逃亡者"一样，那窗户似乎引诱着他要从这儿跳出去；其次是卡纳瓦雷博物馆（musée Carnavalet），除了没有软木，里面的东西都是从他在阿姆林街的旧房间里回收来的，还添加了一张铜质的床、被虫蛀坏的桌布、椅子和一个已经不生火的壁炉；最后一个是奥斯曼大街的102房间——我们可以与法国工商信贷银行（CIC）的负责人员协商，获得允许后就可以进入房间参观。法国工商信贷银行成为瓦兰-贝尼埃银行（banque Varin-Bernier）②之后该房间的唯一所有者。

每次都会让人印象深刻的是：房间的装饰透露着一种修道士般的庄严朴素；家具都很破旧——里面最好的都已经被搬运到阿尔贝·勒屈齐亚妓院；布料、木质和彩色墙纸都很简陋，这让奥斯卡·王尔德在夏吕斯之前就曾大喊："你家真是太难看啦！"

这是一个值得深思的有益经验，这启示我们：想象力能更好地描绘出"一个依然光鲜屹立但早已衰败的宫殿"的奢华景象，以及圣日耳曼区的住宅的样貌——他未因现实所呈现的原貌而受到干

---

① 卡布尔大饭店（Grand Hôtel de Cabourg）被视为《追忆似水年华》中所描写的巴尔贝克大旅店。

② 该房间曾被普鲁斯特的舅妈卖给了瓦兰-贝尼埃银行，普鲁斯特之后就搬离了这里。

扰。只有蹩脚的艺术家才需要亲身体验才能写出东西来："诺亚从来没有像在方舟中那样将这个世界看得如此清晰,尽管方舟是完全封闭的,尽管当时世界沉浸在一片黑夜之中……"身处《追忆似水年华》这一巨著中的普鲁斯特也同样意识到了这一点。这也正是他在九泉之下留给后人的建议,他也因此终获不朽——由于精神上的脆弱,我们还是希望他所处之地会比那些朴素冷清的房间更加温暖舒适。

除了这三个比较正式的房间之外,还有那个著名的"充满鸢尾花香的小房间",就是在贡布雷的这个房间里,年少的叙述者闭门不出,整日沉浸在"看书、幻想、哭泣和快感"之中。毫无争议,这个房间就是第一个普鲁斯特的暗房：一个没有烦杂访客来打扰的地方,一个能从里面反锁的房间。事实上,暗房跟书极为相似。

→*Chambre 414* 414 房间,*Fétichisme proustien* 与普鲁斯特相关的拜物主义,*Parisian Proust Tour* 巴黎普鲁斯特之旅,*Wilde (Oscar)* 奥斯卡·王尔德

加缪(与失乐园)(Camus[et les paradis perdus])

在阿尔贝·加缪(Albert Camus)的记事簿(《加缪手记:第5卷》[*Cahier V*, 1942年1月—1945年9月])中,我们不仅发现他对普鲁斯特作品的诸多明确的参照,还发现了几句话——从中能看出加缪本人就是普鲁斯特的忠实读者,其中一句如下："每年,少女们的花季都跃然纸上。她们只存在于一个季节。下一年,她们就会被其他的花所取代,而上一个季节,她们还只是小女孩儿。对于观看她们的人而言,她们就是每年一次的浪潮,其力量和光辉在金黄的沙滩上汹涌澎湃。"

普鲁斯特和加缪的共同之处还在于他们独特的趣味,他们都

(极度地)渴望以隐喻的方式,通过字词,来抓住每种东西身上的那种不可触摸又切实可感的真实——既不让它变得枯燥乏味,也不紧捏着不放。因此,这两位真实的追求者都具备这种天赋:恰如其分地运用字词,使用不一定贴切但很具体的修饰语——通过一种不太恰当的关联——这将触手可及的意义宝藏彻底释放出来:加缪只需要说"乡村因太阳而变得黑暗",就可以用这几个词精炼地展现出那种窒息感、在沉重阳光下的葬礼的恐惧感以及石头声背后的无限沉寂;而对于普鲁斯特来说,叙述者在听到凡德伊的奏鸣曲(sonate de Vinteuil)的时候,也只需提到一种"崇高的幸福,它既难以理解,又清晰明确",就能用三个形容词浓缩出那种被旋律(模糊的严密性)所唤醒的全部情绪。

但两人的视角都是遥远的,保持距离,从所有难以描述之中,他们最终将其化为文字,其中最具有说服力的一段是:"一只不见踪影的鸟不知在丈量哪棵树的梢头,它千方百计地要缩短白昼的长度,用悠长的音符来探测周遭的僻静"①,叙述者这样讲道,"但它从僻静中得到的却只是全然一致的回响,使周围显得更加凝固、寂静,仿佛它本来力求使一瞬间更快地消逝,结果反使那一瞬间无限延长了。"而在这一点上,加缪则体现为:"在一望无际的沙丘上,烈日炎炎,世界蜷缩起来,变得局限。这是一个充斥着炽热和血的牢笼。这里不会比我的身体更绵延。但是,远处传来驴的叫声,沙丘、沙漠、天空瞬间感受到了它们的距离。这距离是无垠无际的。"

从根本上来看,普鲁斯特和加缪都具备这种奇特的叙述天赋。从中可以看到他们共同的野心:直面死亡,从而超越死亡的恐惧,将我们所处的死亡之境(强迫我们爱一个虚无缥缈的世界)变成艺术家最大的发挥园地——因为意识到死亡,这是唯一(或者说最

---

① 参照《追忆似水年华(第一卷)》,[法]马塞尔·普鲁斯特著,李恒基、徐继增译,译林出版社,1989年6月。

好)的能将身处的世界视为地狱的方式,而身处现时世界的每一刻都是奇迹。

那么,我们也就不会惊讶于加缪把《追忆似水年华》看作"一部英雄式的刚强之作"了:1. 顽强的创造意志;2. 对于一个疾病缠身的人来说,这种创造意志需要付出巨大的努力。

同样,我们也不会惊讶于以下现象:加缪的《沙漠》(*Le Désert*)中对佛洛伦萨乡村的描述(微笑也相似)很像普鲁斯特作品中的叙述者透过房间窗户——当时他确实想让自己干爽一些——所看到的海洋。加缪所说的是"天空的第一抹微笑",而叙述者提到的是"没有面部表情的一抹微笑":两者都是在描写一束光——闪烁明亮却不耀眼,都在赞美生活在每一刻的这种生活艺术——把每一刻都当作最初的第一时刻来过。

《追忆似水年华》中的叙述者曾坦言:"真正的乐园就是我们已失去的乐园。"但这并不意味着乐园是无法企及的,它如同一个完美控制者,其光辉即为向导,或者它如同空想一般,是一种无法企及的欲望所催生的幻觉(就像尤利西斯一样,他要去听美人鱼的歌唱,但同时要想方设法地不被歌声诱惑,不能投入到美人鱼的怀抱①)……"真正的乐园就是我们已失去的乐园"……换句话说,乐园的丧失是真正重获乐园的前提条件。必须要通过(对童年、外祖母和爱人的)死亡和哀悼——经由文学——来战胜幸存与死亡之间的对立。无所谓失去,生命只不过是一场终会归于平静的躁动。无所谓他人之死,也没有草地上的午餐:"艺术的残酷法则就是人终有一死,"普鲁斯特这样写道,"我们自己也会在尝尽所有苦痛之后死去,尝尽苦痛,永生之草——而非遗忘之草才得以丛生。"这种通过文学方式的得救理论与加缪所崇尚的直觉——"这个世界是

---

① 尤利西斯用蜡堵住耳朵,让同伴把自己绑在船桅杆上,以防自己被美人鱼的歌声所引诱。

美的,在它之外,不存在灵魂得救"——有什么区别呢? 作为《反与正》(*L'Envers et l'Endroit*)①的作者,加缪不也这样写道(在散文集《是与非之间》(*Entre oui et non*)的开头):"唯一的乐园就是我们已经失去的乐园,果真如此的话,我就知道要如何称呼这种不食人间烟火的温柔之物了,它如今始终萦绕着我。"他们两位谈论的关键不就在于:拯救能被拯救之人? 是的,但也不全然如此。当然,加缪出色地描述了贝尔库区(Belcourt)②,那里尘土的气味,热尔曼先生(M. Germain)的课堂和母亲的沉默;而普鲁斯特这边,叙述者重现了贡布雷的生活,它的气味、颜色、街道、房屋、河流和母亲之吻。

然而,《追忆似水年华》所寻求的是一种感觉的永恒,而《反与正》(尤其是《第一个人》[*Le Premier Homme*]③)则是在忠于苦难(和自我)当中寻求"最有效的行为准则"。《追忆似水年华》是一部隐居者的作品,他的记忆一直指引着他追寻一种再现的真实之感;而加缪的作品都是顺应同时代要求的文人之作,"对世界温柔的冷漠"抵御着教条、盲目崇拜和假慈悲的侵袭。将已死者从遗忘中拯救出来与保护人们免遭暴力,这两者之间还是有区别的,正如纯粹的童年复现和简单的回忆童年,这两者也是有区别的。也正是因此,加缪简单地对他与普鲁斯特的写作理念进行了细微的区分:他自己的笔触比普鲁斯特的少一些怀旧,而且,在他的笔下,"真正的"乐园变成了"唯一的"乐园,也就是孤独的乐园和被埋葬的世界——其脆弱性正是价值所在。作为哲学家的加缪自问:"对于一种不应腐烂掉的真理,我能做些什么呢? 它不是我能企及的,爱它也只是一种矫饰的借口罢了。"

最后,让我们还是要重回《追忆似水年华》这一主题。在维勒

---

① 加缪的散文集(1937),主要讲述了他的童年生活。
② 加缪童年生活的地方,是阿尔及尔的一个平民区。
③ 加缪未完成的一部长篇小说(1995)。

布勒万公路(Villeblevin)上，一辆法希维加(Facel Vega)牌的汽车撞在了一棵法国梧桐树上，加缪因这场车祸而死，这让他没能完成《第一个人》的写作，而四十年前，《追忆似水年华》中也描述了车祸后的情绪——但并没死："过一会儿，在我回家的路上，撞车的交通事故足以让我的身体被摧毁，也足以让我的灵魂出窍，我的头脑已被迫永远地失去了所有想法；在这那一刹那，头脑焦急地保护着它颤抖的脑髓，已经没时间再将这些想法安放于书中了①。"

笔记本(Carnets)

1908年，马塞尔以游手好闲的姿态故意讨好斯特劳斯夫人(Mme Straus)（她跟他母亲是同龄人），机敏的斯特劳斯夫人送给他一个礼物——这启发了他作品中"盖尔芒特家的精神"，必然会成为普鲁斯特崇拜者所极力推崇的圣物之一：从柯尔比·比德尔(Kirby Beard)那里买到的四本小笔记本……她对他说："您写吧！"——就像是那些迫不及待的女人一样，也会经常这样对他说，她们自认为那首诗或那部小说是受到了自己的启发，以为角色的名字-书名也肯定暗指自己。

然而，1908年的时候，马塞尔的母亲让娜·普鲁斯特去世已经三年了，他已经没有任何遗憾了，现在，什么也阻挡不了他去那里……哪里呢？这一切在他心里依然很模糊的。他唯一确定的是：此后，即使他成为一个忠于自己的艺术家，他也不再会为任何人悲伤，尤其不会为她悲伤……一个女人（可能是他母亲）这样要求他。就在此时。

马塞尔虽然还没有写这部代表作，但也已经是知名作家了，他还在犹豫：是否要全心投入写《驳圣伯夫》一书？试着以福楼拜或

---

① 叙述者害怕自己因车祸而无法完成作品。

波德莱尔的风格写一本评论集？还是写一本小说？但要写什么类型的小说呢？

普鲁斯特又买了很多笔记本，并给它们取了很特别的名字（"德国佬"、"伊斯兰拖鞋"、"维纳斯之美"……），上面布满他或潦草或从容的笔迹。甚至还加上了牛奶咖啡的污渍、肾上腺素和樟脑的痕迹。还有眼泪的痕迹。在普鲁斯特本人的命令下，这些笔记本当中的三十二本已被女管家塞莱斯特烧毁，其余的都收藏在法国国家图书馆。其中的某一片段或散落某处的某一点，就足以让我们能够——也应该——双手合十真诚地向他致敬。

总体来看：最初写好的四本笔记，七十五本草稿簿，二十本誊清稿——再加上之后的十八部修改后的打字文稿，这还没包括加上诸多修改、划痕和补充的十四部校改稿。在这些普鲁斯特的圣物中，我们会听到马塞尔悸动不已的初心。数百位大学研究人员——从剑桥、东京和温哥华乃至全世界——每天都在钻研这些难以辨认的、纷繁复杂的手稿，争先恐后地从中提炼出数十篇论文或评论文章，然后，犹如永恒神秘的麦加的崇拜者们一般，开始四处歌唱赞美诗……

因为从作品写作过程中（关于作品诞生的评论）到作品完成后，针对马塞尔的评论一直都很热烈。普鲁斯特学是这样的一种追求：格外重视作品漫长的酝酿，将其视为与作品所传达的道德、审美标准同样重要。在作品身上，似乎看到了彼世转化为尘世。归根到底，这也只是评判：《追忆似水年华》难道不是在讲述流浪、转变、歧路、逃避、失败、揭露一个追寻灵魂得救之人的故事吗？

→*Gallica.bnf.fr* 法国国家图书馆数字资料网址

卡特来兰 (Catleya)

这种类型的兰花（以英国植物学家威廉姆·卡特来[William

Cattley]命名,这也是为什么马塞尔在写花的名字时只写一个 t)是最为"书迷们"所津津乐道的陈词滥调,而他们都是些从来没有真正翻看过《追忆似水年华》的伪书迷,因为无知,必然如此。

因此,"摆弄卡特来兰"(«Faire catleya»)这一说法,成为了一种口头禅,甚至比可怜的"小玛德莱娜"更风靡——这有点像在20世纪20年代盛行一时的保罗·热拉尔迪①的那句"拉低了一点帽檐"——这句口头禅是唯一在不读普鲁斯特的人当中也很盛行的(普鲁斯特风格的话),流行范围可谓是全球性的,通常是他们当中那些想要搭讪、勾引女人,跟女人发生关系的人。他们在电视上看过《斯万的爱情》,还会把斯万和杰里米·艾恩斯②给搞混,也分不清奥黛特和奥内拉·穆蒂③。图像摧毁了文字。而演员列表俨然战胜了心理学和植物学。当时的服饰风格也战胜了作品的隐喻:普鲁斯特变成了电影编剧;他发明了这种口头禅,没有人明白它具体的所指……那让我们来试验一下吧:我们问一问那些使用卡特来兰这个词的人:"卡特来兰究竟是什么?"得到的回答当中,十次有九次都是含糊其辞,或者有人说它指的就是《爱经》(Kamasutra)里的一种姿势。就此,让我们一起回顾一下事实究竟是什么吧……

美丽可人的奥黛特最爱日式洛可可风格的装饰和卡特来兰,她将这种兰花视为姐妹,这些"不正派的花"的粉嫩(rose,是"性欲"[Éros]一词经字母换位后形成的另一个词)的花瓣仿佛是从她的晨衣绸缎上剪下来的一样。卡特来兰天鹅绒般的花瓣闪着珠

---

① 保罗·热拉尔迪(Paul Géraldy,1885—1983),法国诗人、剧作家。代表诗集是发表于1912年的《你和我》(Toi et moi),当时获得很大成功,极为流行。"帽檐"(L'Abat-jour)就是收录其中的一首,前面引用的«baisse un peu l'abat-jour»("拉低了一点帽檐")即出自该诗,讲述的是一对情侣相会,男士故意拉低帽檐,期望以此获得爱人的亲热和爱抚。
② 杰里米·艾恩斯(Jeremy Irons),电影《斯万的爱情中》斯万的扮演者。
③ 奥内拉·穆蒂(Ornella Muti),电影《斯万的爱情中》奥黛特的扮演者。

光,极具魅惑之毒,还有那毛茸茸的柔软的肉质、神秘的汁液和芳香的雌蕊,让人一看就知道,它们代表着女性的性器官,所以,那些以卡特来兰作为装饰的人会令人不禁联想到这一点,也就无需惊讶了。这完全不同于《追忆似水年华》中的另外一种主要的花——山楂花,它代表着青春的纯洁,始终是一丛"圣洁芬芳的"小灌木之花。

在作品中,这种兰花——其词源本身(希腊语 *opxis*,意为"睾丸")有很多含义——还讲述了另外一个更加私密、撩人的故事。当斯万陪奥黛特坐在四轮马车上的时候,她上衣的胸口处戴了一朵卡特来兰;凑巧马车的颠簸使这对未来的情侣相互靠得很近;奥黛特是一个比较轻佻的女孩,无需太多礼貌和规矩,但斯万却喜欢把自己的欲望复杂化,他依然矜持地端坐着;他想帮她扶正被颠簸震歪的花,随之而来的就是"稍事整理一下"后的亲密举动,这表明奥黛特——如果只取决于她一个人的话——可能会更快地主动投怀送抱。

还有人从"卡特来兰"一词中发现了其他东西:在卡特来兰(Catleya)一词中有英文的 cat,也就是"猫"(chat 或 chatte)。因为普鲁斯特曾经翻译过拉斯金的作品,所以他懂一点英文。此外,在卡特来兰的发音中,我们还能听到"il y a"("有"),发音很相似。此后,"摆弄卡特来兰"就毫不掩饰地指:通往世界源头的肉欲享乐之路。这种表达既简单又优雅,斯万很享受自己的这个恋物小怪癖(当然,他最终"就在那晚占有了她")。

自此,由于对该问题的普遍无知,相应地,普鲁斯特研究者们就开始胡乱猜测:热拉尔·热奈特(Gérard Genette)试图破译这一表达方式(《解读卡特来兰》[*Écrire catleia*]),他将其视为转喻来进行分析,而塞尔日·杜布罗夫斯基(Serge Doubrovsky)则把它视为隐喻(《摆弄卡特来兰》[*Faire Catleya*])。这就是专家们之间的争论了。随之而来的就是:先前同盟的颠覆、各种学术研讨会和深奥的学术性研究……与此同时,卡特来兰四处绽放,享誉盛名。但很显然,对它自身而言,这种大肆的喧闹争辩是无关痛痒、难言好坏的。它经历过太多类似的状况,已经见怪不怪了。

→*Aubépine* 山楂树(花),*Fleurs* 花

塞莱斯特·阿尔巴雷(Céleste[Albaret])

她不知道拿破仑和波拿巴是同一个人;在未经邀请之前,她从不会进入先生的软木墙房间;她能冷静地面对一切让她感到惊讶的事;从不上当受骗;这是一个有头脑的女人,总是很认真很专注:在普鲁斯特先生的热水壶边放一个报时铃,另外两个分别放到羊角面包和浓缩咖啡旁边。这就是塞莱斯特,机敏体贴,不辞陪伴,《普鲁斯特先生》[1]的"一千零一夜"故事中富有魅力的女主角——这也是她所写回忆录的题目……

不露声色的舍赫拉查德[2](戈蒂埃-维尼亚尔[Gautier-Vignal]这样写道:"她苍白的脸色就已经折射出了她所陷入的忙碌不堪的夜间生活……"),面对苏丹对她的口不择言,甚至言语轻薄、意义不明,她都保持沉默。这位信使一开始被称为"跑腿人",她选择了怎样的应对方式呢:普鲁斯特先生?当他半夜醒来的时候,披头散发,她就叫他一声"可怜的普鲁米苏"。他会跟她谈论晦涩的圣·琼-佩斯[3]吗?"这诗句都不是诗句,是猜不透的谜啊……"难道他是为玛丽·德·贝纳尔达基[4]——他一直在给她

---

[1] 塞莱斯特的回忆作品《普鲁斯特先生》,拉丰出版社,1973年。
[2] 《一千零一夜》中故事的讲述者。
[3] 圣·琼-佩斯(Saint-John Perse,1887—1975),法国诗人、外交官。1960年获得诺贝尔文学奖。
[4] 玛丽·德·贝纳尔达基(Marie de Benardaky),普鲁斯特中学时所倾慕的女孩儿。

送花——而伤神？"这个女孩也是让您躁动不安的原因之一呢？……"纪德吗？一个"伪修道士"……科克托？一个"滑稽演员"……

普鲁斯特赞赏他的这位女管家。他很喜欢这位出色的仆人，跟他所塑造的福楼拜式的叙述者相比，她成为一种更高级、更凝练的幸福的象征，一个更奇特的角色：她有时候像是他的母亲，有时候像是他的孩子，长久以来，无论他住在在奥斯曼街还是阿姆林街的时候，她始终都是他的绝对见证者。

听到塞莱斯特说德·吉什公爵(duc de Guiche)"就爱向女人殷勤献媚"，他就心花怒放；如果她把让娜·普鲁斯特与她自己的母亲联系在一起，他就更欣喜不已了，她很喜欢用这样的暗喻："她们俩是相继去世的"……通常，塞莱斯特会随时关注普鲁斯特的需求：当他要去里茨酒店或普吕尼耶家餐厅(chez Prunier)确认某些事情的细节时，她就会为他戴上斑鸠毛手套，穿上毛皮大衣。"普鲁斯特先生是他的那些人物的崇拜者"……后来，很自然地，她自己也成为了其中一个"人物"——弗朗索瓦丝，一个难得的淳朴的法国女人，有点像蓬莱韦克(Pont-l'Évêque)的费利西(Félicie)，也有点像塞利娜姑妈，弗朗索瓦丝将代替塞利娜进入奥斯曼大街如石棺般的住所中。每当她发明了一句很美的话或者一个很新颖的句子表达方式，普鲁斯特就会奖赏她说："亲爱的塞莱斯特，我一定要把这句写进我的书里。"而塞莱斯特也很开心，因为对她来说，这本"书"是一切重生重现之所，是那单纯之心的传唱者。

当然，塞莱斯特并不了解"栀子花时期"的普鲁斯特——"栀子花时期"这种表达方式可以从雅克·埃米尔·布朗什为他画的那幅著名的肖像中得到解释，在画中，经常出入社交界的普鲁斯特在纽扣处别着一朵栀子花——她可以想象得到他当时的样子，她也尊敬他。最为回报，普鲁斯特也选择了她，并把她视为亲信、母亲和疼爱的孩子。他还在合适的时机为她写过诗：

> 高贵、机敏、美丽而纤细，
>
> 时而慵懒，时而活泼，
>
> 任王子和强盗都为之倾倒，
>
> 随意丢给马塞尔一个尖刻的词，
>
> 就让他视醋为蜜，
>
> 才智横溢，思维敏捷，融于一身……

最终，多亏了塞莱斯特，我们才意识到要区分以下两种标记："要求增加或修改内容的纸条"（粘贴在"书"上的要补充的内容，纸条露出来一点作为标记，展开来看的话，《追忆似水年华》的手稿的某些书页看起来有点像手风琴）和"卷起的褶皱"（马塞尔只在上面写了一个字母"l"——起初，这只是他的备忘记号）。直到今天，还有很多普鲁斯特的研究者们会把这两种标记混淆。我们也可以理解他们，因为那些卷起的褶皱有时会紧贴手稿页上，这就跟贴纸条的作用一样了。然而，塞莱斯特坚持要对两者进行区分，在这一点上，她也没有错过许多研讨会的协助，会上人们反复地提出这个问题，仿佛这是普鲁斯特生动的遗产或查理十世的长颈鹿①。

很让人欣喜的是，塞莱斯特·阿尔巴雷——西德内·席夫（Sydney Schiff）曾为她写了一部篇幅很长的小说，题目就是"塞莱斯特"——以她自己的真实名字出现在了《所多玛和蛾摩拉》②的第二卷，同时还有她的姐姐玛丽·吉内斯特（Marie Gineste）也跟她一起出现。她们成了巴尔贝克大旅店的"信使"，还成为一位英国女士的朋友。很美好的形象……而小说中的弗朗索瓦丝却很当心这个比自己更真实的"迷人的"女人，她是对的，因为没有任何词能描述

---

① 1826年，埃及阿里王朝君主默罕默德·阿里帕夏送给法国国王查理十世一只长颈鹿作为礼物，这只长颈鹿到法国后，引起轰动，成为风靡一时的新时尚。

② 译林版译为《索多姆和戈摩尔》。

出像"普鲁米苏"这个称呼一样的温柔:"水流淌在在她苍白皮肤的乳白色的清透之中,变得更美了。在这一刻,她的确美艳卓绝。"

→ *Le Cuziat*(*Albert*)(阿尔贝·)勒屈齐亚妓院,*Motordu* (*Prince et princesse de*)德·莫托尔迪王子和公主,*Papillon* 蝴蝶,*Trois détails*(*concédés aux partisans de Saint-Beuve*)(对圣伯夫追随者有所让步的)三个细节,*Vertèbres*(*du front*)(前额的)骨突

艺术的独行者们(Célibataires de l'art)

他们总是果敢大胆,但同时也不忘与人为善。他们维护自由,与恶为敌,无视教会,不信任那些经验说教者。"他们具有如同忠贞者和懒惰者那样的忧伤,而他们艺术创作的丰硕最终会治愈忧伤。他们的艺术作品比真正的艺术家的作品更加狂热激昂,因为对于他们来说,狂热激昂的创作并不是一项一味追求深度的繁重任务,而是一种畅然流露,这会令他们的谈吐活跃激昂,甚至面红耳赤……"这些专职的艺术爱好者们会对送他们书的人说:"我非常喜欢这些书",他们是在看戏、说场面话,而那些大使夫人们则专注于晚宴:他们所说的那句话只是一种声音背景、一种装饰而已,只是气流通过喉咙罢了。

叙述者非常了解这些艺术的独行者们,他们虽尚未成熟,仍然在成长中,但叙述者在他们身上看到了那种"虽暂不能起飞、但已蕴含着起飞欲望的初始机制"。

跟普通的旅行者不同,他们是另类的追赶风潮者,从飞机起飞开始,他们每天都能飞往一个欧洲大城市,更恰当地说,其实他们只是"见识过",而并非真正的观察了解,这种艺术的独行者始终存在着。因此,拉布吕耶尔(La Bruyère)早已讽刺了这些弄虚作假的人:他们"只顾贪多,而不求精";也讽刺了只会查字典的人:当他们的"精神空洞"时,记忆会被压制;还有伪装者们:他们一味地吹

捧阅读的价值，"称自己的图书馆为皮革收藏间①"，而里面散发出刺鼻难闻的气味，所谓的摩洛哥皮革封面，只不过是涂着一层金黄色的仿革而已。

→*Ambassadrice de Turquie* 土耳其大使夫人，*Bons sentiments* 假慈悲，*Pascal*（*Blaise*）布莱兹·帕斯卡

路易-费迪南·塞利纳（Céline[Louis-Ferdinand]）

该词典的两位作者之一认为：大家不会持久地同时喜欢马塞尔·普鲁斯特和路易-费迪南·塞利纳——要么就是由于缺乏判断力造成的全盘接受。大家通常只会二选一，尽管莱昂·都德不同，他以专家的姿态，既欣赏塞利纳的反犹太主义，也欣赏普鲁斯特身上同性之友的特质——尽管他是反对同性恋者。面对法国文学的这种基本划分方式（在哲学方面也是如此，只是在不同的层面而已：比如在康德和斯宾诺莎之间的二选一），多少还是有些教条和武断。

此外，塞利纳所言有理，他主动跨越了两者的细微差别（尽管他是区分细节的个中高手），当有人就此让他评论一下与他截然不同的普鲁斯特的时候，他回答说："要找到如此让人厌恶的杂乱晦涩的文字，估计得返回墨洛温王朝才行。啊！不通顺！至于更深层的问题！他绝对天赋异禀！至于敏感性！无人能敌啊！"而且，"洋洋洒洒300页就为了让我们明白甲某某排斥乙某某，这也有点太过了"（1947年6月11日写给弥尔顿·欣德斯②的信）。他在1949年2月27日与让·波朗（Jean Paulhan）的通信中写道："普鲁斯特不是用法语写作，而是用一种过分修饰的怪异法语变体在写，

---

① 因为精装书有很多是皮革制的封面。
② 弥尔顿·欣德斯（Milton Hindus, 1916—1998），美国作家、大学研究人员。

完全打破了法语的传统。"为塞利纳写过传记的亨利·戈达尔(Henri Godard)①也提出相关论据,支持这种观点:塞利纳自认为是反对普鲁斯特的一派,在写作风格上也与他完全相反,他的《长夜行》(Voyage au bout de la nuit)可以看作是与《追忆似水年华》形成鲜明对比的对立作品。就此,一位不太知名的塞利纳研究专家具体指出:"塞利纳频繁地使用标点符号(……),目的就是为了摧毁普鲁斯特和犹太人。"

我们暂且不去宣扬这些极端的观点,但我们一致认为他们两者之间的对立还是很明显的:温和之于暴力,理智与仇视理智,婉转曲折的复杂手法与顿挫式的倾泻风格,绝望之于永福,富之于贫,逗号与逗号的缺失,感叹号、省略号之于破折号、括号。由此可见,犹太人问题并不是主要问题,而是一个次要问题——尽管塞利纳从不回避自己有排斥犹太人的反犹情绪("犹豫不决的大胸同性恋者普鲁特-普鲁斯特,戴着茶花的犹太圆面包②"……)。

我们长期以来一直感到遗憾的是,编年史的工作忽略了他们之间的这种重要的论辩,而并未涉及普鲁斯特后来对他的对手塞利纳在文学方面所做的评判。普鲁斯特大概是被震慑到了?困惑而不知所措了?难道他从中明白了些什么?他可能转而成为反路易-费迪南·塞利纳的一个塞利纳式的评判者:普鲁斯特总是"展示出一种无力感"?我们可以这么去猜想……

→*Correspondance énigmatique*(*avec Philippe Sollers*)(与菲利普·索莱尔斯之间的)神奇的思想相通,CQFD(*Ceux qui franchement détestent*)表示厌恶的反对派,*Lecteurs*(*de la Recherche*)《追忆似水年华》的读者,*Modiano*(*Patrick ou Marcel*?)帕特里克·莫迪亚诺还是马塞尔·莫迪亚诺?

---

① 塞利纳的研究专家,巴黎七大和巴黎四大教授。
② 指的是普鲁斯特像是一个戴着茶花的犹太女人。

法国总工会(CGT)

《追忆似水年华》是一部汇集意识视线的创新之作,以微不足道的小花就能酿造出甜美的蜜。它能从最细微处和最宏大处找到任何可能的神秘点,并赋予它们价值,但跟主观认为的它们的重要性毫无关系。这里,我们可以借用蒙田的区分方式来看:那就来看一下德雷福斯案件和吃一个小玛德莱娜这两件事情,"言说方式"比"言说内容"更加重要——这并不意味着两者的价值是一样的,但是,在这里,优雅礼貌(的方式)比道德说教(的内容)更胜一筹,有关于世界的最美好的意愿("言说方式")排除了教条和独断("言说内容")。

也正是因此,叙述者(并不惊讶于一个半世纪的社会进步)严厉批判那种(虽然高尚,但同时也)"危险"、"可笑"的"大众艺术和爱国艺术"。有些作家在面对民众的时候就不得不谈论民众的主题,马塞尔就此指出"民众就和孩子一样,都很喜欢通俗小说,这些小说就是为他们而写。在阅读时候,我们会尝试脱离原有的生活,工人对王子的生活充满好奇,就像王子也好奇工人的生活一样。(……)我经常接触上流社会的人,所以更加明白他们才是真正的无知之人,而不是技术工人。从这方面来看,形式上大众化的艺术本来应该是面向那些骑师俱乐部成员的,而不应是面向法国总工会的工人们。"

况且(因为时间并非线性的,所以,同样的问题依然存在,只是解读者不同了而已),这些书并不会故步自封于过去的时代,它们有时也会书写未来。由此来看,1968年的五月风暴[①]应该说是丰

[①] 指的是1968年5月在法国发生的一场大规模的学生运动,学生罢课,继而工人罢工,法国总工会和左派政治人物纷纷号召全国工人支持学生运动,千百万工人群众声援并加入运动,形成了声势浩大的五月风暴。

富了《追忆似水年华》,启迪人们对"法国总工会"进行新的思考。因为该工会起初是突然被一场学生运动所震撼,运动本身并非源自工会的教义章程和工人们的诉求,而是源于学生的运动,但工会力图避免暴力镇压运动后的政治利益完全落入左派政党手中,最终遗憾地止步于"小资产阶级"的诉求,并声明与他们"幼稚"的诉求保持一致。

然而,对于舍尔巴多夫公主(princesse Sherbatoff)来说,"她与家庭不和,流亡法国,只认识普特布斯男爵夫人(baronne Putbus)和厄多克西大公爵夫人(grande-duchesse Eudoxie)",她这样说服自己,也正是这样去说服天真的维尔迪兰夫人,这三位新朋友也是"她仅有的朋友,并不是不以她的意志为转移的灾难使得她在艰难中找到了三位脱颖而出的朋友,而是她从所有人当中根据喜好自由选择的,她们都有一种对孤独和天真的偏好,这也让她有些自我封闭"。因为暴乱运动涉及范围极广,工会被迫选择加入这个并不很赞同的事件,而起初这一事件也并非由工会发起,但它却想被当成这些超出他们自身范围的事件的组织者。预先描写法国总工会的这种做法,而不是去讲述一个俄罗斯公主的小花招——将其在上流社会的失宠伪装成愤世嫉俗,把她"忍受的必要性"伪装成"被迫要遵守的规则",这是不是一种更好的方式呢?

→Politique 政治

414 房间(Chambre 414)

414 房间是卡布尔大饭店唯一一个自 20 世纪初以来始终没有换过木地板的房间。门上金色的字写着"纪念马塞尔·普鲁斯特"。我们预约来到了这里。

走廊面对着一幅巨大的海水浴画和一个很大的浴室——浴缸被怪异地嵌入墙内,有窗帘遮盖着。沿着走廊一直走,参观者就来到了一个方方正正的房间,贴着百合花图案的墙纸,里面零零散散地摆着一张很短的床、一个水帽架、三把美好年代风格的椅子和一个小书桌,可想而知,这应该就是普鲁斯特用过的书桌吧,上面放着一个双头台灯,台灯脚的形状很像医生的神杖,这似乎在特指普鲁斯特疾病缠身,而在灯下埋头写作就是他用来治疗疾病的良方。

在位于床对面的带玻璃橱窗的书架上,我们会看到雅克·德·拉克雷泰勒(Jacques de Lacretelle)的《生者与其影》(Les Vivants et leur sombre)、马塞尔·施耐德(Marcel Schneider)的《在一颗星球上》(Sur une étoile)、弗朗索瓦-奥利维耶·卢梭(François-Olivier Rousseau)的《塞巴斯蒂安·多雷》(Sébastien Doré)、塞利纳与Y教授的访谈、保罗·莱奥多(Paul Léautaud)的《文学日志》(Journal littéraire),以及以下知名作家和作品:司汤达(Stendhal)、陀思妥耶夫斯基、保罗·瓦雷里(Paul Valéry)、福楼拜(Flaubert)、夏多布里昂(Chateaubriand)、科莱特(Colette)、波德莱尔(Baudelaire)、圣-西蒙(Saint-Simon)、赛维涅侯爵夫人(marquise de Sévigné)、几部《人间喜剧》(La Comédie Humaine),还有一个带有阿拉伯装饰图案的彩釉陶器、福雷(Fauré)的第一版《安魂曲》(Requiem)、雷纳尔多·哈恩的乐曲、封皮是接受梅丽莎·特里奥(Mélissa Theuriau)访谈的《电视杂志》(TV Magazine)(因为商业就是商业,必然注重商业目的),里面是日语版的普鲁斯特全集。

尽管酒店的414房间有木制品的吱嘎声音、黑暗的千变万化和大海低沉的嘈杂声——在黑夜中,只能看到卷着白色泡沫的前锋海浪,但它只是作者的房间,而不是叙述者的房间:一个博物馆式的小房间,它的存在完全服从"个人的独断",就像巴尔贝克教堂一样,与它在广场上共存的还有选举的海报、贴现银行分行和甜品店的浓重味道,这些共存物让教堂看起来就浓缩成一个"陈旧的小石头房,我们能测出它的高度,也能数清它的褶皱"。

这个房间成为圣物,世界各地的人都来这里参观,大家发现最终还是要从他自身——而不是其他的东西——去探寻他信念的真谛。为了能更接近他,有点拜物倾向的参观者会一大早在普鲁斯特的小床上躺一下,然后就会明白普鲁斯特已经变成了他自己的作品的寄生者;卡布尔就处于读者和巴尔贝克之间,在现实的作用之下,它覆盖了古老的土地、荒凉之地、哥特式建筑、雾气的幕布和对风暴的渴望。来到现实中的卡布尔就是远离作品中的巴尔贝克,以重合替代转换,就如同我们用一份摄影师的复印件来代替摄影师本人一样。

尽管我们也会激动不已地想着:一百年前,在这个房间的这张桌子上或者这扇窗前,马塞尔·普鲁斯特仔细推敲着他的遣词造句,这为单调的大海增添了一抹蓝色群山的轮廓;或者还可以想:就像是一场暴风雨引发了鸟儿翅膀的扇动一样,如果这位伟大的作家不曾有将其悲伤写成文字的想法,那么该词典的两位作者此刻也就不会在这里了,而对于第一个到此参观的人——他关注这位哮喘幽灵不时的感情展现——而言,也就没有必要来卡布尔参观了,那就是浪费时间。人们纷纷来到这个神圣之地,在他面前径直地走着,但却无法行至与他重合的视野,我们也不会因此能更好地理解《追忆似水年华》。普鲁斯特的房间,也就是叙述者的坟墓。这个孩子的静止不变的旅程在此结束了,从这张他挣扎着醒来的床上,他回忆着自己魂萦梦绕的每一个房间。

→*Cameraoscura* 暗房,*Coquatrix*(Bruno)布律诺·科卡特里克斯,*Fétichisme proustien* 与普鲁斯特相关的拜物主义

念珠(Chapelet)

马塞尔躺在床上奄奄一息。迪努瓦耶·德·塞贡扎克(Dunoyer de Segonzac),埃勒和曼·雷(Man Ray)用木炭和溴化物

完成了让他安息的步骤。雷纳尔多·哈恩和罗贝尔·普鲁斯特也离开了房间，房间里的空气终于流通了，再也不像是之前烟雾缭绕的高山洞穴了。而塞莱斯特是此时唯一陪在他身边的人。有一瞬间，她突然想到：可以把吕西·费利克斯-富尔夫人（Mme Lucie Félix-Faure）送给他的小念珠放在他叠放在床单上的手指之间。这位夫人是总统的女儿，普鲁斯特小时候在香榭丽舍花园认识的朋友，她曾把从耶路撒冷朝圣带回来的一串念珠送给了他。

马塞尔冰冷的手里拿一串念珠？还是从耶路撒冷带回来的纪念物？塞莱斯特对此感到满意，但罗贝尔和雷纳尔多回来了。亲爱的塞莱斯特，您在干什么？一串念珠？但您是不是忘记了……马塞尔不是信徒，您很清楚的……其实，他们说得对，马塞尔不信教，而是信仰文学。他也不曾遵循任何仪式，如果说有的话，那就是写作的仪式，写着，然后继续写……

塞莱斯特收起了念珠，据说是替换成了一束紫罗兰。然而，她后来也主动将这串念珠展示给那些受到接待的参观者——她曾在蒙福尔-拉莫里（Montfort-l'Amaury）拉威尔（Ravel）的住处接待过一些普鲁斯特的书迷，当时她是那所房子的看管者。

→*Agonie* 临终，*Dieu* 上帝，*Fin* 结束

（刻意指定的）仁慈（Charité[bien ordonnée]）

两粒豆子，两种不同的测量标准——双重标准。《追忆似水年华》中的某些人物很喜欢自身的某些特点，但对别人身上所具备的同样的特点，他们却嗤之以鼻。为什么会出现这种"眼花"的双重标准呢——批判别人身上的某一问题，而对自己身上同样的问题却赞赏有余？大概是傲慢的自尊心使然。下面有两个例子能说明这一奇怪的现象。

声音如雷的布洛克总是在叙述者面前说圣卢的坏话（反之亦然，

他也会在圣卢面前说叙述者的坏话),有一天,布洛克对他们说了下面一段很浮夸的话:"亲爱的大作家,还有您,德·圣卢-昂-布雷家族中受战神阿瑞斯宠爱的骑士、驯马师,我在泡沫激荡的安菲特里忒①的海岸上、在乘快船的默尼埃家族②的帐篷附近与你们相遇,二位是否愿意赏光,这周抽一天时间到我远近闻名、心地善良的父亲家里共进晚餐呢?"布洛克的关键目的就是想加入贵族们的圈子,他希望圣卢就是那里面的一员,能帮助他加入其中。然而,如果是叙述者自己有这样的愿望,那布洛克必然会认为那是"最卑鄙的附庸风雅的一种表现",然而,现在他自己有这样的想法,他却觉得这是"一种值得赞赏的理智的好奇心,渴望在社会层面上脱离自我环境的好奇心,通过这种方式,他或许还能从中获得文学上的灵感呢"。

德·夏吕斯男爵对他自己更是仁慈有加。有一天晚上,莫雷尔不理睬他,他感到很失望,他无论如何也想去跟莫雷尔会面,他要跟同一个驻军部队的军官决斗,并挑衅说:"您应该感到自豪,正是因为您,我又重拾起祖先们好斗的品性……"在这一高潮部分,最让人称赞的是(莫雷尔的到来把这一切打断了,他让夏吕斯男爵重新冷静了下来),夏吕斯自己绘声绘色地编造了这场争斗的起因,他想象着决斗的场面就好像是在欣赏他自己的艺术创作,每当这时,他显得非常真挚而兴奋:这是一件"闻所未闻的非凡之举",而在其他的戏剧场景中,同样的事都被他称为"粪便"。甚至也是出于同样的原因,他才一直犹豫不决,不想要轻易放弃决斗。

然而,如果不是他自己——"盖尔芒特家族一脉相传的后代",而是换作其他人,"同样要奔赴决斗场的行为,在他眼中就成了最微不足道的事情"。

→*Caca* 粪便

---

① 希腊神话中的海洋女神,海王波塞冬的妻子。
② 指的是巧克力商人加斯东·默尼埃一家。

（苏格拉底派的）夏吕斯(Charlus[socratique])

是否因为喜爱年轻的男子，所以他必须为博得他们欢心而付出代价？难道是因为他喜欢粗俗的下层人，甚至能为了一个公共马车车夫把自己的头发烫卷？或者是以一种好的交换方式来弥补年龄的差距：年轻美男的美貌能驱散这个老人的悲伤，作为回报，他也会告诉他们傲慢不逊的秘密？从诸多方面来看，夏吕斯男爵代表着一种遥远、迷失而怪异的反叛，而他本人实为苏格拉底的忠实信徒。

对于巴尔贝克大旅店的经理，夏吕斯很遗憾没能向他做出"解释"，也没能给更多的小费；对于莫雷尔，夏吕斯想要确保他的荣耀，所以就教导他不要只看重演奏的精湛技艺，而更应注重优雅；甚至对于年轻的叙述者，由于不懂家具方面知识，夏吕斯男爵也感到惋惜，就想要教他这方面的知识，让他买下"一件齐本德尔①式家具来置换那把洛可可风格的旧椅子"。夏吕斯总是呈现出一副教导者的姿态，始终遵循着他自己的欲望。另外，他自己就对维尔迪兰夫人说过，他想要说服她，让她允许自己完全按照自己的意愿选择究竟邀请谁来参加他在她家组织的宴会，地点位于孔蒂河畔（quai Conti），这是他为了向莫雷尔表示他的敬意而组织的："当你按照我——你命运的推手——说的去做的时候，这样你才能做你自己。"

克洛伊(Chloé)

没有什么比毫无诚意的文学批评（或者出于政治记者之手的文学评论）更让人厌恶的了，这种文章是为了向敌手吹射弹丸，断

---

① 托马斯·齐本德尔(Thomas Chippendale)，18世纪英国家具设计师。

章取义,其解读完全曲解作者的意图。但是,当我们内心需要保留一段相关的美好记忆时,我们也有权利(或者说有义务)去截取作品的某一片段,哪怕有点离题,也无伤大雅。

也正是如此,该词典的作者之一心怀孩童般的乐趣从《所多玛和蛾摩拉》中截取了下面这段话(那时,他想到了自己曾爱过的那个黑色头发的女孩,他还保留着一张珍贵的照片,当时,照片中的她还是一头如麦穗般金黄的头发):"他们作诗曰:'世间,我只爱克洛伊,她圣洁而美丽,满头金发,我的心中爱意荡漾。'是否要以这种审美情趣来开启他们的新生呢?要知道,这种审美情趣中所描述的,可能之后在她们身上就完全不见踪影了,就像是满头金色卷发的孩童,等长大后可能就变成了满头棕发了。"

引用(Citations)

普鲁斯特既不是圭特瑞也不是奥斯卡·王尔德。在普鲁斯特这里,既没有华丽辞藻,没有可炫耀的矛盾悖论,也没有激烈动听的华丽格言。因此,很难从他那里引用一两句可以单独挑出来的机智的话——这些句子成就了这位伟大的作家。而且,他的思想如此深奥复杂、林林总总,如果只让我们读它们的缩略句,就总会觉得有些失望,普鲁斯特文风的独特性只有在长篇幅的详细叙述中才能得以体现。然而,我们在这里,还是自娱自乐地选了某些广为流传的句子。但是,恳请大家不要从这些句子中寻找《追忆似水年华》的作者的痕迹:他并不在那里。

"野心比荣耀更让人振奋";"今天的悖论即为明天的偏见";"嫉妒不断地在错误的基础上进行各种猜想,它几乎不具备任何想象力能去发现真相到底是什么";"当我们一旦遭遇不幸,我们就会变成卫道者;当人们不幸的时候,就会立刻变成精神斗士";"在他人的幸福中,最令人赞叹的就是他们居然相信幸福";"谄媚奉承只是温柔的流露,这种坦率的表达让坏情绪烟消云散";"让我们把那些美丽的女人留给毫无想象力的那人吧";"当我们已经满足于所找到的快乐,那我们就无力再去寻找快乐了";"我们只喜欢那些我们无法完全占有的东西";"在政界,受害者都如此懦弱,以至于我们不能总是怨恨刽子手";"一切都像是未来……,我们是在一点一点地品味过往";"当我们想要努力——想念爱着的那个她——做到不再爱她的时候,我们就永远无法从幻想中抽离";"欲望长盛不衰,拥有便会枯萎"。

陈词滥调(Cliché)

阿兰·德波顿①是一位不受拘束的普鲁斯特迷,他幽默地描写了马塞尔的轶事——马塞尔和他的朋友吕西安·都德(Lucien Daudet)听完贝多芬的交响乐(带合唱团)之后,他们从歌剧院走出来:"砰,砰,砰,哒啦啦!"都德哼唱着……"这一段真是太出色了……"而普鲁斯特接着说:"但是,我亲爱的吕西安,并不是您所唱的'砰,砰,砰,哒啦啦'能证明它出色……最好是能试着解释一下原因……"从这个简短的故事中,我们能看到普鲁斯特对用词准确性的精细考量,他对毫无意义的陈词滥调深感厌烦,这种口头禅还会让人自以为感同身受,但其实懒于思考和感受了,反而让自己的感情变得贫乏了。

在这同一段故事里,阿兰·德波顿还引述了普鲁斯特写给他的朋友加布里埃尔·德·拉罗什富科(Gabrielde La Rochefoucauld)的那封著名的信——后者有失谨慎地把自己题为《爱人与医生》(L'Amant et le Médecin)的手稿交给普鲁斯特看。经过了一番普鲁斯特式吹捧之辞(您的作品的确是气势恢弘、悲怆,而且……)

---

① 阿兰·德·波顿(Alain de Botton,1969—),瑞士记者、作家、哲学家。

之后，马塞尔又用严肃的口吻说："大家所期望的应该是：您所描写的景象的颜色能更加新颖。夕阳西下时，天空确实像被火映红了一样，但是，这种用法太常见了，而且，隐隐闪光的月亮也有点平淡乏味……"

马塞尔是这种创造性语言的支持者，他身体力行，设法革新两千年以来虚幻的陈词滥调，他曾就此这样写道："有时，苍白的月亮悄然出现在下午的天空中，就像是一团黯淡无光、悄无声息的白云，也像一位在休息室等待开演的女演员，身着日常的戏服，静静地看着其他的演员，她独自站在一旁，不想让人注意到自己。"

由于道德随着时代的变化也会诱发隐喻的更新，同时也更新了我们的感知，文学正是以这种隐喻的更新而开始的：傍晚的月亮成了"身着日常戏服"的女演员，自此，这种隐喻就代表着月亮的出现……

→*Métaphore* 隐喻，*Proustifier* 普鲁斯特化

不可测的突然转向(Clinamen)

该词是由卢克莱修①提出来的，指的是由微粒相撞而产生的不可测的突然转向，相撞的微粒在重力作用下跌入虚空，它们在降落时微小的偏离作用下相互顶撞或相互分离，产生了"运行中的偏离"，即为 *clinamen*，这通常发生在不确定的地点和时间。然而，在《追忆似水年华》中，不同的人物出于偶然的一步之隔而相遇，因为一个误会而不和，而有时，在一个意外突然将他们引入彻底的对立之前，他们又再次相互靠近了："这样，只要突然间一个不合逻辑的

---

① 卢克莱修（约公元前99—前55年），古罗马诗人、哲学家，著有哲理长诗《物性论》(*De Rerum Natura*)，继承古代原子学说，阐述并发展了伊壁鸠鲁的哲学观点。认为物质的存在是永恒的，提出了"无物能由无中生，无物能归于无"的唯物主义观点。

意外(……)出现在两种命运之间,而原本它们的路线在相互靠拢一致,这就足以使两者产生背离,分道扬镳,渐行渐远,永不再靠近。"

布洛克和叙述者之间的友谊也正是如此,就在某同一天,他们之间友谊就被彻底摧毁了。那天,因为叙述者害怕让阿尔贝蒂娜和圣卢独自在空荡荡的车厢里独处,于是他就愚蠢地决定不下火车,以示对他朋友父亲的尊重。同样地,在马塞尔和阿利克斯·德·斯泰玛丽亚(Alix de Stermaria)夫人之间的爱也是这样滋生又幻灭的,她在最后时刻漫不经心地取消了跟马塞尔在里夫贝尔(Rivebelle)餐厅的晚餐,这是他们四天前就约定好的,马塞尔精心装扮、领带笔挺地前去赴约:"我不曾再见她。我那时爱的并不是她,但本应该可以是她的。可能是其中的一件事让我对这原本会唾手可得的爱情变得极度冷漠灰心了,因为想到那天晚上,她其实是在告诉我:只要小小的情况变动,她就可能会投入别人的怀抱……"

我们的出生仅系于一条纽带。其实还有很多其他的可能,我们本可以出生在其他地方,成为另外一个人。然而,直接经验却永远都不会有这种眩晕感。但是,当生活让我们失望的时候,出于遗憾、脆弱或好奇,我们随意看一眼旁边的可能世界,一个突如其来的约会就好像预示着满载欢乐、失望和享乐的未来的夭折,一个轻佻女人的漫不经心、眉头一挑就足以将这一切扼杀在摇篮中。这对我们一贯的信仰——我们最终所爱之人始终是命中注定的——提出了质疑。

可卡因(Cocaïne)

维尔迪兰夫人美丽的眼神还伴着黑眼圈,那是因为她经常听德彪西的音乐,并不是因为她过多服用可卡因所导致的,这把她疲惫的神情仅仅归因于对复调音乐的沉迷。而除此之外,《追忆似水年华》中唯一提及这种白色粉末的地方就是在《重现的时光》那一卷；那是关于圣菲亚克尔子爵夫人，在可卡因损毁她的面庞、扭曲她的嘴唇、抹黑她的眼圈之前，她"雕刻般的相貌似乎向她承诺着永恒的青春"。"因此，时间也有快速列车和特殊列车，它们带着人们驶向过早的衰老。"

轻佻的女人（Cocotte）

普鲁斯特从来不试图以现实主义或刻意悲惨化的方式去博得好感，他对社会现实的描述也并不是为了展现堕落和衰败。这需要读者自己去延伸、批判或校正……

他所描写的妓女也是如此：她们既没有患梅毒，也没有被罚入地狱，在最后也并没有变得很悲惨——并不像左拉和龚古尔兄弟作品中的形象那样；酒精和放荡的生活并没有摧毁她们，恰恰相反。跟左拉笔下可怜的娜娜（Nana）相去甚远，奥黛特·德·克雷西和拉谢尔-当从天主（Rachel-quand-du-seigneur）①成功地从妓院中脱身：前者成为斯万的第一任妻子，后来又成为福尔什维勒夫人；后者成为一个著名的演员，很容易就忘却妓院生活，重新进入新的职业生涯。至于男妓（不包括那些在妓院交错而过的"让人仰慕的勇士"，他们只是在需要的时候去赚点零花钱），他们也没有更多要抱怨的，正如莫雷尔的经历就能证明这一点。对于这种压倒性的非道德主义，每个人都能从中吸取自己喜欢的某种经验。普鲁斯特式的肆意洒脱是否也体现在社会问题上呢？当然了。但从积极参与社会的斗士们的角度来说，就无从谈起了。

→*Aquarium* 玻璃鱼缸，*La Fosse*（*de Delafosse*）拉福斯（从德拉福斯而来），*Malaparte*（*Curzio*）马拉帕尔泰（库尔齐奥）

---

① 这是叙述者曾经给拉谢尔这位犹太妓女起的外号，是法国作曲家阿莱维的著名歌剧《犹太女人》第四幕中的著名乐段的开头。

让·科克托(Cocteau[Jean])

在将近凌晨三点、奥斯曼大街的102号乌烟瘴气的洞穴里,突然发现普鲁斯特和科克托在那里,没什么能比这更有趣了。

一边是严谨的大臣,一边是轻浮的王子。清新如漆的眼睛与海马般的形象形成对比。一位有着如萨迪·卡诺(Sadi Carnot)[①]一般杂乱的胡须,对比另外一位长着如鱼骨一般的鼻梁。尤其是:一边是一位年长者,他成名得有些晚;另一边是20岁的年轻人,很早就名声在外。

因为没有人在现场见证他们晚上的会面,我们可以想象一下,然后再根据让·科克托所留下的不同版本进行发挥,自己补充编织一下当时的情景。

马塞尔非常喜欢科克托——这位有魅力的、喜欢夜间活动而且前途无量的年轻人,科克托以超过实际年龄的成熟比马塞尔更显得沉稳高级。当然,马塞尔也会当心他,但是他同时又需要科克托这样一个"具有反叛精神的社会精英",就像是需要一个在前哨驻守的人一样。马塞尔想立刻打动这位专业的出色人才,想按照社交界的方式去激发他成为自己作品大厦——那是他一砖一瓦所建造的,尽管他也不清楚最后作品的全貌会是如何——事业中的有用之人。马塞尔会给他读自己所写的"宏伟巨著中的一个精细的小片段"——这是个好主意吗?

我们会注意到,马塞尔总是认为(这是他很像福楼拜的一面)好的文学作品就是要被人读、让人听的。他用自己在激奋的黑夜中敏锐的嗓音,兴奋地投入到写作中,就像是跳上了一条飞毯……

[①] 萨迪·卡诺(Sadi Carnot,1837—1894,)法国工程师出身的政治家,留着杂乱的络腮胡。

……但他时而变得混乱,时而深感窒息。有时,他把很多行混杂在一起了。他写不下去了。他会把自己关在厕所里,还会自己剪下一缕头发(为什么?)。等再次反过神儿来的时候,他就气势汹汹地说:"让,你向我保证你没有亲吻那位要去摸玫瑰花的女士的手吗?"让·科克托向他保证没有,马塞尔还不相信他,又重复了第一百遍《佩利亚斯与梅丽桑德》中的那句话"风久久地吹拂着海面",只这一句话就足以引发他忽冷忽热或哮喘发作。他又继续读,又噗嗤一声咳了起来,他抚摸几下紧紧裹住他气喘吁吁的胸膛的紫色衬衣,这时候,在聚焦于他那极具东方感的面容之前,他急需要"一盘面"(此处,讲述这一幕的科克托想要强加挖苦,但这实为有力的还击,也算公平……)。

在这一刻,面对这个患失眠症的人,偏爱夜间活动的科克托也不知如何是好,有点手足无措。他把普鲁斯特视为他奥斯曼大街上的"鹦鹉螺号"的尼莫船长①,或者是"普瓦捷的囚徒的兄弟"②,又或者是"萨谢尔-马索克(Sacher-Masoch)的幽灵"——关于这最后的评判,他也表示赞同,尤其是他从莫里斯·萨克斯(Maurice Sachs)那里了解到关于普鲁斯特在勒屈齐亚妓院中的性癖好之类的流言蜚语,在此之后,他更加倾向于认同这种评判。

事实上,他面对着的是一个天才,而这一点,他应该比其他人更早发现,他也意识到这个总是处于死亡边缘的幽灵拥有比才华更重要的东西,那也是他自己身上所缺少的东西:勇气——那种为了作品而不惜牺牲自己生命的勇气。然而,这种才华是他一开始就想要的吗?难道一种更加普通的生活不是他更想要的吗?通过经历,他很清楚"性格比管理体制更强大",这意味着:本性是什么样的,我们就为成为什么样的人,而并不是因为我们想要成为那样

---

① 在《海底两万里》中,尼莫是"鹦鹉螺"(Le Nautilus)号的船长。
② 纪德的一本书名为《普瓦捷的囚徒》(*La Séquestrée de Poitiers*)。

的人。然后：相较于成为死后的艺术家，他难道不是更想成为一个活生生的附庸风雅之徒吗？

科克托通常也被认为是个很有才华的人——尽管他缺乏真正的才华，而他却选择了杂耍。严谨的普鲁斯特气吞世界，而科克托却只是在一点点啃食现实。能容忍吗？还是无法容忍？科克托有些犹豫。他做了正确的选择吗？另外，他是否还有机会选择苦行禁欲的生活，而不是如今名噪一时的生活？类似的事情，他都明白，一切都是顺其自然地就如此了。你被扔到了这里，然后便铸就了现在的样子：之后呢，只有在之后，你或许会感到遗憾，或许会乐在其中。

目前来看，野兔科克托比乌龟普鲁斯特有预先的优势（克洛德·阿尔诺［Claude Arnaud］以寓言的方式将两者进行了如此明确的区分），他就像跳梁小丑一样在大师面前班门弄斧。他胆怯地说着讥讽的话。他把普鲁斯特比作（很明显）"大白天开着的灯"或者（更明显）"空房间里响起的电话铃声"。在最后，他也用了好的比喻，那就到了他最后去探望在床上垂死的普鲁斯特的时候了。他把这个比喻进行了修饰润色，让这粒比喻的种子膨胀起来，他对此感到非常满意，以至于处处都会用到这个比喻，如同一句口头禅，对于晕乎乎的听众来说，这也是一个非常有效的套路……在临终的普鲁斯特房间，曼·雷负责拍了照片；迪努瓦耶·德·塞贡扎克在整理着他的画；科克托看着到处散落的手稿和放在书架上的几卷《追忆似水年华》；这些书卷仍然活着，它们超脱了死亡，存在于死亡之外，而死亡却夺走了创作它们的魔术师的生命；科克托把它们比作戴在"已故战士的手腕上的"秒针仍在转动的"腕表"……他对这个独特的比喻很满意，甚至还把它应用在一个去世的拳击手或死于伤寒症的拉迪盖[①]身上。科克托就是个舞者，他总有敏

[①] 雷蒙·拉迪盖（Raymond Radiguet，1903—1923），因伤寒症于1923年12月12日病逝于巴黎。科克托与15岁的拉迪盖彼此迷恋。

锐尖刻的词句,哪怕是在逝者脚下,他也能用睫毛膏和米粉一般的辞藻去极力粉饰。这是处境使然,也是一种蒙骗手段。这就是他的魅力所在……

后来,凭借在现代主义阵营中最高统帅的纹章,他以老资历的斗士的姿态自居,指手画脚地博人眼球,想要在普鲁斯特的传奇中占有一席之地,而不想成为一个可有可无的附加形象:在《已定之过往》(*Le Passé défini*)中,我们会看到他蹦蹦跳跳地如同一个充满活力的调皮的孩子,想要让人知道他曾跟德·舍维涅夫人一样,都住在安茹街(rue d'Anjou)8号(而德·舍维涅夫人是萨德侯爵的后代,她曾对普鲁斯特说:"菲特雅梅[Fitz-James]在等着我呢。")。这一点令马塞尔视其为风雅之士,因为马塞尔一直梦想着能受到德·舍维涅夫人的邀请,她之后也成为他小说中奥丽娅娜(Oriane)的原型之一。有时候,他会问科克托:"她为什么不想读我的书呢?"让·科克托回答他说:"因为让·亨利-法布尔(Jean-Henri Fabre)从来不会要求他亲爱的昆虫们去读他写的昆虫学论文。"这是他们俩的聊天技巧,他们的文字游戏。无伤大雅。我们注意到,在《已定之过往》的最后一卷中,科克托把《追忆似水年华》比作"一座粪山"。带有一种苦涩的悲伤之气。我们应该原谅他。

后来,科克托还喜欢称普鲁斯特为可耻的同性恋,重新谈及他那些放荡的夜晚。在他的回忆之笔之下,奥迪隆·阿尔巴雷的四座马车成了厄瑞玻斯①的骏马,将普鲁斯特装扮成这样一个人:穿着鞋带松散的低帮皮鞋(这是非常不恰当的),口袋里还装着一瓶半露着的依云矿泉水。

已晋升为法兰西学院院士的科克托,既是时髦的名流,也是粗

---

① 诞生于混沌的幽冥神,是夜女神倪克斯的兄弟,代表地狱的黑暗,位于生者的世界与地狱之间。

呢大衣的发明者，他的身上有对比鲜明的特点：从追溯过往的普鲁斯特式的风格，一直到下面这一幕中的自恋风格：有一次，在普吕尼耶家餐厅，圣卢跳上了桌子，走在上面，为的是把毛皮大衣扔到马塞尔——正在抱怨穿堂风太凉——的肩上。科克托也很有可能做出这种举动——尽管历史的真相证实，那其实是阿尔布非哈公爵①所为。

在一些纪念活动和讨论大会上，科克托还会被谈及，他一般被理所当然地看作是奥克塔夫（Octave）的原型，奥克塔夫在《追忆似水年华》中出现过两次：首先是在谈及少女们的时候，阿尔贝蒂娜跟这位手持高尔夫球杆的风雅的年轻人打招呼，他难道不像是那位优雅的普朗特维涅②吗？后来，在"消失的阿尔贝蒂娜"中，当叙述者再次见到奥克塔夫时，已经是在大概三千页之后，他再次出现时已经成为了一名先锋艺术家，甚至成为了安德烈的丈夫。这是一种文学身份的僭用吗？为什么不呢？跟一位男士（"安德烈"）结了婚的科克托？这也算合情合理——今后也是很有可能的。

在最后，科克托——在普鲁斯特去世后还活了四十年之久——还指责他的这位年长的朋友是一个怪癖的附庸风雅之人，一个不堪的性伪装者。这是低级的报复？嫉妒？事实上：野兔很后悔在终点被乌龟超越。野兔被击败了。这是四两拨千斤的技巧，是轻如羽毛的重量对战厚重之量的技巧。这种结果也是预料之中的。

也就是说，科克托的嫉妒很容易得到解释：对他而言，《追忆似水年华》只不过是一本布满标点的日记而已，或者一部勉强被转换

---

① 路易·加布里埃尔·絮歇，第一代阿尔布非哈公爵（Louis Gabriel Suchet, I st Duc d'Albufera, 1770—1826），圣卢的原型之一。
② 马塞尔·普朗特维涅（Marcel Plantevignes），与普鲁斯特在沙滩上偶遇，后成为普鲁斯特的朋友。

而成的自传,而不是我们习惯了去俯首膜拜的文学巨著。换言之,他曾跟普鲁斯特相熟,而我们却只认识那位叙述者。科克托轻易地就能解读出那些他们已经习以为常的各种影射暗喻,他并不是在领悟奥秘——对我们而言,这种奥秘令《追忆似水年华》被看作一种可迅速繁殖的、独立自主的系统。

他更无法明白,时间——与不公相连在一起——让他成为一个卖艺的小丑,而却令普鲁斯特成为一个伟大的圣人。然而,之前在他看来,普鲁斯特"像昆虫一样令人生厌"。

我们会注意到,虽然莫里斯·萨克斯偷走了普鲁斯特写给科克托的信件,并试图变卖,但科克托(几乎)从未指责过他。我们猜想,这些信肯定文思俱佳,里面饱含友情——其实普鲁斯特并不相信这种友谊。然而,科克托最终不再想要这种虚伪而复杂的友谊。他不再喜欢普鲁斯特了。况且,他又是否真的喜欢过普鲁斯特呢?他在晚年曾这样写道:"没什么比不再喜爱一部作品更让人感到伤感和沮丧了。唉,我跟普鲁斯特不一样,我不会像他一样忘记自己的外祖母,我不会忘记他的作品。这部作品会像一个幽灵一样一直萦绕着我。"

→*Andrée* 安德蕾,*Gide*(*Le rêve de*)纪德(之梦),*Insecte* 昆虫,*Le Cuziat*(*Albert*)(阿尔贝·)勒屈齐亚妓院,*Modèle* 原型,*Octave* 奥克塔夫,*Pourboire* 小费,*Voix* 声音

"君士坦丁堡的"(«Constantinopolitain»)

在最后几年、最后几个月,晚年的普鲁斯特完全依靠着药物生活:安眠药甲基索佛那、弗罗那、肾上腺素、鸦片、曼陀罗、吗啡、纯咖啡因,面对自己孱弱的身体,只要能让自己入睡、呼吸顺畅、恢复体力,他对各种药物都来者不拒;而他的精神仍然要从陷于过去-现在(逐渐淡去,越来越无法接近)的记忆中努力截取出某些片段。

有时候，过度用药会让他的口头表达错落，也会引发一阵面瘫的症状；他什么音都发不出来，根本无法说出"palais Palmacalmini"这样的词，还伴有失写症（在给苏佐公主（princesse Soutzo）写信的时候，他会把"鸡蛋"（«oeufs»）写成"他们"（«eux»）），他只能通过潦草写的杂乱无章的便条来跟塞莱斯特交流。失语症是最让他恐惧的，因为他清楚地记得让娜·普鲁斯特患上失语症的痛苦，她当时只能用眼睛跟他交流。难道有一天他也会如此吗？

就是在那一刻（尤其是在1918年期间），普鲁斯特——当时很害怕要进行开颅治疗——决定去找约瑟夫·巴宾斯基（Joseph Babinski）医生看病，他是神经学方面的权威夏尔科（Charcot）最得意的门生，曾经也试图给她母亲治病。巴宾斯基医生首先是安抚他，在看到他的病情之后，医生认为最好还是像当时对待他母亲那样温和地来处理他的病情，像对待一个要（重新）学说话的孩子一样。

巴宾斯基在诊所接待普鲁斯特，他要让这个活生生的大作家练习说一些很难发音的词句：«constantinopolitain»，«artilleur de l'artillerie»，«les rodomontades des rhododendrons»，«maman m'a mis au monde à Auteuil en 1871»。这件事是初次听闻，出自普鲁斯特写给利昂内尔·奥塞尔（Lionel Hauser）的信。是否属实呢？尽管普鲁斯特从来不会忘记将他的病痛悲剧化或喜剧化……但无论如何，如果是真的，这会是一件让人觉得既有趣又悲伤的事。

如果他真的经历过这些，那么，在那些可怕瞬间，马塞尔想的是什么呢？从他灵魂深处，斯万一家、夏吕斯或阿尔贝蒂娜等人物——焦急地等待着他们的创造者赋予他们完美的话语，通过他们的虚构之口讲出来——向他呐喊什么呢？

巴宾斯基只去过一次马塞尔家去为他看病：他去世的那天。

→*Agonie* 临终，*«Albumine mentale»* "精神蛋白尿病"，*Datura*

曼陀罗

(已逝时光中的)同代人(Contemporains[du temps perdu])

我们来总结一下：塞莱斯特·阿尔巴雷于 1984 年去世；加斯东·伽利玛于 1975 年去世；心灵手巧的阿尔贝·纳米亚去世于 1975 年；保罗·莫朗去世于 1976 年；弗朗索瓦·莫里亚克去世于 1970 年；让·科克托去世于 1963 年；安德烈·纪德去世于 1951 年；雅克·波雷尔(Jacques Porel，雷雅纳[Réjane]的儿子，曾在洛朗-皮沙大街(rue de Laurent-Pichat)的住处留宿接待了普鲁斯特)去世于 1982 年；而去世于 1925 年的雅克·里维埃，他也只比普鲁斯特晚两年离世。这说明：所有这些跟普鲁斯特生活相近的人都不在了，都已离世很久了——这是非常悲凉的事情，但其实也是很正常的。

在 20 世纪 70 年代，本词典的作者中比较年长的这位就已经是普鲁斯特迷了，他曾见过这最后一批(在逝去时光中的)经历过一战的"战士"。他也曾有幸与其中几个相遇过。

埃马纽埃尔·贝勒还健在，有一天，本词典的年长的作者在皇家宫殿(Palais-Royal)附近看到了他那布满皱纹的英俊的面庞。这位著有《拉谢尔及宽恕的其他解读》的敏锐的心理学家只是对突然出现的打扰他散步的陌生人微笑了一下。贝勒是否不下一百次地想要讲述最后一次去拜访普鲁斯特的事情呢？那发生在 1919 年前后，普鲁斯特曾扇了他好几个耳光，还把他从家里赶了出去。但他并没有讲……这一切都已经写进了他的书里。他还问："顺便问一下，大家还读我的书吗？"大家都会读的，他大可放心。如同流浪的拉莫的侄子(Neveu de Rameau)一样，他又继续散步了……

还有一次，他去蒙福尔-拉莫里游览，去参观拉威尔的房子，塞莱斯特之前就是在那里当看管人。塞莱斯特？她是见证普鲁斯特蔚然成风的玛丽-玛德莱娜（Marie-Madeleine）①，是奥斯曼大街上的圣-让-巴蒂斯特（saint Jean-Baptiste）……但是，当我们满怀激动地到达时，塞莱斯特并不在那儿。作者本来可以再去一次的，他也下定决心要再去。但是，有谁会真的能履行这种自己向自己许下的诺言呢？

还有另外一次，在战神广场（Champs-de-Mars）附近停车的时候，他看到了保罗·莫朗，而莫朗当时被他的英国赛车方向盘所吸引，那是一位朋友朋友送给他的。莫朗过来询问，想要好好看一下它的机械装置。他很热情地掀开了引擎盖，开始讨论起了装置的使用问题……莫朗跟马塞尔相熟，之前，他第一本书（《柔情的库存》[*Tendres Stocks*]）的序言就是马塞尔亲自撰写的，他也因此而感到自豪。当时的场合适合谈论这件事吗？还是要谈及他以前跟马塞尔以及那位苏佐公主（那时，她还不是莫朗夫人）之间的三角游戏呢？当时比较适合谈汽车的机械装置、牵引杆、汽车的镀铬车轮罩……看到闻名遐迩的《夜访者》（*Le Visiteur du soir*）②渐渐走远，他的腿已经弯了，他这位年轻的崇拜者不禁想到了耶稣受难的最后见证者——此后，某些基督教徒在罗马大街和拿撒勒（Nazareth）大街上遇到过这些见证者。

最后，作者还跟一位铁杆的老马塞尔迷有联系：他是一位穿着极其讲究的人，严格按照过去的那个年代的穿着方式去装扮。他叫雅克·盖兰（Jacques Guérin），此前，他曾是一名香料商，之后转行专门收集跟马塞尔有关的东西——他自己其实并不直接认识马塞尔，但从某种程度上说，他却成为马塞尔遗物的管理员了。据他所言，他现在收集到马塞尔的一件毛皮大衣，一些家具、手稿，甚至

---

① 《新约》中第一个见到耶稣复活的女人。
② 保罗·莫朗（Paul Morand, 1888—1976）的作品。

还有一块马塞尔的蓝色天鹅绒棉被的碎片,在卡纳瓦莱博物馆(musée Carnavalet)中重建的马塞尔的房间中,我们还能触摸到这件棉被呢。不,他并不认识马塞尔,但当他谈起马塞尔的时候,却头头是道,充满激情……作者跟盖兰是在瓦雷纳路(rue de Varenne)上的一栋豪华精致的住所相遇的。当时正值意大利导演阿尔贝托·莫拉维亚(Alberto Moravia)的生日宴会。盖兰衣着讲究,独自站在客厅的角落,与大家有些疏离,似乎没人注意到这个老头儿,美女帅男们都聚集在那位意大利名导演周围。而作者走过来跟他聊天,他很想跟面前走来的这位年轻人一起回忆一下罗贝尔·普鲁斯特和塞莱斯特。他很健谈,也很有修养。这也是我们最后一次跟一位普鲁斯特的"准熟人"有所接触。很感谢这一美好的时光!

→*Berl(Emmanuel)* 埃马纽埃尔·贝勒,*Céleste(Albaret)* 阿尔巴雷·塞莱斯特,*Fétichisme proustien* 与普鲁斯特相关的拜物主义,*Morand(Paul)* 保罗·莫朗

截然相反(Contraire)

他最大的焦虑,即《追忆似水年华》的第一批读者——一些上流社交界的读者,他们总是匆忙地草草而读,急于将作家和作品中那位巴黎主人公联系在一起,而像主人公这类人是他们最熟悉不过的。他们会认为:在这部半虚构的作品中,他很谨慎警觉地创造出来的人物自始至终都是一开始的样子,始终如一。

然而,普鲁斯特最厉害的巧思手段——他假装模仿赛维涅侯爵夫人和他喜爱的陀思妥耶夫斯基的行事规则,并贯彻在写作中——就在于:展现人物是如何最终变得不再如初。他自己很清楚结局会如何。他很清楚:斯万为生活所累,最终必然会一败涂地;阿尔贝蒂娜也终将是危险有害之人;夏吕斯也会出现大反转;

有着金黄色头发的圣卢也将被他的罪恶所黑化;作家贝戈特将会在作品上出问题;圣日耳曼区将会与新贵妥协;逝去的时光终将不再。

有很多文章赞美他看世界的新颖视角——事实上那并非他的视角——还有的文章从审美和道德方面批判他,而他作品的最后一卷将获得成功与喝彩。面对这些歌颂与批判,他显得有些慌乱不安。当发现他的新出版商雅克·里维埃明白他的想法时,他又觉得快乐无比。在1914年,他称赞里维埃没有被《在斯万家那边》里忧伤的结束语部分所蒙蔽:"我的想法只有在书的最后才会被揭示出来,而也是在那时,人生的经验教训才被真正理解了。我在第一卷末尾所表达的想法跟(……)我的结论是截然相反的。"

→*Dostoïevski*(*Fiodor*)费奥多尔·陀思妥耶夫斯基,*Éditeur* (*à propos de Jacques Rivière*)出版商(关于雅克·里维埃),*Livre circulaire* 循环之书

交谈(Conversation)

马塞尔曾是一个绝对的"健谈之人"。才华横溢、魅力十足、轻浮放纵,这些用于描述他的词共同构成了他的魅力宝库,也是吸引大量追随者的缘由。但是,他很清楚:交谈是一门无可参照的艺术,是瞬时存在的昙花一现,对于那些想要凭借交谈的才华来拯救自己的人来说,交谈也是很危险的。在《追忆似水年华》中,那些巧言善辩的人(布里肖、夏吕斯、斯万……)总是在某一刻让人为他们的夸夸其谈感到怜悯。他们喋喋不休地闲谈、闲谈、闲谈,最终一事无成,沦为作品的边缘人物,大概是作品也对他们也感到不耐烦了。"如果说我闲谈的时候在聊斯万,那我永远也不会把这些发表出去。"马塞尔在给莱昂·都德的信中如是说,他写信主要是为了

向他证明佩吉①的文章写得很差——更具体地说，就是太接近口语了。

尽管如此，在与人交谈时，普鲁斯特喜欢用一种轻快的语调："那些严肃的谈话针对的没有思想的人。那些有思想的人（……）反而需要一种轻松无聊的生活，这样他们才能从自我中走出来，从内心的沉重中暂时脱离。"

→ *Dix points communs* (*entre Swann et le Narrateur*)（斯万和叙述者之间的）十个共同点，*«Tutti frutti»* (*à propos d'Anna de Noailles*)"水果冰淇淋"（关于安娜·德·诺瓦耶）

布律诺·科卡特里克斯(Coquatrix[Bruno])

每一位来到卡布尔大饭店的游客，读着面前的"米诺斯（Minos）、埃阿克斯（Éaque）、阿达曼提斯（Rhadamante）、地狱中可怕的审判者、晋升的接待首领"，他们无一例外都会注意到窗口旁边那个冒充马塞尔·普鲁斯特的庄严的半身铜像。然而，需要明确指出的是，这座半身像并不是令这里闻名遐迩的大作家普鲁斯特：是布律诺·科卡特里克斯，那位奥林匹亚剧院的传奇经理，在担任卡布尔市长时，他在近郊的旧货商那里发现了这座半身像，因为跟普鲁斯特特别像，所以他当时就买下了这座铜像。当游客站在这镀铜的胡子和注视着自己的眼睛面前时，就会倾慕地看着它，激动不已。某更加崇拜普鲁斯特的人会毫不犹豫地偷走它——不过，它很快就被布律诺·科卡特里克斯用一个复制品所代替。他凭借其剧场经理的睿智，批量复制，把它们都存放在这里的地下室。

那么，问题就来了：这座半身铜像究竟是谁的雕像呢？居然

---

① 夏尔·佩吉（Charles Péguy, 1873—1914），法国作家、诗人。

被放在这里冒充享誉世界的普鲁斯特,窃取了他的荣誉？关于这一问题,流传着有好几种可能,没有定论：根据最新的消息,可能是费迪南·德·雷赛布(Ferdinand de Lesseps),它确实跟他有点相像；或者是居斯塔夫·福楼拜的父亲——这也说得过去,毕竟福楼拜家族的人总是有一种十九世纪铜像的仪容；或者是来自诺曼底海岸的一位身份显赫的慈善家——为什么不呢？一位日本的大学教授(或者是南非的?)理直气壮地声称这座半身像事实上是一位甜食商的雕像,他因为做小玛德莱娜的生意而致富,出于对普鲁斯特的感激之情,就很乐意让人把自己的半身像做得跟普鲁斯特很像。通常来说,游客在这里只能看到闪光灯,他们站在这位不知名的雕像旁边拍照留念,而这位不知名的人却享有此等的身后荣耀,当然,这肯定会令马塞尔嘲笑不已吧。

→*Chambre* 414 414 房间

(与菲利普·索莱尔斯之间的)神奇的思想相通
(Correspondence énigmatique[avec Philippe Sollers])

——您跟普鲁斯特的关系如何呢？

普鲁斯特跟我的关系如何？他会诚挚地称赞我的《时光旅行者》(弗里欧丛书[Folio],n°5182)这部作品。

——您如何解释您的朋友塞利纳费尽力气地装作不喜欢普鲁斯特？

喜欢普鲁斯特和塞利纳,就意味着要懂他们。如果只懂其中一位,而不懂另一位,那就会出错啦……

——有些人声称《追忆似水年华》所讲述的是一个已经不复存在的世界,您对此有什么想说的呢？

——内在体验是唯一真实的世界,普鲁斯特(还有其他人)绝妙地阐述了这个世界（别忘了还有巴塔耶①）。今天，我们跟时间的关系如何呢？这是唯一有价值的问题。

→*Céline*（*Louis-Ferdinand*）路易-费迪南·塞利纳

（历史和文学）课（Cours[d'histoire et de littérature]）

在某些夜晚，马塞尔会工作很久，很少留给自己休息的时间。当他心情好的时候，就写几封信（回复得有些晚），然后惊喜地发现自己还活着。根据情况（谁当时在那里），他会叫塞莱斯特、奥迪隆、玛丽·吉内斯特、塞利娜或伊冯娜·阿尔巴雷（Yvonne Albaret）去他的房间——这是他真正的家人，实际上，他们更了解他，他爱他们——就如同父亲爱自己的孩子一般。

我们可以想象一下这样的场景：他们都在他房间，在他的身旁，因熏蒸疗法的缘故，房间里烟熏火燎，马塞尔穿着拉叙雷尔牌的短裤在给他们上课呢……历史课。

他会谈到热纳维耶芙·德·布拉邦（Geneviève de Brabant）、圣女贞德（Jeanne d'Arc）、瓦卢瓦家族（les Valois）、投石党乱（la Fronde）、毒药事件（l'affairedes Poisons）、宫廷的宠臣、路易十一的监狱、圣路易（Saint Louis）……这些洛泽尔省（Lozère）的孩子们恭敬地倾听着他讲课。马塞尔是他们神奇的灯塔。他自己也清楚这一点。但其实他不只是在晚上才"授课"，因为他总是很关注在家里工作的人员的教育问题。他会让大家读《墓畔回忆录》（*Mémoires d'outre-tombe*），读很多作家的作品，从玛丽·德·雷尼埃（Marie de Régnier）到塞利纳。至于尼古拉·科坦（Nicolas Cottin）②，他总是

---

① 乔治·巴塔耶（Georges Bataille, 1897—1962），法国评论家、小说家、思想家。其代表作《内心世界》也有异曲同工之妙。

② 普鲁斯特的男仆。

持保守派观点,马塞尔对他说了以下的诗句:

> 如果您不感到疲惫的话,
> 民族主义者尼古拉,
> 国王忠实而坚定的拥护者,
> 请在二十分钟内给我
> 泡一杯热乎乎的牛奶咖啡,
> 我会喝了它,有利于缓解我的感冒之累……

→*Céleste*(*Albaret*)阿尔巴雷·塞莱斯特,*Lanterne magique*神奇的灯塔,*Vertèbres*(*du front*)(前额的)骨突

表示厌恶的反对派(CQFD [Ceux qui franchement détestent])

除了塞利纳(前面已经提到过了)和萨特(下文会有提及)之外,其他不喜欢普鲁斯特的反对派多种多样,不一而足,根本无法从中总结出他们的共同特点。可以说,反普鲁斯特派中的大多数人的共同点通常可以总结为:他们对他的敏感和过度细腻感到厌烦,因为他过度精细的描述没有太大价值,他将这种过度细腻用于描述精神方面的问题,对深度的挖掘到达了如此的程度——在他们看来,这是完全没有必要的。而且,令人遗憾的是,在整部《追忆似水年华》中,到处都充斥着非男性气概的描述姿态。

反普鲁斯特者是否也是反同性恋者呢?他们对同性恋也是大张旗鼓地批判反对,而任何从定义上来说属于人性范畴的东西都是他们的评判对象。

他们是否显得有些粗暴、不精细呢?尽管——时不时地——他们的存在方式和观点确实会让人觉得如此,但他们自己对此进

行了否认。

通常来说,普鲁斯特的反对派更多地是在真实世界、上帝、阶级斗争等方面有所苛求,而很少关注一个茶杯中的些许波动。他们的重点在于:颂扬那些探讨现实存在——或者至少将会成为现实——的作家,而不是这种沉溺于假想的社会考古——或被公认的灵魂得救所遗弃的领域——的作家。

我们来看一下(可能无济于事,但我们仍然要尝试一下……),对于后面这类作家而言,没有什么比盖尔芒特家的沙龙更现实的,没有什么比爱情的忧伤更永恒的,没有什么比对嫉妒的精细分析更有用的,也没有什么比作家的使命更接近得灵魂得救。他们还对现实主义或文学的过度迷信进行批判。

普鲁斯特的支持派——跟其对立派一样固执己见——也应该不要把深刻的复杂性跟下面这类人联系在一起:他们跟普鲁斯特的支持派一样,属于观点鲜明的一种类别,也不能说是更坏或更好,只是建立在另外一种思考方式的基础之上。

通过下面的例子,我们会看到他们的某些主要观点:

——阿纳托尔·法郎士(Anatole France)(而在改口说出下面这句话之前,他还曾为《欢乐与时日》写过序言):"生命太短,普鲁斯特太长。"

——伊夫林·沃(Evelyn Waugh):"我第一次读普鲁斯特的时候,觉得非常贫乏无聊。我想他当时心理上有问题……这种人完全是精神失常。他从来不会告诉你主人公的年龄;突然某个时候,他的女管家就在香榭丽舍大街上带他去厕所,然后下一页,他就去了妓院。真是乱七八糟。"

——弗朗索瓦·莫利亚克(François Mauriac):"上帝在普鲁斯特的作品中完全缺席……从唯一的文学观点来看,这也是该作品的缺陷和界限;人类的意识在其中也是缺失的。"

——阿尔弗雷德·安布洛(Alfred Humblot),奥朗多夫出版社(Éditions Ollendorff)社长,在收到《在斯万家那边》的手稿时):"我不知道我是不是傻头傻脑,但我实在不明白一个人在睡前躺在床上去读三十页这本书的价值何在。"

——戴维·赫伯特·劳伦斯(D. H. Lawrence):"太多肉冻和水,我没办法读……"

——詹姆斯·乔伊斯(James Joyce):"读过由席夫先生推荐的——马塞尔·普鲁伊斯(Marcelle Proyce)和詹姆斯·乔路斯特的(James Joust)——前两部书,追寻逝去的小阳伞——在斯万家和蛾摩拉被几位哭泣的少女所弄丢的。"①此外,在一封写给西尔维娅·比奇(Sylvia Beach)的信中,他这样写道:"普鲁斯特,善于解析,生活局限。在他写完句子之前,读者已经读完了。"②

——保罗·克洛代尔(Paul Claudel):"我们从开满花的山楂树出发,最后到了所多玛和蛾摩拉,就像到了死海,所有生活呆滞、毫无生气、只沉溺于某一种表现方式的人,最后变得如这死海一般……"

——奥尔德斯·赫胥黎(Aldous Huxley):"……(他是)逝去时光中的哮喘病的探索者,他蜷缩着,苍白得可怕,虚弱无力,他的胸部极似女人,只是上面还布满了乌黑的长胸毛,总是蜷缩在重现时光中的温热的浴盆里……"

——西格蒙德·弗洛伊德(Sigmund Freud):"我认为普鲁斯特的作品应该不能持久。他的这种风格呀!他总是想挖掘得更深,所以句子很长,一直写不完。"

——萨尔瓦多·达利(Salvador Dalí):"我想说的是,马塞尔·

---

① 原文此处是文字游戏,主要影射普鲁斯特和乔伊斯,以及普鲁斯特的前两部作品《在斯万家那边》和《在少女花影下》。

② 读者没有耐心仔细读,只是一目十行,就算读完了。

普鲁斯特——以其受虐狂式的内省和对社会肛欲式和性虐狂式的剖析——成功地勾画出一种奇妙的比斯开鳌虾汤,极具印象主义风格,极端敏感,极富音乐感。只是里面却缺少了鳌虾,也就是说,鳌虾只是精神实质层面上存在其中而已……我确信,我的精神分析和心理分析才能都比马塞尔·普鲁斯特要厉害……"

→*Céline*(Louis-Ferdinand)路易-费迪南·塞利纳,*Joueurs de flûte* 笛子演奏者,*Mauriac*(François)弗朗索瓦·莫利亚克,*Sartre*(Jean-Paul)让-保罗·萨特

对死亡的恐惧(Crainte de la mort)

读过普鲁斯特和卢克莱修的读者会教导别人:有的人会怜悯死去的人,就好像死者很不幸,有的人想到他们自己的躯体以后会被驱虫啃食的画面,就不寒而栗,他们都一致拒绝死亡。原因在于:一个死去的人有什么需要别人怜悯的吗? 那样只是想表达:死亡只涉及那些已故的倒霉的人[①]。我们的遗骸最终的归宿如何,这又有什么可怕的呢? 那只是一种展示死亡并不完全是生命的结束的一种方式。

卢克莱修曾说:"一个活着的人想象自己死后的躯体将会被鸟啄食、被虫子啃食,此时,他所怜悯的只是他自己而已;他并没有与这个鲜活的生者的世界分离,事实上,他也没有从终将逝去的躯体中充分脱离出来。"有多少人试图自杀,决心要结束自己的生命? 在付诸行动之前,他会先幻想一下自己的葬礼。他忍不住要从这种想象中获取满足感:朋友们泪流满面,敌人们显得恭敬且有些尴尬,或许还有被他抛下的妻子和情人也悲伤不已? 谁愿意看到死

---

① 而事实上,死亡是涉及我们每一个人的。

后没人为自己流泪呢？当他想象着自己葬礼的场景时，他忘记了，唯一肯定不会在场的人就是他自己。谁会付诸行动去自杀呢？尤其是他如果听到卢克莱修所说的话（其实他本来就知道）："当你看到一个人对自己的命运感到愤慨时，一想到死后他将会腐烂，躯体平躺着，或者被火焰烧成灰烬、被虫子啃食，甚至他不愿相信死后还会继续有某种感觉，你能很确定这一切都不是真的……"或者如果他在《消失的阿尔贝蒂娜》中读到："当我们在思考自己死后会发生什么的时候，这仍然是我们在用错觉将活着的我们投射到死后的时刻，不是吗？"如果一个天使——落入最偏僻的孤独之中——知道如何让人们摆脱此类的影射，进而让他们感受到一点生的乐趣，那么，又将会有多少自杀得以幸免呢？

→*Clinamen* 不可测的突然转向

羊角面包(Croissants)

该"词条"并不是为了赞美那两个美味的羊角面包——马塞尔每天醒来时都会让体贴的塞莱斯特为他准备两个羊角面包，此处的羊角面包更加特别（一个羊角面包也可以如此特别……），维尔德兰夫人在读报纸的时候将它浸入在牛奶咖啡中。

在《重现的时光》中，那一天，她读的报纸报道了卢西塔尼亚号（*Lusitania*）的海难，当时有一千二百人死于这次海难。她一边"（用一只手）轻弹着报纸，想让报纸一直展开着，而不想去挪开另外一只正在浸泡羊角面包的手"，她说："多可怕呀！这简直比最可怕的悲剧还要可怕。"

当然——普鲁斯特深谙此道，他想让我们也这样去理解——他人的痛苦让她的羊角面包显得更加轻松愉悦，在她早已臃肿的脸上又增添了一种几近残忍的欢乐、模糊的快感和极为世俗的狰狞之态……

多么让人感到厌恶和享受的一幕啊……这是情感上的逆喻法①……沉溺于这种情感之中,世界上的不幸之事转化为了清晨的美味佳肴……马塞尔并不会严厉地去评判他作品中的人物:凭着波德莱尔式的敏锐,他也深谙享乐与恶的极致结合,对此刻画得细致入微,可谓行家。

→*Égoïsmes* 自私自利,*Matricide* 弑母者,*Méchanceté* 恶毒,*Profanation* 亵渎

新式料理(Cuisine nouvelle)

"(饭菜)华丽得让人要饿死了"……赛维涅侯爵夫人在1689年7月30日的一封信中就是这样说的,她谈到在瓦纳吃的那一餐,当时是在主教——阿尔古热先生的儿子——家中就餐,她吃完饭出来后觉得非常饿,脑中唯一闪现的就是一只肥的小母鸡,一想到这里,她就觉得头晕目眩。

叙述者的外祖母也引用过这句话,用来描述巴尔贝克大饭店的饭菜:极为清淡,看似讲究,实则毫无意义,这比"新式料理"一词的出现早了80年,所以,"新式料理"所注重的营养主义和反调味主义还没有破坏(而我们今天早已熟知)食物的味道。

---

① 即矛盾修饰法。

曼陀罗(Datura)

奥斯曼大街102号的密室里,他睡醒烟熏仪式就开始了,就是下午快结束的时候。马塞尔取出超过允许剂量二十多倍的勒格拉粉(poudre Legras),自个儿将其堆成小山丘的模样,由于硫磺气味的缘故禁用火柴,他点燃蜡烛,焚烧粉剂,吸入体内,接着双眼通红地回到他写作的床上。

话说这个粉剂主要含两种物质,即颠茄和曼陀罗。前一种颠茄①,传闻能散瞳,且一如其名,只散开过风情万种的女性的瞳子。后一种曼陀罗,又唤"恶魔草",恶名更甚:在德尔菲见其身影,据说皮提亚的神谕之所以深中肯綮、毫厘不爽,端的是这恶之花的功劳;甚至在赫尔辛格也有其身影,因为杀死哈姆雷特父亲的,就是被"滴入耳中"的曼陀罗春药。再者,一想到曼陀罗在所有安息日礼拜或巫术仪式中的尊贵地位,就更有底气断言,普鲁斯特对这他一生仰承鼻息之物索求的,远非疏通支气管而已。

---

① 颠茄:Belladone,源于意大利语 bella donna,意为"漂亮女人",古代提取其果实成分制作女性散瞳的眼药水。

布里梭(Brissaud)医生在其论著《哮喘病人保健学》①里强调（普鲁斯特对此书烂熟于心）："哮喘病人有种歹恶不良的习性，就是过分沉溺于曼陀罗的配制加工"；因此他们变成"这恶的奴隶和受害者"；随即将自身暴露在那些个"要死的幻象"里。《追忆似水年华》或许就是这么些幻象里头的某一个。于是乎，在激起文学灵感的化学药物缪斯名簿内，顶着如此光环的曼陀罗完全够格跻身一等之位，和传统上受人仰慕的鸦片、麦司卡林和另外几种如今更普通的白粉，并列同席。

→*Asthme* 哮喘, *Cocaïne* 可卡因, «*Constantinopolitain*» "君士坦丁堡的"

失望(Déception)

失望是普鲁斯特式的宏大情调，是《追忆似水年华》里领圣体信徒们的心头热土，是像马塞尔那样察物情之人雅致阴郁的旌旗……

盖一切都负了他：绰号"叙述者"的他，还有在这之前，写作《欢乐与时日》并如斯概括眼里天地万物的那个他："欲望长盛不衰，拥有便会枯萎"——阿尔贝蒂娜、友爱、威尼斯、巴尔贝克的教堂、盖尔芒特家那边的沙龙、奥丽娅娜的脸庞、圣卢的伶俐、贝玛等等，如此种种……"一旦到了那些地方，面对着那些人，我始终是大失所望的……我感觉到，对旅行的失望和对爱情的失望之间并没有什么不同，它们只有外表的变化，是我们在物质享受中无法实现自我的这种无能而采取的变化的外表"②。

---

① 该书前言由普鲁斯特父亲撰写。
② 译文引自《追忆似水年华》（第七卷），[法]马塞尔·普鲁斯特著，徐和瑾、周国强译，译林出版社，2012年6月。略作修改。

曲终，命定：人只能享受幻想之物，这世间只有不存在之物才是美的，而任何占有，无论身体、场所还是理想的实现，都会通往无法回避的宿命般的忧郁。只发些这般的感喟吗？仿佛某位穷尽普鲁斯特文本的信徒说道。只有这，某个如花少女的脸颊？只有这，好个大世间？普鲁斯特思之更遥，他暗示当失望突然出现时，遭其袭扰而怏怏之人反而应该欣慰，因为失意给那人火燎似的妄想带去了暂时的平静。这是马塞尔内里斯多葛派，甚至是宁静派（ataraxique）①或说佛教性情的那一面：在那边，到达了情感的某块界域，里面最终全无丁点儿缠扰萦怀，汹涌澎湃的激情狂潮退落后，回溯时于自身验证到"外界现实的作用对我们是微乎其微的"。所以呢，不妨耐心等待，从等待给出的应承希望里获益，因为如同突然具象的乌托邦那样，任何实现的承诺一准不遂所望："在等待我们理想中的爱人时，在每次约会里见到的实实在在的人都和我们的理想大相径庭。"②

经验教训：唯一永不毁人想望的外在现实，恰好就是人永不贪图等候的东西——即过去，尤其在某个特定的瞬间，它已被抛诸脑后却冷不防地冒头而出。

→*Amour* 爱，*Déjà-vu* 似曾相识，*Deleuze（Gilles）* 德勒兹（吉尔），*«Elle ressemblait à ma vie…»* "她（它）恰似我的生活……"，*Jalousie（neuf théorèmes）* 嫉妒（九条定理），*Dix points communs（entre Swann et le Narrateur）*（斯万和叙述者之间的）十个共同点，*Rosset（Clément）* 克莱芒·罗塞，*Schopenhauer（Arthur）* 亚瑟·叔本华

---

① Ataraxia（ἀταραξία，"毫无纷扰"）古希腊语，指代一种强大、清醒的宁静状态，远离纷扰、担忧。
② 译文引自《追忆似水年华》（第六卷），[法]马塞尔·普鲁斯特著，刘方、陆秉慧译，译林出版社，2012年6月。

(对抗)失势(Déchéance[Contre la])

朱利安·格拉克在某处的笔记里,记录过某种有教育意义的实验:比照时间的变化,留心考察在正直个体的集体记忆中"某本书的剩余物",这些人读过该书,也很喜爱,但又隐隐记不大清了。

恰好约瑟夫·恰普斯基[①]有过这种尝试,并把他的实验详细记录了下来。1940—1941年的冬天,在靠近哈尔科夫的格里亚佐维茨营里,他给百来个同是苏联囚犯的波兰军官上过课。在某部题名耸动的著作《普鲁斯特:对抗失势》(*Proust contre la déchéance*)里,恰普斯基复述了那些课程内容。

其实那会儿,每个军官都选择传授一门自己最擅长的科目:有人讲登山,有人谈军事谋略,还有论象征主义绘画、机械动力学的……而恰普斯基呢,对着那些同病相怜的遭难袍泽,他决定凭记忆"说书":说《追忆似水年华》。当然,他手边是没有那本书的底本的。气温常降至零下四十度,不过,恰普斯基纵横描摹马塞尔那过度供暖的创作房间时,观众好像就没那么冻了。这些人,饥肠辘辘时,用小玛德莱娜、芦笋和牛肉冻款待自己;顽抗历史的不义时,磕牙厮说圣日耳曼区的精微琐闻、蜚短流长。如斯这般,在马克思、恩格斯和列宁肖像的注视下,历经了当局的事先审查后,对着被恶棍和疾病双重吞食、折磨的可怜人儿,一位波兰知识分子端出了盖尔芒特家、斯万、夏吕斯或阿尔贝蒂娜。

课持续了整整一个冬天。对听众来说,这是一种保持自身人性的方法,是一艘隐世藏身的方舟,就在这方舟之中,吁吁咳咳的

[①] 约瑟夫·恰普斯基(Joseph Czapski / Józef Czapski,1896—1993):波兰知名艺术家、艺术评论家、作家,卡廷惨案的幸存者。

诺亚,早在很久以前,便将那些与集中营世界违背的体面慈悲带上船来。次年冬季,这些在押人员遭遣送,四散飘零,各自面临着不同的命运:大部分人被随意发去了北极附近,在残酷凄惨中死去。另一些人被强征进入苏军,担任翻译。

值得再记一笔的是,这百来个格里亚佐维茨营的普鲁斯特爱好者幸存了下来,大概在俄国人眼里,他们挣得了学者之名。谁也解释不清这个幸存奇迹,除了恰普斯基本人,他从未怀疑,是马塞尔情谊深长保佑了他们,他的笔下常提到兵营及其营客的味道。

去结晶(Décristallisation)

要是人警觉点儿的话大概明白,多数的爱情故事是草草收摊的,而不是待搁到馊了的时候散伙。因为无需累月经年的放纵恣意,就能变味走调、心灰意冷。聪明的人,通过一件小事足以看破(足够说明恋爱之人有多蠢)。

但为何只有那些不付出真爱的人才有力量做到不再去爱?为何人一旦留神处理情爱中的杂沓琐事,就有可能被拽回单身的康庄坦道,而维系爱情偏又无法撇去这些个碎屑细沫。可怜的圣卢……为何这军人见到那"两个箍着假水獭皮颈围、可怜的小野鸡",如此咋呼嚷唤拉谢尔时,没有立刻调转枪头:"是你啊,拉谢尔,和我们一起上吗?吕西安娜和谢尔梅娜都在车上,正好还有空位子。来吧,和我们一起去溜冰?"[①]不过可也没给他猜疑的空子:在几个女伴的召唤下,那个"他通过一个个温存的印象慢慢地组合起来的女人",已经让位给"另一个她(和他的拉谢

---

① 译文引自《追忆似水年华》(第三卷),[法]马塞尔·普鲁斯特著,潘丽珍、许渊冲译,译林出版社,2012年6月。

尔长得一模一样),但却是一个截然不同的人,一个傻头傻脑的小娼妓"①。但有什么要紧的呢,圣卢为个二十法郎的姑娘悲痛欲绝。命中注定。

→*Pretty woman* 漂亮女子

题辞(Dédicaces)

面对拍卖场或手稿商那儿标的出售马塞尔的各式书信函件,不别扭发窘是强人所难,几乎不可能的事儿,因为当他给书题辞,或者投寄感谢信时,卑躬屈节、逢迎拍马、蜜甜的诲词、无度的笑料时不时晃来晃去。对他的迷恋者来说,如此高贵的存在被抓到现行犯罪——罪名:举止失当加狡猾鬼祟,是痛苦,亦是尴尬。

因为他不合规矩,亲爱的小人物,他害怕无法讨人喜欢,于是添油加醋,炫耀铺陈自己的孩子气直到了叫人哀悯的地步……

举证的话,从作品里撷取几句足矣:"赠莱翁·都德,笔耕扬名,日益隆显……";"赠诺阿耶伯爵夫人,雨果、德·维尼、拉马丁等天纵之才的绝世化身……";"念诗人和小说家阿加尔贝尔,念埃弗依姆·米伽艾尔②垂爱重情,念高更散文,其惠泽也……";"赠亨利·柏格森,自莱布尼茨长逝,以青出于蓝之姿,成形而上之宗师……"

为何普鲁斯特自觉非得这么做呢?是时代的怪癖?还是1900年代的巴黎有约法三章要发掘每个人的天赋?极有可能马塞尔在信口开河,函里写的、书边涂的,未有一字当真,而这么做的唯一目标是帮扶自己的作品,为其寻通路、谋出版、沽功名。广为人知是助其登上盛名巅峰的那把梯子的第一步,在那会儿若连这

---

① 译文引自《追忆似水年华》(第三卷),[法]马塞尔·普鲁斯特著,潘丽珍、许渊冲译,译林出版社,2012年6月。

② 让·阿加尔贝尔(Jean Ajalbert,1863—1947):法国艺术评论家、律师、作家。埃弗依姆·米伽艾尔(Éphraïm Mikhaël,1866—1890):法国诗人。

个攀爬工具都没有,没人能平地青云。

那时可伤了不少道学家的心,尤其是他将《在斯万家那边》题献给加斯东·伽尔梅特,没过多久这位《费加罗报》社长被干掉①,那篇献辞就再也不单只是两行无关痛痒的字了:"赠加斯东·伽尔梅特先生/厚恩嘉许、铭心而载"。那天究竟是谁,是谁攥着马塞尔的手?他可有意识到自己把数不完的宝贝炮弹拱手奉上,固然那人兴许同伽尔梅特一样,教养不凡且耽乐容情?今天,如果帕特里克·莫迪亚诺要把下一本小说题献给法国电视一台的老板,何人能够理解包容?如果米兰·昆德拉将《生命不可承受之轻》题献给了某个政治寡头,或者新闻大亨,大家对此书的喜爱会否一如既往?

→*Proustifier* 普鲁斯特化

似曾相识(Déjà-vu)

叙述者第一眼见到盖尔芒特公爵夫人的时候,使的字眼儿很直接坦率:"金黄色头发的贵妇人,鼻子大,一双蓝眼睛看起人来入骨三分,胸前蓬松的丝领结是浅紫色的,平整、簇新、光滑,鼻子边上有一颗小疱。"②就是说他看走眼了:那个一会儿是爱丝苔尔,一会儿是热纳维耶夫·德·布拉邦特,永远"裹着中世纪的神秘外衣,象受到夕阳的沐照似的,沉浸在'芒特'这两个音节所放射出来的橘黄色的光辉之中"③的盖尔芒特夫人,是他幻想的投影,他认

---

① 1914年3月16日,加斯东·伽尔梅特(Gaston Calmette,1858—1914)被时任杜梅格内阁之财务部长约瑟夫·伽游(Joseph Caillaux)的情妇亨利耶特·伽游(Henriette Caillaux,当时还未嫁给部长)枪杀。
② 译文引自《追忆似水年华》(第一卷),[法]马塞尔·普鲁斯特著,李恒基、徐继曾译,译林出版社,2012年6月。
③ 译文引自《追忆似水年华》(第一卷),[法]马塞尔·普鲁斯特著,李恒基、徐继曾译,译林出版社,2012年6月。

不出来。最惨的是,盖尔芒特夫人的脸型和眼睛的颜色,贝斯比埃大夫曾对他描述过,他费尽心思在这女人脸上比对度量后,还只能牵强、不甘心地认栽:"原来是她!我失望得很。"①

倒是有段叙述和这沮丧经历完全南辕北辙,就是他乘四轮马车去迪迈尼尔散步那会儿。初次见到三株树,他却突然觉着不陌生:"我无法辨认出这几株树木是从哪里独立出来的,但是我感到从前对这个地点很熟悉。因此,我的头脑在某一遥远的年代与当前的时刻之间跌跌撞撞,巴尔贝克的周围摇曳不定,我自问是否整个这一次散步就是一场幻觉……"②

经验教训:失望,就是我们以为历历如绘之象,见之而不识。惊奇,就是我们毫无预备偶遇不期之景,半生而相认。前者,想象屈折于现实下。后者,现实腾跃而上成为虚构传说。

→*Déception* 失望

吉尔·德勒兹(Deleuze[Gilles])

《追忆似水年华》有两种合情合理的读法:

1. 一则开蒙成长的故事。

2. 一个艺术家步步回首,重温天命昭彰的经历。

异常奇怪的倒是,前一种读法比后一种更引人入胜些,大概前者牵人引至将来和未知,而后者呢,像知道了结局回溯、倒带,草蛇灰线已为呈堂证供,走了类似笛卡尔一样假装怀疑的老路。习得比学识更有价值。形成胜过成型。人们更喜欢跟随一个稚童缓慢行进,而要厘清探索他的天真坦率,必须仰赖某位笃信自身天赋的

---

① 译文引自《追忆似水年华》(第三卷),[法]马塞尔·普鲁斯特著,潘丽珍、许渊冲译,译林出版社,2012年6月。略作修改。

② 译文引自《追忆似水年华》(第二卷),[法]马塞尔·普鲁斯特著,桂裕芳、袁树仁译,译林出版社,2012年6月。

作家,后者将灰心失意排成了戏,又以承诺克服失望的戏码缓和失望。

不过这启蒙探秘的故事,没一个《追忆似水年华》的评论家比吉尔·德勒兹在其著作《普鲁斯特与符号》的第三章里讲得更出色。

德勒兹开篇即言:"普鲁斯特的作品,并非指向过往和回忆的重现,而是指向未来和学习的进程。"那务必学会什么呢?世界并不围着我们转。文学的首要敌人叫"信以为真",就是"给物体指派若干符号,使其成为后者的载体"。那具体指什么呢?就是对由"感知、激情、心智、习惯乃至自尊"勾起的感官主义不得投降屈服。

叙述者说,人的每个印象都有两边:"一半包裹在客体之中,另一半延伸到我们身上,只有我们自己能够了解。"[①]他错就错在,把一个物体简化为知觉的产物,把一个物体的指称和意指混为一谈,简而言之,就是将我们所爱之人当作可爱的,将我们憎恶之人当作可憎的。

如此混淆意义和符号,就是叙述者踏上第一条歪路的原因,是以他起初深信不疑,情感的秘密藏在那小玛德莱娜和茶杯里……人以意志主动调取的记忆,有种刻意造作的无边魔力,同样的误会如此添油加醋一番,便不禁轻信,如同蛋怀着鸡那般,一具躯体里装着魂灵;见了某些人的所袭父姓,有感而发梦,又不禁天真地把那人那梦等而视之,盖尔芒特公爵夫人即是如此。人生伊始,孩童以为现实当真就是这个世界(虽然"这个"世界不过只是"他"的世界罢了),事物尚未挣破意义的蛹壳,将其囚禁的正是盲从轻信。

---

① 译文引自《追忆似水年华》(第七卷),[法]马塞尔·普鲁斯特著,徐和瑾、周国强译,译林出版社,2012年6月。

这种感官主义独有的悖论在于,不自觉地相信客体催生的激情超验于客体:"当我爱希尔贝特那时节,我还以为爱情当真在我们身外客观实际地存在着。"①千万要明白,某个客体只是不完全地包含着些人为捆绑的符号,人们会认为:没有爱情的证据等于没有爱情。抽象观念的产生源自将意义囚禁于客体中。斯宾诺莎一早就告诫过:只有把人的欲望当成实在,人才会当真相信绝对价值。观念世界就是自负为世界中心之人的幻觉。这般幻觉扎根于心智,其手段就是将独特性粉饰成客观性。这是标新立异,实则乏善可陈,挟朋树党,因畏惧外文,哲理对事物、字词和观念的意指异口同声的时代;这是宗教经文的译注者犯下神圣的无心之过的时代,他们深信可以将人物简化为作者,所以顺理成章,以为只要剥切了作品就能榨取出真相。

叙述者煞费心机理会世界,这反而把他与真正的世界隔开,被一些错误意指捉弄后,对着符号的真义不知所措,他还不明白:"真情不说也会泄露出去,人们可以从无数的外表迹象中搜集到。这样也许更可靠,用不着等别人说出来,甚至对别人说的话根本不必重视"②;该怎样揭开偏见之幕,以触摸到赤裸裸的现实?凭借失望。唯有失望能够从所知中分离出所感。首先是爱情的失望,让人明白任何激情都无法拘束被爱之人。

拉贝玛和阿尔贝蒂娜两人在他心里完全不同。前者"如此巧妙的声调,伴之以如此明确的意图和含义"③,给人轻而易举之感,任何稍聪明点的女演员都能学会;后者却叫他凝眸细究,但谢绝参

---

① 译文引自《追忆似水年华》(第一卷),[法]马塞尔·普鲁斯特著,李恒基、徐继曾译,译林出版社,2012年6月。
② 译文引自《追忆似水年华》(第三卷),[法]马塞尔·普鲁斯特著,潘丽珍、许渊冲译,译林出版社,2012年6月。
③ 译文引自《追忆似水年华》(第二卷),[法]马塞尔·普鲁斯特著,桂裕芳、袁树仁译,译林出版社,2012年6月。

透。一段庸常的爱情所以在品相上胜过意气相投的友情,正是爱情在意义上贫瘠,在符号上丰裕的缘故:被爱者给人以逃脱之感,朋友却是毫无芥蒂、肝胆相照,情谊在那无分别心的澄澈之中。因为他常教导,爱恋的缘由从不落那承情的男子或女子身上,所以爱情和友情的对弈,仿佛艺术和哲学的交锋,在失望继而在生殖的领地上,是占先得势的。

"辛劳、心智和善意的组合会生些客观的真情,其存有几分就互相传递几分,能被接收多少就存有多少,可那又价值几何呢?德勒兹寻思……强人所难的东西比所有善意或辛劳的成果更诱人。"友情驰念遐想,爱情使人左思右想。人愈接近现实,察看世界之时愈不必傍靠所拥有的那点必要之物,也愈发主动远离客观知识。所以,不单爱情,发觉所谓的"透彻澄明"不过是又一层盲人的帐幕,就确定了通向更高阶知识的门道,即怀疑不从:"有时候,到了晚上,弗朗索瓦丝会对我很亲热,求我允许她在我房内坐一坐。每当这个时候,我似乎发现她的脸变得透明了,我看到了她的善良和真诚。可是不久,朱皮安——我后来才知道他会多嘴——向我透露说,弗朗索瓦丝背地里说我坏透了,变着法子折磨她,说要吊死我,还怕会玷污她的绳子。(……)任何真实都可能会不同于我们直接的感觉,(……)正如树木、太阳和天空,倘若长着和我们两样的眼睛的人去观察它们,或者某些不用眼睛而是用别的器官进行感觉的人去感觉它们(这时,树木、太阳和天空就成了非视觉的对等物),就会和我们所看见的完全不同。就这样,朱皮安向我打开了真实世界的大门,这意想不到的泄露把我吓得目瞪口呆。"①

不过这本书结局不坏,失望二字实在并非终言大义,有两招能

---

① 译文引自《追忆似水年华》(第三卷),[法]马塞尔·普鲁斯特著,潘丽珍、许渊冲译,译林出版社,2012年6月。

克它。一则,"用多余的主观性弥补客观性的不足",就是将任何人或物同一幅艺术品结对勾连,以推翻"凡人的暴政统治"。热恋中的斯万就是这么做的,用联合观念的主观游戏替代客观价值。他没有把人物角色简化为作者,倒是将人缩成画,行为举止缩成小型雕塑,乐曲缩成漫步……这是第一步,妙在用想象添补置换了扣克榨取,坏在"联合观念而罗织成网,艺术作品本身成了结网的普通一环"。

另一招,老实讲也是唯一的办法,是通过隐喻,从现象中提取出物质实体,并给之以永恒的生命;是通过优雅的风格,攥住每个幸福谜题无与伦比的独特之处;是抛开任何相似或比较,把机会给予那非刻意保留的回忆,那不必要却依恋的花朵,那形容未失本真的现象,因为这些能感动我们,又和我们无关。

→*Déception* 失望,*Descartes*(René) 勒内 • 笛卡尔,*Spinoza*(*Baruch*) 巴鲁赫 • 斯宾诺莎

否认(Dénis)

让人彻底了解"自欺"(la mauvaise foi)挺容易的,但是要描述看似单纯的"否认",并揭穿内里乾坤,从任何方面看都挺困难。

普鲁斯特于这倒是行家,在那些无法抵抗且不能承受的字里行间,他不逢迎地探索了生命的种种时刻:被其害怕的事件出其不意地逮住后,个体的终极招式是若无其事。

照此方,某个夜晚"画家"不合时宜透露给斯万,说维尔迪兰家没有邀他去某个夏都(Chatou)的聚会时,女主人的脸上"做出一副表情,既要示意说话的人住嘴,又要让听话的人相信这事与她无关,然而这个愿望却被她那木然无神的双眼淹没了,在她那目光中,无邪的微笑背后掩盖着同谋的眼色,这种表情是发现别人说漏了嘴的人都会采取的,说话的人也许不会马上认识到,听话的人却

立刻就心里有数了"①。好比孩童的手指沾满了果酱就证据确凿,再无法狡辩一样,维尔迪兰女士也是这样被当场拆穿的,她(优雅的斯万愈来愈不讨其欢心,而且就像人订正错误一样,她希望奥黛特选择福什维尔,而非斯万)反击起来也就只是短暂地憋住言语、脸色和判词,为的是夜深神鬼不觉时,把为这不巧曝光的秘密而犯下的坏事一笔勾销。这么着,女主人便僵成了雕塑,见此状斯万高兴极了,他的想象力难得只此一次、毫不费力地在她身上瞧出一件艺术品的样子:"维尔迪兰夫人为了让她的沉默不至显得是表示同意,而只是象无生命的物体那种无意识的沉默,霎时间脸上看不出半点生气,甚至可说是纹丝不动;她那鼓脑门就像是一件圆雕作品……;她那微皱的鼻子露出两个鼻孔,也好像是用什么东西塑出来的一样。她那微张的嘴巴像是有话要说。全身上下看来就只是一团蜡、一个石膏面具、一个建筑用的模型、一个工业展览馆里展出的胸像——在这胸像面前,观众肯定要驻步观赏"②。

普鲁斯特式的否认是回溯的;一切历历闪过,仿佛作者操着部遥控器,能带他回到否认情节发生以前。否认不是拒绝去听,而是拒绝承认听到。这一点,如同克莱门·罗塞(Clément Rosset)在《现实及其重影》(Réel et son double)开头的分析,否认构成了某种幻觉无法矫正的形式,因为否认对方可信者,一点儿也不无视他质疑的事件:"对感知到的东西放行,对理应随之出现的后果则不放行(……)我不排斥去看,向我所示的现实,我也不会否认得一无是处。但是我的迁就顺从就到此为止啦(……)我此刻的感知和先前的视角难以置信地并存着。这里头错误的知觉其实不多,更多的是无用的知觉"。举例来说,有几个不怀好意之人和斯万说起奥黛

---

① 译文引自《追忆似水年华》(第一卷),[法]马塞尔·普鲁斯特著,李恒基、徐继曾译,译林出版社,2012年6月。
② 译文引自《追忆似水年华》(第一卷),[法]马塞尔·普鲁斯特著,李恒基、徐继曾译,译林出版社,2012年6月。稍有改动。

特,言谈间把她当作被供养的女人,突然间斯万自个儿寻思起来,月月给他的情妇寄信封送钞票,是否正是所谓的"供养"他人,"他生来就是懒于思维,这股懒劲也是一阵阵的,说来就来,这会儿正是来到的时候,于是就马上把他的智慧之火全部熄灭,就像后来到处用电气照明的时代,一下子就能把全家的灯统统灭掉一样。他的思想在黑暗中摸索了一会儿,他摘下眼镜,擦擦镜片,用手揉揉眼睛,直到找到一个新的思想时才重见光明——这新的思想就是下个月给奥黛特的不是五千而是六七千法郎,好给她来个出乎意料之外,感到异常的快乐"①。

否认就是如此,是某种对现实做出抵抗的基础形式,当其信徒预料到它将出现,并随后自我形成有机体时,会把此种抵抗伪装成诡辩和谎言。叙述者自己——"于懦弱中长大成人"——就会见机践行这种自欺。例如,不愿听见外祖母为一间巴尔贝克大旅社的房讲价,他便躲进到内心深处,竭力迁徙到一些永恒不变的思绪中,不让任何有活力的东西出现在他的躯体表面……又如,听见外祖母埋怨自家老头喝白兰地,为避开这事,他溜到房子高处自慰,紧挨屋顶下,"一间闻着鸢尾花香的小房间"。

不过,有关否认的金棕榈埃特大奖还是归萨尼埃特,某次火车旅行的时候:"在阿朗布维尔站,因车子拥挤不堪,一位身着蓝布衫,持三等车厢车票的农夫进了我们的包厢。大夫见已不可能让公主与自己同行,于是喊来了列车员,亮出一家大铁路公司的医生证,硬逼车站站长把农夫赶下车。萨尼埃特生来胆小怕事,这场面叫他不忍目睹,惊慌不安,以致刚见事情闹开,因站台上农民人多势众,他便担心事态发展,闹到扎克雷农民造反的地步,于是假装肚子疼,且为了避免他人可能谴责他在大夫的粗暴行径中负有部分责

---

① 译文引自《追忆似水年华(第一卷)》,[法]马塞尔·普鲁斯特著,李恒基、徐继曾译,译林出版社,2012年6月。略有改动。

任,悄悄上了过道,佯装去找被戈达尔称为'水房'(指厕所)的地方。那地方没找着,他便在小火车的另一尽端独自观赏风景。"①

→*Journalistes* 记者

最后的相片(Dernière photo)

肯定是科克托的想法:普鲁斯特,在他的临终卧榻上,得由曼·雷(Man Ray)让此刻不朽("快来,我们亲爱的马塞尔死了")。最后的肖像? 以"佩戴栀子花的年轻男子"②翻模的临终面具? 曼·雷从没见过普鲁斯特,但对这类丧葬事务操作早已习惯。光源来自个小瓦数的灯泡,打光后他按下快门,洗印了三张。时至今日,我们注视这张像片时仍会战栗:那胡须和凹陷黯黯的眼窝,普鲁斯特像是露出了曼特尼亚③画笔下基督的样子。形容平静。没有丁点可见的痛苦。鼻孔不再逼仄憋气。塞莱斯特可以开窗给房间通风了。

难道因为基督允诺了复活,所以大部分平卧的死者——甚至切·格瓦拉——都和他相似?

一次提前的效忠归顺……

就在跳入虚无前,一份对善意的担保,一则虔诚的拟态。

→*Agonie* 临终,*Chapelet* 念珠,*Cocteau*(*Jean*)科克托(让)

勒内·笛卡尔(Descartes[René])

一项是毫无逻辑可言的直觉,能在阿尔贝蒂娜的脸庞上——

---

① 译文引自《追忆似水年华》(第四卷),[法]马塞尔·普鲁斯特著,许钧、杨松河译,译林出版社,2012年6月。

② 指普鲁斯特。

③ 安德烈亚·曼特尼亚(Andrea Mantegna,约 1431—1506),意大利文艺复兴画家。他的代表作为《哀悼基督》。

她悲伤的目光和烦躁里——辨识出"离开叙述者"这种愿望留存的痕迹。另一项是那著名的笛卡尔式"良知"(bon sens)，哲学家将其描绘成这世上最普遍的东西。《追忆似水年华》里，除了一处把以上两项错误地类比外，找不到任何提及笛卡尔的地方，而作者也许只读过他的《谈谈方法》(*Discours de la méthode*)。

原因显而易见：在一人的知识和另一人的趣味间哪有什么共同点？一则是操控但不固定事物的哲学，来自对清晰的执着思虑，一则是某个叙述者的意识流，在没有幽灵的世界里便骚动不宁；一个是愿"有把握地进步人生"的骑士，一个是抨击"引作者去写伤脑筋的理论作品的粗鄙诱惑"的哮喘患者。区别比我们想得更大……

《追忆似水年华》的叙述者常常是反笛卡尔主义的：比如，他怕给他的幻觉重新覆盖上一层客观知识的帷幕；那裹着专有名词的神秘光环，他追根溯源，叹其消亡不复见；他断言，每个人所说的"清晰思想"，其实是那些"和自个思想的混乱程度一样的"胡想而已；又如，他见远处的山丘"似和青天合而为一"，近看却普普通通，因为事物一旦清晰后，就从原有的欲望中溜走了。能在生成不止的激流中定位常量，这是笛卡尔所表扬的天赋吗？无关紧要：叙述者反其道思考，把"事物的静止状态"强加给我们的，是否正是"对着这些事物时我们不变的思想"。无味的笛卡尔式"蜡块"和"以失蜡法制作的面具"——就是维尔迪兰夫人被当众拆穿那刻，脸上的那副模样——在这两者间，隔了整整一个世界，这世界将纯粹的思想和感性的直觉分开，把爱好求知和拒绝在客观性的祭台上献祭情感分离。"由智慧直接地从充满光照的世界留有空隙地攫住的真理不如生活借助某个印象迫使我们获得的真理更深刻和必要，这个印象是物质的，因为它通过我们的感官进入我们心中。"[①]真

---

① 译文引自《追忆似水年华》（第七卷），[法]马塞尔·普鲁斯特著，徐和瑾、周国强译，译林出版社，2012年6月。

的，笛卡尔一点儿也不普鲁斯特。当一个人自负是其行为的缘起，又对意识崇拜到偶像狂热的地步时，他如何能理解"在艺术品面前我们是彻底不自由的"，且生命的深意在于不期然地找到那我们已经停止寻觅的直觉？"我没有到那个大院里去寻找那两块绊过我脚的高低不平的铺路石板。然而，使我们不可避免地遭遇这种感觉的偶然方式恰恰检验着由它使之起死回生的过去和被它展开的一幅幅图像的真实性，因为我们感觉到它向光明上溯的努力，感觉到重新找到现实的欢乐。这种感觉还是由同时代的印象构成的整幅画面的真实性的检验，这些同时代的印象是它以记忆或有意识的观察永远都不可能得知的，它们按光明和阴影、突出与疏漏、回忆与遗忘间的那种绝不会错的比例随它之后再现。"①

不过，《追忆似水年华》流露出对理性方法的解析，以及对智能那"冷冰冰的实证"不理不睬之姿，究竟为的是名义上所谓更佳的认识手段，还是因为心伤更甚，那去伪存真的欲望在书里不断落空呢？真不好说……

难道叙述者不愿变成阿尔贝蒂娜的主人和所有者吗，如同一个笛卡尔主义者那样处理感情？难道他无心把脑子里的浆糊整形为清晰的想法，把怪相鬼脸变形成客体的意向吗？而且到底该如何解释，叙述者给自己布置的任务是把"那种种感觉解释成那么多的法则和思想的征兆，同时努力思考，也就是说使我所感觉到的东西走出半明不明的境地，把它变换成一种精神的等同物"②？那个未知域，就是阿尔贝蒂娜的情人试着在其中分解开官能幻象和"近似方程"的那个域体，难道不正是她吗？倘若分析真能教给他思想

---

① 译文引自《追忆似水年华》(第七卷)，[法]马塞尔·普鲁斯特著，徐和瑾、周国强译，译林出版社，2012年6月。
② 译文引自《追忆似水年华》(第七卷)，[法]马塞尔·普鲁斯特著，徐和瑾、周国强译，译林出版社，2012年6月。略作修改。

的微言大义,难道马塞尔·普鲁斯特不会效仿他的弟弟罗伯特,投笔从医拿起解剖刀吗?再有,马塞尔与阿尔贝蒂娜,按笛卡尔讲来就是灵与肉,异质不类又难舍难分,这究竟有何意味?

实事求是说,笛卡尔的哲学是文学天赋的流露(他倒希望他的作品能像小说那样被阅读),可惜天赋有限,只到一定的程度:思想的旅途,从对真理的虚荣追求,通往那激扬诱人的有关个体的知识,笛卡尔只是中途的一站罢了。这世界辜负了叙述者天马行空的能力,将他儿时做的梦和"个体的暴政"一较高下后,能使他重新留意的只有,在种种兴味索然的现象里,这世界向其展现出某种普遍本质存在的可能,既能滋养又能愉悦他。这可能性之广,"如同一个几何学家抽去了事物中可感知的性质"①,就只看到它们的实质那样,或者"犹如一个外科医生,会在妇女光滑的腹部下面,看到正在体内折磨她的病痛"②,寻找守护神的叙述者,蓦然察觉到自个儿正用言谈时的举止做派,代替了那言谈吹嘘之事,正用纷繁芜杂的心理学规律冲兑那议论的纷纷之义,使这议论化为那规律中严谨且特别的一例。换言之,见着同宴的宾客,叙述者并非只是睁眼瞧,而是突地变身笛卡尔主义者,像用射线贯穿一般,映出某场皮影戏里那隐身于各个角色里的配角。要重拾天真须经受得住知识的考验,同样,要驯服天分,还得逼近但又不停留在那溜滑无比的智性堤岸。不过,也就一阵子。

《第一哲学沉思集》(*Méditations métaphysiques*)将现象归结为心灵(esprit)的规律,因而无力论证外部世界的实在性,《追忆似水年华》在这点上则是截然相反,此书并不止于将可感世界溶解在被其遮蔽的真相中,它展现的抽象过程,既无普遍性又无单一概念

---

① 译文引自《追忆似水年华》(第七卷),[法]马塞尔·普鲁斯特著,徐和瑾、周国强译,译林出版社,2012 年 6 月。略作修改。

② 译文引自《追忆似水年华》(第七卷),[法]马塞尔·普鲁斯特著,徐和瑾、周国强译,译林出版社,2012 年 6 月。

的呆板乏味,有的则是个体性的锋利敏锐。巴什拉(Bachelard)借数学走向诗歌,知识点缀在梦呓的边缘,和他一样,叙述者把奇事异象抽剥剃剪,为的不是使其合理,而是恢复到起初尚未变质的风味,"使感觉明朗化,直到它们的深处都变得清晰可见"①。在笛卡尔作品里,心灵把感觉分解在分析中,并将之简化为其智性成分,《追忆似水年华》则用心灵的直觉取代对心灵的审视,前者一心一意地厘清印象,只为了更好地检验这些印象。

众所周知:少许的抽象沉思让我们疏离世界,但大量的抽象沉思会引我们重返入世。

欲望(和占有)(Désir[et possession])

  雄心壮志惹人醉,胜却荣光名誉;欲望长盛不衰,拥有便会枯萎;戏梦人生好过亲历岁月,尽管亲历仍是做梦,就是一并少些疑云和光亮罢了,那梦晦暗笨重,仿佛星星点点地飘在反刍牲畜的憎懵意识里。在工作间里观摩莎士比亚的作品,比起剧院的呈现更佳,造出那绝世不朽的多情女子的诗人词客,往往只认得些庸碌平常的客栈女仆,倒是那些彻底沉沦肉欲感官的登徒子,撩人非非的风流客,丁点不会遐想他们得过且过的日子,或确切的说是他们那遭人裹挟的人生。(……)我们梦想人生,我们因为能够梦想而热爱人生。(……)生命中的一切,皆被难以察觉的细微变化中伤贬损。十年之后,再认不出那些梦,否认抵赖着,活得像头牛,只图当下嚼草。

  →*Déception* 失望

---

① 译文引自《追忆似水年华》(第七卷),[法]马塞尔·普鲁斯特著,徐和瑾、周国强译,译林出版社,2012年6月。略作修改。

(小说家的)义务(Devoir[du romancier])

小说家必须……

  条分缕析地酝酿他的作品,无休止地反复集结力量,仿佛展开一场攻坚战,像忍受疲劳那样忍受之,接受戒律那样接受之,建造教堂那样建造之,遵守规章那样遵守之,克服障碍那样克服之,赢取友情那样赢取之,喂养幼儿那样给予充分的营养,创造一个世界那样创造它……①

请注意以上波澜壮阔之语,近乎罗马风格的句子,恰如其分地总结了生命中多数的战事,且能推而广之套在其他的现实存在里:画家、园丁、骑士、水手、军人、还有那从未读过书的人、从未想过写书的人,都可在其中寻到他们道德伦理的至高表述。

本书其中一个作者,曾把这句话念给某个风情靓丽的女子听,她自负其对崇高深远的品味,同时作者还时刻留意,她在这般壮丽风格前的迷魂晕厥,过后作者耳边传来这么句话:"说到底,写书和搞定妆容一样难,对不对?"

小鬼(空竹②)(Diabolo)

空竹是阿尔贝蒂娜"独处时的乐趣"和"莫名其妙的物件",她

---

  ① 译文引自《追忆似水年华》(第七卷),[法]马塞尔·普鲁斯特著,徐和瑾、周国强译,译林出版社,2012年6月。
  ② 空竹传入法国后一度颇受欢迎,原本称呼为 diable(魔鬼),后由查尔斯·弗雷(Charles B. Fry)——说是另一位法国人居斯塔夫·菲利帕(Gustave Phillippart)——建议改为 diabolo,词源来自希腊语 $\delta\iota\alpha\beta\acute{\alpha}\lambda\lambda\omega$,意为"交叉抛扔"。

边散步边摆弄,"像修女对自己的念珠一样",那玩弄的样子也仿佛乔托的《偶像崇拜》。不过在叙述者的时代,空竹"早已过时,面对手里拿着这个玩意儿的少女肖像,未来的评论家们对于她手里的这个玩艺儿,可以像面对竞技场圣母院那幅寓意图一样,发表长篇大论"①。

普鲁斯特错了,毕竟当今抖空竹的艺人并不罕见……不过,他犯的这错,倒反过来予他借口,把阿尔贝蒂娜转眼变成壁画作品,其反应之速,就像那天斯万见到一个可怜的厨房女工"因怀孕而发胖"时,也随即看出了乔托的《慈悲图》:她"确实挺像",叙述者补充道,"那些粗壮的处女们,更准确地说就是接生婆;在阿林娜圣母寺的壁画中,她们是种种美德的化身"②。

阿尔贝蒂娜离世后,悲哀渐终,恰好彼时叙述者和母亲正在威尼斯旅游,他终于去了阿林娜圣母寺,"走进由乔托的画装饰的小教堂,只见教堂的整个拱弯以及巨幅壁画的底色一片碧蓝,仿佛灿烂的白日也同游客一起跨进了门槛,把它那万里无云的蓝天带到荫凉处小憩,纯净的蓝天卸去了金灿灿的阳光的服饰,那蓝色只稍微加深了一点,就像最晴朗的天也会有短暂的间断,这时天空并无一丝云,但太阳似乎把它的明眸转向别处一小会儿,于是天空的湛蓝就变暗了一些,但也更加柔和了"③。丧亲之痛,经过鬼魅般的变形,成为一具温柔平静之象:太阳渐渐焦黑,背后是影影绰绰恍如暗夜的蓝天。《追忆似水年华》说痛苦能溶解在艺术里,以上鬼魅伎俩就是其一。

---

① 译文引自《追忆似水年华》(第二卷),[法]马塞尔·普鲁斯特著,桂裕芳、袁树仁译,译林出版社,2012年6月。略作修改。
② 译文引自《追忆似水年华》(第一卷),[法]马塞尔·普鲁斯特著,李恒基、徐继曾译,译林出版社,2012年6月。略作修改。
③ 译文引自《追忆似水年华》(第六卷),[法]马塞尔·普鲁斯特著,刘方、陆秉慧译,译林出版社,2012年6月。

附身恶灵(Dibbouk)

叙述者被缠上了。他有他的"奥尔拉"①他的小妖,他的附身恶灵(dibbouk)。不过倒是个客气的附身恶灵。把他撺弄得腐朽堕落,逼他用意第绪语吟唱,逼他放火烧屋,或者干脆无论何时,在不管何人面前,逼他吐些乱七八糟的话,这些事儿它统统没做,而且还离得很远,这叙述者亲昵的精灵,惹人宠爱,是个阴晴不定的小角儿,时而光芒四射,时而阴郁绵绵,"像贡布雷的眼镜商放在橱窗里预报天气的那个小矮人儿,每逢晴天他就掀开风帽,碰上雨天就又戴上"②,而且处理当前要事也会挑宿主休息的时候。

不过对附身恶灵说来,这也不是闲差。因为叙述者尽管睡着,但他的听觉、乃至视觉,还是捕捉到了所有预报天气的蛛丝马迹,凭的是那外形捉摸不透"弥漫开来的东西",仿佛已是他的第六感似的。而且正是那"身体里的小精灵",择机演绎、吟唱起"那么多礼赞太阳光辉的颂歌"。

这个附身恶灵的魂魄,是从哪位仁厚的亡人脱胎而来,晓得这点并不难。叙述者的家人里,是谁沉醉在气象学里?是他的爸爸,那个抬头放眼天空只细看云朵的父亲。诚然,"我们谁都不能构成在人人眼中都一样的物质的整体,总是仁者见仁,智者见智"③,但从人子到人父,身分流转,在所有构成这万变不离其宗的同一身份的事物里,还是会心绪不宁地注意到在他弥留之际,"当我身上所有其他的那些'我'都已经结束生命",唯一不死的是那个"气压计

---

① 指法国作家居伊·德·莫泊桑的短篇《奥尔拉》(*Le Horla*)。
② 译文引自《追忆似水年华》(第五卷),[法]马塞尔·普鲁斯特著,周克希、张小鲁、张寅德译,译林出版社,2012年6月。
③ 译文引自《追忆似水年华》(第一卷),[法]马塞尔·普鲁斯特著,李恒基、徐继曾译,译林出版社,2012年6月。

小人儿",如若阳光闪烁,它"准会怡然自得地掀开风帽欢唱:'哦!终于放晴喽!'"

→*Météo* 天气情况, *Kabbale* 卡巴拉

上帝(Dieu)

终此一生,马塞尔都提防着紧着嘴,没有承认或否认上帝的存在。他谨言慎行,从未对此有所议论,而《追忆似水年华》也算的上是他沉默的回声——但这却真真伤透了莫里亚克的心,虔敬上帝的他苦苦祈求,哪怕出现一个圣人,能为普鲁斯特式地狱赎罪……

马塞尔常去香榭丽舍公园的那阵,莫里斯·杜普雷(Maurice Duplay)是他的同伴。一天,马塞尔对他吐露过一点心曲:"彼世的问题远远超脱我们的理解能力。而且如果上帝确实存在,它也早已阻止人类知晓这一点。所以信仰其存在,就是抗其命、犯其义,并第二次摘下禁果……"

这段话只看要义,基本就是勒努维埃(Renouvier)的形而上学思想概要。他熟谙此人的学问,并不奇怪,他读孔多塞中学时的哲学老师阿尔方斯·达吕(Alphonse Darlu)教过他。所以结果就是:《追忆似水年华》里没有上帝,也没有寻找上帝。

那《追忆似水年华》是什么呢?一部满怀殉身受难般激情的世俗杰作。

→*Elstir(ou les sept jours de Dieu)* 埃尔斯蒂尔(或上帝的七天), *Mauriac(François)* 弗朗索瓦·莫里亚克

(没有女宾的)晚餐(Dîner[sans dames])

偶尔,马塞尔需要有人做伴:根据季节的脾性,阿尔布费拉公爵(Albufera)、科克托、比贝斯哥家族(les Bibesco)、让-路易·沃

杜瓦耶(Jean-Louis Vaudoyer)、西德尼·希夫(Sydney Schiff)，或者莫朗都可能是他临时的饮宴宾客。欧迪隆(Odilon)事先通知好，午夜将近，他们上门，刚完成烟熏疗法的屋子还雾茫茫的，有人在里面支起一张小桌；菜单是从丽兹那儿传来的，一般列有鳌虾、烤鸡和巧克力蛋糕；马塞尔固然不会碰任何物食，只管每位访客入座后，紧挨着他，好像晚餐是特地只为他一人而做。这种深宵聚餐没有女宾：不是说普鲁斯特规避她们的陪伴，而且恰恰相反，但女子都有个折磨人的坏毛病，就是频频接触花(如在帽子、花束、香水里等……)，这就会给他惹祸，他是哮喘病人，是那种仅仅因为前夜的一丁点儿花粉，或者一时疏忽读了点象征主义诗人的作品，里面的几行诗句不偏不倚，恰好唤出那堇菜花的香气或菖兰花的雄蕊，就早已经"死了两三回"的病患。

→*Asperge* 芦笋, *asperge*(*bis*)芦笋(2), *menu* 菜单

(斯万和叙述者的)十个共同点(Dix points communs [entre Swann et le Narrateur])

斯万之于叙述者，如同先知之于超人，前者预示着后者登场。另外，斯万爱上奥黛特时，于她脸蛋儿上重逢的，正是西斯廷礼拜堂那幅壁画《摩西的试炼》里西坡拉的样貌……话说依循《米德拉什》，摩西无权葬身应许之地，因为他向西坡拉介绍自己说是埃及人。以上用普鲁斯特的词句表述就是：斯万永远不会书写自身蕴藏的传奇故事，因为他将才华付诸俗世的功业和失守的情爱，而不是完成天职。

但斯万是第一步：他的爱情故事甚至比叙述者更早出现，是《追忆似水年华》的前传，也是大纲初样。叙述者"走到玛德莱娜教堂之前"，猫在迪福街，就为乘人不备见个纨绔子弟，其"不可思议的现身"是叙述者的心头肉，与此同时呢，斯万正前去瞧牙科大夫，这两段并置绝非巧合偶然。

叙述者从无聊的机灵鬼中凿出缪斯,以下清单随意无序,列出这个伶俐人和叙述者的几个共同点。

1. 斯万和叙述者烹调猎物的手段如出一辙。前者知道,奥黛特对着拉盖圣母像不立伪誓,所以令她凭此发誓"从来没有跟哪个女人干过那档子事";后者让阿尔贝蒂娜对他起誓,那天下午待在凡德伊夫人家里,不过是为了"重拉关系":"为什么要说'重拉关系'?我跟她从来就没有过什么关系,我向您发誓。"

2. 在叙述者借斯万故事,做不凡杰作之前,他先缩鼻揉眼,在神态容貌上与其相像。

3. 耽误了自个儿随身的艺术家天资,斯万倒也很早明白自然模仿艺术之理:"他素来有一种特殊的爱好,爱从大师们的画幅中不仅去发现我们身边现实的人们身上的一般特征,而且去发现最不寻常的东西,发现我们认识的面貌中极其个别的特征,例如在安东尼奥·里佐所塑的威尼斯总督洛雷丹诺的胸像中,发现他的马车夫雷米的高颧骨、歪眉毛,甚至发现两人整个面貌都一模一样;在基兰达约的画中发现巴朗西先生的鼻子;在丁托列托的一幅肖像画中发现迪·布尔邦大夫脸上被茂密的颊髯占了地盘的腮帮子、断了鼻梁骨的鼻子、炯炯逼人的目光,以及充血的眼睑。"[1]

4. 叙述者从斯万这个唯美主义者那儿,自觉领会的有益教义,还是用在斯万身上,逮着机会便把斯万搁在画里,一会儿是卢伊尼(Luini)的壁画,他栩栩然似一位"迷人的、金发钩鼻的朝拜王",一会儿是在蒂索(Tissot)描绘王家街联谊会的阳台那幅画里,现实中斯万的另一个我:夏尔·阿斯(Charles Haas)正在"加里费、埃德蒙·德·波利尼亚克和圣莫里斯中间"[2]。

---

[1] 译文引自《追忆似水年华》(第一卷),[法]马塞尔·普鲁斯特著,李恒基、徐继曾译,译林出版社,2012年6月。

[2] 译文引自《追忆似水年华》(第五卷),[法]马塞尔·普鲁斯特著,周克希、张小鲁、张寅德译,译林出版社,2012年6月。

5. 斯万是希尔贝特的父亲,她是叙述者的初恋;斯万是奥黛特的丈夫,她是叙述者初次意乱情迷的对象;斯万是贝戈特的好友,他是叙述者原始的文学激情。

6. 六、叙述者以为正是斯万的来访、和他的父母进餐,夺去了他得到妈妈的那一吻,不过其实恰恰相反,斯万才是成年人里头,唯一能对此番痛苦感同身受的那个,因为爱着奥黛特的那阵子,类似的苦楚是他"一生中经久不灭的磨难"。

7. 将至未至的刹那,乐意盎然,两人都经历过,也延宕过那些瞬间,延长过那些欢欣。叙述者朝那隔着他和阿尔贝蒂娜的房间走去,她在那儿等他(至少他信),他何尝不是小心翼翼地落下最后几步,怕就此"挪走了幸福";斯万一度强忍着,在奥黛特的脸上放下第一个吻,他何尝不是抱着那般心境,像最后一次凝视她的面孔,仿佛"一片即将永别的景色"。

8. 斯万和叙述者会放大幸福(自然也就包括失望)来临前的那些分秒,这种才能难道不正和另一事实矛盾吗:被自身的忧伤逮住,猝不及防,他们都把自个儿一掰为二,忽然成了自己的观众?既是其幸福的同辈,又是其悲伤的证人,要如何办到?叙述者被阿尔贝蒂娜折磨时,见那象征着他正准备隆重欢庆的"流血牺牲"的太阳,喷薄而出,他听到自己正在哭泣。斯万被奥黛特抛弃时,凡德伊的那小乐句不期然地落入他的耳中,只多了这一次,他便明白,无忧无虑从此属于某个神秘世界,那里大门已闭,没人能重新进入,其时他"一动不动地面对这重温的幸福",隐约见着一个不幸的人,引起了他的怜悯心,也没有即刻辨认出来……因为那人就是他自己。

9. 是时过境迁,是心如死灰,是一朝停止爱恋,斯万和叙述者就狠下心,娶了他俩的"刽子手"——也就是他俩的受刑者。

10. 要是说《斯万之恋》总结、浓缩、预示了那等候着叙述者的全部悲伤总和,可并不仅仅在于斯万是马塞尔的"受气"导师,更因为他一早便有自己的办法:遭罪前先惊惶,把否认抵赖变形为清醒自知,把他的悲伤变成知识的原材料,一察觉痛苦,便立刻承认这情绪里到底还是意味深长,并非独有伤心难过。所以,奥黛特向他坦诚,那晚他在洛姆(Laumes)亲王夫人家吃饭时,她正和某个女人在月光下做爱的事情后,他在自己痛苦中发掘的乐趣,短暂地盖过了妒火的煎熬:"他早就养成了这样的习惯,总是把生活看得是饶有兴趣,总是要为在生活中稀奇古怪的发现赞赏不已,因此尽管难受得甚至认为这样的痛苦无法再忍受下去,心里却想:'生活这个东西真是叫人惊讶不已,它保留着许多妙不可言的意外;看来恶习这个东西散布起来比人们预料的要广泛些。这个女人我一直是信任的,看样子她是如此纯朴,如此正派,纵然有些轻佻,可她的各种爱好还是正常健康的。我根据一封不大可信的揭发信,盘问她一下,她承认的那点东西就透露了超出于我所能设想的情况'。"[1]斯万之恋这般非主流的行为模式,才是叙述者三十年后含蓄致敬之处,那天他明白了"唯有疾病本身才能教人去发现、了解并分析其机制,不然,永远都不可能打开它的奥秘"[2]。

但若说最终叙述者胜出斯万,并克服了那痛苦和厌倦的交替出现,他把这点归功于他更为审慎低调、刚毅坚决。例如,斯万的嫉妒之恶,迫使他拆读了奥黛特写给他那情敌福什维尔的信,而叙述者呢,虽然阿尔贝蒂娜睡着了,但出于爱,见他漫不经心抛在扶手椅上的和服式睡袍里,露出的鼓囊囊信件,还是打消了偷看刺探的念头。同样,对奥黛特和福什维尔共乘维尔迪兰家马车,斯万不仅完全无法阻止,而且这场景也令他心若死灰,但叙述者呢,却能找得到气力由头,借口已和阿尔贝蒂娜约定做伴享乐,无礼地回绝了让她和那

---

[1] 译文引自《追忆似水年华》(第一卷),[法]马塞尔·普鲁斯特著,李恒基、徐继曾译,译林出版社,2012年6月。
[2] 译文引自《追忆似水年华》(第四卷),[法]马塞尔·普鲁斯特著,许钧、杨松河译,译林出版社,2012年6月。

家人同登马车的要求。和维尔迪兰家共同出游,出自奥黛特的执意坚持(而更温顺的阿尔贝蒂娜仅仅只反驳了一下叙述者的谎话),这个实情丝毫没有扭转改变两位男性的性格面目:后者,即叙述者,懂得如何不被羞辱出丑。一言蔽之,当斯万放低臂膀,以手覆眼,大声叫喊"老天保佑"时("人们在殚思竭虑来弄清外部世界的现实性或者灵魂的不朽性这样的问题以后,总是要求助于老天爷来缓解缓解疲惫不堪的脑子的"①),叙述者已重昂首,奋笔疾书。

→*Amour* 爱情, *Déception* 失望, *Instant d'avant* (*L'*) 前一刻, *Lièvre* 野兔, *Swann* (*Charles*) 夏尔·斯万, *Tissot* (*James*) 詹姆斯·蒂索

费奥多尔·陀思妥耶夫斯基 (Dostoïevski[Fiodor])

不过,陀思妥耶夫斯基平生杀过人吗?我读过他的小说,全都可以取名为凶杀始末。凶杀在他的头脑里是个顽念,他反复写这题目,似乎有些不正常。(……)我的小阿尔贝蒂娜,我不这么认为。我不太了解他的生平,但可以肯定,他跟众人一样,用不同形式,也许还用法律禁止的形式,犯过原罪。从这个意义上说,他和自己笔下的人物一样,大概有些罪过,不过那些人物也不是十恶不赦的,在判决的时候都得到了减刑。再说作者本人不一定有罪。(……)他的这一切我觉得离我无限的遥远,除非我对自身的有些东西自己也不知道,因为我们的自我认识都是逐渐完成的。②

---

① 译文引自《追忆似水年华》(第一卷),[法]马塞尔·普鲁斯特著,李恒基、徐继曾译,译林出版社,2012年6月。
② 译文引自《追忆似水年华》(第五卷),[法]马塞尔·普鲁斯特著,周克希、张小鲁、张寅德译,译林出版社,2012年6月。

这几行《女囚》里的句子概括了处境:普鲁斯特没准某日就成了陀式人物。而且那日,他也许和那"用法律禁止的形式"犯了罪的人物一样,得到了减刑。

痛苦惆怅,交叠着提前现身的悔恨,他像是穿过某个熟悉的场所,心甘情愿地徘徊流连在那由罪恶、神经官能和赎罪氤氲而成的氛围里,这一切都流淌在从圣彼得堡漂来的文字中。他或珍爱,或宽恕,在那里同他邂逅的不幸者们的罪行,这些人儿因希冀着某个微乎其微的复活,遂将自己打入地狱。

当然托尔斯泰也会适时在他心头萦绕。《战争与和平》里,安德烈公爵出神地望着个灵柩台,内心假想效法的那句斥责:"你怎么对待我的?"——正和他写作的有关亨利·范·布拉伦贝格(Henri Van Blarenberghe)弑母案对照呼应。

但写出《白痴》和《卡拉马佐夫兄弟》的陀思妥耶夫斯基,才是他与生俱来的志同道合之类。把他同陀式相联的,确实是一种双重经验:同为隐士与病人的经历。当然,癫痫和哮喘发病时的信号和症状并不相同(虽然两者都是所谓的"神圣病"),流放西伯利亚、与有意地在豪斯曼大道的地下室里闭门不出,两者也本质各异。但这并不妨碍普鲁斯特不断赞美类似陀式之人——不是纪德或高布(Copeem)——前者传授了某种接近行为主义的小说技巧:"陀思妥耶夫斯基,陈述事情不是遵照逻辑顺序,即先说原因,后说结果,他是先交代结果,致使我们得到的是强烈的幻觉。"[①]回想起来,埃尔斯蒂尔的印象派画作也出自同样的原则和技法。

从这位"伟大的俄罗斯人"那儿,普鲁斯特还借鉴了堕落、赦罪、亵渎等形而上思想,并在《追忆似水年华》中大量运用。由于陀

---

① 译文引自《追忆似水年华》(第五卷),[法]马塞尔·普鲁斯特著,周克希、张小鲁、张寅德译,译林出版社,2012年6月。略作修改。

思妥耶夫斯基,普鲁斯特深信从来无人能识破人类阴谋行径的终极奥秘。所以《论弑亲者的子女情》(*des Sentiments filiaux d'un parricide*)一文,比起被安置在弗洛伊德式的背景中,更适宜出现在某部斯拉夫小说里,尽管插缝说一句,弗洛伊德本身在先天本能和后天教养上,也尽得陀氏衣钵。

有一回雅克·里维埃,想在他的《新法兰西评论》上刊登一篇关于《罪与罚》作者的普鲁斯特式文章,便向马塞尔邀稿,后者仿佛彼时栖身梯台、忙着修整耶路撒冷城墙的先知尼希米,答曰:"我现在干大事,不能下去。"所以不存在什么普鲁斯特独家的陀思妥耶夫斯基。

不过终归有些影射散落各处,尤其在《女囚》里。《追忆似水年华》确实是某种耶路撒冷。但还得从属于那个威猛的"神经质家族",才能修补好围篱和迷宫。

→ *Matricide* 弑母者, *Profanation* 亵渎, *Viennois*(*selon Charles Dantzig*)维也纳人(据夏尔·丹齐格所言)

(阿尔贝蒂娜反犹主义思想的)典型运用(Du bon usage[de l'antisémitisme d'Albertine])

虽然布洛克为人狡诈,但叙述者一直维系着和他的奇怪交情,理由之一大概是他的犹太教背景,让他无法讨好阿尔贝蒂娜的缘故。反倒是她最先告诉叙述者,他那个同伴长得挺俊,这点他从来没想过。不过鉴于这是个"倒她胃口"、令她"恼怒不已"的"犹太鬼",头部隆起的风姿、鹰钩鼻和可爱脸蛋的风雅就微不足道了。另外她还把这位青年男子种种不良的举止态度,归因于犹太教。他陈述悖论时,那机敏而狡猾的神情;他读心的癖好(和皮相之见相反);还有布洛克没法把简单的事情简简单单地说出来,他不停地为每一事物寻找一个讲究矫揉的修饰词,然后又大而化之:"我可以打赌,他是个犹太鬼。装出彬彬有礼的德行,正是他们那一套。"①

→ *Antisémitisme*（*de Charlus*）夏吕斯的反犹主义,*Antisémitisme*(*dreyfusard*)支持重审德雷福斯案的反犹太主义,*Bloch*(*Albert*)阿尔贝·布洛克,*Judaïsme* 犹太民族,*Shibboleth* 示播列

决斗(Duel)

1896 年,雷纳尔多·哈恩(Reynaldo Hahn)把马塞尔·普鲁斯特介绍给都德家族。随之而来的,便是普鲁斯特和时年十八岁的吕西安·都德(Lucien Daudet)之间一段彼此依恋的情谊,这段情可能又被一阵短暂而隐秘的肉欲关系延续至 1897 年,至此戛然。正是在这样的背景下,《福卡斯先生》(*Monsieur de Phocas*)的作者让·洛林(Jean Lorrain)指出,吕西安的兄长莱昂·都德所以考虑给普鲁斯特的下一部书做序,正是因为他"对弟弟的朋友无法拒却"。洛林这种不怎么拐弯抹角的影射,揣测马塞尔和吕西安的私情关系,完全是他的举止作风,已成了他的拿手特长(就像《追忆似水年华》里的夏吕斯和圣卢),凭借控诉或否认,他能确定指明几乎最坦荡的同性恋者。这点倒挺让人吃惊的,因为让·洛林本身自己就是"同志",他染发用海娜粉,也未曾错失任何时机提及布洛涅森林里船夫的魅力。

见到如此明目张胆的含沙射影,被冠上他避而远之的"淫邪恶习",普鲁斯特立马向洛林发起了决斗的挑战。拂晓时分,双方在默东森林相见。他们相距二十五步,互赠了两次无关痛痒的枪击,因为"所有这一切只有心里那点企图才是当真的"。在场做见证的是

---

① 译文引自《追忆似水年华》(第五卷),[法]马塞尔·普鲁斯特著,周克希、张小鲁、张寅德译,译林出版社,2012 年 6 月。略作修改。

画家让·贝劳德(Jean Béraud)和一位知名的决斗者古斯塔夫·德·波达(Gustave de Borda),普鲁斯特受到现场两人的激励,见到自己展现出的果敢,他都不大了解自个儿能够驾驭,虽然依例不允许和对方握手让他抱憾,但他还是爱上了这种没有风险的大胆恣意之事:1903年,另一场争执差点让他对峙武戈伯爵(Comte de Vogüe);同样在1908年,虽无明显的理由,他也差点和卡米尔·普兰特维尼斯(Camille Plantevignes)交手——后者是欧内斯特·普兰特维尼斯(Ernest Plantevignes)的父亲,其子疑似对恶意中伤普鲁斯特德行风化之语无动于衷、置之不理,所以卡米尔理应放下手边一切事务,为其子的轻浮放浪收拾烂摊;最后在1922年,他又和某个叫雅克·德加多(Jacques Delgado)的家伙闹出了一场别开生面的白热化决战,那人在"屋顶上的牛"酒馆喝大了,紧接着便对莱昂—保尔·法格(Léon-Paul Fargue)的女伴做出了无礼举动。当然这些决斗,从来没有真正鸣枪发生过。也包括那次普鲁斯特威胁让·德·比耶夫(Jeam de Pierrefeu)的情况,1919年后者出版了一篇否定《在少女们身旁》的批评文章。不过这些可能的擦枪走火美妙动人:对马塞尔而言,这是生命的惊跳在他身上显现。当人无休止地濒临死亡,此类惊跳无法拒绝……

和让·洛林的决斗呢,似乎也无人对这样荒谬的情况感觉讶异,注意这点挺有趣的:一位同性恋者指控另一位同性恋者是同志,惹恼了后者,并促使他"重整其处境"。这则教训还是有成效的:这段风波过后,让·洛林停止了对普鲁斯特的责怪,并把矛头预留给了罗伯特·德·孟德斯鸠(Robert de Montesquiou),他被指责和画家波尔蒂尼(Boldini)过从甚密,后者迷恋上流社会应酬交际,另有外号"穿浴袍的帕格尼尼"。

→*Charlus*(*socratique*)(苏格拉底派的)夏吕斯,*Plantevignes (ou l'autre Marcel)* 普朗特维涅(或另一个马塞尔),*Poignée de main* 握手,*Salaïste* 萨拉主义者

从一案到另一案……(D'une affaire l'autre...)

第一时间支持德雷福斯案重审的马塞尔,也有他自己的"案子",就是更私人也没那么至关重要罢了。虽然局限在密友至交的圈内,但将其案比拟"要案"也没让他生厌。

因为说到底:某位无辜的犹太军人被司法错误推至崩坠,和《在斯万家那边》被《新法兰西评论》拒绝,两者间,除了没有性质一致的结局,难道没有更多的相似之处吗?

社会偏见(普鲁斯特只是一个汲汲于社交活动之人)和种族成见(德雷福斯只是一个犹太人)不相上下。

三巨头"纪德-季农-斯伦贝榭"(Gide-Ghéon-Schlumberger)扮着弄虚作假者的角色,把假冒的自认叛徒打发去了恶魔岛……

还有:被《在少女们身旁》攻克的龚古尔奖,难道没有给他带来喜悦吗,这高兴欣然不正使人忆起,德雷福斯在其诉讼的重审及尔后平反时的所感所乐?

最后,如同要案里,"小人物"也有他的左拉、他的克莱蒙梭(Clemenceau)、他的饶勒斯(Jaurès)——他们叫里维埃、莫朗、都德、弗朗西斯·雅姆(Francis Jammes)……

这样的并列参照看起来也许不大得体——确实有失分寸。不过无妨:普鲁斯特一定这样想过,不止一次。

一切尘埃落定之前,本书的两位作者绝不立誓保证,美学或文学上的错误,其性质不如司法错误那般严重。

高跷(和友谊)(Échasses[et amitié])

《追忆似水年华》中从未提及《随笔集》的作者。然而两部作品却塑造了相同的形象。

蒙田写道:"于我们而言,踩高跷是枉费力气,因为在高跷上也要靠我们自己的脚走路。而在世界最高的宝座上,我们也还是要靠自己的屁股坐着";普鲁斯特也明确指出:"就像人们踩着不断增高的高跷,有时高过钟楼,最终使他们的步履艰险,进而从上面突然跌落下来。"

乍一看,相似仅限于此,然而他们的意图却各不相同。蒙田揭露人们自大地定位自己的高跷高度,而普鲁斯特自己每年都在不断增高的高跷会令他眩晕,他们想要表达什么呢?蒙田是一个享乐主义者,写作可以让他走自己的路,想跳舞就跳舞,想睡觉就睡觉,总之就是与自己的想法同步,并"光明正大地享受自我的存在";而普鲁斯特如同夜晚的精灵,他给读者的感觉是在写他自己的经历,在他作品的开头(其生命的尽头),他把踩高跷的人描写为"在时间维度上占有极其重要的地位,而在空间维度上的地位却很有限"？

首先，他们两者的情况很相似。

普鲁斯特（而不是蒙田）"把脸颊温柔地靠着枕边美丽的脸颊，它们饱满而清新，就如同我们童年的脸颊"。而蒙田——不是普鲁斯特——发觉生命短暂，他提出要让生命变得更加深刻而饱满。

其次，他们喜欢相同的事物。在蒙田看来，正是因为缺乏一种非凡独特的乐趣，人们才爬上高跷，过着"愚人的生活"——就像那些追名逐誉的人一样，因为他们总会怀疑是否真的已经获得了成功。同样，《追忆似水年华》的叙述者指出要描写踩高跷者，主要是为了由高处和纵深角度从"冗长无边"的存在之空虚中逃脱出来，在这种空虚中，百年也只不过是徒增了一丝伤感而已。

再者，高跷代表着悲怆的满足感，而在失败的生活中要寻求这种满足就是一种贪婪了，或许，高跷也像是圆规的两只脚，可以同时有一只脚在童年，一只脚在现在。普鲁斯特和蒙田都赞同这种感受：时间和创造是自相矛盾的盟友。因为应专注于事物的发展的方式，"我可以等待一段时间，此间会感到痛苦，但不会因为恐惧而延长痛苦。惧怕痛苦的人因为自己的恐惧就已经开始痛苦了"。换言之，正如蒙田所教导的：如果生活中死亡无处不在，那么，智慧既不会对死亡置之不理也不会害怕它，而是不去想它，只是等待着它。然而，《追忆似水年华》中的叙述者做了什么呢？在悲叹衰老之境的同时，他试图从中看到这种改变的奥秘，衰老的迹象再也不会吓倒他，反而是吸引着他。他曾说："我们应该顺从死亡。"还说："我们所描述的人，应该指向他所历经的岁月，而不是指他的身体。"蒙田希望"他是在种着菜的时候，死亡如约而至"；而《追忆似水年华》的叙述者也并不惧怕得知自己会死，他很务实，他所不愿接受的事情是：在写完这本书之前就死去（"我还有时间吗？还不算太晚吧？"）。从字面上来看，他们两位都战胜了对死亡的恐惧。

矛盾的是，蒙田和普鲁斯特真正的区别也恰恰需要在《随笔集》和《追忆似水年华》所具有的罕见的共同点中去寻找,这个主观意义上的共同点就是:失去一个朋友。

蒙田将埃蒂安·拉博埃蒂(Étienne de La Boétie)理想化,并在作品中为他设了如已故法老般的位置,蒙田也因而战胜了悲伤。而《追忆似水年华》中的叙述者在得知罗伯特·德·圣卢去世后,却走了相反的路,他彻底清除了对圣卢的友谊,既不去思考它,也不从文字上表达它。因为一个人的优点和缺点并不会因为死亡而有所改变,在圣卢还活着的时候,叙述者就已经思考过了,之后才会喜欢他,跟他成为朋友。因此,罗伯特·德·圣卢的死(根据弗朗索瓦兹所言,他是被炸弹"毁容")也瞬间让叙述者相信:他再怎么写也没什么意义[①],然而《随笔集》的第一卷的第二十八章(拉博埃蒂之墓)构成了蒙田的《重现的时光》。

出版商(关于雅克·里维埃)(Éditeur[à propos de Jacques Rivière])

一个天才作家并不需要出版商。他只需要在手头或电话那头有几位纠错员、一位勤奋的印刷工、一位必要时可能会需要的银行人员,当他的创作系统出现疑虑时,抑或他的灵感迟迟未现的时候,他或许偶尔需要一种机智的鼓励。但是,如果他是一位真正的作家的话,那么,在作品的修订方面,他什么人都不需要。没什么比自命不凡的出版商更让人讨厌了,而且,出版商与真实极为相悖,非常虚假,他总是觉得自己不可或缺,等他所推的作家去世后——因为很多作家都比他们的出版商死得早,出版商们整日忙于阴谋伎俩,只知享乐或参加各种晚宴聚餐,他会让自己的情妇们和股东们都认为:如果没有他,那些作家 X 或者 Y(不是开玩笑

---

① 因此,叙述者选择不去用文字表达他们的友谊。

的，比如卡夫卡、福楼拜或者昆德拉等等）就不可能取得那么大的成就。只要对这些出版社有一点了解，就会知道：书商所出售的其实是浸透着作家痛苦和才华的书页，并以此种伎俩来满足他自己的虚荣……

然而，普鲁斯特的作品虽然在初期遭到的各种羞辱，而且也在纪德那里遭受过冷遇和挫败①，但在这之后，他很幸运地遇到了跟他非常契合的出版商：公正、专注、聪慧、忠诚。他就是雅克·里维埃，波尔多人，曾经拒绝子承父业，没有学医，而是选择了文学（这已经与马塞尔有了一个共同点），也钟情于很多女人（他娶了阿兰·傅尼埃（Alain-Fournier）的妹妹，并发表了一篇敏感的小说《爱人》（*Aimée*）献给普鲁斯特）。作为由科波（Copeau）领导的《新法兰西杂志》的秘书，他毫不认同杂志社起初对《斯万》的残忍拒绝，而后续作品的发表他功不可没，当他在一列火车上阅读由格拉赛出版社（Grasset）所印刷的普鲁斯特的这本书时，他才深感损失之大。是多亏了他，加斯东·伽利玛才得以挽回普鲁斯特这部作品的出版权——他也因此获得了第一个龚古尔文学奖——而并不是因为纪德返回头来对普鲁斯特的阿谀奉承。这样一位年轻的《新法兰西杂志》的重要人物帮助马塞尔一雪前耻，马塞尔对此喜出望外："终于，我找到了一个读者，他认为我的作品是一部教义之作，一种系统建构……"

自此，里维埃对极其敏感的普鲁斯特并未有任何品判理解上的失误：他很少走访交际，为人细致谨慎、尽职尽责、低调谦虚、审慎果断。相应地，普鲁斯特对他极为信任，下面这封里维埃写给他的信就能证明这一点，在信中，里维埃（很具体地）恳求他缩短要在《新法兰西杂志》上发表的作品（《乘电车直到拉莱斯佩里尔》[*En*

---

① 普鲁斯特的手稿曾被送到当时担任《新法兰西评论》主编的纪德手中，想看是否能被发表，但却被纪德直截了当地拒绝了。

tram jusqu'à la Raspelière])的摘要:"请您删除拜访康布梅尔那部分;从中精炼出那位博学的挪威人(……)、勒·斯丹纳(Le Sidaner)①的绘画爱好者以及老康布梅尔侯爵夫人吞咽唾液等精华之处。最后这位康布梅尔侯爵夫人就不要让她出现在小电车中了(……),这样的话,一切成为一个严密的整体了,避免了分散……"

普鲁斯特一直想要正面地向里维埃表达他的感激之情,当《追忆似水年华》的最后版本修订完成的时候,里维埃对应的正是(差不多是女同性恋)作品中凡德伊小姐的女伴,她热衷于解读音乐家凡德伊的那些难以辨认的遗稿。里维埃用多种手段,尽了他微薄的力量,终将普鲁斯特推上了布卢门撒尔奖的宝座,尽管最后那些天他头晕脑胀,但他还是去了评审团,他自己也是评委之一。另外一位评委勒内·布瓦莱夫(René Boylesve)曾这样描述他:"(他)面色发紫,犹如开始腐烂的猎物,一副女手相师的面容……看起来像一位六十岁的犹太女人(年轻时或许曾貌美如花)……一个年轻的老人,病怏怏的老妇人……"

马塞尔去世后,里维埃展现出了无人能及的体贴和细腻:他着手出版一部普鲁斯特的致敬之作,要将《女囚》的手稿整理完毕,这必然是一项繁重不堪的工作,但他毫无怨言。他甚至可以说非常谦逊有礼,因为他只比他敬佩的这位作家多活了两年而已——也免得他说太多关于普鲁斯特的事情。

然而,我们还注意到了一点,尽管里维埃有一天还是让普鲁斯特失望了,普鲁斯特不近人情地给他写信说:"我再也不会信任您啦。"事实上,出色的里维埃犯了罪:他暗讽普鲁斯特交给他的发表在1922年的《新法兰西杂志》上的摘要"缺乏条理"。在回信中,里维埃首先保证以后会完全顺从普鲁斯特的意愿,然后大胆地紧接

---

① 亨利·勒·斯丹纳(Henri Le Sidaner,1862—1939),法国著名后印象派画家。

着说:"借此机会,请您来跟我说清楚。是的,告诉我您所写的,您所想要表达的。请您第一时间告诉我。"他想要表达的是:亲爱的普鲁斯特,您的书目的何在?您头脑中有什么奇思妙想?请您解释给我听……我是您的仆人,但我必须要知道您想去往何方……唉,可惜的是,普鲁斯特本人却没有时间回复这封信。

→*Contraire* 截然相反,*Gide*(*Le rêve de*)纪德(之梦),*Invisible et Innommée* 隐形者和匿名女,*Papillon* 蝴蝶,*Vertèbres*(*du front*)(前额的)骨突

(普鲁斯特作品的)擦除者(Effaceur[de Proust])

热雷米·贝内坎(Jérémie Bennequin)是一位三十岁的概念艺术家,多年来一直致力于一项令他着迷的荒谬的任务:每天,他都用橡皮的蓝色那边擦去一页《追忆似水年华》。当专注于当代艺术的杂志就此事提问他时,他明确地指出,其实他非常珍惜地地保留了擦除过程中所产生的所有残留物(橡皮碎屑,擦除后的空白纸张,隐迹纸本等等),而外行人很难理解他的这一行为的形而上的意义。

透过这种反叛行为,艺术家本人究竟想要证明什么呢? 他其实想表达:这个时代只注重影像,而抹除了事物的意义;而且,逝去的时间永远不再。

贝内坎一旦擦去了一页,就会把它再回收再利用,重新大胆地拼成一幅新的作品,有些艺术品店的人还非常喜欢。新作品摆装在一个题为《Ommage》(既不是致敬[Hommage],也不是涂树胶[Gommage]……)的小展架下。他还补充说:"我做这件艺术品可以证明:一部文字作品可以变成视觉艺术,而一个视觉图像也是一部文字作品。"而在这方面,其实马塞尔可谓比贝内坎还要早的先驱,他早已经在马丁维尔的三座钟楼前实践过了。这位先锋派的

艺术家选取这部作品来展示他的艺术概念,这一选择本身也揭示出一个事实:普鲁斯特迷的广泛性是无法预见的,其崇拜者遍及各个领域。去浏览一下这位艺术家的网页(http://jbennequin.canalblog.com),我们会获益良多,也能激发我们的明智之思,解决些许困惑,而他的名字其实也会让我们联想到圣经中的先知(耶利米),这位先知就以悲愤而闻名①。

→*Matrice*(*Baiser de la*) 子宫之吻

利己主义(Égoïsmes)

《追忆似水年华》中有两类利己主义者:绝对主义者和享乐主义者。前者否定一切阻碍他们欲望的东西,后者设法满足欲望,甚至享受欲望。

当德·锡利斯特拉亲王夫人(princesse de Silistrie)告诉盖尔芒特公爵他的表兄弟阿玛尼昂·德·奥斯蒙(Amaniend' Osmond)的健康状况突然恶化时,公爵却对他的这位亲戚表现出了惊人的乐观态度,认为他不会有事。这样一种没有任何依据的乐观态度并非出于关切之情(公爵才不在乎),然而,他反而害怕听到他的死讯,因为那会害得他无法参加晚宴,尤其是在晚宴的化装舞会上,"他要穿路易十一的服装,而公爵夫人将要装扮成伊萨波·德·巴伐利亚王后(Isabeau de Bavière),他们的服装都已经准备就绪了。"换句话说,阿玛尼昂随时都可以死,但别在今晚,或者考虑周到点,等到第二天再告诉他死讯也可以。他把所有的仆人都支开了,因为他害怕其中有人会过于热心地跑来通报那病危的表兄弟的情况。就这样,公爵成功地躲过了所有可能会来通知他死

---

① 耶利米是犹大国灭国前最黑暗的一位先知,他被称为"流泪的先知",早已预见到了犹大国在远离上帝后的悲惨命运,但却无力改变。

讯的人,就好像成功地躲过一劫。可是,他就差几米的路就要走到载他奔赴舞会的车上了,就在这时,不幸地,他恰巧碰上了德·普拉萨克夫人(Mmede Plassac)和德·特雷斯姆夫人(Mmede Tresmes),她们很乐意地告诉公爵:"可怜的阿玛尼昂"刚刚病逝了。公爵就像是一个越狱者,突然在监狱门口被狱卒逮了个正着,他本来是心意已决要去赴宴玩乐,但在那时,他却临场发挥地感叹说:"他病逝啦!哦不,太夸张了吧,这不可能的!"他这样说,很显然是为了暂缓一下,给自己一个过渡。

此外,维尔德兰夫人也是这种类型的人,当萨尼埃特(Saniette)不合时宜地告诉了她舍尔巴多夫公主去世的消息时,晚宴才刚刚开始,她对可怜的萨尼埃特说:"您总是夸大其词,不可能的。"在利己主义的驱使之下,连死亡也要去迎合一点点微不足道的享乐,这种利己主义超越了社会阶层:无论"我"是公爵还是普通的资产阶级,利己主义都比"我"更强悍。它越是斤斤计较,就越强大。

最后,卢克莱修认为"当大海被风吹得激荡起来的时候,在岸上看着别人的不幸,反而会感觉很惬意。"维尔德兰夫人也是如此,她一边把香甜美味的羊角面包放进牛奶咖啡中,一边饶有兴趣地欢快地看着报纸上关于卢西塔尼亚号海难的报道。她还叫着:"多可怕呀!这简直比最可怕的悲剧还要可怕。"其实,她很乐意为自己的快乐再添一点悲剧的点缀,她处在悲剧之外,而这种距离让她感受不到任何痛苦,但悲剧的严重程度为她享受羊角面包的愉悦又增加了痛苦的名目,但她却不在其中,从而免于承受这种悲剧的痛苦,所以,这仍然算是一种很好的调味剂。

"自我"具有惊人的细微之力,无孔不入,能够将"我"渗透入任何东西之中,可将鼻尖体展得如已知领地般远大①,无论怎样,这都是符合逻辑的:逻辑总是为根深蒂固的自我特权辩护,意识

---

① "鼻子的尽头"与"已知领地的尽头"形成鲜明对比。

也始终将自我特权列入思虑的范围,因为思虑也源于意识。我们对此或享受或反感,这都符合理性,正如休谟在《人性论》中所说的:"宁愿世界毁灭也不想让自己的小手指受伤,这与理性并不冲突。"

→*Croissants* 羊角面包,*Souliers*(*noirs ou rouges*)皮鞋(黑色或者红色)

电(Électricité)

电就如同奢侈品。那些无视它的人其实都离不开它。对于附庸高雅之人来说,也同样如此,他们往往号称最朴实无华的陋室和最富丽堂皇的豪宅是一样的(尽管他们他们更喜欢后者,而不是前者),而电出现后的这二十年也激发了煤炭商和夜间工作者的怀旧之心。但是,偶然地,如果"我们的客厅没电了,那我们就要用煤油灯来代替了",这都会让人觉得很不方便。自从发明了电以来,历史进程就发展得太快了,一切也因此而消逝不再——这既引人抱怨,又让人享受其中。在奢侈的享受便利之余,还有一点怀旧的遗憾之趣。

但是,对于《追忆似水年华》的叙述者来说,电令他着迷的真正原因(现代性自带神秘的这一标准)在于其变化的潜力。电是人造的,它闪闪发光、明亮灿烂,但很奇怪的是,电从来没有被用来描述如电般的一见钟情。但其实,失望与爱情如影随形,失望令热情之火突然熄灭之,就跟断电一样。在《追忆似水年华》中,奥黛特其实是一个由情人供养的女人,斯万"无法去深入地想这个问题,因为他的头脑懒于去思考了,这在他身上曾是一种先天的、间歇的特性,此刻来得恰到好处,正好熄灭了他头脑中所有的光,而之后,也就像是:当我们已经在房间里到处都布置好了明亮的灯光,我们能突然之间把这里的电全切断"。

因为电只出现在一些能表现它的现象(如雷电、炎热或亮光等现象)中，它绝妙地展现出了感情的变化，以及痛苦向精神方向的转化。在这方面，它的天赋依靠的是"反射的能力"，而不是被反射物的"固有特性"："想要用电灯加热液体，所需要的并不是最亮的灯，而是一盏这样的灯：其电流不再闪亮，而是被改变功能，不是发光，而是发热。想要在微风中散步，并不必拥有动力最强劲的汽车，而是需要这样的一辆车：它不再奔驰于地面，而是以垂直路线去截断原来的路线，能够以上升之力改变其水平速度。同样地，创作出了伟大作品的人并非那些生活在最精致的环境中的人，而是那些拥有将自己变成一面镜子的能力的人，他们能够突然之间不再为自己而活。这样一来，他们的生活就由此被反射，他们原本的生活是那么平庸，以至于它能够——按照社交界的习惯，或者理智地来讲——被反射在其作品中。由此，我们就能理解，为什么在叙述者眼中，电工"属于真正的贵族之列"了。而在他看来，"真正的无知者"是上流社会的人。

最后，电是快速而过的一个中间阶段，它只是通往再现的一个阶段，"人类的语言也是如此，语言通过电话被转换为电，然后再转换为语言让人听到"。电的速度虽然很快，但它永远都不可能比光速还快，因此，这就意味着它比情感要慢："在一秒钟之内，绕地球最多圈的力量，不是电，而是痛苦。"

→*Déception* 失望，*Métempsycose* 灵魂转世，*Téléphone* 电话

"她(它)恰似我的生活"(«Elle ressemblait à ma vie»)

"恰似我的生活"，也就是靠不住，让人失望。

这句话在《追忆似水年华》中出现了三次，每次都是用来总结失败的。

它第一次出现，是在奥黛特的客厅，当时奥黛特正在为叙述者

演奏"凡德伊奏鸣曲,其中有一小段乐章,斯万特别喜欢"。然而,因为他试图要弄明白他所听到的音乐,因为他一边听着还一边看着曲谱,他最喜欢的其实是奏鸣曲最不起眼的部分和最出色的部分。"奏鸣曲最惊艳的部分经常被练习,因此,感性已经无法抓住它了①",但是,当这最惊艳的部分再次响起、引人思考时,"跟起初非常喜欢的感觉不同的是,它已经开始逃离他的感知,他听着都没什么感觉了"。换言之,"为了能够在接下来的时间里逐步地喜欢奏鸣曲所带给我的一切,我从来不会去精通它,不去彻底掌握它:它恰似生活"。

第二次是在德·维尔巴里西斯侯爵夫人的车上,当三棵树出现在小巷的入口处时,便构成了一幅画。在发现这处景色的时候,叙述者突然有种似曾相识的感觉:"很快到达了一个道路交叉口,车辆疾驰而过。它载着我远离了我眼中唯一真实的东西,远离了那让我真正快乐的东西,它恰似我的生活。"

最后,在阿尔贝蒂娜去世后,当绝望的叙述者开始相信灵魂不朽的时候,就像是我们突然要临时蹩脚地招架应对突发状况,而当时又无计可施,之后就全身投入到囫囵吞枣的阅读中,疯狂地阅读那些被放在角落里的书桌上的书②,最终,只能从天堂处苛求:他"以及他的身体"能够在彼世与自己的爱人重聚,就好像"永恒恰似生活"③。

永恒指的是时间机械性地接续着,这样一来,我们就无法品味时间整体(即连续性)的旋律,四轮马车的一段路程并没有足够的时间让他深刻体会那种感觉:他从未见过的事物重现在他面前,或者(身体)存在的不可能性,以及拥有永恒生命的不可能性。在以

---

① 开始变得没有感觉了。
② 以此来寻求应对之策。
③ 所谓的"永恒"究竟是什么状态?其实它就像现实生活一样的,都能跟爱人身心一处,自在生活。

上这三种情况下,"生活"(在这种表述中)等同于冷漠,冷漠与我的欲望交错,并与之对抗,但不听它抱怨。

→Déception 失望, Déjà-vu 似曾相识, Phrase (la petite)(那一小段)乐章

埃尔斯蒂尔(或上帝的七天)(Elstir [ou les sept jours de Dieu])

《追忆似水年华》一书涉及信仰、教士、犹太民族、神话、杰出的绘画、被诅咒的城市和钟楼形状风格的问题……但上帝本身起初也只是说给孩子听的一个神,一种想法,一种表述,一种多变的"善良的上帝",一种突现的"我的上帝"——这是在乡村谈话和沙龙惊叹句中必然会出现的平淡无奇的表述(比如,"我的上帝呀,仆人们是多么愚蠢啊!")。

然后,在第一天,那就像是一个启示:叙述者应埃尔斯蒂尔的邀请和外祖母的要求,极不情愿地去拜访画家,还一边咒骂着这次拜访,因为这让他没办法去沙丘转角处窥探那些年轻少女们。然而,当他跨入画室之后,在他眼中,埃尔斯蒂尔的画室突然"犹如世界上的一种进行崭新创作的实验室",在这里,"创作者正在用他手中的画笔去完成落日的景象"。这样,落日的光辉就此诞生了。

贝戈特是一位没落之父,凡德伊死后才可谓一位泰坦神。埃尔斯蒂尔则是一位鲜活的神。他是一个没有任何信仰的神,他进行创作就如同他存在着一样,都具有必然性。叙述者在他明暗相间的画室中徘徊,"在叙述者的请求之下",他继续画着。

第二天,埃尔斯蒂尔所画的阳光不是那么耀眼,而只是让影子和黑暗更清晰了。这一切都像极了凡德伊的音乐,那坚定而非安慰性的音符最后并不会赶走阴郁黑暗的想法,反而是助长这些想法,邀来共享静止之舞和寂静之歌。柏拉图的《蒂迈欧篇》正是"以

所有的所有构建了那个唯一的、完美的、衰老和疾病都无法触及的所有",而普鲁斯特的上帝组建、重整宇宙,而不是突然间就让它从无到有。他不是将一种强烈的感觉缩减为客观的物体,而是更想要呈现感受本身,"直至感受的深处"。尽管埃尔斯蒂尔的画展现了一种完整艺术对感受——能准确地创造出它所体现的东西——的调节作用,但他(Elsitr 也就是没有了"h"和"w"的惠斯勒[Whistler]①)是在呈现世界原本的样子,剥除人为所加的滤镜——旨在赋予世界人的面貌,如此一来,人才能忍受在这样的世界上生活。在他毫无怜悯的画笔之下,在他非真实的神秘的画作之中,宇宙逐渐从拟人论中被释放出来,而这种论调其实是根据我们人类自己的缺失来评判实在:"(单独从画面中抽出来的)②那位年轻人的上衣和飞溅的海浪,它们继续存在着,尽管缺失了那些被视为构成它们的必要元素③,海浪不再溅湿别处,上衣不再穿在人身,但它们也因此获得了全新的价值。"

然而,在第三天,埃尔斯蒂尔并没有按照事物原本的样子去呈现,而是按照我们的第一感受所建构的视觉上的错觉来画。这样更好:正是"通过重新追溯感受的根源",画家才选择"透过这个'他者'来展现所画之物本身,而该'他者'也就是那一刹那我们对它的第一感觉。"埃尔斯蒂尔并不去创造什么,而是将世界与人剥离开,因为人"就像是陷入变质混合剂中的金属一样",已经慢慢地失去了自身的优势和缺陷——只为那亘古不变的清晨和顽固不化的天真。

第四天,埃尔斯蒂尔为事物命名。"如果说上帝创造了万物,并为它们命名,那么,埃尔斯蒂尔则除去它们的名讳,再赋予它们他自己重新创造的名讳。"然而,名讳和事物的界限都源于需求,因

---

① 惠斯勒(James Abbott McNeil Whistler,1834—1903),美国画家,1855 年去巴黎,1859 年定居英国。
② 括号部分为译者所加。
③ 指的是原画中被海浪溅湿的周围,以及穿着上衣的年轻人。

为需要以此来适应世界,"这些都符合理智的概念,而与我们真正的感受无关"。命名者埃尔斯蒂尔教导我们:从韦罗内塞(Véronèse)到滑冰场,"处处内涵丰富,也处处充满危险",我们可以"在一个肥皂广告中有很多新奇的发现,就像是在帕斯卡(Pascal)的《思想录》(Les Pensées)中会发现许多奇思妙想一样",因为"没有任何建筑风格可言的医院,不是哥特风,也不是谁的杰作,但它值得拥有一扇恢宏的大门"。并不是出于盲目崇拜当下的现在,所以才喜欢现代性,而是因为现代性中蕴藏着同辉煌的过去——通过回忆储存珍宝——一样多的珍宝。应该杜绝以下情况:过去自认为美丽绝伦,后无来者;现在自以为绝对创新,前无古人。(有待克服的)错觉会认为:我们的经验是毫无先例、前无古人的(要注意的是,在本段中,也正是这位伟大的命名者向叙述者引介了阿尔贝蒂娜·西莫内,第一次说出了她的名讳。这开启了诸多可以探讨的视角,也提出了很多问题,我们在这里就不再赘述了)。当然,这一切都饶有趣味……但是,还有一种实物的美,它吸引着埃尔斯蒂尔,令他钟情于某个教堂或者某个人的脸,有时会让他处于自我矛盾的状态。"我并不如埃尔斯蒂尔般喜欢这座教堂,在阳光照射下的教堂大门突然出现在我眼前,让我觉得不太舒服,我之所以走下去看了一下,只不过是为了讨阿尔贝蒂娜欢喜而已。然而,我发现这位印象派大师跟他自己也会自相矛盾;为什么这种钟情于实体建筑价值的拜物主义却没有考虑到教堂在日落黄昏时的变化呢?"

第五天,在将世界还原为纯朴的面貌——也就是世界本来的样子——之后,埃尔斯蒂尔消除了想象的不连续性和局部断续的跃动:就像是罗斯科[①]的画,它们描绘的是那种难以觉察的过渡,虽不显眼,但从一种状态到另外一种状态的转换却非常精彩震撼,

---

① 马克·罗斯科(Mark Rothko,1903—1970),美国抽象派画家,其艺术特征从现实主义到表现主义和超现实主义,最终形成了抽象的色域绘画风格。

在埃尔斯蒂尔无形的画作中,大地与海洋之间的分界线就是回归个体的第一个牺牲品。在这包容的画笔——这条小尾巴、一绺塞在笔管里的细毛——之下,我们也被还原,返璞归真,重返在功利性命名之前的纯真,重返世界未有人的性情的初始状态:世界的存在不是为了让我们开心,而是为了让我们惊叹。在这一原初世界中,客观物体要重新成为被看见之物,就要等待着被重置于一个不属于它们的环境,并能以让我们赞叹不已,就像在这幅画中,画的是卡尔克蒂伊(Carquethuit)港口,在那里,城市给人的感觉像是漂在海上一样,教堂也像是"从水中耸立而出",而船只和桅杆却有一种奇怪的在陆地上的感觉。

第六天,这位上流社会的奥维德①的"爱的艺术"一下子上升到了其作品的高度:埃尔斯蒂尔净化世界,埃尔斯蒂尔消除现实的重要性,让现实变得中立,他让主人公摆脱了在光鲜的梦想和之后伤感的现实中进退两难的窘境。当叙述者说起自己曾在巴尔贝克教堂面前感到很失望时,他也正是这样去教育叙述者的,希望他能凭借自己的博学摆脱这种失望感:

"怎么?您对这个门廊感到失望吗?但这是民众从未读到过的最美的圣经故事啊。看这圣母像和下面那些叙述她生平的雕刻,那是对圣母玛利亚的崇敬和歌颂的长诗,是对此最温润、最受启迪的描绘,此后的中世纪也展现出了崇拜圣母这一点。(……)天使将圣母的灵魂和肉体融合升入天国;在圣母与伊丽莎白相遇的时候,伊丽莎白通过触碰玛丽亚乳房的那一动作,惊讶地感到她的乳房胀满;在没有亲手摸到之前,那包裹着的手臂的接生婆怎么也不肯相信圣母的无玷受孕;圣母为了向圣徒多马证明她已经复活,便向他掷去腰带;还有圣母从自己胸前扯下一块纱布,用来遮盖自己儿子赤裸的身体——在其子的一侧,是教会在收集鲜血,那

---

① 古罗马诗人,著有《爱的艺术》、《爱情三论》、《变形记》等。

是圣体圣事的饮料；而另一侧，则是结束了统治的犹太教堂的拟人像，她蒙着双眼，手里握着几乎被折断的权杖，王冠也从头上滑落，任凭前任之王的铭文卷轴从手中滑落；在最后审判的时刻，丈夫帮助自己年轻的妻子从坟墓中走出来，将她的手按在她自己的胸口上，想让她安心，并证明她的心脏确实又跳动了起来，这个主意是不是很厉害、也很恰当呢？"

上帝很清楚是否需要聪慧和博学才能够在现实面前摆脱所有理性和学究的概念……这位视角明确的教育家所具备的学识不包含任何冷淡无情的知识，叙述者把这种冷淡无情的知识视为"对我们自身生活的一种逃脱"，但只出现在这种人身上：他能自得其乐，把这种知识当作重返纯朴视角的一种不合常理的条件，或者看作是敏感对想象的替代。

第七天，通过这些创造性的切除手法，最后就剩下一个毫无虚伪做作的清纯世界。一幅画。

这也是自视为梦境的现实的另一个名称。

→ *Asperge* 芦笋，*Asperge*(*bis*) 芦笋（2），*Dieu* 上帝

孩子(Enfants)

如果除去叙述者和吉尔贝特，《追忆似水年华》中就没有孩子了，尽管书中有大量的动物暗喻，但几乎没有家畜——因此，我们能从中感受到礼貌谦恭和安宁平静的气息。

如果有孩子，那么他们至少应该是独一无二的：即使是普鲁斯特的弟弟，虽然备受宠爱和尊敬，但仍被隐没了；弗朗索瓦兹的确有个女儿，但关于她，我们知之甚少，但是，这位忠实的女仆难道不是叙述者的第二位母亲吗？至于吉尔贝特，她也是一位母亲，普鲁斯特对她女儿的描述如下："我觉得她非常漂亮，仍满怀希望。她很爱笑，在我身上逝去的那些岁月也同样塑造着她，她看起来极似

年轻时的我。"我们发现了这个无辜的吸血鬼般的生物——因为正如所有的孩子一样,她难道不正是依靠我们所失之物的滋养才能长大吗?在《重现的时光》末尾,她已然长大成人,再加上普鲁斯特自己在年代方面本来就有点糊涂,所以就以为她的年龄更大,把她看成了自己的母亲。

另外,盖尔芒特公爵和公爵夫人并没有任何正式的子嗣,这一点也通过公爵所言得到了解释。当斯万要把那张马耳他(骑士团)钱币的大照片送给奥丽阿娜的时候,盖尔芒特公爵对她说:"如果把照片放在您的房间,那我可能就永远看不到它";以下家族也没有更多的子嗣:夏吕斯家(当然)、帕尔马公主(princesse de Parme)、维尔迪兰家族、戈达尔家族、邦当家族(阿尔贝蒂娜只是他们的外甥女)、诺布瓦、贝戈特、布里肖、埃尔斯蒂尔……而凡德伊呢,据说不是有一个"女儿"吗?也就是亵渎神的凡德伊小姐吧?当然啦,但是,凡德伊更像说是他的奏鸣曲、七重奏的父亲,他只是在死后才真正出现在小说中,正是因为他去世了,埃马纽埃尔·贝勒在这种特别情况下才滑稽地指出:更应该说是凡德伊小姐有一个父亲①。

这之后,我们也会惊讶地发现:普鲁斯特笔下的人物生活在一个无需生孩子的世界(《追忆似水年华》中有很多医生,但没有一个是妇科医生),他们都不需要生子繁衍。他们整日忙于自己的野心、舞会、就餐计划和上流社会的生存法则,这一些都着实展现着不育的原因,不育能让他们免于忍受丧子之痛,除了圣卢的母亲马尔桑特夫人(Mme de Marsantes)那种特例。但圣卢在去世后也一直出现在小说里,他仍然活在小说中,而他的母亲死了便是真的死了,后面完全未再出现。似乎是生了圣卢这一行为令她无法继续在小说中存活。需要思考的一个问题是:普鲁斯特笔下的人物在

---

① 而不适合说:凡德伊先生有一个女儿。

婚后是否还继续做爱。事实上,这无法确定……但无论怎样,一旦情侣们结婚了,我们就再也听不到他们谈论性欲了。这样更好,性欲已经消失了,我们只能在鳏夫、寡妇或再婚者那里才能重新找到它。

→*Baiser*(*du soir*) 夜晚之吻,*Bestiaire* 物图集,*Frère* 弟弟,*Lanterne magique* 神奇的灯塔

葬礼(Enterrement)

比利时法语作家帕特里克·若盖(Patrick Roegiers)的优美小说《世界之夜》,为普鲁斯特的葬礼,提供了一个虽则辉煌虚构,但私人公道的版本。他抛却一切现实,只恪守那些理应发生之事,随即便唤来一群喧哗吵闹的"大作家",年代时序混编,若只举几个最出名的,我们能注意到莎士比亚、但丁、歌德或塞万提斯等人的存在。热内、贝克特、庞德也与会到场。一些人讥消取乐,另一些人认出彼此,兴高采烈,最年迈的故人则宁愿遵守某种沉默无言的死板僵硬——不过所有人都不远千里,从他们的虚空死亡中赶来,给一位应当入队的年轻逝者,表彰授荣。

卡司很妙,提及了莫里哀,其近乎普鲁斯特风格的《无病呻吟》,足以在队列中占据个一等列位;契诃夫也在那儿,以医生身份出席,同样位置上佳;还有加缪,大家偶尔会忘记,为了创作《鼠疫》,他从阿德里安·普鲁斯特(Adrien Proust)的卫生学作品吸收良多;乔伊斯——这场集会里少有的在世者之——因为看不真切,隐约有点蹒跚的样子:他过来不就只是为了,在曼捷斯蒂(Majestic)①,和普鲁斯特重新开始不到一年前的闲话清谈吗?最后留意到塞利纳,他尽管厌恶马塞尔,但诡异得很,他还是移驾到场——

---

① 巴黎一酒店。

大概若盖(Roegiers)逼他参加这个巴洛克仪式,他以此制裁马塞尔。其实,乔治·西默农是唯一缺席的伟大作家——这倒令莫里斯·梅特林克和亨利·米修挺满意,作为基埃夫兰另一边①文学,共同且唯一的代表,他俩深以为荣。确实,西默农从头至尾,从未在他庞大壮阔的作品里提过《追忆似水年华》,而普鲁斯特更没提过他——不过至少普鲁斯特可以托辞没有时间……这种对称的不在乎也许预示着,这两位创作规模迥异的艺术家在来世,不必比此世更多交谈。

其实普鲁斯特的葬礼没那么巴洛克。

魂归西天前几周,某《不妥协者报》(*L'Intransigeant*)记者向几位名流绅士,抛出了那个经典问题:"如果明天就是世界末日,你会干什么?"

"我相信生活会突然显得美妙迷人",马塞尔对他说。"想一想确有多少计划、旅行、爱情、学习,我们的生活把这些解体消亡,而我们的懒惰因对未来确信无疑,故对其视而不见,不停使之延宕。一旦这一切恐怕永远不可能了,它们就会重新变美……不过我们不必需索灾难,以热爱今日的生活。想到今晚死亡将至,就够了。"

十一月二十一日,星期二,死后三天,举行了他的非虚构葬礼。死者五十一岁——如同莫里哀和巴尔扎克。根据世俗惯例,在圣皮埃尔德夏尤小教堂内,人们演奏拉威尔(《帕凡舞曲》),堂内挤满了公爵、院士、青年和赛马会成员。某个居心不良的专栏编辑透露,里面几乎不见作家,而是些往昔的至交亲友(雷纳尔多、玛丽·穆拉王妃、莱昂·都德、穆瓦男爵,和某位类似那个"高尚犹太区的俄罗斯人和日渐衰老的高大巴黎男同性恋者"之徒,据专栏作家讲,此人的"粉底、涂了油的指甲和那猎人般四处打量的目光"在亲友中超群出众)。神甫德鲁弗发表葬礼演说后,巴雷斯对莫里亚克

---

① 指比利时。

窃窃细语:"我一直相信他是犹太人,小马塞尔……"

送葬队伍中午上路了。经过布瓦西—丹格拉斯街时,科克托和他的剧团,在"屋顶上的牛"驻足一阵,酒馆用了些薄饼招待,随后他们扑跳上一辆出租,为了赶超正向拉雪兹神父公墓前进的队列。

见到人群里,被普鲁斯特以编写自己人物为目的而借用过目光、派头、怪癖、缺点的所有家伙们真切到场。

沿着拉雪兹神父公墓的大路,队伍朝着85号区行进时,绕过了一个墓,是纪念某位在战斗中死去的年轻飞行员。眨眼从现实来到虚构故事:这个飞行员叫阿尔贝。我们是不是宁愿他叫阿尔弗雷德? 可是,在阿尔贝和阿尔贝蒂娜之间……

→Agostinelli(Alfred)阿尔弗雷德·阿格斯蒂内利,Camus(Albert)阿尔贝·加缪,Céline(Louis-Ferdinand)路易-费迪南·塞利纳,CQFD(Ceux qui franchement détestent)表示厌恶的反对派,Joyce(James)詹姆斯·乔伊斯

以斯帖(Esther)

奥斯曼大街102号餐厅的墙上,有一幅令人不安的画,监视着普鲁斯特家的每一餐:《以斯帖的婚礼》(*Noces d'Esther*)。此画出自弗拉芒画派名家、专擅小画幅的画家弗兰肯二世①。画面符合圣经故事,幼小的犹太未婚妻,向波斯王亚哈随鲁走去,而不忠之臣哈曼的血红色伟岸身躯,正注视着这场即将封存他失败的仪式。

这则了不起的故事适宜遐想:爱着以斯帖的亚哈随鲁,不知她属于以色列族;他想娶她,揭露她真实的身份,屈服于她的请愿书,解放她的人民;得势的哈曼,反对两者结合,他希望消灭叛乱人民,但他不

---

① 弗兰肯二世(Frans Francken II,又名François Francken le Jeune),16—17世纪弗拉芒画派画家。

得不在全能的君主面前让步,不久后者将牺牲他,为自己报仇……

三十多年,普鲁斯特生活在这幅画周围,就在他面前,他却视若无睹——就像那些俗套的物体,恒久组成了那个见证您出生长大的装饰背景。父母死后,他得和罗伯特分配他们的家具,马塞尔坚持要保管此画,并把它悬挂在他的前厅里。同时,以斯帖主题不断与他共鸣,并蔓延伸展出某种广度和强度,成为《追忆似水年华》基本的定位线索之一。

首先,以斯帖可能就是让娜·普鲁斯特本人:她是犹太人,丈夫不是;在家庭舞台配景法中,阿德里安·普鲁斯特医生,配着他那"皇家权杖",扮演亚哈随鲁十分得宜。她还教育她的"小狼仔",要尊崇拉辛的这部剧作,它常为他们滔滔不绝的谈话提供娱乐兴味:亚哈随鲁禁止任何人,未经传唤来到他的宫殿,违者以斩首论处("以斯帖,竟然是你?为什么!并没有等你啊?"),而在普鲁斯特笔下,由此便产生了一些知书识典和文字加密的情景,尤其当"妈妈"在刚出生的小亚哈随鲁房前敲门时,(她也叫他"小笨蛋"),他这样接待:

无吾令,人竟越行于斯!
何许厚颜无耻、就木之厮之寻亡乎?

"小笨蛋"和他的妈妈彼此玩得高兴,因为有俄狄浦斯情结的儿童不乐意取代父亲的位置——这不正是这个娱乐活动的目的吗?——也乐意允诺那不属于他的另一半。

不过虽然以斯帖的主题,能灵活地涵盖整体的普鲁斯特编剧艺术,但并不止于此:它迁移、变位、丰满,从父母过渡到盖尔芒特夫妇,后者借由一幅挂在贡布雷教堂的挂毯,表现的是以斯帖的加冕——毯面上亚哈随鲁成为法兰西国王,以斯帖则是高门贵妇、一个"香滑细软"的奥丽娅娜,其魅力将取代珍娜·普鲁斯特——之后就又回到拉辛了……

其实1689年,拉辛首次在圣西尔的宿舍上演该剧时,他把男性的角色,托付给了年轻姑娘,而这个先例只会使将来创作《追忆似水年华》的作者困惑烦恼:女人能被当成男人?那么,为何不把例如阿戈斯蒂内利的角色,托付给阿尔贝蒂娜呢?

→*Baiser*(*du soir*)夜晚之吻,*Freud*(*Sigmund*)西格蒙德·弗洛伊德,*Perse*波斯

词源(Étymologie)

马塞尔爱字词,他听辨诊断、仔细品尝,把它们摆在耳边,像贝壳一样,聆听或幻想那制造它们的时间海的声音。由此便有了一个贯穿《追忆似水年华》"词源"的庞大主题,且产生了诸多博学、有趣、迷人或学究式的变化——从不甘拜下风的科克托,甚至在这些专名的"吞吐支吾、游移往复"里,见到一个黔驴技穷的普鲁斯特的佐证。

引诱马塞尔的是克拉底鲁主义——在词与物之间建立一种必然的关系,曾经他对着姓氏和地名的意象想入非非,但和所有心灰意冷之人一样,最终归顺了赫漠根尼的教义——即能指独立于所指。在这个缓慢的祛魅破识过程中,词源是无法回避的一个阶段。依靠词源,理性和智力将清空挫败梦幻的宫殿。一如过往当(他请求的)幻灭降服(他享受的)幻象后,普鲁斯特伤心起来。可是说到底,哪件事他不会伤心难过?

关于这一点,需要明确指出,热拉尔·热奈特和安托瓦纳·贡巴尼翁辩护的论点相反:对前者来说,词源学揭穿原形,并促进对叙述者的清晰理解;对后者来说,该学问为"名"招致了全新剂量的的语义奥秘及浓度。我们要坚决避免对这两位的出色论点做一刀切式的武断评判。

《追忆似水年华》里有两位公认的"词源家":贡布雷的神甫和

布里肖教授——后者的原型且几乎同名之人,是确实存在的维克托·布罗夏德,索邦的古代文明教授。他俩一整个好为人师,细心翻弄专名的腐殖土,留心使之祛魅,展示其本来面目,可谓一项长久的历时性工作……在他俩的言语里,普鲁斯特倾注了其从基舍拉(Quicherat)和科舍里(Cocheris)的课本里自学汲取的一切知识,而他们给予叙述者或某阿尔贝蒂娜的"讲解"——这两位的语言学好奇心也总是令人惊讶——则回响在巴尔贝克的小火车里或拉斯普利埃的晚宴上。

因为迂腐的布里肖——多亏他?——叙述者会时常感到失望:所以装点诺曼底地区词尾的迷人之"花"(翁弗洛尔、巴弗洛尔、阿弗洛尔、菲克弗洛尔……),为其真正的原型牺牲:即"峡湾"(fjord),意为"海港"。而讨人喜欢的"牛"(比如,布里克伯夫中的"牛"),也经受了同样的幻灭处理,在布里肖的致命招数下,它就变成了仅仅是来自诺曼底方言的"budh",意为"窝棚"。名词因此"失去了一半的神秘,而词源学以推理取代神秘……"①。

其实,在《名之纪》这番正本清源,就像爱情中的失望苦楚,是到达《重现的时光》终极启示的必要阶段。但请注意普鲁斯特本人明确说过(虽然我们业余,但为了进入安托瓦纳·贡巴尼翁在《布里肖:词源和寓意》一书中探索的方向),虽然知识撩开了名之奥秘,但它们只被"消除了一半"。

→*Anagrammes* 改变字母原有位置所构成的词,*Déception* 失望,*Onomastique* 专名学(人名研究)

圣餐(Eucharistie)

让我们回到(随后会再返回)"小玛德莱娜"那女性化、糕点味、

---

① 译文引自《追忆似水年华》(第四卷),[法]马塞尔·普鲁斯特著,许钧、杨松河译,译林出版社,2012年6月。略作修改。

宗教感的气氛中——其中配着马塞尔·普鲁斯特的首字母大写倒写(其工作手册可佐证)——就大主题而论:有情欲感官的风味,即叙述者放入他嘴中的那块饼干产生的;有那按照"开口的圣雅克扇贝壳瓣的模子做的"形状;有通过名字和上述"贝壳"对玛丽·玛德莱娜的女性借喻,她就是朝圣者在圣雅各-德-孔波斯特拉之路途中,路过韦兹莱①崇拜的忏悔罪妇;还有这块带来永生、战胜时间和复活感觉的饼干——更因为救世主战胜死亡后,见证他现身的是玛丽·玛德莱娜。所以在此以穷举的方法,集中了所有构成普鲁斯特的圣餐要素:圣饼、信仰、尽管世俗但纯粹的救恩体验。不过没一丁点基督。而是马塞尔式的对应物:被神化的母亲(仿效一片"壳瓣"[valve]做成的——如何能没听到"外阴"[vulve]呢?)。特别的是,这段重现的时光,庄严端坐如尊荣上帝,令失去的时光仓皇溃散。

在一份1980年的研究《干面包片和玛德莱娜》里,马克·A·维纳(Marc A. Weiner)大胆地将此种圣餐,同1859年5月9日瓦格纳写给玛蒂尔德·魏森冬克(Mathilda Wesendonck)的信做了比较:当时瓦格纳正对着《特里斯坦与伊索尔德》第三幕的第一场,徒劳地竭尽心神(普鲁斯特多次援引该剧);瓦格纳写道,玛蒂尔德热情地给他寄了几块干面包片,这些面包干会帮助大师克服"他已深陷整整一周的不利境况"。神迹!"干面包片,浸入奶里,使我重回正道……"瓦格纳嚷道:"干面包片啊,干面包片,您是绝望作曲家的必备药!"这封信的法文翻译稿推定为1905年,普鲁斯特读过吗?如此假设未尝不有趣合理,而且玛德莱娜就是某些工作手册中的……面包干。

普鲁斯特确实是在将瓦格纳面包干变形成玛德莱娜后,才在乔治·桑德的所有乡村小说中选择了《弃儿弗朗沙》(虽然是在草

---

① 一般认为法国国内有四条通往圣雅各-德-孔波斯特拉的朝圣之路,其中一条即韦兹莱路线。

稿和工作手册里)。而这部小说呢,年轻的男主角爱上了他的养母,一位叫……玛德莱娜的磨坊主的妻子。

→*Madeleine*(*Marie*)玛丽·玛德莱娜,*Dix points communs* (*entre Swann et le Narrateur*)(斯万和叙述者之间的)十个共同点,*Sand*(*George*)乔治·桑

奥伊伦堡①诉讼案(Eulenbourg[L'affaire])

必须得想象这样一种德雷福斯案:将偶然与历史编织进奥斯卡·王尔德诉讼案里。就是说:一桩错综复杂、黏连着道德风纪要案的国家大案……对功成名就之人来说,上述的"要案"使德意志好战分子的胜利提前到来,并成为有关"被诅咒的族类"②那普鲁斯特式变体的起点。为了文学的至高荣光,得从泛日耳曼主义视角,转移到同性恋上:这点才更需详细讨论,虽然时至今日,奥伊伦堡案的突变转折已被淡忘,但对 1908 年冬天的马塞尔·普鲁斯特来说,这些波澜并非没有后果——回想一下,当时他正要着手修订《追忆似水年华》的最后一版。

事件如下:菲利普·奥伊伦堡亲王,六个孩子的父亲,年轻时已是"性倒错",但多少不引人注目,和将军库诺·冯·毛奇(Cuno von Moltke)一道鼓吹煽动"密党"(又称卡玛利拉[Camarilla])——这是他们团体的正式名称——反战亲法派,皇帝威廉二世被泛日耳曼主义媒体批评抨击其道德品行时,他们常伴君侧。随后的诽谤诉讼案,一个送奶工的证词,令奥伊伦堡狼狈不堪,1880 年,他们有过违法关系。好玩的细节:送奶工不懂"密党"之

---

① 菲利普·奥伊伦堡(Philipp zu Eulenburg,1847—1921),皇帝威廉二世的好友,同性恋者,因同性恋丑闻而失宠。

② 指同性恋和犹太人群体。

义,以为该词暗示下流淫秽,故在庭上主张,他和亲王经常做"卡拉米拉"(Kramilla)。

在法国,不了解内幕之人,看不清远在天边正露头的危险,为这场丑闻的不幸受害者取了绰号,叫他"奥伊伦布格"(Eulembougre)①;短句"你说德语吗?"成为巴黎性倒错者的轻声口号;大伙自娱自乐,为柏林改名"施普雷河上的所多玛"。

这段插曲,猝不及防地将亲王及其战友,掷入崩溃衰颓,并使好战党派,对正处于巅峰的德意志国家巩固其影响。

普鲁斯特对此案自然很激动,立刻想就此事在《费加罗报》上写一篇文章——罗伯特·德雷福斯用常识打消了他这个念头。但对此牵肠挂肚的普鲁斯特,为《信使报》(Mercure)构思了一则短篇小说,后虽放弃,但终归执拗坚持着:《所多玛和蛾摩拉》的前两章正源自此风波。

→*Homosexualité* 同性恋,*Inversion* 性倒错

---

① Bougre,意为鸡奸者。

(叙述者的)妄自尊大(Fatuité[du Narrateur])

见到《追忆似水年华》的叙述者时时自恋颇有趣。别人称赞他广博的学识,圣卢把他视为天选之人,所有人在他学问的广度或观察的天赋面前都神魂颠倒,以上种种在他看来皆理所当然。在东锡埃时,他在军营过了一夜,他认为那些唯他马首是瞻的军官定会欣喜若狂;他设法受邀去盖尔芒特公爵夫人家做客时——话说这正是他去拜访圣卢的目的,他毫不怀疑单凭一次到场,就能将她引诱,且在石火电光之间。

这种全然心安自信的心理,据我们所知,和普鲁斯特截然相反——他总是深深地怀疑自己。如果需要论据以证实这个叙述者并非普鲁斯特,那恰是这点适合探查寻找。

→*Charlus*(*socratique*)(苏格拉底派的)夏吕斯, *Plantevignes (ou l'autre Marcel)* 普朗特维涅(或另一个马塞尔), *Poignée de main* 握手, *Salaïste* 萨拉主义者

妄自尊大(2)(Fatuité[*bis*])

本词典的另一作者完全不同意上述关于叙述者自大的说法。因为在一段肺腑之言的结尾,考虑另一方的说辞必不可少,所以他打算用几行阐述一下与之对立的论点。

非也。叙述者非妄自尊大之人,相反也。

确实,从窥伺盖尔芒特公爵夫人散步,以便逮着机会向她问候的可笑青少年,到显然更令人艳羡的,盖尔芒特家族的朋友及奥丽娅娜的知己,他地位的改变让人一头雾水。何以,一个对盛大的上流社会交际宴会之邀犹豫不决的食客,最后会成为他不敢接近的神仙中人的心肝宝贝?如果无人知晓答案,那其实是由于叙述者的腼腆节制,而非妄自尊大。他狂妄地描绘从盖尔芒特家族(或军人)那儿收获的嘘寒问暖、关怀照应,而且将其表现得人尽皆知,之所以给人这种感觉,恰恰是小说家的诚恳正派逼他描摹出其进阶升迁,但谦逊的为人又阻止他供出其中的缘由。反之,如若当真"自命不凡",他本该罗列令他博得如此迅捷夺目的晋升中,那些学识和才智方面卓越出众的资质。但这些,他不曾做过。同样对普鲁斯特本人,我们也不会说类似的话,他的谦逊一目了然,但这不妨碍他去筹谋文学成就,他将其当作是自身天才的公道回报。

→*immortel* 不朽

普鲁斯特式拜物教(Fétichisme proustien)

拜物教也是文士骚客的一种自甘堕落,如果不曾在某一日对着以下的念头战栗激动过,那就没有谁能够设想那些感官享乐:拥有洛蒂那奥斯曼王朝式闺房的帷幔、那收集了里尔克最后眼泪的泪瓶,或费尔南多·佩索阿七张身份证中的某一张……

在这个领域，普鲁斯特主义蕴蓄着几乎无穷无尽的矿藏，以至某些矫饰造作之徒，我们不再考虑：这些人展出了"真品"猪皮包覆的手杖，或某片"真品"可靠性并不更低的樟脑棉，这本该用来保护马塞尔那娇弱的喉咙。在这些虔诚的藏品里，有一位人物很显眼：雅克·盖杭（Jacques Guérin, 1902—2000），单他自个儿就是一个传奇。

这位永远衣冠楚楚、风度翩翩的纨绔子弟、让·热内的未来靠山、一贯炫耀着那从不离身的栗子形袖扣，是位富有的香水企业家——多亏他的鼻子，"绒"（«La Finetle»）和"龙涎香"（«L'Ambrée»）两款香水才能驰名世界——直到那日差点因阑尾炎发作而死掉以前，他对《追忆似水年华》及其作者都一无所知。挽救他的那个外科医生叫罗伯特·普鲁斯特。两人成为朋友，屡次到各自的度假地拜访，来往的信件无所不包，是以对盖杭而言，普鲁斯特这个名字和他切身的死而复生，永远相联共存。因为渴望占有救命恩人姓氏的相关纪念物，所以他取得了在巴黎流通的大部分普鲁斯特物品或信件。有人甚至说他每天贪婪地盯着《费加罗报》的讣告专栏，为的是出席某些可能认识马塞尔之人的葬礼，接触他们的亲属，哪怕见到一丁点儿小纸片①或某些由其神圣的拥戴潦草涂鸦的菜单，他都一掷千金。在他的宝库里，有一件质地软塌塌的鸽灰色皮袄，是他最宝贵的纪念物。在他之前，此物曾短暂地属于卢奇诺·维斯康蒂的服装设计师皮耶罗·托西（Piero Tosi）。

得陇望蜀，盖杭网罗到了普鲁斯特房内的家具才最终收手，三次搬家迁居，这些家私随着深居简出的作者东迁西徙——如今我们可以在卡纳瓦雷博物馆里，对着它们屏息沉思。这张边沿镀铜的床、这条陈旧的蓝色绗缝蚕丝被、这张床头柜，上面搁着荣誉军

---

① 普鲁斯特的手稿边沿充斥着大量修改，待空白填满后，他或助理会将新的改动写在小纸片上，并贴至手稿。

团勋章和曾经属于雷纳尔多·哈恩的小玩意儿……凝望这些,动人心弦。

不过留心注意那条蚕丝被:四角中的某个角缺了一段。掌握的情报如下:将遗物捐赠给博物馆前,盖杭亲自割开了被子。据可靠的目击者(本书的其中一位作者)确认,那段东西他从不离身,且极有可能现在仍在他手里,位于他安息的棺柩中,如同一枚护身符或一串念珠。

→*Camera oscura* 暗房, *Chambre 414* 414 房间, *Chapelet* 念珠, *Contemporains*(*du temps perdu*)(已逝时光中的)同代人

警察登记卡(Fiche de police)

历史学家罗朗·穆拉(Laure Murat)发现那张提及马塞尔·普鲁斯特的警方登记卡,是在她考查巴黎市警察厅档案时,在阿尔贝·勒屈齐亚(Albert Le Cuziat)的卷宗里找到的。回忆一下:勒屈齐亚是朱皮安的原型,在拱廊街11号操持一间男妓青楼,即所谓的"马里尼旅店"(hôtel Marigny),普鲁斯特屡次上那儿光顾,以便考察"难以想象之事"。而勒·库齐亚特,起初在一家位于戈多-德-莫华路(rue Godot-de-Mauroy)的院子出道练手,最终在一间位于圣奥古斯丁街的旅店结束他的职业生涯。

话说1918年1月11日至12日的那个夜晚,接到匿名告发者的报警后,警方对马里尼进行了临检,这期间几名顾客在未成年人的陪同下,接受了质询。随后案情报告详细写道:普鲁斯特正在某间等候室里喝着香槟,身旁两位"令人钦佩的英勇刚正人士",一个叫安德烈·布鲁耶(André Brouillet),第408步兵团下士、年方二十,另一个叫莱昂·贝尔内(Léon Pernet),上等兵(成年),他们二人应当是利用休假,在那儿赚点零用钱。"普鲁斯特,马塞尔,46岁,食利者",警察局长唐吉(Tanguy)这般记录在册,在行政公文

里他以散文化的风格,嗟叹痛惜这"精通违背自然、荒淫之道的内行们的聚会"。马塞尔的煎熬不难想见。而《女囚》中的某些与阿尔贝蒂娜年龄相关的段落,将把这痛苦煎熬在文学中推而广之。彼时普鲁斯特并不忧心忡忡,因为根据1863年5月13日颁布的刑法修正案,最低合法性交年龄被定在13岁。

→*Arcade*(11, *rue de l'*)阿尔卡德路(11号), *Le Cuziat* (*Albert*)勒屈齐亚(阿尔贝)

终(Fin)

我们多想听到,这位精疲力竭的普鲁斯特,某一日,当他醒来时能说(就是下午过了半截,那会儿他已经蓄成那种"先知样的大胡须"了):"昨晚发生了件大事,亲爱的塞莱斯特……我写下了'终'……现在,我可以死了……"这是他喝咖啡前,第一次也是最后一次对塞莱斯特说话。

完结? 可能吗? 这真的是好消息吗? 塞莱斯特不信。她一直认为一旦主人"先生"的书完结,他就会死掉。不过马塞尔诡计多端……

因为对他而言,"终"这个字没什么大不了。大教堂的建造者有一天会说,瞧我的大教堂完工了吗? 他们难道不该,一如既往,雕刻一只滴水嘴兽、密切监察一块彩绘玻璃窗、精雕细琢一根过梁吗?

片面地说,的确普鲁斯特完成了《追忆似水年华》的写作。大致上都齐了:大量建构的基础、卷号(虽然……)、人物、英勇无畏的某些片段等等。但相较另一项更无穷尽、多少没完没了、也终将被彻底了结的任务而言,完结实在微不足道。

在这个句号之后,马塞尔可不会收手和他的书做了断:贝戈特、斯万、外祖母、夏吕斯、奥黛特、戈达尔,仍然需要他……这儿一片订正条,那里一段小纸片,增加或删减一个形容词(宁可增加),以上种于是乎没完没了……普鲁斯特明白这点,塞莱斯特同样明白:真正的终结者是死亡。一旦作品完成,也就成了未完成,将不会再有其他作品了。马塞尔,他不得不"通过"某种以增添补充为原料的礼节,为他的"圣经"传递身上留存的基督教能量。经由某种奇怪的圣餐变体论机制(对抗赘肉所产生的终生后遗症),他灌输、增添、不怎么划掉删减、扩充、再扩充……

所以他偏爱那个"砂泥蜂"隐喻,他是在昆虫学家法布尔(Fabre)令人兴奋的书页中见到的:一种古怪的泥蜂,事实上这种开掘足昆虫,以毒液麻痹其猎物(一条毛毛虫、一个叫马塞尔·普鲁斯特的家伙),但又密切监视使其存活,以便在其体内产卵,而幼虫为了自我孵化,需要一个仍然活着的有机体。死亡也一样:是另一种砂泥蜂呢,死亡;它麻痹猎物,使其动弹不得——马塞尔几乎不再下床,不过它会留心,不立刻杀掉猎物,而倾向于安排其恰到好处地死去,为的是让那些初具雏形的小小字词,变成侈丽闳衍之辞,在那个快要咽下最后一口气——但不是下一秒——的作者那尚未枯索的头脑里,生机勃勃。

那么当我们说普鲁斯特写下"终"字时,我们谈论的是何种终结?当他喝咖啡前向塞莱斯特提及它时,又是何种终结?

可怜的塞莱斯特,那日下午过半,也许当真以为"先生"终于要休息了——就是死了,和休息差不太多。塞莱斯特啊她不明白,有时候作家不停地活在临终之际。正是在这些时刻的咫尺之地,那无止境、未完成的作品才能闭合关上——略微地。

福楼拜(居斯塔夫)(Flaubert[Gustave])

马塞尔佩服福楼拜,赞美过他的"语法天赋",模仿他是行家里手,还向他的越界叛逆致敬过——不过马塞尔也从未错失任何机会,令人知晓会意,相较而言,他更爱拉辛或乔治·桑。

说到底他指责福楼拜之处在于:某种形式上的詹森主义、缺少隐喻性的恣意果敢、对朦胧模糊的反感、对风格自由驰骋的拒绝以及由崇高声誉导致的节制审慎也令这位能工巧匠无法触动人心。福楼拜机灵,特别机灵,善于发挥自身优势,不过他不大关心"善",但在真正的作品中,这种善终究应当熠熠发光。

所以普鲁斯特排斥自己身上的福楼拜倾向,原因恰恰就因为他把福楼拜当作现代派的教父——我们还诧异,现代派在"单一体"和"反复体"这些拐弯抹角的手法里如鱼得水。实际上就恰到好处地传达感情而言,以福楼拜的方式运用确指过去时①、不确指过去时②、现在分词、加快时间的"空白间隙"等——话说在《斯万之恋》的结尾处,以及为了追忆似水年华叙述者在疗养院扑朔迷离的暂住生活时,普鲁斯特还两次使用了最尾那个方法——究竟能有多少分量轻重?

至于成体系地使用未完成过去式,这个福楼拜式商标(把直到他之前仍是"过去的动作"变成"印象"),在向其叙事的有效性致敬时,马塞尔有一丝忧郁愁绪:"我承认某些直陈式未完成过去时的用法——这个冷酷无情的时态,给我们呈现的人生,既昙花一现又被动消极,正当其要追踪我们的动作行为时,便以幻象侵扰之,使之在过去就被灭得一干二净,不似完成时那般,留给我们一举一动的慰藉——依然是我难以捉摸的忧郁的无尽根源。如果写作风格只局限于自己驾轻就熟的那些手法,那如何能找回逝去的时间?

但无论如何,福楼拜同普鲁斯特一样是一个"隐士",尽管两人

---

① passé défini,即简单过去时 passé simple。
② passé indéfini,即复合过去时 passé composé。

性情迥异；对艺术宗教般的共同信仰，最终给他们配置上了相似的个性特质：在克鲁瓦塞①的孤寂和和奥斯曼大道或阿姆林街的隐秘，有时，这种存在状态的相似比句法的一致更能说明问题……

→*Bleu et noir* 蓝与黑，*Cliché* 陈词滥调，*Métaphore* 隐喻，*«Trottoir roulant»* "输送带"

花(Fleur)

和所有哮喘患者一样，普鲁斯特厌恶香味，对付起来是躲着防着、打发驱赶——不过这倒反而没碍他对其措辞描绘，刻画入微独一无二。但香味始终是普鲁斯特笔下花的灵魂，现实里花儿不得已销声匿迹，作为补偿，在一部时而形似植物志的作品里，普鲁斯特矫枉过正地把它们召集起来。

据普鲁斯特爱好者的统计清点，《追忆似水年华》里有372种花。在一种果断利落博采众"花"的风格里，这些花儿遍布其中，也常常替那些被其萦绕在侧或揭露拆穿的生命体发声发言，它们雅致醉人，分为"基督教地区花香"和"东方花香"，在小玛德莱娜那唤人回忆的力量之前，它们就已充满同样的能力。但普鲁斯特——修道院长穆尼尔叫他"纹章花朵的采蜂儿"——厌恶"花语"，在他看来花语过于简略初步、矫饰油滑，他甘愿放手任其由外号"园丁鸠"的孟德斯鸠摆布润饰，后者的文集题为《蓝色绣球花》，诗句轻柔朦胧。普鲁斯特则宁愿唤来花儿，仿佛这些自然的信使翩翩起舞，合着花粉、昆虫、种子交织的随想曲节奏，那穿梭往来之舞预示了欲望和季节的周期。

山楂花、睡莲、丁香、矢车菊、天竺葵、水毛茛、黑种草（维纳斯的头发）、兰花等在他的花卉等级体系中处于顶峰。而泽兰，虽然

---

① 指福楼拜故居所在地。

在河岸边魅力不凡,但全书也只提到一次,心酸地位居末席。普式之花卉袒护天真童稚,或乡野简朴(椴树或苹果树),或都邑文雅(布洛涅林苑的合欢、香榭丽舍大道的栗树),遮蔽掩映着进入欢欲场涉艳之人的蠢蠢欲动;或含毒有害(菊花、兰花),为帽饰及袒露胸肩的低领装增添些"波利尼西亚风情",成为沙龙装饰,或昂贵织物上的刺绣花样。普鲁斯特是一位植物作家,由不得他。他的隐喻藤缠着茎秆、花冠、细胞膜、香气,它们叙述了一个人类出现前的非道德宇宙,那儿生命的嬗变肉眼可察。

某些情节场面:喜欢和埃尔斯蒂尔(画勿忘草和报春花的那位)谈论植物学的斯万,给奥黛特的连衣裙绣上报春花;玫瑰之友(玫瑰[rose]是爱神[Eros]的易位词)、花房之女的奥黛特,偏爱似缎的卡特兰,其香气足有玫瑰的双倍;对她来说,兰花"特别雅致",众所皆知她和这个"大自然赐给她的一个漂亮的、意想不到的姐妹"①气味相投;维尔迪兰夫人无法想象狭长桌布上缺少瀑布形下垂的玫瑰花束,因为其丰美婆娑如同"埃尔斯蒂尔的玫瑰画",那些"掼抹的煞白油彩"让她心情和悦;一支褪了色的玫瑰令斯万和他的未婚妻重修旧好;少女的脸颊不厌不倦、影影绰绰地召唤出天竺葵;在《所多玛和蛾摩拉》植物学似的开篇,夏吕斯男爵就是个要给某朵平民花美男"受精"②而传粉的熊蜂;勒格朗丹邀叙述者注目观赏景天花围篱,因为知道他性欲倒错的前辈,即巴尔扎克笔下的伏德昂也是如此招待吕邦波莱,而这般风雅的拐弯抹角,委实精妙玲珑,足以令他与众不同的同性恋举止获得包容谅解;年轻的马塞尔在他与雅克·比才的青春期书信里,劝后者在为时已晚前,隔三岔五地"采摘花儿"。还有末了:勒格拉药膏成分中的颠茄和曼陀

---

① 译文引自《追忆似水年华》(第一卷),[法]马塞尔·普鲁斯特著,李恒基、徐继曾译,译林出版社,2012年6月。
② 指夏吕斯男爵和朱皮安的同性恋情。

罗，此药膏的烟熏法伴随着一个叫普鲁斯特的哮喘患者。花儿或重复或预示那些谋略、诡计、命运、身体的交易，俯拾皆是。它们甚至是回忆的实体，令叙述者对重现时光的奇迹有所准备。

由此它们在各个人物的印记"纹章"里出场：希尔贝特的山楂花；阿尔贝蒂娜的玫瑰或天竺葵；奥丽娅娜的香子兰；留给斯万性欲的卡特兰、象征他痛苦的菊花。花儿一语中的：只需让其各抒己见……

在这一切的幕后，感官的下层，普鲁斯特之花有另一重功能：它们是与根毛、绒毛、醉人的汁液一起，昭然若揭、被下流献出的性器官。奥丽娅娜求夫"为的是他的灌木丛"。奥黛特"假装为（它们）的妖艳而害臊"①。斯万察觉到，玫瑰粉是女性内里和她们那令人不安的私密处颜色……普鲁斯特是达尔文的读者：他相当重视1878年翻译的《同种植物的不同花型》。也许，他还读过保罗·埃米尔·德皮（Paul-Émile de Puydt）有关兰花的概论，其中提到该花卉名来自一个"大家刻意不翻译"的希腊语（*opxis*）②，而其形状甚至启发了古代医生，该花能够治疗不育症。

归根结底，《追忆似水年华》是座花园，其中花的性游戏一丝不挂，尽是天真无邪，而人类，仰赖着他们知书达礼的社交伎俩，却深感不得不隐瞒、或鬼鬼祟祟地享受自然批准之事。一则，是谎言和非法交易。一则，是亲近和授粉的纯洁活动。确实存在一个世界，欲望不被任何禁律阻塞。这个世界便是一个春天的花园——或者冬天的。

还得指出，在《追忆似水年华》的开头，每种花都有名字，但在《重现的时光》里，它们就仅仅是"花"。在那本既博学又迷人的著作《斯万夫人的冬季花园》中，克劳德·默尼耶（Claude Meunier）

---

① 译文引自《追忆似水年华》（第一卷），[法]马塞尔·普鲁斯特著，李恒基、徐继曾译，译林出版社，2012年6月。

② 意为"男性睾丸"。

合理指出，普鲁斯特使用它们这些从此以往模糊混沌的形式，以叙述一个呆滞迟缓、混乱类熵的世界的降临，那里树林只有一种颜色，原野只有唯一的香味。一个阴郁颓丧的世界，女性自身再不穿戴珠宝、梳妆打扮。

→ *Aubépine* 山楂树（花），*Catleya* 卡特莱兰，*Chapelet* 念珠，*Datura* 曼陀罗，*Dîner*（*sans dames*）（没有女宾的）晚餐

花儿们 (Fleurs)

普鲁斯特爱好者中那些口若悬河的辩才，常常对《在花样少女们身旁》①"花"一词的复数产生疑问——因为语法上更正确的做法，是把最后那个词处理为单数。就此话题，乔治·D. 邦特（George D. Painter）提出了一种推测，实际上这个出乎意料的"s"，应该是普鲁斯特对他一向特别心爱的波德莱尔，某个谨慎低调的致敬，甚至是某种死后降福的希冀。事实上写《恶之花》的诗人——马塞尔对他的同性恋爱不大可能，因为他对女同性恋者感兴趣——写下了两行普鲁斯特的通信中经常引用的诗句：

> 莱斯波斯早已在世间把我挑选，
> 要将如花贞女的奥秘传唱人间。②

其中，波德莱尔为他的贞女选择了复数。普鲁斯特也想他的（花样）少女做同样的选择吗？

→ *Plantevignes*（*ou l'autre Marcel*）普朗特维涅（或另一个马

---

① 原标题为 *À l'ombre des jeunes filles en fleurs*，fleurs 一词为花的复数形式。
② 该译文引自《恶之花》，刘楠祺译，新世界出版社，2011年，第235页。

福什维尔（伯爵）(Forcheville[Comte de])

《追忆似水年华》的第二大角色值得特别重视，因为这由四个元音和七个辅音组成的姓氏，乃是普鲁斯特最后几个清晰可变的字迹，他死前的那个夜晚，写在一张染上了加奶咖啡和樟脑污渍的小纸片上。

创造了一百多位人物，且其中三十几位都令人难忘的作者，是否曾料想到，就在一切化为乌有之前，他的天才即将在这个毫无气魄、因循守旧、妄自尊大的贵族身上搁浅受挫，不可思议的斯万和此人全然相对，此人会用自己的贵族称号里的前置词，与已为寡妇的奥黛特交换其财产，如此一来希尔贝特便得以进入贵族阶层，奥黛特为世人接受，并成为盖尔芒特家族的一员，并嫁给圣卢？

打赌吧，普鲁斯特宁愿在其他人的陪伴下，放手他可怜而卓越的一生：比如，和夏吕斯，他知道如何令其心烦意乱；和他某位公爵夫人，这本该是最微不足道之事；和阿尔贝蒂娜，她从地狱归来，以便在那里欢迎他；和他的母亲，在冥间，揭开"黑衣胖女人"的伪装后，能够继续阅读《弃儿弗朗索瓦》。但事与愿违，这种事没人能裁断……所以马塞尔勾勒的最后几笔字母降部，是落在这个讨厌的男主角身上，这个布里肖的仰慕者、萨尼埃特的表兄、一个借由犹太人财富东山再起、穷困落魄小贵族的原型人物。在这点上，满载嘲讽，令人哭笑不得。

又及：近期的手稿拍卖中，某份文书出价达两万一千欧元，目录确认其为"普鲁斯特的最后文字"。是一张给塞莱斯特的短笺，上面写道："奥迪隆 10 分钟后可以出发，大概早晨六点半、七点左右回来。把椅子挪近我。"

→*Agonie* 临终

福尔蒂尼(马瑞阿诺)(Fortuny[Mariano])

这位"威尼斯的天之骄子"之所以是《追忆似水年华》中唯一一位在世的艺术家(且登场时亦复如是),大概因为他的搭配创作,不知不觉概述了东方和波斯的梦呓幻境,这一切绵绵不绝地抚慰摇晃着马塞尔的想象。甚至时至今日,肚里有墨的游客,只需到里亚尔托附近的马尔蒂嫩戈宫探险一番——那里亨利·德·雷尼埃(Henri de Régnier)、巴雷斯和奥森·威尔斯,先于他获得威尼斯荣誉市民称号——便可体会到丝绒、祭袍、卡夫坦的魅力,在这些面料款式上,这位马瑞阿诺·福尔蒂尼(1871—1949)令他几个阿拉伯式花饰永垂不朽。

这些美得不真切的织物是飞毯。它们令人浮想联翩的本领巧妙细腻,以至于在由靛蓝和绛紫色植物中引燃撩拨之火的炙烤下,威尼斯心甘情愿地染上了异色,那个土耳其、拜占庭、尼罗河流域的异邦,遮盖了它的真实身份。

其中某块特别出尘脱俗、夜色蓝的褶边上绣着玻璃珠的布料,夏吕斯和盖尔芒特公爵夫人也一本正经向叙述者推荐,正是用这块料子,叙述者请人裁制了那件斗篷,那个"倍感黯然神伤"的夜晚,女逃亡者迈向她的死亡前,恰裹着它。

其实,马瑞阿诺·福尔蒂尼和马塞尔同病相"连",一样患有哮喘,也一样被东方初升①的灿烂光辉纠缠打扰,他美学上的巨大影响首先在于,那特别普鲁斯特式的复活艺术:他在卡尔帕乔、曼特尼亚、提香、梅姆林等人的画作中汲取主题,并使用古老的工艺,如中国传承百年的蛋白色、墨西哥的胭脂虫等……以修正纱丽的色彩;他一只眼睛关注着他那"被东方充塞"的城市,那些"摇摇欲坠

---

① 一语双关,Levant 也指黎凡特地区,lumière 也指知识和思想。

却仍硬撑的宫殿及其圆花窗",另一只眼则留给在他个体想象中,那几顶巴格达和伊斯法罕的清真寺尖塔,如此这般未曾停歇。

另外在普鲁斯特书中,东方被增添了古老的细腻色调,他乐此不疲地在贡布雷教堂的彩绘玻璃窗里发掘追索。从东方世界到奥丽娅娜,从旧时的主宰者,到如今在主之城(即威尼斯)、阿拉伯半岛、圣日耳曼区间的紧绷角力,福尔蒂尼本身便是一段失去和重现的时间。作为复现某个逝去世界的艺术家符号,普鲁斯特——经常自比"大教堂的建筑工"和见缝插针忙着缝缀连衣裙的"女裁缝"——自然在碎步和皱褶的阶层里,把他当作自己的替身。《追忆似水年华》中,能见到福尔蒂尼最包罗万象的外衣,就是像套装般的《追忆似水年华》整体:如同儿童故事中,某件"难以名状的天蓝色"斗篷……

如此之外,还有当叙述者发现阿尔贝蒂娜的斗篷,出自卡尔帕乔的一幅画,而福尔蒂尼正是从中获得启发时,那个动人的细节。那幅画仍在圣马可教堂见客,名为《慈悲族长为中魔者驱邪》。不过,画里披斗篷的是位男子。这不,人们不免难为情地揣度,作者在性别和小说创作上的转换很难隐藏,只有承认了这点,才能缓解纠缠他的困惑。

→*Anagrammes* 改变字母原有位置所构成的词,*Perse* 波斯,*Robe* 连衣裙

弟弟(Frère)

普鲁斯特学虽然拥戴反圣伯夫的原则,但暗地里还是一脉相承的。何以证明?以下事实说不大通:马塞尔真实生活的片段,与《追忆似水年华》中任何明确的情节都不一致,反之亦然。由此便是叙述者始终痛苦折磨的缘由:马塞尔弟弟罗贝尔的缺席(和《驳圣伯父》及《让·桑特依》里的情形都不同)。三千页的跨度里叙述

者乐见其销声匿迹,但在生活中,马塞尔爱着罗贝尔,也被他爱着——如同《欢乐与时日》样书上那近乎拉辛式的献辞所示:"啊,比天光更宝贝的弟弟……"

罗贝尔倒是一个优秀的人物:身心健康、热爱体育、英勇果敢、虔诚忠实;他的医学职业生涯出色不凡——大家常把这位妙手外科医生操刀的前列腺切除术,称为"普鲁斯特切除术"——成立家庭、供养情妇、体贴照顾兄长的健康,这些日常的壮举,本该在一部厚待电梯员、旅店主人、女快递员或面目模糊的凡夫俗子的作品里,为他赢得某种文学地位。但事与愿违:罗贝尔无影无踪,未在小说里留下任何蛛丝马迹。深奥费解。

关于他的销声匿迹——说到底其实很平常:我们是否掌握巴尔扎克或福楼拜兄弟们的文学痕迹呢,更不消说司汤达的妹妹了?——权威的普鲁斯特爱好者们编织了几种理论。对其中某些人来说,缺席的罗贝尔将现身他处,比如出现在圣卢的名字里,他是精神上的弟弟,并且因社会或"墨洛温式"的改头换面而熠熠生辉。对另一些信仰更宽容的爱好者,即使在普鲁斯特生前,罗贝尔的生命本就该被"变更转移"至雷纳尔多·哈恩、伯特兰·德·费奈隆(Bertrand de Fénelon)体内,或吕西安·都德,他们更利于说明马塞尔梦寐以求的手足兄弟间的羁绊。另一些则确信,已在《追忆似水年华》中足量的医生人物里认出他,尽管在这番推论情形下,他和阿德里安·普鲁斯特会不分彼此、无法分辨。

不过特殊的位次还要留给胆大之人,他们毫不迟疑地在以上论及的隐匿里,看出一位哮喘病患的报复——这点需要解释……

的确,马塞尔初次哮喘发作时九岁,其时恰逢幼弟开智发蒙,因为那会正是剪掉卷毛、穿衣打扮成小男孩的年纪。因此1956年弥尔顿·米勒(Milton Miller)草拟的诊断也就顺理成章了:马塞尔,尚幼,意识到必须和某个新来的分享母亲的乳房——她费心给次子配上和"罗比颂"(Robichon)或"普鲁斯多维奇"(Proustovich)类似的可笑浑名,其实听来多少像是置之不理——这个擅自闯入的雄性,按规矩无资格取代他,而他得找到办法,以终止这种从未有过的嫉妒。他必须使阴谋诡计,以补偿父母对他的抛弃,他们给了他弟弟,背叛了他。因此他发现了一流疾病的美德,在他的个案里便是哮喘,求来了窒息和濒死症状,母亲则立刻向他展现出加倍的母爱,这是母亲的天职中,为她们最孱弱的孩子保留的爱。在马塞尔看来,该行动操作极其成功,尽管他为此付出了巨大的代价。

如果我们现在转向罗贝尔,普鲁斯特的弟弟(关于这点,请阅读 J.-B. 彭塔利斯[J.-B. Pontalis]①的著作《先出生者的弟弟》[*Frère du précédent*]),很容易注意到,其实罗贝尔唯一的路就是"接近父亲",变得和父亲一样,选择其已从事的职业,并如其一般,拥有家庭和情妇。J.-B. 彭塔利斯甚至说得更远,他有所保留地猜想,"如果马塞尔有的是一个妹妹,兴许他就选择不成为哮喘病患"?可能他还"选择"不成为同性恋,天知道?唯有出色的弗洛伊德派学者,才能对这种程度的假说予以证实或否定。

话说回马塞尔和罗贝尔——一个选了疼爱的母亲(和文学),而另一个则选了敬爱的父亲(和医学)。这种兄弟分化相当正统。另外,让-伊夫·塔迪耶(Jean-Yves Tadié)敏锐地注意到在某些家庭中,作家/医生双重身份的频率:如在季洛杜、福楼拜、莫里亚克、(威廉和亨利)詹姆斯等家族里……上述每位兄长,都属于某种特殊的"临床意识"。一个属于身体,一个属于灵魂(唯有无兄弟的阿图尔·施尼茨勒,知道如何同时成为医生和作家)。归根结底:同样的干预及内部的勘探技术。

看来罗贝尔,为了练习切开术,并进入病人体内,掌握了专门

---

① J.-B 彭塔利斯(Jean-Bertrand Pontalis,1924—2013)当代法国精神分析学家,曾师从萨特和拉康。

的指法和独特的风格。马塞尔所做之事又何尝不同？总之兄弟二人拿的都是解剖刀。所以,那隐匿的弟弟确如人们主张那般消失不见了？

为结论提出一个假设:如果鬼使神差,马塞尔决定把罗贝尔的形象列入小说中,他究竟能起到什么作用呢？回答:无任何用武之地——因为功能人物-兄弟已被圣卢,甚至布洛克执行得相当充分。叙述者的这个家庭复本因此将阻塞叙事,但又不增加真正的收益。所以普鲁斯特把一个在小说中无用的人物排除在外。

可见,从这个角度考察罗贝尔的消失,无关乎清算旧账、嫉妒吃醋,或某种象征性的复仇,而和某种明智、节俭的小说技法有关。

→*Asthme* 哮喘,*Freud*(*Sigmund*)西格蒙德·弗洛伊德

西格蒙德·弗洛伊德(Freud[Sigmund])

弗洛伊德派和普鲁斯特派两个圈子,形成了同一个郁郁寡欢族群的两派支系:为何他们各为领袖,彼此可能相遇却最终只能互相错过？究竟该怪罪何种厄运,以至于精神分析学之父和《追忆似水年华》的作者从未阅读过对方的作品——因为从年代上(弗洛伊德比普鲁斯特早十五年出生,比他晚十七年去世)和同为德语圈(无论如何普鲁斯特在孔多塞中学时学过德语)来看,并没有排除此种可能性？

结果,弗洛伊德派和普鲁斯特派的应对之法自然只能是互相竖起耳朵聆听,去听那本该也应当发生、戏剧般虚构的"亡者谈话"。从中诞生了多少空洞徒劳的藏书,以及饶舌的理论研讨会,不过这些至少证实了确有某种极其精微、乃至幻想的听觉,是能捕捉到"一切"让这两位精神上有亲缘关系、但又被命运摆布到人世和社会对立面的男子互相靠近的东西。

在这"一切"之中,我们能杂乱无章地发现犹太教、古典文化、

激进的无神论、对性的清醒自知、非道德主义、意大利艺术、疾病、对考古的爱好、达尔文、庞贝,还有两组心灵相通的人(弗洛伊德与菲利斯、普鲁斯特与全世界的人),在友谊、科学或世俗的弱不禁风屏障后方,彼此的症状不相上下。

弥尔顿·米勒《普鲁斯特的精神分析》是开创性的著作,为普鲁斯特—弗洛伊德的勾连牵缠定下了根本的基础,且一切都在其中被解剖分析:"妈妈"的吻、斯万的梦、服丧、"性错乱"、嫉妒、爱情、俄狄浦斯式的弑父、凡·布拉朗贝尔弑母——以及小玛德莱娜上的樱桃,这段普鲁斯特以诗的方式,变形为"陌生湖"的无意识片段,出现在一个著名的段落里:"这种美妙的言语,和我们平常说的言语不大相同,在这种言语中,激动使我们想说的意思发生偏差,并在原来的位置上充分展现出一个完全不同的句子,这个句子是从一个短语丛生的陌生的湖里冒出来的,这些短语同思想毫无关系,并因此而揭示思想"①。所以请相信,势利巴黎客与严酷的维也纳医生,曾并肩前行,只是没有彼此切磋,对这点也毫不知情。

接着人们马不停蹄地在两者的作品中,详细地编织愈发冗长的假说:普鲁斯特的父亲说到底,不是和弗洛伊德同时听过夏柯的课——兴许西格蒙德就是马塞尔象征的父亲?《追忆似水年华》难道首先不正是由珍娜·威尔②/守夜(Jeanne Weil/Veille)的缺席—到场,引出的失眠故事?这位母亲,唤他的长子"我的小狼"——于是乎那移交给圣卢的角色,被投下熠熠的阴影,何况狼也意味着假面,圣卢借此隐藏自身的同性爱恋,而且谁又不明白"看见色狼"③的含义?

另外想起来,有几处普鲁斯特的失误(lapsus),一向是学究们

---

① 译文引自《追忆似水年华(第七卷)》,[法]马塞尔·普鲁斯特著,徐和瑾、周国强译,译林出版社,2012年6月。

② 指普鲁斯特的母亲。

③ 原文voir le loup(见狼),指少女失去童贞。

的关注对象：其中最出名的，即"四十三号房间的过失"，应当立即驻足留意。

情节出自《重现的时光》，发生在 1914—1918 的战时巴黎，朱皮安的妓院里。叙述者"偶然"入内，要一间房"休息"，被分配到四十三号房间——他从那儿的一个"老虎窗"里，久久地监视着夏吕斯，而十四乙号房内的男爵，正被某个壮硕的休假军人鞭打。不过几页后，由于某个意味深长的错位，普鲁斯特意识到那幕场景发生在……四十三号房，即他自个儿那间。意大利学者 M. 拉瓦盖托（M. Lavagetto），显然在此处见到了最重要的招供：传统上，失误被定义为"两种不同意图冲撞的结果"，叙述者的这个失误，意味着他幻影般地将自身安放到未在之处，以此为他求得男爵所受折磨，这样一来，他即招认了自己的同性性向和施虐受虐倾向——而且他当时命人拿来一杯"黑加仑"（cassis），这无法不令人想起阿尔贝蒂娜自愿被"鸡奸"（casser le pot）的欲望。这个决定性的看穿，终究给那些如纪德一般诧异叙述者从未承认自己是同性恋的人，提供了一个答案。其中，他一边被抓现行，另一边正擦眼明目、观赏风月。

安托瓦纳·贡巴尼翁，杰出通达的普鲁斯特学者，将徒劳地提醒同行注意，其实这个过失更应归咎于普鲁斯特，而非叙述者——如果有时间重新校阅，他应该能够改正自身的错误——但无济于事。由此可知弗洛伊德主义，反复点缀装扮着普鲁斯特主义，尽管其贡献令人忍俊不禁，但却利于为后者产出幻想的产物。

顺道提一句，任何细心并掌握少量地形知识的读者，都仍在疑惑，一间十四乙的房子，究竟怎样能和四十三号房共享同一个界墙……

快乐的知识(Gai Savoir)

> 狠心之人都是不被人们接纳的弱者,强者则很少考虑人们愿意不愿意接受他们,却独有被庸人视为弱点的温情。

这句话并非出自尼采之口(不过尼采的确将暴力看作是陷入妄想的弱者们试图显示自己力量并以此恶意对待"强者"的一种方式,这种妄想能驱使弱者反过来将自己表现得像个"好人"),而是写在《所多玛和蛾摩拉》中,确切而言,这句话出现在谢尔巴托夫公主的人物描写刚刚结束之后。这个人物强装发生在她身上的一切事情都尽在她的掌握,而事实却是她只是选择性地让自己无视了那个其实根本不在乎她生死的世界及那个世界的虚荣自负。

"小谜题对最幸福的人而言是一种危险。"这句话总结了《追忆似水年华》的叙述者每次想要理解"幸福之谜"的时候就会陷入的状态。但这句话却并非出自普鲁斯特之笔而是出自尼采。当时的尼采在邀请《快乐的知识》的读者为他们自己的生活填词作赋后,又将荷马描写得如同一个为了个人幸福而殉难的人物一般。

夏吕斯男爵不就是《快乐的知识》里描绘的星一般的友谊的最好代表吗("我们是两支船,各有其目的地和航线……但是各人的使命之强大力量,又迫使我们分开,驶入不同的海域,奔向不同的方位,在不同的太阳下……")？特别是还存在这样的一封信,在叙述者看来,它是"聪明才子对一个大智若愚的傻瓜想入非非单相思的典范";夏吕斯男爵对那个他以为拒绝了自己的领班(埃梅)这样写道:"我们就像那一条条大船,您从巴尔贝克不时可以看到,它们有时在此交错而过;要是都能稍事停留,互相打个招呼,本来对大家都有好处;但其中一条偏另作主张;于是它们各奔东西,在海平线上很快就谁也看不见谁了,萍水相逢的印象也就随之消失了;但是,在这最后离别之前,彼此总得相互致意吧,先生,德·夏吕斯男爵在这里向您致意了,祝您交上好运。"

痛苦是最好的缪斯。发掘"自己痛苦根源"的叙述者和因被一段旋律打动而去想象作曲者要在何等炼狱才能获取如此强大力量的斯万,都从严格意义上经历了一段尼采心路。事实上,正是尼采邀请我们去到"痛苦深处生出思想",再用我们的一切——"血、心、欲望、激情、折磨、良知、命运、命定性"去滋润它。普鲁斯特如同尼采,对他们而言,爱的苦痛转化成了一种对爱之心痛事有所领悟时的快感。

就这点而言,《追忆似水年华》中的斯万和查拉图斯特拉处于同样的位置,因为他们都宣告着一种艺术的诞生,而为了让它诞生,他们必须去死。当斯万得知奥黛特在他于洛姆亲王夫人家中赴宴时候与另一个女人在月光下做爱之时,他没有悲叹自己的命运,而是沉浸于对自我的好奇探索,他好奇自己的嫉妒心将会驱使自己干出何种事情。如同一个与飞行员一样拥有飞翔欲望却无法真正飞出的鸟人,又如同因为自己的先知气质让无法真正成为自己心之所向超人的查拉图斯特拉,斯万是《追忆似水年华》当中那个先于叙述者最先明白生命之趣味盎然该当多于痛苦艰难的人。

从这些新的摩西一样的人物出发，尼采始终认可危险让人收益良多，而叙述者则发现，只有活生生的苦痛才能得以分解人性的机械运转。这在普鲁斯特笔下成就出了一本包含着永恒回归运动的作品，只有我们重读它的时候才能真正理解。

而且在《似水年华》的最后，叙述者开始担忧自己无法在活着时候完成这本书，就像尼采借《朝霞》(Aurore)表达了对拉斐尔的遗憾，他没有在死前完成对米开朗基罗作品的临摹，"因为，确切而言，这位伟大的学徒在完成人生最艰难工作的时候被死亡打扰了"。

→*Dix points communs*(*entre Swann et le Narrateur*)（斯万和叙述者之间的）十个共同点

法国国家图书馆数字资料网址(Gallica.bnf.fr)

那些还没有足够幸运让自己的双手、眼睛和心接触到《笔记》及其他普鲁斯特手稿的人们，可以去这个令人惊叹的网址浏览一下。不过就是点几下鼠标，马塞尔的词语流、素描、删减痕迹和潦草字迹便全能根据拜访者的喜好一一呈现眼前。我们可以放大字迹、辨读/放弃辨读，可以在盖尔芒特和梅塞格利兹之间悬停，可以标记出斯万或夏吕斯，也可以在牛奶咖啡的印记和无字页面之间无所事事地闲逛。这里是一个锻造场。这里也是一座让时间沸腾的火山。那些无限崇拜普鲁斯特的人能够在这里找到他实际存在的证据。那些不信奉他的人也能因为这种热烈场面带来的激动氛围而心满意足。

所有格(Génitif)

谁是《斯万之恋》(*Un amour de Swann*)？是在《追忆似水年华》里的叙述者（宾格）还未出场之前就被斯万恋上的那个奥黛

特·德·克雷西吗？还是那个多次被盖尔芒特公爵夫人称为"爱人"的斯万自己(主格)？这是一个无法用二选一回答的问题。何况《追忆似水年华》中"所有格"一词的唯一出现之处还并非涉及斯万的爱情,而是斯万之死:"斯万死了!斯万在这个句子中并不只是一个简单的所有格。我以此领会了独特的死亡,由命运派遣为斯万服务的死亡。因为我们说死是为了简化,然而世间有多少人就会有几乎同样多的死亡。"

我们该如何理解这种拐弯抹角？我们该如何解释"爱"的复杂情绪就这样变成了"死亡"的复杂情绪？是因为拉丁语里"爱"(amor)的发音同法语里的"死亡"(la mort)相似吗？是因为斯万爱奥黛特爱得死去活来吗？还是说,就爱情更多涉及的不是如何过得幸福而是怎样少受痛苦这点而言,所有爱情都可能意味着某种死亡？因此当我们谈"死亡",就必然要谈爱情？或许真的就是如此。不过要以彼此相互的方式。恰恰是在谈论了斯万之死后,叙述者把自己说成是个"小蠢货",他用自己的消失换来了一个纨绔子弟在一本书中的继续生存。

"斯万的爱"因此可以被解读成一位英雄的墓碑,这位英雄虽然活着但在他必须停止去爱那个他爱上且娶到的人的那一刻,就已经死去。

社会性别(Genre)

社会性别理论的真正发明者不是西蒙·波伏瓦或朱迪斯·巴特勒,而是马塞尔·普鲁斯特,因为《追忆似水年华》中大部分人物的命运都偏离了他们本来的性别安排。

比如,与表面情况相反,沃古贝尔大使其实是个雅致的人,他根本就是一个对英俊青年着迷的年轻女孩,他的这种嗜好让他将邮差职业女性化,因此他(她)看着男邮差时才会说:"这个小邮差,我很熟悉她,她倒重新过上了规规矩矩的家庭生活,真是个险恶的人!"大使夫人,也就是沃古贝尔夫人,则更似一个男人,她因为得不到丈夫的爱而心有不甘,从而让自己变得有了男子气概,就如同"某些花儿会让自己外表变成和自己想要吸引的昆虫一样"。夏尔·莫雷尔,是一个战士,也是女人的小白脸,还是逃兵和天才提琴手,但就本质上而言,他是一个装模作样的女人,他让情人们为他那令人难以忍受的欲拒还迎而痛苦。万特伊小姐是钢琴老师的女儿(在后来篇章里我们会发现她也是一个优秀的作曲家),也是一位得以让自己父亲音乐作品免遭世人遗忘的女音乐学家的情人。但她却是一个似乎能被摆到市场上干活的强壮人物,她迈着男人般的步子,长得强壮结实,这都与她温柔典雅的举止和不时从眼中透出的近乎羞涩的神情形成了令人惊讶的巨大反差。阿尔贝蒂娜,这个人物,叙述者在《追忆似水年华》的第三卷到第七卷都用大量篇幅提到过她,并写作了一千多页,就为了试图搞清楚她是否(以及在哪些时候)和其他女人一起做过那种"恶事"①。听说这个人物的原型就在普鲁斯特的生活中,他是普鲁斯特的情人阿尔弗雷德·阿戈斯蒂纳尼。小说中的阿尔贝蒂娜在有个时刻突然让她的爱人觉得她就像个男人,当时她(他?)对他说,与其去和韦尔迪兰家的人吃饭,她宁愿"让人搞(尻)……"。而奥黛特·德·克雷西,她呢?她似乎就是一个既是女人又是雌雄动物的存在啊?但事情果真如此的话,斯万为什么会说她(或他)不符合她的性别?

最后还有夏吕斯男爵:他钟情于男子气概,容易冲动找架打,表面上看十分厌恶且恐惧同性恋,他是盖尔芒特公爵的兄弟,是马耳他修会骑士,是布拉邦公爵,蒙塔热的年轻绅士,还是奥莱龙、卡朗瑟、维亚雷焦和迪内亲王。但从根本而言他(而且他首先)就是一个女人。说他是个真女人,不是指一般意义地因拥有女性性器

---

① 指被天主教视为恶的同性恋行为。

官而是女人,而是指他完全符合他妻妹对他的评价:她说他拥有一颗"女人心"。在他虚张声势的外表之下,"他这类人,不象看上去那么矛盾,他们的理想是富有男子气概,原因就在于他们天生有的是女性气质"。

纪德(之梦)(Gide[Le Rêve de])

不详说了,不详说了,我们在此略过(因为我们在其他地方对此已做讨论)想要勾勒普鲁斯特和纪德之间漫长的误解过程就不得不提的那些轶事:从"前额的骨突"到纪德的道歉①,从《新法兰西评论》拒绝《斯万》到"伪修道士"(据塞莱斯特所言,这里指的是纪德)连夜来访阿默兰街的"陋室"。所有这些(轶事)都从根本上表明了是什么让那个不买账且大摆权威架子的纪德强烈反感着普鲁斯特的作品。根据弗朗克·勒特朗冈的中肯分析,原因大致有三,可以概括如下:

1. 纪德与普鲁斯特对同性恋的理解不一致。在纪德看来,那位被罚入地狱的所多玛"男同性恋"同自己在《田园牧人》中描绘的同性恋是截然相对的。普鲁斯特笔下的性倒错者统统都是上了年纪的,内心羞愧的,悲剧色彩浓重的人物,而且还几乎都是王尔德式的人(纪德曾问普鲁斯特:"您是否永远也不会让我们看到这位厄洛斯以年轻俊美的形象出现?")。纪德笔下的同性恋经典形象则充满了同性恋人之间具有学习意味的阳光美德和对此的"古希腊式"的称颂。通过拒绝发表《在斯万家那边》,《新法兰西评论》的同性恋三人组(纪德、纪昂和史伦伯格)展开了他们的战斗。他们反对的并不仅仅是马塞尔用假想或真实的方式表现的世俗社会,

---

① 作为编辑的纪德似乎因为难以接受这种形容方式而拒绝发表普鲁斯特的《追忆似水年华》第一卷,后来纪德向普鲁斯特写信致歉。

而是反对普鲁斯特把人看作是"既男又女"的这种人神共愤的观点。他们拥护公开同性恋情而非隐藏,他们维护堂堂正正做个男同性恋而不愿意接受世人的偏见印象。(根据加斯东·伽利玛的推测)纪德会对普鲁斯特说:"您让(同性恋)问题整整倒退了五十年。"而同样按照加斯东·伽利玛的说法,普鲁斯特的回答将是:"对我而言,这不是个问题,因为那些都只是小说人物而已……"很难被人糊弄的雅克·里维埃将《所多玛和蛾摩拉》看成是明显的反纪德式报复——对普鲁斯特而言,在他与三人组为《新法兰西评论》私下定下的"倒置道德秩序"作斗争的过程中,这样的报复自然会让普鲁斯特感到过瘾。

2. 面对普鲁斯特,纪德无法抑制自己深入骨髓的排犹主义——这种情绪在他《日记》的很多地方都有表现,尤其是那些损害莱昂·布鲁姆形象的桥段,他怀疑布鲁姆煽动了一场保障"他们"世界支配地位的庞大阴谋。的确,没有人公然去对普鲁斯特表达反犹观点,但即便是纪德,即便是这个作为第一批站在德雷福斯一方为维护他的纪德,还是无法抑制住这样的反犹情绪。

3. 这种暗自隐藏的反犹情绪滋生了一种审美上的反感(不然也可能这两者的因果关系刚好相反):对纪德而言,普鲁斯特的文风实在与他心仪的那种很不一样,它不同于一般的经典法国文风。纪德觉得普鲁斯特的句子太长,太拐弯抹角,太多巴洛克式的修饰回旋,常常带上不知从何处生出的不知所云,或者说有那种所谓的东方味道,也即极其迷恋装点花饰和繁复装饰。勒特朗冈(Lestringant)总结认为:纪德,即雅典式简洁文雅的风格(l'atticisme),称普鲁斯特,即亚西亚式重技巧和声效的风格(asianisme)。

然而,纪德却在1923年3月4日到5日的夜间做了一个梦,这个(出现在普鲁斯特去世几个月后的)梦概括了两人之间误解的实质,而这也算是这两位作家而言共同存在于世的一种方式吧。纪德在《关于伪币制造者的日记》的第二本中记述了这个梦。这个梦不但引人入胜而且大有启示。

梦里的纪德在一座宫殿的半明半阴处看到了普鲁斯特,他被"一张大扶手椅的椅背遮住了半张脸"。他自己则坐在一张梯凳上,手里握着一根线头。这根线的另一头被系在一个体积庞大的书架上。纪德一扯线,两本书被牵动的书立刻就从书架上掉了下来,摔坏了。他马上道歉,并将摔坏的书捡起来递给普鲁斯特。普鲁斯特没有多说什么,只说那是圣·西蒙《回忆录》的珍稀版本。普鲁斯特低声嘀咕说"没关系",同时起身离开了房间。纪德跟着他穿过一个富丽堂皇的过厅,脚下滑了许多次。后来,他快速俯在普鲁斯特的脚下,叫喊着对他说:"我刚才撒了谎,我说自己是不小心才弄掉了那两本书……实际上,我是蓄意把它们弄下来的……那种欲望超出了我的控制……"这时一位管家在他旁边"以俄国人的方式"拍着他的肩膀安慰他……

我们不会在此解析这个梦,因为有比本书作者更接近弗洛伊德一派的其他人在解析方面会更具能力和洞见。我们只想提醒大家注意纪德的这个梦充满的是愧疚感(或许这个梦根本是纪德杜撰的,但这并不会改变它的实在含义)。普鲁斯特被梦成一位君主,住在宫殿中(对比起普鲁斯特位于阿默兰街的破旧屋子来,这种反差还真是有趣),不但崇高而且宽宏大量。纪德却"坐在一张梯凳上"(而非凡尔赛宫为公爵夫人们准备的那种矮凳),并蓄意损坏了圣·西蒙的《回忆录》。

一切尽在其中。全都承认了。而且还是由纪德本人承认的。

→*Éditeur*(*à propos de Jacques Rivière*)出版商(关于雅克·里维埃),*Vertèbres*(*du front*)(前额的)椎骨

吉尔贝特(Gilberte)

→ *Aubépine* 山楂树(花),*Bleu et noir* 蓝与黑,*Tennis*(*du bou-*

levard Bineau）网球（比诺大街）

（里茨酒店的）冰淇淋（Glaces[du Ritz]）

在这所早在普鲁斯特小说前就因清凉啤酒出名的酒店里，馋嘴的阿尔贝蒂娜尤其喜爱冰淇淋。她呼唤它们，品尝它们，如同坐上美食仙境的神奇列车去开启一场味觉之旅行。让我们听听她的话，读读普鲁斯特……

> 我的上帝，在里茨饭店，我真担心您找不到旺多姆圆柱形的巧克力或覆盆子冰淇淋，可要想在纪念凉爽的幽径上竖起如同还愿的圆柱或塔门，得有很多这样的冰淇淋才行。他们也制作一些覆盆子方尖碑，这些逐个树立在我那焦渴的滚烫沙漠之中的覆盆子方尖碑被我用来融化我喉咙里面的粉红色花岗岩，它们比沙漠绿洲更加解渴（话音刚落，响起了深不可测的笑声，也许是为说得如此巧妙而感到满意，也许是嘲笑自己用如此连贯的形象比喻进行表述，也许是凭借肉体快感觉察到自己身上具有某种如此优美，如此清新，导致她产生相当于一种享受的东西，真可惜！）。里茨的那些冰山有时象是罗塞山，而且如果是柠檬冰淇淋，我不会因为它没有建筑形状而讨厌它。哪怕它像埃尔斯蒂尔笔下的山峰那样参差、陡峭。冰淇淋不应当过分的白，应该带点黄色，就象埃尔斯蒂尔笔下的山峰那种脏脏的，灰白颜色的雪。冰淇淋不大也无妨，要是半块也没关系，因为这些柠檬冰淇淋是按等量缩小的山峰，想象可以恢复其比例，就像那些日本矮态树木，在人们的感觉中，仍然是正常的雪松、橡树、芒齐涅拉树，所以，如果在我的卧室中摆上几株沿着小沟生长的矮树，我就会拥有一片沿河伸展的广阔的森林，孩子们会在这片森林中迷失方向。同样，

在我那半块黄兮兮的柠檬冰淇淋底部,我清楚地看到了一些驿站马车夫,旅行者,驿站的椅子,我的舌头正在那上面舔着,以引起冰的坍塌,将他们和椅子吞没(她说话时夹带的那种残忍的性感引起了我的嫉妒);同样,她补充道,我正在用我的嘴唇一层一层地摧毁这些用草莓做斑岩的维也纳教堂,让我可能避开的东西砸落在那些信徒身上。是啊,所有这些建筑从它们石头做的地方来到我的胸中,它们融化时带来的凉爽已经在我的胸中激荡。要知道,没有冰淇淋,就没有任何刺激,一切就不会象温泉广告那样引起干渴。在蒙舒凡,凡德伊小姐家附近没有好的制作冰淇淋的师傅,但是我们在花园里玩我们的环法国自行车赛,每天喝一种矿泉汽水,这种汽水很像维希矿泉水,矿泉汽水往杯里一倒,就从杯子底部升腾起一股白烟,如果不马上喝的话,白烟就会消散,化为乌有。

→*Ritz* 里茨酒店

荣耀(Gloire)

尽管普鲁斯特表现出令人吃惊(但却值得怀疑)的谦逊,但事实上他一直都感觉自己必定能在未来一鸣惊人,而且他也很高兴自己最终的确短暂享受到了成名的滋味。当他获得龚古尔奖后,他在巴黎大受欢迎。数目众多的新朋友争先恐后地去里茨酒店赴他的酒宴,老朋友们则无法原谅自己如此有眼无珠,对他信心不足。上流社会的妇人们都在要求自己的管家把谈到她们的页面折起来,她们会因想到里面可能出现对自己不利的描述而担忧得颤抖,也会因为碰到冗长句子且不得其解而大动肝火……

名声给马塞尔带来了舒适生活的新保障。他贪婪地四处了解世界对他的看法,他喜欢听将他比作圣·西蒙和巴尔扎克的溢美之辞,他惋惜瑞典比英国少了些普鲁斯特口味,品尝着来自波斯或美洲的崇敬。普鲁斯特赢了。但他依旧住在位于阿默兰街那间既寒酸又阴冷的四楼公寓里,在那里,他就是君主,接见着对他心醉神迷的拜访者。这种幸福持续时间很短。但它毕竟存在过——这才是最重要的。

→*Immortel* 不朽,*Goncourt* 龚古尔

(娜塔莉·克利福德·巴尼眼中的)蛾摩拉
(Gomorrhe[sous le regard de Natalie Clifford Barney])

普鲁斯特在《追忆似水年华》一卷的扉页上引用了维尼的《参孙的愤怒》一诗中的一句:"女人拥有蛾摩拉城,男人拥有所多玛城。"然而,如果说普鲁斯特很了解所多玛的情况,甚至对此有第一手资料,那么,他对蛾摩拉又知道些什么呢?毋庸置疑,他曾极富热情地去常常拜访迷醉于萨福情结的波德莱尔,但一旦轮到他自己去看待那个崇尚莱斯沃斯岛的"被诅咒种族"时候,似乎马上就有什么地方变得不太对劲……

这种苗头其实可以预见:在《追忆似水年华》中,女同性恋首先还是一群乔装成女人的假小子,她们的名字(阿尔贝蒂娜、安德蕾……)从根本上说都是遭到女性化后的男性名字。因此,这些贞洁少女们,这些"从乳房"获得快感的人们,在普鲁斯特那里,都没被真正认为是女同性恋——尽管马塞尔的确在"可憎的所多玛者"和蛾摩拉者之间构建了一种虚假对称,尽管他对蛾摩拉的描绘参照的是娜塔莉·克利福德·巴尼这位在1900年间具有不可替代地位的巴黎女同性恋,尽管他把女同性恋看成"个个魅力非凡"。对普鲁斯特而言,被他简化为一种过度存在的女性性倒错,纯粹是反射男性同性关系的一面镜子而已。没有任何特殊的辅助经历,没有任何的特别研究,也没有任何对女同性恋关系的体验,来让普

鲁斯特真正把握他在表面上为女同性恋正名的那些特殊性。

更绝的是:女性性愉悦,这个一直萦绕在他心头的东西,却被他打发到连精美语言都只能有限形容的神秘领域。结果,普鲁斯特笔下的蛾摩拉者,就如同弗洛伊德的"黑暗大陆"①,成为了一块马塞尔只能作为游客去观光的地方。这个因直接翻版或挪移造成的疏忽(或说懒惰?)解释了为什么当代的酷儿理论活动家(说到底他们一开始就很少有迷普鲁斯特的)会常常用轻蔑甚至有时直接就用直白的嘲讽态度去对待《追忆似水年华》……

对于蛾摩拉,马塞尔真实了解的是否比他写下的更多?对这座被诅咒之城的模糊其辞是不是因为小说里的叙述者是男性,所有正面表现女同性恋的地方不过都是作者在自己身为男同性恋而已受折磨的心上再洒一把盐?这种说法的辩护者把它辩得有理有据,但依然无法解释事情的全部……

他与被誉为"来自辛辛那提的狂野女孩"的娜塔莉·克利福德·巴尼之间的碰面,终究无法无限期被推迟。娜塔莉·克利福德·巴尼十分好奇自己和普鲁斯特这样一个与她有共同关心话题的智力存在,将会碰撞擦出什么样的火花。不过,她也已提早感觉到普鲁斯特在女同性恋问题上可能过于天真,且有可能会因在这方面只有二手资料而对这个问题理解有限。她将这种想法对其他的"亚马逊们"②(露西·德拉吕-马德鲁斯[Lucie Delarue-Mardris]、芮妮·维维安[Renée Vivien]……)说知心话时吐露过——正是这些人组成了她位于雅各布街20号"友谊之殿"的文学沙龙。

1921年11月时,普鲁斯特终于决定动身拜访娜塔莉。

当时的普鲁斯特会对被莫朗描绘成娜塔莉家魅力的那种"带

---

① 弗洛伊德认为女人就是"黑暗大陆",即未知大陆。

② 法国作家和文学评论家勒内·德·古蒙(René de Gourmont)曾出版过两本与巴尼的书信集,并在信中称她为"亚马逊女战士",巴尼由此得到她在法国文坛的昵称:"亚马逊"。

有十足的1892年菲耶索莱味的装饰"过敏吗?他会不会因站在自己面前的是一位眼中永远不带冷峻之色的同性恋女子而感到害怕?事实是,他们的见面并没有让他们真正确立起让两个灵魂可以进一步坦诚对话且互有收获的关系。

马塞尔谈论了音乐和上流社会。娜塔莉尽管谨慎,但在交谈中更大胆。马塞尔以他特有的风格介绍了自己那套淫邪的著作,然后还送了一本给她,而她也立刻很投入地去读了。

读是读了,但她的判定却不容人分辩:"马塞尔·普鲁斯特笔下的女同性恋都毫无魅力可言。她们全都荒谬不实。"

→ Homosexualité 同性恋,Inversion 性倒错

龚古尔(Goncourt)

直到最后一刻普鲁斯特都不敢想象自己真的会得龚古尔奖——但伽利玛帮他设想了这种情况:在收罗到在其他地方处处碰壁的普鲁斯特后,这位《新法兰西评论》的新三巨头之一(加斯东、里维埃和会计古斯塔夫·特罗谢[Gustave tronche])就一心琢磨怎么让这次投资能够通过重要关系人带来回报——当掌势的男同性恋们(纪德、纪昂和史伦伯格)拒绝发表普鲁斯特著作时,背后反映的也是当时的上流社会关系人对这本书的流传的确有所抵制。不管怎么说,普鲁斯特还是认识一些人的,他已经获得了一定知名度,伯爵夫人们很喜欢她们从没亲自读过的那本《在花样少女们身旁》,而莱昂·都德(Léon Daudet),这位文学领军人物,又恰好是普鲁斯特兄弟的老朋友。都德是"法兰西运动"(L'Action Française)的著名作家,他奉行反犹主义,属于亲塞利纳①一派,却

---

① 指路易-费迪南·塞利纳,他曾在1937年及二战中发表过一些激进的反犹宣言。

去维护一个热衷于使用虚拟式未完成过去时写作的犹太人,而后者又支持过德雷福斯的无罪辩护。这不正是一个前所未有、或能有效提高普鲁斯特影响力且从中获利的大好局势吗?

毋庸置疑,就这得奖而言还存在两个问题:首先,普鲁斯特可能被人划成"富人",更糟糕的是,他甚至可能被看成是"富人的朋友"。按照当时的标准(后来变过吗?)而言,这是普鲁斯特的短板,很容易就能以传统或维护良好社会风气为由或摆出龚古尔的遗言等方式来反对他得奖。第二点是有一些被左派和爱国者很看中的作家在与普鲁斯特竞争,是他的角逐对手,比如罗兰·道吉列(Roland Dorgelès),一个内心"军人"的作家,他的作品《木十字架》(*Les Croix de bois*)得到了莱昂·埃尼克(Léon Hennique)的大力推荐。无论从哪个角度而言,当时他都是最有可能的得奖者……

最终,伽利玛用尽了所有手段在露西·德卡夫(Lucie Descaves)和大罗奈(Rosny)周围做了大量工作,并在评委会主席、艺术评论家古斯塔夫·热弗罗(Gustave Geffroy)那里,用了前面三届龚古尔奖都连续颁给了战争题材的小说来说服他,建议他考虑是否是时候让龚古尔的得奖题材暂时告别战争,换个时代风格了。

塞亚尔(Céard)、埃莱米尔·布尔热(Élémir Bourges)和小罗奈补足了其他的票……就这样普鲁斯特(以六票对四票)获得了这个他从没有想过也不知道会为他带来什么的奖项。

这就是为什么1919年12月10日刚过中午当塞莱斯特通知他说都德先生想要见他,并请他在阿默兰街的小客厅里与三个伽利玛家的人("他们也在这里,就像朝拜耶稣的三王……")一起耐心等候之时,普鲁斯特会感到如此惊讶的原因。前夜没有睡好的普鲁斯特先是想要吃羊角面包和喝牛奶咖啡;而后他又心情很差地放弃了梳洗念头;并同意将他与弗朗西斯先生约好的"剃须时间"推迟,没有去马莱塞尔贝大街;最后,他得知了好消息,以悲伤全无的神圣心情饮下了这一代表巴黎和世界的光荣。

很快他便收到了5000法郎的奖金,他于同一天晚上将它们全部花在了里茨酒店的一顿晚餐上。幸运的是,头天晚上他还在一只抽屉里找到了十二份荷兰皇家壳牌公司(Royal Dutch)的股票,并刚刚将它们卖出,这笔钱让他能够在奖金基础上进一步改善自己庆功宴上的盘中餐。

从得奖第二天开始算,他总共收到了870封贺信,他以一个不善交际的写信迷的姿态回答寄信人说自己由于健康原因而无法真正给他们回信。随之而来的就是高烧和精疲力竭。仅仅两天,他就闻名天下——这完全超出了他的意料。

在里茨酒店的宴会上,罗兰给他带来了道吉列的小说,在书封面上印着一个黑框,里面大字写着"龚古尔奖",下面又用小字写着"四票对六票"。

第二年,评委会将大奖颁给了小说《奈纳》(*Nêne*)的作者艾尔内斯特·佩罗雄(Ernest Pérochon),这或许的确是部让人难忘的小说,但也是一部被时间遗忘的作品。于是,一切又回到了正轨。

→*Éditeur (à propos de Jacques Rivière)* 出版商(关于雅克·里维埃),*Gide (Le rêve de)* 纪德(之梦),*Immortel* 不朽,*Papillon* 蝴蝶,*Vertèbres (du front)* (前额的)椎骨

品位和颜色(Goûts et couleurs)

戈达尔先生和夫人是一对好笑的夫妻。

由于患有发作性睡眠病,这位夫人会在半睡半醒之间扭曲她耳中的别人的谈话。她的丈夫是个衣冠不整且没有教养的人,他会专门等她半睡半醒时候在她耳边吼叫:"噢,好吧!莱奥汀娜,你睡了吗?"

他们就像是萨沙·吉特里（Sacha Guitry）剧里的两个讨厌鬼（一个白头发女人和一个"头发在远方"[①]的男人），吉特里说他们的讨厌妨碍了自己，增加了他的孤独感，他们还因为思想老只停留在现实层面——这种常人也会经常犯的傻事，而让一幅美好画面打了折扣，成了一个模型。

因为戈达尔夫妇尤其缺乏理解非形象艺术的能力："戈达尔夫妇既不能在凡德伊的奏鸣曲中，也不能在那位画家的肖像画中发现他们所理解的音乐的和谐和绘画之美。钢琴家演奏的时候，他们觉得他是在钢琴上随便弹上几个音符，这是他们已经习惯的形式所无法联系起来的，而画家只是在画布上随意抹上点颜色而已。"

没有比这更符合逻辑的了：当艺术与真相有关的时候，当艺术与现实较劲的时候，爱好者会通过作品带有的现实主义元素的数量去衡量它的质量。所有没有反映现实的东西似乎都成了庸俗和无知，"缺乏他们用来观察路上的行人的那个习惯画法所显示的优美"。戈达尔夫妇根本不会想到艺术家不是通过展现事物的表面模样来将其表现为这样或那样，因此他们很可能会对毕加索大放厥词，认为他在人的脸上画了过多的三角形，正如他们也会批判埃尔斯蒂尔"不知道女人的头发是不会长成淡紫色的"，他们的问题正在此处。当埃尔斯蒂尔应韦尔迪兰夫人要求给戈达尔画像的时候，他给他画了一头淡紫色头发！"我不知道，先生，您是否发现，我丈夫长着淡紫色的头发"，莱奥汀娜这么说，她没有发现埃尔斯蒂尔之所以这么做，或许正是因为他已经察觉在戈达尔的资产阶级男子气概之下隐藏的其实是一颗女人的温柔心。

→ «*Albumine mentale*» "精神蛋白尿病"，*Cambremer*(*Marquise de*)康布尔梅（侯爵夫人），*Elstir*(*ou les sept jours de Dieu*)埃

[①] 文字游戏，意为：秃头。

尔斯蒂尔(或上帝的七天), *Mauve*(*et rose*)淡紫色(和粉色)

沙粒(Grainsdesable)

如果我们信得过塞莱斯特的记忆的话,那一天,受日益临近的死亡折磨的马塞尔,的确产生了去网球场美术馆第二次瞻仰"亲爱的弗美尔"的名画《台夫特风景》(Vue de Delft)的想法。

他在《观点报》(*L'Opinion*)上读到让-路易·沃杜瓦耶(Jean-Louis Vaudoyer)在网球场美术馆召开荷兰画展的时候编辑发表的三篇文章。这些文章详细描绘了弗美尔作为一个醉心于创作的画家是如何地"摆脱逸闻俗事干扰","按照自己的原则"创作"而不管时代如何评论"的。于是,他邀请沃杜瓦耶陪他去到美术馆:"您能允许我扶着您的手臂,让您引导我这个枯槁之人吗?"

等他从博物馆回家时,情绪激动,他对管家说了和下面这段话差不多意思的话:"噢,塞莱斯特,您无法想象那种精细,那种细腻……哪怕是细腻到一粒细小沙子啊! 微小的颜料这里一点绿,那里一点红……这得花多少工夫啊! 我必须改了再改,再改……加上沙粒……"

在《追忆似水年华》中,他借由在"小块黄色墙面"面前详细描绘贝戈特的死亡的机会,让上述意思变成了这样的词句:"我也该这样写",他说,"我最后几本书太枯燥了,应该涂上几层色彩,好让我的句子本身变得珍贵,就像这一小块黄色的墙面。"

而且马塞尔的确在修改。他加入了一些以普鲁斯特文风写就的被称为"增补段落"或"衍纸装饰"的"沙粒"。这些增补加点缀造就出了无数长句,其中最长的句子,长达一米四,展开的话,它就如同一把手风琴。

这次美术馆之游还激起了普鲁斯特的一次冥想,冥想本身可能本就对每个人的价值有所不同:为什么我们感到自己必须要去为世界添加美好？为什么我们要为世界增添"沙粒"？我们从浪费糟蹋自身存在完成这项神圣事业的过程中到底能得到什么？谁在推动我们做这些？叙述者在贝戈特的死亡之时想到了这些。他的这番遐思值得我们注意：

> 人们只能说，今生今世发生的一切就仿佛我们是带着前世承诺的沉重义务进入今世似的。在我们现世的生活条件下，我们没有任何理由以为我们有必要行善、体贴甚至礼貌，不信神的艺术家也没有任何理由以为自己有必要把一个片断重画二十遍，他由此引起的赞叹对他那被蛆虫啃咬的身体来说无关紧要，正如一个永远不为人知，仅仅以弗美尔的名字出现的艺术家运用许多技巧和经过反复推敲才画出来的黄色墙面那样。所有这些在现时生活中没有得到认可的义务似乎属于一个不同的、建筑在仁慈、认真、奉献之上的世界，一个与当今世界截然不同的世界，我们从这个不同的世界出来再出生在当今的世界，也许在回到那个世界之前，还会在那些陌生的律法影响下生活，我们服从那些律法，因为我们的心还受着它们的熏陶，但并不知道谁创立了这些律法……

→*Mort à jamais*? 永远死去？

大饭店（Grand Hôtel）

卡布尔大饭店首先引人惊讶之处在于它只有中等规模。事实上，这所酒店的规模在二十世纪期间缩小了三分之二，尽管空间依然庞大，尽管有着高廊宽柱支撑起来的客厅和面朝大海的露天咖啡座，卡布尔大饭店依然只能算在矮子里面充高子，它只是一个体积很小的雷龙而已。尽管家族有着不完整的巨人症遗传，会给儿子看到一个身高如常但却拥有特例大脚的父亲,又或让家族成员的某些身体外部特征比常人庞大,但卡布尔大饭店符合普鲁斯特笔下位于巴勒贝克的酒店:二者如出一辙,如果要说不同的话,就是前者比后者规模小些,正如里昂之于巴黎。不管怎么说,谈论这所酒店的人都是被普鲁斯特文字影响了的,人们都知道自己会对实物失望:他们等待的惊喜并不在规模。不管停车场大还是小,不管酒店的台阶多么窄,不管它挂的是不是"雅高酒店集团"(Accor)的牌子,人们只需要沉浸在小说里打开酒店一扇隐藏的门即可。

→*Chambre* 414 414房间,*Coquatrix*(*Bruno*)科卡特里(布律诺)

格里马尔迪(尼古拉的注释)(Grimaldi[Notes de Nicolas])

这里,没有增补修改的段落,没有繁复的装饰,只有略微泛黄的书页,它们被完美无缺地打孔装订,各项内容被有意识地装进一个中等大小、红皮封面的分类薄中,蓝色的字体虽然细小却清楚明白。尼古拉·格里马尔迪对《追忆似水年华》(和让·桑特伊)的注释并非是一本书——即便他的确通过这些注解写了很多评论普鲁斯特成名作的出色观点,而是一本辞典,是本书作者一个人拥有的一个开示"羊皮卷",这是他一个人的宝藏,如果他想要找到自己的道路的话,他必须先去对它亦步亦趋……

乍看之下,每一页都不过只是对《追忆似水年华》常见主题的书评而已:"爱""失望""夏吕斯""焦虑""模糊性""固化""换喻""习惯""不可能的幸福"……而且这些主题被整理到了互相呼应的小节里("如同镇痛剂的爱""从焦虑生出的爱""习惯诸层次""从想象到觉察的过程""欲望和旅行的相似处",等等)。但只要我们再细看看,只要我们开始以崇敬目心怀敬意地浏览一下这本书所列举的内容,就会马上在那些讨人喜爱的分析里体察到它的非凡卓越。被引用的此句与彼句之间有时候能相隔上上千页,而一旦将它们放在一起,就会让比电脑配件还复杂的作品构件轮廓乍现,《追忆似水年华》的每部分构成也因此而被赋予了一种精细的机械美……这本阐释学的经典著作引出的羞耻心、情感、认同和嫉妒都让我们无法在此处给出具体例子。您想看吗?那就自己去找。这本册子是我的。我不会和您分享里面的宝藏。

尽管没有例子,但烦请您务必相信我的话:它的出色不仅仅在于写作的环环相扣或引用的层出不穷——这些常常相似也时而反观的引用也的确相得益彰,形成了一种既具生气又硕果辈出的和谐。这本册子的出色更多在于:格里马尔迪没有遗漏任何信息。事无巨细,一切都被记录其中。无论涉及的是怎样的大小主题,所有能引用的段落句子全被摘录了出来!从尼古拉·格里马尔迪身上,我们可以看到书商芒代尔的影子,这位斯蒂芬·茨威格笔下的人物仅仅靠着个人记忆就在他的书店后部做到了将所有书籍整理归类,为希望找到珍本书的学生们提供了免费可靠的建议。

在数据时代,电子出版物和虚拟手稿让我们可以不留痕迹地无限次修改,那些加入的段落也不过增添了几份向后跳的页数罢了。如果尼古拉·格里马尔迪有这样的条件,那他也不用在处理第一手资料上花那么多精力(而且,普鲁斯特的手稿本身也不会被加塞得活像一把手风琴)。拨回时钟,当时人们有的唯一工具是多页厚纸和一对钢笔(一支蓝墨水笔和一支用来记录突如其来的想法和标注重点的红墨水笔),在这样的条件下进行校订是个相当费时费事的大工程。

为了无一遗漏,只有两种办法能够做到:要么是格里马尔迪已将《追忆似水年华》读得烂熟于心(尽管他的年纪已经不小,这也并非完全不可能),要么就是他用异常缓慢而精细的方式仅仅通读一遍,不过,为了做出这份全面无遗漏和(几乎)没有涂改痕迹的分类薄,他就需要事先准备好一份关于主题和段落的表格。某些段落之间出现的不均等空白,让答案似乎比较倾向于我们的第二种推测(因为它们的存在让我们觉得这或许是格里马尔迪为后面还有可能读到的遗珠空下了"留白")。然而,事实却证明,第一种说法才是真相……无论如何:还有比慢慢细读普鲁斯特更好的阅读他的方法吗? 还有比这位家里没有因特网(因为按他自己的说法,因特网"不够快")的大学者更好的能够带领我们追忆似水年华的导游吗?

粗话(Gros mots)

怎么可能做到写下这么多的长句、完成这样一部长篇巨著却丝毫没有用哪怕一个脏字? 即便一两个不怀好意的读者想去有意识仔细查找踪迹,也只能无功而返,在《追忆似水年华》里(几乎)看不到任何语言落差。但如果真有那种特别顽固的人,想用异乎寻常的小心心情去找的话……

事实上,普鲁斯特也没有完全摒弃那种二流作家的伎俩:这些作家常常在钻石般的美丽行文中无意间渗出些经过细致盘算的癫狂言词(就像一个厨师有意将龙虾的粪便留在吃龙虾的汁酱里一样)。

有三处地方可勉强算成例子:

1. "您的屁股真大",朱皮安对刚刚和他做完爱的夏吕斯男爵这样说道。

2. "要是所有的人都有您这样的好心肠,世上就不再会有不幸的人了。但是,正如我姐姐所说,因为我现在富了,我就可以有东西给他们一点气受了",那位电梯员这么对叙述者说道,而"我"为了摆脱他,给了他数目可观的小费。

3. 最后一例:"当您拉完一曲小提琴独奏,难道您在我家里看见过有谁不是拼命对您拍手,或者意味深长地保持静默,而是对着您放个屁吗?",夏吕斯男爵这样问莫雷尔。莫雷尔是朱皮安的侄女,她刚刚才对男爵说"改天我请你们喝茶"。男爵认为这句话"招人厌恶",纯粹是"让它的恶臭来玷污我高贵的鼻孔"。

引号(Guillemets)

从为叙述者服务的饭店领班埃梅因为"略有文化教养"而去混淆括号和引号的行为,到说出像"他每当谈及严肃的事情,用到某种说法,仿佛就某一重要问题提出某种见解时,总要用特别的、一字一顿的语调,挖苦似的把那种说法孤立开来,好象给它加上引号似的"这样话的斯万,特意把要说的话放到引号里这种做法在《追忆似水年华》里统统都是没有文化教养或纨绔的标志。

不论是就埃梅还是就斯万的例子而言,他们都没法装成功:没有教养的人反倒会让自己装出风度,而正是这点让他们显得滑稽可笑(他们中的有些人会觉得自己装得很好,以为自己成功倒装了句子,因此在说话的时候会直接无视句法,不再说口语化的"我不知道是谁",而是文绉绉但却错误地说"我不知道那能是谁")。至于纨绔子弟,他想用不正经的态度对待任何事,或者他会用让别人觉得自己总是在围着自己的话说这种方法来浓缩表达这种态度。真是令人遗憾。因为当我们好好思考这点时候,会发现就像给画框塞上画布那样在"镶入"一个词时去特意赞美它的这种做法,虽然不蠢,但却总会引出诧异。

雷纳尔多·哈恩(Hahn[Reynaldo])

在普鲁斯特的所有朋友中,哈恩是魅力最让人无法抗拒和最忠诚的了。他总是欢快活泼,而且特别聪明,还很爱笑,人们曾经形容这位卡拉卡斯的天生犹太天主教徒(把他想象成普鲁斯特和委内瑞拉之间的一个相交切点,难道不是个好玩的主意吗?)说:"有亨利四世的那种可爱,也有切萨雷·波吉亚的那种陪伴。"无论如何,他被马塞尔的寡淡气质吸引了,这是马塞尔在其他与他有亲密关系的人那里从未表现过的。

他们是在玛德莱娜·勒迈尔的一次"周二"聚会上发现彼此的。马塞尔时年二十三岁,比雷纳尔多大三岁。他叫雷纳尔多"小马",雷纳尔多称呼他为"我的小主人"。他喜欢有分寸和怀旧古典,雷纳尔多则病态地喜欢过度表达和情绪爆发。他们之间的通信时而热火朝天,时而冷淡疏远,但都装满了比正常写法多了个"s"的词(他们出于对古语的喜爱而发明的私下语言):"je vous ai escrit"(我给您写了信),"je suis fastigué"(我很累),"je suis phasché"(我生气了),"je me suis koushé"(我睡觉了)……

他们想一起写作出版一本名为《肖邦一生》的书,也一起去了贝勒岛(Belle-Ile)、威尼斯和贝梅耶(Beg-Meil)。在雷纳尔多眼中,马塞尔就像"一把迎风颤动的伊奥利亚竖琴",而马塞尔亲昵地把他命名为"Punct"、"Vincht"、"Binibuls"、"Bunchnibuls"、"Irmuls"或"我亲爱的乖乖",在他眼里,他的这位朋友兼爱人唱出的细腻旋律是:"混合了老虎血和花瓣的巫婆饮剂"。他们做爱了吗?很可能,即便没有任何确切具体的证据能让我们描绘出普鲁斯特的性生活。唯一能够确定的是,雷纳尔多是唯一一个到奥斯曼大街或阿默兰街拜访普鲁斯特时从未让塞莱斯特陪伴在旁的"先生"之友。同样可以确定的是,普鲁斯特常常让他的这位朋友为他演奏圣桑的某段小提琴和钢琴奏鸣曲,从某种意义上说,这是他们爱之国度的"国歌"。

这些生活细节让这位委内瑞拉人在马塞尔的生活中赢得了如同奥黛特或阿尔贝蒂娜之于斯万的位置。塞莱斯特曾声称普鲁斯特快去世的时候很讨厌雷纳尔多·哈恩,但却没有什么确实证据:首先,因为不知道为什么塞莱斯特从来没有喜欢过雷纳尔多;然后,很可能是他心思单纯地把两人之间围绕音乐的频繁争执(雷纳尔多喜欢古诺和马斯内的音乐,马塞尔则只服《罗恩格林》和德彪西)看成了严重争吵。雷纳尔多一直心怀感情地陪伴在他朋友身边直到最后,而后他因他的死又痛苦了二十五年。

他们各自赢得声名(普鲁斯特作为作家的全球名声和哈恩作为音乐家享誉世界)的节奏却屡屡不一致,一个人成了红人的时候,另一个还寂寂无名,一个人的才能得到了官方公认的时候,另一个还迟迟未进文学沙龙。但是他们相爱。而且在他们长时间的激情爱恋中,我们都能看到布鲁斯特写给雷纳尔多名为"萨迪格"的狗的信件,(除去其他的挑逗言词)他在里面讲解了自己的美学观点。

这两个人注定会相遇相爱。每当想到生活的偶然成全了他们的相遇且让他们在一段时间内共享彼此生活,我们就会觉得无比喜悦。

犹太人的自我仇视(Haine juive de soi)

并非因为只有犹太人才有权(真的如此吗?)反犹,一个反犹的犹太人就不会让人面目可憎。事实正好相反。

除了斯万的一个玩笑外("我的天哪!我们三人碰到了一起,别人以为我们是在开工会会议呢。人家就差没去找会计了!"),斯万开的犹太人的玩笑都没有上流社会应酬时候的那些插科打诨来得机智风趣,显然是布洛克扮演了那个维持了犹太人自我痛恨角色的人。

有一天,叙述者正坐在一顶帆布帐篷前的沙滩上,突然听到自己的同行人在用多瑙河人的挖苦方式抱怨巴尔贝克的犹太人过于密集:"就没法走几步不碰上一个!我并非从什么原则出发,对犹太民族有不共戴天的仇视情绪,可是这里,真是过剩了!到处只能听见:'喂,亚伯拉罕,chai fu Chakop① 这种话。真觉得自己是置身于阿布吉尔街呢!'"但布洛克作为一个自由的人并不仅仅满足于对凯尔特人的土地上出现了数目过多的、与自己同样宗教信仰的人而痛心。他不喜欢犹太人,恰恰是因为他自己是当中的一员。他不喜欢反犹太人的人,那是因为这些人把他固定在了犹太人的角色里的,而这种角色却是他最不想要的,他不想因为困在这个身份里而为发展自己的野心带来阻碍。

因此布洛克对显示自己的犹太一面极其小心,眯着眼睛"好像要在显微镜下为那数量极小极小的'犹太血液'定量一般"。

---

① 希伯来语:你这个断子绝孙的。

如果说他会因为能够"很精细"地掌握好自己感情里的、让他得以维持自身根基的东西而高兴，那是因为一方面他觉得"露出自己种族的真相"是很勇敢的事，另一方面又觉得与此同时需要适时减轻这个真相的份量，"就像那些下定决心还债，又只有勇气偿还一半的吝啬鬼"。布洛克最大特征就在于这点：拿出勇气来宣布真相，同时又在其中掺上很多歪曲真相的谎言，让它变得更好消化。

布洛克的所有讥讽自己犹太出身的言语都只有以自嘲方式表达自己"不想是犹太人"来掩盖犹太出身这一个目的，对于这点的最好例证出现在布洛克和年轻的沙泰勒罗公爵的一段对话中。布洛克问了后者一个关于德雷福斯案件的问题，公爵回答说："先生，请您原谅，我不能和您讨论德雷福斯，原则上我只会同雅弗的后代谈论这个案件。"尽管刚刚才因这句话而毫无防备地被本想套近乎的人羞辱，布洛克（"他的姓不是可以让人毫无疑问认定成天主教徒的姓"）的愤怒还没有时间在心中成形，就已经不禁反问说："您怎么知道？谁对您说的？"倒像是一个凶犯儿子在说话。

因此我们还该惊讶于一个用明显是化名的"雅克德·德侯吉耶"来埋葬自己犹太出身的男人他的女儿们同他一样也有想要否定出身的意愿吗？"在很久之后，那时布洛克已经成为一家之主，把一个女儿嫁给一个天主教徒，有一位不大礼貌的先生对她说，他好像听别人说过她是犹太人的女儿，并问她姓什么。这位少妇在娘家是布洛克小姐，就回答说姓，Bloch，但按照德语的发音说出来，犹如盖尔芒特公爵那样（不是把 ch 这个音发成 c 或 k，而是把它发成德语的 ch）。"

→*Antisémitisme(dreyfusard)* 支持重审德雷福斯案的反犹主义, *Du bon usage (de l'antisémitisme d'Albertine)*（阿尔贝蒂娜反犹主义思想的）典型运用, *Judaïsme* 犹太文化, *Shibboleth* 示播列

独例词[①]（Hapax）

艾蒂安·布吕内(Étienne Brunet)在对《普鲁斯特词汇表》（斯拉特基纳-尚皮翁出版社[Slatkine-Champion]，1983年）的研究中，以十分虔诚的态度搜集普鲁斯特的"罕用词汇"（新造词或过时老词），这些词汇有些存留下来了，但大部分还是消失了。我们徜徉其中有所收获，就像在一处遍布无名墓碑的坟墓里游荡，记起那些早已消散、只能靠想象才能得知结局的故事。马塞尔适时地需要用到这些因素组合，而在此，我们需要想象的是超越这些组合之外的那种意义所在。

举几个例子？不管它们的意义是否晦涩不明或又是否有影射意味，我们下面全都如实地按照开头字母顺序——而非它们出现在小说里的顺序——列举出来："偷盗者"(barbotis)、"字写得不好的人"(cacographie)、"吊唁"(condoléancer)、"复制者"(copiateurs)、"被弄弯腰"(courbaturé)、"被噩梦吓到"(encauchemardée)、"女诈骗者"(escroqueuse)、"安顿"(installage)、"路易-菲利普式的王族化"(louisphilippement)、"使偏头痛"(migrainer)、"讲方言的人"(patoiseur)、"被粉饰嘲弄的"(poudrederizée)、"做成茎状"(tigelé)、"欺骗"(trompailler)、"震动性"(vibralité)……

（先定的）和谐（Harmonie[préétablie]）

我们该如何理解，在预先互不相识也不可能共同商议的情况下，夏吕斯男爵和裁缝朱皮安在他们第一次相遇时，在一方在另一

---

① 只见于一例的词或词组。

方转过身还不敢直视他的情景中,当他们察觉互相存在的那一刻,就已经不约而同地立即决定要像预备好的一样摆出孔雀开屏的引诱姿态?当夏吕斯男爵假装递出意义不明的眼神以突出自己瞳仁美感之时,是什么样的狡猾天才让这一瞬间成了暗送秋波浪?是什么创造了神秘的一见钟情,让两个人无声胜有声?两个彼此毫无所知的身体如何能够做到协调一致地好似兰花卖俏,引诱碰巧飞来的熊蜂?两个聋哑人怎么能够做到远距离地共同谱写一场芭蕾这种本来只属于自然造化又或剧场之功才能做到事?

> 眼前仿佛出现了两只,一只雄的,一只雌的,雄鸟设法往前凑,可雌鸟——朱皮安,他对此类把戏无动于衷,只顾梳理自己的羽毛,毫不惊奇地望着新朋友,目光发木,漫不经心,既然雄鸟先主动迈了几步。

这样的谜题需要莱布尼茨的《单子论》来叙清。

事实上,"单子"——原则上组成了所有物质的非物质简一元素,"没有任何缺口可以允许其他东西进出它",没有任何单子能对另一个单子的内部产生影响,除非有上帝的协调。上帝有能力将独立运动和谐组合起来,就像是乐队的指挥,能够将只想演奏好自己部分的各种乐器协调起来。在《单子论》这本用十页纸和九十个命题浓缩了整个系统的不朽经典著作中,每个人都不自知地处于与其他存在物完全独立的空间里,但这种单子之间的互相独立却是靠它们对上帝的依赖来保证。与表面看起来的不同,所有灵魂其实是像在互不相干的世界里一样各自求生存发展,上帝才是给予他们共同目标的存在。如果人和人之间觉得可以互相交流,那因为上帝在比较两个简单实体后,"为他们每个人找到了必须要和另一个人和解适应的理由"。这就是莱布尼茨的"先定和谐"。在《追忆似水年华》里,它表现为两个人早已达成协议,那多余的对视

"不过是礼仪的前奏曲,就好比成婚前的订婚宴"。

毋庸置疑,在莱布尼茨那里,单子们的共可能性(compossibilité)要在以上帝为君主的"灵魂之神圣国度"里才能如日中天,而从夏吕斯和朱皮安双目对视中升起的却是被诅咒的所多玛天空("某座我还没有猜出名字的东方之城")。然而,无论是前者还是后者,世界都是一个幕剧,而我们以为需要即兴发挥去演绎这幕剧,因此,台词也就显得更为重要了。

→*Fleur* 花,*Insecte* 昆虫

赫拉克利特(Héraclite)

叙述者是通过位于巴尔贝克的房间窗口看到那片静谧海洋的令人惊叹的变动性的:"我迫不及待地要知道今天早晨在海滨如涅瑞伊得斯般游玩的大海是什么模样。我拉开窗帘。每一个模样的大海停驻的时间从未超过一天。第二天,就是另一个大海了,偶尔也与前一日的大海相象。但我从未见过完全相同的大海出现过两次。"普鲁斯特所持的特有的赫拉克利特视角让对客观变动的描述成了对流变的感叹。因为必须有一条河流的存在让赫拉克利特得以观察到,"流向我们的总是另一条河;水分开,又重新聚拢;它寻找又放弃,它靠近又远离"。而对于叙述者而言只需要一份看似的平静就能让他发现,围绕在我们周围的不动之所以不动,只是"当我们面对它们时候自己思想的不动"去强加的。

《追忆似水年华》里的一切都在流动,没有任何东西具备静态,山楂的不动并非在于它们自己,正如蒙田所说,"即便是无精打采的枝叶"也覆盖着"对它们充盈生命的低语"和"今日形态似花的昆虫们"的热情。流水般时光(也即"似水年华")变化成为海洋般时光(也即"重现的时光")也构成了叙述者不再抱有赫拉克利特式的怀旧而是偶尔也能获得极乐感受的理由。

（本书一位作者对他的朋友安东尼·洛蕾的）致敬(Hommage[de l'un des deux auteurs de ce livre à son ami Anthony Rowley])

我最后一次看到安东尼·洛蕾(Anthony Rowley)时，应该是他走下办公室，迈着大步走到蒙帕纳斯大街上。天下着细雨，他的神情显然很焦虑，有着所有宽大脸庞人凝神时候仿佛空洞的眼神。当时我正在汽车上，与他去的方向正好相反。天色很灰，我当时似乎有点急事要办，不然我一定会摇下车窗，呼喊他的名字，举起拳头远远给他打个招呼。他也定会远远向我问候："怎么样啊，我的老伙计？"，并同样心怀感激我没有真正停下来和他唠叨。但我没有这么做。而他在五天后去世了。

我们永远无法对他人的死亡做准备。即便是长时间的临危垂死，也无法让陪伴他的人在他离去那天免于惊愕。然而，所有的意外身亡、猝死、心脏病发作和那些本应等到寿终正寝才该发作但却不期而至带走壮年之人生命的死亡，这类死亡，是一种耻辱——因为它还没有给人时间浇铸悲伤就已经降临了。伟大的生灵都该有一个长时间迈向死亡的过程，死亡应该在获得最终胜利之前让人难以觉察且不断向后拖，就像是放下武器、承认失败之前的罗马式致敬，而非这样猝死。

选择去英国的法国人是想要致富。选择去法国的英国人则想要消费。安东尼·洛蕾其实是一位贵人，他的父亲和儿子们也都是贵人。我们以前经常（轮流请客）去享受最好的美食，就像站在良善一方的痞子一样一起密谋如何对付编辑界的诸多不公。然而，我们仅仅只有一个全天是一起度过的，那是在日内瓦，我去到那里工作以保证他编辑的一本小书能够顺利推广。不带公文包，只拿一件绿色天鹅绒外套，唯一的行李是《盖尔芒特家那边》的第二卷，一想到能够如此拥有足够自由的旅行，我就觉得心情相当愉快。

洛蕾则是留在"另一个时光"里的人：他那个时代的特征悄悄在他身上留下了痕迹，他的邮件是纸制信件，他的合同靠的是承诺。他依赖的是固定电话和手里的一杆笔这样的传统方式去开拓征服。他对狂妄自大的现代性的唯一让步或许就是用旧时广播播放时事时的那种记者腔说拉丁语：他把"Tempus"（温度）念成"Taiiiinpusse"，特意拉长了二合元音，就像正在吃分了几步的全套法餐。不过，重现在我眼前的更多是他在火车上的开怀大笑。当时，他正读到《盖尔芒特家那边》的最后一页。小说里，公爵正准备乘坐敞篷四轮马车出门，斯万刚刚告诉他自己身患绝症，可能活不到明年夏天，公爵突然在斯万身后用洪亮声音喊："喂，您哪，别信医生那一套。让他们的话见鬼去吧！他们都是蠢驴。您的身体好着呢。您比我们谁都活得长。"

我不能完全肯定，但我愿意相信我们都能像安东尼一样永远不假装开心地穿越世界，我也愿意相信有一天，普鲁斯特的文学后继者能够让他的伟大与独特风格得以传承和不朽，像他这样热爱生活的人都该得到这样的认同。

同性恋(Homosexualité)

值得注意的是，叙述者是《追忆似水年华》中唯一从未揭露自己也是同性恋的男性人物。

他是不是因此而真的就不是呢？他如何能够神奇地逃脱笼罩在其他属于"被诅咒种族"人物身上的命运？

莫雷尔、朱皮安、夏吕斯、圣卢、勒格朗丹、沃古贝尔和盖尔芒特亲王，他们全部都是——或者说最后正式变成了——男同性恋。即便斯万（他本不是男同性恋）都被夏吕斯男爵用不恰当手段引诱加入了性倒错者的大家庭:"我就不说了,有一次在学校里,很偶然的机会……当时,(斯万)脸上泛着罪恶……他如同情人一般光彩照人……"而叙述者却很奇怪地想要逃脱这种"诅咒",这点很吊读者的胃口。

叙述者就像个维持(良好)风俗的警察,但他的好运却因一段话而被打破,这段话被当作揭穿了作者真实想法的口误……

其中的两处口误最值得一提:第一个严格说来并不算口误,而是一种语塞……

让我们看看事实:叙述者想请阿尔贝蒂娜邀请韦尔迪兰家吃午餐,话题结束时,他还提议给阿尔贝蒂娜一笔钱,但这个不自由的人却对这个提议回答道:"谢谢您的好意!为这帮老家伙破费,哼!我还不如去搞……"阿尔贝蒂娜没有把话说完,但被吓到的叙述者最后在心里补全了她的话:阿尔贝蒂娜很想被人"鸡奸"(se faire casser le pot),因为原文所用的 pot(原意为"壶")一词在此处正是其粗俗语之意:"屁股"。换句话说,叙述者在一个女同性恋这里运用了一个(通常是用来)标识男同性恋性行为方式的词,而且他还很确定的是:她甚至愿意花钱去获得同性关系。

于是,叙述者承认人们可以花钱雇佣男孩来"鸡奸",比如他曾在朱皮安的淫窟里碰到的那些男孩。这就明显在表明阿尔贝蒂娜或许根本不是个女人(即便二十世纪初,"腰带式假阴茎"的使用似乎在女同性恋圈已经相当普遍),而她的情人喜欢的也是男人的陪伴。

至于第二个口误在于叙述者的思想被"拓扑意义上的"混淆所占据,他在朱皮安的房子里让人给他拿"黑加仑酒"(cassis)(这是在影射"被鸡奸"(pot cassé)吗?),到"14号乙"房间,那其实是夏吕斯男爵正在接受别人性鞭笞的房间。如果普鲁斯特有时间重读修改的话,这会是一个他将下手改正的失误吗?抑或是一处笔误?

某种标志？

→*Arcade*(11, *rue de l'*)阿尔卡德路(11号),*Freud*(*Sigmund*)西格蒙德·弗洛伊德,*Genre* 社会性别,*Inversion* 性倒错,*Luttedesclasses* 阶级斗争,*Pot* 壶

语言习惯(Idiolecte)

普鲁斯特笔下的人物更多地是凭借话语——而非行动——来彰显个性。尽管时间能够改变他们的容貌与称谓,能够主导他们的命运转换与肉体消亡,也能将社会机器彻底颠覆,却一点都改变不了他们的语言习惯。这也证明了:一个人最持久有效的身份存在于他惯用的话语里。

无论我们称呼奥黛特为赛克莉本特小姐(Miss Sacripant)还是斯万的妻子,也无论她是交际花还是(福什维尔)伯爵夫人,她的存在总是以一连串英文词(*darling*, *five o'clock*, *royalties*……)的出现为标志的;弗朗索瓦兹的语言则具有圣安德烈乡村教堂(Saint-André-des-Champs)当地浓浓的法国味儿,她这种别致的法语一直讲到《重现的时光》;汉尼拔·德·布雷奥代永远无法发出"ch"的音"我亲爱的公爵夫人"("*ma chère duchesse*"),会被他说成"我音爱的公爵夫人"("*ma ière duiesse*");布洛克的标志是不停地说一些自命不凡又放荡不羁的废话,倘若不这样废话连篇,他将成为一个透明的人物。每个人都有自己的语言习惯,此处,我们特意运用了一系列罗兰·巴特式的词汇,而他本人深受普鲁斯特的影响。

另外,每个人都会有这样的经历:你与一个人交往了三十多年,期间,你跟他有吵闹,之后也会和好,然后你会把他忘了,再后来,当你回忆起他的时候,你还记得他什么呢?当然不是他会发胖的脸,也不是他日渐佝偻的体态,甚至也不是他的政治观点或审美观念,因为那些都是随着时间会不断改变的。而能够留下来的东西,那永远不变的东西,便是他独特的用语,他的语调、措辞,或者他的笑声……"当我突然听到他的笑声——那曾经狂放的笑声,那与他目光中永远流动的欢乐一同飘荡的笑声,我确实以为那是别人。对于热爱音乐的人来说,如果 Z 创作的乐曲由 X 来配乐演奏的话,那就跟原版的完全不同了。这是普通人所察觉不到的细微差异。然而,在如同被削尖的蓝色铅笔一样尖锐的目光下之下,孩子上气不接下气的狂笑哪怕有一点点异样,那肯定也比配乐改变之后的差异要明显得多。大笑停止了,我本想认出我的朋友,然而,就像是《奥德赛》中的尤利西斯冲向他死去的母亲一样;又像一个招魂巫师,徒劳地想要从幽灵显现中获得一个能证明他真身的回应;又如同一个电学展览的参观者,不相信留声机里保留的那未曾改变的声音仍然是由同一个人在那一刻自己所发出来的,而我也一样,我已无法再辨认出我的朋友了。"

→*Angleterre* 英国,*Barthes*(*Roland*)罗兰·巴特

妄想(Illusion)

我们从夏吕斯男爵的口中得知这样一个故事:一个人坚信某个瓶子里装着一位中国公主,这个人一直疯疯癫癫最后变成了傻子。在夏吕斯看来,这证明了他所说过的一句话:"对于某些不适之感,我们不要绞尽脑汁地想去梳理治愈它们,因为只有心怀这种

不适感,我们才不至于坠入更凶险的深渊。"

的确如此,有些妄想存在着比彻底被毁灭的危害性还要小一些,因为妄想破灭会产生比之前的妄想更加顽固的新妄想,比如变成了拉康派的耶稣会士,或者像安托南·阿尔托(Antonin Artaud)那样,在其通信的末尾还加上一篇檄文(《对你的讨伐,教皇,狗》("Guerre à toi, Pape, chien")),对完全顺从于达赖喇嘛的教皇进行批判。简而言之,没有人比那些自认为不再疯癫的人更加疯癫了。让妄想泯灭反而是对妄想的强化。相比之下,那些已然醒悟的人比依然盲目的人更加危险(对醒悟者自身而言)。

因此,一直纠结于自己的妄想也不见得是多愚蠢的事——尽管我们知道自己是"妄想"的奴隶。拒绝受骗的人,往往会成为他所拒绝之物的受骗者。反而是那些接受自己被骗的人还更明智清醒一些。这样的话,自愿的妄想(意识到自己被骗的事实,但愿意承担)要比拒绝妄想更加明智,因为真正看清一切的明智就是由妄想构成的。

这就是为什么书中的叙述者坚持认为(并不相信)只要他将阿尔贝蒂娜监禁起来就能占有她。而在他未婚妻死后,正在服丧的他非常恐慌,甚至想要"忘却阿尔贝蒂娜"。但是,忘记阿尔贝蒂娜就意味着走出妄想,而这种妄想曾令他们心心相印——而她的那颗心并不属于他。忘记阿尔贝蒂娜也就是要在抹去痛苦的同时也抹去回忆,也就是抹杀他自己,而自我消亡是为了用写作来为生命欢庆。另外,在《追忆似水年华》中,那个认为用瓶子囚禁着中国公主的人是谁呢?正是叙述者本人。

"我意识到,对于我来说,尽管我把阿尔贝蒂娜完美地隐藏在了我的住处,但她并非我所以为的充实了我住处的完美俘虏。就连那些来看我的人,也不曾怀疑过,在走廊的尽头,隔壁的房间里,所有的人都不知道在瓶子中还困着一个中国公主;她急切而残酷地、强迫性地促使我去追忆过去,她更像是一个伟大的时间女神。"

→*Dénis* 否认

卑鄙（Immonde）

在《追忆似水年华》中，心怀嫉妒的人用"卑鄙"一词来形容自己的对手，而事实是对手赢了他。

"卑鄙！"斯万正是这样回复维尔迪兰夫人的，那时，维尔迪兰夫人友好地接待了福什维尔（她认为他和奥黛特更般配，能生活得更好），但她暗暗地感到不悦，便询问斯万对这位新来宾的看法。而斯万的这个回答为维尔迪兰夫人提供了绝佳的机会，可以用来证明以她的这些观点的合理性：高贵者对新来者（他是个勇敢正直的人）的鄙视是高雅的标志，这种没风度之举也是上流社会的人所必需的。

应夏吕斯男爵的邀请，一些贵族前来维尔迪兰夫人家欣赏莫雷尔音乐表演，他们也在维尔迪兰夫人面前摆绅士架子，令她饱受侮辱。她也把"卑鄙"一词用在男爵身上，为了要惩罚他，她准备要让他和他的情人莫雷尔闹翻。

最后，该书的两位作者之一在十五岁时也曾冒失地用"卑鄙"一词来形容（或者说抹煞）一群新朋友中新加入的一位，因为他自己未能融入到那群人当中。"我觉得你错了"，那群人中的主导者用一种临时的微妙口气对他这样说，表现得就像是老村民在对未来的流放者说话一样。

简言之，一小帮人在新的角色分配过程中找出一个替罪羊，而"卑鄙"就是这个替罪羊用来形容那个比他更合适的继任者的词。

永垂不朽（Immortel）

普鲁斯特并非对荣誉无动于衷，他也自然而然地认为：在他父亲眼中,这些荣誉都是他最好的辩护。正是在这种想法之下,他(从他兄弟的手中)获得了军官荣誉勋章,然后打算按惯例再进入法兰西学院,在他认定的这种晋升体系中,此前所荣获的龚古尔文学奖属于必然的一步,成功在握。

"等你的一个同仁去世了,我就会参选,"他最终向他的朋友罗贝尔·德·弗莱尔祖露了心声(于1920年6月4日的信件中),"……另外,很有可能下一个要死的其实是我。"

获得龚古尔文学奖几年后,普鲁斯特在认为时机成熟的时候说道:莫朗一直鼓励他,但也说《所多玛和蛾摩拉》的出版会引发厄运,破坏他的机会;亨利·德·雷尼埃(Henri de Régnier)承诺会给他投票,但随后又转投他人;里维埃是最犹豫不决的("这种玩意儿不适合您")。最终普鲁斯特和莫里斯·巴雷斯取得了联系,并请求巴雷斯在某一天的"午夜之后"来家里跟他会面("奥迪隆会过去接您,并将您载到我的阿姆林街的陋室……")。这位吹毛求疵的《奥龙特斯河上的花园》(*Jardin sur l'Oronte*)的作者,天生就对名望的阶层差异极为重视,因此,他表示:不该他出门去拜访普鲁斯特,而是该由小弟普鲁斯特去拜访他。这样,巴雷斯请求找一个合适的时间,让普鲁斯特去他在讷伊(Neuilly)的公寓——所在的街道日后便以巴雷斯的名字命名——会面,而普鲁斯特最终也照做了。

在跟巴雷斯打过招呼后,普鲁斯特——像以往一样声称自己快要死了——并没有转弯抹角,直奔主题地说:"大家似乎在等我进法兰西学院呢……"然后又说,"吉什是支持我的"。巴雷斯首先表现得非常圆滑:"哦,如果吉什支持您,那我也会支持您的……"然后又表示怀疑:"但是我亲爱的马塞尔,您要知道,法兰西学院从不等任何人……""您确定?"小弟坚持问道。"绝对确定",大哥回答道。

一切就这样结束了,普鲁斯特当即就转身离去。因此,他从未如愿进入那座雄伟的法兰西学院——而永垂不朽的约瑟夫·贝迪埃(Joseph Bédier)和安德烈·谢弗里荣(André Chevrillon)都是在那里被选举出来的。

这次夜间会面除了两位主角之外并没有他人在场,两人各自的信件中也从未提及,更没有什么官方记录(除了一条出自萨洛德[Tharaud]兄弟的二手信息),不排除这次会面只是纯粹虚构的可能。然而谣言四起,流传了很长时间,乃至这件事已经具有了一种传奇式的真实性。而对于某些人来说,这远比事实真相更重要。

但再想一下一个不争的事实:普鲁斯特在《在花样少女们身旁》中有对贝戈特在孔蒂岸边四处游荡情景的描写:"为了接近企盼已久的法兰西学院的席位,接近在选举中握有多票的公爵夫人,那个长着山羊胡子和螺旋鼻子的人会像爱偷刀叉的绅士一样去耍弄各种花招。大家会认为:用如此手段去达到这种目的的人是罪恶的。所以,他要一边耍手段接近目标,一边还要努力地让任何人都无法发现他的伎俩。"

→*Fatuité*(*du Narrateur*)(叙述者的)妄自尊大,*Fatuité*(*bis*)妄自尊大(2),*Gloire* 荣耀,*Concourt* 龚古尔

隐匿身份(Incognito)

普鲁斯特书中人物的贵族头衔,无论是合法的还是篡夺来的——是真实的?抑或是幻想的?——都构成了他们基因的一部分。这些贵族头衔都如同悬空的拱架,叙述者的想象将人物的身份悬置于拱架上。在一个随大流的社会里,每个人都赶着去参加化装舞会,在那儿,各种附庸风雅,各种秘密,各种欺骗扶摇直上。这些贵族头衔也是一种诱饵,能在这个社会引发大规模的探寻追逐游戏。从表面上看,普鲁斯特也曾经有过类似这种人的信仰:他们的命运被家族禁锢,所属家族禁止他们胡思乱想。他们生来就

隶属于某个阶层，只要按照这个阶层的要求行事即可。

有时候，这些人想要获得更大的自由，哪怕有损身份也在所不惜，他们试着逃离原来的阶层，放荡不羁的夏吕斯就是如此。他是布拉班特（Brabant）的公爵，蒙塔基（Montargis）的年轻贵族，也具有奥莱龙（Oléron）、卡朗西（Carency）、维亚泽吉欧（Viazeggio）和杜那（Dune）等家族的亲王头衔，但是他只想保留着最普通的男爵爵位的支脉，能使他成为《追忆似水年华》中最伪谦卑的贵族①。"现如今，什么人都是亲王"，他哀叹道，"当我想匿名行事的时候，我就说自己是个亲王"。这可谓一种微妙的辩证观：出身高贵之人却故意隐姓埋名，玩起了避人耳目的游戏。他甚至还有一个有损"洛姆亲王（Prince des Laumes）"之名的绰号："梅梅"，而"洛姆亲王"是他自父亲盖尔芒特公爵去世就享有的头衔。对他来说，这起码能让他隐藏身份，能在性别身份的错乱中自由穿行。因为他深知自己在两性的身份上是个叛变者，那远比贵族的徽章更让他焦灼不安。当维尔迪兰家的人在安排餐位的时候，从座次表中就能看出，他被排在了比外省的侯爵更次等的位置，每当这时候，"梅梅"这一绰号就派上用场了，啊，"梅梅"都乐不可支啦！

"您就别苦恼了（……）我立刻就看出您还不太习惯。"

马塞尔在写夏吕斯这个角色时也是自得其乐。他享受着夏吕斯所享受的乐趣（甚至通过"14号乙"房间的小圆窗）。对他来说，同样也是：在"妈妈"有生之年，他很愿意"匿名行事"。毕竟，以后还有的是时间让他去反抗自我。

→Homosexualité 同性恋，Naître(prince ou duc) 生而为（王子或公爵）

---

① 因为表面上他选择了一个最不起眼的男爵头衔，但实质上却透露着他自傲。

（叙述者的）无辜(Innocence[du Narrateur])

这是不争的事实：叙述者并不是普鲁斯特本人。但普鲁斯特为什么如此维护这个叙述者呢？为什么让他丝毫未沾染上《追忆似水年华》中所涉及到的林林总总的恶习呢？为什么其他人物都身负罪恶而他却独善其身？这是一个巨大的谜团，值得我们去探寻答案。

在《两个世纪间的普鲁斯特》一书中，安托万·孔帕尼翁敏锐地观察到：并不是叙述者（而是布里肖和贡布雷的神甫）要故作滑稽地追溯什么诺曼底词源；也不是他——而是夏吕斯——以一种确信的神态，一边注视着大使馆专员或者巴尔贝克大饭店的侍者，一边引用着拉辛的话；依然不是他——而是其他的人——处处出糗"办坏事"。同样，他总能很自然地为自己的偷窥癖辩解清白，他偷窥从未被人发现过，还偷看到很多：凡德伊小姐的"亵渎"行为，或在14号乙房间里夏吕斯所受的鞭打之痛，还有夏吕斯和裁缝朱皮安在植物学视角下的同性恋勾当①，以及妓女拉谢尔在妓院中的行为……

总保持无辜姿态的叙述者可以轻而易举地找到各种辩白的托辞（出于巧合或者偶然的发现，等等），并向肇事者澄清，而后则会声称不是他，而且还会不失关怀地对待他——通常对自己才会有这种关怀之心。

由此，孔帕尼翁总结认为：叙述者说谎、欺瞒、"好色放荡"，还不敢承认。这也正是"《追忆似水年华》中的一个主要的转变性创新"。甚至，在他一贯的伪装中还能找到足够的证据来证明：普鲁

---

① 叙述者将植物学的某些规律与人的同性恋之事相比拟，并用植物学的词汇来讲述当时夏吕斯和朱比安之间的同性恋行为。

斯特最终写了一部违反传统规则的伟大杰作,他自己在《重现的时光》中也是如此定义的。

驳圣伯夫的传统主义?上流社会的狡诈?亦或是矛盾?奇特之处即在于此,这些问题仍有待探究。

→*Fatuité(du Narrateur)* 叙述者的妄自尊大, *Homosexualité* 同性恋, *Inversion* 性倒错, *«Narraproust»* "普鲁斯特式叙述"

昆虫 (Insecte)

吕西安·都德曾向让·科克托吐露自己心声:"马塞尔是个天才,但您会发现他是一只残暴的昆虫,总有一天您会明白的……"这其实从来都不乏证据,由此能证明:看似迷人温润的普鲁斯特在某些时候会出奇的残暴,他生性不喜交友,也不愿与情人厮守,他总是在备好的美酒甘露中加上砒霜。由此可见,他就是个朋友与爱人的捕食者。

普鲁斯特这个人,当他爱的时候,也不爱:他令人窒息。他的情感丰沛、极致,但一旦出现丝毫瑕疵,他便很快又转换到这种情感的反面。

另外,至于与他人——被视为一种无法企及的单子①——取得关联的可能性,他持怀疑论(这与像莱布尼茨的观点类似),在这种总体怀疑论的基调下,他的情感得以凸显,淡漠却敏感。贝勒早已见识过普鲁斯特情感方面的脆弱易变,当时就被震慑住了,但非常矛盾,普鲁斯特却始终用一种对关爱的无尽渴望作为掩饰。

---

① "单子"一词源于德国17世纪著名哲学家莱布尼茨的"单子论"。作为一个多元论者,他认为存在无限多的精神实体,这些实体就是"单子":即不可分的实体、物的元素。单子具有活力和独立性,各不相同。它既不是空间的点,也不是物理学上的电,其本性纯粹是精神的,是形而上的活动中心。因此,单子学说构筑了莱布尼茨的唯心主义体系。

在普鲁斯特看来,每个人都封闭在自己敏感的情感壳子里。关于"昆虫"这一面,毕加索在大华酒店的晚宴上也提到过,他看到普鲁斯特对上层名流献殷勤,他会从他们身上选取某些细节,之后再写进他的书里:"您看看他,为了这个无所不用其极……"他是一个天才作家,但也被时间紧紧逼迫着,除此之外,他还能有什么别的办法吗?

最后,来看一个普鲁斯特"令人窒息"的例子:有一次,让·科克托在夜间到奥斯曼大街 102 号拜访他,普鲁斯特注意到科克托穿得很单薄,应该去找人做一件毛皮大衣,便决定送他一件。他给了科克托一块足以支付制衣费用的绿宝石。当然,科克托并不需要,也拒绝了他的好意。第二天,普鲁斯特立刻让他的裁缝到安茹街去为科克托量尺寸,而科克托却谢绝接待。随即,普鲁斯特接连写了几份信指责科克托,认为自己受到了"冒犯"。事情随即恶化。普鲁斯特不明白科克托为什么不知感激。两人也因此开始不和。如此种种。

→*Cadeau* 礼物,*Cocteau*(*Jean*)让·科克托,*Harmonie*(*préétablie*)(先定的)和谐

(柏格森的)失眠(Insomnie[avec Bergson])

伟大的作家们不会相约见面,他们之间最常出现的情况是:恰巧碰到,相互打量一下,互生嫉妒(如果还有点惺惺相惜的话),或者相互微妙地相互无视。他们之间无话可说,即使说也都是些谎话和空话,他们彼此之间也没有任何好奇心……哦,是您啊?很好,非常好,很高兴看到您,我们聊点别的吧……他们仅对自己的作品用心,不会把心思用在别处,附和别人或者相互攻击。这样不也很好吗?

普鲁斯特也同样有如此的经历:错过了与乔伊斯的会面,与王

尔德荒诞会面；但他更容易与最不起眼的竞争对手碰面（莫朗、莫里亚克、纪德、雷尼埃等等）或者对功成名就的前辈阿谀奉承（孟德斯鸠、法朗士、安娜·德诺瓦耶……）。身份的差距让双方的会面变得容易一些，而当双方名誉相当时，困难和问题也随之而来。同样地，普鲁斯特与柏格森二人之间最后一次谈话，就发生在评审布卢门撒尔（Blumenthal）奖项的归属期间……

因过度使用耳塞而饱受耳炎折磨的普鲁斯特想让雅克·里维尔得到这个奖。柏格森同样也是评委之一，他没有理由不协助曾经在他的婚礼上当伴郎的远方表亲①。当时发生了很多事情，两人都声名显赫：柏格森享有盛名，普鲁斯特也不毫不逊色。据说他们两人还有着相近的哲学观念。柏格森也觉得很有趣，因为他发现：在《盖尔芒特家那边》的初稿中，有两次排版错误，都将贝戈特写成了他的名字……人们看着他们"像两只雄壮的夜鸟"（语出自埃德蒙·雅卢[Edmond Jaloux]，他当时很不当地偷听到他们之间的对话）一起朝窗口飞去。他们的密谈继续深入，大家都屏住呼吸，新闻编辑们甚至已经开始斟酌新闻报道的用词了……

经过调查之后，我们发现：这两位思想界和文学界的巨擘似乎并没有讨论时间、绵延或记忆，而是谈到了"催眠药"，以及能够治愈二人都饱受折磨的失眠症的良方——女人……雅卢说道："听了他们的谈话后，人们甚至相信：失眠甚至都算是一件好事了。"

针对此次交谈，我们也能在《追忆似水年华》中唯一一处提到柏格森的地方找到呼应：一位"挪威哲学家"转述了一些观点，即记忆的特殊扭曲来源于安眠药。

→Bergson（Henri）亨利·柏格森，Cocteau（Jean）让·科克托，Joyce（James）詹姆斯·乔伊斯，Wilde（Oscar）奥斯卡·王尔德

---

① 指普鲁斯特。

前一刻（Instant d'avant）

在这本书中，时间以记忆的速度流逝，然而也会突然爆发出这样的一瞬间，得用好多书页才能将它展开，还得由几个宏大的句子来叙述。有一瞬间，接在时钟标志的时间之后，是一段不可拆分的情感的持续，只有电影的慢镜头才能差强人意地将其表现出来。方脚的秒针（滴答，滴答）在会见的进行中消逝，在回到冗长且乏善可陈的日子之前，那种转瞬即逝的美能让人感到目光闪亮、情感膨胀。对叙述者来说，要让时间错开或变慢，只要无限地延长对故事的铺垫就够了。所以就出现了这前一刻，这是极细微的无穷尽，眨眼间承载着未来。这是楼梯上的最后几个台阶，是作家用显微镜才得到的细微之选。

是不是因为害怕失望，斯万才用双手捧住了奥黛特的脸颊，最后埋在他的怀中？这种对失望的恐惧促使着斯万急切地推迟他们的第一次亲吻？也促使他在亲吻即将被征服的爱人之前，先注视着她，那目光就如同：我们要与眼前的秀色美景永别了，而在离别之际，还想要从这秀色美景中带走一二？是不是那种确定的幸福（深感不真实）才令叙述者在进入旅店的房间之前放慢了脚步？而他相信：阿尔贝蒂娜正在房间里等着与他相聚。无论是奥黛特主动亲吻了斯万，还是阿尔贝蒂娜拒绝了叙述者的亲吻（"我会知道这个未知的粉色水果的味道和口感的。我听到了急促、持续而刺耳的声音，那是阿尔贝蒂娜在用尽全身力气按门铃"），这一切都无关紧要，因为他们都预感到了：幸福自产生那刻即被破坏。

在到达极致幸福之前，这两位恋人赋予了这前奏更加广阔的维度①，

---

① 即延长并丰富了极致幸福的前奏。

究其原因,有点像阿喀琉斯(Achille)①和乌龟②,阿喀琉斯总是在要追上乌龟的时候突然又落后了:"没有人会停下脚步,放弃这最后仅剩的几步,而我却欣喜而不失谨慎地停了下来,就好像在每一步的前进中,我就逐渐离幸福越来越远了……透过窗口,我看见了山谷旁的大海,缅因维尔城(Maineville)悬崖上凸起的内峰,天空中,月亮还没有升到顶点,这一切对于我眼皮之间的眼球来说,比羽毛还要轻盈。那时,我感到我的瞳孔在膨胀、眼球变得更坚实,它们准备以自己敏锐娇弱的界面去承托更多的重负以及全世界的山脉。"

在"普朗克时期"③,万有引力和量子效应都是不可分割地联系在一起的。与该时期有点像,已经过去的前一秒让物理法则依附于内心法则,也将日常连续的画面叠加在一起:"我未在世界之中迷失自我,而是世界困于我身,且我身之广阔,世界远不能将其完全填满,在我身上,我感觉得到还有可积攒很多其他宝藏的空间,我傲然发散于天空一角、沧海一粟、悬崖一隅。既然如此,世界又怎能存在得比我更长久呢?"世界在这些丰富壮观的时刻面前显得微不足道,在这些时刻,时间逃脱羁绊,片刻未停地飞逝着,未来侵越到了现在,在夜幕降临前昙花一现。斯万和叙述者想要阻止

---

① 古希腊神话中跑得最快的英雄。

② 这是古希腊数学家芝诺(Zeno)在公元前5世纪所提出的"阿喀琉斯悖论":让乌龟在阿喀琉斯前面一段距离处开始赛跑,假定阿喀琉斯的速度是乌龟的10倍。芝诺认为,阿喀琉斯永远追不上乌龟。因为当阿喀琉斯追到乌龟的出发点时,乌龟又往前挪动了一点距离,又有新的出发点在等着他,所以,每次要追上的时候,就出现了新的出发点,有无数个这样的出发点(其前提是时间是无穷大的)。事实上,现代物理学已经证明了时间和空间不是可以无限分割的,所以,总有最为微小的一个时间里,阿基里斯和乌龟共同前进了一个空间单位,从此阿基里斯顺利超过乌龟。

③ 物理宇宙学中以德国物理学家普朗克(Max Karl Ernst Ludwig Planck, 1858—1947)命名的时期,是宇宙历史最早的时间阶段。人们认为:在那一时期,所有的力都是统一在一起的。

时间，但无论他们怎么努力也只不过是令时间绕道而行了，却毫不停留。他们试图让一切都停止，然而，也就是在那一刻，一切都过去了。

→ «Au Passage» "交错而通"

间歇（Intermittent）

这个词第一次出现在《追忆似水年华》里，是用来描述在贡布雷圣伊莱尔（Saint-Hilaire）大街上的佛莱谢飞鸟（Oiseau Flesché）旅馆厨房里升起的做饭香气。之后，这个词就被用来形容所有的调味汁。

这些东西都是间歇性的：中暑，炎热，粗野，幻觉，喑哑的嗓音，上午的碎片，精神的懒惰，童年时的笑声，自由，秘书处，浪漫主义，冷静，甜言蜜语，亲密，微笑，冷漠，疾病，拍打翅膀，维尔迪兰夫人的精神性耳聋，叙述者对弗朗索瓦兹的喜爱，海水旋律的回音，所多玛的复活，一段已经终结关系的再度恢复，拉谢尔高潮时轻微的呻吟，一阵微风或一缕阳光吹干突来的阵雨，嫉妒的对象，夏吕斯男爵与其姑母维尔巴里西斯之间的不和，在蓄水池下劳作的农场男工身上的汗滴掺杂着水池的水滴，充斥着嘈杂声（从中能听出：在晴朗的日子，干粗活的那些工人正在往来奔走）的蒸汽，将纷争的天空分割成段的飞机的警示灯和埃菲尔铁塔上的激光灯，阿尔贝蒂娜沉睡时均匀的呼吸声，还有那个内心亲近的小人物——他独自饥肠辘辘地在半夜里一首接一首地吟唱着太阳光辉的赞歌，最终让叙述者紧闭的双眼能够睁开去应对那"让人厌烦的闹铃"……

但"心的间歇"（Les Intermittences du cœur）（有时这也被当成作品本身的题目）指的是《所多玛和蛾摩拉》，在这部分中，叙述者第二次住在巴尔贝克大旅店期间，重回了多年前他与祖母一起去过的那些地方。他的祖母已经去世了,而在无意间扰人心神的回忆里,他扔下祖母帮脱下的短靴时,又看到了她那"慈祥、关切和失望的面庞"。在这一部分里,想要重新将祖母拥在怀中的愿望与即刻体会到的她早已离去的感觉交织在一起(或者说:从知道她已经死去一直到体会到——体会远比知道更加痛苦——这个事实,这个过程是一种滞后的转变)。叙述者用了好几页来写"阿尔贝蒂娜逝去"的葬礼,主要展现出:我们是在重现过往的过程中真正地生活着,而并非以思念已逝的幸福和天堂的方式活着,因为我们当时并未在意那曾经的温暖,而只是为快乐而活,此刻反而像是发掘出了悲伤所蕴含的宝藏,这宝藏需要作家将其诉诸文字。

关键并不在于让过去复活(这也毫无可能),而是在一种极其悲痛的显现时刻去感受过去的重现(显现之时太过悲痛,甚至都无法称其为"重现的时光")。然而,重点即在于此。

心的间歇既展现了心脏的舒张(即从知道到感受到的过程,正如那章中所写:在他的祖母被埋葬一年之后,他才真正感觉到祖母去世了),也展现了心脏的收缩(起初有些现象无法理解,而现象之下所隐含的意义之后被揭示出来。比如夏吕斯男爵所有怪异的言行举止,而他是同性恋的事实被揭示出来的那一刻便合理解释了这一切。)

那《追忆似水年华》呢?它就像是一颗聪慧过人的心脏在不安地跳动,恰如心律不齐。

性倒错(Inversion)

年轻的普鲁斯特性格古怪,有点强迫症,他热衷于给每个人起一个本不属于他们的名字,或者给别人起一个合适的绰号,用以暗示情感关系、亲密程度或者他人不知情的特殊关系。这样一来,其他人就顿时有了距离感。普鲁斯特夫人先以叫她的儿子"小狼"或者是"小傻子"作为舞会的开场,马塞尔接着说出类似于"布泥布"(Bunibuls)的昵称,雷纳尔多·哈恩被叫做"我的小马驹";贝特朗·德·费纳龙(Bertrand de Fénelon)变成了"龙纳费"(Nonelef),比贝斯克被叫成克斯贝比(Ocsebib),而这些人更喜欢叫马塞尔"尔塞马"(Lecram)……

别忘了,字谜最初就是字母的反转。普鲁斯特在写给弗朗索瓦·德·帕里斯(François de Pâris,他的家族拥有盖尔芒特城堡)的信件中写道:"当您提到我的时候,请一定不要叫我普鲁斯特。当姓氏一点都不悦耳的时候,我们就靠名字来躲避一下吧。"

在这个问题上,必须要提到另外一件事:直到1900年之前,"普鲁斯特"还被读成"普鲁特",后者指放屁的声音,通过暗示延伸,便会让人想到肛门,而对于反同性恋者来说,肛门便是男性同性恋者的代名词。

用字母的反转来掩盖习性的倒错吗?这是极有可能的一种思路。普鲁斯特钟情于隐秘性,因而他也喜欢隐藏自己同性恋的经历,所以他肯定会出于好玩或者掩盖的目的而选择这种思路。

隐形者和匿名女(Invisible et Innommée)

这是作者的诡计、小把戏还是狡猾的挑逗?无论是哪种情况,其效果都是非常显著的,而普鲁斯特也乐此不疲:他创作的两个角色,一个从未露过面,另一个一直隐匿姓名。然而,"隐形者"和"匿名女"却是《追忆似水年华》中极其重要的两个人物。她们被塑造成幻影、险恶或肉欲的虚幻载体,对推动整体情节的发展具有重要作用。

第一个人物(隐形者)是一位女佣;第二个人物(匿名女)只是被称作一位"女伴"。

首先,这位女佣是普特布斯(Putbus)男爵夫人的女佣,这也不算是完全的匿名,她在普鲁斯特的手稿(用比克布斯[Picpus]的名字)中占据着选择的位置,但在成稿中再也没有出现过。她去哪儿了?事实上,正是她的消失体现了这个角色的本质:精神层面的存在……

罗贝尔·德·圣卢普第一个向叙述者夸耀这个女人很美,犹如乔尔乔内①绘画中的人物,更称赞她精通性事,技艺非凡,能轻而易举地让人得到快感,明码标价,男女通吃。叙述者被极大地诱惑了,一直想要见到她,却未能如愿。他在巴尔贝克、威尼斯等她;本着与她见一面的愿望多次推迟行程;对她的哥哥戴奥多尔(Théodore)关怀备至,也不过是为了得到与她私会的机会。最终,在即将能见到她的时候,他却逃走了,因为他一定要防止这个风骚的女人在阿尔贝蒂娜身上施展女同性恋的技巧……普鲁斯特笔下的这个女佣,似乎是从安娜·德·诺埃尔(Anna de Nailles)的小说《支配》中获得的启发。她象征着期待、失望与想象。就犹如一个"隐藏的伊玛目"(«imamcaché»)②,迟迟见不到她现身;这不是一个"自我的完美想象",而是一个"他者的完美想象";这是一个简单虚幻的肉欲世界,一个永远也到达不了的远方。感觉像是暗藏的伊斯兰教长迫使基督教闪到一边。这不是"自我的理想",而是"他人的理想",是一个简单虚拟的肉欲世界;一个永远无法到达的世界。

我们可以中肯地说,这个人物就是小说中"隐形之神"(她轻浮,善变,因始终不得的想象而产生……),而她正隐藏在作品之中,因此,她自身也合理解释了作品的名字(《追忆》)。小说的叙述

---

① 乔尔乔内(Giorgione,1477—1510),意大利威尼斯画派的著名画家。其绘画造型优美,色彩绚丽,明暗柔和。人物与风景自然交融,开创了风景人物绘画的新格局。相比之下,弗洛伦萨画派则只是把风景作为人物的陪衬。

② 伊玛目是某些伊斯兰教国家元首的称号,或指伊斯兰教教长。此处指的主要是一个隐藏的终极人物。

者突然之间就变成了一个帕斯卡式的人物,始终不停地在追寻这位男爵夫人的女佣。在这个过程中,他耗费掉了时间,与此同时,他也积累了无尽的幻象。如果这个女佣并不存在,他仍然还是赢家。倘若她存在,他也终将获胜。当你开始对此深信不疑的时候,除此之外,难道你还会向上帝要求别的吗?

而匿名女在小说中是现身了的:她是"凡德伊小姐的女伴"。普鲁斯特在他1910年的《手记14》(*Cahier 14*)中称其为"X小姐"或"Y小姐",但在贡布雷她第一次出场时,普鲁斯特却隐去了她的名讳。在蒙舒凡(Montjouvain)安顿下来后,这位女伴开始扮演谜一样的角色:有时,她是一位保护者,就像是凡德伊和阿尔贝蒂娜这两个孤儿的代理母亲一样。阿尔贝蒂娜还声称在的里雅斯特(Trieste)由她陪伴度过了"美好的时光";有时,她却又极其险恶,如在"亵渎"那一幕里,在隐匿的叙述者的视角下,她充当了亵渎神明的帮凶;有时,她也品德高尚,通过耐心深入的研究,她从凡德伊"难以辨认的乐稿"中整理出了著名的七重奏,而这一作品让凡德伊享有了"不朽的荣誉"。

然而,如果我们发现:从字面上来看,"七重奏"(Septuor)只不过是"普鲁斯特"(Proust)一词的阴性形式变换了字母位置之后构成的词,那么,我们可能就会在这个匿名的女伴身上看到:她是个"伪坏女人"(就像夏吕斯雇来鞭打自己的那些"小流氓"一样),是普鲁斯特手稿的象征性遗赠人,因为普鲁斯特也预感到自己无法完成《追忆似水年华》这部作品。

隐形者(代表着无法达到的肉欲)和匿名女(将会把一部未完成的作品梳理出来)在不同层面上代表着通往完美的情欲对象和审美对象的路径。她们是绝对意义上的媒介,因此,也注定只能是幻影。

→*Profanation* 亵渎

嫉妒(九条定理)(Jalousie[neuf théorèmes])

《追忆似水年华》中的人物(几乎)都是心怀嫉妒:由于奥黛特和福尔什维勒伯爵的原因,夏尔·斯万一直备受嫉妒之痛的折磨;叙述者(嫉妒是他最爱的折磨)会因他的母亲和阿尔贝蒂娜而产生嫉妒;圣卢和吉尔贝特会因拉谢尔而嫉妒;盖尔芒特公爵会因她的情妇奥黛特而嫉妒;最后,作为斯万最强劲可怕的对手,夏吕斯因莫雷尔而深受嫉妒之苦……在嫉妒的痛苦不堪的王国里,每个人都渴求达到痛苦的极点,嫉妒就像是恶魔般的电流一样流动不止。

然而,嫉妒的病理非常特别:当然,普鲁斯特也惯于把"爱的阴影"和他"可悲而矛盾的赘疣"①化为嫉妒,但其实远不止如此:嫉妒首先是一种先于其病因的疾病,它有一个特别令人头疼的特性:当其病因已经消失了,但它却依然继续存在着。

在此,我们立刻总结出了关于嫉妒的九条定理:

---

① 此处指的是爱情中的焦虑和猜疑。

1. 普鲁斯特式的嫉妒毫无缘由,它是一种后果,是它自己发明了其产生的原因。在这一点上,疑虑是它的助手,因为疑虑助长了嫉妒者的焦虑感,让嫉妒在难以忍受的痛苦之地继续滋生扩散。

2. 这种嫉妒先于爱情而存在,是它激发出了爱情,它始终有痛苦相伴,而痛苦折磨也维系着它,它也始终与爱相随。只要有爱,就要嫉妒。从技术角度来看,它遵循着与司汤达式情感凝结相同的历程:普鲁斯特笔下的嫉妒者就像司汤达笔下的陷入爱情中的人一样,都是在事后才会意识到爱。

3. 将陷入爱情的人与其所爱之人连在一起的并不是爱情(因为爱情源于自身而不是他人,爱情总是臆造出它的对象,通常是无法触及的人或者无法拥有的人),而是嫉妒,是嫉妒让他觉得那个人不可或缺。在《追忆似水年华》中,叙述者经常会爱上某些与他擦肩而过或者不太熟悉的女人,但这些爱情只不过是臆想而已,并不能持久。相反,一旦充满怀疑和焦虑的命中注定的恋人出现了,一旦普鲁斯特式的爱情从中演绎生发出来了,嫉妒者就无法再依靠梦幻去驱除这个所爱之人了——某种程度上来看,正是这个人诱使他陷入了爱情。

4. 普鲁斯特式的嫉妒会让对方感到脆弱和诱惑,嫉妒者对此感受深刻,正是因为他自己觉得有背叛的可能,所以,他会把对方固化为可能的背叛者。尼古拉·格里马尔迪(Nicolas Grimaldi)在他的著作《普鲁斯特的地狱》(*L'Enfer proustien*)中细致地诊断了普鲁斯特笔下的人物,他们都认为欲望无罪,但却觉得对方的欲望炽热而难以容忍——尽管也有助于激发自己的兴奋感。他们都选择将自己的痛苦聚焦在那些能令他们产生诸多疑惑的人身上。只有一个名声差的坏女人(奥黛特、拉谢尔、阿尔贝蒂娜……)才能如此产生诱惑力,成为爱情的可能对象。在普鲁斯特的真实生活中,他自己只对那些已经被人占有了的有爱人的女人(从路易萨·德·莫南(Louisa de Mornand)到埃莱娜·苏佐(Hélène

Soutzo))感兴趣。

5. 最初的嫉妒场景是否就是普鲁斯特小时候被母亲拒绝的吻？这其实并不重要，但我们可以确定的是：这种原始的失落感和剥夺感确实能引发此后一系列的失落和挫败。依据目前盛行的观点来看，"因母亲而产生的嫉妒"始终是所有嫉妒之母，是根源所在。就是这种原始嫉妒——或许是这种原始嫉妒……——成为培育"被抛弃感"的温床，它制造出腐殖质，在这富含腐殖质的土壤上，嫉妒生根发芽、繁衍不息。

6. 普鲁斯特笔下的人物一旦饱含嫉妒地爱过一次，他们就再也无法以其他的方式去爱了："斯万爱上了另外一个女人，她并没任何理由能让他产生嫉妒，而他还是嫉妒，因为他不再具备更新爱的方式的能力了，而是把他之前与奥黛特的恋爱方式用在了另一个女人身上。"

7. 既然普鲁斯特式嫉妒的病理在于臆想，那么，即使我们把嫉妒的原因消除掉，但嫉妒依然还会继续存在。而且，爱人的死亡本身也没能让叙述者免于遭受嫉妒之苦——尽管人已不在，也不能为他提供新的嫉妒和痛苦的理由。在这种情况下，回忆就接替了猜疑，回忆成为一件"过去发生过的事"，跟当下正在发生的事情一样鲜活，也能产生同样的嫉妒效果。如此一来，叙述者就成为这种"链条式嫉妒"的受害者，他不断地回忆、纠缠已经过去的事情，当时的这些事情发生时，阿尔贝蒂娜让他感觉似乎听到了"她纵欲享乐的模糊的声音"。据巴尔贝克酒店的服务经理艾梅的汇报——当然他也添油加醋了——马塞尔痛苦不已地发现（这是真的吗？是他的嫉妒使然……）：一个年轻的洗衣女工让不忠的阿尔贝蒂娜感到"快活得像天使一般"，以至于阿尔贝蒂娜迫不及待地要断了……

8. 嫉妒让我们体会到对一个人的缺失感，就像是一种深刻的痛苦，嫉妒幻想着：这个人的出现是一种需求，由此，它将这种需求称为"爱"。嫉妒者的梦:将对方禁锢在自己内心如威尼斯一般美好的弹丸之地;完全掌控着这个可能会给他带来痛苦的人;将其囚禁起来,就像是梅里美所说的那个中国公主一样,一个有魔法的情人把她装进瓶子里,让她永远无法离开他。嫉妒者为这种致命的幻觉所煎熬,他企图把那个人——总想逃脱掉,总令他感到痛苦——安放在自己的内心或住处。普鲁斯特式的爱是"约拿情结"(«complexede Jonas»)①所致,这种爱只是一种麻醉剂,立刻随之而来的就是监禁策略:这才是唯一能够安抚源于嫉妒——最终引人企及——的痛苦,因为没有嫉妒的话,就没有人能够通向爱的幸福。

9. 嫉妒能衍生出一种幻想式的关注,关注所有的细节、任何可能是抛弃或不忠苗头的信号。这种眼神、这种红光满面、这条裙子或这把扇子都被看作是可能出轨的线索,这一切都很有可能就是今后背叛的信号。由此,嫉妒者就有了警惕意识,这种警惕会不断储存、侦查、衡量每一个细节。在这种意义上来看,嫉妒所起的作用犹如第十位缪斯女神②。如果没有嫉妒,那爱情的症候学就无从谈起了。如果一个人不善妒多疑,那他就不可能成为一个小说家。

以下有两处引用可以总结这一问题:

> "您嫉妒吗?"我告诉斯万:我从未体会过嫉妒的感觉,完全不知道那是什么感受。"啊! 那就恭喜您啦。只要有一点点嫉妒(……),它就会让本来毫无好奇心的人变得非常在意其他人的生活。然后呢,体会到占有的甜蜜会让人感觉很好,

---

① 美国心理学家马斯洛提出的心理学名词,其含义分为两个方面:首先是对自己表现为对成长的恐惧心理,对他人则表现为嫉妒他人的成长和成功。
② 在希腊神话中,宙斯和记忆女神的九个女儿被称为缪斯女神,这九位缪斯女神分管爱、智慧、音乐、诗歌、戏剧、舞蹈、哲学、天文、数学。

但是，这仅仅是痛苦的前奏，仅仅是当你快要痊愈的时候，或许才感觉不错。而在其余的时间，全都是最可怕的痛苦折磨……"

她（阿尔贝蒂娜）曾经能让我感到痛苦不堪，完全没有快乐可言。我无聊的爱恋只通过这唯一的痛苦（嫉妒之苦）才得以维系。一旦这种痛苦消失了，我就会感到她对我而言就只是虚无。

→*Agostinelli*（*Alfred*）阿尔弗雷德·阿格斯蒂内利，*Albertine* 阿尔贝蒂娜，*Amour* 爱，*Décristallisation* 去结晶，*Kimono* 和服

"我"与"他"(«Je» et «Il»)

悖论：普鲁斯特在以第三人称写《让·桑德伊》的时候，他只写了一些显而易见的回忆，比较平淡乏味，缺少通感性。然而，当他选择用第一人称"我"来写《追忆似水年华》时，他就写出了一部针对每一个人的、无处不见的、永恒的一部真正的小说，每一个人无论在何处都可以始终从中看到自己，自我凝思。

西瓦罗派(Jivaro[L'École])

总是不乏普鲁斯特的追随者，他们一边狂热地赞赏《追忆似水年华》，一边也为它的冗长深感叹息。

从阿纳托尔·法郎士（"生命太短，普鲁斯特太长"）到热拉尔·热奈特（用反讽的方式试图将整部书总结为一句话："马塞尔成为一个作家"，后来又补充为："马塞尔最终成为一个作家"），经由雅克·玛德莱娜（Jacques Madeleine）法斯凯尔（Fasquelle）家族

的第一个读者,他认为这部作品也可以被减"十分之九",范围广大的"西瓦罗派"也建议(关于幽默或严肃的方式)如此,将一部作品缩略、概括、删减、删节、减负或简化,而作品本身并未没有这样的修改要求。

而出版社的严苛——嫉妒猜疑之神——此时也表现出来,这更助长了要求缩减作品的趋势,更何况,《追忆似水年华》只有前四部是在普鲁斯特在世的时候出版的,其余三部的出版事宜则交由罗贝尔·普鲁斯特和雅克·里维埃去完成,作为普鲁斯特的遗作最终得以出版。这种年代方面的细节带来了很多变动,因此,档案管理者和"遗传论"的批评家们就此产生了诸多争论。

在这种背景下,对普鲁斯特的作品切除最大的就是博学的娜塔莉·莫利亚克-狄埃尔(Nathalie Mauriac Dyer),普鲁斯特的重侄女,她在一个行李箱里发现了一本打字文稿,她读了里面普鲁斯特明确的指示说明,就提供了一个缩减了一半的《女逃亡者》的版本,即当时的《消失的阿尔贝蒂娜》(*Albertine disparue*)。

普鲁斯特是否在弥留之际自己选择了要进行某种程度的删减呢?这也是一种能被接受的观点——然而,普鲁斯特是一个喜欢补充添加的作家,我们把这种删减的观点放在他身上,这也着实令人惊讶。无论如何,突然拥有一种实际存在的延迟,这可能会促使普鲁斯特缩短他的作品。甚至,谁知道他是否真的没有想要不断浓缩作品的想法呢?或者是他一时脑热就把整部作品完全删除掉呢?比如博尔赫斯缩写的《〈吉诃德〉的作者皮埃尔·梅纳德》(*Pierre Ménard, auteur du «Quichotte»*),他也是因一时脑热而写出了这部很有教益的传奇故事。

关于删减普鲁斯特作品中的离题段落的(不)可能性(在概括和删除完后,删减离题段落是"西瓦罗派"的第三个意图),我们有益地参照一下皮埃尔·巴亚尔(Pierre Bayard)幽默诙谐的《普鲁斯特与离题》。

→*Long* 冗长, *Madeleine*(*Jacques*) 雅克·玛德莱娜, *Ouin-ouin* 呜—呜, «*Précaution inutile*» "无用的防范"

脸颊(Joues)

在普鲁斯特的作品中,欲望(激动、肉欲的狂乱、极度的兴奋……)总是以触碰到脸颊而告终。当然,"脸颊"并不是必需的,就像纳博科夫(Nabokov)所指出的那样,通常批判的观点并不会纠缠于过于复杂的修饰:"对于读者而言,只有在得知阿尔贝蒂娜肥硕的脸颊实际上是阿尔贝跃动的屁股时,普鲁斯特式的嫉妒(在阿尔贝蒂娜的周期中)对他来说才有了意义。"尽管如此,普鲁斯特还是最迷恋脸颊,对他来说,脸颊是能引起纵欲享乐、相互拥抱、吃奶等恋物联想的部位。

在贡布雷的年轻脸颊("我的脸颊温柔地靠在枕边那美丽的脸颊上,它们丰满而鲜活,就像我们童年时的脸颊")到《重现的时光》中的皱巴巴的脸颊之间,我们能在书中找到各种各样的脸颊:根据欲望的角度不同,它们或如奶油般柔光,或粗糙蜡黄,或被品尝、舔舐、吮吸。从这个方面出发,那些狂热的经典阐释者们从中引申出他对母亲的乳房或者某个情人的阴茎的怀念。

"当阿尔贝蒂娜跟我说话的时候,我看着她的脸颊,我在想她的脸颊会是什么香味、什么口感呢?"堤岸边的少女们有着像天竺葵或仙客来花一样的脸颊。德·斯特玛利亚小姐(Mlle de Stermaria)有着如睡莲般的双颊,"粉嫩、性感、鲜活的气色在她白皙的脸颊上跃然怒放,那气色就如同将肉红色加进了维沃纳河中的白色睡莲的中央"。相反地,有几次晚上,斯万不喜欢奥黛特的脸颊,他觉得她的脸颊"发黄、萎靡,有时还有一些红色的小斑点",但只要她一演奏(小奏鸣曲),他就急忙过去捏一下她的脸颊。

笛子演奏者(Joueursdeflûte)

德·诺布瓦侯爵正是用"笛子演奏者"来指称那些"为艺术而艺术"的艺术家(比如贝尔戈特)——他反对爱国艺术家。

我们一起来看看这个令人嗤笑的荒谬之人,他从内心就是一个极端的反普鲁斯特者,总是处于反对的第一线。我们从他身上——并非毫无价值——总结出愚蠢至极者永恒的陈词滥调:

> 贝尔戈特就是我所说的那种"笛子演奏者":另外,应该承认他吹得还算委婉动听,尽管非常矫揉造作。但最后也就仅此而已,没多大价值。在他的作品中,我们永远找不到肌肉,即我们所说的结构。没有故事情节——即使有,也极少——尤其是没有意义。他的书从根基开始就有缺陷,或者说是根本就没有根基。我知道这是在亵渎这个"神圣不可侵犯的流派",这些人称之为"为艺术而艺术",但在我们这个时代,有更多更紧迫的任务去完成,远比这种用和谐的方式去组词造句更重要。

有些人认为普鲁斯特自己也跟"艺术性的风格"保持距离,后来他在《重现的时光》中还仿效过龚古尔兄弟①。安托万·孔帕尼翁在他的《两个世纪间的普鲁斯特》这部有趣的作品中体现地更明显。然而,难道不应更加深入地研究"爱国性艺术"的支持者(诺布瓦就是主要代表人物)和现实主义文学的反对者(如普鲁斯特)之间的不同之处吗?

---

① 普鲁斯特在《重现的时光》中曾有对"龚古尔兄弟未发表的日记"的描述,其实这是作者的一种戏仿。他们擅长观察、记录,对人物进行细致刻画。

记者(Journalistes)

普鲁斯特非常重视新闻体裁和各种报刊（因此，他那个时代的《费加罗报》对他来说非常重要，几乎已经成为《追忆似水年华》中的一个人物了），但是，他非常明显地表现出对记者的蔑视。

记者：在《追忆似水年华》中，根据地点和时间的不同，它就是"武断"、"无知"和"毫无价值"的同义词……普鲁斯特在作品中借由叙述者对斯万说："我对报纸的批判主要在于：它让我们每天都关注那些没有任何价值和意义的事情，这段时间足够我们在现实生活中读三四遍那些蕴含真谛的重要书籍了。"

当普鲁斯特在在书中针对斯万说这些话的时候，他是否已经知道佩吉所说过的话（"荷马在今天早上读来又是崭新的，但没什么比今天的报纸更陈旧了"）呢？事实上，叙述者——比如巴尔扎克——援引记者所的话只是为了"抨击"他们，有时候甚至是真的"碰、击"的本意。

因为宁愿被认为是愚蠢，也不愿被人说陈旧过时，因为他们自我陶醉于新闻的现时性，为此，他们会聚焦于现在的现时性，普鲁斯特笔下的记者（无论当时那个年代他们是多么肆意横行）"谴责之前的时代，不仅仅谴责那个时代大家喜好的享乐风格——在他们看来，当时腐化堕落大行其道——而且还指责艺术家和哲学家的作品，批判它们毫无价值，似乎它们跟当时上流社会的各种无聊肤浅的思维方式密不可分。唯一没有变的是：似乎每次'在法国都有某件事情发生了变化'"。

然而，我们如何去埋怨"拙劣的作家"呢？难道我们能指责近视眼目光短浅，只看得到近处吗？我们要如何去抱怨这些昙花一现的修补工呢，还要相信在"新闻"中总有新事物呢？谁会去控诉他们让原创变得乏味，而不是让习以为常变得令人惊艳？"记者"

是作家的反义词。在弗朗索瓦兹所有的"联诵错误"中，与此相关的最有趣的（或者是很有预见性的）就是：她称"记者"并不是谨慎的专职人员，而是报刊商人，他们在巴尔贝克的吵闹声一直能传到叙述者家的平台上。

《追忆似水年华》中的记者都是愚昧无知、爱慕虚荣、缺乏教养，还都胆小懦弱。当圣卢把那个拒绝熄灭雪茄的记者痛打一顿的时候（因为烟雾让叙述感到难受），这个没教养的记者的三个朋友把他们的胆小懦弱表现得淋漓尽致：第一个只是在那儿看着，就像是个路人，一个偶然间路过的旁观者；第二个假装弹掉眼睛上的一粒臆想出来的微尘；最后，第三个人，他终于选了这个时刻匆忙地朝着剧场跑去，还一边用紧迫的语气宣称："我们要没座位啦。"后来，打斗结束了，这个记者因自己被被朋友抛弃而略微有点羞耻感，那三个"胆小鬼"绝对让人相信：即使有第四个，也于事无补，他们什么都意识不到，一无是处。

→*Dédicaces* 题词，*Dénis* 否认

詹姆斯·乔伊斯(Joyce[James])

（对于该书的两位作者之一而言），一登上拉斐尔酒店(Hôtel Raphaël)大堂与克莱贝尔大街人行道之间的那几个阶梯，就会想到二十世纪最显赫的名人也是如此，他们在 1922 年 5 月 18 日从这里走过，去参加西德内·席夫(1868—1944)及其妻子维奥莱(Violet)举办的晚宴，当时正值伊戈尔·斯特拉文斯基(Igor Stravinsky)的芭蕾舞剧《狐狸》(*Renard*)的首演。

在当时，拉斐尔酒店还叫大华酒店(le Majestic)，还是里茨酒店的一个附属酒店，它里面的大厅在午夜之后就不再允许交响乐队表演了。然而，那次的晚宴可能是音乐四起，西德内·席夫作为一个极度现代主义的"有钱的业余爱好者"，致力于成功打通巴黎

社交界的通道,最终在艺术界获得了令人景仰的地位:毕加索也在场,他周围簇拥了一群"具有反叛精神的社会名流";狄亚基列夫(Diaghilev)跟卓别林(Chaplin)和莱昂-保罗·法尔格(Léon-Paul Fargue)①开着玩笑;科克托挥动着他消瘦的双手,掌控了那位哈罗德·尼克尔森(Harold Nicolson)②,前者看起来很像灵活的河马,足以让后者一动不动,罗特希尔德(Rothschild)家的几位,一两位博蒙(Beaumont)家的人试图挽回自己的颜面,因为诺阿耶家的人(les Noailles)比他们抢先一步看了俄罗斯的芭蕾舞表演。他甚至还邀请到了沃尔特·贝里(Walter Berry)——伊迪丝·华顿(Edith Wharton)的情人,还有温娜蕾塔·桑热尔(Winnaretta Singer)③——"缝纫机之女",以及生性敏感的温德姆·路易斯(Wyndham Lewis)④,他是漩涡画派不可不提的先驱人物,大家还担心他因为流言蜚语(他在《上帝的猿猴》[*The Apes of God*]一书中嘲笑席夫一家人)最终不会来呢。

席夫家族都是时尚的文人,几个月以来,他们都对"小马塞尔"投入了诸多关注,想要以此获得优待,进而成为普鲁斯特和英国之间的专属调解人,他们只有一个愿望:说服这位跟普通人一样备受煎熬的朋友去大华酒店短暂地露个面。为了吸引他去,酒店甚至还专门推出了以芦笋和冰啤酒为主食的套餐。自从普鲁斯特获得了龚古尔文学奖,他俨然就成为当时社交界最受欢迎的人物;而在此前,他都没能受邀成为他所喜欢的某位伯爵夫人的座上宾,还在波利尼亚克(Polignac)家的宴会上遭受冷遇,不是吗?对维奥莱和西德内来说,普鲁斯特的出席会令他们蓬荜生辉。快午夜十二

---

① 莱昂-保罗·法尔格(Léon-Paul Fargue,1876—1947),法国抒情诗人。
② 哈罗德·尼克尔森(Harold Nicolson),法国传评作家。
③ 温娜蕾塔·桑热尔(Winnaretta Singer),波利尼亚克公主,一位富有的女同性恋。
④ 温德姆·路易斯(Wyndham Lewis,1884—1957),英国画家、作家。

点的时候,普鲁斯特来了……

那天晚上,他比平时更萎靡不振,就像一朵"前夜的栀子花"。在现场,他有点心不在焉,因为他刚刚吞服了一瓶纯的肾上腺素,他的胃被灼烧着。当下,他浑身投射出一种冰冷之感,就像是一个巫师施放着魔咒。他告诉大家自己已濒临死亡边缘,还向酒店的一位服务经理吐露心声:自己在考虑把胃管"打上石膏"。一个不知名的旁观者窃窃私语道:"他像一个手忙脚乱的飞行员一样,犹豫着要不要着陆。"在当晚整整两个小时期间,普鲁斯特以惊人的力量支撑着自己,详细地讲述着自己垂死的种种痛苦症状,而在场的听众们纷纷以社交惯有的方式表现出动容之情。科克托从他身上看到一种"亚美尼亚教会式的耶稣"的神态。一位匿名冒充高雅之人自认为自己精神境界很高,他指出:"那天晚上,马塞尔是带着自己的棺材来的。"总之,马塞尔在走出他在阿姆林街的住所前,他穿了三四件毛皮大衣,一件都不脱。奥迪隆·阿尔巴雷还在出租车上等着他呢,"先生"之前说了,只在宴会上呆待几分钟就要走了。

然而,这里还有另外一位显赫的宾客刚到了。他步履蹒跚,穿着像个流浪汉,踉踉跄跄地走着,还会把菖兰花瓶和酒店里的服务人员混淆,边走边骂着盖尔语的脏话:这就是詹姆斯·乔伊斯,20世纪的另一位天才作家,被誉为新时代的荷马,诙谐滑稽、极度狂热的爱尔兰人。

席夫一家并未料想到有如此荣幸,普鲁斯特和乔伊斯居然会在同一天晚上光临,齐聚在他们家的餐桌上……他们激动地都说不出话来了,兴奋地颤抖着,心花怒放,他们跳过了毕加索和卓别林,直接向利奥波德·布卢姆(Leopold Bloom)①介绍斯万②,一边

---

① 乔伊斯的小说《尤利西斯》中的男主人公。

② 普鲁斯特的小说《追忆似水年华》中的主要人物。这句话中的两位主人公代指的是两位作者,即乔伊斯和普鲁斯特。他们其实是向乔伊斯介绍普鲁斯特。

仔细观察着从这两位重要人物的嘴中说出来话,因为那必定是值得纪念、弥足珍贵的……作为回应,维奥莱卖弄着她的英国贵族头衔——而在英国,她根本不被承认;西德内挺起他瘦弱的腰板,梦想着可以把今日种种全都写进他未来的《回忆录》的章节中——而他最终根本就没写《回忆录》。

然而,什么都没有发生。这两位天才人物只不过说了几个词而已,据说对话如下:

"我还以为您喜欢吃松露呢。"普鲁斯特说。

"我喜欢喝啤酒。"乔伊斯回答。

仅此而已。

根据克雷蒙·托奈尔公爵夫人(Clermont-Tonnerre)的叙述,他们的对话更加细致完整:

"亲爱的乔伊斯,我从来没有读过您的作品……"

"我也没有读过您的,亲爱的普鲁斯特……"

我们再具体来看,完整主义的乔伊斯派拒绝这种对话版本,因为以他们的视角来看,他们眼中的偶像乔伊斯是善意之人,而这种版本太具攻击性。

在美国诗人威廉·卡洛斯·威廉姆斯(William Carlos Williams)的《自传》中——尽管他不是很可信的见证者——他重新编排了一个对话,其中的医学基调看起来还是非常真实可信的:

乔伊斯:"我有点头疼……眼睛灼热……我感觉在地狱……"

普鲁斯特:"啊,我的胃!让我痛不欲生……您知道吗,我刚吞服了一瓶肾上腺素。还有我的哮喘!五月份就是一种痛苦的折磨……"

乔伊斯:"我要走啦……再会……"

普鲁斯特:"很高兴见到您,亲爱的乔伊斯……您要去哪里?

我的司机能送您一程。"

乔伊斯:"我怎么能在一位胃疼难耐的哮喘病人的车里抽烟呢?"

普鲁斯特:"我更希望您可以不抽……"

乔伊斯:"这不重要,我想走走路……"

乔伊斯最终还是上了奥迪隆的车,但没几分钟他就找个地方下车了。他在车上抽了一支烟,也把车窗摇了下来:两宗不可宽恕的罪,恐怕这就是引发论战的理由。

莱昂-保罗·法尔格后来(向瓦尔特·本雅明)谈起过,他能在他们言语间截取到一些脏话,大概是乔伊斯在走出酒店的时候所说的:"从今往后,我再也不会踏足任何一处可能会遇到这个人的地方了。"

这些话或许是从这位年长的乔伊斯口中说出的吧,但法尔格的证言也让人深感疑虑,因为据我们对法尔格的了解,他根本就不懂多种语言。

后来,乔伊斯还向他的朋友弗兰克·巴德根(Frank Budgen)吐露道:"我们当时的交谈只说了些'不'……您认识某某公爵吗?不……您读过《尤利西斯》吗?不……"

更严肃地来看,后来,乔伊斯还略显忧郁地说:"普鲁斯特的时代才刚刚到来,而我的时代早已经过去了……"

大家都赞同的说法,应该不是假的,但那其实仍然不完全准确。

席夫的版本夸张负面、杂乱不一,科克托的版本是经过美化的,一些附庸风雅者的版本更加黯然,各种学术会议会将其扩张放大,而最终又被解密——英法两国的各种见解纷纷出现,纠结于各种细节和琐碎,大家最终会达成一致,因为没有更好的观点和方法了,甚至不拘一格地去想象一场虚拟的对话,或许在这场缺失未果的会面发生时,确实有过这种对话。

以下就是虚构的开场白：

乔伊斯：我听人说，您小说中的斯万是典型的希伯来人风格……

普鲁斯特：关于您小说中的利奥波德，我也听人说了同样的话……

乔伊斯：我要跟您申明一下，利奥波德的父亲曾信奉新教……

普鲁斯特：啊，斯万的父亲乃至祖父也都是如此……

乔伊斯：必须要始终留意我们小说中的人物的家庭，不是吗？顺便说一下，为什么小说中总是有那么多犹太人呢？

普鲁斯特：我冒昧提醒您一下，在小说里还有很多改变宗教信仰的人……

乔伊斯：我大概知道，对您来说，犹太人和改变宗教信仰者这两拨人，他们同属被诅咒的种族……

普鲁斯特：事实上，对于这种大胆莽撞的观点，我并无任何不满……

未完待续。

我们再具体来看，普鲁斯特派和乔伊斯派，他们第一次在不同的完整主义方面达成一致，他们都会反对这种无法被接受的对话版本，尽管看起来也不乏真实感。

这是马塞尔·普鲁斯特最后的几场社交宴会之一，他在参加了大华酒店的宴会之后六个月就去世了。

如果总结一下这段想象中的回忆片段，我们会发现，普鲁斯特基本都错过了与他同时代的杰出人物见面的机会。他要为此而感到遗憾吗？也不一定吧，因为通常来说，伟大的作家们之间没太多可聊的。只有他们的作品可以表达他们的想法，而作品又无声不语。但那些读过作品的人却滔滔不绝，有很多话要说。

最后，让我们再次回到大华酒店的现场，一起回顾一下，西德内·席夫从未从这次宴会中抽离，在某种意义上来说，这次宴会就是他人生的顶峰。此后，他继续着他惨淡的小说家生涯（笔名为斯蒂芬·哈德森(Stephen Hudson)：这证明了他也想成为乔伊斯风格的作家）。在思考特·蒙克里夫(Scott Moncrieff)①去世后，他终于有权利把《追忆似水年华》的最后一卷翻译成英文了。

而对乔伊斯来说，他应该还是记得普鲁斯特的，因为在他的小说《芬尼根守灵夜》(Finnegans Wake)中，我们会至少发现三处对普鲁斯特的影射："斯万风格"(«Swanway»)、"两个花季少女"(«two legglegelsinblooms»)、"普鲁特们发明了一种写作方法"(«les prouts inventeront une écriture »)，有些人还念念不忘两位作家间的那段夭折的友谊，而这最后一处影射无疑会引发他们的诸多好奇心。

→*Angleterre* 英国，CQFD (*Ceux qui franchement détestent*) 表示厌恶的反对派，*Datura* 曼陀罗

犹太身份(Judaïsme)

在以下两者之间开展一场标准的辩论又有什么好处呢：普鲁斯特的母亲威尔家族②和他在圣路易当坦教堂(Saint-Louis d'Antin)总主教府所进行的天主教洗礼的证明？或者从小说虚构的人物角度来看，还有阿尔贝·布洛克、尼西姆·贝尔纳

---

① 思考特·蒙克里夫(Scott Moncrieff)，苏格兰作家、翻译家，曾翻译过普鲁斯特的《追忆似水年华》，在英语世界中广为流传。

② 普鲁斯特的母亲让娜·威尔(Jeanne Weil)出身犹太家族，她的父亲纳特·威尔(Nathé Weil)是一位富有的股票经纪人。

(Nissim Bernard)、拉谢尔(Rachel),以及斯万和他那"钩状高挺的鼻子"、"犹太种族的湿疹"、"便秘"①;又或者,我们从非小说虚构人物的角度来看,还有贝勒、罗贝尔·德雷福斯和普莱纳蒙索区的"上流社会的犹太人界"的诸多名人。由此可见,普鲁斯特或许从未把犹太民族看作一种稳定的身份吧? 就此,我们最好明确总结如下:普鲁斯特内心并不把自己当犹太人看待,凭着惊人的天真,他竟然忘记了,其实那些贵族在只是把他看作一个以色列的后裔而已。如此,极为擅长不可知论的他,还以为能以反犹太主义者的视角去恶意对待《追忆似水年华》的"希伯来人"②……

对于其他人物,可以说,现实生活让他们改变了:通过这位深受犹太教法典影响的作家来细致展现一种新的可耻的犹太人——在德雷福斯案闹得最凶的时候,还在读《法国运动》③——的心理病理学,或者被盖尔芒特家族和维尔德兰家族的跨派别的反犹太主义所影响而变成了"半犹太人"。这仍然是一种悖论:普鲁斯特是被反犹主义所引诱的最犹太的作家。他从反犹主义中汲取着幽默、诙谐、引人捧腹的各种方式、背信等等。

安托万·孔帕尼翁就曾指出,《追忆似水年华》中有两种不同的反犹太主义:一种是夏吕斯男爵式的中世纪和天主教式的反犹太主义;另一种则是现代的、"反资本主义的"、中产阶级式的反犹主义,就像人们通过对阿尔贝蒂娜的成见所表达的正是这种反犹主义。在这两种类型中,出于游戏或怨念之心,普鲁斯特会把自己当作"犹太母题",同时也不忘启发大家——就像一个隐秘的通奏低音一样——以下问题:在这个处于两种伦理和两个世纪之间摇

---

① 此处原文还有"希伯来圣经中的先知书",也是特指犹太民族。
② 希伯来人通常被视为犹太人的祖先。
③ "法国运动"(L'Action française)是在德雷福斯案期间发起的一个反犹太主义、极端民族主义的运动,也是一种思想派别,《法国运动》是其代表期刊,后来也支持极右的君主独裁主义。

摆动荡的社会中,犹太人和同性恋这两类群体的生活状态有着一种神秘的联系。

因此,在《追忆似水年华》中有一种强大的通性贯穿始终:一方面,布洛克(短而卷曲的头发和亚述人的面孔)或拉谢尔①(很容易被收买,"棕色皮肤"的犹太女人)身上的招人侮辱歧视的特征;另外一方面,堤岸上的少女们粉色和金色头发映射在脸颊上的法国特性的神秘主义,圣卢的"墨洛温王朝时期"的仪态,奥利阿娜极具海洋情调的梳妆台和大教堂的略带小斑点的诺曼底风格。

就像詹姆斯·德·罗特希尔德(James de Rothschild)的名字一样,斯万也是一个英国名字,它如同药剂一般将他的姓氏消毒。在小说形形色色的人物图集中,斯万的形象是迷失在圣日耳曼区的希伯来人的悲惨命运的启示者。

由于斯万的考究、威望、财富和博学,他几乎都可以算得上是盖尔芒特家族的成员了,但是,在德雷福斯案之后,大家就不再欢迎他了,叙述者最终把他弃置于他出身的民族(犹太民族)。关于他的女儿吉尔贝特,一旦成为圣卢的妻子,她甚至不敢再在公爵夫人们面前说出自己父亲的名讳,而他曾经是公爵夫人们梦寐以求要去结识的人。以普鲁斯特的潜意识视角来看,这意味着:无论是英雄主义、高压考究,还是极高的威望,这一切都无法永久地抹除犹太血统的痕迹,哪怕这种犹太出身已经被隐藏了两代甚至三代人那么久,都于事无补。普鲁斯特笔下的那位犹太人(他是为普鲁斯特自己发声吗?),他能够被公爵和王子们保护得很好,也被他们所爱戴,但什么也无法避免他走向宿命,当那一天到来时,宿命会把他扔回原来的犹太族群。

在前几版《贡布雷》(《记事本 9》[Carnet 9])里,普鲁斯特构想出了一部完整的"犹太人小说",小说围绕着斯万、他的母亲、"从东

---

① 《追忆似水年华》中的一名犹太妓女。

方新来乍到"的家庭展开,但后来,普鲁斯特把这一主要内容搬到了《所多玛和蛾摩拉》中,在这一卷中,他将这部分内容与性倒错的主题相呼应。而在布洛克(一个模棱两可的模仿者、虚情假意的朋友、敌对者以及弗朗索瓦兹口中"叙述者的仿造版")的身上,作者集中运用了反犹主义者惯用的嘲讽,比如大家所熟知的布洛克发音的那一段:在圣卢不屑一顾的目光下,布洛克把"lift"发成"laïft",把"Venice"说成"Venaïce"。在德雷福斯案期间,高居贵族之位的夏吕斯男爵还庇护着斯万,但他对布洛克却表现得相当无情——尽管他对布洛克有喜爱之意。

这真是一种怪异的手法:一个犹太人作家模仿他同时代的反犹主义的风格,不惜损害小说中的那个叙述者"我"——还被圣路易家族的那位同性恋疯狂地迷恋。最终,我们已经搞不清楚了:究竟是谁痛恨犹太人? 又是谁喜欢他们? 谁是基督教徒,而谁还不是? 所多玛是不是以色列的首都? 普鲁斯特是不是最后一个改信基督教的犹太人呢? 这个故事就被改装成了一个希伯来贵族的有趣故事……

最后,让我们一起来看一下一句惊人的话,其实这句话完全不是普鲁斯特的风格,但埃马纽埃尔·贝勒在他与帕特里克·莫迪亚克(Patrick Modiano)的《问询录》(*Interrogatoire*)中曾转述他的这句话:事实上,有一天,普鲁斯特曾跟他吐露说:"他们都忘记了我是犹太人,但我自己并没有忘记。"如果普鲁斯特确实说过这句话,那么,这意味着普鲁斯特实际上自认为他是成功改信了基督教的犹太人。虽然看不到,也抓不到,但其实他内心仍然隐藏着一种坚定而隐秘的身份感。

然而,一切都表明,他的特点恰恰是被他的对立面所书写,成为各种评论马塞尔特点的关键词:接受了基督教的洗礼,去犹太化,世俗化,好像人们已经习惯于把他看作是一名那个时代的知识分子。普鲁斯特认为他自己不那么像犹太人,甚至完全没有犹太人的特点,然而,他身边的那些贵族们却从未忘记他是犹太人这件事,尽管碍于习俗大家都不会大声张扬,但却会相互耳语,就像巴雷斯的所做所言就证明了这一点,在普鲁斯特葬礼的弥撒结束后,他在莫里亚克耳边小声说:"小马塞尔啊,我一直都认为他是犹太人……"斯万也是如此,他有点忘记自己是犹太人,但盖尔芒特家族的人呢,他们却一直都记得他是犹太人。对于贝勒的那句话,它的意思究竟是什么呢?很有可能就是一种"追溯(身份)的影射"。纳粹屠杀犹太人事件(Shoah)之后的犹太人似乎总是认为:犹太人和德雷福斯案之前的反犹太主义者思考看待这个问题的方式就跟他自己一样。而现在,尽管也有萨特式的论断("是反犹太主义者创造出了犹太人"①),但犹太人(几近)拥有了忘记自己是犹太人的权利,即使记得自己的犹太人身份也并没有什么真正的危害。那可能是贝勒搞错了吧?尽管他聪慧过人,但这位蒙庞西埃街上的蒙田(他曾认为:在维希人们会忘记他的犹太人身份)——在此类疏漏错误上——总是比别人更容易遭受大家指责。

→*Antisémitisme*(*de Charlus*)(夏吕斯的)反犹主义, *Berl*(*Emmanuel*)埃马纽埃尔·贝勒, *Bloch*(*Albert*)阿尔贝·布洛克, *Du bon usage*(*de l'antisémitisme d'Albertine*)(阿尔贝蒂娜的反犹主义思想的)典型运用, *Inversion*性倒错, *Lièvre*野兔

最终的审判(Jugement dernier)

充满着不知名符号(这是一些看似被突出强调的符号,我的注意力进入无意识中去探索它们:寻找、碰撞、迂回,就像一个潜水员在进行探测)的内心这本书,我要如何去阅读它?没

---

① 在萨特看来,犹太人是反犹太主义者制造出来的一种人,他们自己头脑中抽象出来的观念成为其憎恨犹太人的根源,而并不是犹太人的真正历史事实。

有人能帮我提供任何准则,这种阅读是一种创造行为,没有任何人能替代我们去做,我们甚至无法跟任何人合作。因此,要把这本书写出来是多么艰难啊,多少人都避而远之,其工作任务太繁重,我们都不想去承担,也不想写。每一个事件——无论是德雷福斯案还是战争——都为作家们不去解读自己的内心之书提供了另外的借口;因为他们想要确保权力的胜利,重塑民族道德的统一性,他们没有时间去考虑文学。但是,这些都只是借口而已,因为他们在这方面根本就没有(或者没有更多的)天赋,即本能。因为本要求承担责任,而理性则滋生借口逃避责任,也就是为了规避阅读和书写这本内心之书。只不过,这些借口根本无法诉诸于艺术,因为意图性在艺术中根本就不重要,在任何时候,艺术家都必须听从自己的本能,这就让艺术成为了最真实的东西,是生活最严苛的磨炼,也是真正的"最终的审判"。

卡巴拉(Kabbale)

普鲁斯特将《在斯万家那边》的第三部命名为《地名:那个姓氏》(*Noms de pays：le nom*),这名字取得奇怪而大胆,让人每次读到都感到惊讶,他这么做,可能会招致一群博学的卡巴拉学究的注意。

对于这个阅读广泛、喜爱字相的部落而言,"名字"或多或少总是某种精华的体现,甚至是一种隐藏在半透明的屏风背后的神性所在。各式各样的卡巴拉学究们因此蜂拥而至,尤其是有名的《1908年记》(*Carnet de 1908*)——《追忆似水年华》主要由此而来——提到了《佐哈尔》(*Zohar*)①,该书由德·莱昂(Moïse de Léon)撰写而成,马塞尔读过德·保利(Jean de Pauly)翻译的看似相当不准确的版本。

语言能指的敬香人、顶尖的文字学者,还有神智学者都围绕着《追忆似水年华》打转——这些追求绝对的人一般都做什么呢,要

---

① "佐哈尔"(Zohar)在希伯来语中意为"光辉",该书是犹太教卡巴拉密教文献。

不是寻找的话？——，他们不肯放过神秘的普鲁斯特这样一个假设，普氏对于犹太形而上学的熟悉度（这不太可能）能解释他的克拉底鲁倾向。

确实，普鲁斯特将现实主义推到一个极端，这种观念认为事物应当是它们名字的映射。并且，当他如此而为之的时候，他同布里肖这个博学者不同，布里肖的社交俏皮话仅仅是在肤浅的词源层面。在巴尔贝克的小火车里，布里肖因此和叙述者闲聊时对于每个地名都做了解释，他的确低估了知识对于文字极为诗意的魅力所产生的负面影响。他寻找它们的起源。因而找到了。但是他对于它们的生命力和内在的神性无动于衷。

须得承认的是关于普鲁斯特是卡巴拉人士的大量文献只能说服那些已经有此看法的人。然而却有一个例外，本雅明（Walter Benjamin, 1892—1940）是一个讨人喜欢的悲剧人儿，他（同黑塞尔[Franz Hessel]一起）是《追忆似水年华》第一卷的德国翻译家，作为一个作家，他投身于此书、受到感染，并且成为这方面的典范。本雅明用"受到感染"一词（他有时也用"中毒"一说）来形容《追忆似水年华》的读者只要自己是艺术家，就有被普鲁斯特附身的危险。文风、隐喻、世界观，对犹太教、社会关系、人性之虚荣的理解，对于艺术或者欲望的体会，这些的确都会在同普鲁斯特的隐喻长时期接触之后，备受影响——就好比马塞尔的"附鬼"①潜入了普鲁斯特同好的灵魂之中，使人情不自禁地普鲁斯特化起来——而且，当然了，不如普鲁斯特。

本雅明——他对普鲁斯特作品的崇敬超过了卡夫卡和波德莱尔的作品——心甘情愿地成为了这种魔力的牺牲品。作为语言神秘主义者，一个对于卡巴拉教诲相当在意的人（借由他的导师和朋友绍莱姆[Gershom Scholem]），他首先被普鲁斯特对于人名和地

---

① "附鬼"（dibbouk）是犹太教中的俯身鬼魂，同卡巴拉密仪联系在一起。

名的执著俘获了，在普氏眼中，"因为它们是梦的避难所，所以它们是欲望的情人"。罗兰·巴特强调过普鲁斯特作品中名字和能指的"克拉底鲁"(cratylien)特征(在他一篇有名的文章之中：《普鲁斯特与姓名》[*Proust et les noms*])，本雅明早在巴特之前就预见性地有了同样的直觉，那是在他准备翻译《在斯万家那边》的时候。那是因为普鲁斯特知道对于地方或者生物的命名让作者几乎充当了神一般的创造者角色，因为他知道名字总是含有某种精华，所以本雅明将他当作了卡巴拉传统的作家。因而，翻译普鲁斯特对于《译者之工》(*La Tâche du traducteur*)的作者而言，成了进入文学的最好方式，就像他的楷模普鲁斯特进入文学是从翻译拉斯金开始的——而当年他只是粗通英语。

→ *Descartes*(*René*)勒内·笛卡尔，*Dibbouk* 附身恶灵，*Étymologie* 词源，*Judaïsme* 犹太文化

和服(Kimono)

为什么通常如此好奇的叙述者，放弃阅读沉睡着的阿尔贝蒂娜和服底下露出的信件，而斯万作为他的嫉妒导师则最后打开了奥黛特写给福尔什维勒的信？然而，阿尔贝蒂娜的书信或许、肯定含有关于她是否为同性恋的答案。为什么当他窥伺她、找人跟着她、没完没了地询问她的时间安排，但却忽略了用眼睛去看一看如此触手可及的真言吐露？

这里有两种(相反的)回答。各人根据自己的性格偏好去做选择……

其一，叙述者爱恋他的嫉妒，害怕这种嫉妒会在自己的疑心被证实或者否定之后消失。因为一个嫉妒的人是不想要知道答案的。真相丝毫不让他感兴趣。而且原因是：一个嫉妒的人要么被戴了绿帽子，要么很荒唐。嫉妒并不多么要求事实上的不忠(嫉妒最后会

激起不忠),疑心病也未必需要疾病(它本身就是)。对于嫉妒者而言,对方是否有罪或者无辜是无关紧要的。一旦知道了,还怎样受折磨呢(此乃嫉妒者的目的)? 不管真相是残酷的还是让人心安的,总不如想象要来的痛苦。折磨就像海浪一般,达到顶峰后便失去了威力。嫉妒是对于罪孽的假设,它判刑定罪而不是质疑。其目的并不在于知道,而是疑心、吞噬、折磨对方。由此可以看出在微不足道的被爱之人和其存在——或者缺席——所带来的巨大悲剧之间隔了一道深壑。嫉妒者摆出一副冒失的样子,这不过是被自己的不信任所欺骗的人用来掩饰受苦之愉悦的娴熟手段。这样看来,不去读阿尔贝蒂娜的信件是给他自己的嫉妒之炉拨一拨火。

其二,凝视沉睡的阿尔贝蒂娜是《追忆似水年华》之中鲜有的爱情既不痛苦、因而也不嫉妒的时刻。这表现在叙述者用无限的柔情去触摸她,用眼睛去抚摸她而不唤醒她——就好像爱情在这一次让好奇沉睡了。这也表现在叙述者没有在她(对方)面前默默地悲叹,她在旁人视野之外,"达到了无限",叙述者珍爱、祝福这个虽然活生生但是却安息的少女。在这种情况下,叙述者不去读她的信件的原因很简单,因为这一次,他真的爱阿尔贝蒂娜。

→*Jalousie*(*neuf théorèmes*)嫉妒(九条定理),*Dix points communs*(*entre Swann et le Narrateur*)(斯万和叙述者之间的)十个共同点

一类(和我)(Kind[One of my])

"你和我是一类人"(«*You're one of my kind*»),赫琴斯(Michael Hutchence)在 INXS 乐队《今晚我需要你》(*I Need You Tonight*)专辑末尾没有伴奏地如此喃喃道,他是这个乐队的主唱。

> 要说我浪费了人生的好些年头,说我想要去死,说我把自

己最大的爱情,献给了一个我不喜欢的女人,她和我都不是一类人!

斯万在一篇杰出的后记中粗鲁惊呼起来。

如何选择?偏好于谁?寻求同类人还是为差异而感到遗憾?二流演员还是失败的作家?一个难以入睡而产生欲念的歌手,还是一个想到自己的妻子在另一个人怀抱中而无法入睡的完美主义者?自杀的青少年还是因受挫而不朽的纨绔子弟?

哪一个都不是,本词典的两位作者其中一位说道,他突然为自己的初恋女友(假如他们相遇晚些时候,她将和他是一类人)幼稚无知的样子动容,她在听到这首歌的时候抿起了嘴唇,把脑袋从右摇到左。

菲利普·科尔布(Kolb[Philip])

伊利诺伊大学厄巴纳-尚佩恩分校(l'université d'Urbana-Champaign)位于玉米和大豆田里,在芝加哥和印第安纳波利斯(Indianapolis)中间,也就是说什么地方都不是。这个学校的图书馆里藏有最多的(大约两千封左右……)马塞尔·普鲁斯特书信。这个奇迹要归功于令人钦佩的科尔布(Philip Kolb, 1907—1992),他在六十年间(比马塞尔活的时间还长)致力于购买、收集和评注所有能获得的该作家的书信,他崇拜普鲁斯特,并为之奉献一生。

如果说佩因特(Painter)、塔迪耶(Tadié)、奇塔蒂(Citati)或者孔帕尼翁是普鲁斯特宗教的舞蹈之星,科尔布首先是罗曼语专家,而且他无疑是最为忠诚的抄谱僧侣。只有他完成了不可能的任务:整理洪流般的"文集"(超过三万封信……),只要可能,就给每封再简短不过的信件、乃至便条标注日期。由此产生了二十一卷本的书信集(在普隆出版社出版),这将成为未来所有普鲁斯特学的构架。

科尔布在长期白血病的困扰下死于一个11月7日。这下诅咒了神意,上天本来总可以让这个神圣的人幸福地再活上十一天,好叫他和他的导师一样在一个11月18日辞世。但是上天是普鲁斯特迷吗?

功夫(Kung-Fu)

还有什么,还有谁没有被人和可怜的马塞尔联系在一起? 在《普鲁斯特和……》系列中,已经有了:烹饪、剑术、马术、纹章学、利摩日瓷器、地缘政治学、花园、松露、精神分析法、神学、意大利、布列塔尼(就不用说其他省份了)、卫生保健、布料、妓院、汽车、铜版画、音乐、特伦托会议(concile de Trente),等等。要说这些不太可能的联系,其中还缺了几个奇物(*curiosa*)①,比如就有人提到,《普鲁斯特和功夫》(*Proust et le Kung-Fu*)——除非有引起轰动的披露,这项运动全然不在《追忆似水年华》作者的日常活动之中。

然而,此项空缺刚刚被勒弗朗索瓦(Marc Lefrançois)欢乐地填补了,他的书(其书名正是《马塞尔·普鲁斯特,功夫之王》[*Marcel Proust*, *roi du Kung-Fu*])必然将使正统的普鲁斯特同好们感到惊讶。这是一本小说,没有比其他小说差,里面讲述了保罗,一个只为他的武功而生活的年轻人和埃洛迪,一位对《追忆似水年华》入迷的读者之间的爱情故事。更有甚者,阿德里安·普鲁斯特(Adrien Proust)医生,即马塞尔自己的父亲促成了(尽管这不像他做出来的事)这两个截然不同的年轻情侣相逢,因为保罗不知道出于什么毛病,在读一本他的卫生救护书籍的时候,偶然遇上了他未来的女友——她想要让这个空手道武术师信仰普鲁斯特教,

---

① "*Curiosa*"一词在拉丁语中字面意思为"奇怪的东西",引申为特别新奇或者尖锐的出版物。

就马上带他去了伊利耶贡布雷(Illiers-Combray)朝觐。随后的情节非常有趣、有文学修养、富有默契,其影射让人捧腹。于是脚法①和动心②在山楂树、简单句、给人鼓励的卡特利兰组成的榻榻米上接连上演。读者将自愿在这幅速写最后的舞步前停留,这部作品令人愉快,没多大用处,其细节装饰和博学迸发早已从我们的记忆中逃离——没有留下任何痕迹。

---

① Coup de pied,脚法又称足技,是武术中的技巧。
② 此处法语原文为 coup de cœur,同前注中的 coup de pied 形成表达上的戏谑关系。

拉福斯（从德拉福斯而来）(La Fosse[de Delafosse])

莱昂·德拉福斯(Léon Delafosse，1874—1951)，所有人都几乎忘了他，他那微不足道的纪念地位来自于普鲁斯特将他变成了小提琴家莫雷尔(Morel)毫无疑问的原型，他是夏吕斯男爵的男宠，无耻而优雅。

作为马蒙泰尔(Marmontel)的学生，这个成就平平的钢琴家在维也纳和威尼斯开过几场音乐会，但他却有一张极美的脸，其魅力让人心神不宁，以至于马塞尔（普鲁斯特叫他"天使"，之后他将这个别名给予了非常优雅的富埃尔特[Ilan de Casa Fuerte]）想着成为他的保护人，之后他在德·孟德斯鸠(Robert de Montesquiou)面前让步了——他的保护能力超过了大部分他的同时代人。

因此这位年轻的艺术家被未来的夏吕斯男爵安排住下，受到他的供养和珍爱之后又被他痛恨——男爵在面对他的年轻情人忘恩负义的时候，久久地为自己费了功夫而遗憾，对一个本应该被弃之于他原本的野蛮荆棘状态的人"像对待紫杉那样修剪"。他起先在《笔记》(Carnets)中化身为吹笛者，后来在《追忆似水年华》中成了小提琴家德拉福斯-莫雷尔，他从来都没有和社交界正式归结于他的放荡心理分开过。

他于1897年6月同孟德斯鸠失和之后,这个利欲熏心的人在梅特涅伯爵夫人(Metternich)和德·布兰科(Rachel de Brancovan)公主富丽的小阳伞之下找到了庇护和资助——结果这使孟德斯鸠对他的恨意增加到十倍。孟德斯鸠甚至还(在1910年的《吉尔-布拉斯报》[*Gil-Blas*]中)写了一篇讽刺文章,名为《从投机专营到粗野》(*De l'arrivisme au muflisme*),他在其中言之凿凿地说,德拉福斯和他的外表完全不同,不过是一个没有天分的"画家"。

当有人询问"奥滕西乌"(Hortensiou,又名孟德斯鸠)他如此持久地恼恨对方的原因时,他只是回答说:"您要我对于一个掉入他名字的德拉福斯怎么办呢?"①

人们可以在恶毒的洛兰(Jean Lorrain)写的《德·福卡先生》(*Monsieur de Phocas*)中找到把此事件改写成"德·米扎雷伯爵"(de Muzarett)的痛苦,他被认为可能是《带翅膀的老鼠们》(*Rats ailés*)的作者,他为了保护音乐家"德拉巴尔"②而声名受累……

魔灯(Lanterne magique)

钟情于阿尔贝蒂娜的叙述者或许是带着羡慕的心情想到拉布吕耶尔描述的这些人,他们"想爱却办不到,寻求失败但是无法遇上,而且(……)被迫保持自由"。这是否足以把《追忆似水年华》和萨特的《存在与虚无》(*L'Être et le Néant*)对照起来,鉴于人们"被判自由",萨特在其中宣布,其结果就是他们"肩膀上"背负了"全世界的重量"? 很可能并非如此。

还是在萨特的自传体小说《词语》(*Les Mots*)去寻找尚可触及

---

① 德拉福斯(Delafosse)中的 la fosse 在法语中有"墓穴、粪坑"之意。
② 德拉巴尔(Delabarre)中的 la barre 在法语中有"杠、杆、棍"之意。

的回忆,那证实了他长期阅读《追忆似水年华》。因为这两本书的共同点在于都写了作者的童年:假如"普卢"(萨特)①和"小狼"(马塞尔)如此相似,那是因为,就像每个成年人身体中都保留了一个孩子,他们的年纪差不多。首先,这两本小说都是关于母爱的:"小狼"没有"妈妈"的亲吻就无法入睡,"普卢"摆脱了早逝的父亲,父亲只留下了床头的一幅肖像,里面蓄着小胡子,而普卢同母亲一同生活、睡觉,慢慢地,家人把这位母亲当作了贞女。

当然,萨特给人的感觉是用自己的名字在说话,而普鲁斯特则乔装成了异性恋的叙述者,他同作者唯一的共同之处就只有名字;没错,马塞尔是他母亲的儿子,而萨特是他母亲的兄弟(他和安妮-玛丽不是叫他们"孩子们"吗?),但是就像萨特会用一句话去说的叙述者可能会去联署其名:"今天我仍然没法不愉快地看到一个过于严肃的孩子庄重而温柔地对他的母亲孩子说话;我喜爱这样柔和而未开化的友谊,它们远离人类而产生,并且与他们相逆反。"当安妮-玛丽为普卢读书的时候,普卢惊讶地察觉到她的声音变了:受到奴役干扰的音调、未完成的句子、迟迟不来的词语、散开的曲调向一个"石膏般的声音"让步了,任何微笑都不能使它缓和。而且原因在于:"那是书在说话"。应该是母亲朗读时的变化让萨特随即明白文学是一门外语,《追忆似水年华》中的叙述者对此等直觉明白甚晚,因为和安妮-玛丽不同,"妈妈"(她唯一的错就是略过了《弃儿弗朗索瓦》[*François le Champi*]中的情爱场面)是"一个令人钦佩的朗读者,她的阐释充满尊重和简练,她的声音充满美感和柔和"。

而且,萨特的祖父是个上镜的人,他的不幸在于在那个时代要摆姿势很久才能获得一张清晰的影像,必须要不断地将自己物化、把自己变成活的绘画,固定在一种自命不凡的姿态中;无论他去哪

---

① Poulu 这个名字同 *petit loup* 押韵。

儿,他都要"遵循某个看不见的摄影师的指令",并且醉心于"短短的永恒瞬间,让他成为自己的雕像"。在扮演祖父的祖父和假装一头扑进他怀抱并且气喘吁吁的孩子之间,有着非常友好的默契:"祖父留给我的,"萨特说,"只是魔灯的僵硬图像。"然而,给叙述者的灯罩上的也是一盏魔灯,好让他在等待晚餐的时候娱乐一番,用"超现实的多彩影响"替换了"不可触及的墙之晦涩不明",魔灯使得窗帘的褶皱上出现彩绘大玻璃窗的效果,并且讲述了戈洛(Golo)追逐德·布拉邦(Geneviève de Brabant)的故事。叙述者在全书中所做的就是把魔灯转换为万花筒,把五光十色的旋转木马变成情感的混合。由此需要的是他要理解为什么在经历之前所向往的现实总是令人失望的,必须要区分写作的欲望和对生活的拒绝,最后要知道萨特所说的"将沮丧和现实混淆起来"的奇怪倾向是从哪里来的。

→*Sartre*(*Jean-Paul*)让-保罗·萨特

(雅克·达里尤拉的)眼泪(Larmes[de Jacques Darriulat])

我们在伊利耶贡布雷的马塞尔·普鲁斯特沙龙里学习,这时老师进来了,手里拿着一卷《七星丛书》。节目可以开始了。达里尤拉坐在一个可能比房子本身更老的麦克风前面,只要有一两个问题就能让他激动地说起来,他权威地描绘着贡布雷,那是"童年的神秘之地,也就是说是信仰和领圣体的地方,这使得童年成为专属的保留地,是神秘的结合之处,这个地方之后还显得神话一般,那种熔融之境尚且幸福,还没有被逝去的时光搅得不得安宁,那种时光让人迷失、已经迷失,让人受到这种普鲁斯特式的焦虑和垂危的折磨,那是被遗弃之人的绝望……"当他突然说到蒙舒凡的那一幕,凡德伊小姐的女友对着已故的作曲家肖像啐了一口的时候,他的声音哽咽了,他的眼睛模糊了,他听到自己在哭泣。

为什么这个时候会哭呢?为什么这个神奇的人,这个无可替代的老师,这个毫不虚荣的艺术家,这个十分满意于自己模范孩子的父亲要克制、止住啜泣呢?假如他尽情哭泣的话,这种哭泣会迫使他停止的。

据他所言,他自己也不知道。

洛朗(饭店)(Laurent[le restaurant])

本书的两位作者之一每次在这家香榭丽舍大道的著名饭店用午餐或者晚餐的时候,都免不了遇上马塞尔·普鲁斯特的幽灵,他在那里混着虚幻和现实,打造了一个《追忆似水年华》中的人物。

对于普鲁斯特而言,一切开始于布尔热(Paul Bourget)名为《格拉迪丝·哈维》(Gladys Harvey)的短篇小说,该书描述了一位轻佻女子的艳遇(小说用了一种惹人争议的机智,将她称为"一个同层次的女子"),她娴熟地伤害了一位年轻男子的心,而这位男子和布尔热他自己①一模一样。那个所谓"同层次的女子"其实名叫艾曼(Laure Hayman),普鲁斯特并非不知道他曾是自己韦伊舅舅的情妇。此事让他如此好奇,以至于他习惯去洛朗饭店用餐,用铺张的消费征服了最有资历的饭店负责人,好从他们那里获取某些记忆的片段。他的调查持续进行了一整年。

他在调查洛尔吗?还是格拉迪丝?他很难区分彼此。在这么来来往往之中诞生了亲英国的奥黛特·德·克雷西(Odette de Crécy)。

有人说,在这个饭店的菜单中还能找到"克雷西红酒沙司配鸡

---

① 此处"他自己"原文为英语 *himself*。

蛋"——其他地方哪里都没有这道菜。是巧合吗？还是文人的致敬？烹饪的偶然？每个人根据其不同参考自行决定。

→*Angleterre* 英国，*Cocotte* 轻佻的女人，*Malaparte*（*Curzio*）马拉帕尔泰（库尔齐奥）

（《追忆似水年华》的）朗读者(Lecteurs[de la *Recherche*])

《追忆似水年华》也可以闭上眼睛、用耳朵去读——或者是在驾车的时候。的确，读者（自 2006 年以来）可以买到一百一十一张 CD、十一盒装的六位朗读者合集。

首先是迪索利耶（André Dussollier），（除了朗读《女囚》之外）他（还）拥有朗读全书开头和结尾的特权。当一个人的名字选得好的时候，它仿佛印证了这个人本身的情况，迪索利耶的声音（恰好是臃肿的，就像他在朗读《在斯万家那边》的前两卷和十五年后朗诵《重现的时光》之间，他的头发白了一样）从此就是叙述者的正式嗓音，结果大家突然发现叙述者不懂得如何发双元音"oi"，他念的不是"voy-age"而是"vo-yage"[①]。

随之而来的是威尔逊（Lambert Wilson），他用尖尖的嗓音朗诵了《在斯万家那边》的末尾和《在少女花影下》，尽管可以听出他曾多次尝试，但是他从没能摆脱他那气候学般的社交界调子，他念的每句话声音都不可避免地降调，因为开头音调过高。

随后是雷努奇（Robin Renucci，《盖尔芒特家那边》第一部分），他显然是对自己能读好这本书非常确信，结果他的朗诵里不带丝毫热情。结果是他营造了没有调子的氛围，这完全可以适应叙述

---

① 从法语发音规则角度而言，字母 y 在两个元音之间相当于 i＋i，因而"voyage"应当发成"voi-iage"，而迪索利耶发成了"vo-iage"，故而作者说他不会发双元音"oi"。

者在试图辨别歌剧院的海中仙女们时发现了海底世界这个编织甚长的隐喻，但是当他在阐释圣卢和拉谢尔的争执的时候尤其不适合。

幸运的是，《盖尔芒特家那边》的第二部分和《所多玛和蛾摩拉》整个都是加利纳（Guillaume Gallienne）一个人的杰作，他是个凭直觉行事的朗读者，是《追忆似水年华》的罗密欧，他嘹亮的嗓音赋予那些他演绎的幽灵令人意想不到的坚实存在，让它们成为了触手可及的人物：在他的声音里，阿尔贝蒂娜是一个年轻女人，奥丽娅娜和个落地灯似的，"女主人"是个暴君，叙述者是个妈妈的儿子，他要到母亲出殡才进入青春期……但是这位天才的演员极为细腻，在他发现普鲁斯特作品的同时，向听众揭示了它：夏吕斯男爵的音调在《盖尔芒特家那边》里面表面显得阳刚，在《所多玛和蛾摩拉》的开头显得风味奇特，而且就在叙述者发现自己同性恋倾向的那一刻。加利纳运气好，而且大胆，他最后不自觉地丰富了文本本身，因为当他把"无礼的"错读成"隔离的"的时候（"您或许时不时耳背，德·夏吕斯先生无礼地回答道"），给男爵的无礼添上了非常贴切的岛屿特征。

至于波达利耶斯（Denis Podalydès），他完美地朗诵了《消失的阿尔贝蒂娜》（*Albertine disparue*），还有《重现的时光》中间三分之一的部分，然而他的阐释问题在于他同自己相比较：因为波达利耶斯此外还是《长夜行》的朗诵者：然而，该书留下的玩笑、苦涩和幽默的记忆（他是该书的迪索利耶）不断重叠在叙述者失去了他的阿尔贝蒂娜之后深不可测的悲伤之上。怎样才能认真对待一场葬礼，而这让他情不自禁想起巴尔达米（Bardamu）那反射到自身的苦难？这是一个难题。波达利耶斯是塞利纳（Céline）的朗读者还是普鲁斯特的朗读者？意愿让人在两者间作出选择。

还剩下朗斯代尔（Michael Lonsdale），他的冷淡或许能契合《贡布雷》的某些篇章或者对于巴尔贝克的发现，但是矛盾地让《重现的时光》奇怪的开头像上了浆一样。

→*Céline*(*Louis-Ferdinand*)路易-费迪南·塞利纳,*Correspondance énigmatique*(*avec Philippe Sollers*)(与菲利普·索莱尔斯之间的)神奇的思想相通,*Paris-Balbec* 巴黎-巴尔贝克

阿尔贝·勒屈齐亚(Le Cuziat[Albert])

勒屈齐亚曾是奥尔洛夫伯爵(Orloff)、德·罗昂公爵(de Rohan)的贴身男仆,之后又是拉齐维尔亲王的(Radziwill,他的座右铭——"谈论女人是不合礼的/在康斯坦丁·拉齐维尔那里"——归纳了他的为人),他是织补匠朱皮安(Jupien)的原型,他"醉心于贵族身份"。塞莱斯特讨厌他,将他比作"一道滑稽的浓汤"。但是普鲁斯特非常留意勒屈齐亚对他母亲所怀有的爱,形容他是"活跃的名流",要知道他的对礼仪、礼节和家族归属的了解都达到了社交界博学的顶峰。他了解每个人的缺点,这个妓院经营者——管理着好几家妓院,致力于"可憎的荒淫"(这就是行政当局对于同性恋的形容)——能够为作家提供一大堆信息,为《追忆似水年华》所回收利用。他还向他提供了几个"流氓",就在他开的特殊场所里,先是在戈多-德-莫鲁瓦路(Godot-de-Mauroy),后又在阿尔卡德路。

塞莱斯特不信任这个名声糟糕的人,这个"布列塔尼的金发瘦高个,毫无优雅可言,他那蓝色的双眼冰冷得和鱼眼一样",她有时要去交给他内容谜样不详的信件。"他多少有点逃犯的模样,经常一副蹲监狱的感觉",她补充说,在普鲁斯特同他不合之后,她感到喜悦。

关于此番不合,证词不一:有些人认为其原因是某个"安德烈",阿尔卡德路的看门人;另一些人认为普鲁斯特对于他在双亲逝世后送给勒屈齐亚的家具(沙发、椅子、地毯……)的遭遇非常气

恼,勒屈齐亚毫不犹豫地用它们来装扮妓女们的接待室。这种气恼可以在《追忆似水年华》中找到回声,至少是转换过的:"此外,我不再去那个地方(……)在我看来,我的莱奥尼婶婶(的家具在那里)(……)遭罪,而我毫无防御地把它们置于残酷的接触之下!我宁可玷污一个死去的女人也不愿意遭更大的罪了。我再也不去拉皮条的人那里了,因为这些家具仿佛是有生命的,似乎是在哀求我,就像是一个波斯故事那样表面看着没有生命的物件一般,在其中关押着殉道的灵魂在乞求获得解脱。"

萨克斯(Maurice Sachs)是勒屈齐亚之后在圣拉扎尔路(Saint-Lazare)所开的污秽之地的常客,他在《安息日》(*Le Sabbat*)中坦言,自己看到这个一度曾属于一个"名字对于(我们)青年人是仙境的保证"的人的家具而备感兴奋。马塞尔·儒昂多(Marcel Jouhandeau)也提到了勒屈齐亚这个人,"一个信仰天主教的布列塔尼人,同法兰西行动(*L'Action française*)关系密切",勒屈齐亚向他透露了几个颇为猥琐的细节:"(普鲁斯特)透过一扇玻璃门窗指定那个他想要与之待一会儿的人。这个人被要求上楼,脱衣服(……)并且在普鲁斯特的床前自慰,普鲁斯特躺着,身上的床单一直盖到下巴。假如普鲁斯特达到了他的目的,这个男孩就道别(……),但是如果普鲁斯特没有达到他的目的,这个男孩就同阿尔贝一起拿来两个篓子,里面装着活老鼠。他们打开篓子,老鼠们互相撕咬。而在这个时候,普鲁斯特达到了他的目的。"

这个老鼠事件引得文人墨客侧目而纷纷动笔,尤其是在它的施虐狂版本里——根据这种说法,普鲁斯特在这可怜的生物被针穿刺的情况下对它们的痛苦备感欣慰。塞莱斯特使出浑身解数否认这种说法,因为"先生非常害怕老鼠"。但是亲爱的塞莱斯特,害怕什么时候没有通过不同的剂量进入愉快的构成里面呢?

还有就是勒屈齐亚让普鲁斯特得以躲在他的单向镜(神奇地成为了一个"眼洞窗")后方,观看了一个北方工业家被鞭打的过

程,并且由此写出了那恐怖的几页,我们出于纯粹的好意引用在此:

> 突然,从一间走廊尽头孤零零的卧室里貌似传来沉闷的呻吟声。我激动地朝那个方向走去,把我的耳朵贴在门上。"我求您了,饶了我吧,饶了我吧,可怜可怜我吧,放开我,不要抽我抽那么重,一个声音说道。我亲吻您的脚,我羞辱自己,我再也不会了。发发仁慈吧——不,你这个无耻之徒,另一个声音回答道,因为你大喊大叫而且跪下了,我把你绑在床上,毫不留情",我听见鞭打的声音,很可能被钉子所加强因为随之而来的是痛苦的叫声。这时我发现这个卧室有个侧开的眼洞窗被人忘记拉上窗帘了;我在黑暗中蹑手蹑脚,溜到窗边,在那里我看到那人像普罗米修斯被绑在岩石上那样被捆在床上,遭到莫里斯的确带钉的鞭子鞭打,我看到了血迹斑斑、浑身淤血绝非第一次遭难的那个人,在我面前的是德·夏吕斯先生。

→Arcade(11, rue de l') 阿尔卡德路(11号), *Fiche de police* 警署登记卡, *Homosexualité* 同性恋, *Inversion* 性倒错, *Pure matière* 纯物质, *Rats(L'homme aux)* 鼠(人)

野兔(Lièvre)

是写一本大师之作还是启示它更为讨人喜欢、更为聪明、更有益、更光荣?是激发一个天才作家的想象,还是自己成为作家?

对于那些认为这些选择是愚蠢的人(原因比如是命运的天平在一条白鲸和梅尔维尔[Herman Melville]之间是不平衡的),我们要提醒他们有些生存构架更为完美。尤其是当"主角",即小说的主人公,好好享受了一番,而让他不朽的艺术家自己只有痛苦的一生……

今后这样的人物更为罕见了,因为小说的人物都和作家雷同,作家们将他们用作是自己的装备——总之这解释了哀怨报告文学的不足之处。

让我们来评估一下相反的情况:X满足于生活、自我炫耀、享乐、富足地爱与被爱、大口尽情呼吸、在最怡人的度假胜地露面,而Y呼吸短促,过着隐居生活,被药粉和烟熏疗法包围,以便在先前之事周围筑起词语和思想的壮丽大教堂:我们是否可以肯定地认为那个受苦之人的命运比选中者的要更值得人羡慕?

然而,这就是普鲁斯特和阿斯(Charles Haas)所组成的奇怪双人组的情况,阿斯是斯万的正式原型。在这两人之间,历史作出了抉择:普鲁斯特是半神;阿斯是美好年代(la Belle Époque)的凡人。但也不止如此……

对于阿斯这个社交界的健将,我们所知甚少,要不然就是他社会地位颇高,并且具有时髦①的美名:普鲁斯特只在波利尼亚克(Polignac)一家那里遇见过他两三次,普鲁斯特很可能对他的风度翩翩所印象深刻,而这个纨绔子弟则把他当作是一个"普鲁斯特蝶"②或者"小蠢货";这个富有的罗特席尔德(Rothschild)的出纳员不缺女人(他同萨拉·伯恩哈特有染),也是骑师俱乐部接纳的唯一一个犹太人。奥塞博物馆里詹姆斯·蒂索(James Tissot)的一幅名画里面就有他,同在的还有加利费侯爵(Galliffet)、奥廷格男爵(Hottinger)和其他几位,他们都在王宫街上的俱乐部(Cercle de la rue Royale)阳台上:阿斯站的位置有点偏,在明亮的露台和昏

---

① 原文此处为英语 *fashionable*。
② 法语原文为 Proustaillon,是说普鲁斯特如蝴蝶(papillon)般从一个社交场合飞到另一个。

暗的沙龙之间;他的侧影透明,因为(据说)在德雷福斯案中被抹去又重新画上,他身体的轮廓隐约可见;可以感到他在这个富人群体中确实比较边缘化;他的仪态像是(这是回顾式的印象吗?)在现实世界和虚幻世界之间犹豫不定。

从此,阿斯在拉雪兹神父公墓安眠,他的墓地同普鲁斯特的很近,只写有两个年份(1832—1902),如果有必要的话,这证实了一个纨绔子弟的死总是比他的生要来得更长。出于运气和天分,他娴熟地迷住了年轻的马塞尔,这使得他通过自己的文学镜像而达到涅槃,亲爱的斯万有着同样的名字——但是他那"白色的"姓氏(普鲁斯特如是说)加了一个字母 n,就好像执意要为这只天鹅加一个翅膀——,但是他可以有词语组成的陵墓,不那么瞬息即逝。

普鲁斯特在多个场合否认自己将阿斯全部注入到斯万里——因为如果一本小说满足于复制一个不完美的现实,那这本小说还有什么用呢?然而,他没少承认自己所欠,但也明确说他给自己的人物"注入了不一样的人性"。而且这种转化忠于一条神秘的动物逻辑:阿斯(德语中的"Hase")指的其实是一只野兔,通过斯万这个姓氏重生成为了英语中的天鹅。看来小说家想要用英国化的方式将他的人物去日耳曼化,这样的转世让人好奇:为什么在德雷福斯案之后,普鲁斯特从一个法兰克福犹太区(*Judengasse*)出来的势利眼那里受到启发,创造了一个同威尔士亲王有关系的绅士,并且这个人又醉心于一个亲英的轻佻女子?这里全然是去犹太化的变幻,理所当然地途经了英格兰,以便到达这个几乎墨洛温式的法国特性,盖尔芒特一家的"地名"之法国性是再夺目不过的象征了。

《追忆似水年华》:这是有用的伪装贱民、犹太人或者同性恋的策略,好让一个小说家如同诺亚那般驾驶着他的方舟,能解救几个专有名词……

剩下的只有一个问题有价值:这个阿斯有什么了不起的地方,其地位高到能在身后成为如此变幻的主人公?他生前难道不就具有无可非议的天才获得成功并且不朽？换言之:是因为入迷吗？如何才达到这样的效果？这个人看起来什么都没有产出,他的姓氏注定要灰飞烟灭,他有什么特殊之处能让他免于被最终忘却呢？把野兔封为天鹅,这个"小蠢货"显得相当慷慨而且毫无怨言。但是阿斯在启发他的时候,肯定是更为老练地。我们可以想象,当马塞尔这个造物主想到,要让这个没有他便可能会失去纪念地位的人免于幻灭时,他的微笑。

但是我们也可以想象阿斯那满足的叹息,当他于一个明媚的春天上午去林子里散步时,得知一个宥于风格的人仅仅为了给他雕一个大理石像而献出了最后一口气。

→*Angleterre* 英国,*Judaïsme* 犹太文化,*Reniement* 否认,*Serviette et bottines* 餐巾和高帮皮鞋,*Swann*(*Charles*)夏尔·斯万,*Tissot*(*James*)詹姆斯·蒂索,*Trois détails*(*concédés aux partisans de Sainte-Beuve*)三个细节(让与圣伯夫的支持者),*Vivre*(*ou écrire?*)生活(还是写作?)

循环之书(Livre circulaire)

叔本华《作为意志和表象的世界》里开头几页的一段文摘:

> 对于那些想要深入这里陈述的思想的人而言,他们所要做的只是把这本书读两遍;而且事实上第一遍要带着耐心,这种耐心的来源只有一个,要自发地相信这本书的开头已经预先假定了其结尾,就像结尾预先假定了开头,以及每个章节预先假定了下一章,就像这下一章预先假定了上一章⋯⋯

这些话将马塞尔这个叔本华的忠实读者形容得如此贴切,他希望自己的作品就是如此,这些话准确描述了他的"循环之书"梦

（这个表达来自奇塔蒂），它们应当被烫金、深深印在书签上，配上丝线，系在《追忆似水年华》的每一卷里。

→*Contraire* 截然相反，*Schopenhauer*（*Arthur*）亚瑟·叔本华，*Serviette et bottines* 餐巾和高帮皮鞋

留言簿(Livre d'or)

> 不要思想，普鲁斯特先生，只要名字。

这是一位公爵对普鲁斯特的命令，他递给他一本存有访客痕迹的留言簿。

马塞尔早就悄悄地开始长篇腹稿，却这么被要求简单扼要。这就是规则：社交界人士永远要做减法。因为严肃太费时间了：那么，亲爱的普鲁斯特，您用两句话告诉我您的大作都讲了什么……当一个人没法避免同他们交往之时，唯一的逃离方式是什么呢？是文学。也就是说，一堆无休无止的思想，而且还没法在一次晚宴中享用。

再者，这个可怜的公爵在要求《地名：那个姓氏》的作者写上他的"名字"，而不是一种"想法"，是否知道这要求比他想象的要高呢？

→*Jivaro*（*L'École*）西瓦罗派，*Phrase*（*la longue*）（长）乐句

长(Long)

法国文学最长的小说是以这个音节开始的，这个音节一上来就指示了该作品的篇幅。普鲁斯特附着在这个音节上，但是却忽略了这个开场白或许在作者之前，已经有了对自己篇幅的直觉。他当时还不知道，从本来预想的两卷（《逝去的时光》和《重现的时

光》)中,生出了三千多页,其源头是战争爆发、心意断断续续和阿尔贝蒂娜相关的内容。

更确切地说,这长度是马塞尔的头号敌人——"生命太过短促,"阿纳托尔·法郎士哀叹道,"而普鲁斯特太长了……"——直到今日,这都给他招来了大量的反对者和漠视他的人。就是为了这些人才有人不断地想要缩写《追忆似水年华》,省去那些题外话。但是没了题外话,普鲁斯特会成什么样子?他还会存在吗?

→*CQFD*(*Ceux qui franchement détestent*)表示厌恶的反对派,*Jivaro*(*L'École*)西瓦罗派,*Phrase*(*la longue*)(长)乐句

形象(Look)

通过外表来让自己永恒是想要抗击时光流逝的人最好的策略之一。自二十岁开始,普鲁斯特就决定了自己的形象,并且再也不做出改变,如此就意味着他乐于抵消时间的作用,借助某种模式。

在现存的照片中,人们可以看到他年轻时的风格,只要这种年轻态还在,他就带着优雅和纨绔子弟特殊的细腻,当年轻不在,他就一副悲剧的哀愁之态。因此从此很难确切了解他的衣着,以及由此做出的动作,所以我们还是回到可信的消息来源:

对于莱昂·皮埃尔-坎这个人马座出版社(Éditions du Sagittaire)经理而言,普鲁斯特好像是在他的老皮袄里面"被涂了香料",而且他就要穿成这样才"出现",——他不仅仅是给人看——就好像他是一个幽灵从不久的过去冒了出来。这就是,他写道,一个"非常优雅、非常被人忽略的"人,一个"穿着羊毛套衫、戴着长围巾的纨绔子弟"。

保罗·莫朗,俗气装饰的专家,在《夜访者》里补充了这个衣饰逆喻,他观察发现他那失眠的朋友什么都要依照"1905年样式":"灰色圆顶礼帽、套有猪皮的手杖、戴着深灰色上光羊皮手套的双

手"。的确，马塞尔在选择皮袄或者背心及其数目的时候不断受到害怕着凉的影响——他穿得如此多，一件套一件，结果很多他的同时代人不免怀着恶意或者确切地将这些衣物的主人看作了带有洋葱的风范。

埃德蒙·雅卢五月份在里茨饭店长长的走道里遇见过普鲁斯特，他写道："他的步伐缓慢，几乎是东方式的"。烟熏疗法给他留下了阴影，"他的脸庞和嗓音被夜间吞噬"。是不是就在那一天，皮埃尔-坎将他比作在保罗·布尔热（Paul Bourget）小说中读到的那不勒斯亲王之一？或者说他青年时期的密友格雷格（Fernand Gregh），说他的双眼尽管不斜视，但"看起来是从侧面看东西的"？

1913年的时候，科克托，他一直相当不确切，把普鲁斯特速写成裹在厚重的外套里面，下巴藏在皮毛领子里，领子上面是比帽子下面露出来的头发更黑的小胡子。科克托还给他的速写加上了一瓶水，其颈部露在一只口袋里外面，这个细节令人惊讶：普鲁斯特真的是出门带着矿泉水，就像如今纤细的模特那样？更多的证词描绘普鲁斯特在里茨饭店餐桌旁，对着一瓶345波尔图甜葡萄酒（porto 345）——这和德·康布勒梅夫人（de Cambremer）在拉斯普利埃的一次与韦尔迪兰晚餐时建议给医戈达尔生的一样，这酒似乎有抗击失眠的功效。

这幅画像的最后一笔仍要属于科克托，他在一篇既不写背心也不谈皮袄的文章里让人——确切地——看到马塞尔的样子：那是"一盏大白天点着的灯……一座空房子里的电话铃声……"。

→*Fétichisme proustien* 与普鲁斯特相关的拜物主义

狼（Loup）

《追忆似水年华》的叙述者是一条狼，或"小"或"大"，这要看他母亲的心情了。一只瘦削的犬科动物，迷恋于被他关起来的猫。

一个用眼睛吞噬所有他窥伺之物的食肉动物,他"蹑手蹑脚地"①趁其不备靠近它们。这里是几个他的猎物……

首先是莱奥尼婶婶,他突然出现在做白日梦的婶婶面前,而他母亲只是叫他上楼问她是否需要什么,他由此而发现了婶婶在自以为一个人的时候,有对自己低声说话的习惯。

德·夏吕斯男爵,他脸上的眼皮对着太阳垂下,在他知道自己没被人看见的时候,暂时卸下了他伪装的粗暴,露出光辉的微笑,或者他在妓院发现他浑身淤血,"像普罗米修斯被绑在岩石上那样被捆在床上的,遭到鞭打(……)鞭子上还带着钉子"。

沉睡的阿尔贝蒂娜,蜷曲着,她就像是一棵植物变成了斯特拉迪瓦里小提琴,任凭自己情人的幽灵用眼神轻触、抚摸、吞噬。

莫雷尔在妓女的接待室中一旦发觉单向镜背后有德·夏吕斯男爵正在监视他,他就一动不动了,与之相反的是,"狼"作为看不见的观众所观察的现象,从来都没有被他的存在所改变过。他沉静的双眼为他揭开了一个没有证人也没有镜子的世界,在他的狼眼之下,这些完美的姿势不为任何人存在。

→ *Bestiaire* 动物图集,*Bestiaire*(*bis*)动物图集(2),*Homosexualité* 同性恋

阶级斗争(Lutte des classes)

没有人要等到《追忆似水年华》问世才发觉同性恋是——曾是?——一个扰乱社会的强大因素,一方面是出于对于良好道德的挑战,另一方面是因为它像一部地狱机器般,在最优越的阶层中所造成的争执。然而,普鲁斯特的描述将其最为明显的结果,即其交融混合推向了极致。

---

① 这个表达在法语原文中是"à pas de loup",字面意思为"迈着狼的步伐"。

普鲁斯特式的同性恋,有着"流氓的势利",就这样情不自禁地催发了革命,即使他是保守派——说到底,他经常是保守的。他一下子就位居嘉年华中心,这其中高层次的人同低层次的人有着性关系,富有的人在"反社会的爱情"之或愉快或凄凉的氛围中向穷人低头。

德·夏吕斯男爵是这个漩涡的大师:在巴尔贝克,他邀请一个仆人共进晚餐,大饭店的顾客们把此人当作了一个"非常潇洒的美国人"——而此人一下就被饭店的雇员认了出来,他们"远远地就嗅出味道来,就像某些动物们嗅到某个动物那样"。因为民众(弗朗索瓦兹、艾梅、侍者们……)不喜欢社会走偏,也不喜欢在习俗和情感方面有混淆。他们的集体理想是:每个人有自己的位置——而贵族他自己可以忽略让仆人安心的等级。这至少就是贵族的观念,因为民众之所以对于这种颠倒置气,其实只是因为他们在其中看到了虚假的动荡。

这并不妨碍:所多玛对于社会秩序而言是一种威胁,就像许诺给朱皮安侄女的历险一样,她先是一个漂亮的女裁缝,同莫雷尔订了婚,一旦被夏吕斯"收养",就成了"德·奥莱龙小姐"(d'Oléron)——这使得她之后得以嫁给德·康布勒梅侯爵。这就可以得出,假如一个女裁缝,其叔叔是妓院老板,可以融入一个能上溯至比卡佩王朝年代还要古老的家族,这就意味着颠倒(有夏吕斯和朱皮安的关系为例)对于社会之树的最高枝而言,其危险程度相当于一只根瘤蚜。

然而要主意的是,在普鲁斯特作品中,这种安排可以允许奇怪的洗礼:的确,是不是只要被一个贵族同性恋选中,从他那里获得爱情或者欲望,就像是仪式中用来净化的水,就足可以在人间喜剧的大换景机械中,一下把每个人分配在其角色中的烙印(教育、仪态、词汇)就淡去?普鲁斯特是这么认为的。无论如何,他假装这么想——一边展现自己的观察天才,以便指出那些通过恩典或者欺诈,得以潜入到高一层次的人们,依旧带着他们以前的社会属性。

→*Homosexualité* 同性恋,*Le Cuziat*(*Albert*)阿尔贝·勒屈齐亚,*Malaparte*(*Curzio*)库尔齐奥·马拉帕尔泰

利奥泰(于贝尔,未来的大元帅)(Lyautey[Hubert, futur maréchal])

→*Anagrammes* 改变字母原有位置所构成的词

雅克·玛德莱娜(Madeleine[Jacques])

理智的狡黠？戏谑？极有诗意的偶然？事实是：普鲁斯特的第一个专业并且一丝不苟的读者名叫……玛德莱娜，雅克·玛德莱娜(Jacques Madeleine，1859—1941)。他自己也是作家，是一位受尊重的诗人(卡蒂勒·孟戴斯[Catulle Mendès]为他的一部合集作序)。这个正直的人是法斯凯勒出版社(Fasquelle)的总秘书,当时(普鲁斯特的)手稿交到了他手中(该手稿虽然有科波和卡尔梅特[Calmette]的推荐,但不过是被草草翻阅了下,就已经被奥伦多尔夫出版社和伽利玛出版社的《新法兰西评论》系列[NRF]拒之门外)。和他的同仁一样,玛德莱娜对这位他仅了解其在社交界的名声以及他在《费加罗报》专栏写作的作家有偏见。他先是被这部长712页的文本吓到了,普鲁斯特的文章如洪流般一泻而下,其中充满了附言,甚至附附言,句子"散漫不已",就像是一个出了故障却又过分溢满的盥洗盆。"一位相当非比寻常的知识分子",玛德莱娜在阅读报告中如是写道,这份报告倘若细读的话,就能看出其敏锐地察觉了这位来自他处的作家的独特之处。

玛德莱娜是否对同名的点心在书中决定性的表现非常敏感？他是否知道（乔治·桑小说）《弃儿弗朗索瓦》的女主人公叫玛德莱娜？他本来可以草率地贬低送交的作品、带着纪德式的不羁将它退回，亦或是纵横浏览一下，就像大出版社突然面对未知作者的作品时惯常所做的那样。然而，玛德莱娜行为端正，或者说他在不知所措的时候表现得恰如其分。他的报告足以在《追忆似水年华》因之受益的明智见证中占有一席之地。不过，法斯凯勒出版社依然感到从这部涂涂改改、错综复杂的作品中没有多少利润可期待：出版社毫无遗憾地以商业理由为据，排除了这部作品。毕竟这个理由至今仍是出版者在面对一份超乎寻常，或者是低于平均水准的作品时最常用的理由。

不久，勒内·布卢姆（René Blum）把普鲁斯特介绍给格拉塞出版社。1913年3月11日，一份自费出版协议由此签署。和通常所想不同，自费出版对于普鲁斯特而言并非坏事——普鲁斯特反而希望如此并且为之高兴。他希望出版，但"不要被（出版社）阅读"，也不希望"出版社给出建议"。他因此满足了，并且对出版社给出的合理安排表示满意。

玛德莱娜依然是普鲁斯特的首批读者中为这个"生命何其短、作品却何其滔滔不绝的作家"制造神话的人。在他的报告中，我们可以看到："作者承认他的书可以在第633页结束（……）。但是整部书可以被缩减一半、四分之三、十分之九。而且从另外一个角度而言，作者也不是没有理由不把手稿长度翻一倍或者十倍。鉴于他所采用的方法，写二十卷和写一到两卷一样正常。"

正是在这种对于普鲁斯特式的"长度"过敏的基础上，产生了质疑《追忆似水年华》的多种"简化"尝试。不少人由此试图精简普鲁斯特的作品，去掉那些离题之语，那些副词，那一连串瀑布般的形容词——或者试图对普鲁斯特进行"概括"。热内特（Gérard Genette）堪称简化派的翘楚。他极尽所能，大胆（而讽刺地）断言普鲁斯特的大师之作可以用一句话来总结："马塞尔成了作家。"一些用心的读者，比如伊夫琳·伯奇·维茨夫人（Evelyn Birge Vitz）抗议道：不能"更为精确"一些吗？于是就照办了：《追忆似水年华》被缩略成二十九个字母："马塞尔最终成为了作家。"热内特在其后的一本书（《隐迹纸本》，*Palimpsestes*）中评价道："这回都在了。"

→*Éditeur*(*à propos de Jacques Rivière*) 出版商（关于雅克·里维埃），*Jivaro*(*L'École*) 西瓦罗派，*Long* 长，*Papillon* 蝴蝶，*Vertèbres*(*du front*)（前额的）椎骨

玛丽·玛德莱娜（Madeleine[Marie]）

叙述者在认出圣卢的情妇就是以前他曾经冠以"救世主的荣恩"绰号的犹太妓女后，想到的是玛丽-玛德莱娜（Marie-Madeleine），这仿佛是一种偶然："我把视线转向对面花园里的梨树和樱桃树，好让圣卢以为我被这美景触动了。这景色的确有异曲同工的动人之处，它把那些眼睛看不到的东西送到我身边，但是却可以用心去感受。我把这在花园里看到的树丛，当作了异域的神灵，这种错觉不正和玛德莱娜在生日临近的时候，在另一个花园里看到的人形并'把它当作园丁'一样吗？"

其实，所有人都搞错了：圣卢不知道他的情妇以前曾是妓女，马塞尔把树当作了异域的神灵，而玛德莱娜则把基督看成了园丁。没关系……重要的是要理解，就像玛德莱娜服从上帝之子（"不要碰我"，他对她说）那样，叙述者从此不得将手搭在征服了他朋友的女人身上，即便他想这么做。

→*Pretty woman* 漂亮女子

笨拙(Maladresses)

在无意识的回忆之国度中,记忆从不取决于一个事件的客观重要性——不然吞下小玛德莱娜就不会列在名单首位。在普鲁斯特显微镜般的目光下,无限小未必比无限大要小多少,圣安德烈乡村教堂的农妇所热衷之事和盖尔芒特亲王的晚会同样有意思(此外,叙述者对后者的印象仅限于喷泉的形状、夏吕斯的傲慢和"社交界人士们极大的怯懦")。就像在达尔文那里,自然选择并不是基于力量,而在于一个物种的适应能力,记忆任意选择的事情应当从遗忘中解脱出来,它们的精致、准确要用通感来意会。用这种标准来衡量的话,《追忆似水年华》中人物们的笨拙并非他物,而是让逝去的韶光永恒的机会。因此,普鲁斯特式的笨拙是令人难忘的……

……如同盖尔芒特公爵在冒失地祝贺夏吕斯男爵"从不一般见识"后脸涨得通红(其实他知道夏吕斯"倘若不在道德层面上有此倾向,至少在名誉方面是如此的");亦或是斯万在走进奥黛特车子时给她造成惊吓并且试图获得原谅的时候,在一个拥有众多情人、并且习惯于更为无礼的行为的专家眼中不过是徒劳罢了。

然而,对于某些人而言,笨拙不过是不合时宜或者失误,其他的人物则一直非常蠢笨,以至于他们和蠢笨永远联系在了一起。由此,档案员萨尼埃特"感到自己经常让他人厌烦,别人不听他的,结果他非但不放慢语速(……),而是试图用戏谑的口吻冲淡他那过分严肃的言谈,他加快语速、匆匆忙忙、为了避免显得冗长而使用缩略语,以显示自己对所谈之事颇为熟悉,并且在让人费解的同时,显得滔滔不绝。(……)"

笨拙最为恼人的形式之一是没有分寸的熟络,就像那些不熟悉社交界的人,为了显示自己精通礼数,漏洞百出。比如韦尔迪兰夫人把莫莱伯爵夫人（Molé）称作"德·莫莱夫人"，又或是那个愚蠢的土耳其大使夫人，自以为领悟能力强，可以不用"上课"就"完成学习"，她爆发出低级的自来熟，用绰号（"巴巴尔"«Babal»、"梅梅"）来称呼自己都不认识的爵爷们。然而后者是可以被原谅的，因为盖尔芒特公爵（他误以为自己对诸如"我无所谓"、"乡巴佬"和"皮囊"之类俗气表达免疫）自愿为自己充当起导游来，把阿格里真托亲王唤作"这个出色的'灰-灰'"，又或是在对他的朋友们提到自己夫人时叠用"公爵夫人"的叫法。

还有一种笨拙是人用自己的反应去衡量对方的性格。就像莫雷尔，又蠢又恶，以为对夏吕斯说他想要让朱皮安的女儿失去贞洁然后再抛弃她就能唤醒夏吕斯残忍的一面——但是夏吕斯男爵的心地要比他的男伴好些，男爵严厉地纠正了他。

最后，笨拙之最要数布洛克，他把傲慢融入了笨拙，在打翻了维尔巴里西斯侯爵夫人（Villeparisis）的一樽花瓶之后他傲慢地说道："没有一点关系，因为我没有被弄湿"……对于笨拙的人要宽容，但是当他们自己宽容自己的时候就不必了。

→*Agrigente*（*Prince d'*）阿格里真托亲王，*Ambassadrice de Turquie* 土耳其大使夫人，*Saniette* 萨尼埃特

库尔齐奥·马拉帕尔泰（Malaparte[Curzio]）

关于光芒四射的马拉帕尔泰（Curzio Malaparte）是如何在某一天想到把羸弱的马塞尔变成一幕即兴剧的主人公，并且配上音乐和歌曲，冠以《在普鲁斯特那边》（*Du côté de chez Proust*）之名的，猜测纷纷，即便是徒劳仍久久不息。

然而这个不太可能的剧本的确存在。它于1948年11月22日第一次在米绍迪埃剧院（la Michodière）上演，由弗雷奈（Pierre Fresnay）饰演马塞尔·普鲁斯特，普兰当（Yvonne Printemps）饰

演拉谢尔,塞尔纳(Jacques Sernas)饰演罗贝尔·德·圣卢(Robert de Saint-Loup),后者的主要台词是"哦!","啊!",偶尔也来一句"我亲爱的马塞尔"。

《皮肤》(La Peau)的作者将自己浸入普鲁斯特那雅致的气氛中是在期许什么?他打算在其中磨练什么样的想法,要知道在隐居的哮喘病人和炙热的好汉冒充者之间本来没有任何共通之处,而且后者选择化名的时候就是为了"在滑铁卢胜利、在奥斯特利茨战败"?在舞台上,一个比马塞尔还要马塞尔的人同"蒙着救世丰荣恩"的拉谢尔闲聊,拉谢尔是圣卢的情妇,对话发生在一间奢侈的小公寓里。他们草草地交换着一些关于爱情、世界,关于其虚荣和坏习气的话,言谈或多或少切题;马塞尔面对这可怜的姑娘表现得十分倨傲,甚至是让人感到耻辱的——无论如何,这姑娘在担起自己妓女职业的同时并不缺乏尊严:他甚至挑衅她,这让圣卢气恼不已,他可能想要和他最好的朋友展开决斗……

时间长了,大家就猜出(借助塞拉[Maurizio Serra],他那光辉的传记作者)马拉帕尔泰想要表现的是什么,尤其是当他丰富的演出指示相当明确的情况下:对他而言,拉谢尔可不仅仅是"值一个路易的娼妓",而是"一位社会主义者",她几乎要是一个赎罪者,她将迫使资产阶级和贵族的那个垂死的世界凝视它因为男同性恋的发展而加速的衰败。拉谢尔(让我们想象一下普兰当的私语)在其中作为马克思主义者阅读《追忆似水年华》——该书在那时还只是一个计划。而被描述成"士麦拿的希腊人"的普鲁斯特惊恐地发现他所要复兴的圣日耳曼区早已是一具遇难船只的残骸。

马拉帕尔泰一直都对假想的末日津津有味:因此他的事情就是在一个分崩离析的世界中操纵模特(马塞尔和罗贝尔)。这部滑稽剧中最奇怪的就是马塞尔在里面是一副资产阶级道学家的姿态。而且近乎不可能的是,马塞尔在此对这可怜的姑娘毫不留情,而这姑娘的命运,较之于她的本质,更迫使她陷入可以被收买的地步。此外,无论《毁灭》(*Kaputt*)的天才作者是多么受人敬重,我们都无法原谅他此番不知轻重——因为普鲁斯特和他笔下的夏吕斯一样,有着"恶棍的势利眼",为"把社会名流置于盗贼之下"而沾沾自喜,出于荣誉感和教养,他给予最微不足道的人们(侍者、"无赖"、送货员、司机和妓院的寄宿生们……)和他们的境遇相反的重视。

在关于这一点的众多证据中,迪普莱(Maurice Duplay)在他的私人回忆(《我的朋友马塞尔·普鲁斯特》[*Mon ami Marcel Proust*])中,讲起一件轶事。他详细描绘了马塞尔在寻欢作乐的青年时期,到"幻觉屋"中时的态度:那栋房子里有一位非常有名的老鸨,她习惯把她的女孩子们装扮成侯爵夫人或者喜剧演员,用这种戏谑的方式来吸引顾客。然而马塞尔到了那里以后,——一般大家不认为他有足够的精力当场消费——不甘下风;他和妓女说话的时候就仿佛她们是真的侯爵夫人或者喜剧演员,他为她们朗诵诗文,行吻手礼,问她们关于措辞和梳妆的事(他甚至还送给某个名叫图瓦内特(Toinette)的女子一副双六棋棋盘,并且为她在帕坎(Paquin)谋得了一份模特的工作),以至于他在这个"幻觉屋"中也立马成了欺骗大师——这当然也迷倒了众人。

如果马拉帕尔泰这位对军妓和类似福尔泰德伊马尔米(Forte dei Marmi)这样的特殊场所可能更为熟悉的人,能见证这一幕的话,就非常有意思了。这明显可以让他那不成功的(这非常公允)即兴作品止步于心理假相。

→*Cocotte* 轻佻的女人,*Pretty woman* 漂亮女子

误会(Malentendu)

在普鲁斯特的社交界朋友中,谁从一开始就理解了他的才华?如果不算他周围的几位"专业"人士(科克托、莫朗、莫里亚克、都

德……），剩下的就是些不正经的、追求享乐的、势利的和同宴席的人。比如这位有魅力的阿尔·比费拉公爵所言（但我们还可以引用两位比贝斯科、雷纳尔多·哈恩、吉什公爵，还有很多其他人），普鲁斯特有一天问他对《在斯万家那边》的看法，阿尔比费拉答曰："如果我收到的话，你可以肯定我读了，但是我不确定收到过。"文学就这样被当作了书信体……

（普鲁斯特的）狂热(Manies[marcelliennes])

马塞尔到生命尽头的时候只是为着他的"书"而活。他那奄奄一息的躯体必须坚持、再坚持，为他的书稿注入他最后残留的一丝生气，他不断对稿子进行增减、修改和评注。然而，为了更好地为这近乎基督一般的物质转化机制服务——把躯体转化成精神——他必须遵循严谨的仪式。

为了实现这个弥撒，塞莱斯特是他唯一的也是热忱的助理。他们一起走过了所有阶段，而且从来不含糊。

1. 咖啡的精华：一律来自莱维街（rue de Lévis）的科尔塞勒（Corcellet）；马塞尔用一声铃响通知塞莱斯特，她端来一罐牛奶、一个羊角面包、一个两杯量的银质咖啡壶，这全都装在一个刻有M. P. 首字母的茶托里；如果铃响两下，塞莱斯特就要准备两个羊角面包。为了让"先生"不费时间等待，咖啡提前备好，并且在炖锅中备着。

2. 牛奶：每天早上由乳品商在门前的台阶上放一瓶；中午的时候乳品商再来一次；如果那一瓶还在，她就要取回，并且放上另一瓶更加新鲜的。

3. 烟熏疗法：这个仪式在第一声铃响前进行；取两小撮勒格拉粉（Legras，在勒克莱尔药店[Leclerc]买的一条十份装）放在茶托上，用一支已经点燃的蜡烛和粉色的纸让它烧起来；火柴因为含硫而被禁止。

4. 梳洗：马塞尔用二十多张纸巾；为了不刺激皮肤，他不擦拭身体，而是轻轻吸附；他从不离开他那拉叙雷尔牌（Rasurel）长衬裤，那条裤子用比利牛斯山的羊毛制成；在马塞尔如厕期间，塞莱斯特换床单，并且小心翼翼不把卧室的窗户打开。

5. "球"：这是塞莱斯特准备的放在床单下的热水袋；马塞尔要两个，一个放脚边，另一个放在臀部；其实还有第三个，只在厨房使用，以便加热"先生"可能需要的干净衣物（衬裤、睡衣上衣）

6. 信件：手写或者听写；听写的时候，马塞尔经常劳烦奥迪隆·阿尔巴雷的侄女伊冯娜；当她——她也被叫做"哀叹者"，因为她总是抱怨——无法跟上听写时，塞莱斯特就顶替她。

7. 佛罗那（véronal）[①]：当"先生"吃药的时候，就意味着他想要睡觉了；这一般是天刚亮的时候。

这里所详细列出的仪式尽在夜晚进行。

→*Céleste（Albaret）* 阿尔巴雷·塞莱斯特，*Datura* 曼陀罗

大理石(Marbre)

> 一个时代见证了十个世纪之后，它的肤浅好比最渊博的学识，尤其是当这个时代被火山爆发或者类似轰炸所产生的熔岩类材料所完好无缺地保存。

夏吕斯男爵是否因为经常阅读巴尔扎克而对某种本身经不起推敲却具有历史价值的行为格外敏感？事实是时间上的必要距离是夏吕斯傲慢的最佳模式。"除了她以外还有谁更值得倾听？"夏吕斯在当面谈及德·圣厄韦尔特夫人（de Saint-Euverte）时说道，

---

① 佛罗那也是药物巴比妥的商标名。

"多少第一帝国和复辟时期的历史记忆,旁观的或者亲身经历的,以及多少私人故事都肯定不具备'神圣'的特征,但是却是非常'绿'①的,如果我们把这位令人尊敬的躁动不已的女士当真的话。"

其实,夏吕斯在他活着的时候就成了自己的雕塑,他从未停止对永恒的试验。他对美的喜好使得他在最好的情况下把一个细节所包含的不朽之处颂扬一番,哪怕那个细节是丑陋的,他甚至在肮脏的地方寻找美,他为了几个铜板被休假的士兵教训了一顿。夏吕斯好比普鲁士雕像、社交界时光的记录者、自以为能从自己王国的灰烬中寻找诗人必需的灵感的尼禄,亦或是战前的莫希干人(Mohican)一般,高声地梦想着"德国某个维苏威火山的熔岩"加速了"我们的庞贝最后的日子",把正"准备去姑嫂家或者德·盖尔芒特家(Sosthène de Guermantes)吃晚饭前,涂好了她的假眉毛,正在上最后一层胭脂"的莫莱夫人惊了一跳。但是要成为艺术家,光是艺术家是不够的,就像要有远见,光有业余爱好也是不够的。

就像叔本华误以为唯有难以觅得的绝欲(而不是承认欲望)才能消解存在的痛苦,夏吕斯男爵为了追忆似水年华,误把时光停滞荒谬地当作解药,而庞贝遗迹正是其范式的定义之所在。然而艺术家是在动态中(而不是相反)获取生命。使之永恒的不是不动的东西,而是像一种包含了所有其他颜色的颜色那样永远变动的东西;就像一个看似形状固定的喷泉,一旦人靠近它,就变成一团真正的液体火焰;就像斯宾诺莎的《伦理学》,认真阅读该作会摄人心魄又极具几何韵律;又或是一个看似平坦的表面,一旦人俯身去看,就显得凹凸不平……

夏吕斯距此还差得远。他的伟大非常秀丽,就像莫扎特说起

---

① 绿色一词在法语中音译就是韦尔特,和德·圣厄韦尔特夫人名字中的后半部分同音。

小说那样,他的天才只能"排泄出大理石来"。

→ *Pompéi* 庞贝

马塞尔(Marcel)

具体说来,这个名字在《追忆似水年华》中出现了三次,两次不是直接出现的,是在口头;只有一次是直接出现的,在书面。那是一个签名,非常优雅低调,就像是画家在画作的角落上署名……无论如何,至少可以供好几代圣伯夫人细细品味。更不用提那些报告文学的倡导者由此找到了一个如此难以落实的证据,来证明这本浩瀚的小说的确是一个叫做马塞尔·普鲁斯特的人所作。

→ «*Narraproust*» "普鲁斯特式叙述", *Procrastination* 拖延, *Trois détails (concédés aux partisans de Saint-Beuve)* 三个细节(让与圣伯夫的支持者)

婚姻(Mariage)

普鲁斯特当时的确是在想结婚吗?

无论如何,他母亲曾一度这么期望——不久她就放弃了,因为这个愿望既不符合她的真实想法,也不符合普鲁斯特的习性。

尽管如此,他那单身的心里仍然有女子经过,尤其是在"栀子花开的季节"——苏邹(Hélène Soutzo)早就为此向不可捉摸的德·贝纳尔达基(Marie de Benardaky)担保过。更不要说"福图尔侯爵的遗孀",贝涅尔那一家子曾想让他们结合,不过最后她嫁给了未来的利奥泰元帅……

有一天,普鲁斯特醉心于他在文森森林里瞥见的半社交界女子,并且费劲地取得了约会,之后又继续见面。当事情越来越有模有样的时候,他想要进行一次更为庄重的拜访,据塞莱斯特说普鲁斯特执意要"显得衣冠楚楚"。

于是他让母亲给他买一条新领带和一副浅棕色的手套,这个颜色让人猜测他是要求婚。

普鲁斯特夫人买到了领带,但是至于手套,她只买到灰色的——这下他的儿子罕见地突然大发其火,一般他在母亲面前从不如此。他如此愤怒,拿起一个普鲁斯特夫人心爱的中国花瓶,向地板上摔去。普鲁斯特夫人对此种场面鲜有准备,怪怪地说道:"哎,我的小狼宝宝,这就像犹太人结婚……你把杯子砸了,我们的情感只会更深……"普鲁斯特立即感到羞愧,哭了起来,躲进了他的卧室。

这个故事再详细说明一下,他依然去赴约,但是到的时候正好遇上执法员充公那女子的家具,想来她已是债务缠身,正寻找一个能帮她摆脱困境的保护人。

这件轶事在《让·桑德伊》中有记载,我们可以明白其要点来自别处:这个摔碎的花瓶(已经是一个"打碎的壶……",引申为:一个"鸡奸者"),他应该驱逐的厄运,他同他母亲的"犹太婚姻"。那一天,马塞尔按照礼仪娶了让娜·威尔(Jeanne Weil)。这场引起轰动的结合,因为他"妈妈"的死而更为轰动了。

→*Anagrammes* 改变字母原有位置所构成的词,*Baiser*(*du soir*)夜晚之吻,*Esther* 以斯帖,*Judaïsme* 犹太文化,*Pot* 壶

侯爵夫人(们)(Marquise[s])

普鲁斯特笔下众多别致的女性冠有这个贵族头衔,她们有的滑稽可笑,有的五点出门,大部分不过是社交界的睡莲,漂浮在一个泥泞的社会之上。

然而,她们中有两位值得给予特别的关注:塞维涅侯爵夫人,她在给叙述者的母亲和外祖母的信件中充满了双关,堪称典雅范

例;以及香榭丽舍大道厕所的女老板,那房子在加布里埃尔大街(avenue Gabriel)入口处,不知为何得此名称。

无论如何,这后一位"侯爵夫人"充满了侯爵式的势利,而且还深陷其中。她不随便和任何人往来,只让那些"好人"进入她的陈列室。她的脸"奇大无比,粗糙地涂满了白粉"。她如同地狱的看守人——普鲁斯特是不是如同看见了男用共用小便池?——她如同丧钟一般宣布了叙述者的外祖母快要死了——后者透过她陈列室薄薄的隔墙听到她关于一个园丁的死讯的言谈,并引用了另一位侯爵夫人的话:"听他们这么说,我当时以为他们正为我准备一场精致的永别。"

→*Caca* 粪便

子宫(之吻)(Matrice[Baiser de la])

奥布伊(Véronique Aubouy)是一位对《追忆似水年华》充满热诚和迷恋的导演(她不是说过她最初的短片是"普鲁斯特式的"?),她决定拍摄《追忆似水年华》这本书被几百个无名氏或者名人所阅读的样子,而且还是全集。

开始的时候,这位大胆而虔诚的演绎家认为拍摄《阅读普鲁斯特》(*Proust lu*,这是她在进展中的工作原来的名称,不久就改称《子宫之吻》[*Le Baiser de la Matrice*],让人好生疑问)要费时二十年,后来这个时间延长了:根据最新的消息她认为需要双倍的时间,也就是四十年,而这部作品从此和她的生命融为一体。

一个由各式各样的普鲁斯特迷组成的秘密团体——从店主到知识分子、从演员到会计……——招募成员的唯一标准就是宣誓。他们衣着普通的一面被摄像机悄悄记录下来,奥布伊夫人充满技巧地把他们高声朗读神圣篇章的一幕幕都摄入镜头。就目前的进度而言,这个"吻"已经长达六十小时,并且在各处的双年展、电影节或者相当为人赏识的场合放映。

但是导演更为野心勃勃:将来她的电影可以长达一百个小时,乃至更甚,"朗读者"的数目要达到两千人。醉心于其中的她甚至还梦想将它变为自己的作品,只要她还活着就永无止境。她为自己的艺术找到了"一种无限的形式"而感到幸福,她拍摄、拍摄、再拍摄,她这是要在自己用来拍摄逝去的时光的长达几公里的胶卷中看到《重现的时光》。

除了这样好意的狂热,只有塞万提斯(他的《堂吉诃德》曾在西班牙引发不间断的朗读)和乔伊斯(每年在都柏林设节日庆祝)曾遭遇如此热情。

→*Effaceur*(*de Proust*)(普鲁斯特作品的)擦除者,*Fin* 完结

弑母(Matricide)

范·布拉伦贝格(Henri Van Blarenberghe)和普鲁斯特只是泛泛之交,普鲁斯特在社交界遇见过他一两次之后,几乎要忘了他,若非这位讨人喜欢的男生之后杀害了自己的母亲,并且因此引起舆论议论纷纷——然而不过是几天以前,他还写信给普鲁斯特宽慰他母亲去世一事。

这桩罪行无论从哪个角度看都是残忍的:范·布拉伦贝格刚刚失去父亲之后,在一时精神错乱之下,用匕首刺向了自己的母亲;后者在濒死的那一刻,可能出于绝望对他说:"你把我变成了什么! 你把我变成了什么!"实际情况是,无人知晓被害人是否真的两次说了这些话,因为案发的两个当事人一个被匕首刺死,另一个立即自杀了。无论如何,普鲁斯特如此想象,并且他毫无顾忌地为《费加罗报》撰写长文一篇,并且立即给了加斯东·卡尔梅特(Gaston Calmette)。那是在 1907 年 1 月,马塞尔的母亲过世一年多。普鲁斯特的文章(长达两大页)名为《弑父的亲情》(*Sentiments filiaux d'un parricide*)——奇特之处就在于,被害的是妈妈,而普鲁斯特从不使用"弑母"一词。借助这一则血腥的轶事,《追忆似水年华》的作者试验了一个他颇为钟爱的主题:"我们杀掉所有我们爱的人"。

因为普鲁斯特最为痛苦的部分,也是最为陀思妥耶夫斯基的,就在于这个想象的双重呐喊中。首先是他对于爱和负罪的领会。

普鲁斯特详说道:"如果我们愿意去想的话,可能没有哪个真正深情的母亲能在垂危之际对自己的儿子说出这样遣责的话来。实际上我们正在变老,我们给我们爱的人所带去的担忧谋害了他们,我们不断地制造这种温情脉脉的忧虑。"

为了证明这一点——众多《费加罗报》的读者对此颇为愤慨——普鲁斯特举出了至少两个神话:埃阿斯(Ajax,就凶手的精神错乱而言)和俄狄浦斯(就弑父以及自我惩罚而言)。这么一来,他为压抑的顽念开辟了一条道路:爱让人窒息、担忧、刺杀;对神圣的亵渎;象征性弑母——这个主题已经在《少女的忏悔》(*La Confession d'une jeune fille*)中勾勒过。

从弗洛伊德的角度而言,马塞尔的俄狄浦斯是逆转的,因为范·布拉伦贝格杀害的是他的母亲而并非他的父亲(的确,他的父亲已故)——但是这不影响整个安排。在贡布雷村的开场戏中,父亲的例子很快得到处理:通过卓绝的斗争所得到的母亲的吻,足以让人谋害一个钟爱的生父("和他去吧",败下阵来的爸爸最后对妻子说……),但是弑母的例子就更为微妙:普鲁斯特其实有种让自己的母亲(因为悲伤而)去死的感觉,因为他有着母亲不可能不知道的习性,尽管他从来没有向她坦言过。母亲一旦死了之后,又成为事后负罪感的对象:马塞尔一点一滴地杀害了她。叙述者还一并认为自己同时对阿尔贝蒂娜的死负有责任,甚至是他的外祖母之死(她忽视了自己的病情,为了给自己的孙子一张漂亮的肖像画,其用意完全可歌可泣,她在圣卢的镜头前"卖弄一番",摆了个姿势拍照)。

这些场景当然可以和"蒙舒凡的亵渎"相比,就像凡德伊小姐的朋友对她父亲的肖像啐了一口,就像假设她在勒屈齐亚那里对母亲肖像啐了一口。我们还附带注意到,在四千页中,叙述者从来不感觉对一个男子的死有愧疚:马塞尔不断想到的是奥瑞斯忒斯(Oreste,尽管没有提及),而不是俄狄浦斯。

有些人想把普鲁斯特对他母亲的深情的残忍作另一番诠释:就像经典的情节那样,他本来可以"担负起"他已故的父亲的角色,他父亲不知羞耻的背叛给妻子造成了不幸——类似的事情还发生在科塔尔夫人身上,她费劲周折发现了自己丈夫的不忠(投向了奥黛特的怀抱)之后,倍感悲伤。然而我们有理由怀疑:马塞尔把自己当成他的父亲?这让人微微一笑……

再引用一下普鲁斯特的文章:"我想要(……)证明(……),可怜的弑父者并不是一个暴徒,不是人类之外的存在(……),而是一个温和、虔诚的儿子,是无可避免的宿命(……)将他投向了(……)罪行和堪称杰出的赎罪。"之后,他还写道:"我想要证明的是这种疯狂和血性的爆发其实源自于如此纯洁、如此宗教式的道德之美,凶手所溅起的血没能玷污这种美德。"

凶手被尊为圣者?罪行被赦免?普鲁斯特在为此辩护时显得非常激烈。奇怪的是(普鲁斯特并未就此多费笔墨),负责调查范·布拉伦贝格一案的警察就叫……普鲁斯特!(这个无论从何种角度都如此夸张的细节是德·马尔热里(Diane de Margerie)告诉我们的(《普鲁斯特和晦涩》[*Proust et l'obscur*],第119页),而她又不知道是从谁那里得来的……)

《费加罗报》的文章还不忘了提醒大家,俄狄浦斯和埃阿斯受到处罚后,又被希腊人尊崇,他们在科罗诺斯(Colone)和萨拉米斯(Salamine)的坟墓被当作朝圣的去处。卡尔梅特认为应该删掉这最后一段,以免惹得读者不快,因为他们一般无法接受如此这般的宽容。普鲁斯特颇为震惊。他的结论被剥夺了。他的道义伦理被剥夺了。他的救赎被剥夺了。为了反击,他写起了《追忆似水年华》。所有的母亲问他们的儿子"你把我变成了什么",她们在世时就在受害者(我们总是杀害自己爱的人)和温柔的施害者(愿你一直病着,我就不会失去你)的角色间徘徊不定。

普鲁斯特用自己的方式回答说:"我把你变成了什么?一本书。"

他是否知道(是的,这一点几乎可以肯定……)王尔德在《雷丁监狱之歌》(*Ballade de la geôle de Reading*)中的诗句?

> 然而所有的人杀害他所爱的人
> 让所有人都听到这些话吧
> 有些人带着冷酷的眼神这么做
> 另一些则带着花言巧语
> 怯懦的人用一个吻去杀害
> 勇敢的人用刀剑。

最后要记得的是普鲁斯特自己也曾想过,虽然只是一时的,而且颇令人费解,去犯下"弑母"的行为(当然,他管此叫"弑父"),就像他向迪普莱吐露的那样:

> 当我失去了妈妈之后,我想过去死。不是自杀,因为我不想成为花边新闻的主角。但是我本可以不吃不睡而任由自己死去。之后我想到了,我死了的话和我一同逝去的是我对她的回忆,这种记忆有着独特的热忱,我会把这种记忆引向第二次灭亡,彻底的消亡,这样的话我就相当于某种弑父。

→*Baiser*(*du soir*)夜晚之吻,*Dostoïevski*(*Fiodor*)费奥多尔·陀思妥耶夫斯基,*Freud*(*Sigmund*)西格蒙德·弗洛伊德,*Profa-*

nation 亵渎，*Wilde*（Oscar）奥斯卡·王尔德

克洛德·莫里亚克（Mauriac[Claude]）

这个慷慨、谦逊、忧郁的人——就他的经院气质灵感而言，是新小说派群星像中的不速之客——有着罕见的欣赏天赋，从不错过任何一个积累赞赏的机会。他自己承认纪德、戴高乐、福柯是他生命的灯塔——当然还有他的父亲，他有时显得和他一样消瘦，但是并不那么在意恩赐或者救赎。

就像长跑一样，他开始写一部奇怪的作品，在他的《静止的时间》（*Temps immobile*）里，他基本是把过去和现在混装在一起，从长远来说，这么做产生了一部乐曲的效果。有些人认为他往龚古尔的计划中注入了现代的、喧闹的时间性。另一些人则认为他的作品类似阿米耶尔（Amiel）的日记，但是受到了罗伯-格里耶（Robbe-Grillet）的干扰。

然而，这些标签对莫里亚克而言并不重要。无论如何，比起他和普鲁斯特的计划在精神上的相近性而言，这些标签就显得不那么重要了，莫里亚克轻声地、几乎是带着羞愧地，想要成为普鲁斯特虔诚的继承人。从这个角度而言，偶然成全了他，因为他的家谱（他的妻子玛丽-克洛德[Marie-Claude]是芒特-普鲁斯特[Suzy Mante-Proust]的女儿，而后者又是马塞尔兄弟罗贝尔的女儿）和文学族谱巧妙地重合了。

这一切——加上还有一本自传，就像真正的连字符那样把他置于普鲁斯特社会学和结构主义社会学之间——在打字稿事件中登峰造极，那份稿件是他自己女儿娜塔莉（Nathalie）找到的，那份稿子使得《阿尔贝蒂娜不知去向》一书有了定稿，尽管这个版本颇受争议——雅克·里维埃和罗贝尔·普鲁斯特对此并不知晓。这份大名鼎鼎的稿子惹得议论纷纷：普鲁斯特在其中补充的内容，使

得阿尔贝蒂娜死在了维沃纳河边,结果引发了众多萨福式的猜测。但是,在这场意外之外,让人激动的是莫里亚克的困扰:当他看到自己的女儿,普鲁斯特的侄孙女儿,超越时间实现了她叔公的终极愿望,用血和学识构筑了莫里亚克家和普鲁斯特家的联姻,回忆录作者支撑不住了。他从中看到的是已故的师长对自己徒弟的赞赏,是时间探索者的默契。在和这位有魅力的文人有过交往之后,谁还敢对这种默契提出异议?

弗朗索瓦·莫里亚克(Mauriac[François])

《泰蕾兹·德凯鲁》(*Thérèse Desqueyroux*)和《蝮蛇结》(*Nœud de vipères*)的作者曾对不能充分欣赏《追忆似水年华》而感到颇为自责——然而他当时就看出了该书的宽广和力度。然而,对于这位笃信宗教却又习惯于硫和罪恶的私下交易之人,除非他不是自己了,他非得抱怨一通这部作品里"上帝的缺席"和"时而丑陋的胆大妄为"只能用缺乏恩典来解释。

普鲁斯特去世十五天之后,他公开哀悼:"我们并不谴责他深入了火焰,进入了所多玛和蛾摩拉的瓦砾中,但是我们遗憾他没有穿金刚铠甲就在其中历险。"

1923年《女囚》出版时,他赞扬了这本书,但是他对夏吕斯的同性恋身份的直接描写表示非常遗憾。"头几部中低调的夏吕斯,他的缺陷只在一个眼神、一朵花或是一条过于鲜艳的手绢中泄露出来,在这里爆发、裂开、就像脓肿般流个没完没了(……)这个可怕的夏吕斯不再是病了,而是一种疾病。"

倒错——其使未来的诺贝尔文学奖极为忧虑——会不会是天意诅咒之明证?莫里亚克的上帝是否选择了抛弃同性恋?性别取向的特殊性是怎样造成如此严重的神学后果的?

所有人都会认为,莫里亚克承认有此忧虑——他"选择了不自由"——想的不是普鲁斯特,更多的是他自己。其实这个想要"被判纯洁"的波尔多人的期许并不高:至少在书的某处有一个圣人,或者一个小奇迹,又或是一缕超验之光,对他而言就已足够……

然而,如果莫里亚克那"肉体的冉森主义"妨碍了他充分敬仰普鲁斯特的作品——他依然认为其不如巴尔扎克或是陀思妥耶夫斯基——,那是因为,说到底,他情愿普鲁斯特停留在开头处,从《在斯万家那边》到《在少女花影下》,不那么有毒,那时"性癌"(原文如此)还没有吞噬作者的灵魂。他真诚的乐趣在普鲁斯特真正的天才展现之时打住了。

其他呢?莫里亚克执迷于他波尔多资产阶级的超我,他喜欢把自己和"所有人类情感的枯萎"拉开距离;把自己和"诋毁人生并广为散布的巨大污点"拉开距离……

此外,在他写的《一个三十岁男人的日记》(*Journal d'un homme de trente ans*)中,莫里亚克畅所欲言:在罗沙的陪伴下,他在普鲁斯特的卧室中共进晚餐之后,写道:"令人生疑的床单、家具的气味、犹太人的头颅留着十天的胡子,有一种返祖的肮脏"。不管怎么说,要求一个被吓到的基督徒凝视普鲁斯特的(性的)镜子是太过分了……于是就需要某种东西——以"种族"谓之——让他产生坚定的排斥。

→ *Dieu* 上帝

淡紫色(和粉色)(Mauve[et rose])

这是最好的饰品,是埃尔斯蒂尔喜欢用在头发和花朵上的颜色。这不,叙述者到处都用上了。

当太阳是红色的时候,天空的颜色就是淡紫色。本来可以被罩在玻璃下面的蝴蝶的丝一般的翅膀是淡紫色的,芦笋那细腻的穗是淡紫的,淡紫是外祖母那饱经风霜的脸颊(经过了泪水和雨水)的颜色,也是丁香花羽毛饰的颜色,就连"丁香花娇弱的球茎所散发出的光彩奕奕"也是淡紫色的。

盖尔芒特公爵夫人在贡布雷的教堂里参加佩尔斯皮埃医生女儿的婚礼时戴的第一条领巾的颜色也是淡紫色的(此外,这也是奢华的奥丽娅娜·德·盖尔芒特和平淡无奇的萨兹拉夫人之间唯一的共同处,奇怪的是后者的领巾也是同一个颜色)。

淡紫色是冬日的上午,是风信子的花朵或者老人发烧的额头。淡紫色是美杜莎、这些"海洋兰花"。淡紫色是傍晚时李子的颜色,是晚饭时大海的反射,但也是"月光下散发着魅力并且变得柔和的波浪涌动";最后,帕尔马的名字是"紧密、光滑、淡紫的和温和的"——帕尔马住宅的墙面也是如此。

淡紫色变成紫色是在叙述者让有意识的回忆帮助他回想起贡布雷周围的样子,它又变得温和、簇新、光彩照人、跃跃欲试和细腻,当某个巧合出人意料地勾起他儿时重要人物的回忆。淡紫色也是奥黛特·德·克雷西的小阳伞,就像她那细巧的双绉晨衣,以及卡特利兰的花瓣形状自然会吸引昆虫的蜇刺一般:"斯万夫人出现了,她总在周围渲染起不同的装饰,但我尤其记得那是淡紫色的。"

淡紫色或者粉色?事实上这是不确定的。因为奥黛特也是叙述者在阿道夫叔公家遇见的"戴玫瑰的女孩",也是埃尔斯蒂尔在1872年把"半异装者"画成《萨克丽邦小姐》(*Miss Sacripant*)肖像(叙述者在画家工作室窗户的边缘变成粉色之前就在看这幅画)。至于阿尔贝蒂娜的双手(这朵"淡紫色海洋前的粉色花儿"),其柔和的样子就像是"她那和粉色相协调,微微淡紫的皮肤"。

如果淡紫色这种属于粉色系的颜色,表现得比它所言更甚,又或是诉说多于表现?

如果淡紫色,这对于粉色的侵犯,染红了精致,就像夏吕斯男爵(他喜爱男人胜于玫瑰)把他性格中的善用暴力包裹起来?

如果淡紫色曾不只是一种颜色,而是一种"色彩的减弱",昭示着现实和虚幻之间的差异？是介于男女之间,险些要成为的不男不女？

恶意 (Méchanceté)

除了叙述者或者他的外祖母——后者是《追忆似水年华》一书中唯一一个真正纯洁的女人——或许还能算上埃尔斯蒂尔和萨尼埃特,在普鲁斯特的小说世界中,所有人都是恶毒的:莫雷尔(其人爱好剥夺处女的贞洁然后抛弃她们)、夏吕斯(他梦想着杀掉莫雷尔)还有福什维尔(他虐待萨尼埃特)尤为残忍;奥丽娅娜·德·盖尔芒特以虐待仆人为乐,科塔尔医生虽然对他神圣的职业颇为认真对待,然而一旦他穿上晚会背心,就任由病人死去或者受折磨并不以为然;至于韦尔迪兰一家,他们更是登峰造极,取笑萨尼埃特——他在社交界主要的缺点就是不具备恶意。

在《追忆似水年华》书末,我们仍然可以知晓韦尔迪兰一家毫不声张地给他们的受气包一份年金——此举一下可以赋予他们慷慨的本质。但是韦尔迪兰一家如此做的原因,或许是因为善意在他们看来就像是人性的弱点,就这一点而言,善意类似不忠或者对赌博的嗜好,因此向善意让步是可以被谅解的。值得注意的是,这种弱点在他们看来尤为可笑——并且从体面的角度而言,这一点更胜于雅致的考量,要求把这类弱点隐瞒起来。就连斯万自己,这个如此善良、情感如此体贴的人,也不免有恶的冲动,他有的时候"对奥黛特有一种恨意,他本想挖出这双他方才还如此挚爱的眼睛,压碎她那没有光泽的脸颊"。

附带需要注意的是,在《追忆似水年华》一书中,恶人总有自知之明,这证明他们还剩一点残余的良知。其他那些不自知的恶人,看起来并不让普鲁斯特这个出色的波德莱尔爱好者感兴趣。

→*Bonté* 善良, *Saniette* 萨尼埃特

谎言（借助省略）(Mensonge[par omission])

大谎言家们编造故事不是为了让生存变得更为简单,要知道说出真相的成本更低——而他们加以变换的平庸现实不过是一种托词,谎言让编造者有了自由发挥想象的空间。

就这一点而言,在普鲁斯特的作品中,谎言的最好代表可能就是机敏的工程师勒格朗丹。他为了不承认自己的姐姐德·康布勒梅侯爵夫人就住在叙述者想要让自己儿子去两个月的巴尔贝克附近,把不回答和用省略来撒谎的艺术演绎成了对鲜花海岸森林般的地质诳言——"就像这个博学的骗子用来伪造隐迹纸本的功夫和技能中的百分之一就足以使他获得优厚的境遇,而且是更为体面的"。您在那个地方认识人吗？父亲问道。"和其他地方一样,我在那里泛泛地认识所有人,但是一个具体的人都不认识,勒格朗丹回答道(……);我对事情了解得不少但是对人知之甚少。但是那里的事情和人相仿,像是那种很稀有的人,本性挑剔、对生活感到失望。有时你在悬崖上遇见一座小城堡,这里是在大路边直面自己悲伤的去处,是在夜幕降临前、天空尚呈玫瑰色、金色的月亮正要升起的时刻,这个时候船只回来了,它们举着船桅,燃起激情、色彩斑斓,把波光粼粼的水面划出一道道归航的痕迹;有时只是一栋孤零零的房子,有点儿丑,羞涩却浪漫,向众人掩饰了幸福和醒悟的不朽秘诀。"

在有谎言癖的人看来,鲜有话语如此滑稽、不打自招又显得无情,勒格朗丹王顾左右而言他,不过是在假装愤世嫉俗,这是他自己势利的一面和失望的心情,他"接着甚至可以对下诺曼底省的风景和天文评头论足,以便不告诉我们他自己的姐姐就住在距离巴尔贝克两公里的地方"。

但是勒格朗丹与人无争,选择回避,当他尴尬的时候只损害自己:"'晚安,邻居',他离开我们时加上了这么一句,并且带着他惯有的生硬搪塞,还回身对我们医生般地总结他的诊断:'五十岁之前不要去巴尔贝克,即使到了那个年纪,也要视心智而定。'"

菜单(Menu)

在超过二十年间,马塞尔对日常饮食毫无想象力:两个奶油鸡蛋、一整个烤鸡翅、一叠土豆、葡萄、好几杯咖啡,并且在吃完最后一口后的九、十个小时之后喝一小杯维希矿泉水。从没有韦尔迪兰家的"慢炖细煮",也没有盖尔芒特家的山鹑来给一成不变的饮食安排添乱。如果他对土豆的乡野熟悉感使得他在描绘拉斯普利埃晚餐时,用上了一个漂亮的比喻:"象牙扣",那也是相当勉强的。要知道这些所谓的"象牙扣"在贝戈特的最后一餐中有着另一个名字——并且引发了贝戈特致命的消化不良。

→*Cuisine nouvelle* 新式料理,*Dîner*(*sans dames*)(没有女宾的)晚餐

隐喻(Métaphore)

在不同的实体之间建立必然联系;拉近表面看似互相远离的事物;同时想到或者让人一起看到分布于两极、并且属于迄今为止互相排斥的范畴的形状、概念、人为伎俩:隐喻的好处就在于此。在《追忆似水年华》中所用到的比喻里,隐喻自然要占据首席。

普鲁斯特这么写:"真相只在这个时候才开始,当作者择取两个不同的物体,定下它们的关系(……),在具有双重含义的共同特点上拉近它们,并且通过把它们合起来从中萃取其精华(……),使其从时间的偶然性中脱离出来,构成一个隐喻。"

然而，普鲁斯特（和莎士比亚一起）是文学上的隐喻巨匠。对他而言，美丽的隐喻（奇怪的是，他在福楼拜笔下没有找到一个例子……）意味着某种世界观。它是作家能"使写作风格不朽"的唯一方法。作家在重新构建现实时，调用了令人咋舌的天分，其效果足以骄傲地列出一长串。

举一个例子，普鲁斯特曾有一个精妙的隐喻，把为了做冻鸡蛋而去采购的弗朗索瓦兹比作米开朗基罗在卡拉拉采石场（Carrare）选择他用来雕刻杰作的大理石块；另一个隐喻是他把里韦贝勒咖啡馆（Rivebelle）里的圆桌比作星球，周围的侍者像卫星般旋转（"这些星宿之间互相不可避免地吸引（……）。这些星星般的桌子组成的和谐并不能阻止无数侍者不断变动。（……）他们持续的移动终究让人觉得这令人晕眩、又具有规律性的运行中的规则"）；再有一个隐喻，醉心于爱情的斯万听到凡德伊奏鸣曲中开头的小节，就好比有一位身穿"声音服饰"的女神突然出现；或者，又如夏吕斯男爵在慌乱中有失常态地口不择言愣住了，这让叙述者想到"被潘神追逐的宁芙们的惊恐万状……"。

每次都在两个不同并且互不干涉的现实之间建立起短路般的联系，直到一个画面、一次文体学上的相遇突现出来，此刻任何人都备感意外。这么一来，把此处和此时同一个不可预知的他处结合起来，普鲁斯特确保其隐喻在物理上就是他不经意的回忆在空间上的对等物。

关于他笔下人物的其中一位，他观察到"他那密切、柔和的目光落在、黏在（一位）路过的女子身上，如此关切、焦灼，就好像是一旦移开就要将她的皮肤扯下来一般"。普鲁斯特的隐喻也是一样，它们如此紧密地贴附于现实之上，如果一个恶神此时突然夺去它们语言的修饰，它们就好像要扯下那些事物的表皮来。

普鲁斯特不断地修改他的那些隐喻。他精工细作，直到它们毫无痕迹地"落下"为止，就像是（对文字）贴身打造的衣服——不要忘记他不仅把《追忆似水年华》比作一座"教堂",还比作一条"连衣裙"。

自然倾向于制造偶然的混杂,在普鲁斯特不知不觉中让他走上了艺术的道路:"它(自然)难道不是艺术的开端,它让我从一个东西里知道另一个东西的美,尽管这往往是很久以后了,贡布雷的中午不是要从它的钟声中去体会,冬西埃尔(Doncières)的上午不是要在我们的水热式暖气设备中的热嗝中体会?这其中的关联可以并无多大意思,都是些不起眼的物件、糟糕的文风,但是只要没有这些,就什么都没有。"

就这一点而言,塔迪耶(Jean-Yves Tadié)是对的,他注意到和克洛岱尔相反,普鲁斯特在对自己的文本重新加工时从不加以损坏。每添上一笔都让作品更为美观。塔迪耶还提醒说普鲁斯特对《重现的时光》中的最后一个隐喻(被称之为"高跷"之喻)久耕不辍,直至完美,特此摘录,以嗜读者:

> 就好像人们踩在不断长高的活体高跷上,有时比钟楼还高,走起路来变得困难和危险,并且突然从上面摔下来。

→ *Cliché* 陈词滥调,*Échasses*(*et amitié*)高跷(和友谊),*Flaubert*(*Gustave*)居斯塔夫·福楼拜

灵魂转世(Métempsycose)

一场没有记忆的回忆价值何在?醒来之后梦境还剩下什么?对于疯狂的爱恋是不是只要睁开双眼就能消灭其念头?怎样才能寻回那美好的时刻,当聪明才智和其思维对象融为一体,时而变成教堂、时而变成四重奏、时而又变成女子的身体或者两个君王之间的对抗?如果梦境像知识一样清晰,知识是否如梦境般不真实?

为了回答诸如此类的问题,叙述者转向了最具启示性的:圣经、佛教、轮回、"凯尔特信仰"以及转世说都先后为这个受苦的灵魂提供了安慰,但是却没有一个理论能够完全开释其悲伤。因为关键不在于重新寻回梦境中的人物,而是能在自己死后存活。

在沉睡的世界里,消失的"人"却让沉睡者感觉终于回到了家里,能与之相比的只有灵魂转世时抹去了先前的思想。既然一无所知,我们为什么还要存活下去呢?为什么要成为另一个人,假如自己同时不再是产生变化的那一个?如果他能满足于把自己消解在一个统一体中,如果他如此喜爱生命,以至于不再像孩子一样,留恋自己小小的生命,犹豫着要不要从大岩石上跳下,马塞尔就不会是作家;他就不会用语言的工具,就像是为了想要进入一本书而在阅读中睡着那样,去设想一种偷运或者瞬间移动的方式,用以越过清醒这道海关,达到最为柔美的梦境。他就不会像一个考古学者那样,俯身于逝去的梦境所残留的布满尘埃的遗迹上,或者又像是一位古生物学家,在他儿时的化石上萃取基因并且赋予其生命。

如果他不怕死,如果他在死的时候,也就是说在忘记的时候能够不惧怕去第二次杀死生命没有给他时间去复活的东西:"在醒来时复活(……)从本质上而言应该就像是一个人寻回了忘记的名字、诗句、乐曲的叠句时那样。或许灵魂在死后复活可以被想成是一种记忆现象。"

因为沉睡世界的虚幻装饰冲淡了智力和意志不断筛选的印象之残酷,它带着所有的答案和经历,虽说它不具备让做梦者调配它们的能力。因此,只要一个人还记得他的梦境,能听到符号语言,这个被称为"睡眠"的"有益处的精神异化"就是通向现实的王道,而这个现实还有另一个名字:"文学"。

俄耳甫斯、泰坦般的夸张雄心,即在清醒与梦境之间游走而不至于迷失就是如此此在葬礼时寻回了力量。从斯万(和奥黛特一起)到叙述者(和他的外祖母一起、之后和阿尔贝蒂娜),总是在梦境结束时对忘却死者的恐惧被惯常的漠然所替代。

→*Postérité* 后世

天气(Météo)

过去那个年轻人(据我们所知)曾对他的朋友们说,当他还是少年时,一度过了一整天并忽略天气如何,他是否知道这么做他重新上演了布洛克同叙述者父亲之间的第一次邂逅?

　　——但是,布洛克先生,天气如何呢?下过雨吗?我不明白,晴雨表之前看着很好。
　　他只得到这样的回答:
　　——先生,我实在没法告诉您是否下过雨。我如此坚定地活在物理变化之外,以至于我的感官懒得为我留意这样的事。
　　布洛克走后,我的父亲对我说,——但是,我可怜的孩子,你的朋友真傻。他怎么都无法告诉我天气呢!没有比这更为有意思的话题啦!真是个蠢货。

……不,过去那个年轻人当时可能不知道——因为那情景并不让人愉悦。但是这难道不正是自然在不知不觉地模仿艺术吗?

原型(Modèle)

马塞尔从来不把他眼前或者手边的人们"描摹"下来,以创造他笔下的人物。相反,他声称需要"十把钥匙来开一把锁",这倒也不无道理。面对"原型",他的做法很守旧:他召来一群,然后将其碾碎、消解,以便萃取出凝胶,做成沃古贝尔、布雷奥代、斯万或者夏吕斯。带着这点储备，一个基本的普鲁斯特爱好者会坚信作者的话并引以为豪，尽管这种信誓旦旦更像是一种否定，而不是小说技巧。

就这一点而言，最令人发笑的例子，也是最令人悲伤的，是德·舍维涅伯爵夫人（Adhéaume de Chevigné）和其他几个人一样，把她显赫的族谱和她的多处脸部轮廓同奥丽娅娜·德·盖尔芒特联系起来。

的确，普鲁斯特面对这位高高在上的女子运气不佳：当他突然嗅到一位毫无疑问是萨德侯爵后人的女子，而且曾是法国王位最后一位候选人的女官，可能对他的文学作品有启发，他就早早地设法把自己介绍过去，但是徒劳无益。和科克托一样，她住在安茹路8号（他经常去拜访科克托，但是科克托猜到了这份友情背后的意图和交际因素，永不把马塞尔介绍到女邻居家）。二十多年间，作者试图引人注意，但从未成功，他一边还嫉妒着科克托（仅此一点）是伯爵夫人身边的侍从骑士——当他们两个走进英国大使馆沙龙的时候，通报者大声唱的不是"安茹伯爵及夫人"？他写信给这位幻影般的女子，送糖果给她的狗基斯（Kiss）——就是科克托可以抱的那条狗，这还让女主人担心道："让，不要把你的米粉弄在我的狗的脸上"——，窥视着她在安茹街人行道上的侧影，仅仅为了接近她而结下毫无用处的友谊——一切都是徒劳。

之后，当《追忆似水年华》使它的作者成名，他还误以为这青涩的荣誉会为他带来方便。但是伯爵夫人同往常一样从不打开随着头几卷一起寄来的长信。更为残酷的是：她固执地拒绝阅读这部让普鲁斯特不朽的作品——一边让她的侍从骑士和孙女，就是即将出名、成为德·诺瓦耶（Marie-Laure de Noailles）的那一位为她标出关于盖尔芒特公爵夫人的那些段落。

从艺术的角度来看，这难道不怪诞吗？欧洲的文艺圈，从瑞典到荷兰，已经对普鲁斯特的天才长篇大论，而一个几乎标题式的女贵族对他视而不见……当他曾在杜布瓦街(avenue du Bois)上同她攀谈时,她把对话缩短成简短的一句"菲茨-詹姆斯在等我"——普鲁斯特用原封不动的句子在《追忆似水年华》对此进行了反驳,让这个所谓的"菲茨-詹姆斯"名垂不朽——,她还变本加厉,让她的孙女烧掉"这个惹人厌烦的马塞尔的火鸡脓包病"——结果是我们失去了几百封信。

幸运的是,马塞尔得以回击,他在自己人物原型的徽章上添上了四只家禽——就像1921年6月1日他写给德·吉什(Armand de Guiche)的信中所说的那样:"她就像是一只咬不动的母鸡,我曾经把她当作天堂之鸟,但是当我想要在加布里埃尔大街的树下捉住她时,她只会鹦鹉一般地回答我'菲茨-詹姆斯在等我'。我这么把她当作强壮的秃鹫,至少不使人把她当作一只老喜鹊"。

但是为时已晚。原型并不想要画家。她甚至对有人正在画她毫不理会……忘恩负义?势利?没文化的人的智慧?

德·孟德斯鸠则没有这般谨慎,他在读了该书以后,怎么也恢复不过来,其文就像一面镜子,把他永远定格了在夏吕斯上。普鲁斯特对此表现出的惊讶,单纯地令人吃惊:其实很简单,而且他也知道的,(用科克托的话来说)他只要想一想昆虫们是不读昆虫学专论的就能明白过来。

→*Cocteau*(*Jean*)科克托(让),*Lièvre* 野兔,*Oiseaux* 鸟,*Particule élémentaire* 贵族姓氏前置词

莫迪亚诺(帕特里克或马塞尔?)(Modiano[Patrick ou Marcel?])

毫无异议的是:这是在世的作家中最为普鲁斯特的一个(他自己却不知道?)。他的融合主义(模糊+忧郁+无可挽回、逝去的童年)使他暗暗地向叙述者靠拢,甚至向马塞尔本人靠拢。

但是在莫迪亚诺这里涉及到的是无意识的普鲁斯特风格。即：为了节省文墨，用影射代替解剖刀、用简短代替冗长、用连续的渐变代替思维心理学。莫迪亚诺是《追忆似水年华》的忠实读者，即使他从来不曾看一眼自己秘密导师的著作，他也会是普鲁斯特一类的。他是此类情感联系的完美代表，这类联系是最可靠的……

这是怎么一回事呢？或许是因为帕特里克·莫迪亚诺（Patrick Modiano）的名字凑巧和普鲁斯特·马塞尔或者小玛德莱娜（Petite Madeleine）的名字首字母相同；又或许是因为他们两个都经常出没于蒙索街区（Monceau）的缘故，就萌发了相似的气质；或者又因为这两人都同样深受拐弯抹角的、偏袒的、固有的、藏匿的犹太文化影响，成了相隔五十年出生的孪生兄弟？更不要低估这由记忆、体察入微、飘忽不定的注意力、出神的恐慌……构成的文学基因。

然而，《多拉·布吕代》（*Dora Bruder*）和《凄凉别墅》（*Villa triste*）的作者是一位失去了《重现的时光》的普鲁斯特迷：他笔下主人公们所失去的（一位朋友、一段爱情、一张脸庞、带着笑意的轻快……），再也寻不回来。失望成了他们生命的最后音符。在他笔下，随着时光而逝去的不再有任何机会复生。

作为职业的中间人，贝尔成了这两位作家间的纽带，他也是两位的朋友。他的《审讯》（*Interrogatoire*）由莫迪亚诺主导，是这个家庭的精神和观念的记录。

最后要提到的人我们称其为"马塞尔·莫迪亚诺"，模糊艺术家和本能的"透纳式"艺术家，他是普鲁斯特和塞利纳的奇怪结合，后者明摆着是普鲁斯特的反面——同是两位苦干的僧侣，他们共同的命运在于对于自己的作品精益求精，这使得他们联系在了一起。这在他而言，是不是一种向时代所做的退让？是一种表现自己能够进行反对自身的思考和感知的方式？幸运的是，这个谜团无法解开。

→ Berl（Emmanuel）埃马纽埃尔·贝勒, Céline（Louis-Ferdinand）路易-费迪南·塞利纳

全球化(Mondialisation)

在指代交易扩张、知识传播、经济互相依赖、国家-民族(État-nation)的阵缩或者是全球信息传播之前,全球化的含义更为简朴,指的是旅行的时候不再感到背井离乡。而世界村的第一个区别性标识,就是希望换个纬度就能发现新事物的人会不可避免地失望。

这种失落感不止今天才有。因为现实"给期待奶油精华的人端上一道寡味的肉汤"(正如《西拉诺》[Cyrano]中的罗克萨娜[Roxane]所言)——给只想要已经拥有的东西的人端上千味珍鲜。然而,这本书也免不了给人类似的感受,尤其是当叙述者不断地验证任何人的相同之处要大于它们的不同之处:在"攀上了冠有盖尔芒特之名的不可企及的高度之后",直到定期去他们家共进晚餐,马塞尔体会到"那些广为人知的名字,像是雨果、哈尔斯(Frans Hals),哎,还有维贝尔(Vibert)在那里引发的惊讶就同一个旅行者(……)在穿过了巨型芦荟之后(……)发现了当地居民居然在看墨洛珀(Mérope)或者阿尔齐尔(Alzire)一般"。如果此处的风景也是一样的,那么要奥林匹斯山作甚？如果是为了去 Zara 购物,为什么要去日本呢？去盖尔芒特家那边又如何,假如他们阅读伏尔泰的方式和普通人并无二致？

但是和全球化作战并不是理解全球化(反之则成立),既然不可能走回头路、也不可能忘却,一旦隐约看见了这个世界上大人物身上沉重的平庸,面对此等不幸最好是有一颗善心,采纳这让人痛心的现代性,并且在现实中(或者在醒来的梦境所剩之灰烬中)寻找二次惊喜的原材料:"盖尔芒特夫人同其他女子一样,这对我

言先是一大失望,相应的,在这么多美酒的促使下,几乎要是一件令人惊叹的事。"期待的是不同,却落在了同类上,这在交流中并不总是输掉。

在普鲁斯特笔下,全球化是幸福的,就像阿尔贝蒂娜有一天发现从此可以"在一个下午又去圣让(Saint-Jean),又去拉斯普利埃。又去杜维尔(Douville)又去凯特奥尔姆(Quetteholme)、又去圣马尔斯-勒维厄(Saint-Mars-le-Vieux)又去圣马尔斯-勒韦蒂(Saint-Mars-le-Vêtu)、又去古尔维尔(Gourville)又去巴尔贝克-勒维厄(Balbec-le-Vieux)、又去图尔维尔(Tourville)又去费泰尔纳(Féterne),就像之前像梅泽格利兹(Méséglise)和盖尔芒特那样在隔离间里被关得严严实实的女囚,之前在一个下午同一双眼睛不可能同时见到两位,如今被一步跨七里的靴子解放出来,在我们的下午点心时间把他们的钟楼、他们的塔楼都聚在一起,就连附近的树林也急不可耐要加入到这探索中来"。和研究存在的几何学家对时间作出空间上的切分,认为时间是线性的,并且期望能进行双向旅行(比如通过去全球化)截然不同,叙述者意识到"距离不过是空间相对于时间的关系并且随着时间而变化",他把空间本身时间化,庆祝装了发动机汽车的速度,并且超前地把在同一个下午令人先后处于这里和那里所带来的难以置信的自由,比作普朗克时代("有这么一个空间,二加二等于五,直线并非一个点到另一个点之间最短的距离")。

单片眼镜(Monocles)

(弗罗贝维[Froberville])将军的单片眼镜嵌在他上下眼皮之间的样子,就好比一块弹片点缀在他庸俗、带有刀疤的、并且得意洋洋的脸上,就像在他前额的中央弄瞎了巨人塞克洛斯[cyclope]的独眼……

(……)德·布雷奥泰先生作为节庆的标志所添加的,除了珍珠灰手套、"折叠式礼帽"、白色的领带(……),就像在显微镜下为自然历史做预备,用无穷小的眼光,还满载着亲切,对天花板之高度、佳节之美妙、节目之兴味、冷饮之质量不断微笑着。

(……)福雷斯泰勒侯爵(de Forestelle)的单片眼镜极小、没有任何边框,迫使戴着它的那只眼睛不断地痛苦抽搐,就好像一根多余的软骨,其存在毫无解释、其材质非常珍贵,它给侯爵的脸添上了忧郁的精致,并且让妇人们认为他是一个能为爱情悲伤不已的人。但是圣康代(Saint-Candé)的单片眼镜,像土星那样带着巨大的边环,是整张脸的重心,这张脸随时以此为依据进行调配,他那颤抖的红鼻子和好讽刺人的厚嘴唇试图做出一副扮相,以便配得上滚动着的精神之火,如同玻璃盘子迸发出的火星,与其吸引世界上最美的目光,他更偏爱刻意魅惑那些势利而堕落的年轻女子,让她们陷入精致的幻想;(……)德·帕朗西先生(de Palancy)在他的单片眼镜之后露出一颗鲤鱼般的大脑袋和两只圆滚滚的眼睛,在节庆中缓缓移动,时不时舒展下他那拧紧了的上颚,就像是要寻找他的方向,仿佛他所携带的只是偶然的碎片,又或是纯粹象征性的,是他鱼缸的玻璃,用部分来表现整体,好提醒斯万这个从乔托到帕多瓦(Padoue)的恶与善的大仰慕者,这个不公正的人,他连看见一<u>丛</u>树叶也会想起自己窝藏的森林。

蒙舒凡(初见)(Montjuvain[Première vision de])

凡德伊的房子蒙舒凡,在一处荆棘<u>丛</u>生的小山丘低处,叙述者可以站在距离二楼客厅窗户五十厘米的地方而不被人发觉。

叙述者在那里观察到凡德伊小姐萨福式的嬉戏之前,他先是如同伏猎的捕食者一般慎重,见证了他不应该看到的一幕,就是凡德伊父亲在叙述者的父母到访之际,急急地把一份乐谱显而易见地放在钢琴上,然后又改变注意把它撤了,放回房间的一个角落,这很可能是他生怕"让他们以为自己高兴见他们只是为了演奏自己谱的作曲"。在现实世界中,如此反复只是揭示了一位非凡的作曲家出于谨慎伪装成谦卑的钢琴教师。

但是在文学领域,如此的谦逊则不是无辜的:很显然,一切都让人以为,那段显露出来的乐谱,继而又被藏起来的,包含了那个有名的"小乐句",其象征着斯万对奥黛特还有叙述者对阿尔贝蒂娜的爱。是"凡德伊小姐的女友"在实现作曲者愿望的同时,将其变成了一段华丽的七重奏。不要忘记,她就是那个先往凡德伊肖像上啐了一口的无名女孩,之后她亲了女友的额头,后者无法抗拒"一个对毫无防御能力的死者如此无情的人对自己如此温柔以待而产生的愉快诱惑"。于是凡德伊父亲藏起来的乐谱是他女儿的情人能领会其中珍贵的精华并且赋予荣耀的实体所在。

更有甚者:就在行动之前,女友对凡德伊女儿(她正假装懊悔)说:"你认为如果他那个丑陋的猴子,看到你站在敞开的窗边,会哭泣、会想要为你披上外套吗?"然而,所谓的"猴子",正是叙述者,多年以后,他在《所多玛和蛾摩拉》终了,沮丧地发现阿尔贝蒂娜和凡德伊小姐熟识,而她的朋友("噢!完全不是你所能相信的那一类女子!")从巴尔贝克大饭店的窗户往外望去,面对日出和海景,突然幻想着这就像是"一张忧愁的网,如同反光般盖在上面",她幻想这和在蒙舒凡的那一幕相同,但是阿尔贝蒂娜这回是那个亵渎的人,她宣称:"嗨!如果有人看到我们,那是再好不过的了。我呢!我可不敢对着这个老猴子啐一口"。换言之,这个"丑陋的"猴子成了"年老的"。作曲者成了作家。死者成了年轻人,后者畏于死亡,娶了那个侮辱他的女子,就像是选择了卡律布狄斯(Charybde)而不是斯库拉(Scylla)①。

→*Invisible et Innommée* 隐形者和匿名女, *Loup* 狼, *Profanation* 亵渎

保罗·莫朗(Morand[Paul])

普鲁斯特和莫朗之间所缔结的友谊既让人振奋,又让人痛苦,这份友谊之传奇、不平等、伪造(尤其在莫朗这一方面),最终它又是非凡的。大师和他的知音在此间显露无遗:慷慨而洋溢,这是普鲁斯特;诽谤、不忠、利益驱动,这是莫朗,他本就如此。

在这两位文学接力者之间的赛跑是卓绝、模棱两可而又不分胜负的。排犹主义、抱负、机智、沙龙、反同性恋都在其中占有一席之地,同样还有两人各自都未必总是允许自己有的内心的想法。这是一场复杂的伎俩,掺杂着反复和变数。苏邹公主作为评判,嫁给了莫朗,在后者的冷眼中,普鲁斯特这个犹太人并不讨厌,因为他具备天分,因此她甘愿喜爱他——如果说这样一种高贵的情感能够潜入她那颗恨恨的、精打细算的心里的话。

从《一位大使馆专员的日记》(*Journal d'un attaché d'ambassade*)到《无用的日记》(*Journal inutile*),这期间还有《夜访者》(*Le Visiteur du soir*),莫朗不下百次详述了他同这位患有哮喘的伟大作家的邂逅,后者既是他的榜样、又和他完全相反。

在普鲁斯特那边,疾病、孱弱的躯干、受到药物禁锢、非生命的纹丝不动,以及那些"让他的手看起来好似木头的太过紧绷的手套"……

在莫朗那边,强健的身躯、户外的空气、速度、那个"在全世界所有湖泊中泡过的人"的热情……

---

① 斯库拉和卡律布狄斯都是希腊神话中的海妖,两者都是危险的化身。

1914年,贝特朗·德·费纳龙建议莫朗阅读《在斯万家那边》,他认为此书"比福楼拜要好多了"。这份赞赏通过一个共同的朋友传到了普鲁斯特那里,让他兴奋得夜里就突然造访莫朗。普鲁斯特这位兄长觉得他的小弟气质"颇为复杂"(见1918年信件),并且直觉感到他的表里不一,但同时又不可避免地当场为这个年轻人所动;莫朗呢,他马上觉出同这位怪才交往的好处,当时普鲁斯特已经像是"大白天里亮起的一盏灯……一座空房子里的电话铃声"(这是科克托所写,但是莫朗也能写出)。

不久,莫朗把他的新朋友介绍给了苏邹公主——他当然打算同她的财产结为夫妇。但是可不要有失公道:他爱他的公主,就像爱情对两块石头的意义那样。

苏邹公主,本名克里索夫洛妮(Hélène Chrissoveloni),其时她下榻于利兹酒店,那里即将上演二重奏,迅而又演变成三重奏,这正投普鲁斯独特所好——自从他有了阿尔比费拉和德·莫尔南(Louisa de Mornand)的启蒙,之后又遇上了卡亚韦(Caillavet)和普凯(Jeanne Pouquet)之后,对三角关系颇为赞赏,因为这让他能毫无风险地在一位贵妇面前表明心迹。

普鲁斯特立马展开了攻势:邀请她去普吕尼耶(Prunier)、送上冠有诗句的菊花、夜间欣赏普莱四重奏"为了听一听凯撒·弗兰克(César Franck)"……莫朗颇为得意。埃莱娜刚从离异中走出来,换换心情。普鲁斯特并不太清楚自己所要的东西——但是他尽力去取得。

这个"三角"(关系),有高潮也有低谷,一直持续到1922年,当莫朗成为卧床垂死、胡茬满面的普鲁斯特的最后一位"夜访者"的时候。

这份友谊也有遇上风暴之时:第一次源自于莫朗出版了他的合集《带拱的灯》(Lampes à arc)中有一篇《马塞尔·普鲁斯特颂歌》(Ode à Marcel Proust),那是1919年。莫朗这么写道:

> 普鲁斯特,您夜里这是去哪里的晚会
> 归来时双眼疲惫又清醒?
> 您经历了我们所不许的什么样的惊惧
> 归来时才显得如此宽厚温和?

普鲁斯特面对这对他道德的隐射,甚为恼火,在给莫朗上了"友好的一课"之后,同他生气了一段时间——直到他为《柔情的库存》(*Tendres Stocks*)作序,以肯定其水平。之后,他在埃莱娜身边扮演侍从骑士的角色——她之后让人以为普鲁斯特曾向她求婚。在这一点上,让人感到原则上的困惑:为什么普鲁斯特,一位"这么善良"的人,一个犹太人,并且他从来不喜欢女子,会想要娶一位如此激烈的排犹主义者?事实上,莫朗和他的公主,他们从不放过一个诽谤的机会,根本不是什么可靠的普鲁斯特爱好者,而且马塞尔并非不知道这一点。要说起来还是他提前原谅了他们。无论如何,普鲁斯特不指望任何友谊,连对爱情所带来的失望也不报希望。在这种情况下他可能有的沮丧知识肯定了他忧伤的假定:"(1919年3月29日)他写信给埃莱娜,(在莫朗身上)如何才能成为莫斯卡和法布里斯的同时代人?但是我希望他不要最后成为了查尔特勒修士,即便是在帕尔马。"

此外,没有办法撇开同性恋的话题,即使莫朗称之为"(货币)复本位制"。这位《敞开的夜》(*Ouvert la nuit*)的作者满足于他的偏见,对此从不自在。事实上,莫朗声称"从来没有看清"普鲁斯特的意图——后者一贯普鲁斯特化,使得其意图显得晦涩不透明。

因此就有了莫朗那些不利于普鲁斯特的隐射、好话、道德上的小小背叛,普鲁斯特的友爱倒是让莫朗荣耀起来,但是在《所多玛和蛾摩拉》中,普鲁斯特把同性恋称为"没有友情的朋友"。由此,莫朗在《无用的日记》中记载——简直可以肯定的是他从不在公开场合离开这日记——,说"阿尔贝蒂娜的鞋子应当是四十四码",而

"普鲁斯特让她把手伸到睡袍的口袋中,却忘记了女式晨衣没有口袋"。之后他甚至还扮纯朴,在佩因特(George Painter)传记出版之时,假装发现哈恩和都德是马塞尔的情人。

为了报复他的卑劣行径,但依旧对他喜爱有加,普鲁斯特送给即将出发去罗马的莫朗一部雷纳克(Reinach)所著六卷本的《德雷福斯案件史》(*Histoire de l'affaire Dreyfus*),好让他"学习不要排斥犹太人"。

至于埃莱娜,她在1971年时几乎失去了行动能力,如同"仿佛是吞下了她的猫头鹰的密涅瓦(Minerve)"(科克托),她在雅克马尔-安德烈博物馆(Jacquemart-André)的列维-迪尔梅尔(Lévy-Dhurmer)于五十年前为她画的肖像前驻足:想到没有人,连她也不例外,任何人都无法逃脱化装舞会,也就是说无法逃脱那个"小犹太人"的天才,她低声道:"如果是普鲁斯特的话,定能写出令人赞叹的一页文字。"

→*Amour* 爱,*Poulet*(*le Quatuor*)普莱(四重奏)

永远死去?(Mort à jamais?)

这个问题在《追忆似水年华》中突现了两次。

第一次是在小玛德莱娜的体验之前,用来指代"贡布雷村的剩余",即花园里所有的花、斯万先生园子里的花、维沃纳的睡莲、教堂、村里的小屋和好人们……总之是整个贡布雷,除了那些构成戏剧般日落的装饰元素——就是叙述者宅子的小客厅、前厅、餐厅、昏暗的林阴道的开头一段,斯万就从那儿过来的(他的到来剥夺了叙述者获得母亲的吻)、"带有玻璃窗门的小走廊,妈妈从那儿进来",最后还有"亮堂的墙面",在晚上七点前能看清屋子里由一架纤细的楼梯连接起来的两个层面……在通过蘸着茶水的玛德莱娜的味道而追忆起人生的最初年光之前,叙述者不经意的回忆局限于他的童年：一切和他的睡眠所依赖的平静的吻无关的事情在他看来毫无意义，它们不能被智力的记忆所捕获，这些有意识的回忆描绘过去，却没能说出什么。叙述者的记忆偏离到小玛德莱娜上，跨越了他的焦虑，以便挖掘出他之前一直认为"永远死去的"。

这个问题第二次突现是在1901年贝戈特刚过世以后，贝戈特被土豆消化不良而挤垮，他当时正聚精会神地看着《台夫特风景》(*Vue de Delft*，该画中央的时钟仿佛是偶然地指向了七点缺十分，而画作上不甚分明的光线无法让人断定这是晚上还是早晨）。"永远死去？谁能这样说？"叙述者这样问道，然后他重拾柏拉图在《理想国》末了所举出的说辞，根据这些论据"我们生命中发生的一切都好像是我们在上一世所背负的义务随着我们来到了这一世"。叙述者自问，如何才能解释一位有文化的艺术家"自认为需要二十次重新开始一个作品，而其引发的赞赏对他被诗句吞噬的躯体而言并不重要"，除非设想一个"和现世完全不同的世界，我们从那个世界出来，降生于这个世界，之后可能再回到那个世界，生活在这些于我们未知的法则之下，然而我们却遵循这些法则，因为我们本身就携带了这些教益，不过不知道是谁勾画了它们"？然而，就像一个遗忘的灵魂选择了一个躯体来投胎，这在柏拉图不过是指有勇气知道我们已经知道但想要忽略的东西，普鲁斯特假定有前世，并且灵魂不灭也不过是一种世俗语言，其揭示了整个艺术贵族，即那种能把非人的世界变成各种奇迹的能力。

从贡布雷村屋子的"亮堂的墙面"（其时的记忆通过入睡时对死亡的畏惧而授意给叙述者）到弗美尔画作中"黄色的小墙面"，贝戈特冒失地把它和整幅画作相比，并且说后者不够格，"永远死去？"这个问题的重现使得作者能在正视现实的才能（这有别于对现实的客观需要，这是小玛德莱娜教他的）和能识别出艺术家的非凡天分之间标出递进,并且在期间过渡中提炼出永恒。

→*Métempsycose* 灵魂转世

别字(王子与公主)(Motordu[Prince et princesse de])

但凡是学生家长都知道(或者都应该知道)《别字王子美丽的梨子》(*La Belle Lisse Poire du prince de Motordu*)①,其中近乎乱真的表达营造了一个神奇之地:王子住在一顶"帽子"里②,帽子上边有蓝、白、红三只"蟾蜍"③;他喜欢其中的"危险厅"④,并且在那里玩"雪鸡游戏"⑤以至于"成了色拉"⑥,皮肤上冒出了"绵羊"⑦;之后他为一位正在采集"火炭"⑧的"年轻的火焰"⑨所迷住,等等。

与之相反的是,鲜有人知道别字王子和他的"帆耙"⑩的文学祖父母正是弗朗索瓦兹和巴尔贝克大饭店的经理(这两人倒是互不认识)。事实上,就像这位比利时、法国动作片演员在学完瓦隆语之前开始学习英语,旅馆经理每每学习新语言,之前学习的语言他就说得差一些,或许是因为他"具有罗马尼亚的新颖"⑪。他用

---

① 该书法语名字的谐音是 *La Belle Histoire du prince de Motordu*,意为"别字王子的美丽故事",该词条为文字游戏,除了译注中列出的谐音外,还有一些不甚规范的个人用语。

② "帽子"(chapeau)的法语别字谐音是"城堡"(chateau)。

③ "蟾蜍"(crapeauds)的法语别字谐音是"旗帜"(drapeaux)。

④ "危险厅"(salle à danger)的法语别字谐音是"餐厅"(salle à manger)。

⑤ "雪鸡游戏"(poules de neige)的法语别字谐音是"雪球游戏"(boules de neige)。

⑥ "成了色拉"(salade)的法语别字谐音是"生了病"(malade)。

⑦ "绵羊"(moutons)的法语别字谐音是"痘痘"(boutons)。

⑧ "火炭"(braises)的法语别字谐音是"草莓"(fraises)。

⑨ "年轻的火焰"(jeune flamme)的法语别字谐音是"年轻女子"(jeune femme)。

⑩ "帆耙"(râteau à voiles)的法语别字谐音是"帆船"(bateau à voiles)。

⑪ "具有罗马尼亚的新颖"(d'originalité roumaine)的法语别字谐音是"来自罗马尼亚"(d'origine roumaine)。

"充满了创伤"①的声音,宣布自己"对水果浅尝辄止"②,哀叹没有"震荡的手段"③,为了给一扇门的铰链"导上油"④、把葡萄酒放到大"母驴"⑤中而举出种种"完全艰苦的"⑥理由,他威胁给那些没法准备一顿"柳树"⑦的侍者"绕几圈"⑧,把"含糊不清"当作是"对等的",从"纯真年代"⑨起就用"桉树"⑩自疗,只读报纸的"开头签名"⑪,为卡约先生(Caillaux)把法国"置于德国的穹顶之下"⑫而义愤填膺,对于在"潜伏的水潭"⑬中发酵的病菌感到警惕,嘲笑那些一遇危险就"脱落"⑭的懦夫,并且遗憾一个"充满挫折"⑮的人生催发了瑟堡(Cherbourg)律师会长的死亡。

---

① "充满了创伤"(*pleine de cicatrice*)的语法别字谐音是"变幻莫测"(*pleine de caprice*)。
② "对水果浅尝辄止"(*frivole de fruit*)的法语别字谐音是"喜爱水果"(*friand de fruit*)。
③ "震荡的手段"(*moyens de commotion*)的法语别字谐音"沟通的方式"(*moyens de communication*)。
④ "导上油"(*induire d'huile*)的法语别字谐音是"抹上油"(*enduire d'huile*)。
⑤ "母驴"(*bourriques*)的法语别字谐音是"商店"(*boutiques*)。
⑥ "完全艰苦的"(*tout à fait nécessitueuses*)的法语别字谐音是"完全必要"(*tout à fait nécessaires*)。
⑦ "柳树"(*saule*)的法语别字谐音是"鳎鱼"(*sole*)。
⑧ "绕几圈"(*rouler de coups*)的法语别字谐音是"痛打一顿"(*rouer de coups*)。
⑨ "纯真年代"(*l'âge de la pureté*)的法语别字谐音是"青春期"(*l'âge de la puberté*)。
⑩ "桉树"(*calyotus*)的法语别字谐音是"仙人掌"(*cactus*)。
⑪ "开头签名"(*premiers paraphes*)的法语别字谐音是"段落开头"(*premiers paragraphes*)。
⑫ "置于德国的穹顶之下"(*sous la coupole de l'Allemagne*)的法语别字谐音是"置于德国占领之下"(*sous l'occupation de l'Allemagne*)。
⑬ "潜伏的水潭"(*eaux accroupies*)的法语别字谐音是"死水"(*eaux assoupies*)。
⑭ "脱落"(*décrépissent*)的法语别字谐音是"逃走"(*déguerpissent*)。
⑮ "充满挫折"(*pleine de déboires*)的法语别字谐音是"充满争议"(*pleine de débats*)。

至于弗朗索瓦兹,她的口头语言通俗而且"有点个人"①,在二十世纪的词汇中夹杂着中世纪的色彩,废话连篇以至于"连魔鬼都记不得他的拉丁语了",她曲解话语,就像柏拉图曲解苏格拉底又或是"圣让(Saint Jean)曲解耶稣"那般,她的言语是一首诗,其显而易见和和谐一致把缺乏教养变成了词典。

由此,在她微妙的话语里,萨冈亲王夫人(Sagan)成了"萨冈特"(*la Sagante*),这并不准确但是却符合逻辑。在她眼里,抄袭者(如布洛克)不过是些"复制者"——这联想倒是不错。提起在战壕中脸部中弹而死去的圣卢侯爵,她说他的"脸全毁了",这显而易见。提到一个时间表固定的人(奥克塔夫夫人[Octave]),她说她"非常遵循惯例"。末了,当焦虑的叙述者在厨房里想着阿尔贝蒂娜而磨蹭时,她警告他不要睡着了"破相"。没有谁比她更会说话的了。

拿这么多错误开玩笑或许是不对的,因为就像别字王子的世界之滑稽全然在于那些不可能的物件,它们从字面上来自于王子的错误,其发音错乱因为"我们的祖先对拉丁词和撒克逊词作出了永久的删改","我们的祖先之后成为了庄严的语法立法学家",而"我们如此准确地发出的法语词不过是高卢人对拉丁语和撒克逊语的误读造成的'错误'":换言之,弗朗索瓦兹和经理,作为意见不同的拉丁语学者,用一句话来说也是用句法的原材料制造明日语言的造物主。

→*Céleste*(*Albaret*)阿尔巴雷·塞莱斯特

填字游戏(Mots croisés)

已故的拉克洛(Michel Laclos)——天才的填字游戏爱好者,马格里特(Magritte)和格诺(Queneau)的朋友,《奇怪》杂志(*Bi*-

---

① 弗朗索瓦兹的表达有很多个人创造,但是不影响意思,下同。

zarre)的创始人——谱写了《普鲁斯特的大作》(*Le Grand Livre de Proust*)中四百个格子的字谜"马塞尔·普鲁斯特填字游戏",该书于1996年在美文出版社(Belles Lettres)出版。

在此重现这个戏谑而会心的博学之作是件趣事,本《私人词典》的读者们大可以在此驻足消遣——但是薄情的文学版权法规让这无辜的剽窃毫无可能。我们因此就用一些风趣的片段来吸引爱好普鲁斯特的填字游戏迷……

如下:

横向,帕拉梅德·德·盖尔芒特(Palamède de Guermantes)的五个字母的化身是?又或叙述者两个字母的特点是?贝戈特失去理智后是(依旧是五个字母)?韦尔迪兰夫人的鼻子里有什么(十二个字母)?

答案:德隆(Delon),我(Je),戈特(Gotte),滴鼻剂(rhinogoménol)……

纵向,同样有意思:德·奥默松(Jean d'Ormesson)对普鲁斯特的看法(七个字母)?普鲁斯特笔下好赌博的社交界男子叫做什么(八个字母)?普鲁斯特的便笺上写着什么(两个字母)?

答案:出色的(épatant),圈内人(cerdeux),EV……

这份宏伟的字谜中其他还有百般惊喜和数量相当的实证在等待着那些好奇者。直至此刻,它还躺在长久以来脱销的书中——运气好的话或许可以在旧书商或是廉价商品贩子那里找到。

海鸥(Mouettes)

海鸥不为任何人而存在。

它们乐于享用人类留下的垃圾和鱼,并且在货摊附近生生不息,但是对于造福它们的人却永远漠然。除了地域冲突的机械后果以外(飞起来并且降落在十米远的地方),它们的行为丝毫不受人类的影响。海鸥大量繁殖,就是如此。这种动物旁人难以理解。它们长大、变脏继而消失。海鸥是愚蠢的。它们的叫声就叫"叫声"——这便是证明。人们谈论它们的时候总是用复数。海鸥是密密麻麻的一群。它们如细菌一般敏感,行为像是机器人。海鸥是大海里的鸡类,是飞翔的绵羊,它们是天空的大使和喷出物,毫不在意是否让我们感到愉快。

或许正是这个原因,使得叙述者在第一次看到"五六个女孩子们,不论是样貌还是举止都和所有习惯于巴尔贝克的人大相径庭"向他走来,想到的是"一群海鸥"。这开卷的隐喻把花样少女打上了懒洋洋的漠然标记,以及"非知识"的标签(虽然这些女孩子们都是极为有知识的,尤其是阿尔贝蒂娜和安德蕾,几乎是才女了)。

然而,漠然让自我感觉和这个世界陌路的孱弱者感到恼火。《追忆似水年华》也是一部一个瘦弱的人如果享受更多就会写得更少的小说,但是他用自己感官的过度发展来弥补了自己器官的萎缩,在激动的人们满足于体验时,他恰好在场加以描写——那些人自己无法就此告诉我们什么。阿尔贝蒂娜"踩在沙子上,在这第一个晚上",因而就像是"海鸥一般亲近大海"。被驯服的漠然女子,沙滩上闪耀的女演员成了"灰色的女囚,黯淡无光",是忧郁的禽鸟的化身。这是双关,事实上……

因为海鸥可不仅仅是叫声恼人的平庸鸟儿,还是移动的世界的使者和见证人,这鸟儿穿越空域,一挥翅膀就离开它"匿名的花儿们"。海鸥逆风而翔但是随着天空而动——其羽毛颜色白得殷切好客,满满地折射出天空的光影变化。

我非常喜爱它们,我在阿姆斯特丹见过,阿尔贝蒂娜说

道。它们有着大海的气息,它们在街上的石头上嗅着大海的味道。

海鸥是过客。这不是因为它们迁徙(它们迁徙吗,再说?),而是因为它们定居并且满足于这幅海景,它们将其引向生机或者从一页文字中发掘出来,如果说头上盘旋着文字,海鸥则是长音符。当海鸥们歇息的时候,它们一动不动就像是睡莲,任凭波浪颠簸,随性而毫无目的,是太阳使它们变色,就像是山楂花一般,其白色的花冠微微发红。

"它们巨大的翅膀阻碍了它们走路",德·康布勒梅侯爵夫人夸张地讲道,她把海鸥和信天翁混为一谈,这若不有趣,也是哀婉的:普鲁斯特和波德莱尔之间的不同所在,大概就是后者偏好"海上的大鸟",而前者满足于海岸边的麻雀。波德莱尔还需要一个高贵的话题,哪怕是一具死尸。普鲁斯特则不再需要。"在地上流亡"的诗人之后,是把天空四处挥洒的作家。

生而为王(王子或公爵)(Naître[prince ou duc])

荒唐(但有意思)的问题:普鲁斯特倘若是显赫的家族的后裔,会发生什么?假如不是让他降生于普莱纳蒙索街区(Plaine Monceau)①的犹太兮兮的资产阶级群落,如果天意让他几乎攀上墨洛温家族呢?他会不会牺牲自己的人生,去博得名声?

因为让马塞尔着迷的是,在圣日耳曼区的贵族中,孩子们不需要努力,只需要享受做自己便可。对于那些人而言,只要停留在历史里即可,只要维持地位(因为高贵使然),只要在他们的千年老树的一根枝干上栖息着,只要满足于呼吸、征战和去舞会,并且等待死亡即可。没有什么能够伤到这些天之骄子,因为出于一份极不公正的法令,他们的名字不会消亡。真是件乐事,不是吗,这样的人生里命运免去了为了生存而付出的汗水、工作和不懈地劳作?在这种情况下,是不需要去追寻似水年华的。不需要去创作一件暂时不朽的作品,因为继承和后代将其取而代之了。

---

① 该街区位于富人聚集的巴黎17区。

由此可以得出,贵族从本质上而言只是"无意的艺术家",因此是非艺术家,这颇有好处,也有极大的不便。

但是普鲁斯特没有选择,而且他知道这一点:他受到自己的超验性支配。否则便是愚蠢的死亡。是无可上诉的消失。此外这也正是叙述者大大责备他亲爱的斯万的地方:斯万什么都有,可以去撰写关于绘画的著作,这比他的风度翩翩更为长久。可惜,他更偏好取悦女子、闲聊、为一点微不足道之事折磨自己,并且同骑师俱乐部那些蠢货经常接触。他浪费了自己的时间。他只配被遗弃在盖尔芒特公馆的台阶上,那些社交界的人不出一小时就会忘掉他。他本可以谋得的不朽将为夏尔·阿斯所属,阿斯是他绝非虚构的翻版。而这种不朽的缔造者,就是普鲁斯特这个非贵族。

关于这一点,普鲁斯特在《女囚》手稿的最后一分钟添加的讲话中犯了一个古怪的口误:"然而,亲爱的夏尔·斯万(……)。如果说在蒂索那幅绘有王宫街俱乐部阳台的画里,您站在加利费、埃德蒙·德·波利尼亚克(Edmond de Polignac)和圣-莫里斯(Saint-Maurice)之间,人们如此多的议论您,那是因为在斯万这个人物身上看到了您的些许影子。"

的确,对直接被问询的斯万说他所代表的人物里有些许他的影子不是非常荒谬的吗?事实上,普鲁斯特想必是精疲力竭并且发了烧,他肯定是想对阿斯说这番话,他是斯万的原型——但是他怎么才能这么做呢?读者对这个不为所知的姓氏突然出现会无法理解。但是这就是普鲁斯特作为不朽的分派者在这里小小地报复了一下。

→ *Lièvre* 野兔, *Particule élémentaire* 贵族姓氏前置词, *Prévost*(*Marcel*) 马塞尔·普雷沃, *Snobisme*(*de maman*)("妈妈"的)势利, *Trois détails*(*concédés aux partisans de Sainte-Beuve*) 三个细节(让与圣伯夫的支持者)

"普鲁斯特式叙述"（«Narraproust»）

马塞尔的天才之处在于,他创造了一个同他极为相像的"叙述者",同时在关键之处此人又是他的反面。

因此他的习气、他的健康、他的日常存在——因为这一位直到他的长河小说末了才写作,他喜爱花样少女,并且对把自己周遭的人性投入到所多玛的火焰之中感到特别的愉快。支持圣伯夫的人和其反对者们绝望了,普鲁斯特在他斑鸠一般的手套里噗哧一声笑了出来,他嘲笑所有人,尽管他真实的名字在《追忆似水年华》中提到过:"一旦她又能言语了,就说道:在'我的'或者'我亲爱的'后面添上我的教名,这样就给了叙述者和本书作者同样的名字,成了'我的马塞尔','我亲爱的马塞尔'。"

把叙述中的"我"匿名难道不是荒谬的,尤其是当作者不断强调姓氏对于想象的重要性？出于运气,敏锐的阿诺（Claude Arnaud）这位漂浮的身份之专家,为了在经典纪实文学和限于作者的深层自我（*moi profond*）的作品的支持者们之间作出判定,（在他那令人赞叹的关于普鲁斯特和科克托之间的两人斗六牛作品 [*mano a mano*] 中）借助了"普鲁斯特式叙述"的姓氏库。有了这个第三方,纯粹是半普鲁斯特、半"我"的空想,他能把每个成见（*doxa*）都遭送回拳击场的围栏中,注释者在那里气喘吁吁,却使不上劲。愿上帝保佑他。

在我们这个纪实文学胜出的时代,"普鲁斯特式叙述"会变成怎样？不敢想象。遭到雷鸣一般的报复性揭露？不那么拼凑的人物？不加掩饰的"我"？一个和本人一样的普鲁斯特,不带叙述者？那么《追忆似水年华》将要和它的圣西蒙模式分离？它那天主教外衣除了是一部回忆录以外还能是别的什么？如果他为了适应时代,需要掩饰自己的倒错,而创造了他的"普鲁斯特式叙述"？正是：真相会毁灭小说。道德秩序的德行对此会怎么说呢？

→*Fatuité*(*du Narrateur*)叙述者的自负，*Homosexualité* 同性恋，*«Je» et «Il»* "我"与"他"，*Trois détails*（*concédés aux partisans de Sainte-Beuve*）三个细节（让与圣伯夫的支持者）

神经（与模仿）(Nerfs[et pastiches])

他的神经，他的"神经质"，他喜爱它们。当然，他因为这种超级敏感和对一切都要极度感知的才能而深受其苦，但是他也知道他作为作家的天分中最好的部分正在于此，他总是准备好了体验他的身体直觉和被他伺机而动的感官所磨练出来的感知力。他对于神经学的知识，来自于布里索医生（Brissaud）的教材，读者可以在《追忆似水年华》一书中多处听到回声。

《在盖尔芒特那边》一卷中，他让布尔邦医生说了些值得严肃考虑的事："没有比神经质更为巧妙伪造的疾病了。它对于消化不良造成的扩张、孕期的呕吐、心脏病患者的心律不齐、结核病患者的高烧的模仿叫人分辨不出来。既然能骗过医生，怎么不能骗过病人呢？"这就意味着："神经质是一个天才的模仿者"。没关系，事实上如今学院里把"神经质症"称作"神经功能症"。关键在于在"它神圣的恶"和这种模仿一切的能力之间有一种类同。

在文学上，普鲁斯特——他从不试图治愈——是一个极大的模仿者。当勒穆瓦纳事件（Lemoine）突发时，他做好了准备：他的"神经质"长久以来就教会了他仿造的技术，以某种方式。正是得益于他那些有点儿失常的、好模拟的神经，普鲁斯特才能成为巴尔扎克、福楼拜、龚古尔兄弟、圣西蒙、圣伯夫的腹语。需要补充的是他的方法并不坏，之后他才真正致力于《追忆似水年华》，在潜入其他人的文学风格核心的同时自我清洗掉他们的影响。此外，大家还知道普鲁斯特在社交上具有天才的模仿能力，让他的同伴们大为愉悦的是，他可以把语调、言语跳跃或者举止抽搐，声音或者手势的分句法化为己用。

他比其他人更像在神经学校呆过。

→ «Albumine mentale» "精神蛋白尿病"，Flaubert (Gustave) 居斯塔夫·福楼拜，Métaphore 隐喻

鼻子(Nez)

在《追忆似水年华》中所有的医生中，唯一一个没有名字的("X 专家")好比《无病呻吟》(Malade imaginaire) 中的病人的四方帽，阿尔冈(Argan)所有的痛楚都被缩略成肺部感染，他声称偏头痛、腹痛、心律不齐和糖尿病不过是不被理解的鼻子的毛病。"这儿是一小块我乐于再次见到的角膜。不要等太久。我只需用火点几下就能为您去掉。(……)我们要问了：'但是去掉什么呀？'简而言之我们所有的鼻子之前都病了；他只在把此事认作是当下时犯错。因为第二天他的检查和暂时的包扎就出效果了。我们每个人都有患黏膜炎的时候。"

事实上，X 专家并没有全部搞错。他的错误在于认为鼻子是身体病理的缘由，然而鼻子是灵魂疾病的见证，而且就鼻子而言，其形状比内容更具启示。

除了那个晦涩的作家博尔尼耶(Bornier)，其人对《所多玛和蛾摩拉》蜻蜓点水般掠过，而且他的散文非常"有味道"("这么说对一位如此芳香的作者而言倒是嗅得准确，德·盖尔芒特夫人嘲讽地打断说")，在《追忆似水年华》中鼻子的颤动是因为情绪，而从不是因为香水(其散发的香气为风景和食物添色，更易为人察觉)。

像艾梅的鼻子那样"希腊式"，像斯万的那样"钩状"，像贡布雷农妇的那样"短而倔强"，向罗斯蒙德(Rosemonde)的那样"宽大"，像莫雷尔的那样"笔直"，像德·维尔巴里西斯夫人那样"高贵地拱

起",像奥黛特的那样"冻得发红",像所有送奶女工的那样"清秀端正",像韦尔迪兰夫人的那样"皱起来",像沙泰勒罗公爵(Châtellerault)的那样"呈钩状",像旅馆经理或者院士的那样"皱巴巴的",像贝戈特的那样"红色,呈蜗牛壳状",像吉尔贝特的那样"细长",像欧拉莉(Eulalie)的那样"顶端弯曲",像安德蕾的那样"细窄",像圣卢的那样"完美",像拉谢尔的那样"弯如月钩"(还有像她那样的所有远观才美丽的人儿),如"马斯卡里拉"(*Mascarille*,假如这个犹太人已被同化)或者"所罗门"(如果像布洛克那样的一个可耻的犹太人还能让巴黎的社交界满足其对异国事务的兴趣)一般"犹太的",就像是人的另一个阑尾,微不足道或傲慢,或者就像仆从的鼻子那般"滑稽"、夏吕斯男爵(他自己"鼻子粗壮")边用手碰到边说"噼",无论是在德·康布勒梅侯爵肉质的嘴唇上方长歪了的鼻子,或者像盖尔芒特公爵夫人那样像是一只鸟喙,鼻子不说话。鼻子什么也没说。鼻子占据了所有的地方。它的存在和沉默一样愚蠢。如果在一只鼻子的线条中能够"抓住一个个体的灵魂",如果一个人的性格就像鼻子在脸上那边明显,那是因为"鼻子还是最易显示愚蠢的器官"。

在普鲁斯特笔下,两个悖论构成了鼻腔的入场:

1. 鼻子是一种荒唐的体验:鼻子的形状一般是最难以记住的,但是一旦人认出了一个人的鼻子,就无法再看到其他。鼻子吞噬了脸庞,"就像一个很久不照镜子的病人,时刻根据他理想中的自己在脑海中勾勒自己的脸,当他在镜子里看到一张干瘪、毫无生气的脸,其中歪斜地隆起一个如埃及金字塔一般巨大的粉红色鼻子时,不禁怔了一下"。

2. 然而,鼻子既固定不动、又变化无常:如果一个人能够"让十只不同的鼻子适应一张毫无价值的脸",错误在于不专心,也在于鼻子本身,因为鼻子是会变化的,就像奥丽娅娜那隆起的鼻子被一张短面纱奇迹般地遮住了,就像高挺晚了而毁掉"笔直和纯粹"

模样的鼻子,像布洛克那亏得有了发型而消失的又大又红的鼻子,"就像精心打扮的驼子看起来几乎是直的",或者如同阿尔贝蒂娜的鼻子,起初"就像晨露轻轻掀起的微波,看似平静",但是最后总是为隐含的"大鼻子"所左右,从它坚持"准备走向前台"的幕后跳出来。

这个个人暴政(即只是自己而产生的不便)掺和到无穷变化之中的器官所带来多少失望啊!但是这是怎样的一种令人惊叹的来源,这条脸庞的尾巴的灵活性"就像是波浪、风的形状或者贝壳、船只一直保留的航迹",在恋人的画笔下,倘若他是画家,一旦显现就被捕捉到,并且在它出现时定格下来。"不可避免的鼻子元素"是带有欺骗性的、并令人失望的,它妨碍了幻想,促使和现实的冲突时刻提前到来:"至于接吻,我们的鼻孔和眼睛位置糟糕,就像是我们的嘴唇也长得不好——突然,我的眼睛不去看了,接着鼻子也不去闻了,而且还没有进一步品尝到期许的玫瑰的味道,我讨厌地发现,自己正在亲吻阿尔贝蒂娜的脸颊"。

但是令人惊愕的、优美的、荒唐的并且为时间所精雕细刻的一只"新鼻子"有时开启"人们所没有期望的篇章"。就像光天化日之下的一个秘密——并且和耳朵、眼睛和嘴唇不同——鼻子,荣耀而唯一,是无可比拟的。当人们抓住其中不拐弯抹角之处,鼻子的呆笨和极度简单始终使得它免于愚蠢。

→*Asthme* 哮喘,*Olfaction*(*et émotion*)嗅觉(和情感)

地区名字(Noms de pays)

地名学——这门科学由基舍拉(Jules Quicherat)发明,基舍拉是马塞尔的偶像作家之一——对于《追忆似水年华》的作者是相当忘恩负义的:事实上,法国的马塞尔·普鲁斯特路勉强能数出三十条,而以勒克莱尔将军(Leclerc)、维克多·雨果、莱昂·甘必大

(Léon Gambetta)或者埃米尔·左拉(Émile Zola)命名的路已有几百处,他们都不知道还能上哪儿去给大街、地铁口或者林阴大道命名。

两所勇敢的小学(在利摩日[Limoges]和奥尔良),一家私立学校(在巴黎)和两所中学(在伊利耶贡布雷和卡布尔)自豪地顶着一个我们可以猜测到的对寻找笔直的道路的中学生而言地狱般的名字。

在卡布尔,人们还可以在"马塞尔·普鲁斯特大道"上走几步——这是最起码的。运气使然,洛泽尔省(Lozère)的拉卡努尔格图书馆(La Canourgue)选择了塞莱斯特·阿尔巴雷作为招牌,这可以被认作是对她忠诚地为之服务的失眠者的间接致敬。再说在特农医院(Tenon)有一栋"普鲁斯特楼"——尽管那是一个意在赞扬作家的兄弟的虔诚之举,他本人是一名医生,在那家医院行医至死。

在巴黎,有两条马塞尔·普鲁斯特"道"(«voies»)在勒克莱尔-雨果-甘必大-左拉的统一潮流中幸存下来:一条在香榭丽舍大道附近,另一条在帕西区(Passy)里。最后要注意的是在沙特尔(Chartres)可以找到一条"马塞尔·普鲁斯特大街",就在"玛德莱娜城市优先发展区(ZUP)"里,离废水处理厂不远,另外在圣艾蒂安(Saint-Étienne)也有一条马塞尔·普鲁斯特路。

→*Étymologie* 词源,*Patronymes*(*et toponymes*)姓氏(和地名)

德·诺尔普瓦(侯爵)(Norpois[Marquis de])

动词变位的现在时对于这位长于暗指与打磨棱角的外交官而言是一个过于冒险的时态。因此,他自愿地选择了条件式和祈愿式,这些修辞奇观传统上是谨慎的人们的灵魂自然采用的斜视蛙泳方法。诺尔普瓦侯爵如此戴着面具(他没有名字,以便可以更容易地如面具一般适应他化身的那一类人），就可以在《追忆似水年华》的世界中前行——在孔帕尼翁看来，他是书中鲜有的几个永不变化的人物之一，包括在情感上因为他在自己逝去的时间中自始至终都爱着维尔巴里西斯侯爵夫人，虽然这不是没有盘算的。

他仪表堂堂、高个、生着一双为夫人们所瞩目的蓝眼睛，他的整体表达则定格在木偶上。他生于1830年，是最低限度的机会主义者，在帝国时期他是特命全权大使，之后又投靠了麦克·马洪。他的言谈乏味如同他大摇大摆走过的人行道，他没有不满足于自己的微不足道，用因循守旧的网捕捉一切不够格之事。在战时他是极端民族主义者，在文学上他是"现实主义"的拥护者（这是一块几乎巴尔干式的大陆，他在此历险是为了向他的老情妇显示他可以对感性的东西充满热情），诺尔普瓦坚持要这个世界光荣地平庸着——而这也是他对斯万过敏的第一个原因，他认为斯万"气味难闻"，因为斯万其人执迷于在一切问题上标新立异。由此可以看出他那约定俗成、灰色的一套，他在其中如鱼得水。

他学会了在《圣经》里说话，他从不离开圣经——尽管他看似不像是知道《圣经》的存在：《庸见词典》（*Dictionnaire des idées reçues*）。他的纲领？不要有丑闻，减缓冲击，鼓掌时戴着手套轻触指头，重建秩序，带着"政府的精神"去反对。

对于这个从不表达自己观点的人（他是否有自己的观点？），叙述者欠了他很大的人情：多亏了他，普鲁斯特医生鼓励自己的儿子从事文学。事实上，诺尔普瓦——从原则上说他是一个反犹的人，（尽管……）情况需要的话他是反对德雷福斯的——可不希望在大使馆或者在巴黎的外交部里有太多的"希伯来人"。人们不必就我们对他的感激而过分挑剔——他每次令人发笑的出场都让这种感激翻倍了。

→*Joueurs de flûte* 笛子演奏者

奥克塔夫(Octave)

奥克塔夫不是莱奥尼姑妈(弗朗索瓦兹叫她"奥克塔夫夫人")的丈夫,而是叙述者在第一次去巴尔贝克旅行时遇上的优雅少年,当时他正和阿尔贝蒂娜一起散步——他的外表无情、一副矫揉造作的漫不经心样,叙述者不知不觉地立即嫉妒起来。

他那规律的线条和佯装的无动于衷说明他"显然"把冷淡视作是"极度的高贵"。当然,他是优雅的,但是在这个年轻人身上"一切和衣服、穿着方式、雪茄、英国酒、头发,以及一切他所拥有的,哪怕是最细小的细节,都有着他不可懈怠的傲慢,并且达到了行家一般默默的谦逊——都在没有哪怕一点点的知识教化下单独发展起来"。他在"所有波士顿舞和探戈比赛"中获奖——但是他的舞蹈天分只能为他"在'海水浴'的圈子里"缔结一段漂亮的婚姻,而他那高人一等的本能令他在一眨眼的瞬间就懂得如何穿着("无尾常礼服或睡衣"),却让他明显无法掌握句法中最为基本的规则。"他从来都无法'什么都不干',尽管其实他什么也没干过。就像完全的惰性最后和过分的工作有着同样的效果,无论是在道德领域还是在身体和肌肉上，尽管他是一副沉着的样子，幻想家奥克塔夫的额头底下蕴藏着的在知识上的持续无能最终赋予他对思考的无效渴望，这种念头对他有害，妨碍他睡眠，就像他本可以成为一位操劳过度的形而上学学者。"

换言之，他很美但是他也蠢——这是一件令人欣慰的事。他身上有作家们描绘的高贵者的无忧无虑和优雅，他的无能为力和突如其来的憎意让人联想到热烈的欲望。叙述者作为一个不自知的嫉妒者，默默地对他又羡有厌的人作出势利、虚荣、恶毒却有分量的判断。心胸狭隘有时也是诗人灵感的源泉。

眼睛（的故事）(Œil[Histoire de l'])

普鲁斯特爱好"厄伊"(«euil»)或者"伊厄"(«yeux»)这样的声音——让·桑特依、凡德伊、葬礼(deuil)、埃特伊(Étreuilles，贡布雷的第一个名字)、"被它那最后一个音节的老黄金所照亮的"贝耶(Bayeux)……这是他在欧特伊(Auteuil)出生的音乐记忆？是眼睛(œil)一词的语音对等物？为什么不呢……

无论如何，《追忆似水年华》一书中布满了无数的眼睛，并且它们把此书变成了孔雀开屏时的眼睛。叙述者在看到吉尔贝特时，正用眼睛享用贡布雷天堂的禁书；在蒙舒凡那一节，叙述者用眼睛记录了恶与亵渎的一幕，而两位作恶的女子对她们被看见也是自得其乐("我们依然被人看见，这样只有更好")；还有盖尔芒特公馆的院子里"老虎窗"的那一段，朱皮安的那一巴掌；并且在《一位少女的忏悔》(La Confession d'une jeune fille)中，母亲用眼睛发现了她要去死的那一幕；在《弑父的亲情》最后，不幸的亨利在自杀之后，他的眼睛定格在枕头上……

普鲁斯特的眼睛往往都是堕落、享乐、罪孽、可能的死亡之器官。《追忆似水年华》是一段眼睛的故事？人们为了纪念乔治·巴塔耶,曾这么断言过。还剩下嗅觉、触觉、味觉、听觉——它们一起分别演奏自己的那段。伟大的卡萨诺瓦(Casanova)写道:"人无法只用一种感官去作恶,亦或是去享乐……"

佩因特(George D. Painter)在他的传记第二卷中提到了普鲁斯特,他在1908年对梅里美(Prosper Mérimée)那略显淫秽的书名页上的H. B. 字样非常感兴趣,其插图描绘的是司汤达从锁眼窥视他的一位情妇在偷情。

司汤达是普鲁斯特的眼睛和冒昧的老师? 这种师承关系值得探究。但是我们不在此做此探讨。

→*Arcade(11, rue de l')* 阿尔卡德路(11号), *Montjuvain (Première vision de)* 蒙舒凡(初见), *Profanation* 亵渎, *Stendhal* 司汤达

鸟(Oiseaux)

叙述者不是鸟类学家:他对花儿比对鸟儿更感兴趣——除了海鸥以外,还有鸽子和几个燕子——他一般无法分辨其种类。

然而他把小玛德莱娜和斑鸫的啁啾(在《墓畔回忆录》中,*Mémoires d'outre-tombe*)相比:"昨天晚上我一个人散步……一只斑鸫栖息在桦树的最高枝上,它发出的啁啾之声让我从自己的思绪中走出来。那一刻,这神奇的声音使我眼前重现了父亲的庄园;我忘却了刚刚见证的灾难,突然被带到了过去,我又看见了这些田野,曾经我在这里经常听到斑鸫吟唱。"

此外,家禽在普鲁斯特的天空里也占有优先地位。它们的歌唱"测出了距离"并且描绘了"荒无人烟的田野之范围",它们打断了乡村的沉寂,突显其孤寂和漫不经心。当凡德伊小姐在女主人的新月形短上衣偷吻一下以后又向她父亲的肖像啐了一口,此时,叙述者想到的也是鸟儿们。最后,既然钟楼无法伴随鸟儿飞向天

空,间歇盘旋的秃鹳给贡布雷的钟楼带来了"某种难以形容的东西"。

普鲁斯特这是什么意思?什么是无法表达的?在鸟儿的飞翔之中有什么是语言所不能捕捉的?简而言之,鸟儿们是什么的灵魂或者名字?是音乐。是人们不顾时间、试图抓住的片刻。是他想要让之摆脱世俗的东西,他在其中萃取了永恒的几个原子……这就是为什么叙述者有时看到一只鸟从一棵树振翅飞向另一棵而发出惊叹,同时他为鸟儿们叽叽喳喳的叫嚷声所包围:安抚他幻想的战场之歌和鸟儿那"小小的、蹦蹦跳跳的身躯,惊奇而不设防"之间的不成比例让人回想起误把会消亡的血肉之躯和其文字上的对等物等同起来,要知道文笔的雅致能长久让后者免于遗忘。

此外(音乐比文学更加是永恒的操作者),"就像一只被伴侣遗弃的鸟儿",孤寂的钢琴开始诉苦,小提琴随后加入:"钢琴之后温柔重述的怨言是来自于一只鸟儿、一个缺少了小乐句的不完整灵魂,还是一个看不见的哀怨仙子?这些叫声如此突然,以至于小提琴家要奔向他的琴弓才能记录下来。神奇的鸟儿!小提琴家仿佛要迷住它、驯服它、捉住它。"

但是如何才能在不弄断鸟儿翅膀的情况下驯服它?如何才能把它放入鸟笼,又不失去它的歌唱?阿尔贝蒂娜的因禁就此而言是一个可怕的难题:"就像改变生命的命运般古怪,命运得以穿过她监狱的墙壁,把巴尔贝克的少女变成了一个令人生厌的顺从女囚(……)因为海风不再鼓起她的衣服;尤其是因为我折断了她的翅膀,她再也不是一位胜利女神,她是一个我想要摆脱的呆板奴隶。"

马丁维尔(Martinville)的钟楼是叙述者的第一个胜利,是他借助写作、超越昙花一现所展现的第一幕,他揭示了"隐藏着的"东西,它们就像是"三只停在原野上的鸟儿,一动不动,在太阳下看得分明"。叙述者在描写了它们之后,非常高兴,这并不是偶然,他把自己比作一只"母鸡",在下了一只蛋以后声嘶力竭地歌唱起来。

可是相较于没有记忆也没有翅膀的鸡类,叙述者自认是一只"鸽子",其咕咕的叫声点缀了水泵和食槽的顶端,他在圣埃斯普里路(rue du Saint-Esprit)的饭后就坐在那旁边消磨时光。此外,是弗朗索瓦兹(她奇怪的天才是女性身上唯一让他感兴趣的智力形式)有一天借阿尔贝蒂娜不在之时,告诉他他的白色睡衣和他"头颈的动作"让他"看起来像是一只鸽子"。而贝戈特本人不是在第一次见他时,看起来就像是"在一声枪响以后,烟雾中人们看到的魔术师,毫发无损、穿着礼服,还有一只鸽子从中飞出"?最后,从奏鸣曲到七重奏的变化让他的耳朵想起鸽子变成公鸡,咕咕声变成神秘的歌声,无主题的旋律变成"永恒的早晨那难以言喻而极其尖锐的叫唤"。

→*Modèle* 原型,*Phrase*(*la petite*)(小)乐句

嗅觉(和情感)(Olfaction[et émotion])

实验心理学早就在人的嗅觉和感觉之间建立了坚实的联系。出于感激,实验心理学甚至还将这种复杂的关系命名为"普鲁斯特症"(«syndrome de Proust»),其发源于嗅觉和口感,急着要唤醒潜藏在古老头脑中的情绪。

就这一点而言,气味是一种第一有力的感官刺激因素,孩提时代的感知如果被其他器官所收录还能深植于其中。气味心理学专家赫茨(Rachel Herz)教授用上了繁重的技术设备,其结论是一个人的回忆和气味、而不是和文字联系在一起时,会植入得更深——这可以是草、木、糕点、饮料的气味。此外,拉松(Maria Larsson)教授的瑞典团队对这类回忆的特点进行了识别:一方面,它们的年代更久,因此就比视觉和听觉的回忆更接近童年——后者和青少年时期的感知联系在一起;另一方面,这些嗅觉回忆更为罕见,其蕴

含的电流更为强烈,因为这类回忆很少被唤起。它们由是重塑了特别的生活感觉,又因为很少被新近的回忆所"耗用",它们相当忠实于当初的感知。

由此可见科学从普鲁斯特那里受益良多——要知道普鲁斯特的父亲和弟弟都是医生。然而,"普鲁斯特症"的神经学依据依旧鲜为人知。专家所能告诉我们的仅仅是接受嗅觉信息和再现的大脑区域都属于边缘系统,这是一个特别互通的区域,是记忆和情绪在解剖学上的大本营。多种自称嗅觉的疗法,就是借此来唤醒那些受到创伤而引发失忆症的人的记忆。

→*Asthme* 哮喘,*Nez* 鼻子

专名学(人名研究)(Onomastique)

普鲁斯特永远没完没了地给自己的文字加密、在声音上暗渡陈仓、在近乎塔木德的模式上加绣他个人的字母表。对他而言,这是一场秘密游戏,并且无疑是在感官上享乐的。对于那些权威的解释学学者(从巴特到道布罗夫斯基[Serge Doubrovsky]、从凯勒[Luzius Keller]到克里斯蒂娃[Julia Kristeva]),这是一顿每位普鲁斯特爱好者都能分到一点美味的大餐……

因此,通过《笔记》或者《追忆似水年华》的各个版本,去追寻名字的声音变幻是最令人惊奇不过的了:"阿尔贝蒂娜",来自于山楂树(aubépine,拉丁语作 *Albaspina*),其中有一串六个字母同"吉尔贝特"相同,这就允许了——意味着?——在《阿尔贝蒂娜不知去向》中对与之关联的签名表示轻蔑和在相关感情上产生波动;但是"阿尔贝蒂娜"一名的中间音节同"罗贝尔"(德·圣卢)相似,而"夏吕斯"一名则和"沙尔利"(*Charlie*)相连(之后则在朱皮安的妓院里真正和莫雷尔相连),后者的姓氏同"马塞尔"在流音和唇音上相同。还要注意的是——多亏了道布罗夫斯基的发现,这项发现被

某些人认为很重要——普鲁斯特坚持要在这里或者那里用"P. M."两个大写首字母来代替"小玛德莱娜"(这并不是印刷错误,手稿可以证实这一点……),这很可能是为了把自己姓名的首字母写入作品中,就好比用衣架悬挂起来,置于《追忆似水年华》中最为普鲁斯特化的甜点之上——这甜点在是玛德莱娜之前,首先是一块蛋糕。

另一个普鲁斯特学的重量级人物帕谢(Pierre Pachet)则走得更远:"普鲁斯特"这个姓氏另有内涵,从字母变更位置的角度而言,它可以嵌套在"七重奏"(*septuor*)一词中,而没有人会忽视其对马塞尔所产生的影响。所有这些游戏,分布在词音的层面,并没有多少重大影响——但是它们描绘出的是普鲁斯特是专名学能手的一面,并且总是诙谐戏谑的。就让那些爱冒险的人继续这些漫无目的的文字游戏,挖出一点个人发现,几乎可以毫无风险地认定这样的发现会不计其数。如此的竞赛要到下一个千年末才会结束。胜出者将得到的奖励和茶叶袋的分量相当。

→*Albertine* 阿尔贝蒂娜,*Étymologie* 词源,*Eucharistie* 圣体,*Kabbale* 卡巴拉

"总会再相遇……"(«On se retrouve toujours...»)

——您注意到了,是阿尔贝蒂娜对叙述者说这话的……

——是吗?一个从不出差错的荒唐女孩怎么会突然间说出如此智慧而又虚假的话来呢?

——这一幕分作了两次出现。在圣皮耶尔代伊夫站(Saint-Pierre-des-Ifs),"一位美丽的年轻女子,不幸的是她并不属于小团体,"登上了小团体通往拉斯普利埃城堡的蜿蜒小铁路,韦尔迪兰一家在那里设立了春季据点。这位旅行者令人艳羡,拥有"玉兰般的肌肤",属于无数过路人家庭中的一分子,叙述者将它们当作可

能的人生去珍视。"一秒钟之后她想要开一支冰激凌,因为车厢里有点热,她不想征求所有人的同意,而我又是唯一一个没有穿外套的人,她用一种轻快的口吻笑盈盈对我说:'先生不觉得空气令人不舒服吗?'我本想对她说:'和我们一起去韦尔迪兰家',或者'告诉我您的名字和地址'。我回答说:'不,小姐,空气不让我难受。'之后,她没有变换座位,问道:'烟味不影响您的朋友们吗?'她点燃了一支香烟。到第三站的时候她一跃下了车。"退场,梦境。

—— 你好,怀念!

—— 第二天,叙述者用一种只有男人才有的粗野口吻问阿尔贝蒂娜这可能是谁:

—— 就好像所有的女人们都互相认识一样……

—— "我很真诚地认为,阿尔贝蒂娜对我说,她不知道。'我多么想找到她,我叫起来,她说道:放心吧,总会再相遇。'"阿尔贝蒂娜错了:年轻女子永远消失了,但是马塞尔没有把她忘记,并且他常常"在想起她的时候,极为动心"。然而,怀念比失去的痛苦更指向渴望重逢的失望;这种热忱会立即被现实所冲淡,因为要带着同样的心境寻回那个年轻女子,还要回到"那一年,而在之后的十年中那个年轻女子已经凋落"。

—— 好吧,但是这一切并不能告诉我们为什么阿尔贝蒂娜给了他这么一个奇怪的回答……

—— 确实如此。这个谜团的钥匙在几百页之后,在《女囚》中,当夏吕斯男爵向表象挑战,同"两位公爵,一位杰出的将军,一位伟大的医生,一位伟大的律师"谈论性的时候。

—— 缺了一位主教。

—— 住口,您什么都没有理解。我说的是谈论一个马车夫或者一个仆役可以为那些成了老先生的人带来的欢愉,夏吕斯男爵为了安慰他那些对话者中抱怨一个"两米高的小伙子"回到了波兰的那位,就像阿尔贝蒂娜对叙述者那样,对他说道:"人生总会再相遇。"

——您的意思是说这句话是同性恋所特有的,那些性取向不公开、但是却得到持续满足的人,而阿尔贝蒂娜这么回答是出于心满意足的女同性恋之安然自若?

——为什么不呢?

——就是这样了吗?是不是有点不全面。我怀疑你在其中还听出了其他的东西……

——您没说错。"总会再相遇"这句话还是一位作家的,他的书执意要将过眼云烟永存下来,但那本书首先是一个活人墓。

——这样,我就明白您说的了。在一本书中,最好是寻回我们爱过的女子,而不是夜夜留宿那种付钱让她离开的女子,我们并不想要去取悦后者,并且为再也不用见到她而感到满意……

十一(十二)个眼神(Onze(douze)regards)

这里是《追忆似水年华》中按照升序排列的十一(十二)个(在我们看来)最美的眼神:

11. 圣卢在第一次见到叙述者时的眼神,叙述者当时对他的印象为偏见所惑,不恰当地把他的严厉看作是傲慢本性的标志;那眼神"不动声色,这么形容可不够",还"毫不留情,那里面没有对其他生物的权利的丝毫尊重,即使那些人并不认识您的姑妈"。

10. 那是帕尔马公主两个怀疑的眼神中的第一个,公主当时假装知道莫罗(Gustave Moreau)的作品,但是她那强烈的模仿却无法"代替我们的眼睛在我们不知道别人同我们谈论什么的时候所缺乏的那种光芒"。

9. 盖尔芒特公主的眼神,她为了不和所有的来宾谈话,有时满足于"向他们展示她那令人赞叹的缟玛瑙色眼睛,好像来宾仅仅是为了参观宝石展览"。

8. 盖尔芒特公爵夫人忧郁而心不在焉的眼神,当她和朋友说话时,用"才华横溢的光芒"照亮了这种眼神,并且出于慵懒,在社交界的场合中,她任其"在整个晚上点亮着"。

8. (与上一条平分秋色,并列第八)奥黛特在福什维尔于韦尔迪兰一家面前公开侮辱了萨尼埃特之后,向福什维尔投去了一个"恶人间会心的"眼神……总之是一个同道中人的眼神,那是在说:"这就执行了,或者我做不到"。

7. 维尔巴里西斯侯爵夫人在问候布洛克的时候那死寂的眼神,后者的犹太性刚为沙泰勒罗公爵所揭露:"布洛克走近她,要和她说再见,她陷在她那大扶手椅中,看起来像是从半睡眠的状态中醒过来。她那暗沉沉的眼神有着珍珠般黯淡而迷人的光芒。布洛克的道别,让侯爵夫人慵懒的笑意也消失了,她一句话也没有说,也没有向他伸出手去。(……)侯爵夫人嘴唇轻动,如同一个垂死的人想要开口,但是眼神却没有此意。之后她转向德·阿尔让古侯爵(*d'Argencourt*),重新充满了活力,而布洛克则走远了,并且一心以为她'脑力衰退'。"

6. 当勒格朗丹被年轻的叙述者问及他是否认识"城堡主盖尔芒特夫人",他流露出受到伤害的眼神:"一听到盖尔芒特这个名字,我看见我们的朋友的蓝眼睛里裂开了一道棕色的缺口,仿佛是刚被一把看不见的尖刀刺过了,而瞳孔的余下部分则溢出蔚蓝色的波浪。"

5. 德·埃皮纳公主(d'Épinay)对帕尔马公主说了盖尔芒特公爵夫人就夏吕斯男爵说的一句好话,那是帕尔马公主第二次显出怀疑的眼神:"'啊!了不起的塔奎尼乌斯(*Taquin*)',帕尔马公主说道,她的眼睛因为先前的赞赏而放大了,但那眼神还在乞求获得更多的解释。"

4. 一个山楂树篱遮住的金发小女孩那定定的眼神,缺乏表情,勉强有一点笑意。

3. 像是有预感一样,阿尔贝蒂娜和叙述者在还未结识以前眼神相遇"就像是游荡的天空,在暴雨日靠近一团不那么快速的乌云,与之同行、触碰它、超过它。但是它们之间不认识,并各自远离。就像我们的眼神在某一刻对视,彼此都不知道面前的天际大陆包含的对于未来的许诺和威胁"。

2. 叙述者对盖尔芒特公主(她暗恋夏吕斯)说男爵"这会儿对某个人的感情正炽烈着呢"的那一刻,公主的"瞳孔中掠过了一丝异样,就像是一道裂缝,出自于某种想法,是我们的话语在不知不觉中在我们的对话者那里所掀起的,这种秘密的想法不借助言语来表达,但是是我们内心深处的波澜在表面表现出一瞬间异样的眼神"。

1. 叙述者父亲对于势利的勒格朗丹毫无顾忌地再三询问,他是否"在巴尔贝克认识人",而勒格朗丹的姐姐在那里恰有一座城堡,当他寻找一个不去回答的方法时,他的眼神多少受到伤害,但同是非常强烈、友好、心不在焉、柔和、茫然、真诚而漫不经心。

呜——呜(Ouin-ouin)

一个纯粹的普鲁斯特同好在访问"纯文学的粪蛋"(Boloss des Belles Lettres)这个(让人发笑的)网站或者在读从此在弗拉马利翁出版社(Flammarion)出版的同名作品的时候——一些爱开玩笑的人专门致力于将文学经典改造一番,给"白痴"看——恐怕要被里面给出的《追忆似水年华》的摘要惊到:

> 总之这是一个呜——呜的故事,他什么也不干,像一个饥饿的可怜虫一样独自精心准备,他偏于一隅,不尊重自己。这么说非常不性感,但是你要怎样呢,难道要一个见鬼的神话或者是真相,要我说,你够大了,人家可以对你说出呼!邦!坏!

的真相,还是回到我们的生菜、番茄、洋葱来吧。呜——呜身体里面都坏了,一副我很脆弱的样子,我是个婊子,要人家拉着我的手去扮演名媛。结果他从来不睡觉,眼窝完全深陷,就好像他抽着和我的阴茎一样粗的卷烟,就好像他的彩色游戏机没有电了,他被惯坏了,他还记得自己才那么点高的时候所说的胡话,还记得自己呆过的地方,还记得自己给小伙伴们立桩子的地方,还记得自己钓到的小女孩子们,尽管这方面再好他到40岁还是个童男子,就像个笑死人的美国派,结果是呜——呜匆匆忙忙地开始描述他那小小的生活(……)我叫马塞尔,这是最后的扭摆舞,比《盗梦空间》还要厉害,这是在寻找生活,寻找一部和生活混在一起的作品,这就是《追忆似水年华》。

参见:bolossdesbelleslettres.tumblr.com

隐迹文本(Palimpseste)

《追忆似水年华》中的某些人物经常喜欢通过一个姿势、一种怪癖、爱好或者一个字来暗示他们是由文学本身所孕育的。在他们尤为普鲁斯特式的存在之外,他们还像刚被发现的隐迹文本一般,显示出他们早已存在,他们多少在逝去的和重现的时光的作者那些无眠之夜阅读的大家作品中若隐若现。这就是马塞尔带着模仿的个人特色印记。

从巴尔扎克写的《法拉格斯》(*Ferragus*)、《夏蓓尔上校》(*Colonel Chabert*)或《被遗弃的女人》(*La Femme abandonnée*)中,诞生了在斯万周围的人物们;就像伏脱冷(Vautrin)一样,勒格朗丹欣赏景天属花卉;盖尔芒特一家那无可形容的"头脑"像德·圣西蒙一家(Mortemart de Saint-Simon);莫斯卡伯爵(Mosca)给诺尔普瓦了好些特征;卡迪央王妃(Cadignan)的首饰通过自然的和文绉绉的途径,到了奥丽娅娜的脖颈上,而纽沁根(Nucingen)的大腹便便则预示了贝尔纳(Nissim Bernard)的未来。

在这些文学的隐迹文本背后,还有更为人性化的:贝戈特的背后是法郎士,在埃尔斯蒂尔的话中有马勒(Émile Mâle)关于诺曼底教堂的字眼等等。

《追忆似水年华》就如同一个庞大的引用和回溯的系统？一本书的启示,其中最为微妙的光泽,也来自于另一本书……

蝴蝶(Papillon)

当《新法兰西评论》的高层敢于重复纪德的错误,他们只是不断地重新征服普鲁斯特并且在他面前开始一段七纱舞,舞蹈收场于一战期间。事实上,普鲁斯特一直想要加入伽利玛(Gaston Gallimard)组织的文人团伙中,但是格拉塞(Bernard Grasset)在他的"自费出版"(合同)中非常规矩,而马塞尔的风格使得他不能不忠于此。然而,格拉塞一度处于前线,他或许死在一条壕沟里,普鲁斯特急于出版《在少女花影下》,而出版社高层们则不会错过这样的催促和恭维的机会。

面对他们的阿谀奉承,普鲁斯特非常高兴,他对塞莱斯特说:"他们找到了花朵,现在他们就像是蝴蝶一样躁动地扇个不停……"如此他带着狡黠的愉悦让他们耐心等待,稍稍折辱他们一番,之后在他选择的时候做出让步,遵循了他最初的意愿。

然而这个变幻成渴望花粉的蝴蝶的《新法兰西评论》出版社却长寿得很,因此普鲁斯特和塞莱斯特在习惯用语中用蝴蝶去指代纪德和里维埃之辈轮流去奥斯曼大街(boulevard Haussemann)、捕捉他们笨手笨脚错过的作家。

人们可以想象,在普鲁斯特的葬礼之后,当塞莱斯特在龚古尔颁奖日在"102号"门厅里曾经见过的一位风度翩翩的男子前来向她表达哀思的时候,她有多么激动。这个人,就是伽利玛。在所有有他的照片里,我们如今依旧可以见到他总是戴着……一个蝴蝶结。

→*Céleste*(*Albaret*)阿尔巴雷·塞莱斯特,*Éditeur*(*à propos de Jacques Rivière*)出版商(关于雅克·里维埃),*Gide*(*Le rêve de*)纪德(之梦)

题外话(Parenthèses)

带着双破折号的它们是普鲁斯特标点符号的象征。它们在句子的中间劈出一个空间,专书细腻的差异或者补充,有时引出 长串补充的空间,就像俄罗斯套娃那样一个嵌套在另一个里,应当创造性地将其重新命名为普鲁斯特套娃。它们和双破折号的组合,天然地契合于向内展开,对外闭拢的散文——就这一点而言,《追忆似水年华》也是一道数学公式——给人以无穷尽的印象,就像两个面对面的镜子,或者"一面由阅读而展开的扇子"。

更有甚者,普鲁斯特的题外话加绣在文字上,是一种视觉传意工具,它使得《追忆似水年华》成为一个自主并多产的有机体,遭到增改的段落、附加的语句、插入句、不合时宜的萌芽、讲话的滋养,如同受到如此之多的疯狂注射——在丹齐格(Charles Dantzig)看来,这些赋予了整部作品一股奥弗涅奶酪土豆的味道,"这一盘碎土豆拌着干酪,整个儿像发绺一般从土地里用力拉起,既敏捷又耐心,为的就是从中拔出一个埋葬的奥菲莉亚(Ophélie)来"。

这些题外话在记叙中对记叙有利(而且有时题外话中的记叙比接纳它的句子更长),它们把文本缝了起来。在它们面前人们就能更好地理解为什么普鲁斯特在宣布要把他的书打造成一座教堂之后,选择了一个不那么夸张的隐喻,称自己要像织"一件衣裙"那样,用碎布料和明针缝制。

马塞尔这"古希腊吟游诗人"或者"裁缝"的一面有其注释者们,其中位居首列的当属塞尔萨(Isabelle Serça,《句读审美学》[*Esthétique de la ponctuation*]),她似乎要把她的一生都奉献于列数普鲁斯特文本中的音符、句号、逗号——普鲁斯特本人对此略显轻蔑——,当然还有括号和破折号。请她在此接受我们带着困惑的敬意。

→*Guillemets* 引号,*Robe* 连衣裙

巴黎-巴尔贝克(Paris-Balbec)

>有些日子是丘陵般起伏而困难的,人们要花无限的时间去攀爬,还有些日子则花在斜坡上,任凭一路快跑,一边歌唱一边下了坡。

那是一个三月天,当时才过九点,当这本《私人词典》的两位作者之一驱车去卡布尔,一路上听着加利纳朗读《追忆似水年华》的叙述者第二次到达巴尔贝克。无需其他,时间旋即分成了两个平行序列,即便一有机会它们就可能会交错……

驾车者到了荣军院的时候,叙述者得知瑟堡的律师工会会长——瑟堡大饭店的经理对他说起话来就像是一位"墨守成规"的老手(意指老滑头),其生命的尽头因为"备受争议的人生"而提前了,这里的争议意指荒淫无度。当车子穿过阿尔马桥(pont de l'Alma)时,德·康布勒梅夫人如同鲸鱼一般散发着光芒,她告诉叙述者,在德·圣卢侯爵的推荐下,她少不了很快就邀请他去参加她的花园宴会。驾车者快到乔治五世宾馆(George V)的时候,叙述者正在区间小火车上结识一位年轻的农家女孩。车子转到香榭丽舍大道的时候叙述者开始在堤坝上散步。到了马约门(porte Maillot)的时候,在一片汽车喇叭的喧闹声中,年轻的马塞尔在梦境般稍纵即逝的声响里,脚着高帮皮鞋,弯着身子,突然从他的回忆里看见了外祖母那"温和的、担忧的及失望的"脸庞……

到了A14公路的收费口(没有人从这里走,因为大家都很穷,

又或是吝啬，拒绝为了畅通无阻地开到奥热瓦勒[Orgeval]而支付7欧元)，当驾车者掏出他的皮夹时，叙述者正在经受其多发的有趣痛苦，让人怀疑这种痛苦是否会随着时间而淡出。

当上了 A13 公路之后，车子经过莫兰维利耶(Morainvilliers)北面的空地，叙述者潜入了沉睡的世界，他在那里找到了庄严的大人物们，(跨过这道)梦境的边界，"理智和意志暂时瘫痪，再不能用真实的印象去争辩什么"。驾车人被绑在一辆露天棺材似的汽车里，号称是要去卡布尔，却毫不夸张地在马塞尔的梦境中着陆。这两个时间成了一个。这行程成了内在的旅行。

到了雷缪罗(Les Mureaux)，驾车者听到"祖母们从不忘记"。在波尔什维尔(Porcheville,福什维尔?)的工厂和石灰石采石场前面，他听到叙述者的父亲在梦里对他说死去的人什么也不缺。当这位听众被雷达拍下来的时候，叙述者像是执行棘手的任务那样、成功地翻转了眼皮，不无愉快地发现自己毫无拘束地身处这家几年前他还如此害怕的大饭店里，感觉自己是这个地方的主人了。

到马尼昂维尔(Magnanville)的时候，在大饭店经理的口中，"鳎鱼"成了"柳树"①。在维龙韦(Vironay)，生活不过是一场梦。在克里克托(Criquetot)，他听见的是"克里克牛"(«Criqueboeuf»)。主教大桥(Pont-l'Évêque)就在眼前的时候，德·康布勒梅侯爵夫人就像一个大蜂蜜蛋糕一样嵌在大饭店的露天咖啡座里，向叙述者解释在艺术上"怎么左都不为过"。汽车经过一块布告牌，上面标着此乃尚德·巴塔伊城堡(Champ de Bataille)所在之地，这时叙述者(出于回顾式的幻想，作者的话借由一个年轻人的叙述而为人所闻)许诺很快就描绘一场大型葬礼，他外祖母过世与之相比不过是预想。叙述者的母亲小心翼翼地走进一间充满了烟熏的房间，那时驾车者在鲁日蒙捷空地(Rougemontier)上暂作休息。痛苦浸

---

① 法语中"鳎鱼"(soles)和"柳树"(saules)同音。

染了世界，游手好闲的猎人队伍在大饭店的楼梯上消磨时间，这时汽车在距离卡昂(Caen)四十公里处途经一排光秃秃的杨树遮不住的空地，其名字恰好在《圣经》里有：约沙法空地(Josaphat)。在多聚莱收费站(Dozulé)，是山楂树的呼唤。在卡贝克(Cabec，或者巴尔堡[Balbourg]，视情况而定)入口处，在两个半小时车程以后，阿尔贝蒂娜亲自告诫驾车者："巴尔贝克今年无聊极了。我尽量不在这里久留。这里一个人也没有。如果您认为好玩的话。"她没错。阿尔贝蒂娜总是对的。

那是一个春天的上午。

→*Lecteurs(de la Recherche)*(《追忆似水年华》)的读者

巴黎人普鲁斯特游记(Parisian Proust Tour)

大部分普鲁斯特游历之地，以及那些在他的作品中第一或第二场景里构成地标的"地区"，和现实脱节。贡布雷不是伊利耶(Illiers)；巴尔贝克不是卡布尔；诺曼底混杂着布列塔尼，而后者又有昂热(Angers)的色彩；每座教堂都由好几座教堂组成，没有哪个地图绘制者能将其确切定位，而且一座教堂的彩绘大玻璃往往跑到另一座的中堂去。更有甚者，冬西埃尔离巴尔贝克很近，同时又距离枫丹白露只有两步之遥。这就是说《追忆似水年华》是一个在地理上多变、游移、难以捉摸的地带。

然而，有一个地方是普鲁斯特从不飘离的：巴黎。说到那里，叙述者力求准确、分寸不差、细细考察、精确严密，就好像是都柏林的乔伊斯或者里雅斯特(Trieste)的斯韦沃(Svevo)。初级普鲁斯特迷乐于从香榭丽舍大道到圣奥古斯丁广场(place Sain-Augustin)一路去核实那些荣受作者忠实详述的石块或者氛围的细节。他那膜拜的心情使得在他发现某个楼梯上坡、某个灰色大楼的院子、某条大道真的就是马塞尔的斑鸠灰手套、手杖或者眼光所到之处时而飘飘然。

我们如此统计了巴黎的七个处所,分布在两个区内,它们标出了一个经常搬家的深居简出者的轨迹。它们组成了普鲁斯特狂热信仰者们专有的拜苦路①:

——拉封丹路 96 号(96, *rue La Fontaine*)——此乃原来的德·帕西道(chemin de Passy)——普鲁斯特于 1871 年 7 月 10 日在此出生,这里是他的舅公路易·韦伊(Louis Weil)的房产。过去这里的千金榆树苗没能抵住莫扎特街(avenue Mozart)的穿刺,如今这栋不雅的楼房对面,尚存一抹遐思。(这里是他的)出生地,是生命最初的感觉来到的地方,是直到三岁时接受周日拜访的地方……就是这里,噢! 伯利恒! 眼睛看不到过去的欧特伊——就像叙述者将要学习在没有最初的欧特伊的情况下继续生活,这个地方在让·桑特依或者无(欧)特依②中复活了——满足于那个时代的几张照片。至于耳朵和嗅觉,它们只要想象一下这个偏远街区的嘈杂和气味就能陶醉在作者当时乐于接触世界的地方。

——鲁瓦路 8 号(8, *rue Roy*, 第八区), 他的父母从 1870 年至 1873 年间住在那里:(那是一栋)供上升阶层的人居住的大楼;(有着)资产阶级的匿名,对一个刚开业的医生而言是再理想不过的了。这个地方在普鲁斯特的回忆中留下的痕迹最少。凡是不辞辛劳到那里去、并且从街上凝视三楼窗户的人就会理解没有什么让人记住此地的理由。

——马勒塞布大街 9 号(9, *boulevard Malesherbes*),普鲁斯特于 1873 至 1900 年间居住在此:这里离普莱纳蒙索街区近得充满希望,此地是现代化舒适起居的第一阶梯所在,装饰豪华,更适

---

① 拜苦路(chemin de croix)是基督教中重现耶稣被钉上十字架并受难而死的纪念活动。

② 此处法语原文为 San(s Au)teuil,同之前的 Jean Santeuil 形成同音的文字戏谑关系。

合从此出名的阿德里安·普鲁斯特医生——他租下了这间位于三楼的面街公寓。

——德·库尔塞勒路45号(45, rue de Courcelles, 1900年至1906年):阿德里安·普鲁斯特在那里于1903年过逝,让娜·韦伊在1905年离世。这是父母的房子。它那临街的三楼一派都市生活的缺乏魅力的样子。在这栋楼前经过时想起那个矫健的出入社交界的年轻人时无法不心头一紧,他在那里磨练了自己的感官。值得记住的是马塞尔是在餐厅的桌子上开始写作的。

——奥斯曼大街102号(102, boulevard Haussmann, 1906年至1919年):普鲁斯特寄居在姑妈家,房子的内饰——"能配得上一个不太富裕但晚熟的纽沁根"——过去曾是路易·韦伊的设计。对于《追忆似水年华》的狂热爱好者而言,"102号"可是个宝地,是个带火炉的锻造车间,是座软木墙的庙宇,是一具石棺,是第一座坟墓。当他的姑妈决定出售大楼,普鲁斯特——假如他被告知的话他就会很乐意买下来——知道的时候木已成舟。他本来可以继续住在那里,但是瓦兰-贝尼耶银行(Varin-Bernier)买下了底层,并且打算在那里设立营业窗口——这就会带来噪音、灰尘和人流。CIC银行从此在那儿设立了分行,并且在它做广告的折叠小册子里面提到普鲁斯特的存在。想象一下马塞尔搬家的情景,带着恐慌又夹杂着同情:他的纸张、增改稿、他的"球"、他那一盘盘木栓……再说,能怎样处置这些东西呢?忠实的奥塞尔(Lionel Hauser)建议把它们卖给瓶塞制造者。

——洛朗-皮沙路8号乙(8 bis, rue Laurent-Pichat):临街四楼的暂居之处(几个月)。这栋楼曾经属于悲剧女演员雷雅纳(Réjane),十六岁的普鲁斯特曾经被她所饰演的拉塞尔特(Germinie Lacerteux)感动。普鲁斯特在那里感觉不自在,因为那里靠近布洛涅森林,因此有很多花粉,他听见隔壁邻居(演员勒巴尔吉[Le Bargy]和他配偶)欢爱的声音:"有一样东西比痛苦发出的声响更大，就是愉悦……"而且这种声音他受不了："当我想到对于我而言，这种感觉还强不过喝一杯鲜啤酒，我羡慕那些能发出叫喊的人，第一次听到的时候，我还以为是发生了谋杀……"在五楼他的房间上方，住着珀莱夫人（Pelé），她是白里安（Aristide Briand）的女佣。她享有一份相当可观的年金，其目的就是让她对任何声音都不要心里有愧。公寓很小。普鲁斯特一家的家具在拍卖行里被廉价出售。其中有些家具被送往勒屈齐亚那里。

——阿默兰路44号（44, rue Hamelin，1919年至1922年）：位于第16区，是阿默兰出生的地方，普鲁斯特逝世的地方。这所公寓——位于集美博物馆（Guimet）、特罗卡代罗（Trocadéro）和塞纳河之间——相当不起眼并且完全没有供暖。令人感到安慰的是马杰斯蒂克电影院（Majestic）和香榭丽舍剧院近在咫尺，这能让马塞尔忍受这个令人厌烦的街区。更何况这条路和这栋楼是普鲁斯特和世界最后的接触点。因此很难不将这些地方加封一番。就像是某些先知们一跃升天之前用来垫脚的黑石。就像是位于六楼、面朝院子的各各他山①。

贵族姓氏前置词（Particule élémentaire）

弗朗西斯·德·克鲁瓦塞（Francis de Croisset，1877—1939），又名弗朗斯·维纳（Franz Wiener），普鲁斯特笔下布洛克的原型之一——同样是原型的还有基亚尔（Pierre Quillard）和德·菲纳利（Horace de Finaly）——竟敢自行加封为贵族，这也是让普鲁斯特为之着迷的地方：他把弗朗斯变成了弗朗西斯，把德国的姓氏束之高阁，把福楼拜的克鲁瓦塞（Croisset）占为己有，他通过想象的单性生殖，把他的犹太街区换成了一个贵族街区。一开始，这个自

---

① 根据《新约》记载，各各他山（Golgotha）是基督被钉在十字架上的所在。

封(making of myself)的奇人骗不了任何人,之后他的喜剧推波助澜,他的时代被惊得只能眼冒金星。

普鲁斯特不喜欢他的姓氏,他很羡慕这种无礼之举:一个重新发明自我的犹太人,受人嘲笑,一开始显得粗俗,但是一切都会被忘记,哪怕是那个不在冠有的姓氏……而且这个计谋得以成功,因为德·克鲁瓦塞最后成了德·舍维涅伯爵夫人的女婿,就是她用一句感人的"菲茨-詹姆斯在等我"把马塞尔打发走……

因为没能自我加封,未来的社交界作家先是强烈要求被称作马塞尔·普鲁斯特而不是普鲁斯特,之后又躲到了(在《费加罗报》或者《绿色评论》)"多米尼克"(«Dominique»)的雌雄同体面具之后。自打他最初的描写社交活动和潮流时尚的文字开始(比斯克拉出版社[Éditions des Busclats]于2012年出版了合集),年轻的马塞尔已经藏身于种种匿名之后("流星""双轮转铧犁""木炭""霍拉旭""试金石"),这些名字除了矫揉造作以外,象征了作者向往仙境和贵族主义。

和他一样,我们也可以想象,假如他有维纳的肆无忌惮,姓氏、爵位和象征贵族的前置词会让他非常幸福。比如叫"马塞尔·德·巴尔贝克"就再好不过了;或者叫"库尔塞勒侯爵";又或是"马塞尔·德·拉迪格"(«Marcel de la Digue»)①也是令人充满希望的;更不用说"马塞尔·德·普鲁"(«Marcel de Prou»,因为在伊利耶就如此念"普鲁斯特")。他热忱地向往着这样的厚颜之举,这本可以一举解决这个让他困扰不已的姓氏问题,就像对于圣西蒙而言公爵们比皇家混血儿要高一等。他在《重现的时光》一书中做了滑稽的逆袭,把布洛克特有并且无药可救的笨拙化作"迪·罗齐耶"(«du Rozier»),这么一来反倒强调了他本来的隔离境地。

---

① La digue在法语中意指大坝,这里是说第二卷《在少女花影下》中,马塞尔在大坝上遇见少女们。

在此期间,德·克鲁瓦塞有趣地生活着,得益于他能厚颜地在众人面前大摇大摆。和他的小说缩影相反,他一点都不虚荣,从不把缪塞(Musset)当作"最坏的家伙之类",而且从不让马塞尔叫他"主人"。

记得莱奥托(Paul Léautaud)关于此事的评论:"梅特林克(Maeterlinck)没法进入法兰西学院因为他是比利时人,德·诺瓦耶夫人没能进因为她是女人,波尔托-里什(Porto-Riche)没能进因为他是犹太人,但是克鲁瓦塞肯定能被选上因为他三者都是……"

普鲁斯特深为姓氏和象征地位的前置词所困,这可以和《追忆似水年华》中这一段联系起来:叙述者走进盖尔芒特一家的客厅,惊恐地听到掌门官问他应该唱什么名字,马塞尔"几乎是机械地"告诉了他,那感觉仿佛是"一个死刑犯任凭自己的脑袋被绑到了斩首木砧上",随即他听到他的名字大声地被宣布出来,"就像是一记阴暗而灾难般的雷响"。塞利纳之后雪上加霜地把《追忆似水年华》概括为一声徒劳的"我亲爱的普鲁-普鲁"。

这是说普鲁斯特应当心花怒放的是,最后唯一一个他能忍受的自己名字的地方是:一本书的封面。

→ *Agrigente*(*Prince d'*)阿格里真托亲王,*Bloch*(*Albert*)布洛克(阿尔贝),*Naître*(*prince ou duc*)生而为王(王子或公爵),*Patronymes*(*et toponymes*)姓氏(和地名),*Sans nom* 无名

帕斯卡(布莱兹)(Pascal[Blaise])

当叙述者询问圣卢侯爵他是否会介意他们互相用你称呼,后者引用帕斯卡的《回忆录》(*Mémorial*)来作答("我怎么会厌烦,天啊!欢乐!欢乐的泪水!未曾感受过的极乐!")。圣卢的此番反应可以视作是出自于他热情的本性。而普鲁斯特引用宗教卫道士去形容友谊的进展——这简直是亵渎,因为友谊是经过选择的,这从来不是基督教的美德。把帕斯卡的话作为友谊宣言的准则,好

比把圣奥古斯丁的名言放在金融机构的三角楣上,又或是把伽利略的话放在《圣经》的题词中。

事实上,帕斯卡在《追忆似水年华》中总是受到虐待。

当德·盖尔芒特公爵为了感谢夏吕斯对德·叙尔吉-勒迪克侯爵夫人(de Surgis-le-Duc)的讨人喜欢的态度时,抓起夏吕斯的手臂,同他大谈特谈种种往事,他是这么开头的:"你还记得库尔沃老爹(*Courveau*):'为什么帕斯卡惹人烦恼(*troublant*)?''因为他是烦恼的(*trou……trou……-Blé*)',夏吕斯好比回答老师一般。——'那为什么帕斯卡是烦恼的(*troublé*)?''因为他是惹人烦恼的(*trou……-Blanc*)。''很好,您可以通过,您定将获得一个好评语,公爵夫人会奖给您一本中文词典。'"

当"弗洛拉姑妈"(Flora)对斯万说她觉得读报纸"有时令人愉快"(言下之意就是她没有错过《费加罗报》中对她收藏的一幅画的溢美之词),斯万回答时谴责说报纸"每天让我们关注一些微不足道的事情,而我们一生中只能读那些有精髓的书籍三四次",他还夸夸其谈地建议不如"在报纸中(……)"收录"帕斯卡的……《思想录》"!然而,他这样带着讽刺的夸张提到这部书名,如果说不算是卖弄学问的话,也让人感觉斯万那优雅而傲慢的谦逊满足于诋毁一本书,尽管他本意并非如此。

此外,有这么崇高的一页里他解释了为什么"那个接纳了所有哲学和艺术的最高缪斯们所排斥的,所有在现实中不成立的,所有偶然的但同时揭示了其他法则的缪斯,就是历史",简而言之,他说起历史就像是一个捡遗拾漏收集颓废的艺术家和掉队的哲学家的支援车,叙述者把这些变数比作那些体验过永恒之美以后,随着年龄成为了他们自己情感的旅客,并且就像是伟人广场上的日本人那样,乐于把脚放在"那见证过阿诺或者帕斯卡最后的灰尘,而几乎会沉思的铺路石"上。

但是普鲁斯特和帕斯卡对于半机灵人(demi-habiles)的共同

厌恶——也就是说那些认为只要博学就可以不再愚蠢的人。和普鲁斯特对弗朗索瓦兹所承认的,说韦尔迪兰夫人认为"真正出色的人们疯狂的举动不断"(一个"错误的概念,但是确有几分真实"),并且不经意地就像帕斯卡那样说出了"人民的看法是正确的,但是它们并不在他们脑子里,因为他们认为真相在一个其实它不在的地方。真相就在他们的看法里,而不是在他们所想的那个地方"。

然而叙述者在肯定不同现象的道德等价时,却是对《思想录》不利的:就像运动集会的动机和委罗内塞(Véronèse)时代的嘉年华一样有趣,"我们也可以在帕斯卡的《思想录》或是肥皂广告牌中找到同样的珍贵发现"。多么奇怪的敬意。

爱国主义(Patriotisme)

这不是智慧,而是从他的母亲德·巴维埃公爵夫人(de Bavière)那里继承而来的亲德态度,这使得夏吕斯男爵揭露他那个时代愚蠢的亲法态度,并且即使他不希望德国赢,也至少希望德国不要一败涂地。不管爱国主义者是对还是错(也就是说,在叙述者看来,不管他们是支持德国还是支持法国),他们都是同一块情感材料所铸:"驱使他们的逻辑是完全内在的,而且永远和情绪混合在一起,就像是那些面对情感或家庭争吵的人,好比一个儿子和他父亲、一个女厨和她的女雇主、一个女人和她丈夫的争执。"即便那个有理的人"有时给出的正当依据之所以在他看来无可辩驳,仅仅是因为这些依据同他的情绪一致"。简而言之,当一个爱国者说话符合事实,这总是出于偶然。当他的观点是健康的,这是一种巧合:爱国者把自己的皮肤当成了标准,就像他一直错误地把自己的信念当作真相——然而严谨而言这样的信念应当经受质疑。

这样一来,爱国者停止了思考,其行为变得和原子一样:"在国家里面,一个个人,假如他真的是国家的一部分,他就只是个体的一个分子：(而这个个体就是)国家。(……)真正的谎言是用来欺骗自己的,这是出于某种本能,假如一个人真的是这个国家活生生的成员,他本能地希望保住这个国家"。爱国就是让自己身上能融入人群的那一部分行使权利,把自己交付于群体本能,把自己装扮得具有高尚情操一般合人心意。这就是叙述者给出的启示……他本人是一位爱国者,但是他的爱国情感永远处于拥护与反对的反转状态,他对于热忱相当警惕:"在所有的国家里,蠢货是最多数的;没有人会怀疑,假如夏吕斯男爵住在德国,德国的蠢货们带着愚蠢和激情捍卫一项不正义之事的时候,男爵会被激怒;但是当他住在法国的时候,遇上法国的蠢货们带着愚蠢和激情捍卫一项正义之事,也会感到相当恼怒"。

→*Politique* 政治

姓氏（和地名）(Patronymes[et toponymes])

对于一位认真的小说家而言,每一个专有名词都有待虚构,而普鲁斯特一旦为了强调自己哪怕最不起眼的人物的存在性而选择一个名字的时候,会格外挑剔。这个名字,不论是人名还是地名,都须得已经是一个适宜的胎盘,要近乎是孕育着一种命运的子宫或者(存有)一段记忆的宝匣。他要的是它的分量,要已经包含了某种可能的梦幻、某种气味、某个先于他自己故事的一段过往——这让人想到写出《萨朗波》(*Salammbô*)的福楼拜对龚古尔吐露说自己写这部小说是为了写点"绛红色的东西"。

这就是为什么普鲁斯特在起名字时极度警惕。最有意思的一个例子,恰恰是《盖尔芒特家那边》,甚至是盖尔芒特的姓氏本身,这个词的发音吸引了他,"一种橙色的光从这个音节(里散发出来):'昂特'(*antes*)"。如此他在帕里斯家(Pâris)那边(询问),留心在使用盖尔芒特(这个名字)之前它不再是现在的塞纳-马恩省

(Seine-et-Marne)里的一个村庄名,就好像一个名字必须贵族般地从天而降之后,才值得在文学中复活,他对德·洛里斯(Georges de Lauris)说:"您知道,如果盖尔芒特这个应该是人名的名字,当时已经在帕里斯家中,或者用一种更为得体的语言来形容的话,如果德·盖尔芒特伯爵或者侯爵是帕里斯亲戚的头衔,而且假如这个名字销声匿迹了,并且等着文人来用……您还知道其他城堡或者人的漂亮名字吗?"

带着"橙色光芒"的盖尔芒特一名,是马塞尔的灵感来源,那是一种可能的记忆,一个他将要放下自己后代的毛茸茸的窝。对他而言,盖尔芒特和帕尔马类似:"这个名字(……)在我看来密实、光滑、淡紫色并且柔软,如果有人向我说起某个我将被接待的帕尔马宅邸,这就让我愉快地想到我住在一个光滑、密实、淡紫色并且柔软的处所,这和意大利任何一个城市的房子都不同,因为我只通过帕尔马这个名字沉重的音节去想象它,这名字里一点气流都不流通,完全没有我试图让它汲取的司汤达式柔和与紫罗兰的光泽"。

至于佛罗伦萨,也是一样让他执著,就像"一座类似花冠奇迹般裹着香气的城市,因为她的名字叫做百合之城(*cité des lys*),而她的大教堂,(叫做)百花圣母院(*Sainte-Marie-des-Fleurs*)"。同样的想法也用于巴尔贝克:"至于巴尔贝克,这个名字就像那些诺曼底古陶器,存有烧制的泥土颜色,上面绘有某些废弃的用处,像是某种封建权利、某个地方以前的样子、某种过时的发音方式,我毫不怀疑后者所组成的不规则音节能从在我到来之际为我端上牛奶咖啡、把我带去看教堂前呼啸的大海的小旅馆老板那里听到,我从他身上看到中世纪韵文故事中人物特有的好斗和庄严的一面。"

在此我们经由非常诗意的路,走到了普鲁斯特创作的熔炼核心,就像这些奇异的句子所表现的那样:

怎样才能在不可互换的个体之间做出选择,贝耶那淡红色的贵族城堞让它显得如此高高在上，那城堞的末端被它名字最后一个音节的亘古金色照亮；维特雷(*Vitré*)的闭音符把古旧的玻璃犹用黑木分成菱形的格子；温和的朗巴尔(*Lamballe*)的白色从蛋壳黄到珍珠灰；诺曼底大教堂库唐斯(*Coutances*)，其最后的二合元音，饱满而黄澄澄的，被一座黄油塔加冕；拉尼翁(*Lannion*)寂静的村庄中，响起的是被飞虫追逐的大马车；凯斯唐贝尔(*Questambert*)、蓬托尔松(*Pontorson*)，滑稽而天真，犹如白色的羽毛和黄色的喙散落在这些诗意的江河之道；贝诺代(*Bénodet*)，这勉强用缆绳系住却看似要被河流卷到藻类中去了，蓬达韦纳(*Pont-Aven*)，轻盈如藓帽，闪着粉白的光泽，颤巍巍地倒映在在运河绿色的水面中，振翅而去；坎佩莱(*Quimperlé*)则系得更牢，从中世纪的潺潺流水中凝结成一副单色画，就像阳光透过彩绘玻璃窗的蜘蛛网，减弱成闪着金属光泽的点点滴滴。

一般而言，马塞尔在选中的名字的声音之前要再三犹豫，尤其是在选择人名的时候。德宗-若纳(Elyane Dezon-Jones)在她写的《盖尔芒特家那边》(加尼耶-弗拉马里翁出版社[Garnier-Flammarion]1987年版)第一卷引言中指出，一个专有名字的最后选择往往经过了种种辗转反侧(受到圣西蒙、代雷奥[Tallemant des Réaux]的作品熏陶或者是帕拉丁公主[Palatine]书信的影响)，普鲁斯特的手稿保留了这些痕迹。

因此诺尔普瓦叫做蒙福尔(Montfort)；夏吕斯先是被叫做盖尔西(Guercy)，后又成了弗勒吕(Fleurus)；朱皮安生下来的名字是博尔尼什(Borniche)，他最后定下的名字是来自于那条看似符合他习性的"裙子"和他织补匠的职业；圣卢的教名是雅克或者夏尔·德·蒙塔尔吉斯(Jacques ou Charles de Montargis)；奥丽娅娜·德·盖尔芒特以前叫罗斯蒙德·德·盖尔芒特(Rosemonde de Guermantes)；至于巴赞·德·盖尔芒特(Basin de Guermantes)，他的名字阿斯托尔夫(Astolphe)让他成了传奇;阿尔贝蒂娜曾叫做马里翁(Marion);巴尔贝克先是叫做凯尔克维尔(Querqueville),之后又作布里克贝克(Bricquebec);而盖尔芒特名字本身之前作德·维尔邦(de Villebon)和德·加尔芒特(de Garmantes)……

关于地名和人名的区分,有一则可爱的轶事,塞莱斯特问马塞尔,既然"先生"出版了《在斯万家那边》,为什么人们不说"在盖尔芒特家那边":"亲爱的塞莱斯特,因为人的名字不是一个地名",马塞尔很自然地回答道。的确,这个回答是可以预见的。但是,一旦人们深入普鲁斯特的诗境,这还是可以肯定的吗?

→*Kabbale* 卡巴拉,*Onomastique* 专名学(人名研究),*Palimpsestes* 隐迹文本,*Particule élémentaire* 贵族姓氏前置词,*Véritable origine*(*de Charlus*)(夏吕斯的)真正出身

路面(Pavés)

什么是声音的记忆?是周围的孤寂持续的振动,回应它的是"叠加了寂静和纹丝不动(……)的撞击"。是暴风雨过后继续震动墙壁的颓废轻颤。是铜管乐队的回声,呈分散的粉末状,"悬浮在城市的路面之上"。

因为路面是声音记忆最为青睐的共鸣箱。它们的这种特性是否得益于木鞋的断奏,其不连续性被节奏所调和,让人感觉像是开得更快的汽车,"开得更慢、没有声音,就像是一个公园的栅栏开着,人可以悄悄溜到盖满了细沙或者枯叶的林阴道上去"?或许吧。事实是,叙述者总是把路面和兴奋联系在一起,这种情绪在巴黎或者是在威尼斯又或是冬西埃尔,让他感觉走路时要跳起来了:"我的每一步,在触到了广场的路面以后,反弹起来,就好像是我的脚跟生出了墨丘利的翅膀",尤其是当他跟跄失脚时:"在电车司机的叫唤中,我只有迅速地退到一边的时间,我退得相当后,不得已

磕上了车库前粗糙的方砖。但是当我重新站直,一只脚踩到比之前那块砖更低的一块的时候,我所有的沮丧消失了,取而代之的是在人生不同阶段看到树木时我想起在巴尔贝克附近的驾车游所带来的快乐,这还让我想到马丁维尔的钟楼、在花茶中泡过的玛德莱娜的味道,还有我说过的众多其他感受,在我看来凡德伊最新的作品对此做了概括。就像是我品尝玛德莱娜的时候,所有对于未来的担忧、所有理智的质疑都消散了。"

这并非偶然,而是显而易见,这些声音的记忆之粗糙的看守者同时也是第一批驱散了叙述者身上的虚荣,它们给予叙述者打开欢乐大门的钥匙和他工作的典雅用词。

"噢!天才的特长!"吉特里(Guitry)感叹说:"当一个人刚听到一段莫扎特的乐曲时,随之而来的安静仍然在他身上。"

失落的(Perdu)

普鲁斯特笔下第一个从字面上出发、去寻找逝去的时光的人物不是叙述者,而是他那酷爱气象学的父亲,他随身带着晴雨表,热衷于谈论(蠢人们认为这相当烦人)天气如何。但是父亲还像一个指南针那样,在他散步的时候能奇迹般地找到花园的门并就此宣布步行结束……

如果叙述者像苏格拉底那样,称自己是和母亲一样的"接生婆"(差别就在于产婆照料的是女性的身体,而哲学家启迪人们的心智),如果叙述者实际上像自己父亲那样,从事同样的工作?如果《追忆似水年华》这条为他母亲而缝制的大裙子也是一个心怀感激的儿子的小说,这个儿子并未过于喜爱自己的父亲,而是把父亲对于空间的掌控迁移到了时间上呢?

《追忆似水年华》是什么?不就是一种在时间上寻找方向的方

法吗？就像叙述者的父亲能找到自己的路，并且拯救遗忘的现象，就像父亲仿佛"从他的外套里掏出遗忘现象的钥匙"，在他儿子惊奇的眼光下变出花园的门来？所有的一切——自然的一角、花园的一隅、过去的一段时光、山楂花的香味、脚步的声音或者"河水形成的附在水生植物上的气泡"——，只要巫师（也就是说一位作家）还没有像他散步的父亲成功地让他穿过"那么多流年，周围的路都渐渐淡去、那些走过它们的人和他们的记忆都逝去了"，这一切都会失落或者注定要失落。

逝去的时光……"的父亲"(Père-du)，拉康(Lacan)会这样说，这次他不免有理①。"我迷路了！"，叙述者低语道，当时他冲到楼梯井里求"妈妈"亲亲他，父亲仿佛是碰巧出现了。小马塞尔不确定自己这么说是不是合适，因为片刻之后他的父亲就给他一个有毒的礼物，让他去母亲身边过一夜："那你就和他一起去，因为你之前正说不想睡觉，你在他的卧室里待一会儿，我什么都不需要。但是，我的朋友，他母亲胆怯地回答道，我想要睡觉与否是无济于事的，没法让这个孩子养成（睡觉的）习惯……但问题不是要他习惯，我父亲耸耸肩说道，你看这小子愁眉不展，一副哀凄之相这孩子；你瞧，我们又不是刽子手！"没有什么比这更不确定的了。

怎么才能偿还这样的一笔债？到哪里去支付？要付多少？

"我本应该快乐的：但那时我不是。"

能够理解。

→*Dibbouk* 附身恶灵，*Météo* 天气，*Phrase*(*la petite*)（小）乐句

波斯(Perse)

"一位波斯诗人在门房……"这就是巴雷斯(Barrès)在普鲁斯

---

① 逝去的(perdu)一词和"……的父亲"(père du)在法语中发音相同。

特下葬那一天对他所做的诊断（后人更愿意记住的是他之后说的那句名言："这曾是我们的年轻人"）……

关于这个词——"波斯"，热衷于心灵深处心理学的普鲁斯特迷们对此众说纷纭。因为在《追忆似水年华》中，"波斯人"的主题既常见又有教益，从小弗兰肯（Francken le Jeune）画的以斯帖和亚哈随鲁（Assuérus）的婚礼到贡布雷的彩绘大玻璃窗，绘制的是墨洛温时期法国对波斯的憧憬，从《一千零一夜》（普鲁斯特深受此书影响）到萨冈亲王夫人住在诺曼底海岸边的"一栋波斯别墅"里。此外，还记得盖尔芒特公馆的门毡上的图案是一座清真寺尖塔和一些棕榈树；夏吕斯有时一副"巴格达哈里发"的气派；"奥丽娅娜"这个名字含有东方一词的开头；从贡布雷的魔灯到变出福尔蒂尼画布的阿拉丁神灯，"黎凡特"①在普鲁斯特这个睡着过活的人的作品中不断出现。巴尔贝克这个名字，自从它第一次出现的时候，被形容为"几乎是波斯的"，并且立即和黎巴嫩巴勒贝克联系在一起……

此外，波斯人曾对犹太人大加迫害，他们被用来服务于更不可靠的普鲁斯特预言学：马塞尔不是在阿德里安·普鲁斯特去波斯的危险之旅回来之后孕育的吗？"波斯"二字听上去不是很像"穿刺"（«perçant»），甚至于"没有父亲"——，我们可以说这是在和俄狄浦斯神话呼应，和马塞尔想要在父亲不在的时候，和母亲结合的愿望相符？

有些人甚至注意到普鲁斯特夫人的医生冠有"钻—脚"（«Perce-pied»）的姓氏——俄狄浦斯在其中两次出场：通过受伤的脚和刺瞎的双眼——这就重述了这个幻想中的波斯，那里出产神奇的油膏和不治之症的解药。谨慎的我们选择在这片嚼舌之词的海洋上带着怀疑的态度航行。

---

① 黎凡特意为日出之地。

→*Balbec au Liban* 黎巴嫩巴尔贝克，*Esther* 以斯帖，*Étymologie* 词源，*Lanterne magique* 魔灯，*Onomastique* 专名学（人名研究）

小感知(Petites perceptions)

叙述者对于他周遭琐事的热衷从细节上而言就相当于莱布尼茨"小感知"理论的文学版。

在一次盖尔芒特亲王夫人的晚宴上，叙述者并不确定是否被邀请了，他半退半进地去了，他先是为了引见的事情而心不在焉，突然注意力被于贝尔·罗贝尔喷泉(Hubert Robert)所吸引了，这喷泉的水密集而成线形，"在远处看来，就像是一股"，事实上包含了千颗分散的小水珠，看不见却无意识地能察觉到。就像莱布尼茨写的那样，"我们应该听到组成这个整体的部分……尽管每个小声音只能在所有其他声音的混杂集结中被感知"。

莱布尼茨的"小感知"对于笛卡尔的信奉者而言遥不可及（对他们而言看不见的东西是无关紧要的），"小感知"指的是我们综合（体验）的原材料，一切我们看见却没有意识到自己看见的东西，习惯之下的新事物、综述之下"没有边界的细节"、波浪下的水滴，用一句话来说，就是"我所不知为何物囊括了无限"；从叙述者的角度而言，就像是在长久的晕眩之后恢复了记忆，就像是敏锐的味觉品出一款烈酒最细微的味道，他那无私的眼睛滞留在无用之物之上以及为习惯所消磨的情感和组成留言的每个声音。莱布尼茨钟爱"无数的波浪"之嘈杂，其混杂的低语见证了无数种感知，与之相对应的是普鲁斯特作品中那"每个波浪里能分辨出的声音"，其"温柔和清晰的"幻灭含有"某种壮丽的东西"。

莱布尼茨梦想一个透明的世界，普鲁斯特追寻感觉的永恒——对于这两种观察方法而言，知识首先是纷乱印象的混合，如同宇宙交给我们的颗颗钻石，需要打磨。莱布尼茨说，"因为这些小感知的缘故，现在充满了将来并且承载着过去，一切都是暗中策划的，而且，在一点点事情上，和上帝一样富有洞察力的眼睛可以读出宇宙中将要到来的事情。"叙述者并无甚求。他对于未来不如对于当下有兴趣：他需要的就是在两种情绪中发现其共同的特性，在男爵的外表之下他看到一张女人的脸，在日常生活的场景中看到"隐秘艺术的规律"。

→*Harmonie*(*préétablie*)（先定的）和谐

摄影（Photographie）

他的拜访者们知道：普鲁斯特对任何一个到卡布尔或者他在巴黎的三个住处探访他的人都喜欢展示一番他的摄影收藏，而这令人厌烦。有无数的记述详细提到他狂热地需要自己手边不断地有亲属或者他欣赏的人的照片，不论是前一天夜里遇见的英国青年还是几乎不认识的人，又或是悲剧女演员雷雅纳——她的肖像是他收藏的第一张。

他的这种嗜好很快就成了顽念，成了古怪的崇拜，乃至一种激情，紧紧抓住他不放，并且深入了他的存在的各个方面。送出自己的肖像，向亲密的人或者社交界中萍水相逢的人索要肖像，不断地充实他的圣物箱，经常去拜访奥托（Otto）那个王宫街的肖像画家，这不仅仅是他性格的生动刻画——就像是习惯给过多的小费或者把皮袄一件件穿在身上——而且是他气质和艺术更为深刻的安排。

事实上，摄影（摄影技术的兴起恰逢《追忆似水年华》的写作）和普鲁斯特技术存在机械的相似：摄影技术善于捕捉时间，善于定格"个体中持续的瞬间"（致斯特劳斯夫人[Straus]的信），自有一套达到马塞尔用写作捕获同样效果的方式。因而就有了作家那天然的默契，他笔下那些"超级敏感的底片"就是身体和不由自主的记忆,是艺术家收录的复活的快乐。"有些快乐就像是相片。一个人当着所爱之物(人)的面所拍下的不过是一张负片,之后一旦回到家里,能用暗房去冲洗胶片,而暗房的入口被封死,不许别人进来。"

就这一点而言,普鲁斯特采用的词汇就已经很能说明问题:在这篇散文之中,有多少"印象"、"底片"、"定影"?更不用说这个有名的"暗房"(罗兰·巴特他说的是"亮房"),它同时可以指记忆、艺术变形和软木墙围绕的封闭小间,马塞尔在其中"冲洗"他的存在负片。

世界第一次在名为马塞尔的超敏感底片上徒劳地留下印记以后,用味道、颜色和感知来丰富自我,这只有在《重现的时光》中的暗房工作才能实现这一点。

从此,人们再不会对于相片在《追忆似水年华》中扮演的情节催化角色而感到惊奇,有多个重要的片段就是围绕着某些相片展开的:吉尔贝特想要重新征服圣卢,她弄到了拉谢尔的几张肖像,她以为圣卢仍然钟情于她;同样是圣卢,一张相片成了他在叙述者向他吐露对于阿尔贝蒂娜的爱慕之情时表达惊讶的契机("这就是你爱的少女?"),相片中人的特征混合了女孩和男孩的线条;在他最后一次拜访盖尔芒特一家时,斯万献给公爵夫人一幅巨大的照片,相片上表现的是由马耳他修会骑士组成的浅浮雕;最后亏得一幅他过去在叔公阿道夫那里瞥见的照片,之后他又在埃尔斯蒂尔的工作室里面看到它的水彩画版本,叙述者明白了奥黛特、"玫瑰女士"和"萨克丽邦小姐"是同一个人。

"每张相片都是一面记忆的镜子",孟德斯鸠写道——他自己最后的激情是看到了塞瓦斯托斯王子(Sevastos)的一张肖像。的确,这些镜子就是重塑过去的机器,就是过去本来的样子,没有这些机器我们就忽视了它们,它们还是那个没有被小说叙事变幻过的样子。

但是，从另一个角度而言，这些也是能够催生极大的亵渎的机器。

有两个片段能说明这最后一点。

一个——这造成了丑闻——属于作品本身，并且是关于凡德伊的相片，他女儿的朋友在拜访蒙舒凡时，敢于向这照片吐唾沫。

另一个同样麻烦，属于普鲁斯特的生活本身，某些人认为，普鲁斯特不带上亲爱之人的相片，比如说他母亲或者格雷菲勒伯爵夫人(Greffulhe)的，从来不去阿尔卡德路的勒屈齐亚妓院。一旦在他的单向镜后面坐稳，在那里他可以通过视觉享乐，他所带的肖像也被玷污了。在莫里斯·萨克斯看来，——不过应该相信萨克斯吗？——普鲁斯特有一天甚至让一个在那里服务的肉店小伙帮他一个忙，对着让娜·普鲁斯特的肖像啐一口。塞莱斯特·阿尔巴雷总是否认如此亵渎之举的可能性。但是塞莱斯特的确也拒绝相信"先生"经常出入这些"不光彩的场所"。

→*Barthes*(*Roland*) 罗兰·巴特, *Cliché* 陈词滥调, *Dernière photo* 最后一张相片, *Œil*(*Histoire de l'*) 眼睛(的故事), *Profanation* 亵渎

(小)乐句 (Phrase[la petite])

凡德伊奏鸣曲中的小乐句唱出了《追忆似水年华》的整体，并且在书中不断出现，这有时令人想起"月光加了降号的"紫色波涛汹涌，想到那个遇上的不知所逃的路人，想到在消失前光辉夺目的彩虹，在爱情和他当作出气筒的年轻女子身上客观的特性之间的差距，恋人间嬉笑时的百般亲昵，物质方面的操心融入到超越具体事物的现实之中，一盏灯的光亮突然抹去了昏暗的记忆，意大利人大道(boulevard des Italiens)上熄灭的煤气灯，生活的冷酷所留下的不可磨灭的痕迹……

五个音符如何才能表达这么多东西呢？一段曲调能够同时如此精确和那么庞大是出自何种雅致、抑或是哪种误会呢？一个没有词汇的乐句是如何成为哀伤、爱情、快乐的共同语言的呢？

这是否是无主见的人出于困惑采纳了与之相随的情绪形式，就像是一个城市的外衣，熨烫整齐之后，还能契合于社交界？这等于把小乐句降格为一种装饰，把音乐降格为一种消遣——更糟的是：降格为一种安慰。

这是不是用婉转的言词来说秘密的语言，其敏锐度正合其含糊的特性，并且随着它逐渐体现出来而摆脱了物质性？

因为当词语短缺的时候（这时音符占了上风）并不是说不清的时候，相反是因为要说的东西是如此的特别，所以难以找到任何对应的词汇。缺乏词汇，就是暗暗地承认语言无法捕获因为共相而远离我们的现实——就像知性赋予我们理解世界的途径，而这些路径使我们远离了世界。柏格森写道，"我们看到的不是事物本身，我们看到的是贴在它们身上的标签。（……）词汇只能记录事物之中最为通用的功能和它最为平庸的一面，它介入于事物和我们之间，并且在我们眼前掩盖事物的形态，假如这种形态不是已经暗藏在那些创造了词汇的需求之后。"换言之：现实超出了词汇的叙述；存在是一块没有任何共相能够囊括的布料；每个瞬间的生活比日常器皿更有价值。音乐微不足道的财富（哪怕它稍稍地被一首歌曲的文字所盖过）卸下了必须产生意义或者必须代表什么的义务，在言语没有察觉的时候迸射出来，展现出完全闻所未闻的现实那无法估量的独特之处，既无复制又无镜像，其欣欣向荣超越了可知的范围和目的，体现了世界的非人性。

"同样，"叙述者说道，"有些生物是自然所抛弃的生命形式最后的见证，我自问音乐是不是唯一一个曾经可以存在的例子——假如没有发明语言，没有形成词汇，没有分析思想——灵魂的沟通。音乐就好像是一种没有续篇的可能性；人类走上了其他的路，一条口语和笔语的路。"和那些言之无物的词不同,就像夏吕斯男爵重新挺直了腰板,摆出一副先知的样子,用火星四射的眼神雷劈那些落后者,"他们有失体面、不能理解现在是伟大艺术的时刻",他们的饶舌糟蹋了他情人的音乐,而人们的安静则是一桩圣礼,音乐需要它去获取话语权,音符要求停止闲聊,使得它们的续篇能够超越日常之间断性,并且最后产生柏格森所言的"我们内心生活的不间断旋律"。

和语言及其老生常谈相反,音乐反对凭直觉沟通,反对回到非分析性,比如回到先于形式的和谐,这些使得每个人必然根据自己的意愿——或者爱好——去自由阐释。

和所有情绪的易变装饰相去甚远的是,凡德伊的小乐句是我们缄默的大使,是一种特定情感一千零一种细腻之处的合适代言人,是一个过期的世界的密使——就是我们的世界,但是这个世界终于摆脱诱惑,不再把自己的欲望当作现实。小乐句来自他处,也就是这里,来自"一个世界",普鲁斯特写道,"我们并不是为那个世界而生的",总是来自于一个在幸福记忆和期许到达之间撕裂着的人们已经失去了的乐园。"因此,每个艺术家都像是一个未知之乡的公民,这个故土被遗忘了,和另外一个准备去地球的大艺术家所来自的地方不同。"和图像、印象以及白日梦(为了去掉涩味,也冲淡了滋味)成灾的存在截然相反的是,音乐的智慧之国孕育了无可复制的独特现实,其考验无一不是痛苦和快乐。

假如,就像莫雷尔擅长小提琴、奥黛特笨拙地尝试钢琴,小乐句可以被破译出来但是无法被解释,如果它同时作为叙述者和斯万的爱情和被抛弃后的伴侣让他们震惊,如果它描述了"它所指向的幸福之虚浮",这是因为,就像一个黎明前的吸血鬼,就像做梦的人心里留有苦涩,他醒来时消失的人物只留下淡出的记忆,就像一幅大师之作横扫了所有规则,以制定新的规则,就像旅行者在火车门重新关上之前没有来得及吐出的香烟烟雾,就像一个过世的人的毛发留在他以前每天早晨使用的剃刀刀片上,或者那些走在路上一副下定决心的样子却不知道去哪里的人,小乐句刻画了一个预感在实现之后仍然存在的奇迹——也就是说在被演奏之后。

"作为小乐句而言,"普鲁斯特补充道,"尽管它带着模糊的面目来到理性面前,人们可以感到其内容如此坚固、如此明确,小乐句赋予它一股那么新、那么独特的力量,听到它的人把它保存在和知性之思想同在的层面上。"音乐的既往史不是往后倒退,相反地,它是迫切的、迅速的和难以忘怀的发现,在纯粹状态的时间之中,人们和他们所有的情感是同时代人。在谎言和真相以外,远离希望和遗憾,小乐句就是人们看不见的河流,但是一排杨树组成的帷幕勾勒出它的走向,是瀑布帘幕所遮住的散步女子,是链条紧捆而肌肉突出的奴隶,是关在七重奏里面的奏鸣曲的女囚:具有血肉之躯、轻盈而可塑的特性,是老生常谈的世界中失逝的一段,是那么简单的一点,但任何哪怕无止境的词汇句都永远无法绕它转一圈,总之:是现在的记忆。是写作的失败,从中产生被预料之事惊到的艺术。

知道小乐句的真实作者叫做福雷、德彪西、莫扎特还是凯撒·弗兰克(César Franck)并不重要。这样的问题相当于用好奇代替了惊奇,用博学代替了单纯。小乐句人人都喜欢——甚至社交界人士自己也惊讶这会让他们欢喜,而莫雷尔的音乐会对他们而言只是为他们自己的晚宴招兵买马的机会——因为,远不像在天地之间飘荡,小乐句使内心深处得到满足和滋养。

奏鸣曲通过过分的精确而不是宽泛来表现所有情感:这是旋律的显圣,囊括一切、什么都不掠去,表达所有它吸收的东西并且把每个现象、乃至每段回忆都变幻成孕育"高尚、难以理解并准确的"幸福之谜,用来给那个可以解开谜底的人。它越是详述我们的感受,它越是打开灵魂(之门),它越是探索灵魂,越是让世界扩张。它所展现的普世性同定理的恒定或者观点的普世性毫无关联,这是构建在自我发现之上的,是每个人特有的,具有拓宽思维的独创性。小乐句不是世界语,而是诗歌;同世界性的语言或者普遍语法截然不同,它们建立在消除差异之后得到的一致理想之上,而小乐句是没有终点的目的,是拒不换位的语言,由没有词义的语言符号织就,它远远不是立即让所有人明白,而是完成更为不易的壮举,让那个没有准备、不认识字母表的人明白。

人们总是偶然遇见小乐句,但是每次感受到它的时候都觉得是必然:可以引以为证的是它在《追忆似水年华》一书里的迂回的大街小巷突然冒出来,就像是叙述者父亲看似从他口袋里掏出的贡布雷花园的小后门,"就像是在一个我们自以为不认识的国家里,而其实我们是从一个新的角度去观察它,当我们转过一条路时突然发现走上了另一条,而其每一个角落都很熟悉,只是我们原先没有习惯从那里走到这里,我们思量着:'呀这不是我的朋友们 X 的花园小门嘛……;我离他们家里只有两分钟路',而他们的女儿的确在家,过来同路过的我们打了招呼;这样一来,我突然在凡德伊的奏鸣曲中认出自己身处这个对我而言新鲜的音乐;况且,小乐句比一个少女更为曼妙的是,它裹满了、满载着金钱,如铿锵作声的河流,如披巾般轻盈柔软,来到我面前,穿戴一新但是可以辨认"。

→*Bergson*(*Henri*)亨利·柏格森,*Perdu* 失落的

(长)乐句(Phrase[la longue])

进入《追忆似水年华》最长的乐句就像是上了飞机滑道:头在转,马上失去了方位感,我们在这里紧紧扣住这个"把空气分成几段的太阳构成的框架",在那里抓住一个靠垫或者挂式小花瓶,但是怎么都没用,我们迷失了、眩晕了,当旋转停止以后我们恢复了知觉,我们后悔它只持续了 394 个字和 2417 个字符(包括空

格)……

在梦中突然出现了沙发,在簇新而真实的扶手椅、盖着粉色丝绸的小椅子、赌桌上挖花织制的毯子仿佛和人一般有尊严、有过去、有记忆,在孔蒂河畔冷冷的影子中保存着日晒,那是从蒙塔利维大街的窗户(他和韦尔迪兰夫人一样知道其时间)和多维尔门(*Doville*)上的观景窗里通过的阳光造成的,他曾被带去,在那里看上一整天,在鲜花盛开的花园以外有一个深邃的峡谷,一边等着科塔尔和吹笛者一起演奏他们的那一段;用彩色粉笔绘制的紫罗兰和思想的花束,是一位大艺术家朋友的馈赠,他已经死了,那是一个没有留下很急的生命消失以后留存的唯一残片,这里面有杰出的才华和长久的友谊,让人想起他专注而柔和的眼神,他画画时那厚实而哀伤的天才之手;粉丝们送来的礼物凌乱而漂亮地乱作一堆,这些人到处追随房子的女主人,并且最终带上了某种固定的性格特征和注定的天命;花束、盒装巧克力应有尽有,在这里那里使其开花并且遵循同一个开花的模式;在其中插入有特点而多余的物件,它们像是刚从包装礼物盒里出来,并且一致都是它们本来的样子,即元旦的礼物;这些物件最后让人不知如何同其他物品分离,但是对于布里肖而言,他是韦尔迪兰宴会的老常客,它们具有这种铜锈,这种柔滑,使这些东西具有某种深度,并且带上双重的精神性;这一切四散开来,在他面前唱起来,就像是一片琴键声在他心中唤起了喜爱的模样、模糊而混杂的记忆,就像现在的客厅,被它们这里那里地装饰起来,分割、划界,就像晴天里太阳透过窗框,分割空气、家具和地毯,并且从印有挂式小花瓶的靠垫、染有香气的凳子、一种照明方式到色彩的主导去追逐空气,雕刻、呼唤、精神化,让一种形式鲜活起来,仿佛它就是理想的样子,是它们在韦尔迪兰客厅里挨着的处所所固有的。

也就是说,和根深蒂固的传奇相反,马塞尔写得不长。塔迪耶这个宝贵的几何学家仍然认为普鲁斯特三分之二的句子是简短的,并且当当地发出和十八世纪文体家一样的声音。

举个例子,他引用的是让他感动的地方(尽管这比他所称的要长):"生命所困住的,知性凿出一条出路来。"又或者这一条,或许是整个《追忆似水年华》中最短的了:"我整个人都被震撼了。"然而,这不管用:"普鲁斯特太长"这个神话根深蒂固。

作为结尾,引用莫朗对普鲁斯特的句子做出的最后描述——莫朗在此竭尽全力,却没能做到,他试图在文体上制造各种曲折和反例:

> 这个歌唱的句子,诡辩、爱争辩,去回答人们想不到的异议,提出意料之外的困难,在转折点和诡辩上相当精妙,在题外话里显得惊人,这些附言就像是气球一般支撑着句子,其长度让人晕眩,在敬重的表面下隐藏着令人惊讶的深信,尽管不连贯但却构建严密,让您身处在事故网络的包围之中,其错综复杂让人想要任其音乐麻痹,假如不是突然被某种出奇的深刻思想或者一个闪电般的小丑吸引。

→*Cliché* 陈词滥调,*Flaubert (Gustave)* 居斯塔夫·福楼拜,*Métaphore* 隐喻,*Style (et gastronomie)* 风格(与美食)

普朗特维涅(或另一个马塞尔)(Plantevignes [ou l'autre Marcel])

普鲁斯特名录并不给予马塞尔·普朗特维涅(Marcel Plantevignes)这个不幸的人多少重要性,然而在三个夏天的时间里,他确是马塞尔在卡布尔大饭店期间的密友、知己和受气包——这看似完全不公正。

的确,这个可怜的男孩是在大坝上上钩的,他总是痴迷于在自己卧室里面给他上课的那个能言善道的人。他没有哈恩的魅力,也没有德·费奈隆的羽毛饰,甚至就像普鲁斯特在他《1908年记》中写下的,"他是这个地方最让人喜爱的",他甚至连拥有某些电梯操作工或者秘书所有的优越形体的运气都没。

但是这"另一个马塞尔"总是裹着一条"少女的披巾"(这是在隐射他的衣服吗?还是在隐射簇拥着他的男孩子们?)。此外,更棘手的是,他等到生命快结束的时候(1966年,他逝世前三年)才把他过去和《追忆似水年华》作者的亲密关系用起来,他出版了一本685页的书(《同马塞尔·普鲁斯特在一起:闲谈——卡布尔和奥斯曼大街的回忆》,*Avec Marcel Proust. Causeries - Souvenirs sur Cabourg et le boulevard Haussmann*),里面满是细节和天真。普鲁斯特甚至去同他要求决斗——最后,他激怒了他父亲,然后放弃了⋯⋯——在诽谤的恶事之后,普朗特维涅没有表现出应有的骑士风度。

尽管有这样一笔债务,并且这对于想要在后世留个美名的人而言是致命的,"另一个马塞尔"(他就是这样自称的)要想进入有名有姓的普鲁斯特同好协会有着不止一块敲门砖。因为在三个夏天的时间里,普鲁斯特把他称作"幻想王子"——无论如何,这都非同小可。尤其要注意的是普朗特维涅爱好蹩脚诗,蹩脚诗的缪斯向他传授了大量陈腔滥调。就是在这种环境下,有一天夜里他高声朗诵那一周里他的创作:那是一首平庸的十四行诗,其题目——《在少女和她们的花样密话下》——却吸引了它那唯一听众的注意力。后来的事情我们都知道了⋯⋯

在他大部头的回忆作品中,普朗特维涅过度夸张了他在马塞尔生命中扮演的角色(普鲁斯特是他灰暗的存在中唯一一座灯塔),很可能他把自己的回忆重新整理,在其中注入很多事后的谎言——但这难道不就是此类作品的规律吗?

奇塔蒂(Pietro Citati)在他的《被刺杀的白鸽》(*Colombe poignardée*)一书中把普朗特维涅和亚瑙赫(Gustav Janouch)相比,亚瑙赫在同一时期是卡夫卡身边傻傻的密友,这样的比较不是没有道理。伟大的灵魂经常需要身边有次要的人,后者总是不可避免地在后人面前加上一笔。然而正是在这种糟糕而自负的书里,人们可以更好地听到那个真实的冠军的声音,它为作者美化了自己微小的存在。

→*Duel* 决斗

普罗提诺(Plotin)

如果他是几何学家,就不要进入《追忆似水年华》。

这本书的美是关于知识的,但是它既不是真实的女仆又不是溶于解释中的对称性结果(就像在柏拉图那里)。剩下至高无上的谜,是存在之物的奇怪光芒,并且因此让人没有办法在不失去风味的情况下去解释它。

《追忆似水年华》的每一页都把无法言说的情感翻译成文字。这如果无法使普鲁斯特成为普罗提诺的门徒,也至少是同一派别的作家。因为普罗提诺——这个公元三世纪新柏拉图学派的哲学家,他的名字只在《追忆似水年华》中出现了一次——是在思想史上第一个突出科学和对称性的美的人。实际上,他自问美是否是对称的,如何才能"说金子是美的?或者夜间看见的闪电?还有星宿呢?"不……美是无法测量的。美不是一门精确的科学。美是无法教授的。一部作品的美不取决于它的主题,而是一个艺术家如何从中提炼出精华。一切都是美的,从一个钟楼的形状到一张脸的丑陋。

有三个例子足以证明普罗提诺神秘主义对普鲁斯特天才可能产生的影响:圣卢的优雅、阿尔贝蒂娜的眼神、叙述者的就寝。

当圣卢侯爵登上覆盖红色天鹅绒的长椅,并且像走钢丝那样走在边缘一直到叙述者所在的桌子,往他肩上无比精准地披上一件小羊驼外套,他那"意味深长而明晰的"身体完全在优雅(和精美)之下消失了,他为了表现对朋友的善意,不惜冒着成为笑柄的风险。这就是维纳斯的雕像,其雕塑者的刻刀凿去了多余的东西,只留下了灵魂("扶正所有偏斜之物、驱散一切晦暗并且努力使你自己完全清澈,永远不要停止雕凿你自己这个雕像",普罗提诺如此建议),圣卢在叙述者面前只以表面上矛盾的抽象现象出现。这个朋友的手势、生气、承诺和美在叙述者眼里都过滤成了一个贵族的理想形态,是一件艺术品,其所有部分都不知不觉地被一个普遍的理想所和谐安排了。因此,圣卢"沿着墙壁所进行"的"小跑"动作在叙述者看来是"可以理解并且具有魅力的,就像是在檐壁上雕刻出的骑兵的跑动一般"。要等到圣卢死后,马塞尔才赞扬起他的优点无限,在那以前他不过是出于观察的愉悦对圣卢抱有温和的友谊——因为圣卢表现出来的(或者他所想要的)和他表达出来的(以及他所流露出来的)难以相比。

在普罗提诺眼中,自恋是一种对自我的恨意,因为如果让他在他自己和他的形象间做出选择,自恋者会选择形象。对于自我的重视使我们成为了我们自己的陌生人,自私把"我"介入于世界和我们之间:因此永远不要沉迷于自己的倒影,而是要把目光转向我们之所以是我们而应该遵循的原则——当灵魂忘记了摆脱躯体的时候,它如果没有失去生命,也丧失了视觉。然而,当叙述者为了惹恼阿尔贝蒂娜对她说布洛克的姊妹和她的女教师在大饭店大厅另一头抱在一起,却不曾看过她一下,阿尔贝蒂娜冒失地答道她们其实只做了这些。"'但是您无法知道啊,您背对着她们呐。——

是吗,那这个呢?'她回答我的时候指给我看,我之前没有注意到我们对面墙壁里镶嵌了一大面镜子,这下我明白了我的朋友一边在和我说话的时候,从来没有停止把她那充满忧虑的美丽眼睛盯在镜子里。"阿尔贝蒂娜对自己相当满意,她再没有比醉心于自己的形象的那一刻更缺乏吸引力的了。

最后,《追忆似水年华》里的第一个句子("有很长一段时间,我早早就上床了")和普罗提诺的那句"经常我自个儿醒来……"相呼应,这句话是他所写的《九章集》(Ennéades)中最为漂亮的开头。这在普罗提诺作品中意味着什么?意味着突然升华到凝视出神的境界,在那里,什么都不能让他欣赏的场面与其主题相分离。这优雅的瞬间并不比一只鸡蛋在屋脊上保持平衡的时间更长,但是它足以改变人生。然而叙述者突然为睡意所困,他还没有来得及说出"我要睡了",他的梦境就像是触手可及的前世,在他醒来之后以疲劳和啜泣的方式仍然存在,叙述者是哲人的继承人,哲学家的沉思堆成了意象,其意象之后又主导了沉思。一个想要睡着的醒来之人(他为可以感知的幻境撒上他梦境的光芒)的幻想和那个出神的人所看到的相似,那个人既在这个世界里,又摆脱了妨碍他视野的躯体,这样他就隐约看见了一种"神奇的可以"的美。

→*Bergson*(*Henri*)亨利·柏格森,*Échasses*(*et amitié*)高跷(和友谊),*Pure matière* 纯物质

握手(Poignée de main)

比贝斯科亲王(Antoine Bibesco)是个迷人的寻欢作乐者,他很喜欢马塞尔,他觉得马塞尔的眼睛"像是日本漆"。他同马塞尔的爱好毫无相同之处,并且希望他不要这么柔气,他给马塞尔指出他在伸手打招呼的时候,他的手过于"下垂、无力",而马塞尔要像比贝斯科本人那样,握手时"坚定而阳刚",就会好多了。这让比贝

斯科得到如下的回答:"如果我跟着你的样子做,人家会把我当成同性恋"——此乃普鲁斯特迂回思路的一大表现。

实际上,在普鲁斯特看来,一个男同性恋在和另一个男同性恋握手之时应当是无力的,这是为了后者不把前者当成一个异性恋作风的同性恋者。因此他的手要更为无力下垂才能更好地欺骗他的世界——因为这一直是他固有的错觉。

就像叙述者说的那样(关于夏吕斯男爵错误地认为可以用玩火的方式在光天化日之下掩盖他的同性恋取向,可以声称具有"奇怪的品味"或者赞扬英国人的美):"所有窝藏的赃物之中最为危险的,是犯罪者心里隐藏的错误。他一直知道这个错误的存在,以至于他难以去假设这个错误一般是如何被人忽略,一个彻头彻尾的谎言是如何让人轻易相信,并且意识到对于他人而言,在他们以为无辜的话语里面,有着什么样程度的真相、坦言。"

→*Homosexualité* 同性恋, *Inversion* 性倒错

傻瓜和虚无(Poires et néant)

在柏格森看来,无就是无。就像他的名字所表示的那样,虚无是不存在的。

这只不过是一个词用我们期待的语言翻译了我们感知的内容。一个寻找诗句但是遇上散文的人宣称"这些不是诗句",而严格说来他并没有看见诗句缺乏。谈论"无"、"虚无",甚至用否定去指代和我们希望相反的现象,都不过是和其他一样的一种不接受真实的方式,是用我们的需求去衡量真实。"无"或者"虚无"之类的字眼经常表现的是使用者悲怆地期望自己成为注意力中心。

因此,夏吕斯男爵一直因为一个对他的爱情之梦无动于衷的人而感到受挫,不停地和莫雷尔使用那些小提琴手所不知道的表达("问一下旅馆经理他有没有好的基督徒。——好的基督徒?我

不理解"),这使得他能重新回到主宰的位置,时不时地挽回面子,比如对他的情夫说:"再则,我发现您什么都不懂。如果您都没有读过莫里哀……"

在一次凄凉的饭店晚餐末尾,那期间小提琴手(他的任务是和侍者说话,并且支付账单)表现得像个"太好的绅士",而大领主则像是一个任性的破产"老家仆",夏吕斯突然自己叫饭店经理来一个生梨,其实他知道这个地方不入流,用汽酒代替香槟端给他们,也不会有什么生梨:"您有没有农促会长老甜酥梨?(*Doyenné des Comices*)(……)——不,先生,我没有。——您有没有若杜瓦涅凯旋梨(*Triomphe de Jodoigne*)?——没有,先生。——那弗吉尼亚-达莱梨(*Virginie-Dallet*)呢?科尔马尔航道梨(*Passe-Colmar*)?没有吗?那么,要是您什么都没有的话我们就走了。"

→*Bergson*(*Henri*)亨利·柏格森

礼貌(与字面相反)(Politesse[au contre-pied de la lettre])

关于《追忆似水年华》中的礼貌可以写出条约来(或许已经有了)。然而有一则轶事足以说明一切:

> 那是一次蒙莫朗西公爵夫人(*Montmorency*)为了英国女王而举行的日场;人们列队走向冷餐台,为首的是女王挽着盖尔芒特公爵的手臂。我正是在那个时候到达的。公爵在至少四十米开外用他那条空闲的手臂向我做出了千种招呼和友好示意,看起来是想要告诉我我可以毫无恐惧地接近他们,我不会像三明治一样被活生生吃掉。但是我开始在宫廷语言上完善自己,我甚至一步都没有上前,而是在距离四十米远的地方深深地鞠了一躬,但是我没有像在一个萍水相逢的人面前那样微笑,然后我朝反方向走去。

礼貌是一种智慧,是在面对一个礼貌的人,或者在他眼里您是低他一等的因而他有责任表现出礼貌,向您示意上前的时候您不要太当真,否则他会因为要和您说话而感到恼火,或者当他邀请您"自便"的时候要有自知之明,否则当他看见你把双脚搁在客厅茶几上的时候会相当愤慨。有教养就是怀有谦卑之心,不要和那些邀请您的巨人平起平坐。

我本可以写出一部大师之作,假如盖尔芒特一家没有如此礼遇我。他不仅没有被公爵的眼睛所忽略,然而那一天他要面对超过500人,也没有被公爵夫人所忽视,她在遇到我母亲的时候,对她说我错了,我本应该上前的。她告诉母亲说她丈夫为我的礼节而赞叹,说没有比这更体面的了。大家不停地找出这个鞠躬的各种优点,却没有提到这其中最为可贵的一点,也就是说这一躬是相当含蓄的。

没有比那些不识趣却不自觉得如此的人更为没有教养的了,这种人在被暗示可以离开的时候仍然在东闻西嗅,并且迫使那个蠢得要开口的人表现得不礼貌:就像韦尔迪兰夫人坚持要登上阿尔贝蒂娜和叙述者(他为了自己的幸福有勇气不礼貌地表示反对)的四轮马车;就像萨尼埃特面对受罪的主人让他去赶下一趟火车时回答说"我再呆一小时一刻钟,然后我就出发";亦或是那个头发浓密的巴伐利亚音乐家,没有遵循礼节离开,而是向公爵夫人提出"有幸被引见给公爵",结果被当头一击。

→*Zinedine*(*de Guermantes*)齐内丁(德·盖尔芒特)

政治(Politique)

1921年11月25日,普鲁斯特写道:"我不关心政治,也从来没有关心过；除非把二十五年以前曾经签署过德雷福斯案重审一事看作是参与政治。"

→*Antisémitisme*(*dreyfusard*)支持重审德雷福斯案的反犹主义

运动衣(Polo)

在快要到1920年时，也是普鲁斯特成为英国人的偶像之际，大部分社会新闻编辑都对这位遁世的社交界人士兴致勃勃，而且他还是一位品茶爱好者（至少大家错误地如此以为，因为浸泡过的小玛德莱娜之故），由蒙克里夫（Scott Moncrieff）翻译、普鲁斯特所写的《斯万的方式》（*Swann's Way*），让挑剔的上层人士们备受感动。那时的人们想要知道作家的一切，尤其是他这个人。

这就是为什么有一天普鲁斯特接到了来自《时尚》杂志（*fashion*）的请求，要一幅他……身穿运动衣的照片。当然，这家杂志记下了马塞尔是布洛涅森林马球俱乐部的会员，但是大家可以想象此番误会：他？骑马？带上木槌、套上靴子？被捆在马术服和运动器械里？这些很适合德·卡斯特拉内（Boni de Castellane）、德·普塔莱斯（Hélie de Pourtalès）或者德·阿尔古伯爵（d'Harcourt）。马塞尔很可能用他惯常的礼貌做出了答复。那个时候他是不是会想到所有他无从经历的人生？

然而需要惊人地指出，存在一项赛马活动（"马塞尔·普鲁斯特大奖赛"）神秘地借用了一个哮喘患者的姓氏，而他本人却永远和马匹保持距离。这个"大奖赛"在十月举行，在卡布尔的跑马场里。已经参与的人中有电视爱好者、以浪漫闻名的花天酒地的人、失去威望的社交界人士和随波逐流的记者们。

庞贝(Pompéi)

十六岁时的普鲁斯特在孔多塞中学时曾上过达吕(Alphonse Darlu)的课,他当时对小普林尼相当崇拜,尤其是对于他作为维苏威火山爆发的见证人写过的两封有名的信,他在其中叙述了当火山岩浆快要涌向庞贝和赫库兰尼姆(Herculanum)时他如何把他母亲抱在怀里而救了她的命。

很容易猜到,这项出于亲情的勇敢之举(这是青少年的标准幻想)在作者看来是极为合意的,作者认为"和妈妈分离"一事是他"最大的不幸";拯救母亲,不就是还给她所赋予的生命吗?那篡夺父亲的角色呢?没有人能够发誓说,可以向他证明冒着生命危险拯救母亲的行为不是让她的坏配偶失去信誉,转而选择一个更好的——她儿子,比如说……

由此在《追忆似水年华》中可以预见并且反复出现的关于庞贝的暗示:一辆马车,在外祖母在香榭丽舍大道身体不适之后,叙述者用它来送她,车子在一面墙上的倒影"就像是在庞贝陶器里的死亡战车";而一次世界大战中被轰炸的巴黎,自然地被(夏吕斯)比作因为业余爱好而要下地狱的城市。这一次,是一个"德国维苏威"威胁着这个堕落的城市,它的罪恶,无论今昔,都值得遭到天谴。

然而普鲁斯特在里面加了一些琐事,这在文明衰落里并非毫无用处:有可能之后的浅浮雕会在插画历史书中重塑莫莱夫人被困在岩浆里,那时她"正要上最后一层妆,然后就去一个姒娌那里共进晚餐"?

→*Marbre* 大理石,*Mariage* 婚姻

后世(Postérité)

孔帕尼翁在什么地方指出过普鲁斯特获得全球性成功的原因

之一就是他的大作结局圆满。无论如何,其结局总是比《安娜·卡列宁娜》或者《包法利夫人》要好……但这个完满的结局(*happy end*)——失去的时光被重新寻回;叙述者成了作家;他的天命终于可以担得起复活的声誉——并不能解释一切。还需要博学而热忱的使徒,需要能够扛得起《福音书》的传道士……

就这一点而言,没有比名字的音乐更有诗意的了,这是环游世界的萨拉班德舞曲。在每一个姓氏背后,都很可能藏有一个辛勤劳作、充满虔诚的人生,它们给唐松维尔(Tansonville)、贝格-梅伊(Beg-Meil)、大饭店、布洛克带来了荣誉——长久以来人们幻想着澳大利亚语文学家、加泰罗尼亚或者摩尔多瓦比较语言学研究者、芬兰档案管理员,他们埋头于自己的书房里,为《追忆似水年华》添加了一抹世界性的光芒。

引用他们的名字以表敬意。他们是笔墨军队的步兵,拥有非常荣耀的多种后勤支援:英国的甘布尔(Cynthia Gamble),马塞尔·普鲁斯特协会(*Marcel Proust Gesellschaft*)主席斯佩克(Reiner Speck),还有那个诙谐的卢齐厄斯·凯勒;叙利亚人巴达维(Elias Badiwi)和谢哈耶德(Jamal Chehayed);亚美尼亚人瓦尔塔尼安(Nvard Vartanian);美洲的伊尔斯(Emily Eells)和卡特(William C. Carter);瑞典、南非、危地马拉和"台湾"的人名拼写充斥着各种奇特辅音,在此避免引用它们,但我们仍然充满虔诚地向地方普鲁斯特同好的忘我精神致敬;荣耀也属于都灵(Turin)附近的名为蒙费拉托(Mirabello Monferrato)的意大利小村庄居民,他们沿着马塞尔的轨迹,把他们的家园普鲁斯特化了,他们对自己的感官记忆、童年风味、丁香或者山楂树篱做了记录;至于亚洲,不知何故对斯万和夏吕斯颇为痴迷,有日本人吉川(Yoshikawa)和吉田(Yoshida)作为代表,而中国人徐和瑾倾其一生去翻译这七卷圣书。至于金西扬(Kim Hi-Young)教授,他投身于有望成名的韩文译本,这让人带着可以理解的急切心情等待这个译本的问世……

壶(Pot)

在《追忆似水年华》、还有普鲁斯特的传记和书信中可以遇见好几个壶。这些壶有时是花瓶，通常是在最为荒唐的情况下突现，偶尔一不小心就摔碎、特意被打碎，还散发出香气——就像叙述者在晚餐吃了芦笋以后所欣赏的那只。

但是在孩提时代这些壶，就开始为各种明言的性指代营造氛围，就像1888年小马塞尔(当时他17岁)给他祖父写的这封令人叹为观止的信，信中他问祖父讨"13法郎"："爸爸给了我10法郎去逛窑子，但是：1. 我一激动，打碎了一个夜壶；2. 出于同样的情绪，我没能做爱。这下我还需要10法郎把自己清空，另加夜壶的3法郎。"

现在来看一下这条信息，冷淡的普鲁斯特医生鼓励他儿子去妓院"把自己清空"——以避免当时惯用的手淫习惯；再看一下青年普鲁斯特对此非常坦诚，毫不讳言，如实道来。来看看这个打碎的夜壶，它和两个重要的普鲁斯特时刻相连：

1.《女囚》中(传奇的)一幕，阿尔贝蒂娜更喜欢自己"被鸡奸"……而不是花钱邀请韦尔迪兰一家来共进晚餐(这一段是普鲁斯特于过世前两个月在《女囚》的打字稿上添加的，就好像他承认自己属于"被诅咒的种族"不再重要)。在这一页里，普鲁斯特把这个表达归结于一个女同性恋，尽管它形容的更多是一个鸡奸者的性征。无论如何，她说是不是想要付钱(给"恶棍"?)，好自己"被鸡奸"……

2. 普鲁斯特自我传记的一幕，他在母亲面前发起火来，打碎了一只威尼斯玻璃花瓶——这使得"妈妈"说这个打碎的玻璃缔结了他们的婚姻，就像在"庙宇中"的犹太人典礼所做的那样。

另外需要注意的是，当叙述者在朱皮安的妓院里43号房间里时，他在那里能够观察夏吕斯男爵所承受的苦难，他想要凉爽一下，就点了一杯"黑加仑"①——这杯"黑加仑"还出现在"飘着鸢尾花香的小工作间"里（叙述者在那里手淫），其窗口伸进了一支上文提到的黑加仑树枝。

弗洛伊德式的猎犬群贪婪地扑向这一连串性、钱、倒置、打碎的壶、黑加仑和乱伦婚姻。有些人甚至在其中加入了关于弗美尔的论述，普鲁斯特曾把其写作"弗美尔"（*Ver Meer*）——这就成了"朝着母亲"（*vers mère*），或者干脆是："玻璃｜母亲"（*verre/mère*）。然而我们再次保持谨慎，并且面对汹涌而至的语言符号不做任何判断。

→*Freud*（*Sigmund*）西格蒙德·弗洛伊德，*Homosexualité* 同性恋，*Mariage* 婚姻

普莱（四重奏）（Poulet［le Quatuor］）

在撰写《女囚》的时候，马塞尔需要完善他写的关于叙述者在韦尔迪兰家里听到的凡德伊七重奏的部分。但是他应该首先激发他的耳朵，唤醒他的感觉，并且探知声音的秘密，它们就像对着过去抛出的渔网，带回来的是神奇的记忆之鱼。凯撒·弗兰克的《D大调四重奏》（*Quatuor en ré majeur*）就可以。普鲁斯特就普莱四重奏写信给中提琴手马西斯（Amable Massis），好让他在凌晨两点到阿默兰路的狭小客厅里来演奏这首曲子，而且还要带上他的四名随从（普莱（［Poulet］、让蒂［Gentil］和大提琴手吕伊森［Ruyssen］）。

到点了的时候，普鲁斯特检查了下塞莱斯特是否把烟囱管道

---

① 黑加仑的法文为 cassis，与 casser 一词发音相近，而 se faire casser le pot 即为"被鸡奸"之意，此处一语双关。

塞好（以便音响效果不被穿堂风所干扰），他就像一只从前厅被移过来的波斯猫一样坐到了栗色天鹅绒沙发上，窥伺着这首夜晨曲能给它带来什么样的启迪。

这一切都很贵，尤其是小费的数目堪比皇家，但是没关系：马塞尔终于看见了凡德伊那"淡红色的七重奏"——他那病怏怏的情绪立即投入到斯万的痛苦和叙述者嫉妒阿尔贝蒂娜和她想象的作曲家之女一起沉溺于不明不白的蛾摩拉游戏之中。

拉克西姆（Henri Raczymow）在他那本非常敏感的书《"今夜我们亲爱的马塞尔死了"》（« Notre cher Marcel est mort ce soir »）里面提到了这一幕，他注意到马塞尔那天夜里终于说服自己相信艺术是的确存在的，并且人们有理由为之奉献一生。这就是贝戈特、埃尔斯蒂尔和凡德伊——即：作家、画家和音乐家，又：普鲁斯特式创造者的三张面孔——所明白的，而斯万，可怜的斯万，从未下定决心去接受。

→*Elstir*(*ou les sept jours de Dieu*)埃尔斯蒂尔（或上帝的七天），*Phrase*(*la petite*)（小）乐句

小费(Pourboire)

《追忆似水年华》里的叙述者，就像普鲁斯特他自己，是一个给小费过多的人（overtipper），对任何一个哪怕有一点点忠诚的人都大加赏赐，其好处是双重的，既能表达感激又能摆脱对方——这对忠诚者的不断骚扰而言不过是虚拟的保证……

但是（天真还是懒惰呢？）他的慷慨仅以产生效果的形式体现出来。因此，在《所多玛和蛾摩拉》的第三章伊始，当他睡意阵阵的时候，叙述者默默地听着一位可疑的猎人欢快地吐露秘事，此人趁坐电梯到达自己的楼层的时间对他大谈自己的弟弟曾被他父亲卖给了一个"印度王子"，而他的姐姐，委身于一位"如此富有的先

生",她"非常漂亮","有点太过骄傲但是这是可以理解的",说这是一位"贵夫人",她的一大爱好就是在衣橱、五斗橱,甚至是一辆汽车里"小解","好给贴身女仆留下一段小小的回忆去清理";总之他一家人都运气好("谁知道我有一天不会成为共和国总统呢?")。幸运的是,这无休无止的(社会地位)上升终于在叙述者到达他的楼层的时候结束了:"祝晚上好,先生。哦!谢谢,先生。如果每个人都有您这么一副好心肠就不会有不幸之人了。但是,就像我姐姐说的,总是要有不幸的人,这样如今我富起来了,就可以稍稍鄙视他们一下。把这个表达给我吧,晚安,先生。"叙述者肯定是给了电梯工一大笔消费,但是为了忠于自己的廉耻之心,他并不因此而显摆。对方对他的感谢说明,他显出了王族风范。

→*Cadeau* 礼物,*Fatuité*(*bis*)妄自尊大(2)

"无用的防范"(«Précaution inutile»)

1920 年代初,马塞尔有个怪想法:他,这个龚古尔奖得主,《新法兰西评论》的正式作家,到处有人欣赏他,巴尔扎克和莎士比亚的新化身(*alter ego*),决定不再忠于伽利玛出版社而转投迪韦努瓦(Duvernois)杂志的《自由作品》(*Les Œuvres libres*),——该系列只出版"新颖之作",当时的广告这样明言——在那里出版了他的"阿尔贝蒂娜小说"的一个(甚至好几个……)主要片段。片段的名字应叫做《嫉妒,无用的防范》(*Jalousie, Précaution inutile*),还有当作者可以自行决定时,叫《阿尔贝蒂娜不知去向》。一般而言,这是《女囚》的缩写(240000 个而不是 1020000 个字符)——《女囚》这本书还没有人读过,而且它是在作者过世以后才出版的。

一篇"缩写",的确……甚至都不是将要到来的书的节选,某种彩绘大玻璃或者细密画,这非常奇怪,要知道普鲁斯特——他更是那种不断补充的作家——讨厌所有姓氏的缩写……

那为什么他选择破坏自己的阿尔贝蒂娜小说呢,他是那么在意自己写作计划的整体统一性呀?为什么把这个彩绘大玻璃、这个细密画交付给《新法兰西评论》以外的杂志呢,况且这本杂志接纳的一般都是二流作家,比如巴塔耶(Henry Bataille)或者法雷尔(Claude Farrère)?在他距离死亡咫尺之遥的时候,如何需要去缩写还没有出版的内容呢?

普鲁斯特提到了经济需求——这显然是不成立的;或者想要自己的书位于"火车站里"——伽利玛为莫朗做到了这一点,但没有为普鲁斯特;或者想要"把伽利玛放在床上"的迫切愿望——如果用加斯东的暴怒来衡量,这个结果算是实现了。

那又怎样呢?大学和专家们常常关注这个谜团,事实上没有人能够解释它,除非冒险提出一个假设:假如普鲁斯特和阿尔贝蒂娜一样,想要逃离呢?如果他想要加斯东·伽利玛发狂自语"马塞尔走了",就像他在《女逃亡者》开篇里说的:"小姐走了吗?"突然发疯,很可能,但这也是最后的自由晕眩。

就好像作者在卷末的时候想要带上心爱的女主角,给自己来一个最后的逃亡。不是在七卷本的《追忆似水年华》的强大葬礼车队里来一次威严的散步,而是一次离家出走,一次逃亡,和他最喜爱的逃亡之人一起?阿尔贝蒂娜是出走的高手。要让她陪伴马塞尔,要让他们互不分离(就像"车站小说"里面那样),就需要她的创造者和她一起逃离。

从这个角度看,这个《无用的防范》——其结局是弗朗索瓦兹的那句话("阿尔贝蒂娜小姐走了"),说明了题目所暗示的嫉妒者没能预见心爱之人的逃跑:所有的防范都是"无用的"……——这让人激动。这是一个已经被死亡吞噬的作者一生最后的愿望。

此外,马基亚(Giovanni Macchia)缩写的关于普鲁斯特的随笔《夜之天使》(*L'Ange de la nuit*)里面提出了这样的假设,《阿尔贝蒂娜不知去向》的莫里亚克·戴尔(Mauriac Dyer)版本在普鲁斯特同好中躁动一时,那其实是一个"缩写"本——在此意为"缩略"——是普鲁斯特第三次要给《自由作品》的,没有人能够确认这一点,但这个假设言之有理……

→*Jivaro*(*L'École*)西瓦罗派

漂亮女子(Pretty woman)

叙述者认出圣卢发狂地迷恋的是一个妓女,她几年以前还在一家妓院里为了一个路易而委身于人(因为她名叫拉谢尔,叙述者给她一个教名"蒙着救世主荣恩",这是参照了阿莱维[Halévy]的《犹太女》[*La Juive*]中"拉谢尔,蒙着救世主荣恩"所致),这段的极为独特之处在于它是记忆的寻常戏谑。

这里没有丝毫狂喜,没有任何小玛德莱娜的天地,没有任何一个细节而引发的灾难……有的仅仅是把一个人和她本人相比的惊奇,从中看到另一个人并且身不由己地发现"但凡人类想象能够在一小方庞庞之后所设想的(……)。这张脸,和她的眼神、微笑、嘴部动作,我可以从外面认出来,这就是那种只要给她二十法郎就能让她任由你摆布的女子。(……)但是我一开始就能看清的这张表示同意的脸庞对罗贝尔而言就是他穿过了多少希望、疑问、怀疑、梦幻而最终所达到的那个点。他可以给出超过一百万,为了不让别人拥有,曾经为了二十法郎就可以给我、给每个人的东西"。当然,拉谢尔当时每晚都在妓院工作,布洛克把这家妓院透露给他的朋友——她在那里有着能完全满足客人怪癖的名声。而圣卢为着一个娼妓坠入爱河一事本身就是非常有意思的,这足以证明马塞尔对此暗暗惊讶,而侯爵错把这份惊讶当作了欣赏,他的自尊心增强了他的轻信。但是这一次遭遇比上一个(不值得尊敬的)妓女要更有内容……

当叙述者习惯性地去妓院审查时,老鸨多次向他保证让他和瘦脸"犹太女""订婚"——但是当有一天他决定召她的时候,她在他人的怀抱中,之后那一次她正在招待一位"老先生,此人除了把油浇在女人们散开的头发上,然后把头发梳齐以外,就再也不做别的了"。然而,在普鲁斯特的系统里,当您拥有一个人的时候,您就对这个人漠然了:"在我们的回忆和遗忘中,有多少少女和女子的脸庞,每一张都不同,我们为此加入了多少魅惑并且迫切想要重新见到她们,因为在最后一刻她们逃走了?"在娼妓的案例中,我们想象所有那些沾染并且玷污她的人用来安慰自己的运气不佳乃是徒劳,因为她们依然庄严地坐在未能满足之任性所构成的摇摇晃晃的底座上。

这就是拉谢尔,叙述者的所爱。所爱之人,而不是心爱之人。因为艾梅这个饭店经理身不由己地让夏吕斯男爵遭到同样的感官沮丧,这位老爷之后给他写的那封疯狂的信就是证明:"您一定以为自己很重要,却不知道我是谁和我是怎样一个人,当我向您讨一本书的时候,居然答复我您睡下了(……)。当我请您给我带一本书来,您答复说要出去了。而今天早上,我让人请您来我的车子这边,您第三次回绝了,如果我能够毫无亵渎地这么形容。"

有什么可说的呢?拉谢尔对叙述者(他知道她是个贪图钱财的庸俗之人)毫无感觉——但是他很想和她睡觉。然而,马塞尔甚至都不敢在他的书里承认自己的这种想法。这个一般而言苛于待己的人不敢坦言,他鄙视她,知道她是什么样的,并且对侯爵抱有真正的友谊,但是如能占有她他终将感到幸福。

这种坏念头让您尊严扫地……您有什么权利怀疑还有比这更糟的呢?

——在《重现的时光》中,叙述者把我们身上的那个陌生人称作"我们自己",我们向其"撒谎最多,因为此乃我们最难以经受的自我鄙视"。

——向别人!您说的一点依据都没有……

——有的,读者先生,有一个依据。您如何解释,假如叙述者没有想要和拉谢尔睡觉,他怎么会在圣卢于冬西埃尔与阿尔贝蒂娜相遇的那天所感到的嫉妒?

——太厉害了!您是说他怀疑圣卢,圣卢是无可怀疑的,认为他对阿尔贝蒂娜的挑逗非常在意的原因,是因为他自己对于他有时称之为"拉谢尔这轻佻女子"的回忆也非常在意?

——为什么不能是这样呢?

——我不相信。在我看来,叙述者想要与之做爱的是圣卢。这就需要他承认自己奇怪地避免的同性恋倾向。

——那是因为你执意要把一个虚构的人物和创作他的人相比,并且如此一来,小说不过是其作者之倾向的屏风……

→*Madeleine*(*Marie*)玛丽·玛德莱娜,*Malaparte*(*Curzio*)库尔齐奥·马拉帕尔泰

马塞尔·普雷沃(Prévost[Marcel])

> 我完全不为人所知,普鲁斯特在1912年这样写道……当读者们罕见地在我发表一篇文章之后写信到《费加罗报》,他们写给马塞尔·普雷沃(*Marcel Prévost*),仿佛我的名字是印刷错误一般。

如此谦卑的坦白——或者是骄傲受到了伤害?——对于将来自命不凡的人而言真是一种挑衅,假如普鲁斯特没有多次在他和比贝斯科以及阿尔比费拉的通信中重议此事。

这是面对名声的不耐烦吗?是被迫自我软禁的专栏作家的心酸?还是天才对于近乎同音之词的愤怒?这让人微微一笑——随后好奇:这个普雷沃是何许人也,他的名字因为普鲁斯特的名气而不朽,这其中的字母 v 在1912年的时候看似胜过了那个默默无闻

的字母u?

这样的调查让人发笑:它给出了详细的信息——照片里的发绺和胡子一应俱全——这个名为马塞尔·普雷沃的人(1862—1941)外貌酷似还没有成名的阿道夫·希特勒;他在从事文学生涯以前是综合理工的学生;根据鲜有的几个研究普雷沃的学者,他最初的几本小说(《舒谢特》[*Chouchette*],1888年出版,令人遐想……)提到的是外省的生活和他被压抑的兴奋,专家们认为,这个作者之后主攻"从完全男性的角度研究女性的性格"。这就是令人好奇的地方,并且这应当让普鲁斯特这个也从事长篇"研究"(明显是)女性性格的作家恼怒不已。普雷沃之后有二十多部作品问世,部部平庸,但是在1894年取得《半处女们》(*Demi-vierges*)的成功之后(他因此被米尔博[Octave Mirbeau]当作"半作家"来对待),不久后《勇敢的处女们》(*Les Vierges fortes*)和《女唐璜们》(*Les Don Juanes*)又获得好评(让我们好好思考一番复数在这里显出令人着迷的庸俗……),使得他一路前行,进军法兰西学院,坐上了萨尔杜(Victorien Sardou)的位子。

他偏好的主题? 少女们、婚育年龄的风骚女子,经常是堕落的、被巴黎生活误入歧途,但是非常关心保存自己的贞操完好无损。换言之,普雷沃的"处女们"出于性方面的考量,偏爱鸡奸胜于普通性行为——这些女子对于《追忆似水年华》而言可是好模特。

普鲁斯特读过普雷沃吗? 无法证明这一点。一切都如此暗示。无论如何,在他们两个之间,不仅仅是字母u还是字母v的事情。还有"少女们",数目众多,她们粉色的脸颊、策略性的犹豫、各种反常,还有她们无损残留的纯真但自甘堕落的艺术。当然,普鲁斯特胜出。并且他刚好有时间享受自己的胜利。然而可以打赌的是,普雷沃在其对手去世并且立即被尊为圣人以后,通过《费加罗报》收到了几封寄给另一个作家的信件,这个作家当时准备写和他一样的题材,或许还受到了他的启发,并且他只是在学术赛跑开头那一段把他比了下去。

此外，有一件事证明了这一点（时间是1922年6月12日）：那一天，普鲁斯特一阵风似的掠过了埃内西夫人（Hennessy）在拉费桑德里路（rue de la Faisanderie）公馆所设的招待会；那次招待并不是特别的高雅，遇到了许多诸如吉什、康布勒梅之类的人，还有一个德·卡斯特拉内和几个韦尔迪兰，不过，普鲁斯特终于成名了，他并不讨厌因为自己的出现而引发的骚动。他一到，年轻人们就在他身边围成圈，他们羡慕的低语让他实实在在感到满足。就在那时，同样参加晚会的马塞尔·普雷沃试图吸引他的注意力："亲爱的普鲁斯特先生，您想象一下……"马塞尔保持距离，但是没能避免和他说话："您想象一下"，普雷沃接着说，"还是在不久以前，人们把我们两个混淆，您和我，我还经常收到写给您的信件……"这不，和1912年的插曲相同，搞错收信人的信件——但这次是普鲁斯特占了上风……

据在场的人回忆，马塞尔当时对他近乎同音之人如此回答："的确，先生，我们的名字首字母一样，但是仅此而已"——然后他就转过身去，面向他的崇拜者圈子。

→ *Gloire* 荣耀，*Particule élémentaire* 贵族姓氏前置词，*Patronymes*（*et toponymes*）姓氏（和地名）

拖延（Procrastination）

在三千页的篇幅里，叙述者什么也没写，他总是推迟写作自己的作品，直到后记的时候都认为自己做不到，他在沙龙里闲谈、迟迟不睡，在悔恨中扑腾，懊悔自己没能实现自我拯救。这类似哈姆雷特——他不断地把处决自己不忠的继父一事推迟到第二天，堪称世界文学中最令人烦恼的拖延。

然而，正当叙述者哀嚎的时候，普鲁斯特翻译了拉斯金，写出了《欢乐与时日》、《什锦与杂记》还有文章《让·桑特依》、《驳圣伯夫》还有……《追忆似水年华》。书就在读者的手中，而在书中的最后一页，其主人公声称他要开始写作了。怎样才能相信呢？

→*Deleuze*(*Gilles*)吉尔·德勒兹，«*Narraproust*»"普鲁斯特式叙述"

亵渎(Profanation)

亵渎这个主题——玷污神圣，为着这种玷污而快乐，然后长久地因此而悔恨——在普鲁斯特笔下是如此挥之不去、重复出现，乃至我们可以不冒出错的风险，认为这是《追忆似水年华》的重大主题之一。

自从贡布雷那一幕（名为"蒙舒凡的"）开始，叙述者在其中藏匿着——就像他在盖尔芒特公馆的院子里那样，在夏吕斯和朱皮安的斡旋之时，撞上了凡德伊小姐和她女友在一起：这两个女同性恋互相拥抱、抚摸、刺激，突然音乐家之女允许她的伴侣对她已故父亲的肖像口出恶言（"可怖的老东西"，"丑陋的猴子"……），之后还对着他啐了一口。

这种亵渎非常奇怪，尤其是当凡德伊小姐的女友还是那个出自于档案管理员的耐心劳作，能够展现她乐于冒犯之人的音乐天才的人——以至于到了最后人们都不知道这种亵渎是不是秘密崇拜的反面情况，就像每次这个主题重复出现那样。

可以理解巴塔耶(Georges Bataille)对此的运用，对他而言，毋庸置疑的是亵渎神圣总是因为爱慕父亲，也就是说爱慕律法（"用过度的性爱来庆祝自己正在违反的规定"）。他在《文学与恶》(*La Littérature et le Mal*)一文中，评论了凡德伊小姐和其女友的同性恋场面，他甚至假设"凡德伊之女象征了马塞尔"，并且"凡德伊是马塞尔的母亲"。为什么不呢？在1950年代的时候，出于演示的需要习惯颠倒两性。

蒙舒凡的那一段,被无限地调制过,在《一位少女的忏悔》中已经出现过——其女主人公在她母亲面前享乐,让她死去——而且,更为明确的是,在《费加罗报》关于范·布拉伦贝格"弑父"的文章里面。

此外,这个主题也扩展到了"莱奥尼姑妈的家具"一事中,普鲁斯特把这套家具放到了布洛克带他去的妓院里面,普鲁斯特把这套家具沉默的呻吟比作东方传说中被俘的灵魂之低吟。事实上,那不是"莱奥尼姑妈的家具",而是出让给勒屈齐亚的普鲁斯特父母的家具。并且假如我们相信莫里斯·萨克斯的证词,当然证词有疑点,但总是具有启示的,这地方的主顾只要有一点文化的,都对于玷污装点了马塞尔童年的床、沙发或者镜子的奢华感到特别的战栗。据我们所知,他自己有时冒险要求他的"坏蛋"对家族肖像吐唾沫,就从普鲁斯特夫人的那幅开始,马塞尔喜欢把那幅肖像带入他卑鄙的王国:"我姑妈在贡布雷的卧房里面所散发出来的所有美德在我看来都因为我毫无防御地把它们置于残酷的接触之下而遭难了!我宁可让一个死去的女人被玷污也不愿遭比这更大的罪了"。

最后回想一下夏吕斯在布洛克面前胡言乱语、诱惑他的时候,对叙述者言谈"可憎,并且几乎疯狂",要求出席某个犹太典礼,去看看儿子"暴打自己母亲尸首",把后者当作"老骆驼"①来对待。夏吕斯正是自夸注意到了这一点——并且,他似乎很欣赏——这种渎圣的特殊品味,"犹太种族"借此机会得以表现……

这种猥亵的组合(喜爱+渎圣+施虐+悔恨)在马塞尔心里打上了最深的印记。若不能理解,就无法进入如此性情的思想中。

我们在此满足于轻轻地抱怨,他通过这种存在和感知的方式,

---

① 此指蛮不讲理的凶悍之人。

应当为自己带来了千种痛苦,至少我们希望其痛苦伴随着些许快乐。

→*Dostoïevski*(*Fiodor*)费奥多尔·陀思妥耶夫斯基,*Matricide* 弑母,*Montjouvain*(*Première vision de*)蒙舒凡(初见)

普鲁斯特化(Proustifier)

实际上,没有人知道究竟是谁——费尔南·格雷格?罗贝尔·德雷福斯?科克托?雷纳尔多·哈恩?罗贝尔·德·比伊(Robert de Bily)?——发明了这个动词。

相反的,看似可以确定的是它的含义:普鲁斯特化指的是马塞尔性格中一个特定而早熟的特征,即使在没有任何强迫的时候,马塞尔都对于同情的诗兴大发、扭曲的恭维话、阿谀奉承、抒情赞美歌、无止境的"拘于礼节"表现出不同寻常的天赋。

他的书信、他的小短文加上所寄出的鲜花或巧克力、他那绅士的感谢信——和他口头的恭维一起,因为马塞尔是一个举世无双的"谈话者",尽管他是清醒的("我们为别人说话,但是为自己沉默")——甚为普鲁斯特化的媒体,其中有洛尔·艾曼这个社交界的轻佻女人,她是奥黛特的启发者,她收到的是第一批证词:"我建议把这个世纪叫做洛尔·艾曼的世纪",当普鲁斯特刚在路易·韦伊在欧特伊的别墅里同她打过照面之后就这么写给她,他的舅公晚些时候同这个奥尔良公爵、希腊国王还有其他几个人的前情妇过从甚密。

洛尔对于这个至少夸张的敬意很在意,并且也很留心随信附上的十五支长柄菊花。她立即就成了青年普鲁斯特的朋友,后者从此很可能想象一个人可以通过不对夸张斤斤计较的方法来让别人持久地和自己保持密切联系。

德·孟德斯鸠、法郎士、斯特劳斯夫人、卡尔梅特很快就是同样性质的普鲁斯特化收件人——但是把普鲁斯特的"拘于礼节"变成真正的文学风格的是轻柔的德·诺瓦耶（Anna de Noailles）："您的脑子里掉出来的东西总是如此珍贵，就像山楂树的花香总是非常细腻。"普鲁斯特之后毫不犹豫地把他出版的平庸小说，《掌控》（*La Domination*，1905）比作是"一座为了让人们凝视而生的星球之诞生"，之后他又补充说："我一点都不羡慕尤利西斯，因为我的雅典娜更为美丽，有更多的天才，并且比他的雅典娜要知道更多的东西。"除了荷马，女诗人还被比作雨果和波德莱尔……而且还胜过了他们。

德·皮埃尔堡男爵夫人（de Pierrebourg），又名"克洛德·费瓦尔"（«Claude Ferval»），给普鲁斯特寄了她最后一本书，《克娄巴特拉的生与死》（*La Vie et la Mort de Cléopâtre*），最仁慈的读者也能在每一页数出十幅相片，他在不受强迫的情况下向她表达了恭维，然而他对这位社交界女作家充满了嘲讽。是虚伪吗？无力面对现实？或者只是菲兰特式（Philinte）的好教养？普鲁斯特其实并不知道对赞美适可而止。幸运的是，没有人和他计较这一点——就像人们原谅身不由己的咳嗽病人咳嗽一样。

只有夏尔·阿斯和夏尔·埃弗吕西（Charles Ephrussi，他们两个是斯万的原型）按照社交界的习惯嘲弄这个"普鲁斯特化"的小东西，其夸张而精致的言词让他们晕头转向。然而马塞尔靠的就是这些毫无懈怠的普鲁斯特化无一例外地让他朋友们的母亲着迷，她们珍藏他的感谢信。但是他也写过充满恶意的信件——不过从来没有寄出过。

我们甚至可以把《追忆似水年华》整个儿当作他没有寄出的最长信件。

→*Dédicaces* 题词，*«Tutti frutti»*（*à propos d'Anna de Noailles*）"水果冰激凌"（关于安娜·德·诺瓦耶）

纯物质(Pure matière)

什么是"纯物质"?

单单是物质,赤裸的物质,仅仅是物质? 或者成为"纯洁的"物质,被雕凿过的、精炼过的、去伪存真的、精神化的?《追忆似水年华》中这个意群出现过三次,让人能探究其双重性。

那是贡布雷的一个星期天弥撒过后,"纯物质"以一种不恰当的方式作为勒格朗丹的"臀部"第一次出现,勒格朗丹受挫的附庸风雅迫使他愤世嫉俗,但也有罕见的例外情况,比如那一天,在一个大领主的妻子面前:"他深深地致意,随后身体往后翻了一下,把他的背部突然拉过了原来的位置,这应该是他姐姐康布勒梅夫人的丈夫所教他的。迅速挺直腰板使得勒格朗丹的臀部一阵热情而结实的浪潮倒流,我没有想到他的臀部可以那么丰满;而且我不知道为什么这种纯物质的涌动,这肉质的浪潮,毫无精神可以表达,被那可耻的热心在暴风雨中鞭打,突然在我脑中唤醒了一个和我们所认识的勒格朗丹完全不同的人的可能性"。"纯物质"(换言之就是极端势力)在此指的是一切精神所不是之物:肉、脂肪,并且广义而言,道德上的卑鄙。

这明显是同样的方式(或者同样的材料),也就是说"永不再征求道德情感的意见",夏吕斯男爵满身是血,淤血斑斑,"被绑在一张床上,就像普罗米修斯被绑在他的岩石上"并且"挨着一把带钉子的杵锤棒打……",被"强力钉在纯物质的岩石上"。"然而,"叙述者在不远处明言,"我或许讲得不够准确:纯物质的岩石。在这个纯物质里面,可能还有些许精神残留。"因为夏吕斯男爵并非不知道鞭打他的情夫并不是一个"恶棍",也不是一个十足的恶人,更不是一个凶手,但是莫里斯这个出色的爱国者,一个雅致的家伙,一个勇敢的休假士兵,靠执行鞭打的命令来糊口(五十法郎一次),

把他当作了"淫棍",并且在床上绑了和他一类的老流氓。

是否有可能为伪造的酷刑而赎罪?夏吕斯疯了但是他自己知道;可以对此抱有希望吗?我们可以向叙述者那样希望"即使在荒谬之中,人的本性仍然(显露出)出于对真相的需求而需要信仰"?如果是这样的,这就意味着"纯物质"不仅仅是一个自我解体的东西,不是定格在泥浆中的姿势,也不是臀部的反物质(黑洞?),而是,已经是(或者还是)精神性的开始。

然而,或许从这个意义上需要理解"普罗米修斯"的形象(叙述者已经用他来描绘过自己,他在维尔巴里西斯夫人的四轮马车里"像普罗米修斯那样被缚在(他的)折叠座椅上",因为在去于迪梅尼(Hudimesnil)的路上经过的三棵树消失不见而哭泣,这三棵树的出现有那么一刻让他困惑地感觉自己是虚构故事中的人物),因为这个巨人之所以被众神羞辱,是由于他偷了奥林匹斯山上的圣火,同时他也是创造者,用的是剩下的泥浆——即"纯物质"。夏吕斯男爵被绑在"纯物质的岩石上"这惊人的画面指的既是牺牲了近在眼前的欢乐的生活之失败,又是一个恶到极点的老年人之卑鄙……毫无恐惧的艺术家用提纯过的材料去矛盾地将其赎回。

(紫红色的)睡袍(Pyjama[fuchsia])

这是罗沙(Henri Rochat)夜间服装的惯用颜色,他是马塞尔倒数第二个为之着迷的人,普鲁斯特在里茨酒店里遇见了当时作为仆人的他。

这个罗沙是个有魅力的小伙子,他有点爱赌气,或者说是个纠结之人,尽管他写得一手好字,使得马塞尔以为他可以是个好秘书。塞莱斯特讨厌这个自以为命中注定要成为画家、艺术家(阿尔贝蒂娜也喜欢画画。很可能她的这种倾向是来自于罗沙……)的寄生虫,罗沙把时间都花在睡觉上,并且在阿卡西亚路(rue des Acacias)那边有着一个女性的"习惯"。

夜里,当普鲁斯特招待他的访客,罗沙常常穿着紫红色睡袍出现,并且同被惊到的莫里亚克或者莫朗说起话来……他毫不拘束、挥霍钱财(用的是马塞尔的钱),他详述白天里他买的东西——这让他的保护人反感,很快,马塞尔就不喜欢他了。

这就产生了一个痛苦的问题:怎样才能摆脱罗沙呢?马塞尔用尽了一切方法。最后他请他的朋友菲纳利来帮忙:当然,罗沙是个懒鬼,对于拼写一窍不通,并且经常搞错数字,但是就不能为他在银行里谋一份差事吗?就如此安排了。罗沙被派去巴黎和荷兰银行在阿根廷的分行。阿卡西亚路的"习惯"没能留住这个任性的情人,说到底,他对于阿格斯蒂内利而言就像是《让·桑特依》对于《追忆似水年华》那般:是个草稿——要知道在罗沙的情况里,这是一个矛盾的草稿,因为这在已经经历并且很快要写出来的故事之后。

→*Agostinelli*(*Alfred*)阿尔弗雷德·阿格斯蒂内利

问卷(Questionnaire)

下列100个问题能测试回答者的普鲁斯特化程度。

每个正确的答案——它们(几乎)全部都在这本书里——得1分。得20分者,具有可敬的普鲁斯特爱好者级别;令人赞叹的普鲁斯特同好俱乐部很愿意接纳那些总分达到40分的人;得60分者成为竞技普鲁斯特同好;获得80分的人值得拥有人人羡慕的超群普鲁斯特同好级别。

至于总分能够拿到高于80分的人们,马塞尔的天空向他们敞开。

愿他们在其中幸福、和平地生活。

问题
1. 德·诺尔普瓦先生的名字是什么?
2. 罗贝尔·德·圣卢在哪里丢失了他的一战十字勋章?
3. "慈悲"是谁?
4. 普鲁斯特捍卫了哪个"弑父行为"?

5. 阿尔贝蒂娜姓什么？

6. "laïft"是什么？

7. 凡德伊小姐的女友姓什么？

8. 叙述者在哪里遇见了普特布斯男爵夫人（Putbus）的贴身女仆？

9. 夏吕斯男爵的教女名叫什么？

10. 普鲁斯特写的最后一个字是什么？

11. 奥黛特那"不体面的姊妹"是什么？

12. 巴巴尔是谁？

13. 叙述者唯一用来造出一个副词的国王名字是什么？

14. 应该写"petite madeleine"还是"Petite Madeleine"？

15. 普鲁斯特当选法兰西学院院士了吗？

16. 他是在哪条路出生的？

17. 他是在哪条路辞世的？

18. 《追忆似水年华》之中谁更喜欢"被打碎……"？

19. 普鲁斯特击败谁获得了龚古尔奖？

20. 朱皮安的第一份职业是什么？

21. 韦尔迪兰夫人给夏吕斯男爵唯一的一本书的书名是什么？

22. 《在斯万家那边》是献给谁的？

23. 夏吕斯男爵把盖尔芒特公爵夫人的双眼比作哪种花？

24. "萨克丽邦小姐"和"玫瑰女士"是谁？

25. 斯万心爱之人的"国歌"是哪首？

26. 韦尔迪兰夫人的配偶死后，谁成了她丈夫？

27. "salaïste"是什么？

28. 巴尔贝克大饭店的"女信使"都有谁？

29. 叙述者外祖母偏爱的两位作者是谁？

30. 马塞尔·普鲁斯特和奥林匹亚（音乐厅）的关系是什么？

31. 詹姆斯·蒂索画中的夏尔·阿斯在哪里？

32. 韦尔迪兰夫人最喜爱的三部作品（绘画、音乐和雕塑）是什么？

33. 塞莱斯特把圣约翰·佩尔斯（Saint-John Perse）的诗作比作什么？

34. 谁把马塞尔叫做"我的小萨克森精神瓷器"？

35. 贝戈特死于什么？

36. 他在去看《台夫特风景》一画之前吃了什么？

37.《弃儿弗朗索瓦兹》中的女主人公叫什么名字？

38.《追忆似水年华》有几卷？

39. 德·诺尔普瓦先生的贵族头衔是什么？

40. paperol(l)e 一词中有几个"l"？

41. 谁把普鲁斯特当作"proustaillon"？

42. 在马塞尔看来，爱情最后的痕迹是什么？

43.《让·桑特依》中的"格拉纳达的安东尼奥"（然而他是真实的）其实是谁？

44. 普鲁斯特是德雷福斯派吗？还是反德雷福斯派？

45. 韦尔迪兰夫人的名字叫什么？

46. 谁最后娶了福图尔的寡妇伊内斯·德·勃格因（Inès de Bourgoing），贝涅尔一家原先想要把她嫁给普鲁斯特？

47. 德·诺尔普瓦先生最爱的人是谁？

48. 阿尔贝蒂娜那件"福尔蒂尼外套"的图案和颜色是从哪幅画作中来的？

49. 盖尔芒特公馆的门毡上能看到什么？

50. 阿尔贝蒂娜的名字在《追忆似水年华》中被提到几次？

51. 贝戈特的鼻子像是什么？

52.《追忆似水年华》中有几个"泰奥多尔"（«Théodore»）？

53. 奥黛特的第一任丈夫是谁？

54. (乔治·桑小说《弃儿弗朗索瓦》[*François le Champi*]中的)"尚皮"是什么意思？

55. 波提切利·斯万(Botticelli Swann)把自己画的哪个人物比作奥黛特？

56. 为什么布洛克的舅舅尼西姆·贝尔纳讨厌番茄？

57. 伽利玛出版社委任的重读《盖尔芒特家那边》最初样本的"校对员"名字叫什么？

58. 阿尔贝蒂娜的美人痣在哪里？

59. 在阿尔贝蒂娜看来，《追忆似水年华》中最常提到的两个人物是谁？

60. 斯万的马车夫名字叫什么？

61. 萨尼埃特是谁？

62. 哪个人物被戏谑地成为"侯爵夫人"？

63. 如何评价贝尔玛的女儿？

64. 谁是唯一一个为了韦尔迪兰先生的死而感到哀伤的人？

65. 夏吕斯是德·马尔桑特夫人(de Marsantes)的弟弟还是哥哥？

66. 普鲁斯特在《追忆似水年华》中引述了多少次普罗提诺？

67. 在韦尔迪兰一家那里埃尔斯蒂尔的绰号是什么？

68. 弗朗索瓦兹的女儿叫什么名字？

69. 盖尔芒特的鼻子形状是什么？

70. "豪斯勒"(«Howsler»)是谁？

71. 勒格朗丹在《重现的时光》里叫什么名字？

72. 那个鞭打夏吕斯男爵的年轻"恶棍"名字叫什么？

73. 莫雷尔是小提琴家还是钢琴家？

74. 奥克塔夫的绰号是什么？

75. "蒙着救世主荣恩的拉谢尔"一说出自阿莱维(Fromental Halévy)的哪部歌剧？

76. 罗贝尔·德·圣卢是德雷福斯派吗?

77. 普鲁斯特和委内瑞拉之间的共同点是什么?

78. 盖尔芒特公爵谈及自己不记得的大师之作的时候是如何回答的?

79. 马塞尔·普鲁斯特喝茶还是喝咖啡?

80. 在斯万看来,布洛克和哪幅肖像相像?

81. 盖尔芒特一家的战嚎是什么?

82. 在科塔尔看来,心不在焉的极点是什么?

83. 在斯万的梦中,奥黛特的情人是谁?

84. 弗朗索瓦兹违反规则地把哪三个词用成了阴性?

85. 泽泽特(Zézette)是谁?

86. 叙述者想要送给阿尔贝蒂娜的游艇名字叫什么?

87. 斯万双眼的颜色是什么?

88. 社交界最为严厉审判的是什么?

89. 什么东西和痛苦一样发出相当的响声?

90. 阿尔贝蒂娜对叙述者所说的最后几句话是什么?

91.《追忆似水年华》有多少个字(误差可在几千字内)?

92. 当斯万来贡布雷吃晚饭的时候什么样的词可以用来形容响起的钟声?

93. 韦尔迪兰夫人和萨兹拉夫人之间的共同点是什么?

94. 斯万父亲的职业是什么?

95. 谁是"格里-格里"?

96. 在布里肖看来"条顿种族"的特征是什么?

97. 弗美尔的《台夫特风景》一画中央的那个时钟上是几点?

98. 德·舍维涅伯爵夫人,奥丽娅娜的原型之一,是用什么样的话打发在杜布瓦街上前交谈的普鲁斯特的?

99. 普鲁斯特(有机会)说成是"无聊沙漠中的恐怖绿洲"的地方是哪里?

100. 夏吕斯男爵的帽子里面刻有哪个字母?

答案

1. 没有人知道。

2. 在朱皮安的妓院里。

3. 斯万为了向乔托致敬,如此称呼贡布雷的一位女仆。

4. 亨利·范·布拉伦贝格。

5. 西莫内(Simonet)。

6. 那是布洛克发音没有发好的"lift"(电梯)。

7. 她从来没有被叫过名字。

8. 他从来都没有遇见过她——除了在梦中。

9. 德·奥莱龙小姐。

10. 福什维尔。

11. 一株兰科植物。

12. 阿尼巴尔·德·布雷奥泰-孔萨尔维(Hannibal de Bréauté-Consalvi),盖尔芒特的朋友。

13. 路易-菲利普(由此衍生出:"路易菲利普地")。

14. 两者均可。偶像崇拜者选择大写的版本,以便从中寻回他们神圣导师的名字缩写。

15. 没有。尽管他想到过。

16. 拉封丹路,在欧特伊。

17. 阿默兰路。

18. 阿尔贝蒂娜。

19. 罗兰·多热莱斯(Roland Dorgelès)。

20. 吉勒捷(Giletier)。

21. 鲁容(Roujon)写的《在人们中间》(*Parmi les hommes*)。

22. 献给加斯东·卡尔梅特,很快被谋杀的《费加罗报》经理。

23. 比作勿忘草,它们在说"勿忘我"。

24. 奥黛特·德·克雷西。

25. 凡德伊奏鸣曲。

26. 德·迪拉斯公爵(de Duras,他在婚后不久死去,这使得"女主人"能第三次结婚,嫁给盖尔芒特亲王)。

27. 一个同性恋。

28. 塞莱斯特·阿尔巴雷和玛丽·吉内斯特(Marie Gineste)。

29. 德·赛维涅夫人和德·博塞尔让夫人(de Beausergent)。后者是虚构的。

30. 布鲁诺·科卡特里(Bruno Coquatrix)曾是卡布尔市长。

31. 在右边,靠近画框的位置。

32. 《夜间环舞》(*La Ronde de Nuit*,"世界上最伟大的大师之作"),《第九交响曲》和《萨莫色雷斯岛》(*Samothrace*)。

33. 比作"谜语"。

34. 洛尔·艾曼。

35. 死于肾衰竭,和随后的消化不良。

36. 土豆。

37. 玛德莱娜。

38. 七卷。

39. 侯爵。

40. 只有一个字母"l"。

41. 夏尔·埃弗吕西,斯万的原型之一。

42. "残留的恐惧。"

43. 雅克-埃米尔·布朗什(Jacques-Émile Blanche)。

44. 德雷福斯派。

45. 西多妮(Sidonie)。

46. 于贝尔·利奥泰,未来的法国大元帅。

47. 维尔巴里西斯侯爵夫人。

48. 卡尔帕乔(Carpaccio)的《迪格拉多主教为鬼怪俯身的人

驱魔》(*Patriarche di Grado exorcisant un possédé*)。

49. 一座清真寺尖塔和一些棕榈树。

50. 2360 次。

51. 他的鼻子"呈蜗牛壳状"。

52. 两个。

53. 德·克雷西伯爵(de Crécy)。

54. "寻回的孩子"(贝里方言)。

55. 比作泽福拉(Zéphora),摩西的配偶。

56. 因为他总是把作为他男宠的大饭店年轻猎人和他的(异性恋)同胞兄弟搞混,他们两个都有一个"西红柿般的头"。

57. 安德烈·布雷东(André Breton)。

58. 在上唇上面——但是它在迁移,有时朝着下巴、有时朝着鼻子。

59. 斯万(提到 1643 次)和"妈妈"(1395 次)。

60. 雷米(Rémi)。

61. 福什维尔的姐夫,韦尔迪兰一家的出气筒,虚弱并患有心脏病的档案管理员。

62. 香榭丽舍大道妓院的女老板。

63. 她是个恶人,势利而贪财。

64. 埃尔斯蒂尔。因为韦尔迪兰先生是一个伟大的艺术评论家。他还是马奈、惠斯勒……的专家。

65. 弟弟。

66. 仅仅一次。

67. "比施"(Biche)或"提施"(Tiche)。

68. 玛格丽特。

69. 呈钩状。

70. 韦尔迪兰一家的钟楼。

71. 勒格朗丹·德·梅泽格利兹(Legrandin de Méséglise)。

72. 莫里斯。

73. 小提琴家。

74. "身处困境",因为他不断地使用这个表达。

75.《犹太女》。

76. 是的,直到他同拉谢尔断交以前。

77. 雷纳尔多·哈恩(加拉加斯[Caracas]本地人)。

78. "如果这是给人看的,我见过呢!"

79. 不,您错了。他喝的是咖啡。

80. 像贝利尼(Bellini)画的穆罕穆德二世肖像。

81. 冲锋在前!(Passavant!)

82. 把南特敕令当作是一个英国女人。

83. 拿破仑三世。

84. 夏天、旅馆、空气。

85. 拉谢尔,这是圣卢给她取的绰号。

86. 天鹅号(向马拉美致敬)。

87. 它们是绿色的。

88. 想要和社交界人士结交的强烈愿望。

89. 享乐(《所多玛和蛾摩拉》开篇)。

90. "永别了,小家伙,永别了,小家伙。"

91. 1230000。

92. "反弹的、含铁的、无休无止的、刺耳的和精神饱满的"。

93. 她们两个人都厌恶犹太人,但是却是德雷福斯派。

94. 证券经纪人。

95. 阿格里真托亲王。

96. 缺乏心理学。

97. 六点五十分(晚上还是早上?没有人知道)。

98. "菲茨-詹姆斯在等我。"

99. 里茨酒店。

100. 字母"G"(因为这是一个盖尔芒特)。

拉斐尔(Raphaël)

在《追忆似水年华》中,这是医治人的天使长的名字,之后才是画家的名字——后者除了用来形容埃尔斯蒂尔的绘画"拉斐尔一般",总是和委拉斯凯兹(Vélasquez)还有布歇(Boucher)一起引用。

夏吕斯经常和拉斐尔天使长说话,把他当成说情者,好让他替自己向"永恒的父亲"传达自己的祈祷,男爵感觉自己迟迟不死,让上帝久等了。但是男爵也有过把自己当作圣人,向莫雷尔宣布在他兵役结束之后,是他自己,夏吕斯,把莫雷尔带回他父亲身边,"就像天使长拉斐尔被上帝派去小托比那里一样"。还记得拉斐尔在圣经中的任务是在通往埃克巴坦那(Ecbatane)的路上陪伴托比(Tobie)的儿子,然后治好他的父亲老托比的眼盲症,并且治好他未来的妻子,年轻的萨拉(Sara)受到的杀人诅咒。

然而,夏吕斯害怕他的情人离他而去,开始胡言乱语地阐释起宗教经典来,有一天晚上他把《托比书》随意解释成拉斐尔(也就是说他自己)是托比的"精神父亲",而托比即莫雷尔:"他立即领会了从此他要生活在身旁的那个父亲,不是他的生身父亲,那个丑陋的蓄着小胡子的贴身男仆,而是他精神上的父亲,也就是我。这是他多么大的骄傲啊!他多么自豪地昂着头哪!他领会了以后感受到多么大的快乐啊!我肯定他每天都要重复:'哦上帝啊!您把真福的拉斐尔天使长赐予您的仆人托比作为向导,在一次长途旅行中,请赐予我们,您的仆人们,永远受他庇佑,并得到他的帮助。'"当夏吕斯胡言乱语的时候,看看莫雷尔撇嘴的样子,就可以怀疑他的态度了。

此外,莫雷尔之后在受到韦尔迪兰夫人可恶的影响之下,让他的保护人公开受辱以后,夏吕斯就不敢再自认为是天使长了。尽管他病得很重,苍天离他远去。夏吕斯因小提琴家的冒犯而深受折磨,并且被肺炎所侵蚀,自然就陷入了临终的罪人一时的神秘主义中:他的口才"同惯常的激烈分离了,(只)剩下几乎神秘的部分,被柔和的话语、《福音书》的说教所美化,成了表面向死亡妥协"。最后,不再是他,而是把布里肖当作了上天的使者,暗示说如果索邦大学的老教授同意尽快把莫雷尔这个迷途的羊羔给他带回来,"或许天使长拉斐尔会同意像对托比之父那样还他光明"。因为很明显布里肖是个瞎子,就像托比的父亲还有不久就要瞎掉的……夏吕斯男爵。

→*Anges et aéroplanes* 天使与飞机

鼠(人)(Rats[L'homme aux])

传奇?诽谤?马塞尔特殊的性取向?无论如何,这是个阴暗的故事,非常不肯定,是"普鲁斯特的老鼠们"的故事——而且这个故事没有人知道结尾,并且因此不断激起恶狠狠的想象。人们可以在其中找到一堆乱糟糟的怪诞幻想,这本来可以出自米尔博的一部作品,或是比内(Alfred Binet)的《爱情拜物教》(*Fétichisme dans l'amour*),或者痴迷于堕落的某个"败坏牙医"。但是让我们重新理一下这些事——在他们的无秩序中……

起初,普鲁斯特坦言他于1921年5月13至14日夜里在阿默兰路接待了纪德:在就波德莱尔的情况写了文章之后——马塞尔面对有理由感到困惑的纪德称,自己肯定是"男同性恋",因为他喜欢女同性恋,他向他吐露道,对他而言,他只有在"汇集了最为混杂的感知和情绪"的条件下才能感到快感——纪德在生命尽头的时候在《他就是如此或赌注已下》(*Ainsi soit-il ou Les jeux sont faits*)之中如此说道。他还补充:"追逐老鼠们,还有其他的,应该能在此间找到原因。无论如何,普鲁斯特让我这么想。"

鉴于马塞尔的体质,这样的坦白并不让人惊讶,不过这让人浮想联翩,将成为不可验证的胡言乱语之基础,萨克斯就是其令人难以相信的传播者。他在得到勒屈齐亚殷勤而妥善的证实之后,在他的《安息日》一书中,肯定说普鲁斯特的确幻想追逐老鼠,先要抓住它们,然后用扣帽饰针穿刺它们。

在这种近乎"陀思妥耶夫斯基式"(此乃塔迪耶选择的形容词)的坦白作出以前,就早有这些、那些人先行想象了,首当其冲的人里有茹昂多(他从不放过将比自己更甚的倒错归咎于他人的机会)和总是有旧账要和普鲁斯特清算的科克托:他的《白色之书》(*Livre blanc*)于1928年出版,里面提到的一个"道学家"就有普鲁斯特的影子,此人"仅在看到一个大力士用被火烫红的别针杀死一只老鼠时才感到享受"。很明显,科克托是从萨克斯那里得到的这个"信息",萨克斯本人说起过"马塞尔·普鲁斯特是个内心恐怖的家伙(……)他受到焦虑所困,并有虐待狂的倾向,他让人拿来一只活生生的老鼠,并且当着他的面用扣帽饰针刺它"。

纪德对这样的做法很是着迷,并不怎么为了他那太阳般的田园牧人作风,但是最终他宽容地只将这份坦白看作是"某种心理上的不足",并且怜悯这个不幸的人需要"如此多的催化剂才能达到极点"。最后要记得塞莱斯特·阿尔巴雷一贯否认这些"流言蛮语",因为"先生甚至都受不了见到一只老鼠"。

从这一切中可以得出,马塞尔的性取向很可能是"异常的、肛门期的和幼儿期的"(弗洛伊德学院很可能就是这么说的),其表现显露在《追忆似水年华》的这里或那里。就像这个梦,普鲁斯特说那是一个噩梦:"噩梦带着幻景,在其中我们故去的父母刚刚遭受了一次严重事故,并且并非无望立即痊愈。在等待的时候我们把他们关在一只小老鼠笼子里,他们在那里面比白鼠还要小,他们身穿一排红色大纽扣的衣服,每人戴着一根羽毛,像西塞罗那样同我们发表演说"。

这些怪事还要加上一连串泄密,风言风语或者其他的恶意,从德·卡斯特拉内到法伊(Bernard Faÿ),乃至佩因特(他从某种程度将它们正式化了),这些不断使得普鲁斯特的怪癖显得秀丽起来。就连忠实的奥塞尔也起劲起来,他描述说马塞尔有一天如何恳求他带他到屠宰场去,并在那里对一个伙计说:"和我说说你们怎么杀死一头牛犊的。"

一个英国人,阿加蒂(John Agati)——他没萨克斯或者茹昂多那么不怀好意——在他名为《自我》(*Ego*)的书中就此事列出了用相当可信的证词。再者,塔迪耶自己引用了德·瓦尔蒙公爵(de Valmont)的一手消息,他在经过尚佩雷门(porte de Champerret)老鼠竞技场的时候,曾对塔迪耶说过:"普鲁斯特就是从这里弄到的老鼠。"最后记得马塞尔的父亲,公共卫生专家,对于老鼠非常感兴趣(而且是科学地),对他而言,老鼠是某些传染病优选的传播媒介——加缪用他的成果去写了《鼠疫》。"老鼠,老鼠,只有这个",普鲁斯特医生有一天应该对一个记者这么说过……

必须要接受这一点:马塞尔在某些方面是一个非常奇怪的家伙。我们在这里避免去把他的"内心深处的我"越描越黑。但是也绝对无法忽视那些阴暗的念头。

→*Cocteau*(*Jean*)让·科克托,*Gide*(*Le rêve de*)纪德(之梦),

Le Cuziat(*Albert*)阿尔贝·勒屈齐亚，*Spinoza*(*Baruch*)巴鲁赫·斯宾诺莎

转世(Réincarnation)

马塞尔在世的时候总是没完没了地宣称自己快死了。每一次，都是马上、立即，并且没有人敢当着他的面不同意这种悲剧且滑稽的预言。而且不过区区小事都能预示坏事要来临，神意如此，却从不应验。每个人都习惯了这种无害而仪式化的错乱，然而这上面又漂浮着一片真相的影子。"亲爱的朋友，"他有一天夜里对一个访客说，"如果我请您拿掉外套上的手帕会不会让您大为不快，因为否则的话我可能在我们谈话结束前就闷死了……"他还对另外一个人如此明说："您上一次来的时候，我被迫把您坐过的椅子在院子里晒了三天，里面浸满了您的香水味……"这一切都过分了，大家都毫不以为然：这就是普鲁斯特的假死人闹剧。一个无病呻吟的人？他当然是啦——直到真正的死亡到来。

时间一长，再不会有人把这当回事。为了说服这些怀疑者，他不得不一有机会就为自己的痛苦添加细节：坐在奥迪隆的出租车里在卡布尔近郊兜风（关着窗），一间日晒太过的卧室，阴险的半透明小阳伞，樟脑浸得不够的棉絮，被一个怀有敌意的衣架冷却了的皮袄，还有他想象的死亡逮住了他，其实他还有有趣的事情可以说。他的神经系统肥大——这对他而言是件文学上的大幸事，结果让他的朋友们中最善解人意的人也怀疑起来，由此他变得警惕："不要和任何人说我的情况之严重。因为如果在此之后我还能活个一段时间，人们就不会原谅我。我记得有些人'拖拖拉拉'了几年。人家以为他们在演戏。就像戈蒂埃迟迟不出发去西班牙，看见他的人们都对他说：'您回来啦！'既然没法承认我还没死，他们要说我转世了。"

很长一段时间以内,马塞尔就这样自己投胎到自己身上。

在他身边,大家同一个幽灵打交道,他则嘲弄自己将来会灭亡,并且乐于跑到时间前面去,因而他就避免了消亡。

→*Asthme* 哮喘,*Nerfs*(*et pastiches*)神经(与模仿)

(那不勒斯的)女王(Reine[de Naples])

当一个真实的人物来到《追忆似水年华》中,普鲁斯特留心依据天性去刻画他。这就是那不勒斯女王的情况,她是奥地利女皇伊丽莎白显赫的姊妹,女皇在出席了韦尔迪兰家的晚宴之后,接近了普鲁斯特的虚构,尤其是夏吕斯男爵,就像她在现实中所可能去做的那样。

马塞尔并非不知道这个高高在上的人物曾在一次民众起义中开了一枪。因此他毫不为难地让她对受到韦尔迪兰一家羞辱的男爵伸出手臂时说出这样可爱的一番话:"您知道,在加埃塔(*Gaëte*),这条手臂曾经让下等人尊敬。"

在普鲁斯特死后,老去的女王当时在讷伊生活贫穷,远离她那两西西里王国①奢华排场,她让一个侍女为她朗读《追忆似水年华》:"真是有趣,"她宣告说,"我不认识这个普鲁斯特先生,但是他好像认识我,因为他赋予我的行为举止就像我本人会那样做呢……"

相对性(Relativité)

雅克-埃米尔·布朗什(在他1921年出版的书《日期》[*Dates*]中)是第一个类比——隐喻地、文学地而社交界地——《追忆似水

---

① 两西西里王国(Deux-Siciles)在1816至1861年间,由西西里王国和那不勒斯王国组成。

年华》和爱因斯坦理论的人。1922年的时候,韦塔尔(Camille Vettard)在《新法兰西评论》中发表的文章里,用非常含混的方法说普鲁斯特的世界,就像他的数学物理同道中人一样,是一个"四维的世界",和爱因斯坦由狭义相对论定义的宇宙类似。这就是那个时代面对一部"膨胀的作品"的态度,其中每个人物的心理从来都不是绝对的存在,而是按照不同的角度不断变化的。普鲁斯特他自己,这当然再自然不过,对于爱因斯坦的理论一窍不通。然而这种类比让他很受用,就像是一个晦涩的恭维,他很乐于满足于这个没有什么大意义的平行论,至少他可以在其中看到自己对于时间的概念可以找到一个重量级的盟友。说到底,价值观念的"普遍相对性",就像在《追忆似水年华》中所体现的那样——其中的善与恶从来不是固定的,而是不断波动,经常成为其对立面,明显和自然科学所定义的世界观是不无关系的。但是这类比较仅限于此。

→*Contraire* 截然相反

否认(Reniement)

普鲁斯特的大部分主要角色,从凡德伊到夏吕斯,最终都被否定了。他们曾受到尊敬,高贵而令人生畏,随后的人生如此残酷和愚蠢,对他们当面啐了一口——就像马塞尔付钱雇用的"恶棍",同意对着勒屈齐亚妓院的单向镜子面前的他母亲的照片啐了一口。但是,在所有这些遭到否定的人之中,没有谁比斯万更遭否定的了,然而普鲁斯特却很喜欢他。

可怜的斯万……他的最后一次出场是在盖尔芒特公馆前,让人难受:他已经患上了"种族红湿疹",他的鼻子同阿尔钦博托一样(arcimboldien)滑稽,而他最好的朋友奥丽娅娜对他表现出的关注还不如对她自己那双红色的皮鞋……夏吕斯很快就污蔑说斯万是一个同性恋者,而他从来不是。他自己的女儿吉尔贝特为她的姓氏感到惭愧,她刻意注意改变发音("苏旺"[«Souann»]……),就好像是要强调她的东方血统,之后还用"福什维尔"这个姓氏掩盖过去,"福什维尔"这个名字的前置词如同一颗芝麻,打开了通往贵族世界的门。普鲁斯特在《追忆似水年华》末尾,任凭这个人物被人取笑,他一生太无所事事,乃至一事无成,因为爱情不是他所长,而且他从来都没有写就自己关于弗美尔的书。

这种讽刺令人惊讶:为什么马塞尔需要这样践踏这个他最有魅力的、最为优雅的主人公呢?为什么他要把他神奇的天鹅变成替罪羊呢?这是一个决定,就像但丁在天堂门前抛弃了维吉尔。更何况……维吉尔是《埃涅阿斯纪》的作者,而斯万不过是他的高雅的工匠。

→*Dix points communs*(*entre Swann et le Narrateur*)(斯万和叙述者之间的)十个共同点,*Souliers*(*noirs ou rouges*)皮鞋(黑色或者红色),*Swann*(*Charles*)夏尔·斯万

信息(Renseignements)

毕加索作为内行写道:"普鲁斯特对装饰图案耕耘不辍。"作为作家,他毫不懈怠地进行调查,他移步去证实、比较、推断、补充。作为间谍,他有自己训练有素的情报人员网络,首当其冲的有里茨酒店经理维克斯勒(Camille Wixler),此人举世无双,他注意到德·列维-米尔普瓦公爵(de Lévis-Mirepoix)敢于在18点以前喝波尔多甜葡萄酒,或者范雷埃特公主(Van Reeth)一反所有常规,穿起勿忘草的衣裙和红色的薄底浅口皮鞋。比如说,维克斯勒受普鲁斯特之托去寻访巴黎菜场,以便记录下商人的叫喊声和小贩的叫卖声("牙鳕来油炸,来油炸","为虾仁干一杯!","我的鳐鱼活蹦乱跳,活蹦乱跳")。

而且,尤其是达贝斯卡(Olivier Dabescat),维克斯勒的助手,

他对于安排餐座的执著无人能比：普鲁斯特能不能一起邀请雷纳克(Joseph Reinach)和德·克莱蒙-托内尔公爵(de Clermont-Tonnerre)，后者也是查理大帝的后裔？福雷年纪已经不轻了，而贝罗(Béraud)则还算年轻，那么这两个人谁坐上座呢？但这些都是无关紧要之事，普鲁斯特要的是新颖，是异乎寻常，是真相。

说到这最后一项，没有人能胜过勒屈亚齐亚，他是恶行与卑劣的专家。普鲁斯特过分犒劳他，给他自己父母的家具——并且，借助某个单向镜，获得了非常好的投资回报。

当他需要一个"极为重要的"信息时（一块布料的颜色，一个性秘密，特兰西瓦尼亚[Transylvanie]皇家的一个族谱细节……），他就接受苏邹公主的邀请。不是因为公主非常了解此事，或者同意谈及，而是因为这些晚宴里满是多嘴的人，他们知道，或者自以为知道报纸从来不谈论的事情。

用塞莱斯特的话来说，普鲁斯特就成了"他的人物们的朝圣者"。他忘记了他一贯的奄奄一息，穿上五六件背心，裹得蚕蛾似的，用樟脑浸过的棉簌塞住领口，出发去旺多姆广场或者郊区的旅馆。他有时一无所获地回来了，并且非常愤怒："浪费了两个小时，亲爱的塞莱斯特，您知不知道……"他埋怨自己没有敢问一下某某伯爵，他本可以告诉他一些关于X侯爵的事……他为仆人的缺席感到惋惜，因为他正是唯一那个知道是否……他怀疑莫朗垄断了和沃杜瓦耶(Vaudoyer)的谈话，而他希望从沃杜瓦耶那里得到几个关于"弗美尔"技法的细节。在这种情况下，阿默兰路的归来是阴沉沉的。普鲁斯特浪费了他的时间。晚宴一无用处。我怎样才能补上自己的延迟呢，亲爱的塞莱斯特？可以，怎样呢？

之后，当成功来见，就像《如愿的祈祷》(*Prières exaucées*)中的卡波特(Truman Capote)，面对社交界人士抱怨过于恰当的肖像或者过于残酷的细节，他应当经常对自己说："难道他们认为我是高兴见他们的吗，所有这些人？……"

→ *Grains de sable* 沙粒，*Le Cuziat*（*Albert*）阿尔贝·勒屈齐亚，*Modèle* 原型，*Ritz* 里茨酒店

滴鼻剂（Rhino-goménol）

这是马塞尔最喜欢的物质，是他的神奇药水，他的安宁万灵药——相当于教皇亚历山大六世的硫酸盐。它呈一罐软膏状，一头装有针管，用来伸入鼻孔，注射羊毛脂和杏仁油。它来自于新喀里多尼亚（Nouvelle-Calédonie）产的桃金娘科树木白千层——马塞尔肯定知道这一点……——，这药剂对于他而言是登峰造极的药物，他每天都使用，把它当作自己和外部世界的一道看不见的墙。因为滴鼻剂进行消毒和预防；它在外部的疫气和内部的洁净（这完全是相对的）之间构成了一道不可逾越的墙；这是阻碍病菌载体的气味盾——并且因此值得和曼陀罗以及软木一起，列在马塞尔的徽章之上。

然而在《追忆似水年华》中，它被用于更为社交的用途：由此，西多妮·韦尔迪兰在科塔尔的一位门徒建议下，在欣赏凡德伊的音乐之前应当用此涂一下鼻子——因为"要她聆听这些机器而不哭出来"是不可能的，而她的眼泪将一定会引发"会弄糟一切的伤风感冒"，让她看起来"像个老酒鬼"。没有滴鼻剂，就没有凡德伊——此乃她的规定。

还有普鲁斯特，他写信向朋友们推荐这款滴鼻剂，在信中他把自己当作了自己的父亲或者兄弟，毫不犹豫地开具像模像样的处方。然而有一天，塞莱斯特忘记了把滴鼻剂给奥迪隆使用——奥迪隆在去巴黎购物的时候感染了一个细菌。就是这种方式——普鲁斯特毫不怀疑——使得一种致命的肺炎球菌潜入到阿默兰路的生物群落里。塞莱斯特为此自责了好久。

→ *Asthme* 哮喘，*Nez* 鼻子，*Rire*（*de Mme Verdurin*）（韦尔迪

兰夫人的)笑

(韦尔迪兰夫人的)笑(Rire[de Mme Verdurin])

您是用什么方式装笑的?

您是不是那种把椅背往后仰,一直到平衡点,然后在最后一刻回摆的人?

您是不是属于那些对自己的玩笑乐个不停,直到其他人至少礼貌地微笑一下的人?

您笑起来声音宏大、会心,并且直冲敞开的门?

您是否在眼角擦擦一滴假想的眼泪?

您是否假装要倒向背对着您坐着的人的肩膀,然后很快弹簧似的直起身子,就像出色的旅馆经理所做的那样?

您笑的时候吸气吗,是否发出刺耳的声音?您像鸭子一样笑吗("安、安、安")?还是会发出鼻音("尔……尔……尔……")?

您笑的时候脸色泛红并且拍打邻座人的手吗?

您是否像韦尔迪兰先生一样,假装要被您的烟斗里的烟雾呛到,冒着这真的可能发生的风险?

您是否收紧肚子,模仿笑痉挛,就像青年少女想要取悦她的第一个青年男子那样?

您是不是属于那些像超音速飞机一样在听见之前就被看见,先开始用嘴巴画一根沉默的香蕉,之后当着宾客的面突然洪亮地"啊"一声,随即是一系列的叹息("唔、唔、唔……"),好表现出您在突如其来的欢快过后,重新收回自己的气息,否则这欢乐如果持续的话,会要了您的命?

无论您怎么做来表达好心情,您都够不上韦尔迪兰夫人脚后跟的高度,因为"女主人"一旦张开颌骨、敞开喉咙大笑起来,就完成了两个表演,这意味着她笑出眼泪来的时候"对她既不累又没有风险"。

这第一个表演是卓越的："她发出低声叫唤,完全闭上她那鸟儿般的双眼,突然,就好像她只有时间藏匿一个有失体面的场面或者为了避免一次致命的发作,把自己的脸埋在双手中遮得严严实实,她看上去像是拼命要克制住、消灭掉这次发笑,假如她放弃这么做的话,这种笑会让她晕过去。"

这第二个表演是实用的："如果她就在近处,女主人就抓着(舍尔巴托夫)亲王夫人的腋窝处,她的指甲都掐进去了,并且藏一会儿她的脑袋,就像一个玩躲猫猫的孩子一样。藏在这保护罩后面,她看起来像是笑出泪来,并且可以什么也不想,就像那些在做稍长一点祈祷的人们,在此期间非常智慧地注意把自己的脸埋在他们的双手之中。"

里茨酒店(Ritz)

每个普鲁斯特同好都有自己的麦加圣地:有些人去卡布尔或者威尼斯朝圣;另一些人的信仰只在奥斯曼大街102号阴森森的建筑面前或者在阿默兰路的各各他附近才激动起来;再有一些人,他们不那么挑剔,满足于歌剧院的一个包厢或者伊利耶贡布雷的一排阴沉的山楂树篱。对于这本《私人词典》两位作者中更为年迈的那一位而言,他总是把里茨酒店里的烤蛋白酥一般的气息当作是他普鲁斯特情怀最为真实的来源。

这种复活的奇迹尤其是在夜间实现,当这座豪华旅馆在旺多姆(Vendôme)的柱子前开始沉睡,那是唯一一支石磨和板岩底座的蜡烛,它曾经常常见证马塞尔同侍者们闲聊,他们陪他一直走到奥迪隆的出租车前,以便获得一份慷慨的消费。

那天晚上,普鲁斯特——其幽灵应当对于威尔士亲王夫人越过旋转门也就是她的地域之门的那一幕多加评论——是来同奥利维耶·达贝斯卡谈天的,达贝斯卡在旅馆负责登记布料、餐座安排、社交界的各种共谋。他肯定问过他梅特涅公主(Metternich)为了吃鳎鱼是否一起喝过香槟或者苦艾酒,或者季阿吉列夫(Diaghilev)在和一个他认识的大公共进晚餐之后是否完成了击脚跳。奥利维耶什么都知道。而且,当他不知道的时候,他就编造。他颇有天赋,能精确重述这些人,他们在接下来的几个小时里将被普鲁斯特的散文一网打尽。马塞尔在那天晚上收成颇丰吗?他是不是在豪华酒店"滑稽得恐怖"的吊顶之下度过了片刻的愉快时光?他是否在那里寻回了社交季末尾的气息,那个地方的调子总是由洛可可灰尠主宰?这是肯定的,因为里茨酒店(幸有波德莱尔的《旅行》[*Voyage*],他把里茨酒店描绘成"无聊沙漠中的恐怖绿洲")是他最为自在的地方。借用皮埃尔-坎的表达,他在那里建立了"调查者的大本营"——并且,尽管有时他偏向过卡尔顿或者西罗酒店(Ciro's),他却是在里茨扎下了他最后的营地。

他独自一人快到午夜时分到的那里,身上裹着一件塞了棉布的衣服,渴望证实关于地毯的细节或者餐具轻碰发出的低语声。他问奥利维耶要一杯浓咖啡,"一杯抵两杯的咖啡",再配一杯冰啤。

有时,当他招待某几个朋友的时候,普鲁斯特让人到一间个人工作间去侍待他,并且他喜欢在他们走后磨蹭,以便同侍者们聊天,这些侍者有时成为他的情人,他们那副可疑的样子毫不让他反感:客厅里明亮些的一角那边两位进餐的女士是谁呀?还有这个头戴英式女帽的少女,看上去因为没能找到那个本来应该等她的男子——或者女士——而感到沮丧?他在脑子里记下这些问题的答案。不久,他就把它们重组,然后用千般复杂的补充来扩充它们,这些补充通过文字的萨拉班德舞曲而互相衔接。在他的情节之后,他赋予两位女士必要的习性,并且派给那位少女复杂的动机以便用三页的功夫去解释她为什么表情沮丧这个谜。

对于侧耳聆听的人而言,里茨酒店藏有一切这种马塞尔式的记忆。它只等着开口呢。我们甚至可以猜测它会很高兴同爱好者分享这些回忆,而那些俄罗斯、阿拉伯或者中国游客从此不见得在意这些。

→*Renseignements* 信息

连衣裙(Robe)

> ……我将我的书建造起来,我不敢斗胆说像一座大教堂,但简单说就像一条连衣裙一样。

哪条连衣裙?

是阿尔贝蒂娜穿到巴黎去的那条黑缎子连衣裙?

是福尔蒂尼根据威尼斯古画做的那条"深色的、绒毛样的、带斑点的、金丝横纹如同蝴蝶翅膀一般的"裙子,德·盖尔芒特公爵夫人穿起来光芒夺目的那条吗?

您别激动……

那条给挑剔的作家当作原型的连衣裙是一件"女式束腰上衣",那是奥黛特在非常热的一天里托付给叙述者的,其胸衣的部分含有"千种制作的细节,而且非常有幸不被人察觉,就像作曲家竭力关照过的管弦乐队的某些部分,尽管它们从来不会被公众的耳朵所听到"。

然而,这就是《追忆似水年华》——应当长久地看着它,从各个角度去读它才能在其中发现那些传奇的细节。这部七卷本的巨作建议其读者仔细观察现实,以便发现那些潜在的奇观,它本身精心制造了一个不可思议的奇观,既庞大又精雕细琢、既壮观又细腻,并且还不为人所见的包含了横七竖八的珍珠。

因此要像叙述者敢于查看奥黛特上衣内部那样去读《追忆似

水年华》:"我看见,我长久地看着,出于愉快或者出于亲切,几个精美的细节,一条色泽可人的带子,一条浅紫色棉缎,一般没人能看见,但是其做工精美不亚于外面的部分。"

此类(文学的或者服饰的)高雅在道德上的对等者要去找一个几乎遍寻不着的大领主,他能让自己的仆人喜爱他,尽管这些人对于华丽装饰的背面有着无限的接触。

→*Fortuny*(*Mariano*)马瑞阿诺·福尔蒂尼

学徒小说(Roman d'apprentissage)

当他还是一个孩子的时候,《追忆似水年华》是一个经常听到的意群,或者说是在家里听到的,这本书的两位作者之一那漫不经心的耳朵里时不时地飘过这个名字,这个书名在他父亲和同年龄的其他巨人的谈话中偶然会出现。

他对于这三四个音节(*La-re-cher-che*……寻找……)所组成的粗糙而花一般的组合所指何物没有具体概念(是一次尝试? 一个地方? 一句有魔力的话? 或者是一个游戏?),由于不断听到它,他怀疑其价值。就像是一个不经意间养成的习惯,这些音节给他留下了阿拉米人的(araméen)回忆,其材料信息含混,具有普世的、无限的美,是一个最重要的任务但是路上却把它忘记了:是他在想要的时候去学习的一门外语之主旋律。

永远都不应该忘记那个什么都不懂的时代;在无知的庇护之下,心灵的轻信是其最初的武器。对于他而言,他选中了这本书,首先是在这个标题下,这远早于他读这本书的时候。在他还不知道的情况下,最重要的已经开始了。

之后是在初三,十六岁的时候——幸有他那出色的法语老师——他终于翻开了这本大书,就好像一个人参观自己在房屋建造很久以前就看着样板间购买的公寓。他读过的头几页——或者他的头几步——是《斯万之恋》,其突变、转折是唯一先于叙述者出生的(尽管这是第一卷的第二部分),并且用作(叙述者)和阿尔贝蒂娜的爱情叙述的前传。

但是在菜单式描绘嫉妒之火以前,《斯万之恋》的叙述极具喜剧力量,这之后夏吕斯男爵在《所多玛和蛾摩拉》里面污粪般的谩骂可以与之相较,其文叙述的是周三在古斯塔夫和西多妮·韦尔迪兰家的"小晚餐",夏尔·斯万在那里暂时弃绝了出入社交界,转向这些大资产阶级,并且去追求一位比他更丑的女子(奥黛特)。

在这个愚蠢的俱乐部里,斯万没能掩饰的考究加速了他的失势,那里流行的是科塔尔医生的双关语(青铜"和做事青铜"、"烟草笑话"、"土豆夏多布里昂"),并且总是伴随着韦尔迪兰夫人的假笑,她在演示自己笑出眼泪的时候,为了不让下巴掉下来,选择无论对什么话都发出一小声叫喊,闭上眼睛,并且把脸埋在手里,就好像要压住这她倘若任其发展,本可以让她昏过去的笑意……

韦尔迪兰夫人的这幅肖像(他在里面惊奇地发现了人们在假笑时是多么滑稽)让他直觉感到一个人想要说的并不如逃过我们眼睛的东西那么重要——就像上帝是否存在这个问题没有知道为什么人们需要信仰他这个问题来的重要。

如果多愁善感的人倾向于把世界看作一个剧院的舞台,这不仅仅是因为戏剧的隐喻描绘了一切事物的浮夸,这也是因为,并且首先由于忧郁是一种用来把每个现象转换成谜语的方法。当他第一次在一本比他老的书里面寻回了在那以前只属于他的情感,他自以为理解了为什么叙述者感觉需要到他人生最初阶段,在已经被遗忘的日子里面,去寻找他之所以悲伤的秘密。当笑容被摘下了面具,对于真相的追求就在对于病理的检验之中消失了,而我们的信仰不过是这些病理上表现出的征兆。他发现了天真:那些笑使他发笑。对于哲学而言他已经成熟。

这一堂课，他是受益于《追忆似水年华》呢还是从自己心里得出的？这无法决定。但是当他阅读《斯万之恋》的时候（就像阅读罗塞[Clément Rosset]写的《真实与复体》[Réel et son double]以及之后所读的斯宾诺莎的《伦理学》），无需更多其他便高兴地哭起来了，"就像在一个寻回的父亲的双臂中那样"。

　　十年以后，为了同格里马尔迪（Nicolas Grimaldi，格里马尔迪的声音让他想起扬凯列维奇[Vladimir Jankélévitch]，似乎要唤醒那些亡故的人，格里马尔迪的哲学生涯可以追溯到他从窗口看着麦田的那一天，当时他突然想到大自然和他无关）一同制作广播节目，他读起了《女囚》，他感觉做梦一般，自己成了叙述者，俯身看着沉睡的阿尔贝蒂娜。这个人放弃知道他所爱之人究竟是谁，他可以凝视她的脸，并且每次她晃动头部的时候去描写她因此而成为的一个新的个体，他可以"登上"自己的睡境，任凭他的腿垂下，"就像一支任其漂流的船桨，时不时轻轻被拨动一下，就好像露天睡觉的鸟儿的翅膀偶尔扑一下"，从这个人身上他得出一个想法，如果不是必要，但是人可以能对世界陌生——不是漠然，而是与其分离的同时对其保持知觉，说"我"但不坚持于此，而是相反地，是为了从自我出发——不过在这本《私人词典》中，出于一种能够不有损于他们傲慢的谦逊，两位作者规定自己使用第三人称。

　　或许这让一个能停留在表面的人心里极度惶恐不安，让一个猜疑的情人暂时放弃去知道他的情妇丢在椅子上的和服内袋里是否还一直放着她那些"好朋友们"的书信，他必须全心全意地接受阿隆（Aron）关于"介入的观众"的逆喻，并且喜爱那些反激进分子，他们之中从斯宾诺莎到加缪，还有柏格森和梅洛-庞蒂，试图理解怎样才能遇见我们身在其中的世界。

　　事实上，自从《追忆似水年华》进入他的生活并且给他带来幸福之后，就再也没离开过。无忧无虑的演员们细腻敏锐，一个在每张脸上认出绘画的完美主义者，把性提升到和爱情一个高度的神圣幻觉,不动脑筋的欢乐社团,青年人在其中寻求感情上的慰藉,再普通不过的人,其"不经意间表达的感情显示了他们没有察觉的规律,但是艺术家从他们身上发现了",简言之,世界和它的美对自身无所察觉,无法溶于人们为它们所找出的解释之中。

一个普鲁斯特同好从事哲学,就是用特性去代替真相,用"过眼云烟之中寻出永恒"的艺术去代替对于绝对的追求(这是一种病,就像阿拉贡在身患此症之前宣称它"同流感一样普遍"),并且把感觉转换成一个词,(用来描述)敏捷地认出所谓发现其实是熟悉之物或者家里常见的东西时感到的惊讶。

→*Jalousie*(*neuf théorèmes*)嫉妒(九条定理),*Rire*(*de Mme Verdurin*)(韦尔迪兰夫人的)笑

克莱芒·罗塞(Rosset[Clément])

失去兴趣以后,哀伤如影随形,然而自我坦白是一件不无愉快之事,本书的两位作者之一不得不出于诚实反驳自己的思想导师,反对罗塞在他的《论愚蠢》中对于《追忆似水年华》做出的解读(起先他以为这是绝妙的了)。

罗塞的错误不在于责备普鲁斯特让过去复活(《追忆似水年华》对于此类徒劳并且生发空想的事情相当陌生而且很不情愿),他的错误在于——这更为微妙因而也更为严重——责备作者对于永恒具有某种喜好(又或者说对于某种永恒的喜好),哲学家错误地将此同现实的欢腾对立起来。

罗塞是这样形容《追忆似水年华》的:"当我感到某种东西同时和过去的时间以及现在的时间相关联,但却和正在过去的现在没有关联——因此也同现在以及其贫乏无关——的时候,我很高兴。"然而,实际情况完全不是这样。相反,《追忆似水年华》是一本

关于现实、当下的伟大之书,也就是说关于事物、情感和活体的流逝。

此外,罗塞并不忽视:"普鲁斯特的回忆再现",他写道,"什么都没有再现,因为它正是——这才是它真正的意义所在——对于现实的第一次'呈现',也就是说它的出场,这意味着在意识的表面升起了某种现实。"但是罗塞认为总之叙述者是无法理解他自己的作品,认为他把这本书当作了对于现实的逃离,而其实这本书无论他怎么想,都是对于现实无可比拟的无穷尽汲取。

在这个问题上,罗塞尽管作为优秀的语文学家,并未将下面类似的话太当回事:"用偶然的、不可避免的方式被感知到,如此控制了其复生的过去和意象之真相,因为我们感到它为了重见光明而做出的努力,感到了寻回现实的欢乐"。普鲁斯特和叙述者两个人非常清楚,他们的圣杯并不是一个可知的世界,这其中的现象与情感可以融入在几何学中,在从容的祭台上牺牲了他们的风味。《追忆似水年华》关键不在于逃离,而是爱。艺术的世界是此处,而不是彼岸。彼岸世界也是我们的世界,其摆脱的不是它的魅力和芳香,而是被当作现实的我们的需求、野心以及欲望。《追忆似水年华》表达的目的不是(像罗塞所以为的那样)从表象之下逐出真相,也不是从时间的流逝中炼出永恒,而是现象本身的真相和流逝本身的永恒。当然,普鲁斯特是柏拉图主义者,但是这是一个重视感知的柏拉图主义者,他把风味和知识调和起来。

换言之:罗塞错了。被水浇到的人是那个浇水的人。

罗塞关于普鲁斯特犯下了怎样的错误,使得他曲解了普鲁斯特,就好像哲学史学家们对于巴门尼德(当他们把他归于形而上学的传统,却没有看见——罗塞在《智慧与疯狂之原则》[*Principes de sagesse et de folie*]就是如此演示的——巴门尼德的循环论证,"存在之物存在,不存在之事不存在",并不是赞颂永恒不变,而是在说在场的唯有当下,哪怕当下仅仅以过客的方式展示在我们面前)所犯下的那样?罗塞错在哪里呢?错在索邦大学的氛围,普鲁斯特形而上的、第三共和国的词汇,有时让他用"灵魂"一词来表达"精神",用"真相"一词来表达"特性"?错在阿默兰路并不十分宗教的隐修士形象,需要擦擦眼睛才能从他身上看出与现实和解的那个先知?或许吧。

但是更可以确定的是因为罗塞过于执著地认为想象是《追忆似水年华》的动力和最终的那个词,而这本小说和其他小说一样,其目的是用感知来代替想象。为了证明他的看法,罗塞不恰当地引用了下面这一段(原文在《重现的时光》里):"多少次,在我的生命中,现实让我失望,因为在我看见它的时候,我的想象,这也是我唯一用来享受美的器官,没有办法用于它,这是出于无可避免之律法,要叫人只能想象缺席之事。"

但是他略过了后文,后文弃绝并且超越了之前所言:"现在突然这条严厉的律法的效果被中和了,悬停了,这是自然的神妙之法,使得一种感觉在闪光——叉子和锤子发出的声音,铺砌的路面同样地高低不平——既是在过去,这使得我的想象能够体验这条律法,又是在当下,我的感觉被声音实际触动了,触觉给想象的梦境添上了寻常所没有的东西,即存在这个概念,并且这个借口使我获得、隔离、固化——在闪电般的瞬间——我所从不担心的东西:一点纯粹的时间。"

如果罗塞感到遗憾,"普鲁斯特如此留心在意识表面的现实孵化,曾以为应该在它生发之际就立即将它攫走,并且把他幸福的惬意建立在驱逐它的能力上",他安慰自己:错误是他自己的。是罗塞,而不是普鲁斯特以为"使之永恒"就意味着"固定"。罗塞责备普鲁斯特把在他看来属于捕捉现实之事当作回忆去呈现,然而普鲁斯特并没有把它当作过去的回忆去呈现,而是当作现在的回忆。普鲁斯特的艺术并不驱赶暂态,而是激发它。艺术并不抛弃,而是带着与之相配的坦率去接受现实。寻回的时光不是一个石头般的梦境,而是生命和知识之间永远转瞬即逝的巧合:普鲁斯特不想要逃离这个世界,而是去爱它的每一个部分,每一个瞬间。

→ «Au passage» "交错而通",Bergson(Henri)亨利·柏格森,Spinoza(Baruch)巴鲁赫·斯宾诺莎

卢梭主义(Rousseauismes)

叙述者是一个脆弱、任性、自豪、温顺、令人失望的小孩,就像塞利纳所说,他经常把自己弄得一副"让-雅克的小样"……

但是,在贡布雷过复活节的那一天,就在宣誓过后,在上午的混乱之中,马塞尔从盖尔芒特家那边逃出来(其最大的魅力就是大家在那里总是在沿着维沃纳河散步),当他可以任意自由活动的时候,幻想着能够模仿"一个划桨者,在放开了船桨之后,平躺下来,头靠在船的底部,并且让船随波逐流,只能看到慢慢在他上方移过的天空,一脸预先尝到幸福、和平滋味的模样"。这是对卢梭在表达爱慕,卢梭在《一个孤独漫步者的遐想》第五章里,说自己一个人在船上,在湖水中央,"全身"平躺着"在船里,眼睛望着天空(……)陷入了千种混杂而引人入胜的梦幻之中"。

需要记得的是卢梭自己在事先模仿普鲁斯特的叙述者的时候,已经自诩持有"毫无神奇冒险经历的"读者的注意力——不像那些为了达到这个目的而"不断呈现新奇事件和新人面孔,走马灯似的如同神灯上的影像一般"。

但是在这本《普鲁斯特私人词典》中卢梭之所以出现的真正原因,是哲人作者和叙述者一样对于失望的特殊运用。没有哪个文学人物比第一次见到贝戈特的叙述者和对巴黎失望的让-雅克更为相像的了。

"我当时想着",卢梭说,"一座又美又大的城市,面貌威严,只能看见华美的街道、大理石和金子做的宫殿。从圣马索郊区进巴

黎的时候,我只看到又小又臭的街道,黑色的丑陋房子,污浊的空气,一副贫穷之气,乞丐、赶车人、织布匠、叫卖花草茶和旧帽子的女贩们";"和我打招呼的是一个年轻人,他很粗犷,是个矮个子,敦实并且近视,红色的鼻子呈蜗牛状,蓄着黑色山羊胡",叙述者如此一番描述道。"我哀伤得要命,因为刚刚化作灰烬的,不仅是一位衰弱的老者,其躯体残留无几,也是一幅巨作之美,我曾经用自己虚弱但神圣的器官去容纳它,我的身体好比一座神殿,并且这殿堂是专为它所造的呢,这里面绝对没有什么刚才在我面前的长着塌鼻子、蓄着黑胡子的矮个子那副矮壮、布满血管、骨头、淋巴的身躯的位置。"

然而,卢梭对于他自己关于永不从失望的国度之中出来的想法估计过高(除了有一次面对加尔桥[pont du Gard]的时候,那是他唯一放弃了等待的东西),而叙述者在经历了一次又一次的失败之后,学会了在别处的别处去寻找他的幸福——也就是说在此处。要人只能想象缺席之物的严厉律法在卢梭那里登峰造极,他肯定"只有想象的东西才是美的",而在《追忆似水年华》之中,这条律法被废除了,那是一种感受(玛德莱娜、餐巾或者铺路石)同时在过去与当下的闪闪发光的结果。

卢梭用回忆去补偿希望,并且在"他人生的短暂幸福"之后,遗憾自己曾向人们的谎言、他前列腺的疼痛和死亡的许诺妥协;叙述者从不由自主的回忆中得到启示,发现对于艺术家而言可以跨过时间普通的秩序,也因而超越了对于死亡的恐惧。一言以蔽之,他的想象力让卢梭坐立不安,"让他的回忆散心"。并且阻止他想起"那些已经不在的人们",而叙述者用感知力代替了它("就像那些胃部无法消化的人让他们的肠子去执行这个功能"),因为痛苦、努力和冲突是一种如此稳定的材料,若没有比想象的任性更叫人致命地失望更甚。

→*Déception* 失望

流言(Rumeur)

流言——闲聊、闲话、说长道短、饶舌、流言蜚语——是《追忆似水年华》中主要的电流之一。它流动、形成情节、构建或者推倒幻景,让真相加快浮出水面,它紧紧拽住其反面,首先以幻觉或者谎言作为面具而前进。普鲁斯特把流言之谜当作第一有力的代理人。他甚至在多处试图为其构建理论——他非常奇怪地将其和陀思妥耶夫斯基、埃尔斯蒂尔和德·赛维涅侯爵夫人的文学或绘画技巧联系起来。为何如此奇怪呢?让我们详细说来……

《卡拉马佐夫兄弟》的作者和出色的女书简作家的确都把世界看作——并且把它描绘成——从效果出发而不是从动机出发的。他们能够——就像埃尔斯蒂尔在画玫瑰和海洋风景画的时候——让人看见包裹着现实的幻景。

从叙述的角度而言,这就意味着小说作家必须把他的描述紧扣在世界本来的样子上,在感知到的模糊和近似之上——而不是通过更正以后所理解的样子。

智慧和真相要之后才到来,倘若它们会来的话……

对于文学的这种观念非常能够解释普鲁斯特的第一批读者们如何完全不理解他的尝试。并且,相应地,这能解释当里维埃终于能够用恰当的方式阅读《新法兰西评论》拒绝的第一卷时,普鲁斯特所感到的幸福:"我认为更为诚实和高尚的是艺术家不要为人所见,不要宣布说我的出发点正是寻找真相,也不要说这和我有什么关系。我如此讨厌那些意识形态的书籍,那里面的叙述总是作者意图的破产,我最好对此一言不发。只是在书的末尾,一旦生活的启示让人理解了,我的想法才公之于众。我在这第一卷里面所表达的(……)是我的结论反面。"

如此这般姗姗来迟的三王来朝就是陀思妥耶夫斯基、德·赛维涅夫人和普鲁斯特自己的秘诀。这就是埃尔斯蒂尔的绘画的魅力,其方法因为普及而胜出:"假设战争是科学的,也需要像埃尔斯蒂尔画大海那样去画它,用另一种观念,从像慢慢调整的幻觉、信仰出发,就像陀思妥耶夫斯基描述一个人的人生那样。"

就是这样,出于对于实证主义的反对,普鲁斯特回到了流言的一边,流言加重了恶言中伤,散播似是而非的幌子,让朋友、机构、夫妇和人民反目,并且出于道德迫使心智警惕。孔帕尼翁对此写道:"《追忆似水年华》'流言四溢',如同森林里遍地是猎物。"

在此列出普鲁斯特伟大小说里面如盐般点缀的闲话是徒劳的,从圣卢的假结婚到盖尔芒特将来离婚,从犹太信仰或者一个人掩饰的同性恋身份到可疑天主教信仰或是另一个人彰显的伪装的异性恋身份。所有这些流言,这些表面上的残羹剩饭、谜语的片段拼块,被圣日耳曼区的势利和习惯所激发,这样的心态和习惯也是流言的修饰,流言之所以存在,只是为了通过时间被重组。

没有流言,小说是乏味的。

小说的线索就进行太快了。

这样的小说就像是那些刚开篇就放出最富有旋律性和弦的乐曲,之后这些乐曲就像暴风雨后的流水般汩汩而流。

→*Dostoïevski*(*Fiodor*)费奥多尔·陀思妥耶夫斯基

萨冈(亲王)(Sagan[Prince de])

有两个好理由能够证实为什么对这位贵族青睐有加——他很可能是从塔列朗-佩里戈尔(Charles Boson de Talleyrand-Périgord, 1832—1910)这个人物想象而来,他于1909年成为萨冈亲王。

第一个原因是他让叙述者着迷,一方面是因为他的脸上可以看出"大领主的所有骑士风度",另一方面是因为他向女士致意的时候仪态完美。

第二个原因更为特殊,因为他使得神奇的奎雷兹(Françoise Quoirez)遇上了她将要用来署名《你好,忧愁》(Bonjour tristesse)的姓氏。

从此无法去读关于这个亲王的段落……

"奥黛特,萨冈在问候您",斯万提醒他的妻子。的确,亲王就像在戏剧、马戏团又或是一幅古画中对着自己的马匹优美地低头表示敬意那般,对着奥黛特行了一个戏剧化的礼,富有寓意地显示了一个大领主的所有骑士风度,弯腰向女性表达他的敬意,哪怕她是一位他母亲或者姊妹所不能交往的女子。

……不要说弗朗索瓦兹·萨冈,她已经是普鲁斯特同好,将从其中诞生。

顺便提及一下,这个小说家萨冈一生都是普鲁斯特斗士:她不是向心灵受苦的朋友们建议——在她的世界里这类人并不少见……——每天多读几次《阿尔贝蒂娜不知去向》吗?

这药方很有效。

本书两个作者中(至少)一个可以作证。

→ *Agrigente*(*Prince d'*)阿格里真托亲王

圣伯夫(Sainte-Beuve)

关于普鲁斯特对阵圣伯夫一事(出色的)研究颇多,——最近的一篇来自于学者格罗(Donatien Grau,《与圣伯夫截然相反:灵感重现》,*Tout contre Sainte-Beuve. L'inspiration retrouvée*),其文对这个问题做了出色的回顾——此事就让那些好奇者、博学者和穿珠者去深究好了。

要说到战况,有这么几点:

1. 支持圣伯夫的人(他们没错)认为要理解一部作品,就必须要知道其作者生活的一切。

2. 相反,最真的普鲁斯特同好认定(他们有他们的道理)一个作家"社会自我"(«moi social»)和他"深层自我"(«moi profond»)没有任何关联。

3. 现代派倾向于普鲁斯特的看法,而保守派没法放弃圣伯夫的观点。

4. 后现代派超越了这个流派之争,他们证明普鲁斯特说到底是支持圣伯夫的,而圣伯夫不论编年表怎么说,并不是人们所想象的同普鲁斯特的方式那么对立。

5. (从圣伯夫的角度来看)普鲁斯特仅在一点上反对圣伯夫,就是如此一来,他可以不是他的叙述者了(虽然他一直都是),并且可以相应地关注同性恋的世界,而不用显得自己是个同性恋。

6. 这场争论带着学术讨论会和大学博士论文的气息,至少有两个价值:首先,为文科教师资格应考者提供了十多个议论文题目;其次,让德·法拉尔(Bernard de Fallois)——斯坦尼斯拉斯中学(Stanislas)教师,之后成了大家所知道的大出版人——得以重新编排一部激情洋溢的合集,普鲁斯特自己都惊讶——虽然毫无疑问普鲁斯特本人就是作者。

最后的这一点并不是悖论,因为人们早就公认,根据令人惊讶的传统,大作家们有时会出版,并且是在他们过逝很久以后,一些他们有生之年没能想到完成的未出版的作品。

况且此事引人入胜,并且值得我们回顾一下其主要阶段:1954年的时候,德·法拉尔在罗贝尔的女儿芒特-普鲁斯特的纸堆中找到75张大开面稿纸,其内容分为六个部分。此外还有未被出版的《让·桑特依》的部分,以及法拉尔想到以《驳圣伯夫》为名合集出版的一堆稿子——普鲁斯特自己在一封信中提到了这个书名,这名字不是给这堆稿子用的,而是当时他还只有一个模糊概念的一本小说。伽利玛在1954年将其全部出版,用的就是这个名字,并且还把这本书列入《七星丛书》,让它神圣加倍了。《驳圣伯夫》这本书因此被圣经纸和宏伟陵墓般的精美皮革所包裹,不久便让人以为普鲁斯特天生反对圣伯夫。就这样开启了:"社会的我"——在雷韦尔(Jean-François Revel)看来,他"在城里用晚餐"——"作为创造者的我"——还是根据雷韦尔的看法,"从来不吃饭",论点及其反面,艺术家和势利眼,被《新法兰西评论》拒绝的人和《追忆似水年华》的作者,等等。

这样的身后形态让一代又一代传记作家望而生畏：怎么敢去把叙述者和普鲁斯特联系到一起呢？如何把作品和人生融在一起？

幸运的是，这种言论持续并不长久，之后真正的学者明确指出，普鲁斯特并不是如此"反对"，而圣伯夫也和大众眼中的漫画形象完全不同。

然而，我们可以带着些许惊讶地思索那些成为了它们所指之物命运的词。思索这些决定了一部作品意义和其作家世界观的书名。

想象一下普鲁斯特写的不是"驳"，而选了"论"，"……之后"，或者更甚，"献给"。什么都不能阻止我们想象由此发展出来的传奇……

→*Fatuité*（*du Narrateur*）叙述者的妄自尊大，*«Je» et «Il»* "我"与"他"，*Marcel* 马塞尔，*«Narraproust»* "普鲁斯特式叙述"，*Trois détails*（*concédés aux partisans de Sainte-Beuve*）三个细节（让与圣伯夫的支持者）

萨拉主义者（Salaïste）

这是普鲁斯特在信中（和比贝斯科、阿莱维、德雷福斯……）用来指代"同性恋"的奇怪字眼。在比贝斯科看来，马塞尔酷爱——这成了夏吕斯的怪癖——记录下巴黎所有鸡奸者的名录："德雷福斯派、反德雷福斯派、萨拉主义者、反萨拉主义者，这是一个蠢货身上唯一能知道的东西。"还有："萨拉主义就像哥特式那样让我感兴趣。"（写给比贝斯科的信，1901年11月）甚至还有："一个伪敌人向萨拉先生致敬。"（同上，1905年7月）

问题就来了：这个产生了形容词的"萨拉"是谁——有时这个形容词变成了"约瑟夫的"或者更为经典的"男同性恋的"？大部分

阐释学者都认为这是一个想象出来的词,是内行或者朋友之间的"口令"——但是这看起来是不够的。

无论哪个有好奇心的人都可以进行粗略的调查,而且肯定会查到某个名叫卡普罗蒂(Gian Giacomo Caprotti)的人头上,他又名"萨拉伊"(«Salaï»)或者"安德烈亚·萨拉伊"(«Andrea Salaï»),是伦巴蒂画派的画家,十五岁起就是莱奥纳多·达·芬奇的学生及学徒。需要明确的是,"*salaino*"一词在意大利语中意味着"小魔鬼",并且一切都显示卡普罗蒂就是一个,尤其是对于莱奥纳多而言,传言认定卡普罗蒂就是他的情人。

然而证据却很少,不过假设颇多:比如 2011 年 1 月的时候,温琴蒂教授(Silvano Vincenti),历史遗产开发国家委员会主席,作出了一篇令人瞩目的报告,其目的在于"科学地"认定蒙娜丽莎的原型是一位男子。他还邀请他的同仁们用放大镜仔细观察这部大师之作中永远像迷一般的眼神,好叫人发现在其中每个眼睛里看见的是一个字母 L(指莱奥纳多)和一个字母 S(指萨拉伊)……补充的"证据"有:为蒙娜丽莎用作原型的脸同圣让-巴蒂斯特(saint Jean-Baptiste)相差无几——这可以让人推测"小魔鬼"的雌雄同体是两幅肖像的原型。

自此,不是没有可能普鲁斯特作为意大利艺术的热衷者知道这么一回事;卡普罗蒂的脸既男又女,一直让他好奇;使得他从中取了了一个特定的姓氏,以编码的方式,去指代那些在自然倾向之外,能在两种性别上皆获享受的人们。

所有这一切都能说得通,合乎情理,因而既不是对的也不是错的——但非常脆弱……

然而,里茨酒店的编年录里显示,——这座宫殿是马塞尔最后的避难所——有一位"萨拉伯爵"(Sala),他仿佛和马塞尔一样,经常独自在那里用餐。奥利维耶·达贝斯卡,酒店经理及用餐者的密友,说这个人同普鲁斯特一样对侍者的魅力敏感,侍者们并不忽视他给的小费同普鲁斯特一般多得夸张。由此或许可以看出,在马塞尔和他之间,有一种引诱者之间无声的竞争……

→*Inversion* 性倒错,*Ritz* 里茨酒店

乔治·桑(Sand[George])

淘气而博学的克里斯蒂娃写道,马塞尔最终喜爱福楼拜胜过了乔治·桑——那是他母亲最喜爱的作家——并敢于写出文学的弑母版本,其中的某些企图("我们杀死所有爱我们的人……")显示了他可能是有罪的。

没有人能否认如此精心推论的判决——当然,条件是要记得妈妈朗诵的乔治·桑、尤其是《弃儿弗朗索瓦》,对于贡布雷的这个孩子而言是非常痛苦的体验。

这本书的选择本身(《记录》[*Cahiers*]以及其他在这之前写的文章显示本可以朗诵《小法岱特》或者《魔沼》)意味深长:实际上,这本小说比其他的乡村气息更淡,讲述的是一个弃儿——在贝里方言中"尚皮"(«champi»)就是这个意思——他被科尔穆尔(Cormouer)的一个磨坊主妻子玛德莱娜(原文如此)·布朗谢(Madeleine Blanchet)收留,成为了他养母的情人,随后是她的配偶。

由此得出普鲁斯特的"弑母"——因为发生了(文学的)弑母——始于乱伦。

这件事会大为复杂,假如我们参照普鲁斯特之前写的一部短篇小说,《陌生人》(*L'Indifférent*),里面有一个叫勒普雷(Lepré)的人,是个妓女爱好者,让爱他的女人遭受痛苦——这女子的名字也叫玛德莱娜(·德·古夫勒,de Gouvres)。在这个故事里,其主题反过来就成了《斯万之恋》,可以得出的结论是,从乔治·桑到让娜·韦伊,从乱伦的母亲和布朗什(谢)到轻佻的奥黛特,从面粉

(玛德莱娜是磨坊主妻子)到像是"开槽的贝壳"的点心,泡在茶水中之后,给叙述者带来了我们所知道的沉醉,普鲁斯特不断同他的潜意识玩着捉迷藏的游戏。当我们想象一下可怜的马塞尔要是知道他死后大学给他按上的罪名该是多么的不安,他也会发抖的吧。

然而,他真的是无辜的吗?

→*Blanchisseuse* 洗衣女工, *Matricide* 弑母

萨尼埃特(Saniette)

他是朋友间晚餐时的出气筒,他的好心肠和糟糕的构成激发暴力直至血腥、直至死亡。孱弱、优柔寡断、怯懦、难以听见、气喘吁吁、笨拙、无能为力、体弱多病,《追忆似水年华》中的萨尼埃特被打败了,因为他是弱者——他被宽容,因为他被打败了:"模仿的本能和勇气的缺乏支配着那些社交圈,就像其支配大众一样。所有人都取笑那个被嘲笑的人,哪怕十年以后要在一个他受到仰慕的圈子里尊敬他。民众就是用同样的方法驱逐皇帝们或者为他们喝彩",叙述者以此来提前总结吉拉尔关于替罪羊的理论。还有什么可说的呢?人们时不时让萨尼埃特遭点罪,为了给自己寻寻开心或者让别人接受自己。所有人在他面前擦擦脚,然后才开始谈话。韦尔迪兰一家认为自视甚高就是高高在上的标记,有一天他们很惊讶地发现那个微不足道的土耳其人是贵族家庭出身。当得知萨尼埃特破产了,他们拨给他一笔年金的原因不是因为后悔曾经对他残忍,而是相反,他们想要继续这么做——就像是一个刽子手,为了让酷刑持续,给他一手断了血管的人输血。

为了引人注目——或者至少是为了在离桌之前引人微笑——,萨尼埃特笑着讲述("恐怕严肃的表情不足以彰显其商品的价值")不合时宜的故事,这些故事虚假、难懂、无休无止,没有人听,收效平平因为他急着要结尾。"一个好心肠的宾客有时会私下

同萨尼埃特表达几乎是秘密的鼓励,表示认可的微笑,让他不为人注意地达到目的,就像有人给您悄悄递了一张钞票。但是没有人去承担责任,去冒险获得公众认可,大笑起来。萨尼埃特的故事结束很久以后,他一脸颓丧地独自对自己笑笑,就好像自己在这故事里假装尝到了乐趣,而别人却没有发觉。"

萨尼埃特是一个不受重视的孩子,只需要稍稍放过他就可以立即赢得感激和其转换而来的友谊。他的挫败让叙述者同情,这里面不仅有怜悯,还有柔情:"他讲话的时候,嘴里有着可爱的粥,因为我们可以感到它显出的不是语言的不足,而是灵魂的优点,就像是人之初的无辜的残留,他从来没有丢失过。"不过,这样的倾向活不过他们一起在巴尔贝克度过的下午,萨尼埃特独独想要证明自己不痛苦,因为他很胆怯而表现冒失,因为他害怕自己的影子而表现粗鲁,一旦他想要显得怡然自得而表现鲁莽。萨尼埃特是一个不看您眼睛的人,或者他在和您握手时看着自己的双脚。然而,那些怜悯我们的人没有权利平庸,因为他们不友好的同时,让我们不再相信我们喜爱他们是因为他们本身而不是出于仁慈。

→*Bonté* 善良,*Maladresses* 笨拙

无名(Sans nom)

叙述者没有名字。有人说他的名字是马塞尔,但是其余的就是沉默,这再好不过了。假如他有一个名字的话,他就会对他自己以外的姓氏不那么敏感了;"盖尔芒特"的橙色音节、"库唐斯"的二合元音、"坎佩莱"的叽叽喳喳、"斯万"的柔和以及"帕尔马"的淡紫色,都会在他面前失去光泽,就好像用了弱音器,假如在他和它们之间立起一道误称为"专有名词"的家族姓氏之墙。

因为再没有什么比遮掩并概括了人生起伏的姓氏(乃至名字)

更不属于我们的了。我的名字,也就是说别人给我的名字,不是我的。我的名字远远不属于我,它控制了我。叫我马塞尔……对于叙述者而言,就像对于夏尔·包法利(Charles Bovary)那样,需要闻所未闻的勇气才能否认自己的身份("夏尔包法利!"«Charbovari!»),没有什么比被叫名字更让人不安的了。因此,不是仅仅因为他疑心自己受邀,也是因为、并且首先是因为他害怕听到人家叫唤他自己的名字,使得他告诉盖尔芒特家的掌门官自己名字时"机械地就像死刑犯任凭自己被绑在斩首木砧上",同时建议他放低声音宣布,说他将这些"令人担忧的音节"的轰轰声视作可能到来的灾难之预兆响声……但是他这么大惊小怪没有道理,因为幸运的是读者什么都没有听到。

→*Marcel* 马塞尔,*Naître*(*prince ou duc*)生而为王(王子或公爵),*Particule élémentaire* 贵族姓氏前置词,*Patronymes*(*et toponymes*)姓氏(和地名)

让-保罗·萨特(Sartre[Jean-Paul])

正式的说法是,萨特讨厌普鲁斯特——或者更确切地说,他不觉得自己被允许喜爱他。此乃老生常谈:不要让比朗库尔(Billancourt)失望,云云。可怜的萨特,备受折磨,在好几个(文学)宗教之间不断改变信仰……

萨特在青年时期信奉司汤达,"但并不受任何团体影响",他在心理上已经摆脱了贝尔精神,然而这种精神对于他的目光短浅并非不构成害处;暗地里他是喜爱福楼拜的,为了符合时代的颠覆精神,他掩饰了自己对福楼拜的崇拜;他羞于承认自己喜欢波德莱尔,受到马拉美影响却反对象征主义,鉴于时代他倾向于法农(Frantz Fanon)或者圣热内(Saint Genet)……

剩下普鲁斯特这个一下就被回绝的导师,他因为下列原因而被剥夺了资格和唾弃：

1. 他因为自己想象的《恶心》结局过于普鲁斯特化而埋怨他（他埋怨自己），罗康坦（Roquentin）在其中并不排斥用艺术进行赎罪——这在1947年本可以让进步人士处决了他。

2. 他不喜欢《追忆似水年华》结局完满,让叙述者终于实现了当作家的抱负,叙述者为了长大,需要经历女子们的死亡（好比俄耳甫斯成为诗人之神的代价是欧律狄斯［Eurydice］的死；就像德·格里厄［Des Grieux］活得比玛农［Manon］要长,心花怒放地成为了《埃涅阿斯纪》令人钦佩的评论者）。

3. 他谴责普鲁斯特是个"不负责任的资产阶级",由此一个"游手好闲的富人（斯万）对于一个包养女子"的感情被当作"爱情的典范"来呈现……

4. 由此得出结论说普鲁斯特是"资产阶级宣传的同谋,因为他的作品致力于散布人性的神话"……

5. ……而且他（普鲁斯特）还致力于"维持阶级特权"。

不许笑,连微笑都不可以：萨特一个人自己给自己的陷阱困住了。算他倒霉。

但是有人说还有另一个萨特,更为秘密,不那么洪亮,只有密友的圈子知道,他低声地对于《追忆似水年华》的作者表示热忱。有千种证词肯定这一点。我们对这个精神分裂者只能感到隐隐的同情——所有的宗教改信者多少都是如此……——他没能在光天化日之下庆贺自己的地下宗教定是遭受了折磨的。

最后要记得萨特,他对自己革出教门也不忠诚,赞扬普鲁斯特是第一个描绘了在感知和想象之间（《论想象》,*L'Imaginaire*,1940年,第188-189页）没有沟通（也没有混同）的可能性。这个奇怪而令人着迷的萨特,总是和自己在争执……

→*CQFD*（*Ceux qui franchement détestent*）表示厌恶的反对派,*Lanterne magique* 魔灯

亚瑟·叔本华(Schopenhauer[Arthur])

是不是因为他在虚无面前提出了可以理解的晕眩版本,同时许诺安慰的艺术,使得叔本华成了《追忆似水年华》中的"那个"参照哲学家?因为对于势利的普鲁斯特同好而言,他的确是哲学家,而这些普鲁斯特同好的智力至多集中在好意的悲观态度和沙龙中的放肆之上……

当一个人是社交界人士时,如何才能不被彻底的神志清醒带来的战栗所征服,而且奇怪的是,如此这般的头脑所做出的判断能不让做出它们的人受到约束(同样,是不是不断重复说"所有人都是要死的",最后就能让自己免遭此劫)?"重读一下叔本华就音乐所言",德·康布勒梅夫人推荐说,这让盖尔芒特公爵夫人乐了,公爵夫人很晚才同知识分子交往,但这并没有增加她的傲慢:"重读一部经典!啊!不,这我们可不行。"

但是叔本华的思想远远不仅是那些拒绝上当的人的保障,而是非常深刻地影响了《追忆似水年华》的神经系统。因为他用一个更有意思的问题来代替真理的问题或者一个断言的真实与否,即我们的观念有着怎样的病征,属于怎样的病理,这些观念为这些病征起到了屏风的作用,叔本华在此起作用:1.比如当叙述者观察到布洛克的和平主义或者好战心态只取决于被派往前线的恐惧;2.此外,当他承认"如果我们没有对手,愉悦是不会变成爱的";或者:3.当他描述夏吕斯男爵在获得一个贪财的车夫的青睐之前,命令叙述者选择"(通往)美德的道路"。

普鲁斯特有没有读过叔本华用来描绘同性恋的作品《作为意志和表象的世界》中令人发笑的那一章,叔本华在其中把同性恋描绘成"自然的创造",用来防止成熟男性(这些男子的孩子总是非常虚弱)继续繁衍?这无关紧要。重要的是要知道在叔本华看来,同性恋是羊群中的败类,是稳态自然用来调节的工具,他并不会否决叙述者把朱皮安介绍成命中注定要让那些老先生们"享受这人间的愉悦"之人的那些部分。

最后,如果说斯万要等到不再爱奥黛特的时候才娶她,或者如果受他折磨、被他剪断翅膀的阿尔贝蒂娜不再启发叙述者,只是让他厌倦,假如一旦征服了他,而无可捕捉、(因而)苦苦期待的"逃离之人"再不出现,就像主人想要摆脱一个奴隶那般,这难道不是叔本华眼中的生活,"就像钟摆一样摇晃着,从右到左,从痛苦到厌烦"?这种期望基于思念之上,其满足永远是不被满足的(因为在苦苦的期待之后定然是拥有的哀愁),这种期待因为缺失而重新燃起,又被日常所磨灭,其期待的东西从来都不是为了它本身,而是为了希望拥有之后能够被消解,叙述者由此推断出"嫉妒的折磨之火":

> 爱情中的折磨有时会停止,但这是为了用一种不同的方式重启。我们为着自己所爱之人不再对我们有着激情和开始的亲昵而哭泣,当我们失去了这些,她却在别处觅得情感之时,我们的痛苦就更深了;然后,我们的注意力从这种痛苦上被更为残酷的折磨转移了,我们怀疑她就昨晚之事对我们撒了谎,她肯定是背着我们同他人幽会去了;这样的怀疑也是会消散的,我们的朋友对我们的温存让我们安静下来,但就在那时一个被遗忘的词又出现在我们脑海之中;有人对我们说她对于享乐颇为热衷;然而我们只了解的她安静的一面;我们试图想象这些热忱对着别人的时候的景象,我们感到自己对她而言微不足道,我们注意到在我们说话的时候,她表现出厌烦、怀旧乃至悲伤,我们注意到当她和我们在一起的时候对穿的裙子漫不经心,这在我们看来就和黑压压的天空一般,而面对别人时却穿上了起初恭维我们的时候的衣裙。相反地,假

如她还温柔，我们感到片刻的欢乐！但是当我们看见这条小小的舌头渴望的样子如同召唤，我们想到那些经常与之对话的女子们，哪怕可能只是在我身边，阿尔贝蒂娜却不去想她们，因为太过于习惯，它成了机械的示意。然后我们重新感觉到自己让她厌烦。但是突然间这种痛苦消解了，只要我们想到那个生活中不做好事的陌生人，想到那些我们没法知道的她去过的地方，在我们不在她身边的时候，而且她可能还在那里，即使她并不打算那样生活，这些或许就是她远离我们，不属于我们，但比和我们在一起更为幸福的地方。这就是嫉妒的折磨之火。

怎样才能从这死胡同里面出来呢？怎样才能真正地去爱，也就是说不把别人和自己的欲望混淆起来？怎样从想象过渡到感知？怎样从一种失望的逻辑——其形式表现为归还给无能的权力、徒劳的监禁、被挫败的监控——过渡到一种满足的逻辑，其秘密在同情面前外泄，并且对于他者的不了解在留心了他流露出来的姿态之后慢慢消失？这些问题的答案决定了艺术的可能性本身（就像是爱情的可能性本身），其关键在于理解不是客观意图而正是无意中流露出来的东西决定了一个人或者一种行为的价值。"具有哲学的精神"，叔本华写道，"是能够对于习惯的事件和日常的物件感到惊讶的能力，是把最为宽泛和普通之物当作研究的对象"。然而，《追忆似水年华》难道许诺了别的吗？

→*Déception* 失望，*Livre circulaire* 循环之书

餐巾和高帮皮鞋(Serviette et bottines)

《追忆似水年华》中不经意的回忆可以分成三类：
——那些让人想起埋藏在记忆深处的片段的，其描述来自使

它们复苏的发现之后(就像小玛德莱娜那样)。

——在描述该事件的文字之后很多年,突然出现的回忆(就像高帮皮鞋或者大饭店里上过浆的餐巾)。

——最后,当下的记忆,一个物件以自己的回忆的形式出现在感知之中(似曾相识的经历,比如马丁维尔的钟楼或者于迪梅尼的树木)。

或许最有意思的是第二类,因为它给记忆提供了真正的对比,那是它发掘出来的物件,使得《追忆似水年华》的尝试带有回顾式幻觉的意味。

不如来评判一下:叙述者第一次去巴尔贝克旅行的时候,他让自己的外祖母为他脱下鞋子,而他自己在梳理"她那微微泛灰的漂亮头发"。两年以后,也就是他外祖母死了一年之后,当他小心翼翼地弯腰脱鞋的时候,"(他的)外祖母那温存、操心和失望的脸"突然在他的记忆里显现,同时给他寻回她的感觉和永远失去她的认识。如果叙述者不知道之后会回想起这件事,之前他会不会描述这么一段呢?

大饭店中餐巾的经历也是一样,三十年以后,他在盖尔芒特公馆的一间客厅里重新感到了这种"僵硬"和"上浆",他当时刚喝了一杯橘子水,擦了擦嘴——或者就像笛卡尔被刻意的怀疑错误地引导意识到自己的存在(因为其实笛卡尔假如已经找到存在的话,是不会去寻找它的)——叙述者仿佛刻意在某些片段上提前留意了,而他好像要知道这些片段有一天会冲破遗忘。

不诚实?装模作样?不过是小说的技巧?叙述者是不是像一个斗牛士一样,放置好投枪以方便致命一击?就好像一个播种现实的园丁,加入记忆的肥料,以期收获文学?仅从某种程度上而言是如此。

因为《追忆似水年华》从来没有违背热力学第二定律关于时间不可逆的规律,既是学徒经历的叙述(向着未来),又是慢慢发现使命的故事（过去的）；因此这叙述的结尾决定了故事的开端。外祖母解开高帮皮鞋和大饭店的餐巾这些片段先于不由自主的回忆，但是这些不由自主的回忆先于并且决定了这些片段的叙述。《追忆似水年华》就是这样运作的，好比一个向着自己开放的圆圈，按照"根本而非逻辑的统一性"，以瓦格纳（Wagner）的方式"从他的抽屉中取出一段曼妙的音乐，让它进入作品中成为回顾式的必然主题，尽管他在创作该片段时并没有想到这部作品"。

和那些事后装点、修整自己的作品以图表面上统一的糟糕作家截然不同的是，叙述者的经历自然而然地、有机地在尚无自我意识的构造中找到一个既新又必要的位置，并且成了这个建筑的窗户……就像某些作家盲目地记下一些表面上散乱的东西，却没有意识到到时候这些东西会和谐地融入将来的大作之中。

→*Contraire* 截然相反，*Déjà-vu* 似曾相识，*Deleuze*（*Gilles*）吉尔·德勒兹，*Livre circulaire* 循环之书

芝麻（Sésame）

对于那些曾费心去证明叙述者和《追忆似水年华》的作者很相似的人们而言，这本材料丰富的卷宗又可以添上一幕……

那是在朱皮安的妓院里，朱皮安在接待叙述者的时候让他明白，假如他想要看"我没法说四十个，但是一打小偷"，那只要去拜访他就可以了。他还补充道："要想知道我在还是不在，您只要看看那上面的窗户，我的窗子如果开着、灯亮着，就说明我来了，人家可以进来。这是我的芝麻。我只说芝麻。因为至于百合花，如果您想要的是它们，那我建议您去别处寻找"。由此我们可以推断……

1. 朱皮安既有文化又卑鄙无耻；他读过普鲁斯特为拉斯金的书写的序言（书名就叫《芝麻与百合》，*Sésame et les lys*）；他对此作了影射；大家是（半）社交界的人……

2. 他非常了解自己访客的身份：一位考究的作家，马塞尔·普鲁斯特，而不是没有确定性取向的"叙述者"……

3. 他自得其乐（同普鲁斯特自己），这并非没有同他的创造者、小说家共同的虐待狂心态，把"芝麻"变成跨越地狱之门的口令。

4. 至于"百合花"（情感和节操的美丽、王威、高贵……），它们在阿尔卡德路的这栋建筑之中是不会生长的——那里只窝藏恶和无耻。

由此，随着他的作品进展（朱皮安的话来自于《重现的时光》，这是作者身后才出版的），普鲁斯特仿佛不再执意去证明他如何地不是他的叙述者。

假如他有时间重读自己写的东西，会不会修正这种透明的暗示呢？或许吧……

→*Arcade*(11, *rue de l'*)阿尔卡德路(11号)，«*Narra proust*»"普鲁斯特式叙述"，*Trois détails (concédés aux partisans de Sainte-Beuve)*三个细节（让与圣伯夫的支持者）

谢里阿尔（Shéhérazade）

除了普鲁斯特作品中到处存在的著名囚徒，谢里阿尔苏丹（Sheriar），一千零一夜逝去的时光之中至少有三个谢里阿尔（Shéhérazade）：

1. 第一个谢里阿尔纯洁而具有母性，她在关键的一夜中为叙述者朗诵了乔治·桑的一本小说，那是叙述者第一次试演暴君的角色。

2. 第二个是阿尔贝蒂娜，她和她神话般的姊妹都是囚徒，她的姊妹试图哄骗控制她行为举止的嫉妒看守，来拯救她——然而做不到。

3. 最后,第三个是亚哈随鲁的囚徒以斯帖,她借用拉辛式的爱情诡计,为她的人民求情并且让波斯国王很快释放了他们。

4. 通过这三个人物(其实是一个),叙述者练习讲故事者的职业,并且隐约看见自己成为作家而救赎的可能性,去写一部"和《一千零一夜》或许一样长的书,但内容完全不一样",并且因此战胜定将到来的死亡。

为了做到这一点,他需要"很多个夜晚,或许一百个,或许一千个。而且我活在焦虑中,我命运的主宰,没有谢里阿尔苏丹那般宽容,在早晨我中断故事之时,不知道他是否愿意推迟我的死刑决定,让我下一个晚上继续讲故事"。

普鲁斯特-谢里阿尔因此写就了一部阿拉伯故事巨作。但是,当他的先人为了推迟死期而讲故事的时候,他知道自己写作的时候狂乱地跑到了自己死期的前头去。

→*Esther* 以斯帖,*Perse* 波斯

示播列(Shibboleth)

马塞尔喜爱绰号、重音、规划过的姿势、声调,其特点为一个个体的位置定性,这些微小的信号显示了属于某个群体、氏族、种族、缺陷。

他从这种敏感(同时也是共济会的?)之中得出了感知的形而上学,这就超越了显像,不断围捕那个秘密的、决定性的、潜在的世界。简言之,马塞尔是这些示播列的忠实爱好者,它们第一次是在圣经中出现。

的确,在《士师记》(*Livre des Juges*, 12, 4-6)中,基列部落(Galaad)的成员第一次用到这个词(其本意是"穗"、"枝"或者"激流")是为了揭露以法莲部落(Ephraïm)里他们的敌人。这些人想要混在他们的敌人里面穿越约旦河,为了辨别出他们,基列人要求

发出"示播列"(Shibboleth)这个词。发音不准确就是不属于本部落的证据,接着就处以死刑……

在普鲁斯特看来,社交界中有无数这样的示播列:它们涉及的面非常广,从用餐礼仪到社交界的习俗或者衣着习惯——英国的那些势利眼们是马塞尔的参考,他们也有他们的示播列,分成"上等的"(upper classe 中的 U)或"非上等的"(non-U)。

布洛克梦想进入社交界,他把"lift"念成"laïft",把"Venice"发成"Venaïce",这么一来,反倒显出他不属于社交界。

此外,在《在少女花影下》中(道德上)露出马脚的是阿尔贝蒂娜:"家里不许我同以色列人一起玩耍",她说(当她看见布洛克的姊妹们)。"她念成'issraêlite',而不是'izraêlite',即便我们没有听到句子的开头,也足以从中听出这些资产阶级虔诚家庭的年轻人对被选中的民族没有好感,他们轻易地相信犹太人会割喉杀死基督徒小孩。"因此阿尔贝蒂娜是反犹的。叙述者突然知道了这一点。

→ *Angleterre* 英国, *Du bon usage (de l'antisémitisme d'Albertine)* (阿尔贝蒂娜的反犹主义思想的)典型运用, *Inversion* 性倒错

阿尔贝蒂娜·西莫内(Simonet[Albertine])

在这个或许曾是一位男子的少女那里,一切都让人为难而且看似矛盾:庸俗会突然变成精巧;同叙述者在一起性爱游戏时的腼腆相反,叙述者想象她在同别人在一起的时候相当奔放;野心勃勃却经常心怀谦逊;从某种角度而言美成了丑;她的美人痣,随着本书的进展而移动,从嘴唇到鼻子,然后又从鼻子到下颚:总之,阿尔贝蒂娜因此是她自己的反面。而且她的魅力也就在于这种混合的矛盾。在没有更好的解释的前提下,可将她推测成受到双子星宿

的影响，尽管普鲁斯特对于魔法的敏锐度不及本文作者，他从来没有明言阿尔贝蒂娜的星座属性。

相反，更为稳定的是她的姓氏身份，因为普鲁斯特巧妙地设下了一个无可非议的暗示：阿尔贝蒂娜这个名字来自于 *Albaspin* 一词（拉丁语中的"山楂树"），这么一来，她在花期之中，就完全没有时间去经历收获。

更为谜样的是她的姓氏：西莫内（普鲁斯特对此强调了三次，在《在少女花影下》中，并且明确说这个词只有一个字母"n"）。

作者在他的草稿中，曾设想过其他姓氏：比如布科托（Bouqueteau）或者布克托（Boucteau），其发音肥硕、如打嗝一般非常能显示（就像勒格朗丹或者韦尔迪兰）对于小资产阶级仍旧同农业或者商业联系在一起的某种观念。

然而，布科托（Bouqueteau）和布克托（Boucteau）突然淡去，让位给西莫内，其出现正是少女们出现在大坝上之时。

为什么（如果需要一个理由）是这个西莫内呢？

让我们来观察一下巴尔贝克这群欢乐的人的出场：在运动的人影周围的色彩、彩色粉笔、蒸腾的浪花、鼓起的洗浴装、窸窣声、羽毛球、女式小阳伞……一下就让人想到了西斯莱（Sisley）的海洋风景画，或者莫奈的……西斯（莱）莫奈……西莫内。

→*Albertine* 阿尔贝蒂娜，*Patronymes*（*et toponymes*）姓氏（和地名）

网络视频电话(Skype Skype)

> 它的声音就像人们所说的未来的照相电话机：声音里清晰地显出图像。

在网络视频电话投入服务的一个世纪以前，马塞尔·普鲁斯特是怎么想象出一个把人脸和声音结合起来的通讯系统的?《追忆似水年华》的叙述者有着什么样的特殊禀赋能预见到"未来的照相电话机"？他这种先驱式的把声音变换成图像的才干是哪里来的？

在叙述者的眼中和耳中,现实的价值仅仅在于兰波式的联系所能允许的：事实上,名字提供了"我们倾注于它们的不可知的样子,就在它们为我们指代了一个现实地点的时候"：盖尔芒特这个名字在"橙色的、泛光的包裹"之下含有宝藏,贝耶闪烁着"它最后一个音节的老黄金",朗布尔"从蛋壳黄到珍珠灰",蓬达韦纳"轻盈如藓帽,闪着粉白的光泽,颤巍巍地倒映在在运河绿色的水面中,振翅而去",等等。

但是这种揭示一个姓氏像红宝石扣夹着衣领那样紧扣的潜在光辉的天分的源头何在呢？答案是：在于直觉领悟到了现实首先以印象存在,现实赋予每个观众这种印象,想要同现实赤裸且豪爽的一面建立联系,或者有时是它的残酷性,就需要自相矛盾地尽可能地忠于它所激发的感觉,因为当感觉没有被需要篡改,也没有被偏见伪造的时候,就证实了它们所勾起回忆的世界。

更有甚者：出于定义,没有哪种感觉能够省去感知对象,感觉总是从自己开始,并且不由自主地,世界看起来和一个人想要寻回的东西是分离的。世界的现实不在自然之中,而是在"感觉的激流"之中。这就是普鲁斯特的壮举：看见、预见而不篡改所见之物。

由此,就像目光捕捉到一味芳香,就像一粒葡萄在阳光下变甜,就像有轨电车的声音让人不需要起床,也不需要睁开眼睛就知道几点了,就像 Skype 的嘟嘟声("Glass"音乐)预示了一个朋友的微笑,或者就像小玛德莱娜的味道带有花香、睡莲、好人们和乡村小居的气息,阿尔贝蒂娜的声音通过重建的联觉,以视觉回声的方式完美地勾勒了一张"被血液照亮的"脸的轮廓,当叙述者亲眼所见时他是如此难以形容。这样的回音超越了当下,让人感觉到将要到来的东西:"那完全是一种心态、一种未来的存在在我面前以少女隐喻和宿命的形式出现。"

有三个条件是大规模(声音)震动所必不可少的——这些震动连带让一切"现实"文学灰飞烟灭;第一个条件是自己本人就是个魂魄,就不用为自己的躯体所累了;第二个条件是尚未被习惯所麻木,由新奇不断带来的惊讶没有消解于惯例之中;最后第三点是拥有第六感,能像乐队指挥那样对别人发号施令,为陷入困境的小提琴设定节拍,让当下看见未来,在限定中看见无限。

→*Téléphone* 电话

("妈妈"的)势利(Snobisme[de «maman»])

社交界的人和平民在叙述者的眼中是平起平坐的——也就是说他们都远在资产阶级这个有欠教养的中间阶层之上。

这些人对于贵族而言就像是权力对于权势,他们对于无产阶级而言就像无礼对于直率。不幸的是他的母亲——一位资产阶级,这是唯一的不足之处——对此意见不同,因为"妈妈太是我祖父的女儿,以至于她无法社会地接受种姓"。

她对于弗朗索瓦兹的关心同对她最好的朋友如出一辙,但是她对于自己儿子同一个技工共进晚餐颇为愤怒("我感觉仿佛你可以交更好的朋友"),她对贴身仆人的僭越,用您称呼叙述者而不是用第三人称和他说话表示了"不满,类似于圣西蒙的'回忆'中每次为了一个没有权力的领主找借口以'殿下'的名字具体行事,或者没有合乎礼节向公爵致意并且慢慢地为自己免去了这些礼节而爆发的不快"。

对于"妈妈"来说,"主人就是主人",而仆人就是"那些在厨房里吃饭的人",这种想法是无法破除的,平等和善良无法对此施加任何影响。倘若马塞尔首先是势利者的儿子,他会不会是一位老爷呢?

"要么……"（«Soit que...»）

普鲁斯特的句子永不停止地去捕捉同时的、补充的、有时矛盾的含义，直至晕眩。为了达到这个目的，普鲁斯特选择替换掉连词"que"，那是17世纪专属的修辞——它们的职责是引出从句——而用上"soit que……"（"要么……"），哪怕是简单列举，这都成倍扩大了视角。

在这一点上，要归功于皮埃尔-坎，他是第一个（几乎是当场）解析了嵌套之谜的人："我们的语言用一个词来表达的姿势和情感其实是欲望和多种思维的结果。普鲁斯特的每一个'soit'都代表了他的一个欲望，这些'soit'所汇聚而成的整体中构成了一种意识、一个决定，就像好几个简单体，氧、氢，构成了合成并且唯一的个体，水。"

例如，斯万的欲望：第一个拥有奥黛特的夜晚，有一个卡特利兰的仪式，四轮马车的颠簸弄乱了他的心爱之人的胸花。从此，每次他渴望她的时候，都使用同样的借口，"要么怕她不高兴，要么怕看起来像是在撒谎，要么不敢提出比那个更大的要求（他可以再次提出，因为第一次的时候那没有让奥黛特生气）"。

皮鞋（黑色或者红色）（Souliers[noirs ou rouges]）

那是美丽的一幕。它比千条约定更能显现贵族深处的粗鲁。让我们说明白：在普鲁斯特看来这种粗鲁不是行为上的，而是情感上的——社交界对此的应用比平民百姓要更为乡土。来看一下……

斯万刚刚向他的朋友奥丽娅娜作了最后的道别，那时她正要去赴德·圣厄韦尔特夫人家里的晚宴,公爵已经在庭院里不耐烦了。奥丽娅娜匆匆忙忙,不太有时间去倾听一个亲爱之人的永别之言,然而斯万告诉她的是医生们说他只有几个月可活了:

——您和我说什么哪?公爵夫人停下了片刻走向汽车的脚步,抬起她那美丽的蓝色忧郁眼睛,但是那里面充满了犹豫。有生以来第一次,她介于两种大不相同的义务之间,一边是登上车子进城参加晚宴,一边是对于一个垂死的人表示同情,她在得体举止的宝典里面没有找到任何先例可以遵循,也不知道哪个应该优先,她认为要装作不相信第二种情况,使得可以完成第一件事,这件事需要的努力少一些,她认为解决冲突的最好方式就是否定它。"您说笑呢?"她对斯万说。

——那这真是非常迷人的笑话,斯万嘲讽地回答说。

至此,再没有更自然不过的了,因为在奥丽娅娜自私的世界里,城里的晚宴为上。死亡的迫近,哪怕是一个密友的,有可能扰乱社交界的仪式——这仪式正是虚荣的屏风,掩盖了我们的死亡这个概念本身。因而这个肤浅的女子没有时间给可怜的斯万。此外,公爵饿了,他甚至"饿得要死"……

但是事情变得复杂:事实上,奥丽娅娜那天晚上穿了一条红裙子,长度能看见她的黑鞋子鞋尖。这怎么可以呢?她的丈夫无法忍受如此不合时宜,要求这漫不经心的人儿去选一双红鞋子,更为般配的。没有时间了?我们很赶?是的,这对于倾听一位垂死的朋友严肃的哀叹而言是如此,但不至于为此违背优雅的惯例。因此奥丽娅娜为了她的鞋子去花上她不能给斯万的几分钟。她(有点)愧疚,建议和斯万下次约见:"您告诉我您哪天几点"。哪天几点喝杯茶?下葬?无论如何,一定要换掉黑色(的鞋子)——这是葬礼的颜色,装饰里不能有黑色。快点,快点,我们要红色,那是活人的社会血色红润的象征，因为奥丽娅娜和她丈夫想要相信自己活着。此外，斯万难道不是穿着"像是新桥"吗？这就是公爵用来和他道永别的话。社交还是死亡？盖尔芒特这家子突然丧失了那高贵的心灵，更倾向于前者。他们两者都会有的。这就是民众的诅咒。

投机（Spéculation）

有人说德·孟德斯鸠在一次经常性的苦涩心态发作的时候，建议普鲁斯特（鉴于"他的种族那天然的能量"）去从商，而不是从事文学——必须忧伤地承认的是，马塞尔战胜了这个坏主意。

的确，普鲁斯特生来就是个投机者，是一个赌徒，一个证券交易散户……他有年金收入，本可以满足于由罗特席尔德管理的财产所产生的充分收入，但这是不够的……此外，他的正式顾问奥塞尔很快就放弃对这个不谨慎的人施加影响。

而且这个奥塞尔是个奇怪之人：这位证券经纪人是个神智学者，信奉灵魂转世和布拉瓦茨基夫人（Blavatsky）的唯灵论；他是沃伯格银行（Warburg）务实而诚实的职员，但暗地里他信奉无政府主义，并且还写了一本难懂的书，名为《新世界的三杠杆》（*Les Trois Leviers du monde nouveau*）……

在很长一段时间里，普鲁斯特宁肯忽视奥塞尔的智慧管理，他作为地名大师，贪婪地读财经专栏，其文犹如诗词："乌拉尔·卡斯皮安"（«Ural Kaspian»）、"联合铁路"、"北高加索油田"、"廷托河"（«Rio Teinto»）、"朗德松林"（«Pin des Landes»）或者"东方地毯"……

1908年，他在写信给哈恩时说："现在，我那敏锐的心在车辆的摆动怀抱之中，从澳大利亚金矿旅行到坦噶尼喀铁路，停留在某个金矿之上，我希望这个金矿名副其实。"1913年他迷上"帕拉之门"(«Port de Para»)债券之后,对于"普拉塔河西班牙银行"(«El Banco español del Río de la Plata»)投入过多而损失惨重。从此以后,他怎样才能支付房租、药品、礼物呢?"纯黄金怎么会变成低贱的铅呢?"那是对于《阿达莉》(*Athalie*)的滑稽模仿——奥塞尔竭力对此否认。普鲁斯特以为自己破产了。他的确是。这最终丝毫没有改变他的幸存模式。

→*Noms de pays* 地区名字,*Onomastique* 专名学(人名研究)

巴鲁赫·斯宾诺莎(Spinoza[Baruch])

如果相信斯宾诺莎的第一个传记作家科莱鲁斯(Colerus)的话,斯氏习惯于去"找些蜘蛛,让它们打架,或者找些苍蝇放在蜘蛛网里,然后他津津有味地观看这场斗殴,有时还爆发出笑声"。有些人是以真相的名义,拿哲人爱好蜘蛛来开玩笑,另一些人区分肉与灵,忽视这桩轶事,并且在纯思想中寻求真实,在这两者之间的是德勒兹,他持有斯宾诺莎和普鲁斯特的观念乃至深入骨髓,因而他对于准确性不那么计较,而重视情感,因此他拒绝将一位作家贬低成他的传记,他认为这桩轶事是一个隐喻,意在指死亡的外在表征和完美的相对性。

德勒兹要不是在《女囚》中看到这么一段,叙述者正和斯宾诺莎一样,说起韦尔迪兰一家时不时想要让他们小圈子里的常客不和睦,这种想法让这些周三的德纳第(Thénardier)看上去犹如两只饥饿交加的蜘蛛,他还会天才般地为斯宾诺莎免去对他怪癖的审判,他还会想到在他关于普鲁斯特的散文中去寻找"不能缩减成其主题的含义"?"韦尔迪兰先生",他这么写道,"擅长捕捉他人的失误,他把朋友当作无辜的苍蝇,像蜘蛛一样向它张开自己的网。"

除了文体、形式、篇幅、方法和目标上的不同,《伦理学》(*Éthique*)和《追忆似水年华》给人感觉遵循了同一条认知的道路:

叙述者的学习过程分成三个阶段,这令人吃惊地和斯宾诺莎的三类认知相符。

首先是孩童时期,惊叹的感受同失望作斗争,因为那些东西本身并不能达到期望的脚跟高度。那个时期的观念仓促,欲望被当作现实,但是世界留给我们的印象让想法和注意力结合在一起:第一类认知。

随之而来的是青春期,也就是说智力,面对表面看来混杂的人际关系去观察永恒的定律,不再倾向于关注说话人而是说话的方式,是超越表象、不同的时间和地点去抓住稳定的本质,是忘记自己,发现共同的概念和合适的想法:第二类认知。

最后,叙述者狂喜地发现自己能够理解而不是逆来顺受,寻回的时光重现了,也就是说感觉永恒了,把世界的统一性和每一刻的慷慨用文字表达出来的艺术;这是第三类认知,对待细节就像对待整体,用"对于恒定不变物件之爱"代替消遣,对此物的拥有并不能使欲念枯竭。而且因为"自由的人想得最多的就是死亡",这也是在还没有提炼出叙述者同时作为源头和钻头的宝藏以前,就面对死亡的平庸恐惧,对于死亡的害怕渐渐消失的时刻:叙述者在自己身上发掘出的艺术家使命是"直观科学"的另一个名字,斯宾诺莎在《伦理学》末尾,对此等科学的好处作了描述。

但是普鲁斯特是一个帕斯卡式的斯宾诺莎,他超越了第二类认知,鄙视半机灵人、医生、明白事理的蠢货和那些认为机智总能想出精细历史词汇的势利眼。就像斯宾诺莎认为一个错误已经含有某些真相,帕斯卡怀疑那些违背心意的理性法则,"在叙述者眼中,大众的直觉生活和伟大作家的天才之间十分相似,这不过是在一片沉默之中被暂时宗教般地聆听了的天性,它凌驾其余一切,一种完美的、被理解的天性,任凭被委任的判官持有多么肤浅的空话和变动的标准"。

→*Deleuze*(*Gilles*)吉尔·德勒兹,*Rats*(*L'homme aux*)鼠(人)

司汤达(Stendhal)

我们可以很轻松地为普鲁斯特对《巴马修道院》的作者那矛盾的爱(尽管是真实的)和毫无疑问的憎恶(尽管是变化的)寻出千种理由。然而没有一条是有说服力的:既不是贝尔对于爱情的理论,也不是"米兰人"那差不多的风格,更不是他那永远少年的行为举止。

事情的本质在别处:普鲁斯特马上就明白了司汤达只是默认成为了作家,一个伟大的作家。如果他更加讨人喜爱、更加富有或者更加勇敢,在他的征战或者雄心壮志中他如果更为幸福的话,他倒是很乐意投身于另一种人生(军阀、英雄、部长、大使……)。换言之,普鲁斯特责备司汤达更倾向于生活,而不是文学。责备他寻求幸福、旅行、纯朴的爱情、谈话或者拉斯卡拉剧院(la Scala)的晚场,而不是向他马塞尔·普鲁斯特那样全身心献身于文学的圣职。

生活和艺术的对立:他们之间的不和可以归结于此。而且,在这个领域里,基督教全体教会合一运动从来只是门面而已:司汤达式还是普鲁斯特式?从文学的角度而言,这是可以共存的。从存在的角度而言,必须要作出选择。

→*Amour* 爱,*Décristallisation* 去结晶,*Flaubert*(*Gustave*)居斯塔夫·福楼拜,*Œil*(*Histoire de l'*)眼睛(的故事)

风格(与美食)(Style[et gastronomie])

马塞尔写给他的女厨的一张纸条(日期是 1909 年):

> 我想要自己的文风同您的肉冻一样出色、一样清澈、一样稳固,想要我的想法同您的萝卜一样可口,同您的肉类一样营

养和新鲜。

→*Cuisine nouvelle* 新式料理，*Menu* 菜单

糖（Sucre）

在《追忆似水年华》中，糖是带着优越感的当下，是高人一等的力量推荐给普通的凡人以便减轻（有谁知道？）他们辛苦人生的苦涩——叙述者对一切都惊叹，对于这样的力量用人们对待动物的温存对待他人，他轻易地饶恕了。在《追忆似水年华》中，糖总是从天而降：从天使到鞘翅目昆虫……

由此，为了感谢他弟弟夏吕斯男爵对他的新情人态度可亲，盖尔芒特公爵向他表达了温和之意，就像"是为了在将来建立救赎的记忆联合，有人给了那条大摇大摆的狗一颗糖"；夏吕斯男爵自己，尽管他不喜欢科塔尔医生（男爵对他心怀感激，因为科塔尔曾接受作为他的决斗证人，不过那次决斗最后没有进行），还是拉起他的手长久地宽慰他，带着"主人轻拍自己马的嘴时的善意，并且给了马一块糖"；最后，斯万夫人更为直接地询问少年叙述者他的"那杯茶"（«*cup of tea*»）里面想要几块糖……

但是这三位神祇中任何一位都不及本书两位作者中一位的姊妹，当她小的时候（因此无限宽大），有时拒绝人家亲她，因为她"没有糖了"……

夏尔・斯万（Swann[Charles]）

这肯定是《追忆似水年华》中最为痛苦、最为感人、最被否定的人物……他的心理、他的嫉妒发作、他的"爱情"、他那可靠的品味、他"那一类"、他高端的人际关系和忘恩负义，他的情感或者他的

"犹太区"太有普鲁斯特材料的意味了,这里就不再赘述。但是他的名字让人好奇:这是从哪里来的?他的姓氏是怎样晦涩的密码?从夏尔·阿斯而来,人们习惯这么说,因为这个人冠有(德语中)"野兔"的名字,被普鲁斯特转化以后变形了,加上了一个字母"n",变成了英语中的天鹅……的确,普鲁斯特幻觉般地以为犹太性本质上是德国的,没有办法成为"墨洛温式的"法国性,或者变成"粉色和金色的",除非像罗特席尔德一家那样,通过英国这个除去放射性污染的过境国通过。就算如此吧……

但是还有一种假设刚刚流行起来:是关于贝涅尔一家的,普鲁斯特于1888年至1892年间在特鲁维尔(Trouville)同他们经常往来,龚古尔兄弟经常在他们的《日记》中提到此事,贝涅尔一家应当是为斯万一家提供了灵感。这在众多假设中仍是靠不住的,除非借由滑稽的路径:"swam"一词难道不是(就差那么一点)"swim"一词的过去时——意指有用,因此可以指洗浴(baignade),进而指向贝涅尔一家(Baignères)?

→*Lièvre* 野兔,*Dix points communs* (entre Swann et le Narrateur)(斯万和叙述者之间的)十个共同点,*Reniement* 否认

消失的斯万(向乔治·佩雷克致敬)(Swann disparu [en hommage à Georges Perec])

在小说《消失》(*La Disparition*)里面突然闯入的平庸人物阿洛伊修斯·斯万(Aloysius Swann)是得益于谁、什么?

得益于普鲁斯特吗?

是因为适时的偶然吗?为什么不呢……

因为这里的斯万(摆出一副警察的权威架子,他的福特野马车坠落在一条不太深的沟壑之中)看上去大有质变的架势,要不然就是普鲁斯特叙述其无休无止悲伤的斯万之化身或者转型。可以肯

定的是,我们见过更为警惕的:带着一副颇为矫健的幽灵样子,斯万二号一下就制服了一只肥硕的火鸡,一只短毛狮子狗,然后是一个不到六岁的小孩儿……但是要我们说的话,同真正的斯万一样(他用同样的方法剥夺了坚持的小男孩获得他"妈妈"的吻),阿洛伊修斯·斯万对着北美印第安女子所住的圆锥形帐篷里的高音排钟,敲出的声音既不刺耳,也不震耳欲聋,而是非常柔和、圆润、清脆,在储物小屋的墙壁上当当作响。我们还注意到,阿洛伊修斯·斯万执意要让没有目的的圣杯情节变得更为复杂,找到了一个精细而不弱化的词,然而这个词却没能为重要手稿添加燃料。最后要注意到的是,"妈妈"向那个哭哭啼啼的小男孩许诺过多了,给他的哀伤叙述带来一缕新鲜空气的是,阿洛伊修斯有时在《消失》一书中是那个终将把死亡和为什么结合起来的无名氏。

读者是否注意到
以上这些文字,受到
乔治·佩雷克的《消失》启发,
一个字母"e"都不带?
假如他怀疑这一点的话,
我们不雅致地向他指出这一点。

让-伊夫·塔迪耶(Tadié[Jean-Yves])

普鲁斯特宗教的教皇、虔诚者、势利眼、盲目崇拜者、朝觐者、专家、饶舌者不计其数。但是如果要指定一个大祭司、一个中央银行行长、一个剩余价值模范提供者,这人毫无异议就是塔迪耶。

他的这个头衔在过去或许还有别人相争,有先驱者佩因特、谨慎者戴尔(Nathalie Mauriac Dyer)、商博良(Champollion)一般拥有二十一卷书信的科尔布,但是从此没有人敢于争夺赫赫战功所带来的优势地位:就普鲁斯特小说形式而作的一篇分析,一部宏大的自传(对作品和作者),一部全集(附录收录了百分之二十五的草稿),更不用提那些散文、文章,等等。

自从担任了新版书信编辑以后,塔迪耶成了十足的普鲁斯特同好。去普鲁斯特书中读一读塔迪耶自己的生活叙述将是件非常有意思的事:如此的亲近改变了什么?他是如何通过他的马塞尔棱镜去看待世界、他的同时代人、他的朋友们、政客们、野蛮人、记者们、出版业?他是一个智者吗?一个不适应的人?一个忧郁的人?

他在总结自己的工作时说了一句有意思的话:"普鲁斯特从不搞错。"

莱奥尼姑妈(Tante Léonie)

叙述者孩提时代的回忆为什么给莱奥尼姑妈那么大的位置?为什么他对于一个他并不特别喜爱的人物(莱奥尼姑妈不是他外祖母,对她的死的预期和他满足于不费力气去尊敬一个人物这么咄咄怪事更让他动容)的垂危、讨论和独白如此有兴趣?

很可能是因为这位如此虔诚的夫人,这种"全然泡在笃信之中"的怪癖,作者发誓同她毫无相似之处,她首先是年轻的马塞尔生命中遇见的第一个作家,这甚至是在见到贝戈特之前。从这个角度而言,将莱奥尼姑妈和普鲁斯特本人相比并不荒唐,普鲁斯特的奄奄一息(或者他那布满了热水袋和皮袄的隐居生活)像极了年迈的虔诚者一成不变的存在。

她是不是降生自波德莱尔,这个姑妈独自低语,因为她觉得"脑袋里有什么东西碎了,漂浮着,如果说话太响这东西就会移位";她的"灵魂裂开了,当她有烦恼的时候/她想要用自己的歌声填满夜间寒冷的空气,/她的声音经常变得微弱/听上去像是被遗忘的伤员厚重的喘气声/在一片血色湖泊边上,在一堆死人之下/谁一动不动,在无限的努力之中,正在死去"?

事实就是莱奥尼姑妈什么都怕,她从不出门,因为畏惧(比病痛更甚)把她钉在了她的床榻这个"纯物质"上,她是家里唯一一个"还没有理解阅读不同于把自己的时间花在'行乐'之上",她就是这么把自己的艺术基本知识传授给了叙述者。

因为莱奥尼姑妈,一边无聊之极,一边在没有参与的情况下把她周围细小的变动转化为事件。因此,早于埃尔斯蒂尔好多年,是她教会了叙述者以看着西斯廷壁画同样的兴趣去凝视一把芦笋;

是她让他喜欢不离开床(甚至也不睁开眼睛)去猜测几点了;是她面对自己丈夫的肖像经常自言自语,让她的外甥通过加血使幽灵活起来;最后是她的死气沉沉决定了一个作家对他至细至微的感觉加以无比的重视……毫无疑问,"奥克塔夫夫人"(弗朗索瓦兹如此称呼她)对此再熟悉不过了。由此,小玛德莱娜的味道(也就是说他不由自主的回忆的第一阶段)立刻让叙述者置身于那位长卧不起的病人卧房里一事,又有什么可以让人惊讶的呢?

电话(Téléphone)

从普鲁斯特的角度看来,电话是一种特殊的刑具:当然,电话很有能耐,像是错当了《一千零一夜》中的魔法师,能够把心爱之人送到远在他处的情人怀中;而且,就像是圣体圣事一般,它提供了实际在场的可靠虚构。但是它也是离散了声音和脸庞的恶意技术,让亲爱的人隔着距离,把她的缺席和在场混为一谈,生出残酷地远离嘴唇和喉咙的声音。

电话和与之配套的"电话设备"是反普鲁斯特的机械,它和贡布雷那个小孩的惊骇完全构成回音。

这个机械装备还常常产生诱惑。那是和失落同谋的诡计。在奥斯曼大街的巢穴中,弗朗索瓦兹是(在阿格斯蒂内利逃走之后)唯一一个准许使用电话的人:她接听电话,传达它。马塞尔从来不接触这个有点恶魔兮兮的物件,这东西放逐我们想要接触的东西,对他而言,这东西不可救药地让人想到死亡。

因而有了他专门留给邮电局职员们那阴森森的隐喻,邮电局的神圣职责就是实现这种魔法:这些是"警惕的贞女"、是"力量强大的女子"、是"不可见的达那伊得斯(Danaïdes),她们不断清空、填满、传递声音罐子"。

事实上,普鲁斯特自从1896年的那一天起就痛恨电话,那天他从母亲那里得知外祖母过世的消息:"在这一小段心碎的声音中,我们可以感觉,他所有的活力都倾注于这一刻,仿佛穷尽了一生。"从此,电话和"妈妈"那"心碎的声音"结合在了一起,这个声音来自"内心,一旦沉入其中,再不能自拔"。

此外,这个没有躯体的声音还缺乏脸颊和它们所给的温柔避难所。之后围绕着"电话设备"展开的庆典仪式几乎是丧事,有罐子、命运三女神(Parques)①、缺席、距离和对分离的恐惧——因而是隔绝的,因为有命运三女神……

在贡布雷,为了和他母亲说话,"小狼"只能用书信——通过弗朗索瓦兹之手,她已经是传话人,却得不到回音。

弗朗索瓦兹,马塞尔的第一个电话……

"别挂断",这个世纪初标准电话的命运三女神耳语道。她们以为说得再好不过了。

→*Électricité* 电,*Eucharistie* 圣体,*Skype* Skype 网络视频电话

网球(比诺大街)(Tennis[du boulevard Bineau])

本书的两位作者中较为年长的那位一旦过了马约门,绕过俯视着环城大道的东正教小教堂,朝着讷伊桥开去,他没法在看见比诺大街的网球场时不想到他的母亲——她已经亡故,在写就本书之前的几个月她几乎要一百岁了。

对他而言,那里有某种约见,一种隐藏了含义的善意之谜,好让他搅动自己的回忆,这回忆十有八九携有这些观念组合的钥匙。

然而他的母亲从来不打网球。而且在生前也从来在这个街区一个熟人也没有,奇怪的是她仿佛在这里等他。

---

① 帕尔开是罗马神话中的命运三女神。

不过这种母亲的显现是那么顽固，那么神秘，以至于它变得格外重要。他十次从这里绕行，又回到这个不是地方的地方——这难道不是用来形容嫌疑犯无辜的表达吗？而他母亲在这十次里跳入了他的脑海，她柔和、欢乐，就像那些佑护我们的灵魂，我们把它们放回自己黑暗的地带，但是它们执意要显现，时不时要出来透口气。

是什么样的神秘联系使得巴黎的一条边界和这位亲爱的老夫人同时出现？这令人困惑，他设想了几种可能——都叫人失望。

之后，这本《私人词典》让他看清了：

马塞尔是在网球场上寻回让娜·普凯（Jeanne Pouquet）的，然后是玛丽·德·贝纳尔达基——她们两个是吉尔贝特·斯万的原型。甚至还有一张令人动容的照片，年轻的马塞尔那天心情愉快，开玩笑般地跪在让娜面前，让娜头戴某种东京式样的帽子，马塞尔模仿游吟诗人唱晨曲，一边拨拉着一只球拍装作是把吉他。他头发上涂了发蜡，非常漂亮，有点滑稽和装腔作势。一切都表明那时他还不怕春天的花粉，也不畏惧高高的铁丝网外面橡树芬芳的影子。

吉尔贝特？那是他初恋心动时的小说人物的名字。

吉尔贝特？这也是本书两位作者中一位的妈妈的名字，是他儿子祖母的名字。

三部曲 (Ternaire)

就像圣伯夫和德·康布勒梅夫人那样，普鲁斯特迷恋三分段，甚至是在他给塞莱斯特的命令中也是如此：他说的是"我躺着活，谁也不接待，我在工作"；甚至是在他对哈恩的"激烈、忧郁而温柔的"爱情中。而且，在《追忆似水年华》的七卷中，他几乎到处从不省去放上三个形容词——哪怕是渐弱式——《新法兰西评论》的规范是只用一个形容词。

德·康布勒梅夫人(三段渐弱式专家)对此没有怨言,她"很高兴-幸福-满足"地接待了叙述者共进晚餐。叙述者自己并不恼火接触"宽敞、凛冽而纯净的"每个早晨。但他不是唯一的一个:斯万、夏吕斯、贝戈特,甚至朱皮安,都毫无疑问受到了他们创造者的影响,每下一步棋都要动三下,并且把他们的推理组织成三段式,好同亚历山大·德·孟德斯鸠(Alexandre de Montesquieu)相仿,后者的"缺点到了极致,如同美德一般。他在生气的时候可怕极了。怒火让他变得残忍"。

《重现的时光》这本书本身如此有名,他本可以省去这些阶段,但仍旧分成三段:不平的铺路石、上了浆的桌布、碰在杯子上的调羹……

普鲁斯特哪来的这种三段式冲动?

是《旧约》中的伟大神话"时日不多、分量不足、将被瓜分"(*Mane*, *Thecel*, *Phares*)?

还是福楼拜的"墨伽拉、迦太基、阿米卡尔"(*Mégara*, *Carthage*, *Hamilcar*)?

或者(假设)来自于神圣三位一体的世俗化?

泰奥多尔(Théodore)

在《追忆似水年华》的星系里,泰奥多尔这个人物的位置几乎是无足轻重的,然而这个现象假如用显微镜观察一番,却令人惊奇地闪闪发光。就好像一颗星星,我们不知道围绕它的光晕是它自己的能量所致还是观察者的眼睛疲劳的缘故。就像是一个可能具有决定性的秘密,一个埋藏的原因——一个死亡中的生命,消失在他身体肥沃了的腐殖土中,"以便能长出植被来,获得永恒的生命而不是遗忘"。

注意了:这里说的不是《追忆似水年华》中第二个泰奥多尔,这个马车夫比第一个泰奥多尔更为纤细,他唯一的价值就是,他是普特布斯男爵夫人那不可企及的贴身女仆的兄弟,这里说的是贡布雷的小泰奥多尔,是那个村妇们和笃信宗教的人们珍爱的那个坏男孩,以至于他能被饶恕同勒格朗丹共寝。他和少有见到的人物大不相同,因为那些人没有重要性,泰奥多尔这个人远非缺乏个性,他在这里那里勉强出现,以一种悄然无声的残酷方式,难以察觉地拥有了血统的价值,显出了一位祖先难以捉摸的轮廓。

首先,他有三重身份,唱经班成员、男佣和杂货商,这使得他成了贡布雷"无所不知"的代名词:就莱奥尼姑妈所知,他可以告诉弗朗索瓦兹那个同古皮夫人(Goupil)一同散步的女孩是谁;他是记忆,是启示,他用蜡烛照亮了小女孩的坟墓,人们说那个墓上曾有一盏水晶灯坠落而没有打碎,砸出一条深深的裂痕,"就像化石的痕迹一般";是他给他的家庭带去油、咖啡,尤其是"被祝圣过的松甜面包",其形状就像是钟楼,为叙述的蜜蜂提供了最初的交叉移位,好叫它日后用来调制隐喻的蜂蜜。

此外,仿佛是偶然一般,叙述者从泰奥多尔这个小孩身上认出了圣安德烈-代尚教堂彩绘玻璃窗上的古代人物剪影。难道不是他赋予石雕人物平民的气息,向莱奥尼姑妈传达了浅浮雕上的一位天使急着赶去昏厥的圣母身边所表示的尊重?

最后,根据所有可能性分析,就是这个泰奥多尔,在鲁森维尔(Roussainville)城堡主塔的废墟中从叙述者那里夺走了吉尔贝特的童贞,斯万的女儿说这个丑恶的家伙就是在那里同附近所有的村妇们调情,那个时候小马塞尔正在和父母散步。

叙述者将从这个微不足道的、附带的和清晰的人物那里收到一封信(信的签名者对他而言首先是陌生的),这封信淳朴、感人、有着平民的文字和迷人的语言。那是他是在《费加罗报》发表了第一篇文章以后收到的。

詹姆斯·蒂索(Tissot[James])

那是在1922年6月,年轻的作家布拉奇(Paul Brach)送给普鲁斯特一幅蒂索(James Tissot)的油画仿制品,《王宫街俱乐部》(*Le Cercle de la rue Royale*)当时正在卢浮宫的第二帝国展览中展出。

这幅画——我们从此可以在奥赛博物馆欣赏它——描绘了十二个优雅男子在库瓦斯兰府(Coislin)的阳台上。这十二个人每人都向蒂索支付了一千法郎,蒂索是那个时代社交界的画家,他们同意用抽签的方式最后决定该画的主人——就如此照办了,受益人是奥廷格男爵。

布拉奇之所以送给普鲁斯特这么一幅仿制品,是因为这里面可以看到夏尔·阿斯,斯万的原型之一。普鲁斯特由此决定在《女囚》的手稿中加上一段,他当时正在对这本书作最后的修改,和他的习惯相反,他直接同阿斯这个人物说起话来……

……我对您了解如此之少,我当时年纪这么小,而您都快进坟墓了,您当时应当以为是一个小蠢货的人把您当作了他的一部小说的主人公,而因了这部小说的缘故,人们已经重新开始谈论您,或许您因此将要继续活下去呢。如果在蒂索描绘王宫街俱乐部的阳台的画里,您在加利费(……)和圣莫里斯之间,人们如此谈论您,这是因为人们从斯万这个人物身上看到您的某些特征。

这段文字里面有意思的是,普鲁斯特搞错了:阿斯-斯万的确是在画里,但是他在画的右边,在阴影和光亮的交界处,而不是在加利费和圣莫里斯之间——这当然是非常可以理解的,因为阿斯作为犹太人,在这个非常封闭的小圈子里面被人接受只是相当不情愿的,画家外交般地让他置于向他订制绘画的外邦人①群体的有一段距离的地方。

普鲁斯特当作是斯万的那个人物其实是德·波利尼亚克亲王,是普鲁斯特毫无保留地欣赏之人,他在1918年把自己的《在少女花影下》题献给了他。

由此我们可以推断(塔迪耶在他的《未知的湖》[*Lac inconnu*]中提供了对这幅画的敏锐分析),普鲁斯特在此有一个失误,这种失误通常意味深长:他把自己的主人公和一位亲王混淆起来。而且,鉴于他在前面引文中所描写的,他通过小说的创造手段,赋予了自己让他省去不朽的开端的权力。这是文学在复仇……

为了把阿斯的还给阿斯,还需要注意的是他在《盖尔芒特家那边》里面还被提到过一次,关于一支"喇叭口形状的灰色管子":因此这是时尚制帽者德利翁(Delion)仅仅为斯万制作的,"为了萨冈亲王,为了德·夏吕斯先生,为了德·莫代纳侯爵(*de Modène*),为了夏尔·阿斯"。这是唯一一处人物和他的原型同时出现的情况。

→ *Lièvre* 野兔,*Swann*(*Charles*)夏尔·斯万,*Trois détails*(*concédés aux partisans de Sainte-Beuve*)三个细节(让与圣伯夫的支持者)

书名(Titres)

在普鲁斯特传记的最后版本中,塔迪耶给出了普鲁斯特有一天在找到"追忆似水年华"这个书名以前,在一张纸上列出的一串书名。我们在此给出这些名字,不作任何评论,带着虔诚又不免微笑:"过去的钟乳石"、"在过去的日子的钟乳石面前"、"古色光泽上

---

① 原文为Gentils,是犹太人对其他民族的称谓。

的倒影"、"拜访姗姗来迟的过去"、"延迟的过去"、"为时已晚的过去"、"过去的访客"、"时光的倒影"、"梦的镜子"、"过去的希望",等等。

还要经过千般折磨,才能达到高贵而简练的似水年华与重现的时光……

可怜的"钟乳石",可怜的"古色光泽",在未成形的状态搁浅了……

一个天才的作家是从什么时候开始明白他所创作的大师之作的含义?

西红柿(Tomate)

《追忆似水年华》中唯一一次提到西红柿是那个无辜者尼西姆·贝尔纳(Nissim Bernard)的不幸经历,他是布洛克的舅舅、资助者和出气筒,他那"圈状的"胡子和他那"牛身人面"的名字终使他不构成威胁。

银行家背着大饭店的年轻猎人,同这个线条硬朗的农家男孩私会,恰巧他和自己的孪生兄弟相似恰如同两个"西红柿"。不过对于这个上了年纪的人而言,不幸的是这种相似不过是"外部的"。因为如果说"一号西红柿"不讨厌"对某些先生的品味屈尊","二号西红柿"的荣耀在于"他只为夫人们谋幸福"。

然而贝尔纳"不自知地扮演了安菲特里翁(*Amphitryon*)",他每次都把一个错当成另一个,仿佛自己的眼睛被打肿了一样,他鲁莽地询问孪生兄弟中依附于女子的那个他是否愿意"今晚与他相约"。叙述者乐于相信这样的混淆原因在于尼西姆相当嫌弃西红柿这种果子,哪怕它是可以食用的:"每次当他听到身边的旅客在大饭店叫一份西红柿,他都低声和他说:'抱歉,先生,我不认识您,但我同您说话了。我听见您要了西红柿,今天的西红柿很糟糕。

我这么说是为了您好,因为对我而言是一样的,我从来不吃西红柿。'"

话虽这么说了,谁知道贝尔纳在同两个西红柿中的一个共寝之前不讨厌西红柿呢?要不是叙述者,谁会说银行家在他的情人脸上看见的是一个西红柿?这无关紧要……贝尔纳应该讨厌西红柿,因为他搞错了情人——就像盖尔芒特公爵成为反德雷福斯派是因为他没有被选上骑师俱乐部的头头,而他改变主意是因为他想要取悦一位支持重审的女子……唯一重要的是把饮食的憎恶、乃至政治观点和爱情的沮丧联系起来之后,叙述者艺术家般地联系寻找重大决定的细微成因,给人之激情画上蔬菜的轮廓,最后发现现实有时通过概念组合让人理解和描述——这就是隐喻的胎盘。

三个细节(让与圣伯夫的支持者)(Trois détails [concédés aux partisans de Sainte-Beuve])

这是不是在假装,没有私下的算盘或者是一个人被他自己的坦率所感动而战栗,就像生气的夏吕斯享受自己声音的抑扬顿挫,本书的两位作者之一,出了名地反感圣伯夫的方法和他那个小圈子同意另一位作者(他是圣伯夫的支持者),认为在《追忆似水年华》里面有三处,我们的确可以把叙述者和普鲁斯特相比?

1. 在《女囚》中,阿尔贝蒂娜醒来以后最初的几个词总是"'我的'或者'我亲爱的',随后是我的这个那个教名,这就使得叙述者有了这本书作者同样的名字,成了'我的马塞尔'、'我亲爱的马塞尔'"。这里是谁在说话?谁建议给叙述者取一个和本书作者一样的名字?这难以决定。叙述者"马塞尔"?很奇怪。他总是说"我"。而且小说里没有一个人物知道作者的意图,也不知道他的名字。那么是作者"普鲁斯特"吗?难以相信。假如是"普鲁斯特"

写了这句话，他就不会使用非现实的过去时（"*eût fait*"，"本可以"），也不会把"马塞尔"和"普鲁斯特"有着一样的名字这回事当作一个假设来呈现（而是当作一条信息）。简而言之，阿尔贝蒂娜对叙述者说"我亲爱的马塞尔"，还是作者乐于如此想象？是谁写了这一小段？不完全是马塞尔，也不仅仅是普鲁斯特，两个都是，是第三个人：马塞尔·普鲁斯特。

2. 在《重现的时光》中，"拉里维埃"（«Larivière»）这个名字就像是虚构世界中的事实那般回响着："在这本书中，没有哪个事实不是虚构的，没有哪个人物是'核心的'，一切都是我根据演示需要而发明的，我应当说的是，这是对我的国家的赞美，只有弗朗索瓦兹的百万富翁亲戚才会离开他们的退休生活去帮助他们没有依靠的侄女，只有那些人是真实的，是存在的。我相信他们是谦和的，不会被触怒，因为他们从来都不会去读这本书，我无法引用那么多人的名字，他们做出了同样的选择，因而法国幸存了下来，我出自于天真的愉快和至深的感动，在这里写下他们真正的名字：他们名叫拉里维埃，而且这个名字是那么法国。"乍一看，一切都很简单：《追忆似水年华》的人物们是虚构人物，除了拉里维埃一家，他们无畏的精神使得他们同弗朗索瓦兹同属一本小说。但这样是说不通的。因为书里说拉里维埃一家是弗朗索瓦兹的"亲戚"！他们怎么能是"真实的人物，是存在的"，同时又和一个虚构的人物有亲戚关系呢？怎样才能如此肯定这些"百万富翁从来不会去读这本书"？有什么能阻止他们去读，除非他们自己就是属于这本书（尚）不存在的世界里的虚构人物？最后，"一切都是我发明的"，但这个"我"是谁？如果是叙述者（他自己是虚构的），他没法肯定任何人的"真实性"。如果是作者，怎么才能信他呢，因为在这本书里面没有"一件事不是虚构的"，就从这段他这么写的文字而言？同理，我们不能说"没有事实，只有阐释"，而不暗指我们说的已经是阐释了，从定义上而言，没有哪个虚构能够确保它所代表之物确实存在。

3. 就在提到斯万的死和《高卢人报》(*Le Gaulois*)上刊登的讣告之后,该讣告的乏味证实了一个没有成就的人如何迅速被他的同辈们遗忘("我们带着极大的遗憾得知夏尔·斯万先生昨天在巴黎自己的公馆上因为病痛的后遗症逝世。这个备受所有人欣赏的巴黎人,其选择交往的人都是可靠而忠诚的,他将为大家所怀念,不论是在艺术圈还是在文学界"……),叙述者在《追忆似水年华》里少有地任凭自己离题,这看似允许了一个虚构的人物同他的原型,夏尔·斯万和夏尔·阿斯混淆起来:"然而,亲爱的夏尔·斯万,我对您了解如此之少,我当时年纪这么小,而您都快进坟墓了,您当时应当以为是一个小蠢货的人把您当作了他的一部小说的主人公,而因了这部小说的缘故,人们已经重新开始谈论您,或许您因此将要继续活下去呢。如果在蒂索描绘王宫街俱乐部的阳台的画里,您在加利费、埃德蒙·德·波利尼亚克和圣莫里斯之间,人们如此谈论您,这是因为人们从斯万这个人物身上看到您的某些特征。"笔误!支持文学准确性的人大喊起来,他们据理力争说蒂索的画的确存在,但是他画的是夏尔·阿斯,而非夏尔·斯万。因此,普鲁斯特写的是"斯万",但是他想的是"阿斯"。天才啊!互文性爱好者们为之倾倒:如果叙述者同"夏尔·斯万"说起话来(冒着让他同自己相像的风险,这是荒谬的),那是因为在书里(蒂索的画也在里面)没有给作者的位置,也没有给真实人物的位置,哪怕他是夏尔·阿斯。

这三个奇怪的时刻是哪里来的呢?那是因为作者已经精疲力竭,或许他把想象的人物和启示他们的原型弄混了?或者是因为《追忆似水年华》只能被当作一个不自知的艺术家的自传去阅读,要不就当成是一个有着自我意识的艺术家回归本身去读,是因为作者屈服于在其中注入致敬或者清算的短暂愉悦,结果旅途中的艺术家遇见了椅子里的作者,使得这本书突然(而且是暂时地)有了自传的意味?

无论如何,这是一个非常古怪的现象,是文学的绿光,就像是一把人在下去的时候向上的梯子,或者两个维度不太可能有的相切点。

→ «*Je*» et «*Il*» "我"与"他",*Marcel* 马塞尔,*Sésame* 芝麻,*Tissot*(*James*)詹姆斯·蒂索

"输送带"(«Trottoir roulant»)

这就是在马塞尔看来福楼拜的风格。人一点都不用动就可以往前。人在上面被推着、粘着、吸着、拖着,即使人想要停一下,好凝视一下人家向我们描述的风景,但是这风景因了太过速度的机器,加速流逝着,它被这不完美的叙述推着走,其过去突然堆积在一起,被碾碎,付出代价。福楼拜是一个现代旅客,他在读者的位置旅行,并且强加给读者来自地狱的火车一辆,而这对于那些想要慢慢来的挑剔的人而言并不适合。

这种风格(马塞尔痛恨它,且欣赏它……)很像是入迷者不能掌控的激情,它把入迷者拖向他未必想要去的地方。

这是在恭维吗?是真的谴责?很可能两者都是……

当普鲁斯特夫人厌倦了把马塞尔唤作"小狼",她叫他"弗雷德里克",这是在向《情感教育》悲壮的主人公致敬:这个绰号是一个不想要弄糟自己作品的作家所回想不起来的。

→ *Flaubert*(*Gustave*)居斯塔夫·福楼拜

"水果冰激凌"(关于安娜·德·诺瓦耶)(«*Tutti frutti* »[à propos d'Anna de Noailles])

如此命名"神一般简单的、高尚地傲慢的"安娜·德·诺瓦耶是不是显得不敬?大约如此……但是纪德允许我们这么做,他是

这么形容女诗人的谈话的:"德·诺瓦耶夫人讲话惊人地流利;句子在她的唇边涌上来、讲出来、混在一起;她一次说三四句。这成就了一份非常可口的思想和情感果泥,一个水果冰激凌,并伴有手势和臂膀的动作,尤其是她那望着天空的双眼。"

自从有了这个甜点的暗示以后,《晕眩》(*Les Éblouissements*)和《无数的心》(*Le Cœur innombrable*)的作者(的确,这些诗句在今天的人的想象之中没有在巴雷斯和普鲁斯特那里产生的效果大)总是以一种健谈和水果的姿态在我们面前出现。这个女人比她看起来的要复杂,她不怀疑自己的才华,并且深信自然在赋予她所有的天赋之后,没有给她沉默的权利。结果,这个女人——她启发了巴雷斯《离开本根的人》(*Les Déracinés*)中阿斯蒂内·阿拉维安(Astiné Aravian)这个人物——一生都不停地在说话、说话、说话,而这让普鲁斯特无限欣赏。

她谈论什么呢?什么都有:她到了(迟到)、坐下来、监督那些匍匐在她脚下的侍从骑士的质量、抓住无论哪个辩论、紧紧不放一直到其他宾客精疲力竭。一丁点小事就能引发她巴洛克式的雄辩:政治、艺术、爱情、争取妇女参政的英国妇女们、东方问题、战争、猎狐、中欧文学……

普鲁斯特酷爱这个沙龙女将,她不能忍受人家对她热衷之事提出异议,他给她写过一些信,其言辞夸张达到极致,显示了他的某些天赋。他作为热忱的新手,"为她的人格而狂热"。他羡慕这个洛可可式的女人,她能娴熟地将无限——和喜剧——注入看似最为简朴的话语。此外,和女诗人一样,他经常卧床——当他们一起出去的时候,会被最微小的风所惊到,据都德说,他们两个"就像两个皮衣穿得鼓鼓囊囊的拉普人(Lapons)"一般相像——,他们之间的通信(医学的、社交界的、搬弄是非的、文学的)如此丰富,使得科尔布这个忠实的人被信件淹没了。

普鲁斯特是在德·诺瓦耶那里受到了启蒙:对于词汇的陶醉、

我的扩张、忧郁审美、滔滔不绝的创造力量。"常常,"他后来写道,"《晕眩》里的一点点诗句都让我想到巨柏、想到园丁照料的几厘米高的粉色槐树,在肥前国(Hizen)的瓷器小花盆里。但是和眼睛同时凝视着它们的想象,在成比例的世界中,看到它们实际的样子,也就是说是巨型树木。"

这就是"水果冰激凌"的魅力:混合了无边无际和无限、要点和轶事,它们通过淡进淡出之不可改变的规律互相连接在一起。难道这不已经是他在决定成为大作家的时候自己创作的这幅"巨型细密画"的草图?而《驳圣伯夫》的想法不是多少来自于这个古怪的女子,她一旦放弃"社会的我",就成了轻率之人?

我们不得不承认:《追忆似水年华》的天才作者从安菲翁①女王那里借鉴了许多——德·诺瓦耶出于感激礼节性地拜访了病故在床的普鲁斯特。

→ *Dédicaces* 题词,*Proustifier* 普鲁斯特化

---

① 安菲翁,宙斯之子,诗人和音乐家。

(夏吕斯的)真正出身(Véritable origine[de Charlus])

据莫里斯·迪普莱所言,——迪普莱的证词总是真诚的——普鲁斯特在犹豫许久之后,在"男性卖淫的底层"找到了"夏吕斯"这个姓氏。

迪普莱告诉我们,这个名字"属于一个低级咖啡馆歌手,他还有第二份职业,难以启齿但是更有利可图"。马塞尔好几次遇见这个人,他有着"赫拉克勒斯的身躯和老女人的头"。迪普莱这个写了《私密回忆》(*Souvenirs intimes*)的人,乐于精准描绘丑行,但是带着说教的口吻,他补充说:"人们从来没有在一张脸上看见这么多耻辱的烙印堆在一起。"

这个真实的夏吕斯会否知道他的名字被一部大师之作所回收使用了?他占据了这个"盖尔西侯爵"的位置,本来他是要指代那个闪闪发光的帕拉梅德?这就是轶事里所没有说的。

→*Onomastique* 专名学(人名研究),*Patronymes* (*et toponymes*) 姓氏(和地名)

(前额的)椎骨(Vertèbres[du front])

"椎骨"事件闻名遐迩、巨大无比、微不足道、延绵不绝,它依旧让文人共和国备受创伤;当然,这里说的是让普鲁斯特的小说被纪德——因此被《新法兰西评论》——正式拒绝的椎骨。

(暂且)略过塞莱斯特·阿尔巴雷的证词和她认为装有手稿的包裹从来没有被打开的依据……

同样略过那些纪德出于非文学的考量和非常圣伯夫的思维不愿意与普鲁斯特过从甚密,——他是社交界的男同性恋,是另一个埃尔芒(Abel Hermant),一个在私人公馆上能遇见的沙龙常客难道不可能连累到《新法兰西评论》当时流行的高尚精神和倒错享乐主义的氛围吗?

还剩一个激进的理由:《如今在于你》(Et nunc manet in te)的作者在翻阅普鲁斯特的手稿时,因为下面的这个句子而愤慨了:"她(莱奥尼姑妈)把她忧伤、苍白、黯淡的额头凑到我的唇边,早上的这个时候,她还没有把自己的假发戴好,额头上的椎骨就像荆棘王冠的刺尖或者《玫瑰经》的念珠那样,若隐若现。"

椎骨会在额头上?这毫无意义。谁的椎骨会长在额头上?米开朗基罗的摩西在同一个部位的确有太阳的光线,毕加索的某些加泰罗尼亚人物头上长了角或者穗,但是这些人头上可不会长椎骨……大祭司的裁决已下,毫不掩饰:普鲁斯特还是去那些对于隐喻的严密度不太考究的出版社让人看看或者出版……

有一些人时候认为,纪德没有对一幅强烈的画面留意是大错特错了;那里面可以看出一个风格上的冉森派,呆板而拘泥;一个天性诗意的孩子以为起皱纹的头颅顶部突出的小骨头就是在身体内部移动过来的椎骨;等等。事实上,这些辩护并不比纪德的失误要好些。无论如何,这些解释还不如那个合情合理的推测,这个推测游走四方,认为这些"椎骨"是一不留神存在的——也就是说是因为印刷错误。

用"真实的"(véritables)一词来替换"椎骨"(vertèbres)吧:普鲁斯特的隐喻马上就不存在了:莱奥尼姑妈醒来的时候没有时间去戴上她的假发,没有了假发以后就让人看见了她的"真"发——这下一切都清楚了。查看手稿也证实了这个假设:字母 t 在没了它的一横以后,很容易同字母 i 混淆,而字母 l 的小圈完全可以被当作是字母 r 的。

还剩下一个谜:普鲁斯特为什么从来都没有告诉纪德这事情的本来面目呢?这对他而言很容易,他可以一边普鲁斯特化,一边嘲笑这个吹毛求疵的老人,向他射出几只句法之箭……普鲁斯特是出于优雅而没有这么做吗?出于蔑视?因为他自己也不知道被拒的原因?是因为知道了以后,他猜到了难以言说的原因?因为纪德没有给他调试的时间,而是给他写了(1914 年 1 月 11 日)一封道歉和忏悔的信弥补了一下自己的罪过?每个人都为这个事件找到符合自己心意的心理后记。

但是这个谜还要加上一个谜团:据塞莱斯特所言,是当时奥斯曼大街的雇员科坦(Nicolas Cottin)捆扎了寄往《新法兰西评论》的包裹。然而,科坦是相当有经验的水手,他扎的结绝非寻常,而那天他打的结是很难复制的。可是,这个包裹退回来的时候带着同样的结——这就让塞莱斯特确信没有人打开过这个包裹,更不必说有人读过这里面的手稿了。这么说言之有理,但是这让"椎骨"事件更为古怪了:纪德如果都没有浏览过上述稿件,他怎么会知道里面有这个错误呢?由此可以推断,在伽利玛出版社里有某个人——如果是纪德本人就有趣了——是打水手结的专家……

→*Éditeur(à propos de Jacques Rivière)* 出版商(关于雅克·里维埃),*Gide(Le rêve de)* 纪德(之梦),*Papillon* 蝴蝶

邪恶(Vice)

希施菲尔德(Magnus Hirschfeld)这个柏林医生写就了关于"中间性别"(*sexuelle Zwischenstufen*)这个概念最为全面的科学著作,普鲁斯特的作品,尤其是在《所多玛和蛾摩拉》之中,提供了小说上的等同物。在诸多研究中,德国性学家致力于构建生物学上可以定义的第三种性别的存在,因此它是无辜的,并非恶习,就像同性恋不在乔托的壁画(《邪恶与美德》,*Les Vices et les Vertus*)之中,他可以在帕多瓦的阿里纳小教堂(Arena)里欣赏这幅画。

1921年的时候,保罗·莫朗在造访性希施菲尔德教授的学研究院时(他到那里去干什么?),得到了一大部(超过四页)关于男同性恋的参考教材,并且把它送给普鲁斯特,普鲁斯特气呼呼地掂量了一下——"真是可怕,"他痛心地说,"所有谴责的诗意都消失了……邪恶成了一门精准的科学。"

事实上,普鲁斯特一直对要不要把同性恋归入邪恶之列而犹豫,假如他这么做的话,马上他又会回到不那么不道德的"倒错"概念上——也就是说,从字面上说是相反的罪恶(*vice versa*)。而且,在那个年代,人们管同性恋叫做"德国缺陷"——这很可能是因为奥伊伦堡诉讼案里到庭受审的人里面有某些同性恋政府成员——而普鲁斯特经常更倾向于英国,其对"医学"不那么敏感,用更多的影射,更为清教徒式的,更加契合他对于谜团的审美观念。

至于《所多玛和蛾摩拉》的开头——第一次出现男女同体人,使所多玛里免于受到天火之灾的后人——他直接呼应了达尔文的《人类由来与性择》(*Descendance de l'homme et la sélection sexuelle*)——普鲁斯特是这本书非常仔细的读者,其中的植物学隐喻一直为他所用。

→*Eulenbourg*(*L'affaire*)奥伊伦堡诉讼案,*Homosexualité*

同性恋，*Inversion* 性倒错，*Morand（Paul）*保罗·莫朗，*Poignée de main* 握手

维也纳人（据夏尔·丹齐格所言）（Viennois［selon Charles Dantzig］）

所有经历过社交界的人都可以把——假如他对普鲁斯特学掌握得不好——丹齐格在他诙谐的《法国文学利己辞典》(*Dictionnaire égoïste de la littérature française*)中对《追忆似水年华》的作者所写的那几页纸牢记于心。他可以在其中找到生存手册一般的基本知识，之后投身于城里晚宴的竞技场——这一切都恰如其分地被添上了附加价值，这在巴黎立即大不相同了。

的确，丹齐格先生是个博学的纨绔子弟，他会多种语言，来自法国西南部，没有人能比他更为魔鬼般地陈述普鲁斯特发明的语法规则（道德的、审美的、人性的），普鲁斯特把它们当作疫苗一般传给所有没有准备的斗士们。丹齐格的文摘通俗易懂，非常好记。可以在通往前述的竞技场的出租车或者电梯里阅读。这其中说马塞尔是一位"用法语写作的奥匈作家"，他"文风呈奶油状"，他可以一步跨过"社交界的深渊"，同时又和"沙发的料子相宜"，他发明了"文学上的主旋律"，而"苦行僧风格的"佩吉（Charles Péguy）是唯一一个他乐于贬低的作家。在一开始有必要知道更多吗？

更严肃的是，丹齐格请他的读者思考一下一位"为了小说写作的止住势利心态的势利眼"的命运（这一观察能让新手不至于太快陶醉于漂亮餐具的丁当作响，或者女主人倾向于有钱人生意的谈话），他最后被左岸的作家们（纪德等人）或者保守派的作家们（克洛岱尔等人）迅速排斥，在"市郊"的贵族那里因为他这个大器晚成的小犹太人"不属于他们的世界"而遭到同样待遇。这个教训值得深思："市郊"、左岸、高高在上的或者学术的有什么用，倘若不是为

一本信息详实的书提供些许材料？假如最终不受待见，那去那里又有什么用呢？

新手这么不愉快了以后，可能就不会下他的出租车，就对他的（社会）电梯①背过身去，觉悟、回到家里，一刻不耽搁地投入到他可能以为肥沃的大作之中。在这种情况下，丹齐格除了教导了一个无辜者，还立下大功一件：让他节省了时间。

脸（Visages）

《追忆似水年华》中大约有一百个虚构人物，还有五十多个真实的人物散在各处，就像为了情景更加真实，引入了友情客串。这些人物中的每一个都有躯体、怪癖、脸庞、说话或者动作的方式。普鲁斯特在写给比贝斯科的信中毫不迟疑地提到了《奥德赛》的第十一首歌，亡灵们"请尤利西斯让他们喝一点血，好让它们复生"。因此，他让大部分幽灵喝下许多血，也就是说许多词或者隐喻，即使他的那些描述被"时间上的心理学"扩大了，不局限于些许矛盾：吉尔贝特的黑眼睛在第一次出现的几百页之后成了蓝色的，阿尔贝蒂娜的美人痣毫无顾忌地从下巴移到鼻子，然后又到了下唇的下面……

然而，有五个人物没有得到这种荷马式的待遇，他们一直是（细节稍有出入）简单的姓氏，而没有确定的外貌：埃尔斯蒂尔、凡德伊、弗朗索瓦兹、科塔尔和布里肖。为什么没有给这些不可忽视的人物一个无可非议的外表呢？缺乏时间？想要把他们上升到概念的层面？疏忽？所有这些假设在这里都是可以接受的。

→*Albertine* 阿尔贝蒂娜，*Bleu et noir* 蓝与黑，*Simonet*（*Albertine*）阿尔贝蒂娜·西莫内

---

① "社会上升"的说法（ascension sociale）在法语中意指社会地位上升。

卢基诺·维斯孔蒂(Visconti[Luchino])

爱好电影的普鲁斯特同好永远在为卢基诺·维斯孔蒂从未拍成的电影服丧,这部电影当时决心成为《追忆似水年华》的最后改编影片。这部"幽灵电影"缠住了他们。上千次,他们看了、再看、评论它——在脑海里。这就是第七艺术边缘并不少见的挫败的美丽邂逅之一:嘉宝从没能饰演德·朗热公爵夫人(de Langeais),玛丽莲·梦露也没能出演《卡拉马佐夫兄弟》中的格露莘卡(Grouchenka)……当然,施隆多夫(Volker Schlöndorff)、鲁伊斯(Raoul Ruiz)、阿克曼(Chantal Akerman)——不要忘记佩因特的那一幕,洛西(Joseph Losey)对此没有给出下文——以及其他几个名气不那么响的演员的确曾试图让夏吕斯、奥丽娅娜、阿尔贝蒂娜还有其他诸如莫雷尔之人有头有脸有动作起来,但是他们的杰作,无论怎么出色,怎么才能同一部电影相较,其虚拟性反常地使得该崇拜复活了?

问题就来了:维斯孔蒂生来就是普鲁斯特同好,为什么他要认为应该放弃萦绕他一生的作品呢?他自孩提时代起就接触《追忆似水年华》,就生活在里面(在《七星丛书》中的《阿尔贝蒂娜不知去向》里的第 216 页,甚至有一个维斯孔蒂-韦诺斯塔侯爵[Visconti-Venosta]),为什么他有一天决定避免这个最最重要的约见呢?这个事件本身非常普鲁斯特式,值得我们细说。

起初,一切看起来都定下来了:维斯孔蒂同普鲁斯特做访谈——自从他见到自己父亲热泪盈眶地读《在斯万家那边》,他就贪婪地阅读普鲁斯特:"你哭什么?——因为每次我读一页这本小说的时候,都告诉自己我马上要读完了……"——处于危难之中的贵族们和同性恋、痛苦的爱恋、对于艺术和美的崇敬令人困惑地相似;一个神奇的制作人,多尔夫曼(Robert Dorfmann)提供了无限信贷；斯特凡娜（Nicole Stéphane）、芒特-普鲁斯特的朋友获得了改编权并且热情地将它给了《魂断威尼斯》（Mort à Venise）的导演。既然万事俱备，因此维斯孔蒂像田径运动员那样准备起来了：他和达米科（Suso Cecchi D'Amico）一起写了剧情概要，至今读来仍然对其闪光和精湛印象深刻；同服装技师托西（Piero Tosi）一起，他思量了奥黛特用来打扮的锦缎和福尔蒂尼料子。最初的定位是容易的，显而易见的：尼西姆·德·卡蒙多博物馆（Nissim de Camondo）或者费里埃城堡（Ferrières）就行了。更好的是：白兰度（Marlon Brando）同意饰演夏吕斯；西尼奥里（Simone Signoret）已经在练习扮演弗朗索瓦兹；嘉宝接受了把她的默剧神话借给那不勒斯女王；如果说阿尔贝蒂娜的角色在德纳夫（Deneuve）和兰普林（Rampling）之间尚且犹豫不决，叙述者的角色早就属于阿兰·德龙——他因此不知所措地试图去解开一本在他看来还是新的书里面的谜团。这个行业的从业者屏住了呼吸，社会新闻编辑不知道消息何在。

然而，维斯孔蒂突然宣布，他再也不拍这部电影了。他没有给出任何解释。这是个晴天霹雳。一个月以后，他投入了《诸神的黄昏》（Ludwig）的拍摄。

关于这无从解释的转变流传着好几个假设：

第一，这个计划让维斯孔蒂感到害怕，不论这一看法是否正确，他当时认为拍完这部电影的话死亡在等着他。而且，即使这并不是真正的死亡，也至少是艺术的死亡：在这部电影以后他还能完成什么更好的作品呢？艺术家就是如此，他们畏惧一部作品的完美，即使这部作品是他们的。他们真的错了吗？

第二，在那段时间，维斯孔蒂迷恋贝格尔（Helmut Berger），这是一份相当"阿格斯蒂内利的"爱情，充满了逃离、嫉妒、痛苦的重聚。然而，在这部影片的准备中，贝格尔只被许诺饰演莫雷尔——其实他可以用自己的懦弱才干和精神腐化来出色地完成这个角色,而德龙可以在叙述者的角色中成功。证人们(尤其是斯特凡娜)证实说贝格尔成功劝阻了他的恩师。无论如何,他宁愿维斯孔蒂投入到《诸神的黄昏》里去,其中的片名角色非他莫属——结果也是如此。

第三种假设看似也是合理的。维斯孔蒂从来没有想要严谨地跟随普鲁斯特的剧情,他想要改变这部大师之作。这是不可能的,他知道这一点,而且对于他而言,最好是忠实于精神、风格、普鲁斯特的丰富,而不是注定要失败的模仿。我们由此可以推断,《暴力与激情》(*Violence et Passion*)的导演宁肯做一个《追忆似水年华》"之外的"普鲁斯特同好,在那些表面看似讲述其他主题但实际上讲述的东西相近并且受到普鲁斯特的影响。维斯孔蒂被《追忆似水年华》传染了,他就这样拍出了十四部电影,很容易可以从中辨别出它们从他从来没有拍出来的幽灵电影那里得到的东西。这毫无疑问,是一种令人欣赏的,甚至于天才的方式去述说自己的亏欠和忠诚——尽管我们闷闷不乐、难以安慰,我们都久久地想象情感的偶然和宿命剥夺了每个《所多玛和蛾摩拉》的读者和每个《气盖山河》(*Guépard*)的观众身上沉睡的普鲁斯特-维斯孔蒂人……

对于那个明天会有疯狂想法要把普鲁斯特拍成电影的人,还有三个主要难题:

1. 叙述者的难题:因为电影将不可避免地倾向于把这个人和普鲁斯特本人混淆起来——这将从原则上违背普鲁斯特的伟大精神,叙述的"我"不(完全)是马塞尔的我。

2. "理论"的问题——在文中到处存在,但是没法被视觉化。即使是维斯孔蒂,对于龚古尔兄弟的仿作、感受的微妙差别、过于抽象的隐喻又能怎么办呢?《追忆似水年华》不能被缩减成一个情节。不得已而为之,原则上就是背叛了精神。

3. 文本长度的问题,有十多个片段是无论哪个导演都会省略的。这么一来,普鲁斯特少了那些华美的片段还剩下什么呢?

生活（还是写作？）（Vivre[ou écrire?]）

每一代人，都是（尽管每个时代不同）同一个问题：是应该尽早享受生活呢还是献身于可能绝妙的作品？把自己的生活变成一件艺术品还是忽视生活、致力于艺术？更一般地说来：是宁愿花一天和一个曼妙的情人在一起，做爱或者革命，大摇大摆把忧虑抛诸脑后，享受风景如画、音乐如歌、无所事事——还是至死都在艰苦朴素的阁楼里创作小说或者构思理论，在最好的情况下，这成果之后能增加世界的智慧，但是这要等到我们已经不在了的时候，即无法再享有其成果？

这个问题一直以来都让作家群体分裂，他们的答案各种各样。

一些人（巴雷斯、邓南遮[D'Annunzio]、马尔罗……）试图两者兼顾——而且经常只能做到误了生活或者创作。

另一些人（福楼拜-马拉美-斯韦沃这条线）对着享乐划了个十字——结果乐趣转移到了思维层面作为补偿。

还有一些人（更为忧郁，就像菲茨杰拉德[Fitzgerald]、蒙泰朗[Montherlant]或者德里厄·拉罗谢勒[Drieu la Rochelle]）假装偏爱生活，但其人享受生活仅仅是为了创作，他们无法克制在蒸馏器中酝酿自己的作品。

无论如何，这都是无解的。这甚至是一场平局的游戏，主要和文学史相关。

在这方面，值得主意的是普鲁斯特几乎是唯一一个——同夸张的卡萨诺瓦一起——成功地丰富了这种致命选项的人。

他的天才之处？第一，生活（社交、势利眼、沙龙、虚荣）；第二，忘记生活，全身心地自我献祭，为了创作。

不仅如此，他的存在之第一部分为第二部分提供了沃土（因此在这上面花时间不是无用功），而其第二部分固定了从此消逝或者禁止的风味,有着让它们复活的优势,因而能让人事后享受,即使人到晚年放弃了享乐。

→*Lièvre* 野兔,*Mouettes* 海鸥,*Tissot*(*James*)詹姆斯·蒂索

声音(Voix)

直到今天,没有人能说清楚普鲁斯特的声音音色和音调到底什么样,他的同时代人对此说法种种,互相矛盾、重叠、夸夸其谈、隐喻无限。

对于塞莱斯特·阿尔巴雷而言,"先生"有着"和谐的声音,有时忧伤、从不一样";弗朗索瓦·莫里亚克是怒吼的专家,他记得的是一首"低沉的、柔和的"曲子;西蒙娜夫人(Simone)确认说他的声音"沉闷、犹豫、内敛、像是做了软包";科克托教授记录了"同普鲁斯特的对话"仿作,说"就像腹语者的声音从胸腔里出来,他的声音发自灵魂",之后他又奇怪地补充道,"他用自己的声音来摆脱困境"——大家都同意,这么说毫无意义;莫鲁瓦(Simone Maurois)则选择位居雾气缭绕的高度海拔:"马塞尔的声音让人想到一汪止水,有时从里面喷出晶莹剔透的活泼水柱。"

为了弄清真相,在1961年3月15日下午,芒特-普鲁斯特在她贝蒂讷沿河街(quai de Béthune)的家里聚集了所有过去同她叔叔聊过天的人们共进晚餐。每个人都出于对普鲁斯特的回忆礼貌地赴宴。之后大家发火了。科克托摔门而去。玛尔特·比贝斯科(Marthe Bibesco)对于别人完全不相信她所言倍感恼怒。埃玛纽埃尔·贝尔和乔治·德·劳里斯(Georges de Lauris)差点大打出手。最后,就餐者在黄昏时分离开了,彼此怒气冲冲。那天晚上,马塞尔的声音被那些自诩听见过的人的喊声所淹没了。

奥斯卡·王尔德(Wilde[Oscar])

普鲁斯特毫不喜爱、只是有节制地欣赏这个同他对话的对手,在他看来,王尔德因为过于矛盾的天才和习性过于公开放浪而遭罪。自由?王尔德自由过了头。而他对于社会底层和顶端的精熟让他成了本体论角度而言受人议论的人。关于他两次同普鲁斯特失败的会见,流传着两个版本来讲述这么一桩有名的轶事……

第一个版本很可能是更为准确的,王尔德于1891年受邀拜访普鲁斯特家;他在客厅里耐心等待,同普鲁斯特先生和夫人在一起,马塞尔当时正在他的卧室里喝完他的奶咖;大家互相交换着不自然的、约定俗成的谈话内容,突然,《莎乐美》(Salomé)的作者在主人鼻子底下惊呼起来:"您家里可真丑陋啊!"——这句话之后重新出现在夏吕斯男爵口中,他在《追忆似水年华》中用"一种混合了才智、无礼和品味"的方式抛出了这句话……

这个故事的另一个版本(由贝涅尔一家叙述,因而被夸张了)说的是普鲁斯特迟到了,他邀请了王尔德在家里共进午餐;"那位英国先生还在吗?",他问道,仆人回答他:"是的,他到了,但是随即把自己关进了厕所里。"普鲁斯特去敲门:"您不舒服吗,王尔德先生?""一点没事,"王尔德对他说,"但是我在客厅里看见您父母了,而我不想同他们说话。再说,时间差不多我该走了……下回见,普鲁斯特先生……"

就是这样:王尔德说话直来直去,而他糟糕的举止不合马塞尔的胃口。但是这样的率直并不能解释心底的反感——这更多的是因为王尔德承认普鲁斯特竭力掩饰的。那是一个在纪德成书之前的"田园牧人"。他完全不是一位拘束而悲剧的"姑妈",而是一个闪闪发光的人儿,一个既不惧怕失去社会地位,也不畏惧成功与失势的社交界人士。

普鲁斯特切实感到这个不可交往之人混合了和他并非相反的材料:倒错,当然了。自然模仿艺术的文学理论——"并不是因为湖畔诗人(lakistes)泰晤士河上才起雾的"——总不是普鲁斯特审美的反面。假如1900年的法国更加维多利亚式,会发生什么呢?假如阿格斯蒂内利就像亚瑟·道格拉斯(Arthur Douglas)那样是昆斯伯里大人(Lord Queensberry)的儿子呢?

不管怎样,普鲁斯特——他和这位英国同仁不同,他把天才多用在了创作上,很少用到生活中去——在王尔德诉讼之际捍卫了他,他把这场战役当作是某种私人的德雷福斯案——他和纪德不同,纪德在《日记》(*Journal*)中同这个有毒的王尔德保持了冉森派式的距离:"您用了一种非常轻蔑的口吻谈论他……我对他很不欣赏。但是我不能理解您对于一个不幸之人的生硬和保留……"同样的,在王尔德过世前他仿佛经常去拜访他,就在他的住所,博扎尔路(rue des Beaux-Arts)。

尽管在原则上表现出团结,每当有文学评论之后在《道林·格雷的画像》(*Le Portrait de Dorian Gray*)和《所多玛和蛾摩拉》之间找出相似点,普鲁斯特认为都应该愤慨不已。塔迪耶在他的普鲁斯特传记中仍然注意到,雅克-埃米尔·布朗什"带栀子花的画"有点像他的道林·格雷的画像：普鲁斯特拥有的艺术作品或物件很少，在巴黎人的季节性游牧之中，他终生都保存这幅画。他在有着坚定线条、"眼睛像新鲜杏仁"的纨绔子弟身上，看到了自己年轻时候的影子，那正是他逝去的时光。这就是他的道林·格雷。不过在这个案例中，纨绔子弟没有像栀子那样凋谢，而他的原型变得胡子拉杂、濒临死亡。在此还要注意布朗什（他把普鲁斯特介绍给了王尔德）在《画家之语》(*Propos de peintre*)中暗示说是王尔德为年轻的马塞尔选择了斑鸠灰的领带，让他在这幅名画中显示一番。罗贝尔·德·比伊在他的《马塞尔·普鲁斯特，书信和谈话》(*Marcel Proust, Lettres et conversations*)之中证实了这一点。

然而，奥斯卡·王尔德在《追忆似水年华》还是有一席之地的，尽管是匿名的，因为普鲁斯特把他和《所多玛和蛾摩拉》的题词联系在了一起，那题词提到了阿尔弗雷德·德·维尼在《参孙的愤怒》中的一句诗："女人拥有蛾摩拉城，男人拥有所多玛城。"普鲁斯特在其中没有点名地提到了一个诗人，一切都显示此人就是王尔德："在最后被发现之前，只有不牢靠的名誉、只有暂时的自由、只有不稳固的地位，就像在前一夜被所有的沙龙中庆贺过的诗人，在伦敦的所有剧院里受到过鼓掌，第二天被所有的房子赶了出来，都没能找到让脑袋靠着休息一下的枕头，像桑松那样推着石磨，说着和他一样的话：'两个性别会各自分开死去。'"

此外，王尔德如此暗暗地（而且是透明地）出现在夏吕斯的一句话中：

> 怎么！您不知道丧失的幻觉吗？这可美了，卡洛斯·埃雷拉(*Carlos Herrera*)在他的马车经过时询问面前城堡的名字：是拉斯蒂尼亚克(*Rastignac*)，过去他爱过的年轻人的住处。神甫于是陷入了退想，斯万称之为精神上的男同性恋的奥林匹亚之殇。至于吕西安的死！我不记得是哪位有品位的

人面对人家问他一生中最让他悲痛的事件是什么时,他如此回答:"《交际花盛衰记》中吕西安·德·鲁本普雷(Lucien de Rubempré)的死。"

→Blanche(Jacques-Émile)雅克-埃米尔·布朗什

齐内丁(德·盖尔芒特)(Zinedine[de Guermantes])

为什么齐内丁·齐达内(Zinedine Zidane)在一次难忘的球赛里,在全世界的注视之下,猛地一头撞向对方球队后卫马泰拉奇(Marco Materazzi)?为什么他痛击的是胸骨而不是头部,而且一副若无其事的样子,就好像他希望没有人会注意到他的举动?他哪里来的这种奇怪想法想要这么低调,同是又如此不低调?

答案很显然:所有这一切都来自于《所多玛和蛾摩拉》,少不了……或许是(肯定如此)在仔细阅读《追忆似水年华》的中间一卷的时候,这个足球运动员受到了在世界杯决赛的第106分钟去击倒对手的无用启示。那些对此有疑问的人只要去看看相关的页面就可以了。

我们看到其中描绘了在盖尔芒特亲王及夫人的一次晚宴上——叙述者不确定自己受邀,他低调入场,一边仔细观察那些不如他一般谨慎的人——一个巴伐利亚音乐家顶着威严的头发,带着滑稽的口音和完全不为音乐人所知的名字,请求奥丽娅娜·德·盖尔芒特荣幸地将他介绍给她的公爵丈夫。公爵夫人虽然因如此失礼的要求感到难堪,而且因为雷霆万丈的朱庇特的新情妇的在场而感到恼怒,她没法"摆脱把自己认识的人介绍给丈夫的权利",她就照办了:"巴赞,请允许我向您介绍德·赫韦克先生(d'Herweck)。"

然而,盖尔芒特公爵听到了这些话之后,他已经对于妻子同一个他不认识的人道晚上好感到愤怒,并且怀疑这个人名声不好,"他一动不动地停了几秒钟,眼睛里闪着怒火和惊讶,卷曲的头发看似要从火山口蹦出来。然后,出于怒意重重,只有这才能让他实现妻子要求的礼貌,而且在已经向在场的人摆出一副完全不认识这个巴伐利亚音乐家的态度之后,他把带着白手套的双手交叉在背后,向前倾斜、猛地向音乐家深深鞠了一躬,带着极大的惊愕和怒气,如此粗暴、如此猛烈,直叫那个艺术家颤抖着后退了,他一边还弯着腰,以便不要在腹部突然受到重重一击"。

书　目

马塞尔·普鲁斯特作品

À la recherche du temps perdu(《追忆似水年华》)，Bibliothèque de la Pléiade，1987—1989，4 volumes，édition établie sous la direction de Jean-Yves Tadié.

Jean Santeuil(《让·桑特依》)，précédé de *Les Plaisirs et les Jours*(前附《欢乐与时日》)，Bibliothèque de la Pléiade，1971，édition établie sous la direction de Pierre Clarac avec la collaboration d'Yves Sandre.

Contre Sainte-Beuve(《驳圣伯夫》)，précédé de *Pastiches et mélanges*(前附《什锦与杂记》)，suivi de *Essais et articles*(后附《随笔和文章》)，Bibliothèque de la Pléiade，1971，édition établie sous la direction de Pierre Clarac avec la collaboration d'Yves Sandre.

Albertine disparue(《阿尔贝蒂娜不知去向》)，Grasset，1987，édition établie par Nathalie Mauriac et Étienne Wolff.

L'Indifférent(《陌生人》)，Gallimard，1978.

Textes retrouvés(《普鲁斯特文集拾遗》)，Gallimard，1971(Cahiers Marcel Proust n° 3).

Le Carnet de 1908(《1908年记》), Gallimard, 1976(Cahiers Marcel Proust n°8).

Carnets(《笔记》), édités par Florence Callu et Antoine Compagnon, Gallimard, 2002.

Correspondance de Marcel Proust (《普鲁斯特书信集》), édition établie par Philip Kolb, 1970—1993, 21 volumes.

Lettres (1879—1922)(《书信集(1879—1922)》), édition de Françoise Leriche, Plon, 2004.

Correspondance (*Marcel Proust et Gaston Gallimard*, 1912—1922)(《马塞尔·普鲁斯特和加斯东·伽利玛书信集(1912—1922)》), édition établie par Pascal Fouché, Gallimard, 1989.

Mon cher petit, *Lettres à Lucien Daudet*(《我亲爱的小家伙,致吕西安·都德的书信》), édition établie par Michel Bonduelle, Gallimard, 1991.

参考书籍

——Albaret(Céleste)阿尔巴雷(塞莱斯特)：*Monsieur Proust. Souvenirs recueillis par Georges Belmont*(《普鲁斯特先生。由乔治·贝尔蒙收录的回忆》)，Robert Laffont，1973.

——Assouline(Pierre)阿苏利纳(皮埃尔)：*Autodictionnaire Marcel Proust*(《马塞尔·普鲁斯特自主词典》)，Omnibus，2011.

——Bardèche(Maurice)巴代什(莫里斯)：*Marcel Proust romancier*(《小说家马塞尔·普鲁斯特》)，Les sept couleurs，1971.

——Barthes(Roland)巴特(罗兰)：*Proust et les noms*(*in Nouveaux Essais critiques*)(《普鲁斯特和名字》，收录在《新批判评论》中)，Seuil，1972. *Proust et la photographie*(《普鲁斯特与摄影》)，dans *La Préparation du roman I et II*(收录在《小说的准备——法兰西学院课程和研究班讲义(1978—1979,1979—1980)》中)，Seuil/Imec，2003.

——Bataille(Georges)巴塔耶(乔治)：*Proust et la mère profanée*(《普鲁斯特和被亵渎的母亲》)，Critique，1946.

——Bayard(Pierre)巴亚尔(皮埃尔)：*Le Hors-sujet. Proust et la digression*(《离题。普鲁斯特和题外话》)，Édition de Minuit，1996.

——Beckett(Samuel)贝克特(塞缪尔)：*Proust*(《普鲁斯特》)，Édition de Minuit，1990.

——Béhar(Serge)贝阿尔(塞尔日)：*L'Univers médical de Proust*（《普鲁斯特的医学世界》），Cahiers Marcel Proust n° 1，Gallimard，1970.

—— Benjamin(Walter)本雅明(瓦尔特)：*Sur Proust*（《论普鲁斯特》），Nous，2010.

——Benoist-Méchin(Jacques)伯努瓦-梅尚(雅克)：*Avec Marcel Proust*（《同马塞尔·普鲁斯特在一起》），Albin Michel，1977.

——Berl(Emmanuel)贝尔(埃马纽埃尔)：*Interrogatoire. Entretiens avec Patrick Modiano*（《问讯：同帕特里克·莫迪亚诺访谈》），Gallimard，1976.

——Berto(Sophie)贝尔托(索菲)：*Le Roman pictural d'Albertine*（《阿尔贝蒂娜绘画般的小说》），in Littérature n° 123，2001.

——Bibesco(Marthe)比贝斯科(玛尔特)：*Au bal avec Marcel Proust*（《与马塞尔·普鲁斯特一同奔赴舞会》），Gallimard，1989.

——Billy(Robert de)比伊(罗贝尔·德·)：*Marcel Proust. Lettres et conversations*（《马塞尔·普鲁斯特。书信和谈话》），Édition des Portiques，1930.

——Blanche(Jacques-Émile)布朗什(雅克-埃米尔)：*Propos de peintre，2e série*（《画家普鲁斯特，第二系列》），Émile Paul，1921.

——Blanchot(Maurice)布朗绍(莫里斯)：*Le Livre à venir* (*L'expérience de Proust*, pp. 19—37)（《将要到来的书》，收录于《普鲁斯特的经验》，第19—37页），Gallimard，1959.

——Bloch-Dano(Évelyne)布洛克-达诺(埃弗利娜)：*Madame Proust*（《普鲁斯特夫人》），Grasset，2004.

——Bolle(Louis)博勒(路易)：*Marcel Proust ou le complexe d'Argus*（《马塞尔·普鲁斯特或阿尔戈斯情结》），Grasset，1966.

——Bonnet(Henri)：博内(亨利) *Alphonse Darlu 1849—1921, Le maître de philosophie de Marcel Proust*（《阿方斯·达吕（1849—1921），马塞尔·普鲁斯特哲学老师》），Nizet，1971；*Les Amours et la*

Sexualité de Marcel Proust（《马塞尔·普鲁斯特的爱与性》），Nizet，1985.

——Botton(Alain de)波顿(阿兰·德·)：*Comment Proust peut changer votre vie*（《普鲁斯特如何能改变您的人生》），10/18，1997.

——Bouillaguet(Annick) et Brian G. (Rogers) (sous la direction de)布亚盖(阿尼克)、布里安·G.(罗杰斯)：*Dictionnaire Marcel Proust*（《马塞尔·普鲁斯特词典》），Honoré Champion，2008.

——Brassaï 布拉萨伊：*Marcel Proust sous l'emprise de la photographie*（《马塞尔·普鲁斯特受制于摄影》），Gallimard，1997.

——Brunel(Patrick)布吕内尔(帕特里克)：*Le Rire de Proust*（《普鲁斯特的笑》），Champion，1997.

——Brunet(Étienne)布吕内(艾蒂安)：*Le Vocabulaire de Proust*（《普鲁斯特的词汇》），Slatkine-Champion，1983.

——Buot(François)比奥(弗朗索瓦)：*Gay Paris. Une histoire du Paris interlope entre 1900 et 1940*（《巴黎同性恋。1900—1940年间违禁巴黎的历史》），Fayard，2013.

——Carassus(Émilien)卡拉叙(埃米利安)：*Le Snobisme et les lettres françaises de Paul Bourget à Marcel Proust*（《保罗·布尔热致马塞尔·普鲁斯特的附庸风雅和法语信件》），Armand Colin，1966.

——Cattaui(Georges)卡托伊(乔治)：*Marcel Proust et son temps*（《马塞尔·普鲁斯特和他的时代》），Julliard，1952.

——Chantal(René de)尚塔尔(勒内·德·)：*Marcel Proust, critique littéraire*（《马塞尔·普鲁斯特，文学批评》），Presses de l'Université de Montréal，1967.

——Citati(Pietro)奇塔蒂(彼得罗)：*La Colombe poignardée*（《被刺杀的白鸽》），Gallimard，1997.

——Clausel(Jean)克罗泽尔(让)：*Le Marcel de Proust*（《普鲁斯特的马塞尔》），Éditions Portaparole，2009.

——Clermont-Tonnerre(Elisabeth de)克莱蒙-托内尔(伊丽莎

白·德·）：*Robert de Montesquiou et Marcel Proust*（《罗贝尔·德·孟德斯鸠和马塞尔·普鲁斯特》），Flammarion，1925.

——Cocteau(Jean) 科克托（让）：*Portraits-souvenir*（《记忆肖像》），Grasset，1935.

——Compagnon(Antoine) 孔帕尼翁（安托万）：*Proust entre deux siècles*（《处于世纪之交的普鲁斯特》），Seuil，1989.

——Crouzet(Michel) 克鲁泽（米歇尔）：*Le «contre-Stendhal» de Proust*（〈普鲁斯特的《驳司汤达》〉），in *Stendhal Club* n° 140（收录在《司汤达俱乐部》第 140 期），1993.

——Czapski(Joseph) 恰普斯基（约瑟夫）：*Proust contre la déchéance, conférences au camp de Griazowietz*（《普鲁斯特反对废黜，格里亚佐韦茨集中营的讲座》），Éditions Noir sur Blanc，1987.

——Dantzig(Charles)(sous la direction de) 丹齐格（夏尔）（编）：*Le Grand Livre de Proust*（《普鲁斯特的大作》），Les Belles Lettres，1996.

——Davenport-Hines(Richard) 达文波特-海因斯（理查德）：*Proust au Majestic*（《普鲁斯特在马杰斯蒂克酒店》），Grasset，2008.

——Deleuze(Gilles) 德勒兹（吉尔）：*Proust et les signes*（《普鲁斯特和符号》），PUF，1964.

——Descombes(Vincent) 德孔布（樊尚）：*Proust. Philosophie du roman*（《普鲁斯特：小说哲学》），Éditions de Minuit，1987.

——Diesbach(Ghislain de) 迪斯巴赫（吉斯兰·德·）：*Proust*（《普鲁斯特》），Perrin，1991.

——Doubrovsky(Serge) 道布罗夫斯基（塞尔日）：*La Place de la madeleine*（《玛德莱娜的位置》），Mercure de France，1974.

——Dreyfus(Robert) 德雷福斯（罗贝尔）：*Souvenirs sur Marcel Proust*（《忆马塞尔·普鲁斯特》），Grasset，1926.

——Dubois(Jacques) 迪布瓦（雅克）：*Pour Albertine. Proust et le sens du social*（《致阿尔贝蒂娜：普鲁斯特和社会意识》），Seuil，1997.

——Duplay(Maurice)迪普莱(莫里斯)：*Mon ami Marcel Proust, souvenirs intimes*(《我的朋友马塞尔·普鲁斯特，私密回忆》)，Cahiers Marcel Proust n° 5，Gallimard，1972.

——Eells(Emily)伊尔斯(埃米莉)：*Proust et Wilde*(《普鲁斯特和王尔德》)，in *Le Cercle de Marcel Proust*(收录在《马塞尔·普鲁斯特的社交圈》中)，Honoré Champion，2013.

——Erman(Michel)埃尔曼(米歇尔)：*Marcel Proust*(《马塞尔·普鲁斯特》)，Fayard，1994；*Le Bottin proustien* et *Le Bottin des lieux proustiens*(《普鲁斯特电话簿和普鲁斯特之地名录》)，La Table Ronde，2010 et 2011；*Les 100 mots de Proust*(《普鲁斯特一百词》)，PUF，2013.

——Fernandez(Dominique) 费尔南德斯（多米尼克）：*L'Arbre jusqu'aux racines*(《直至根部的树》)，Grasset，1972.

——Fernandez(Ramon) 费尔南德斯(拉蒙)：*Proust*(《普鲁斯特》)，Grasset，2009.

——Francis(Claude) et Gontier(Fernande)弗朗西斯(克洛德)、贡捷(费尔南德)：*Proust et les siens*(《普鲁斯特和他的家人》)，suivi des *Souvenirs de Suzy Mante-Proust*(后附《叙齐·芒特-普鲁斯特的回忆》)，Plon，1981.

——Genette(Gérard)热内特(热拉尔)：*Proust et le langage indirect*(《普鲁斯特和委婉的语言》)，dans Figures II，Seuil，1969；Figures III，1972.

——Gide(André)纪德(安德烈)：*Journal*(1889—1939)(《日记(1889—1939)》)，Gallimard，1951.

——Girard(René)：吉拉尔(勒内)*Vérité romanesque et mensonge romantique*(《小说的真相和小说的谎言》)，Grasset，1961.

——Gracq(Julien) 格拉克（朱利安）：*Proust*(《普鲁斯特》)，Éditions Complexe，1986.

——Gramont(Elisabeth de)格拉蒙(伊丽莎白·德·)：*Les Mar-*

ronniers en fleur(《开花的栗树》),Grasset,1929.

——Grau(Donatien)格罗(多纳西安):*Tout contre Sainte-Beuve. L'inspiration retrouvée*(《与圣伯夫截然相反:灵感重现》),Grasset,2013.

——Gregh(Fernand)格雷格(费尔南):*Mon amitié avec Marcel Proust*(《我和马塞尔·普鲁斯特之间的友谊》),Grasset,1958.

——Grimaldi(Nicolas)格里马尔迪(尼古拉):*Essai sur la jalousie. L'Enfer proustien*(《论嫉妒:普鲁斯特的地狱》),PUF,2010;*Proust et les horreurs de l'amour*(《普鲁斯特和爱情的可怖》),PUF,2008;*La Jalousie, essai sur l'imaginaire proustien*(《嫉妒,论普鲁斯特的想象》),Actes Sud,1993.

——Grossvogel(D. I.)格罗斯沃格尔(戴维·I.·):*Le Journal de Charles Swann*(《夏尔·斯万的日记》),Buchet-Chastel,2009.

——Gury(Christian)居里(克里斯蒂安):*Le Mariage raté de Marcel Proust et ses conséquences littéraires*(《马塞尔·普鲁斯特失败的婚姻及其文学后果》),Kimé,2001.

——Hahn(Reynaldo)哈恩(雷纳尔多):*Correspondance avec Marcel Proust*(《与马塞尔·普鲁斯特的通信》),Éditions Palatine,1953.

——Jaloux(Edmond)雅卢(埃德蒙):*Avec Marcel Proust*(《同马塞尔·普鲁斯特在一起》),Éditions Palatine,1953.

——Jouhandeau(Marcel)茹昂多(马塞尔):*Éloge de la volupté*(《享乐颂》),Gallimard,1951;*Érotologie, un algèbre des valeurs morales*(《性爱研究,道德观念的代数》),Gallimard,1969;*La vie comme une fête*(《生活如节日》),Pauvert,1977.

——Kahn(Robet)卡恩(罗贝):*Images, passages. Marcel Proust et Walter Benjamin*(《图像、章节:马塞尔·普鲁斯特和瓦尔特·本雅明》),Kimé,1998.

——Keller(Luzius)凯勒(卢奇厄斯):*Proust et l'alphabet*(《普鲁

斯特和字母表》), Zoé, 2012.

——Kosofsky Sedgwick(Eve)科索夫斯基·塞奇威克(夏娃): *The Weather in Proust*(《普鲁斯特作品中的天气》), Jonathan Goldberg Editor, 2012.

——Kristeva(Julia)克莉斯蒂娃(茱莉亚): *Le Temps sensible. Proust et l'expérience littéraire*(《感觉时间:普鲁斯特和文学体验》), Gallimard, 1994.

——Lacretelle(Jacques de)拉克雷泰勒(雅克·德·): *Souvenirs sur Proust*(《忆普鲁斯特》), La Table Ronde, 1955.

——Ladenson(Elisabeth)拉登森(伊丽莎白): *Proust lesbien*(《女同性恋普鲁斯特》), Éditions EPEL, 2004.

——Laget(Thierry)拉热(蒂埃里): *Marcel Proust*(《马塞尔·普鲁斯特》), ADPF‐Ministère des Affaires étrangères, 2004; *ABCdaire de Proust*(《普鲁斯特入门》), Flammarion, 1998.

——Lattre(Alain de)拉特(阿兰·德·): *Le Personnage proustien*(《普鲁斯特式的人物》), Éditions José Corti, 1984.

——Lefrançois(Marc)勒弗朗索瓦(马克): *Marcel Proust, roi du Kung-Fu*(《马塞尔·普鲁斯特,功夫之王》), Portaparole, 2011.

——Le Pichon(Yann)勒皮雄(亚纳): *Le Musée retrouvé de Marcel Proust*(《马塞尔·普鲁斯特寻回的博物馆》), Stock, 1990.

——Lestringant(Franck)莱斯特兰冈(弗兰克): *Corydon contre Charlus*(《田园牧人抗衡夏吕斯》), in *Le Cercle de Marcel Proust*(收录在《马塞尔·普鲁斯特的社交圈》中), Honoré Champion, 2013.

——Lhomeau(Franck)et Coelho(Alain)洛莫(弗兰克)、科埃略(阿兰): *Marcel Proust à la recherche d'un éditeur*(《马塞尔·普鲁斯特寻找一位出版商》), Olivier Orban, 1988.

——*Lire*(Revue)(《阅读》杂志增刊第 16 期): Hors-série n° 16, mai 2013.

——Mabin(Dominique)马班(多米尼克): *Le Sommeil de Marcel*

Proust(《马塞尔·普鲁斯特的睡眠》),PUF,1992.

——Macé(Gérard)马塞(热拉尔):*Le Manteau de Fortuny*(《福尔蒂尼外套》),Gallimard,1987.

——Macchia(Giovanni)马基亚(乔瓦尼):*L'Ange de la nuit*(《夜之天使》),Gallimard,1987.

——Malaparte(Curzio)马拉帕尔泰(库尔齐奥):*Du côté de chez Proust*(《在普鲁斯特家那边》),Aria d'Italia,1951.

——Margerie(Diane de)马尔热里(迪亚娜·德·):*Le Jardin secret de Marcel Proust*(《马塞尔·普鲁斯特的秘密花园》),Albin Michel,1994;*Proust et l'obscur*(《普鲁斯特和晦涩》),Albin Michel,2010.

——Mauriac(Claude)莫里亚克(克洛德):*Le Temps immobile* (tome X):*L'oncle Marcel*(《静止的时间(第十卷):马塞尔叔叔》),Grasset,1988;*Marcel Proust par lui-même*(《马塞尔·普鲁斯特看自己》),Seuil,1954.

——Mauriac(François)莫里亚克(弗朗索瓦):*Du côté de chez Proust*(《在普鲁斯特家那边》),La Table Ronde,1947.

——Mauriac Dyer(Nathalie)莫里亚克·戴尔(娜塔莉):*Proust inachevé, le dossier «Albertine disparue»*(《未完工的普鲁斯特》:《消失的阿尔贝蒂娜》档案),Honoré Champion,2005.

——Maurois(André)莫鲁瓦(安德烈):*À la recherche de Marcel Proust*(《追忆马塞尔·普鲁斯特》),Hachette,1949.

——Meunier(Claude)默尼耶(克洛德):*Le Jardin d'hiver de Madame Swann*(《斯万夫人的冬日花园》),Grasset,1995.

——Michel(François-Bernard)米歇尔(弗朗索瓦-贝尔纳):*Le Souffle coupé. Respirer et écrire*(《被切断的呼吸。吸入和写出》),Gallimard,1984;*Proust et les écrivains devant la mort*(《普鲁斯特和作家们面对死亡》),Grasset,1995.

——Miller(Milton)米列尔(米尔顿):*Psychanalyse de Proust*

(《普鲁斯特精神分析法》),Fayard,1977.

——Milly(Jean)米利(让):*La Phrase de Marcel Proust*(《马塞尔·普鲁斯特的句子》),Honoré Champion,1983.

——Morand(Paul)莫朗(保罗):*Le Visiteur du soir*(《夜访者》),La Palatine,1949;*Journal d'un attaché d'ambassade*(《一位大使馆专员的日记》),Gallimard,1963.

——Murat(Laure)缪拉(洛尔):«Proust,Marcel,46 ans,rentier»(〈普鲁斯特、马塞尔、46岁、年金收入者〉),in *La Revue littéraire* n°14(收录在《文学杂志》第14期),mai 2005,Éditions Léo Scheer.

——Nathan(Jacques)纳坦(雅克):*La Morale de Proust*(《普鲁斯特的道德观》),Nizet,1953.

——NRF《新法兰西评论》:*Hommage à Marcel Proust*(《向马塞尔·普鲁斯特致敬》),n°12,janvier 1923.

——Painter(Geroge D.)佩因特(乔治·D.):*Marcel Proust*(《马塞尔·普鲁斯特》),2 volumes,Mercure de France,1966 et 1985.

——Péchenard(Christian)佩舍纳尔(克里斯蒂安):*Proust et les autres*(《普鲁斯特和他人》),La Table Ronde,1999;*Proust à Cabourg*(《普鲁斯特在卡布尔》),Quai Voltaire,1994.

——*Philosophie Magazine*(《哲学杂志》),Hors-série consacré à Proust,2012(2012年增刊,献给普鲁斯特).

——Picon(Gaëtan)皮康(加埃唐):*Lecture de Proust*(《阅读普鲁斯特》),Mercure de France,1963.

——Pierre-Quint(Léon)皮埃尔-坎(莱昂):*Marcel Proust*(《马塞尔·普鲁斯特》),Éditions du Sagittaire,1925. *Proust et la stratégie littéraire*(《普鲁斯特和文学计谋》),Corrêa,1954.

——Pinter(Harold)品特(哈罗德),avec la collaboration de Joseph Losey et Barbara Bray:*Le Scénario Proust*(《普鲁斯特剧本》),Gallimard,2003.

——Piroué(Georges)皮鲁埃(乔治):*Proust et la musique*(《普鲁

斯特和音乐》），Denoël，1960.

——Plantevignes(Marcel)普朗特维涅（马塞尔）：*Avec Marcel Proust*（《同马塞尔·普鲁斯特在一起》），Nizet，1966.

——Prieur(Jérôme)普里厄（热罗姆）：*Petit Tombeau de Marcel Proust*（《马塞尔·普鲁斯特的小坟墓》），La Pionnière，2000.

——Raczymow(Henri)拉克西姆（亨利）：*Le Cygne de Proust*（《普鲁斯特的天鹅》），Gallimard，1989；«*Notre cher Marcel est mort ce soir*»（《"今夜我们亲爱的马塞尔死了"》），Denoël，2013.

——Recanati(Jean)雷卡纳蒂（让）：*Profils juifs de Marcel Proust*（《马塞尔·普鲁斯特的犹太侧面像》），Buchet-Chastel，1986.

——Richard(Jean-Pierre)里夏尔（让-皮埃尔）：*Proust et le monde sensible*（《普鲁斯特的感性世界》），Seuil，1990.

——Rivane(Georges)里瓦纳（乔治）：*Influence de l'asthme sur l'œuvre de Marcel Proust*（《哮喘对于马塞尔·普鲁斯特作品的影响》），Nouvelle Édition，1945.

——Rivière(Jacques)里维埃（雅克）：*Quelques progrès dans l'étude du cœur humain*（《人心研究取得的某些进展》），édition de Thierry Laget，Gallimard，1985.

——Robert(Louis de)罗贝尔（路易·德·）：*Comment débuta Marcel Proust*（《马塞尔·普鲁斯特是如何起步的》），Gallimard，1969.

——Roger(Alain)罗歇（阿兰）：*Proust, les plaisirs et les jours*（《普鲁斯特，欢乐与时日》），Denoël，1985.

——Sachs(Maurice)萨克斯（莫里斯）：*Le Sabbat*（《安息日》），Gallimard，1960.

——Scheikevitch(Marie)席克维奇（玛丽）：*Souvenirs d'un temps disparu*（《忆消失的时光》），Plon，1935.

——Serça(Isabelle)塞尔萨（伊莎贝尔）：*Esthétique de la ponctuation*（《句读审美学》），Gallimard，2012.

——Sollers(Philippe)索莱尔斯(菲利普)：*L'Œil de Proust*(《普鲁斯特的眼睛》)，Stock，1999；*Fleurs*(《花》)，Hermann，2006；*La Guerre du goût*(pp. 266—282)(《品味之争》)，Gallimard，1994.

——Tadié(Jean-Yves)塔迪耶(让-伊夫)：*Proust et le roman*(《普鲁斯特与小说》)，Gallimard，1971；*Marcel Proust*(《马塞尔·普鲁斯特》)，Gallimard，1995；*La Cathédrale du temps*(《时间大教堂》)，Gallimard，1999.

——Vallée(Claude)瓦莱(克洛德)：*La Féerie de Marcel Proust*(《马塞尔·普鲁斯特的仙境》)，Fasquelle，1958.

——Vendryès(Joseph)房德里耶斯(约瑟夫)：*Marcel Proust et les noms propres*(《马塞尔·普鲁斯特和专有名词》)，Klincksieck，1952.

——White(Edmund)怀特(埃德蒙)：*Marcel Proust*(《马塞尔·普鲁斯特》)，Fides，2001.

——Zagdanski(Stéphane)扎格丹斯基(斯特凡娜)：*Le Sexe de Proust*(《普鲁斯特的性》)，Gallimard，1994.

图书在版编目(CIP)数据

普鲁斯特私人词典/(法)让-保罗·昂托旺,(法)拉斐尔·昂托旺著;张苗,杨淑岚,刘欢译.
—上海:华东师范大学出版社,2020
ISBN 978-7-5760-0452-6

Ⅰ.①普… Ⅱ.①让… ②拉…③张…④杨…⑤刘…
Ⅲ.①普鲁斯特(Proust, Marcel 1871—1922)—小说研究
Ⅳ.①I565.074

中国版本图书馆 CIP 数据核字(2020)第 080063 号

华东师范大学出版社六点分社
企划人 倪为国

六点私人词典
普鲁斯特私人词典

编 者	(法)让-保罗·昂托旺,(法)拉斐尔·昂托旺
译 者	张苗(ZHANG Miao) 杨淑岚(YANG Shulan) 刘欢(LIU Huan)
责任编辑	施美均
责任校对	高建红
封面设计	达 醴

出版发行	华东师范大学出版社
社　　址	上海市中山北路 3663 号　邮编　200062
网　　址	www.ecnupress.com.cn
电　　话	021-60821666　行政传真　021-62572105
客服电话	021-62865537　门市(邮购)电话　021-62869887
地　　址	上海市中山北路 3663 号华东师范大学校内先锋路口
网　　店	http://hdsdcbs.tmall.com
印 刷 者	上海盛隆印务有限公司
开　　本	890×1240　1/32
印　　张	17.5
字　　数	350 千字
版　　次	2020 年 7 月第 1 版
印　　次	2020 年 7 月第 1 次
书　　号	ISBN 978-7-5760-0452-6
定　　价	88.00 元
出版人	王　焰

(如发现本版图书有印订质量问题,请寄回本社客服中心调换或电话 021-62865537 联系)

Dictionnaire amoureux de Proust
by Jean-Paul & Raphaël Enthoven
Copyright © Plon, 2013
Simplified Chinese edition arranged through Dakai Agency Limited
Simplified Chinese Translation Copyright © 2020 by East China Normal University Press Ltd
All rights reserved
上海市版权局著作权合同登记　图字:09-2016-324号